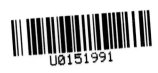

魏子雲 著
李壽菊 主編

魏子雲著作集

金學卷

4

金瓶梅研究資料彙編・下編
金瓶梅散論

萬卷樓圖書公司

第四冊

目次

《金瓶梅研究資料彙編‧下編——《金瓶梅》第五十二回至五十八回之比勘與解說》

《金瓶梅散論》

第一輯　版本與作者

第二輯 《金瓶梅》相關問題

第三輯 人物芻論

第四輯 專論

金瓶梅研究資料彙編・下編

——《金瓶梅》第五十二回至五十八回之比勘與解說

魏子雲　著

版本源流

1　臺北　天一出版社出版　1989年5月。

2　本書據天一版橫排印行，從左到右翻閱，與直排從右到左的翻閱有別。

代序

明清傳播媒介研究

——以《金瓶梅》為例

朱傳譽

一　從「這五回」說起

自識魏子雲先生，他口手不離《金瓶梅》，可以算得上是「專業」，在海內外都不多見。我不研究《金瓶梅》，但我接觸明清小說戲曲已有一段時間。我不是從文學的觀點去探索明清小說戲曲的奧祕，而是想從傳播學的立場，瞭解明清一些傳播媒介的產生、發展及其影響。簡單地說，明清的小說、戲曲等通俗文學作品，在我看來都是傳播媒介的一部份。五十年代，我執教政大新聞研究所，授「中國新聞史」專題，發覺前人所認為的漢唐邸報，不過是古代邸吏所私傳的新聞信，算不得是「報」。宋代的「朝報」只能算是「政府公報」的一部份，特定讀者對象，單向傳播，沒有評論，刊布的多為不講究時效的公文書，也不能被認為是「報」。倒是從北宋末年到南宋的小報、時文，甚或榜文，讀者對象不特定的公文書，也不能被認為是「報」。倒是從北宋末年到南宋的小報、時文，甚或榜文，讀者對象不特定，內容較「新」，也重視「奇」，偶或採之於巷里的道聽塗說，公之於不特定場所，行銷商業化，經營專業化，促進意見交流，形成輿論，對政府和社會都產生了影響力，已構成大眾媒體的基本條件和功能值得我們作深入研究。

明代實施君主集權專制，壓制言論自由，「影響了傳播事業的正常發展，但是一般人對知識和新聞的渴望，卻更為迫切。刊印抄傳受到限制，可以用口頭來傳播。知識份子以講學避禍，有助於教育的普及，新思想的孕育。王陽明的致良知，是提倡個人良知的自由，是對思想束縛的反抗。王陽明死後，他的學生從王龍溪、王近溪到何心隱、李卓吾，把這種浪漫精神加以進一步的發揮。他們不容於當世，書焚、人殺，但無碍於思想的運行，被稱為公安派的三袁，都是李卓吾的學生」[1]。「晚明公安派的議論，精神是浪漫的，態度是革命的，一反傳統的拜古的思想，而建立重個性重自由重內容重情感的新理論，把從來為人輕視的小說戲曲民歌，與六經、離騷、史記相提並論，給予文學上最高的評價，引起明末馮夢龍、金聖嘆一般人研究和批評俗文學的風氣」[2]。三袁之一的袁宗道說：「口舌代心者也。文章又代口舌者也。展轉隔碍，雖寫得順暢，已恐不如口舌矣。況能如心之所存乎？………夫時有古今，今人所詫謂奇字奧句，安知非古之街談巷語耶？」[3]他從社會和時代的立場，說明文學變遷的過程，主張「街談巷語」的口語文學，有助於平民文學的推廣，可以說是明代傳播界的大功臣。

李贄的「童心說」和公安派的「靈性說」，提供了《金瓶梅》作為寫實主義，和審美觀的思想淵源。晚明的淫佚之風成為時尚，「不以縱談閨幃方藥之事為恥」。說明了《金瓶梅》有關淫穢的描述，在

---

1 見朱傳譽：《中國民意與新聞自由發展史》（臺北市：正中書局公司，1974年），頁263。

2 劉大杰：《中國文學發達史》（臺北市：中華書局，1968年）。

3 同前註。

當時「雅俗共賞」是一種時尚[4]。《金瓶梅》有詞話本和崇禎本之別。有人認為詞話本是從說唱本演變而來，雖沒有確切的證據，但就傳播技術和文化背景的演進來看，先有口頭傳播，然後由手寫而印刷媒介。宋代說書止於講史，明成化說唱詞話已擴展到彈唱公案、靈怪、傳奇故事。明刊本《忠義水滸傳》百回本第四十八回，有一段七字句的韻文詩贊，可知在施耐庵集撰《水滸》之前，已流行口頭彈唱的詞話本《水滸》。不過彈唱利於傳播，卻不若散說體的便於生動描述和發展。因而《隋唐演義》逐漸代替了《大唐秦王詞話》。明初雖自創韻散合組的詞話形式，到中葉卻走向了散說體的講史平話，也開創了章回小說的基礎。

《金瓶梅》取材《水滸》，但在主題意識，內容描述，表現手法，所用語言和《水滸》大不相同。從《宣和遺事》到《水滸全書》有一段相當長的歷史，其變遷軌迹大致可尋。《金瓶梅》如取材於《水滸》，成書於萬曆中葉，則源於口頭彈唱的可能性即大為降低。因為從嘉靖到萬曆這一段期間，還沒有發現有關這一方面的資料。值得注意的是，《金瓶梅》主要是用山東方言寫的白話文學，這無論是在白話文學，或者章回小說的發展過程上，都具有重大的意義。我們很難在同時代，在同類小說中，找到其他的例證。如果說原型是源於說散體的口頭傳播，倒不是沒有可能，但是既沒有可靠的資料做依據，我們就不能臆斷。一個地區的語言變遷，可以提供很多有關該區域歷史、文化、經濟、社會、習俗的訊息，也許能有助於我們對《金瓶

4　詳見吳晗：〈金瓶梅的著作時代及其社會背景〉。劉大杰：《中國文學發達史》也寫道：「明代因方士僧尼的大增，報應輪迴之深入民間，故小說中之思想多言因果，而神魔作品特多。再以晚明朝綱不振，君王臣僚以至社會各界，無不縱慾荒淫，一時成風，恬不知恥，於是小說成為淫書，男女私事，加意鋪寫。如《金瓶梅》那一類的作品，便是最確切的時代的反映。」頁370。

梅》成書歷程的了解。日本學者池本義男做過〈金瓶梅罵語の私釋〉，鳥居久靖有〈金瓶梅俏皮話の研究〉。大陸學者張遠芬撰〈金瓶梅詞話選釋〉，因而推斷《金瓶梅》的作者是山東嶧縣的賈三近。自清代以來，為《金瓶梅》語言下過功夫的中外人士不少，但大多限於局部詮釋，還沒有人從事於全面整理並作深入分析比較的研究。香港的梅節先生，有意和語言專家投注大量的心力，我們樂觀其成，希望他們能有所突破。如果說語言問題是研究《金瓶梅》的關鍵之一，在沒有發現其他可靠的資料以前，這一類的科學研究，應有其正面的意義。

近年來，有關《金瓶梅》的研究，成了古典小說研究中的熱門，尤其是關於《金瓶梅》的作者是誰，海內外提出了不少的候選人，眾說紛紜，莫衷一是，我贊同大陸學者牧惠先生所說：「關於中國古典文學的研究，有的人重視考證，有的人重視研究作品的思想和藝術。考證當然有必要，但是，我不大贊成搞成那種離作品太遠或雖有一定關係但由於材料不足很難得出結論的那種考證。」[5]

《金瓶梅》最受爭議的是部份有關性行為的描述。其實，一時代有一時代的風習，《金瓶梅》既屬反映社會現實之作，自有其客觀價值標準。今天，各色各樣的色情媒體充斥，先進國家稱之為「成人閱聽媒體」，防止青少年或兒童受到污染，但在日本，任何一方中學男女學生，可以從無所不在的自動販賣機中獲得他們所想得到有關色情的一切資訊。今天我們的社會，能看得懂《金瓶梅》，有興趣看《金瓶梅》的已越來越少，有沒有必要仍舊列為禁書，值得懷疑。如果刪去有關性行為的描述，又如何能凸顯西門慶、潘金蓮一類人物的造

5　牧惠：《金瓶梅風月話》（臺北市：遠流出版事業公司，1989年），頁209。張竹坡評《金瓶梅》也有同樣主張。

型？又如何反映當時的「時尚」？明代文學中涉及這一類描述的不勝列舉，我們豈能全加封殺？《金瓶梅》雖有不雅描述，但比起當時純屬色情描述的《如意君傳》、《肉蒲團》等書要雅得多[6]。這類「古典小說」，如不加干預，可能僅成為冷門的研究資料；否則受到社會的注意，反而會被成為好奇者的注意目標，因而產生負面的影響。

性行為是人性的普遍訴求，連孔子都不得不承認他是人性的一部份，承認他合理的存在，儘管不同時代，不同社會，各有不同的道德標準，不同的價值判斷，但都不會否定人類的這一最基本訴求，或者改變這一行為模式。法律或者一切的道德規範，只不過希望達到制衡的目的，適當地予以調節，不會刻意去壓抑，否則只有產生更大的反彈。明代的這一社會時尚，正是對宋儒的「存天理去人欲」壓抑人性的一種反彈，有其思想淵源和時代背景，不是少數衛道之士所能圍堵。

兩年以前，香港珠海書院大傳所陳錫餘所長約我去該所講學，我所擬講題為：「明清傳播媒介研究——以《金瓶梅》為例」。利用農曆年假期，我遍讀有關《金瓶梅》的研究資料，發現海內外考證論文，多為推究《金瓶梅》的作者是誰，各自提出了可能的人選，試圖予以肯定，並獲得他人的支持。同時我也發現，大家所忽略的俗文學家馮夢龍，卻在《金瓶梅》的編印過程中可能扮演很重要的角色。為此我又遍讀有關馮夢龍的資料，草擬了〈馮夢龍與金瓶梅〉、〈馮夢龍與新平妖傳〉、〈馮夢龍與今古奇觀〉、〈馮夢龍與斥奸書〉等一系列的初稿。我把我的看法求正於魏子雲先生，他表示支持，鼓勵我也參加研究《金瓶梅》的陣營。可惜我卻因心臟血管疾病，住院一年，動了四次大手術，對所有的研究有心無力，也不敢再妄置一詞。手術

6　同前註，頁148。「實亦時尚性描寫」。

以前，曾將初稿寄在臺中東海大學客座的李田意先生，他鼓勵我修正發表。我既進了醫院，只好一切置之腦後。病後療養，魏子雲先生告訴我，詞話本《金瓶梅》中的五十三至五十七回，明沈德符有「陋儒補以入刻」之語，注意的人不少，卻還沒有人徹底加以校勘，他自告奮勇，願下一點死功夫，就萬曆本和崇禎本的這五回加以比勘。我是喜歡下死功夫的人，肯定魏先生的這一想法，並願予以出版，列為《金瓶梅》研究資料的下冊。我本來想編印一套大型的古典小說研究資料彙編，並且請魏先生編了《金瓶梅》研究資料上冊，沒想到因病入院，這一編印計劃成為泡影，而魏先生想做的工作，大陸續紛紛出籠，互商之下，只好以「這五回」聊充下冊了。

七十七年十二月，魏先生完稿，要我寫篇序，我本來只想說明「這五回」的編印經過，向讀者做一個交代，但在拜讀了魏先生的比勘意見以後，覺得我還可以做一點補充，把兩年前的舊稿翻出來重加整理，向研究《金瓶梅》的專家們請教。

魏子雲先生比勘「這五回」提供了幾個訊息：（一）只有第五十三、四兩回是經徹底重寫。（二）五十五、六兩回部份刪改。第五十七回刪除了詞話本的部份文辭和情節。（三）「陋儒補以入刻」這句話只能按在改編後的崇禎本《金瓶梅》上，和眾所認為的萬曆本無關。（四）崇禎本是據萬曆本改編，不是另有所本。萬曆本是有隱喻的政治小說，為避禍而不得不毀板焚書，改編後的崇禎本內容和萬曆本所冠欣欣子序內容不符，遂不得不捨棄「欣欣子」序只用「東吳弄珠客」序。（五）沈德符論《金瓶梅》一文是寫於崇禎本《金瓶梅》印行以後，他和他的一些同道，明知有十卷的萬曆本，也明白有「欣欣子」序，但都基於某一特定的理由隱而不說。

《金瓶梅》是古典小說中第一部刻劃人性，描摹世態，反映社會現實的鉅著，由於其具有開創性，並對當時及後世發生重大影響，其成書過程或作者是誰，自然應該詳加推究、考證；但因資料不足，我們無法確定它的初稿是不是也是輯集自民間口頭傳說；是出於說書人的底本？還是少數文士的集體拼湊？它的原稿是純屬有意諷喻時事的政治小說？還是僅為一種推測？十卷萬曆本究為原本還是改編改寫本。崇禎本究竟是萬曆本的刪節本還是另有所據？萬曆本和崇禎本之印行究竟誰先誰後？這兩種版本以外，還有沒有其他的版本？正沒有發現更多更可靠的資料以前，我們很難遽下論斷。不過，無論是萬曆本或崇禎本，就現存兩書的結構規模來看，縱或偶有錯簡，脈絡欠順的現象，卻很難認為是集體的拼湊。

自秦代以來，明代文禍及焚禁最烈，永樂九年禁收藏傳誦印賣「不良雜劇詞曲」，「敢有收藏的，全家殺了」。萬曆三十年重申小說之禁、崇禎十五年嚴禁《水滸》，「凡坊間家藏水滸傳並原板，盡行燒燬」。由於沒有表達意見的正常管道，民間多以匿名揭帖或者偽刻新聞章疏來宣洩。在明代的傳播媒介中，小說也往往成為政治宣傳品和人身攻擊的武器。如萬曆年間余象斗刻印「承運傳」，全書以明成祖靖難事為主，以黃子澄、練子寧、鐵鉉、景清為奸黨，貪賄賂，嗜酒亂政？可知必出于《靖難》黨之手，用以誹謗建文手下。在另一方面，署名「空谷老人」所編《續英烈傳》，雖然也是描述靖難，但以建文為主，立場和《承運傳》正好相反。沈德符在《野獲篇》中指郭英裔孫郭勛撰《英烈傳》，使內官在皇帝面前上演，盛稱郭英之功，以為配亨高廟之地。不久，坊間又出現了《真英烈傳》，專和《英烈傳》唱反調，在開國諸將中痛詆郭英。天啟時，魏忠賢黨徒以坊刊《繡像遼東傳》攻計熊廷弼，並藉以興起大獄，大捕東林黨人，牽連無辜，死者無算，詳見明史熊廷弼傳，劉若愚《酌中志》和李遜的《三朝野記》。孫楷第小說目尚著錄有《放鄭小史》《大英雄傳》二書，係奸黨藉以害鄭鄤的謗書。

匿名揭帖、歌謠、小說、謗書，如屬攻訐個人，還不要緊，但如和皇帝或國事有關，就要以妖言、妖書律論斷。激生光不過假託朝廷名義，說神宗擬廢皇太子，立皇次子，圖陷害鄭皇親，刑部題應以妖書律論斷，神宗卻認為太輕，著加等凌遲處死，並且幾興大獄。

南京「妖揭」案，劉宇「盡發守城兵番，但係持齋念佛之人，無一得免，即顧尚書之孫，亦登時就斃。」所謂「妖揭」，也不過是一、二議論國事的揭名帖而已，卻造成「金陵之禍，愁慘黑天」！

我不惜以大量筆墨來說明萬啟時輿論、出版界的艱困環境，足以使我們理解到，當時的知識份子在這樣動輒得咎的環境中，恐怕很難有勇氣來「密謀」集體創作一部諷刺國事的政治小說。即使有此可能，也只能出之于個人[7]，不會出於集體。不過，會不會有例外，要等待證據來判斷了。

學術界大致承認現行十卷本《金瓶梅詞話》不是第一原稿，而這部書的編印者是誰，二十卷崇禎本《金瓶梅》的編印者又是誰？很少人提到，我想就個人的認知提出來就正於同好。

在前面我已提到，萬曆本《金瓶梅》和崇禎本《金瓶梅》的編印，可能和馮夢龍有關，現在我們且試就已知的資料來加以析論。

二　馮夢龍與金瓶梅

（一）馮夢龍用化名的心路歷程

馮夢龍的著作，大致可分經、史、俗文學和類書等四大類。經

---

7 戲曲如王世貞的《鳴鳳記》，猛仁孺的《東郭記》；小說如《西遊補》、《西洋記》、《精忠傳》、《新平妖傳》，都有諷喻時政及人物的描述。

史如成書泰、啟年間的《麟經指月》、《春秋衡庫》；成書於崇禎年間的《壽寧待志》、《甲申紀事》《中興實錄》、《中興偉略》，他都是署「馮夢龍」真名。可視為傳記，也被列為小說的《王陽明出身靖亂錄》，他也用了真名。俗文學的編著中，又可分為三類，即：戲曲、小說和雜述。戲曲類用墨憨齋，這是馮夢龍的齋號，自然和署真名無異。雜述類如山歌、牌經等署名有的用號（龍子猶），有的用齋號。他的齋號有「天許齋」、「墨憨齋」、「七樂齋」、「不改樂齋」。類書如《譚概》、《笑府》、《太平廣記鈔》、《智囊》和《情史》。前數種無關政治，用的是真名真號；情史闡述他「以情為教」的思想，具有衝擊性，用《詹詹外史》輯評，但卻署號作序，表示他正面的支持。小說類有《新平妖傳》、《三言》和《新列國志》原則上用「天許齋」或「墨憨齋」，但序跋卻藏頭露尾，耍了很多花樣。

馮夢龍早年編印的〈掛枝兒〉、〈山歌〉等民歌和〈馬吊經〉風靡一時，青少年深受影響，他也因而受到社會譴責，甚至控於官，幸虧熊廷弼出面疏通，才算解圍。這一教訓，也促使他以後編寫小說，不敢署用真名，以免惹禍。據容肇祖先生的推究，掛枝兒約完成於萬曆三十七年（一六〇九年），山歌則在稍後印行。這時候的馮夢龍，約三十六歲，正當精力充沛的壯年。他因困頓場屋，遂流連於青樓酒館。王挺輓馮詩有「逍遙艷冶場，遊戲煙花裏」，正是馮早年放蕩生活的寫照。明代中葉，地方經濟繁榮，都市商業發達，文化較為普及，社會上出現了一批以寫作、編纂、評點通俗作品為業的文人，他們多為應試不中的士子，一方面沒有忘情於科舉，一方面供應市民文學，作為他們青樓、酒館的消費需要。這些江湖布衣，往往自號主人、山人或散人。余象斗是這類人之一，馮夢龍無疑也參加了這一行列。不同的是，余象斗只能自號「仰止山人」，馮夢龍自號「墨憨齋主人」，似乎略勝一籌。由於掛枝兒、山歌，牌經的暢銷，使他名利雙收，從此由作家進入了出版界，一沾染了「商」，自不免在「主人」和「山人」之間浮沉。他長於編寫，不一定善於經營，我們有理由相信，一定有人出錢和他合夥，他全心編寫，合夥人全力經營。只要有人出版，他受到鼓勵，自也樂此不疲，一部一部的通俗作品，不斷的問世。有人懷疑從萬曆三十七年，他出版了掛枝兒、山歌以後的十年間，再也沒有他的消息，我們可以推斷，這十年應該是他投入通俗媒體編寫的黃金時期。自泰昌起，他陸續編印了《新平妖傳》、《譚概》、《三言》、《新列國誌》《智囊》、《太平廣記鈔》。這些著作，不可能在六、七年間一蹴而成，至少一部份是在萬曆年間策劃、醞釀或定稿。在《太平廣記鈔》序中他提到「萬曆間茂苑許氏始營剞劂」。這裏所說的「茂苑」是指「長洲」，「許氏」自然就是刊印《古今小說》的「天許齋」了。「天許齋」、「墨憨齋」、「七樂齋」、「不改樂庵」都是他的齋號，說不定都是他書店或出版社的名稱。由此可知，他在萬曆中葉以後，就已兼營出版業。他署真名的著作，或許請一、二朋友寫序、跋；而描述世情、反映社會現實的小說類，因內容不免揭發，暴露現實的黑暗面；加以語涉淫穢，粗鄙為道學所不容；因而序、跋、評點都一手包辦，只要他不自行穿幫，就不怕別人知道。序、跋評介作品題旨、內容，有畫龍點睛的功能，作者或出版者往往請名家執筆以助促銷。有的出版商冒用名家招牌，也有的作者用化名自己捧自己。馮夢龍既浮沉於「主人」、「山人」之間，自也不能例外。例如他在泰昌年刻印的《新平妖傳》，以「隴西張無咎」名作序，先把當時新出版的講史小說如七國兩漢兩唐宋以及靈怪小說《西洋記》批評一番，然後盛稱四十回本《平妖傳》：「即未必果羅公筆，亦當出自高手」。到崇禎年他重印《平妖傳》，隴西張無咎改題楚黃張無咎，在改寫的序中說：「玆刻回數倍前，蓋吾友龍子猶所補也！即質諸羅公，亦云青出於藍乎。使緱山獲　之，其嘆賞又當何如耶？」他利用張無咎化名來說明《新平妖傳》係出自他的手筆。天啟六年印行的《太平廣記鈔》序末署「楚黃友人李長庚書」，他所編的《春秋衡庫》跋序署「禁黃門人周應華頓首謹跋」；萬曆四十年，馮夢龍曾到湖廣黃安、麻城等處講學，楚黃遂成了他的代號。天啟七年他印行的《醒世恒言》有「隴西可一居士」題序，無疑和「隴西張無咎」是同一個人，是他的另一個化名。泰昌刻《新平妖傳》和天啟間刻《古今小說》都是標「天許齋批點」，但在重印的《新平妖傳》和新印的《三言》，都加署了「墨憨齋批點」，等於說明天許齋就是墨憨齋，也無異目行穿幫。在天啟末崇禎初《可觀道人》序〈新列國誌〉說：「小說多瑣事，故其節短。自羅貫中氏《三國志》一書，以國史演義為通俗演義，汪洋百餘回，為世所尚，嗣是效顰日眾，因而有夏書、商書、列國、兩漢、唐書、殘唐、南北宋諸刻，其浩瀚幾與正史分籤並架，然悉出村學究杜撰」，尤其是對列國，他大加撻伐道：「………其他鋪敘之疏漏，人物之顛倒，制度之失考，詞句之惡劣，有不可勝言者矣。」接著他稱譽墨憨齋編的「新列國志」說：「墨憨氏補輯《新平妖傳》，奇奇怪怪，貌若河漢，海內驚為奇書。茲編更有功于學者，浸假西漢以下以次成編，與三國志匯成一家言，稱歷代之全書，為雅俗之巨覽。即與二十一史並列鄴架，亦復何愧？」這篇敘充滿了火藥味，也充滿了自負和自信。事實上，這是一篇針對余象斗三台館的宣戰書或挑戰書。世代印書的余象斗以印講史小說起家，他編印或翻印了不少講史小說，包括他族叔余邵魚的列國志。也包括冒用鍾惺、馮夢龍名號評贊的盤古三書。事實上，在泰昌版的《新平妖傳》中，馮夢龍已以張無咎的化名抨擊過：「他如七國、兩漢、兩唐宋，如弋陽劣戲，一味鑼鼓了事，效三國志而卑者也」。在可觀道人的《新列國志》序中又加進了夏書、商書，大概這是余象斗在天啟年間編印[8]，馮夢龍不能忍受自己的名字被商業對手冒用，不但以「可觀道人」署名抨擊余象斗的出版品，並且亮出了自己的底牌，以《新平妖傳》和《三言》的編纂者身份，由葉敬池代理，宣言要編印一套「尊重史實，而不拘泥於史實」的講史小說。可惜的是，崇禎以後，他由學入仕，公餘醉心於戲曲，從案頭搬上舞台。加以國事日急，他留心政經，講史以編述代敷演，「新列國志」遂成絕響，否則在演義小說方面，應也有所表現。

馮夢龍的俗文學編著，有古今小說、古今傳奇、古今笑。古今笑原名《古今譚概》；古今傳奇是戲曲；古今小說原是平話小說的通稱，馮夢龍順手拈來，作為他新編小說的總稱。前兩類，無所爭議。所謂小說，多屬描述男女情欲，反映社會現實，免不了有淫穢之處，以迎合時好。出版以後，雖受一般讀者歡迎，也一定受到衛道之士的反對，因而不得不改名，掛出勸善的招牌作為掩護。如重刻增補古今小說的衍慶堂，就在廣告中說：「題曰喻世明言，取其明白顯易，可以開人心，相勸于善，未非為世道之一助也。」接著，天啟四年印行的《警世通言》，無碍居士序道：「余閱之，大抵如僧家因果說法度世之語，譬如村醪市脯，所濟者眾，遂名之曰「警世通言。」另金陵兼善堂主人也在扉頁中說：「自昔博洽鴻儒，兼採稗官野史，而通俗演義一種，尤便於下里之耳目。奈射利者而取淫詞，大傷雅道，本坊恥之。茲刻出自平平閣主人手校，非警世勸俗之語不敢濫入。」天啟七年，續刻《醒世恒言》序中為《三言》作了一番詮釋，說「明言」是為導愚，「通言」是為適俗，「恒言」則為「習之而不厭，傳之而可久」。

綜觀三言內容，俗則俗矣，未必能雅。每篇小說之前，加一則

8　盤古三書插圖為圓形，應為萬曆早期圖式。可能僅評贊冒鍾惺，馮夢龍名，待考。

勸善插話，塞衞道人士之口；正文則迎合時好，肆無忌憚。所謂「綠天館主人」、「無碍居士」、「天許齋」、「兼善堂主人」、「平平閣主人」都是馮夢龍的化名。如果說《古今譚概》改名《古今笑》是為市場價值，《古今小說》改成《三言》則是為惑人耳目。名稱雖小異，內容則大同。

如果以馮夢龍和余象斗相較，余以「山人」自足，馮夢龍不以「主人」「居士」為滿。余出過場屋用書，馮也編印過《麟經指月》和《春秋衡庫》；余編印過《萬錦情林》等類書，馮也編印過《太平廣記鈔》、《情史》、《譚概》、《智囊》。在演義小說中，余是以「講史」起家，馮則「另闢幽溪」，編印了《新平妖傳》、《三言》和《新列國志》。余在商言商，背景單純，馮有一定的思想淵源，想把他的人生觀勒諸筆墨，形於文字，具有使命感。因此余象斗只能以一個出版家而終，馮卻成為明末的通俗文學大家，對當時及後世都產生深遠的影響。

馮早期所編民歌集，雖受衞道之士攻訐，但卻受社會大眾喜愛，對他是一種鼓舞，因而走通俗文學的道路。不過，余象斗只考慮市場價值，他卻要維護他「士」的形象。因此才用了各種不同的化名來寫序、跋，訴求他的理念，也為他編印的書促銷。由於思想的淵源，他的理念不斷重現於文字，加上他行文特異手法習用語句，我們不難從這些序、跋和評點文字中得到一些線索。再從已知推究未知，探索他藏頭露尾，畏首畏尾的心路歷程，我們大致可從幾方面觀察。

1 馮夢龍的思想淵源

馮夢龍大致是受李贄的影響，許自昌曾透露「子猶酷愛李氏之書，奉為蓄蔡」。他和李的弟子楊定見有直接交往，他所編的《古今譚概》、《智囊》等書體例，就是倣氏李贄的的「藏書」。李贄倡通俗文學，主張「人但率性而為」，改造王（陽明）學，提出「自然之性乃真道學也」，指斥程朱派理學為假道學。馮夢龍也推崇王陽明，自稱為王的「別門生」。他所撰「王陽明先生出身靖亂錄」中有：「唯先生揭良知二字為宗………這才是有用的學問，這才是真儒，所以國朝公論，必以陽明先生為第一。」由於「率性」思想，他肯定人的自然情欲，以「情教」來對抗「禮教」，甚至認為「六經皆以情教也」，在他編印的「情史類略」中有最好的說明。他以為人是宇宙的中心，肯定人的一切自然情欲都是合理，認為「情在理中」，是萬善之所由生。他的思想，很近似歐洲文藝復興時代的人文主義思想。中國傳統的道德規範「仁、義、禮、智、信」五常，他「獨取乎智」，主張以智來導愚。對於宗教，他主張以釋、道為儒之補。現存明本「三教偶拈」，以王陽明為儒教代表，再配以釋、道小說，可以說是他這一思想的表徵。因而在他的作品中出現了因果報應的思想。他和李贄一樣，反對名教，把小說提高到經史一樣的地位，甚至以小說來作為社教的工具，成為六經國史之補。不過，在泰昌元年所刻《新平妖傳》中，他以張無咎的化名，抨擊時下的色情小說，道：「非近日作續三國、浪史、野史等鴟鳴鴉叫，獲罪名教者比。」由於他早期編印的民歌集、牌經受到社會衞道之士的譴責，他不敢輕忽名教的力量。在《醒世恒言》的序文中有「若夫淫譚褻語，取快一時，貽穢百世。夫先自醉也，而又以狂藥飲人………」但是我們知道，三言中並非沒有「淫譚褻語」，這可以說是他心中天理和人欲相爭的矛盾情結。他的理念是要向名教挑戰，但為維護「士」的形象，卻又不得不向「名教」低頭。這一情結長期糾纏，造成他的雙重人格，一面以「主人」的身份編寫描述世情，反映人欲的俗文學作品，一面卻又用不同的化名來批判其中不雅的部份。等到崇禎以後，他利用《新列國志》公開了他作為《新平妖傳》和《三言》的編纂者身份，固然是想用「墨憨齋主人」的招牌來和「三台館山人」對決，也無異肯定了自己在這方面的成就，並獲得了社會的認同。「兩拍」的編印，應該是受到他的影響。

2 「曲終奏雅」

馮夢龍的基本理念，是想以「情教」來對抗「理教」，肯定自然情欲的合理，不惜以部份不雅的描述來反映，可是他也不是「縱慾」的自然主義者，他一再想加以調和，以佛教的因果報應來制衡人欲，也就是他所主張的「以釋道為儒之輔」，也就是他所一再提到的一個理念：曲終奏雅。我們可以舉幾個例子：（一）在《新平妖傳》中，他以張無咎的化名評述：「………他如《玉嬌麗》、《金瓶梅》，另闢幽蹊，曲終奏雅。」（二）在《情史》的序中也有：「是編分類著斷，恢詭非常，雖事專男女，未盡雅馴，而曲終之奏，要歸于正。」（三）《警世通言》序：「嗚呼，大人、子虛，曲終奏雅，顧其旨何如耳！」（四）在以「笑花主人」署名的《古今奇觀》序中有：「……至所纂喻世、警世、醒世三言，極摹人情世態之岐，備寫悲歡離合之致，可謂欽異拔新，洞心駴目，曲終奏雅，歸于厚俗。」這幾條例證，不但揭示了馮夢龍致力于通俗文學的基本理念，也揭示了他和《金瓶梅》、古今奇觀的關係，留待以後再說。

3 迂迴偽托

龍子猶序《情史》有：「又嘗欲擇取古今情事之美者，各著小傳……而落魄奔走，硯田盡蕪，乃為詹詹外史所先，亦快事也。」署名笑花主人的《今古奇觀》序中也有：「余擬拔其尤百回，重加繡梓，以成巨覽，而抱甕老人先得我心………」兩者偽托手法如出一轍。《新平妖傳》中有：「嘗譬諸傳奇：《水滸》，《西廂》也，《三國志》，《琵琶記》也；《西遊》，則近日《牡丹亭》之類矣。」同樣，在《今古奇觀》序中有：「元施、羅二公，大暢斯道，《水滸》、《三國》、奇奇正正，河漢無極。論者以二集配伯喈一西廂傳奇，號四大書，厥觀偉矣。」這地方所謂「論者」，指張無咎，也就是他自己。《新列國志》序也有「墨憨氏補輯新平妖傳，奇奇怪怪，邈若河漢」，和前序「奇奇正正，河漢無極」，大同小異。《新平妖傳》初刻序「………及觀茲刻，回數倍前……聞此書傳自京師一勳臣家抄本，即未必果羅公筆，亦當出自高手」，而在重印本卻改成「茲刻回數倍前，蓋吾友龍子猶所補也。始終結構，有原有委，備人鬼之態，兼真幻之長」。《今古奇觀》序中也有「墨憨齋增補《平妖》，窮工極變，不失本末，其技在《水滸》、《三國》之間。」修辭雖異，含意則同。

4 政治背景

余象斗是單純的商人，出版品多基於營利觀點，沒有什麼問題。馮夢龍則不同，他的思想淵源於李贄，在當時算是容易引起爭議的人物。民歌集的出版，在社會引起非議，迫使他以後編寫通俗文學用不同的化名，免滋困擾。

梅之熉序《古今譚概》有：「夫羅古今於掌上，寄春秋于舌端，美可以代輿人之誦，而刺亦不違鄉校之公，此誠君子不得志于時者之快事也。………猶龍曰：不然，………世何可深譚？譚其一二無害者是謂概。梅子曰：有是哉，吾將以子之譚，概子之所未譚。猶龍曰：若是，是旌余罪也。梅子笑曰：何傷乎；君子不以言舉人，聖朝寧以言罪人？知我罪我，吾直為子任之曰」這段對話可以看出，馮夢龍不忘情于國事，想有所美、刺，但也怕因言獲罪。「夫羅古今于堂上」，是他中年文學生涯的里程碑，由《古今譚概》而《古今小說》到《古今傳說》。「寄春秋于舌端」是他在麻黃講春秋，也不排斥和學員社友論國是。他困頓場屋多年，自不免「牢騷郁積」，思有所「發攄」。萬曆三十年有小說之禁，可知當時的知識份子，喜歡以古諷今，馮夢龍投入通俗文學，自然也是「有所謂」。《新平妖傳》序有：「余尤愛其以偽天書之誣，兆真天書之亂，妖由人興，此等語大有關係。」萬曆末年，激生光假托朝廷名義，說神宗擬廢皇長子，立皇次子，圖陷害鄭皇親，被以「妖書」律加等凌遲。馮夢龍卻認為「妖由人興」，顯然是對妖書事件有所「刺」。如以萬曆為背景，胡媚兒可以說是鄭貴妃的化身。同時，他的眉批又說：「凡受魅者自己先有魅根」，顯然是影射神宗。書末說宋仁宗皇帝「坐了四十三年天下，一生有一件不可解之事，不肯冊立太子，百官為此事上了許多章奏，只不依允」，這可能隱射神宗十年「鄭貴妃生子常洵有寵，儲位久不定，廷臣交章固請，皆不聽」（《明史》二十二）而產生的「國本」事件。《平妖傳》引宋諷明，書中描述貪官污吏，暴露政治黑暗，嘲諷佛道。馮夢龍強化神魔部份，藉以沖淡政治意識。他參與增補改編，評價很高，認為僅次於水滸，但是他卻不敢署真名，要到崇禎中葉，政治風暴平息，才藉重印的機會，改寫序文，向社會透露，是出自他的手筆。

儘管在《譚概》序中他不信「聖朝寧以言罪人」，但在天啟二年，就以言獲罪。「代人贈陳吳縣入覲」序中有「余自哲皇帝朝以言獲罪，里居三載………逆璫權焰如漢，黃霧四塞天下，而吳中邏網尤密，士大夫飲食言笑將罹罪案………」他所謂「以言獲罪」自然是指得罪魏忠賢。

崇禎元年，社會上出現了很多以魏忠賢故事為內容的小說、戲曲、時文，其中之一為「崢霄館評定新刊出像通俗演義魏忠賢小說斥奸書」八卷，近人謝國禎在《增訂晚明史籍考》著錄，並加按語，謂：「是書為章回小說禮，共四十回，記魏忠賢，起自魏忠賢生長之時，終於定案止，每回以事系年。作者作于崇禎元年，蓋時魏閹新除，故朝野之士，誅奸之書，應運而生也。首有鹽官人序，自序，穎水赤憨（斥奸書說），崢霄主人（凡例），戊辰羅剎狂人序，綉像極精。木強人序：如：『獬豸触邪，豈在樊之獸，屈軼指佞，乃挺生之枝，動植尚具直腸，齒發寧無血性？』文極壯麗，《晉書・皇甫謐傳》謐上書自稱『草莽臣』，馮夢龍曾取以自號，疑即龍猶子所作也。」有人認為《斥奸書》作者為陸雲龍，不知何據，謝先生的推斷應該沒有錯，我們可列舉幾個原因：（甲）天啟二年，馮夢龍因言得罪，回故里三載。書序中有「越在草莽，不勝欣快，終以在草莽，不獲出一言暴其奸，良有隱恨。」說明他因避禍草莽，不敢發言。證之以「申申紀事叙」署名「七一老人草莽臣馮夢龍述」，可知「草莽臣」也是他的別號之一。（乙）他因得罪魏忠賢，被迫里居，敢怒而不敢言，魏閹既除，他雖不願打落水狗，但為崇揚除奸天子英明，臣工忠鯁，「俾奸諛之徒縮舌，知奸之不可為」，才「次其奸狀，傳之海隅，以易稱功頌德者之口」，具有一種使命感。除了他自己的「怨」以外，還有熊廷弼的「恩」。魏忠賢藉汪文言之獄，羅織熊廷弼。《斥奸書》也可以說是為報恩了怨的著作。（丙）王陽明出身「靖亂錄」和「赤奸書」列名小說，實則存傳，體例謹嚴，廣採博聞，是他編印」《新列國志》以來一貫的立場。（丁）《斥奸書》凡例之三有：「是書動關政務，事系章疏，故不學《水滸》之組織世態，不效《西遊》之布置幻景，不習金瓶之閨情，不祖三國諸志之機詐。」知見明末史料，這是第一次同時提到上述四書。十卷本《金瓶梅》印於萬曆，流傳不廣，有的人認為印而未行，而崇禎本《金瓶梅》尚未問世，得見《金瓶梅》的人寥寥可數，且多為抄本。這地方所指的《金瓶梅》，不管是抄本或是印本，都值得注意。尤值得注意的是，其自號曰草莽臣，不願以姓氏見知。曾憶昔年有頭巾賦、三正錄………」頭巾賦應即〈別頭巾文〉，見於署名「卓吾居士李贄編集」、「一衲道人屠隆參閱」的〈開卷一笑〉。魏子雲先生推論〈開卷一笑〉印行於天啟，應是《古今笑》出版以後。《古今譚概》改《古今笑》是為市商價值。《笑府》之後有《廣笑府》何嘗不是如此？那麼《笑府》之外又有〈開卷一笑〉或「山中一夕笑」，也沒有什麼稀奇了。〈開卷一笑〉中的〈別頭巾文〉和《斥奸書》凡例中的「頭巾賦」應有直接關係。而〈開卷一笑〉卷二有署名「金陵遊客」的作者別號，應也和《斥奸書》凡例中提到「金陵遊客」有關。這一來，〈開卷一笑〉和《斥奸書》的編者，也就呼之欲出了。《新平妖傳》序有「……聞此書傳自京都一勳臣家抄本」。〈綠天館主人序〉、《古今小說》有「茂宛野史氏家藏古今通俗小說甚富，因賈人之請……」和《斥奸書》凡例中的「是書得自金陵遊客」，手法如出一轍，也可作為參證。儘管署名各不相同，而作者應屬一人。（己）《斥奸書》有署名穎水赤憨所撰「斥奸書說」，和「墨憨」應有關聯。

（二）馮夢龍與《金瓶梅》編印

馮夢龍是明代的通俗文學大師，《金瓶梅》是古典文學名著，兩者都成了熱門研究題材，舉行過國際性討論會。遺憾的是，還沒有人把馮夢龍和《金瓶梅》聯在一起。近幾十年來，很多人為《金瓶梅》的作者提出了很多候選人，卻沒有人提出馮夢龍。最常被人引用關係馮夢龍的資料，是萬曆三十七年，沈德符在《野獲編》中提到，他向袁小脩借抄的《金瓶梅》全稿，曾經給馮夢龍和馬仲良看，馮看到後為之「驚喜，慫恿書坊以重價購刻」。沈德符沒有答應。論者認為此後就再也沒有馮夢龍和《金瓶梅》相關的資料。

其實，《金瓶梅》之所以能問世，流傳到今天，之所以成為中國古典小說的四大奇書之一，應歸功於馮夢龍的努力。馮夢龍致力於通俗小說的編印，應自《金瓶梅》開始。《金瓶梅》給了馮夢龍很大的衝擊，也因馮夢龍而不朽。

從以上的資料分析，我們可以知道馮夢龍用了很多化名。他用化名在不同的序跋中提到了《金瓶梅》，並且有所評述，現在我們且就已知資料，試加列舉。

（1）泰昌版《新平妖傳》，馮夢龍以隴西張無咎的化名，評論《金瓶梅》：「他如《玉嬌龍》、《金瓶梅》，如慧婢作夫人，只會記日用帳簿，全不曾學得處分家政，效《水滸》而窮者也。

（2）重印本《新平妖傳》馮夢龍以「楚黃張無咎」署名撰序：「他如《玉嬌麗》、《金瓶梅》，另闢幽溪，曲終奏雅。然一方之言，一家之政，可謂奇書，無當巨覽，其《水滸》之亞乎。」

（3）《今古奇觀》序「然《金瓶梅》書麗、貽譏于誨淫」。序署名笑花主人，實際上也是馮夢龍。

（4）崇禎元年，馮夢龍以崢霄主人化名撰〈魏忠賢小說斥奸書凡例〉有：「是書動關政務，故不學《水滸》之組織世態，不效西遊之布置幻景，不習金瓶之閨情，不祖三國諸志之機詐。」

以上四條資條，對《金瓶梅》應屬譽多貶少，尤其是《新平妖傳》序同一人寫，而褒貶不一，前者指《金瓶梅》「效《水滸》而窮」，後者指《金瓶梅》「另闢幽溪，曲終奏雅」「其《水滸》之亞」。這主要是因為初版本所評《金瓶梅》和重印本所評的《金瓶梅》並不相同。初版本所評是十卷萬曆本《金瓶梅詞話》，重印本所評是二十卷的崇禎本「繡像《金瓶梅》」。《金瓶梅詞話》，接近原稿，崇禎本則經過刪改。刪改部份，屬幾方面：（一）政治諷喻，尤其是第一回。（二）第五十三回至五十七回，也就是沈德符所說，因原稿失踪，陋儒補以入刻的部份。而最受爭議的淫穢部份，在兩種版本上都保留了，因此我們可以說，該刪的未刪，不該刪的反而刪掉了。

隴西張無咎評萬曆本《金瓶梅》「效《水滸》而窮」，應指情節衍生自《水滸》，而在人物刻劃上不及《水滸》，有其客觀的價值標準。楚黃張無咎所評，則是基於一個新的理念:「另闢幽蹊，曲終奏雅」。《金瓶梅》是中國第一部描述人情世態，反映社會現實，寫常人常事常理的小說，對後世影響很大，在當時來說，亞於《水滸》，在今天看來，卻是獨樹一幟，為中國小說寫作開創了新局，並不亞於《水滸》。楚黃張第一次評《金瓶梅》四「奇書」，可謂「獨具慧眼」。《斥奸書》序第一次為四大奇書定位，也是「卓識」。《今古奇觀》的「貽譏誨淫」，反映了社會對《金瓶梅》的客觀評價，也是明清以來，《金瓶梅》不斷被禁；不斷引起爭議，而造成作者，編印，改寫者成謎的主要原因。我們大致可以確定，這四種聲音，都是來自馮夢龍。知見明代資料，沒有人比他更關切《金瓶梅》，沒有人比他更深入瞭解《金瓶梅》，這因為他參加了對《金瓶梅》改寫和編印的工作。

事實上，《野獲編》記錄馮夢龍見到抄本《金瓶梅》，為之「驚喜」，並「慫恿書坊，以重價購刻」，就提供了我們一條重要的訊息，值得我們去深入追踪，探索。因為在明代萬曆中葉的文人中馮夢龍是最有資格編印《金瓶梅》的人之一。以思想淵源來說，袁氏兄弟雖也受到李贄的影響，但卻提出「靈性說」的主張，想建立一套新的文學審美標準，精力大多投入當時流行的小品文字。只有馮夢龍致力於提高小說地位，以小說為六經、國史之輔，以小說來「導愚」。他認為材料不分古今，而在賦予新的價值觀，因而才有《古今譚概》、《古今小說》、《古今傳奇》等一系列「羅古今于掌上，寄春秋于舌端」的作品。《太平廣記鈔》、《情史》、《智囊》都是屬於這方面的準備工作，成為他的資料庫。由於李贄及其思想尚為世所不容無法公開表達，馮夢龍的一些主張，只好以不同的化名，散見於他編印作品的序、跋或批點。到了清代，他的作品大量被禁，直到近幾十年來，才逐漸受到注意，開始予以重印，也有人對他展開研究。他的身世，雖仍成謎，但用化名編印的作品，逐漸獲得澄清。

《金瓶梅》的抄本，只有太倉「王家」和麻城「劉家」有全本，已見於明代資料。沈德符藏抄本缺一部份，應是王抄本系統。沈不肯借給馮夢龍刻印，由於馮的熱衷，自不會就此罷休。也就在這一階段，他應邀赴麻黃講學，自不會放棄接觸，藏書甚富的劉家[9]。因此我有理由相信，馮夢龍在獲得劉家的《金瓶梅》抄本後，就展開了改編改寫的工作。

馮夢龍的《新平妖傳》印行於泰昌元年，現行萬曆本《金瓶梅》印行於萬曆四十五年，有人懷疑《新刻金瓶梅詞話》為二刻，應還有初刻本，這種說法不能成立，不要說沒有資料做依據，即以字面來說，「新刻」「新刊」都是新印，而不是「重刻」、「重刊」。馮夢龍印過《新平妖傳》、《新列國志》，都是重新編寫過，並不是把舊書翻印。

爭議之一是，萬曆本《金瓶梅詞話》序文署名「欣欣子」，「欣欣子」在序中說《金瓶梅》的作者是「蘭陵笑笑生」，於是很多人推究「笑笑生」是誰，費了不少筆墨。其實，在明白了馮夢龍編印各書所用化名的手法，以及分析序文的內容後，我們大致可以確定，「笑笑生」就是「欣欣子」，「欣欣子」就是馮夢龍。以《古今小說》為例，馮夢龍以「綠天館主人」化名為序；序中說「茂苑野史氏家藏古今通俗小說甚富」，而另一篇「天許齋」題辭則為：「本齋購得古今名人演義一百二十種，先以三之一為初刻云」。按此推算，「天許齋」就是「茂苑野史氏」。左太平冲蜀都賦有「佩長州之茂苑」，可知茂苑為長州的別稱。馮夢龍藉長州，對此學術界已有共識即：茂苑野史氏

9　《情史》卷六情愛類「丘長孺」一節，有子馮氏云：余昔年游楚，與劉金吾、丘長孺俱有交」，可知馮向劉抄得《金瓶梅》稿，並不費事。

為馮夢龍的化名之一。再以《警世通言》為例，署名「豫章無碍居士題」序中有：「隴西君海內畸士，與余相過于栖霞山房，傾蓋莫逆，各敘旅況，因出其新刻數卷佐酒。且曰尚未成書，子盍先為我命名。」《新平妖傳》序的作者署名是「隴西張無咎」。隴西君無疑是張無咎，也是馮夢龍。《醒世恒言》序署「隴西可一居士題于白下栖霞山房，序中有「以明言、通言、恒言為六經國史之輔不亦可乎」，三言並稱，可知「隴西可一居士」也是馮夢龍。

馮夢龍的籍貫用了隴西、楚黃、豫章自然也可用「蘭陵」，只要他一度旅居之地，都可作為他的籍貫，成為他的別名。姓名不過是符號，真真假假，假假真真，又何必過份執著，刻意求真辨假[10]？馮夢龍在萬曆三十七年獲見《金瓶梅》抄本原稿，四十年到四十五年，講學湖廣麻城、黃安，和當地士子結韻社，和社友談國事，話人生。這時期，正當三黨專政，東林干政的尖峯期。馮夢龍和友好雖關懷國事卻感心有餘而力不足，遂相偕以笑解憂，是不滿現實的高度反彈，因而產生了《古今笑》。「韻社第五子」序文中有：「韻社諸兄弟抑郁無聊，不堪復讀《離騷》，計唯一笑足以自娛，于是爭以笑尚。推社長子猶為笑宗焉。」馮夢龍的序中也有：「古今來原無真可認真也。無真可認，吾但有笑而已矣。無真可認而強欲認真，吾益有笑而已矣。」譚也好，笑也好，都是憂國傷時的無奈反彈，試圖自我消解心中的壓力。「山中一夕話」中有「笑笑先生」，的署名，未嘗不可被

10　馮夢龍叙《古今笑》有云：「古今來原無真可認也。無真可認，吾但有笑而已矣；無真可認而強欲認真，吾益有笑而已矣。」他認為「一笑而富貴假，而驕吝技求路之路絕；一笑而功名假，而貪妒毀譽之路絕；一笑而道德亦假，而標榜倡狂之路絕………」可知他笑談人生，以真為假，以假為真。這也是他藏頭露尾的處世哲學。為他的無數化鑽牛角尖，辨真假，一定使他笑掉大牙。

視為馮夢龍化名「笑笑生」「欣欣子」的來源。[11]馮夢龍的〈山歌〉，一度命名「適情十種」，別本總題「破愁一夕話」，則「山中一夕話」其來有知。馮夢龍在麻城向劉承禧家抄得《金瓶梅》抄本原稿，並加改編，應在編《譚概》的同時。十卷本《金瓶梅》中有大量俗曲、娛樂、諺言、笑話等通俗材料，這些都是馮夢龍的專長。「山中一夕話」有〈別頭巾文〉，馮夢龍曾改寫用於《金瓶梅》。《新平妖傳》是繼改編《金瓶梅》之後的另一部作品。《新平妖傳》中既有諷喻時政的地方，可以想見馮夢龍也不會放棄在《金瓶梅》中有所「刺」。〈掛枝兒〉中有馮夢龍的一首六言詩：「夜勤晝伏似鼠，飢附飽去如鷹。不是文名取忌，從來利口招憎。」這應該是他的自況。他偷偷摸摸，用各種化名來迂迴表達他的意見，神出鬼沒，到處突擊，與蚊何異。

有人以為馮夢龍從三十七歲到四十六歲之間都沒有消息，如果

11　《開卷一笑》題「卓吾編次，笑笑先生增訂、哈哈道士校閱」。序：「偶遊句曲，遇笑笑先生于茅山之陽，班荊道故，因出一編，蓋李卓吾先生所輯開卷一笑」末署「三台山人題于欲靜樓」。序另署「哈哈道士題于三台山之欲靜樓」，可知三台山人即哈哈道士。鑒於馮夢龍在《警世通言》序中有：「隴西君海內畸士，與余相遇于迺霞山房、傾蓋莫逆，各叙旅況，因出其新刻數卷佐酒」手法相同，可知所謂哈哈道士即笑笑先生。而笑笑先生即萬曆本《金瓶梅》撰序之笑笑生。笑笑生即欣欣子，欣欣子即馮夢龍。《譚概》成書於萬曆四十八年，《古今笑》印於天啟二年，《警世通言》印於天啟四年。《開卷一笑》中有「萬曆中」字樣，應印於天啟，可能是李贄編本的改編本，也可能是冒名偽托。如果〈別頭巾文〉是據《開卷一笑》中之〈別頭巾文〉改寫，則《開卷一笑》應印於萬曆四十五年以前，就可能出自李贄。萬曆三十九年楊茂謙編「笑林評」序述及「李卓吾諧書出而耳食者……」可證《開卷一笑》出自李贄的手筆。所謂「卓吾編次、笑笑先生增訂、哈哈道士校訂」較合實情，笑笑光生變成「笑笑生」也較合理。《開卷一笑》首卷首篇的「山人洞」，用吳語編寫，含義和「破愁一夕話」的「山人」相同，應是馮夢龍「山人」六言詩的敷演。因此我們也可推斷，《開卷一笑》或《山中一夕話》中有一部份是馮夢龍的作品。馮改編《開卷一笑》，又改題《山中一夕話》。馮萬曆中改編《金瓶梅》應對《開卷一笑》有所取資。

知道這段期間，他是在改編《金瓶梅》和《新平妖傳》，那麼，這十年不但充實他自己，也充實了我們的文學史，甚至可以說，充實了世界文學史。

拆穿了馮夢龍所有的化名，摸清楚了他的心路，「笑笑生」、「欣欣子」，「東吳弄珠客」之謎，應均迎刃而解。「欣欣子」序：「蘭陵笑笑生作《金瓶梅》傳，寄意於時俗，蓋有謂也。人有七情，憂鬱為甚……」論者以為「蓋有謂也」是指諷喻時政，把《金瓶梅》看作是有心文人集體改編的謗書。我們都知道萬曆「妖書」案幾興大獄，激生光不過假託朝廷名義，說神宗擬廢長子，立皇次子，圖陷害鄭皇親，被凌遲處死。永樂年敢收藏不良雜劇詞曲的，要殺全家。這樣嚴刻的法網，馮夢龍和公安派等人不會不知道，而他們居然敢冒屠十族的風險來合編一部謗書，恐怕不易使人相信。《古今小說》是為「導愚」、「適俗」，「笑笑生」序前一段，自「人有七情」開始，到「使觀者庶幾可以一哂而忘憂也」，意在「導愚」。自「吾嘗觀前代騷人如盧景暉之剪燈新話」開始，到「此一傳者雖市井之常談，閨房之碎語，使三尺童子聞之如飫天漿，而拔鯨牙洞洞然易曉，雖不比古之集里趣文墨，綽有可觀……」可以說是「適俗」。序中尚有「無非明倫，戒淫奔，分淑慝，化善惡，知盛衰消長之機，取報應輪迴之事，如在目前……其他關繫世道風化，懲戒善惡，滌慮洗心，無不小補」顯示作者是用佛教的因果報應來戒世。因而「東吳弄珠客」的序文就直接了當地說：「……然作者亦自有意，蓋為世戒，非為世勸也：借西門慶以描畫世之大淨，應伯爵以描畫世之小丑，諸淫婦以描畫世之丑婆淨婆，令人讀之汗下，蓋為世戒，非為世勸也……余友人褚孝秀偕一少年同赴歌舞之筵，衍至霸王夜宴，少年垂涎曰，男兒何可不如此。孝秀曰，也只為烏江設此一著耳。同座聞之歎為有道之言。若有人識得此意，方許他讀《金瓶梅》也……」，這一段更凸顯了作者一方面想以描畫人情世態來反映社會現實，一方面藉因果報應的思想來這種「現實」的合理存在，是為了「導愚」。唯「智」可以導「愚」，仁義禮智信五常，馮夢龍獨取乎「智」，編《智囊》和「智囊補」來作為導愚的智庫。上智導下愚，是士的使命，馮夢龍雖然抨擊釋道，但卻強調「知盛衰消長之機，取報應輪迴之事」。前者儒家的「物極必返」後者是佛家的因果循環，兩者都是天道，可相成相輔，也是他一再所強調「曲終奏雅」的基本理念。「笑笑生」的「寄意於時俗，蓋有謂也」，與「東吳弄珠客」的「作者自亦有意蓋為世戒」，應屬同義，也是「曲終奏雅」的本義。由《金瓶梅》的「戒世」到《古今小說》的「喻世」、「警世」、「醒世」。馮夢龍有詩：「古驛無情恣客游，悲悲喜喜任悠悠。粉牆難比生公石，訴盡衷腸不點頭。」可知他以說佛的生公自居，遺憾的是粉牆不點頭。《醒世恒言》序：「三刻殊名，其義一耳」，如果加上《金瓶梅》的「戒世」，又何嘗不是同義，其後尚有《覺世雅言》、《石頭點》選稿遠遜《三言》和《今古奇觀》，僅止於商業價值，但編印本義應同「三言」。名為《譚概》，「實則笑府」，《古今譚概》改《古今笑》；《笑府》之外有《廣笑府》；《廣笑府》之外有〈開卷一笑〉「破愁一夕話」，《智囊》之外有「智囊補」，三言兩拍之外有《今古奇觀》，只要有市場價值，續書層出不窮，馮夢龍兼營出版，就不得不從俗。他自己選編也好，別人冒名選編也好，這些已經不重要，不足以影響他編印《金瓶梅》的推斷。

剩下的問題是：《新平妖傳》前後兩種版本，同序同作者對《金瓶梅》的看法為什麼不一樣？如果崇禎本《金瓶梅》是他刪改重印，是由於什麼動機？我們且可兩方面來說面。

從編印民歌集以後，馮夢龍講學麻黃改編《金瓶梅》和《新平妖傳》，編印《譚概》，《麟經指月》等書，一方面週旋士林，被尊為韻社社長，笑宗；一方面沉浮居士、主人之間，成為出版界新秀。天啟二年，得罪魏忠賢，困居故里，以編書自娛，到天啟末年止，先後編印了三言、情史、智囊、太平廣記鈔、太霞新奏，產量可觀。齋名「不改樂」，以顏回自況。天啟二年以前，他「不得志於時」，從天啟二年到天啟末年，他「厄於時」，這兩個時期從四十歲到五十四歲，約十四年，是他著作的尖峯時期。天啟末年，崇禎元年，魏忠賢被除，他終於走出了恐懼的陰影，在《新列國志》的扉頁，公開：「墨憨齋自編新平妖傳及明言、通言、恒言諸刻」，大大增加了他在出版界的聲勢。如果沒有意外，他很可能繼《新列國志》之後，編印一系列的講史小說。但卻時來運轉，在崇禎三年入貢，開始踏上仕途，擔任丹徒訓導。這雖然是芝麻小官，總勝過白衣。到崇禎七年，出任福建壽寧知縣，這是他一生最大的官階。他只能利用公餘，把自已的舊作重加整理，較重要的是重印《新平妖傳》，刪編《金瓶梅》，改寫了一些傳奇戲曲、供戲班演出。我們可以說，這一階段的出版品，較傾向於市場價值。以《新平妖傳》來說，明明是原版挖補重印，卻在序文中說：「子猶宦遊，板毀於火」，事實上是他的作品，受到社會的肯定，政治壓力也大為減輕，他利用重印的機會，在新序中說明是他所增補，以配合《新列國志》所刊廣告。值得注意的是，他對《金瓶梅》的評述是：「他如《玉嬌麗》、《金瓶梅》，另闢幽蹊，曲終奏雅。然一方之言，一家之政，可謂奇書，無當巨覽，其《水滸》之亞乎。」其中「另闢幽蹊」應指描畫人情世態，別創新格；「曲終奏雅」則指因果報應，合戒世苦心。「一方之言」指山東方言，「一家之政」僅指描述西門慶一家之興衰。「奇書」之名，在此首見。成就雖排名《水滸》之後，但在崇禎元年的《斥奸書》凡例中，早與《水滸》、三國、西遊並列，為四大奇書定了位。有明一代，為古典名著定位，對《金瓶梅》有如此具體而客觀評述的只有馮夢龍。序中所說「子遊宦遊」，應指去福建任壽寧縣令，時在崇禎七年，重印《新平妖傳》

應在崇禎七年以後。

論者認十卷本《金瓶梅》因諷喻時政，自行毀板，書沒有發行，但在崇禎元年，《斥奸書》的凡例中，提到「不學金瓶之閨情」，可知天啟間尚流傳。小說小道，為政府社會所不容，名家極少提及，且明代史料尚未完全公開問世，在沒有遍讀以前，尚應暫予保留。

對勘萬曆本和崇禎本，刪改的部份大致有：「（一）對家常及節日宴會桌面的擺設，宴會時演唱的戲曲、娛樂、謔言、笑話等通俗材料。（二）刪去了伶人演戲的場面，姑子宣經和講寶卷的情景。（三）刪去了對媒婆，不學無術的「書生」，和尚和姑子，甚至地方官吏、朝廷官員和皇帝的揭露性描述。刪去了插入小說正文中的詩、詞、唱曲和帶有猛烈抨擊性的插話。（四）刪去了具山東濃厚地方色彩的一些方言俗語。值得注意的是，刪去的大多是第五十三、五十四回中有關應伯爵的部份。第五十六刪去〈別頭巾文〉也和應伯爵有關。應伯爵為當時結交官府，逢迎豪門不第書生的典型人物。「東吳弄珠客」稱之為「小丑」。馮夢龍編「掛枝兒」謔部卷九收「山人」一首道：「問山人，並不在山中住。止無過老著臉，寫幾句歪詩。帶方巾稱治民到處去投刺。京中某老先，近有書到治民處。鄉中某老先，他與治民最相知。臨別有舍親一事干求也，只說為公道沒銀子。」可知馮夢龍對「山人」沒有好感，而這種「山人」又到處都是。據魏子雲先生的比勘，五十三、四兩回確經改寫，其他各回並沒有什麼變動。馮夢龍為什麼單改寫這兩回？尤其是涉及山人典型的應伯爵？是不是承受了社會的壓力？或為加強刻劃？馮夢龍是吳人，經專家研究萬曆本的吳語不少，應可視為馮改寫的證據之一。崇禎本刪去具山東濃厚地方色彩的方言俗語，也就是《新平妖傳》中所說的「一方之言」，馮要減少地方色彩，加強普遍性，擴大讀者範圍，應可為刪改理由之一。馮既入仕途，刪去政治敏感部份，是為自我保護，也屬人情之常。至於插話詩詞，習見於彈唱詞話本，馮予刪去，恐怕是為適應社會的閱讀習慣，因為這一類的說唱本已不流行。增加「繡像」應為重刻本一大特色，尤其是圖像多幅配合書中性行為的描述，更增加了市場價值。因此書名也由《新刻金瓶梅詞話》改為《新刻繡像金瓶梅》。增加繡像，去詞曲，應是刪改的主因。涉及政治敏感的成份較少，因為和《新平妖傳》一樣，《金瓶梅》也是描述宋代人、事。《新平妖傳》既沒有問題，《金瓶梅》自然也不會出岔。

《新平妖傳》和《斥奸書》中有關《金瓶梅》的資料，雖然和《金瓶梅》的成書無關，但因出自改編萬曆和崇禎兩種版本《金瓶梅》的馮夢龍，就顯得特別重要了。「笑笑生」序不見於崇禎本，也引起不少人推究。我覺得，「笑笑生」既置於篇首，自然是針對主文而寫，主文經過刪節，序和內容不相契合是意料中事。兩序既同出馮夢龍為適應刪改本需要，自會加以取捨，而不會是由於其他不可知的原因。

綜上所述，我們大致可推斷：（一）馮夢龍於萬曆四十年至四十五間，從麻城劉家抄得《金瓶梅》全稿，加以改編，在萬曆四十五年印行。因內容淫穢，他已因編行民歌，牌經而受到社會譴責，自不會以真名編印，甚至不用墨憨齋名義。因此「未幾時而吳中懸之國門矣」，沒有人知道是誰編印。集體合寫謗書之說應加保留，因為這一風險太大，後果太嚴重，無論有沒有官職，都不會冒這種險。如真有此事，板毀書焚以後，參與人物絕不敢著錄，以免萬一事發為自己及家人或子孫貽禍無窮。（二）《金瓶梅》敷演自「《水滸》」；《新平妖傳》取材自宋史及傳說，兩者都已公開在社會流傳，雖加改編，但只要不離譜，不會有問題。馮夢龍自評「學《水滸》而窮」，可知未逾常軌，現行萬曆本可證。（三）詞話本既印行，論及者少，是因小說本小道，知識份子吝于評述，不僅《金瓶梅》，《三國》、《水滸》、《西遊》等莫不如此，不足為怪。（四）天啟間，馮夢龍印行《三言》，獲得社會肯定，想在出版界大顯身手，因而才在《新列國志》中有挑戰性的序文，在告白中公開《三言》和《新平妖傳》編者的真實身份。沒想到崇禎三年他做了官，沒有時間再編寫講史小說，只好重印《新平妖傳》，重編《金瓶梅》，改寫《新平妖傳》序文，透露自己的遞補人，並在序文中為《金瓶梅》宣傳。我們可以說，《新平妖傳》的重印和《新刻繡像金瓶梅》的問世，主要是傾向於商業價值。其後，《笑府》改《廣笑府》、《智囊》改《智囊補》，選三言兩拍成《今古奇觀》，甚至再選編「覺世雅言」、「石頭點」，都有可能。崇禎期間他還改編了不少定本傳奇，都是為了賺錢。

明代自萬曆中葉以後，經濟繁榮，習俗奢靡，出版發達，小說的需求大增。而評點、選撰小說，往往被認為是「山人」的工作[12]。「主人」「居士」也僅略勝一籌，甚至和「山人」同義。馮夢龍如果做不了官，深入出版業，以評點編印小說終老，可能也淪為「山人」。等到他做了官，又不願放棄既得利益，才出現了雙重人格，一面做官，一面編印小說。我無意貶抑馮夢龍的人格，但就他編印的作品看有一部份確實只具市場價值。他的「適情十種」，別稱「破愁一夕話」;〈開卷一笑〉又名「山中一夕話」;《古今笑》原名《古今譚概》;《笑府》之與《廣笑府》;《智囊》之與「智囊補」;《古今笑》之與《三言》;各書序文的增改，在在都說明了具有濃厚的商業色彩。因此，馮夢龍的一生，沉浮於仕、士；主人與山人之間。不斷受著環境衝擊，和環境互動。這也是一個大亂動的時代，他能保全自己的最佳途

---

12 「山人」又作「散人」明末清初為社會新秀，優遊於士商之間，上焉著評點小說戲曲，編印類書，如余象斗自號「三台館山人」，鄧志謨號「竹溪散人」或「風月主人」，馮夢龍號「天許齋主人」「墨憨齋主人」；下焉者結交官府縉紳，奔走豪門大戶，爭逐青樓酒館。不第士子，江湖布衣競以自號而不以為恥。應伯爵是一類型，余象斗、鄧志謨、馮夢龍則為另一類型。

徑。應伯爵是《金瓶梅》中的主要人物之一，也是馮夢龍所描畫的「小丑」，但如馮夢龍不以化名編印《金瓶梅》、《三言》等書，在當時衛道之士的心目中，馮夢龍不見得比應伯爵好多少。色情是人類共同的基本需求，語言文字圖像是誘因，足以激起色欲。倫理醫師以各種道德規範作為藥劑來遏阻這些誘因。馮夢龍以稗官野史為療俗之聖藥，以小說為村醪市脯。聖藥治俗腸，村醪市脯「濟眾」。這是他致力於小說的一貫理念。在《醒世恒言》序中說：「若夫淫譚褻語，取快一時，貽穢百世。夫先自醉也，而又以狂藥飲人，吾不知視此三言者得何如也？」他以「淫蕩為醉」，以淫譚褻語為狂藥。這番說辭，和他的行為不見得相符合。在《金瓶梅》《三言》和他改編的戲曲中都有他所認為的「狂藥」。他自信有菩薩心腸，以「村醪市脯」濟眾；但卻又以「狂藥」飲人。又如何定他的功過？《金瓶梅詞話》中不過「淫譚褻語」，《繡像金瓶梅》加了更具體的圖畫媒介，又豈止是「狂藥」？因此，他始終不敢公開他和《金瓶梅》的關係。《今古奇觀》序所稱「貽譏于誨淫」是他的良心話。「《金瓶梅》在當時，應該具有負面的影響。他認為對西門慶起憐憫心是菩薩，起效法心是禽獸。但對一般凡夫俗子來說，又有幾個人能起憐憫心而不起效法心？塑造西門慶的人，說不定心裏也想做西門慶。這世界，這社會，舉止若聖賢，心性如西門慶的人多的是。這種偽君子比西門慶還要糟。後世衛道之士說《金瓶梅》作者被打入十八層地獄，是因果報應。馮夢龍以因果報應來懲罰西門慶、潘金蓮，衛道之士再以因果報應來懲罰他。究竟誰對誰不對呢？《金瓶梅》是第一部描述人情世態，反映社會現實的通俗小說，是馮夢龍所標榜「另闢幽蹊」的鉅著，對後世具有深遠的影響。但其「淫譚褻語」以及色情圖片，卻也可能製造不少新的西門慶和潘金蓮。因此歷代以來，甚至在今天，這部書仍備受爭議。

以傳播研究的立場來看《金瓶梅》為「村醪市脯」，在當時應視之為重要的傳播媒介，作為明清的傳播媒介來研究。從其他的立場來看，《金瓶梅》肯定人性，尊重人性，具有人文主義精神。由於他反映當時的社會變遷及其活動，可以提供當時語言、民俗、經濟、文化、政治，以及女權問題等豐富的社會史料。

其實，《金瓶梅》的作者究竟是誰？甚至改編付印的是不是馮夢龍？已經不重要。要緊的是我們應視之為寶貴文化遺產，如何運用這筆遺產來豐富我們的文學、歷史，幫助我們探索過去的社會，才有其實質的意義。

魏子雲先生比勘「這五回」所得到的訊息，澄清了沈德符「陋儒補以入刻」說的一些疑點，但也可能有另一種情況：沈德符所擁有的抄本，借抄自袁小脩，缺第五十三至第五十七回。馮夢龍抄自麻城劉延白家的《金瓶梅》是全稿，沈德符已提及。沈德符所謂「未幾時，而吳中懸之國門矣。」並不意味他一定有這套刻本。他所看到的一定是經過刪改的崇禎本。崇禎本有五十三至五十七回，他自己的抄本沒有，他又沒有看過萬曆刻本，無從比勘，才有「陋儒補以入刻」，「想當然耳」的說法。如經過比勘，他自然就會發現，崇禎本只改了第五十三、五十四回，和五十六回的一部份，不會說這五回都是「陋儒補以入刻」的話了。所謂「膚淺鄙俚」，「即前後血脈，亦絕不貫串」，自然也是「想當然耳」的說辭，不會是逐句比勘的結果。「時作吳語」，可證明和馮夢龍有關。馮夢龍既蓄意隱藏，自然不會讓他知道。不過，魏子雲先生認為沈德符所說「陋儒補以入刻」的情況，可按在崇禎本《金瓶梅》頭上，而不能按在萬曆本《金瓶梅》頭上。也就是說，「這五回」的改寫，確屬「陋儒」所為。而魏先生又肯定崇禎本是據萬曆本改寫，也指出萬曆本和崇禎本的改寫編印，馮夢龍可能參與崇禎本的刪改，重點幾乎都在「這五回」[13]如果萬曆本的底稿是全稿，「這五回」補寫補刻，就無異說明崇禎本不是改自萬曆本，另有迄今尚未出世的底本，或如梅節先生所說，廿卷本實印於十卷本以前。也無異否定崇禎本和馮夢龍無關，馮夢龍參與萬曆本的編印也有了問題。關於這一點，我認為尚應暫予保留。

有關馮夢龍的研究，有關《金瓶梅》的寫作藝術研究，仍在起步階段。有關萬曆本和崇禎本之間的異同，仍有待全面地檢討比勘。

《金瓶梅》的作者或改寫者，在中國小說史上「另闢幽蹊」，忠實地反映了明代一定時期，一定社會的常人、常事、常理、常心。我們也應同樣的以平常心去看待，從不同的角度，不同的方法去探索。但望能「殊途同歸」，而不是堅持自己「標新立異」的立場。

「這五回」是屬於病理學的切片檢查，不一定絕對正確，但已提

---

13 《金瓶梅》描畫應伯爵的功力，超過西門慶，而這五回的刪改部份，又多和應伯爵有關。魏子雲先生認為崇禎本五十四回加進應伯爵和妓女陪西門慶飲酒作樂，行酒令時被罰講了個「賦便賦，有些賊形」的笑話，得罪了西門慶不合理，因而斷定作者是「陋儒」。但在七八年一月新出版的《金瓶風月話》中，卻有不同的看法，認為這是作者刻意描畫應伯爵為表現「二等才情」而打了個「擦邊球」，無意中傷了主子。是一種成功的手法。加得好。而在萬曆本《金瓶梅》第七十回，作者讓俳優在宴席上唱了一套「正官・端正好」，指著禿驢罵和尚地唱「起寒賤，居高位」，「怙恃寵把君王媚、全不想存仁義」，「萬古流芳，教人啞罵你」。當面揭朱勔的底，而朱 和眾官員居然安靜地聽下去，毫無反應」，不是諷刺而是胡編，崇禎本刪掉這一大段唱詞，「刪得對，刪得好」。也就是說，改編者在增刪之間自有分寸，沒有離譜。

值得注意的一點是，馮夢龍編《笑府》卷一收一條笑話，題為「江心賊」，原文說：「一暴富人日夜憂賊。一日偕友遊江心市，壁間題江心賦，錯認賦字為賊，驚欲走匿。友問故，答云，江心賊在此。友曰，賦也？非賊也。曰，賦便賦了，終是有些賊形。」這應是應伯爵所講故事的來源，也是馮夢龍改寫所取資。原文是暴發富自諷，而馮卻改成了秀才諷暴發富。不過，這些已不重要，要緊的是，馮夢龍改寫這條笑話，加進崇禎本《金瓶梅》，可作為他改編萬曆本《金瓶梅》的有力證據。天啟四年所收的《古今笑》沒有這條資料，可知《笑府》印於天啟末，崇禎初。

供了一些訊息，希望有一天，把兩種版本，作全部的體檢，分解，化驗，使我們能從作品本身，獲得更多的訊息，更多的研究線索。張竹坡所處的時代社會，不同於今天的時代、社會，評述所持觀點不一定適用於今天的標準。今天應該有今天的張竹坡，甚至更多的張竹坡。《金瓶梅》所描繪的時代過去了，但《金瓶梅》裏的人或事，仍活躍於今天的社會，仍可供我們借鑑。我們需要更多的文學解剖之刀，把病態的明代社會，裸現於今天的歷史舞台，期能有助於改進今天的社會，提昇今天的生活品質。

「以《金瓶梅》為例」不是我研究《金瓶梅》的論述，而是我從傳播學的觀點，研究明清傳播媒介的一種嘗試，一種實驗。希望能達到研究《金瓶梅》「殊途同歸」的效果，擴大傳播學的領域，為傳播學「另闢幽蹊」。

自序

當我進入《金瓶梅》一書研究時，就開始注意沈德符《萬曆野獲編》的這段話，在第一本《金瓶梅探原》中就一再說到。衹是那時我涉獵到的有關冊籍太少，對於《金瓶梅》一書的相關問題，也未能深入了解。自亦未能寫出更其深入的探討。

比年以來，大陸方面掀起了研讀《金瓶梅》的熱潮，幾乎是風起而雲湧，潮泛之勝，有如黃河之水天上來。由於人多目明；引出了不少的問題，也激發了不少的問題，遂導引著我在他們引發的問題裡面，尋到了不少新的鑛苗。因而貫通了我的問題脈胳，絞出了腦汁，一篇又一篇的論述，打從筆尖流洩出了

說起來，本文提出的問題，在我腦海中已波騰了近二十年了。數年前，當我寫〈論沈德符說「有陋儒補以入刻」的《金瓶梅》五回〉，就應該作比勘的工作。可是那時我手頭無有廿卷本，只有一部「在茲堂」刻的《第一奇書》，如何能作為底本來作比勘？一九八一年我到日本訪書，在天理圖書館停留了一些日子。因為他們七月十六日要歇夏，未能久留，只印了第五十三至第五十七等五回歸來。卻又沒有見到內閣文庫藏的那一種，知其行款不同（天理是十行廿二字，內閣則是十一行廿八字），內容差異多少？不敢蠡說。所以衹寫了〈論沈德符說「有陋儒補以入刻」的《金瓶梅》五回〉一文。年來，內閣文庫的藏本，我見到了，同時，又從劉輝的大文中，瞭解到北京的藏本－如「首都」、「北圖」二處的藏本。於是，我便在《金瓶梅的幽隱探照》一書出版後，馬上進行此一比勘工作。

此一工作，由十一月一日開始，未嘗一日間斷的進行了約兩個

月。不惟完成了這五回（又加上五十二與五十八兩回）的比勘工作，兼且寫出了〈金瓶梅這五回〉的研判踰三萬言。我把十卷本與廿卷本的第五十二回到第五十八回的七回原刻，採用明人上下欄的方式，作上下對照，並一段段一節節的加上詮釋，回後還附寫一簡短的「比勘蠡說」，務期讀者能徹底的認知「有陋儒補以入刻」的問題，究竟是十卷本還是廿卷本？過去，所有的《金瓶梅》研究者，只要一涉及此一問題，就把目光集中在十卷本身上。想來，真是過於盲從了啊！

雖然，「陋儒補以入刻」的這五回，所謂「前後血脈亦絕不貫串」等情事，廿卷本的這五回，雖不完全符合，總還有些相符之處。比十卷本要符合多了。但沈德符《萬曆野獲編》的這番話，倒令我發現了它的隱藏與暗示問題。激發我進入推繹，遂寫出了這一篇踰三萬言的論述〈金瓶梅這五回〉，不但糾正了近些年來大家一味誤解沈德符《萬曆野獲編》的這番話，所產生的盲從之誤，兼且提出了明朝人論《金瓶梅》者，何以無人說到欣欣子與蘭陵笑笑生的問題關鍵，以及欣欣子何以失踪於明代的答案。這些，都是大家不曾想到過的。

沈德符《萬曆野獲編》說的「有陋儒補以入刻」的這五回，應是廿卷本不是十卷本，乃是一件鐵的事實，誰也無法否認。我把它們分作上下欄，比對著攤開來，則有如攤開在牌九桌上的牌九，紅幾點，黑幾點，一目了然，數也不用數的呢！

至於我的研究與判斷，自也是從這些問題中邏輯出來的。我個人並不奢求什麼？目的只在為當今天下所有的研究《金瓶梅》者，再提一件正確的研究資料而已。

我曾接受「天一出版社」朱傳譽兄的約定，為「天一」編一套《金瓶梅研究資料》，原訂為上、中、下三集，上集「序跋、論評、插圖」業已印出，中集「評點匯評」（明清兩代），下集「戲曲、雜論」（明清兩代）。想不到這中、下集的預定內容，大陸方面已印行了四種是類資料匯編，大多資料都收集進去了。為了不甘牛後，遂把我的此一校勘，作為下集，以成其全。蓋亦有所表明，我的〈金瓶梅這五回〉一文，成書目的只是企圖為普天下之《金瓶梅》研究者，提供意念、提供資料就是了。

論《金瓶梅》第五十三至五十七回

——未幾時而吳中懸之國門矣！
然而書實少五十三回至五十七回，遍覓不得，
有陋儒補以入刻。無論膚淺鄙俚，時作吳語，
即前後血脈，亦絕不貫串，一見知其贋作矣。
——萬曆野獲編　卷二十五《金瓶梅》

一　《金瓶梅》的刻本

今天，我們所能見到的《金瓶梅》刻本，祇有兩種，一是十卷本《新刻金瓶梅詞話》，一是廿卷本《新刻繡像批評金瓶梅》，以稱十卷本為「萬曆本」或「詞話本」，廿卷本為「崇禎本」。且已從明人的史料上肯定今見之《新刻金瓶梅詞話》就是《金瓶梅》一書的最早刻本；約刻於萬曆末天啟初。若無新資料再發現，則此一說法，應是確定的。至於「崇禎本」，由於其中有崇禎帝的避諱字（檢刻為簡），此本之刻本於崇禎，也是確定的。竹坡本《第一奇書》，則刻於康熙，乃清朝最早刻本，且淵源於廿卷本（崇禎本），亦早成定論。更不必列入本文例說矣！

按傳世之十卷本《金瓶梅詞話》，僅存三部又殘卷二十三回[1]，一藏我故宮博物院，二藏東瀛日本：一在日光山輪王寺慈眼堂，一在德

1　此一殘本，乃《普陀落山志》一書之襯紙，在重新裝釘時發現。經一一整理計存二十三回。

第11回　全
第12回　全
第13回　存第一頁
第15回　存第九頁
第40回　存第一頁
第41回　存第十一頁
第42回　存第四頁至第七頁又第九頁至第十二頁
第43回　全
第44回　存第一頁至第八頁（欠第九頁）
第45回　全
第46回　存第一頁至第十七頁（欠第十八頁）
第47回　存第一頁至第十頁正（欠第十頁反）
第84回　存第一頁至第九頁（欠第十頁）
第85回　全
第86回　存第一頁至第十四頁（欠第十五頁）
第87回　存第一頁至第十頁（欠第十一頁）
第88回　存第一頁至第十一頁（欠第十二頁）
第89回　存第一頁至第十一頁（欠第十二、三頁）
第90回　存第一頁至第六頁又第十頁至第十二頁」
第91回　全
第92回　全
第93回　存第一頁至第十三頁（欠第十四頁）
第94回　存第一頁至第十一頁（欠第十二、十三頁）

全回者計11、12、43、45、85、91、92共七回。僅欠半頁至兩頁者計44、46、47、84、86、87、88、89、93、94共十回。僅存一頁者計13、15、40、41共四回，存數頁者計42、90共兩回。合計二十三回之殘卷，現藏日本京都大學圖書館。筆者於一九八一年七月間，曾在京都大學閱見此一殘卷，從版尾墨紋勘之，堪證此一殘卷與日本大安株式會社影印之慈眼堂本同版。鳥居久靖：〈京都大學藏金瓶梅殘本〉，《中國語學》第37期（1955年4月）。

山毛利氏棲息堂。雖棲息堂本之第五回末葉異版，結尾有部分文字不同，然其他則全是同版。存於京都大學之殘卷，也是同版。早經中日學人勘證之矣。可以說，傳世之十卷本《新刻金瓶梅詞話》，實際上僅有一種。至於廿卷本，存世者尚有多少部？今還無有一份確切的統計資料，總在十部以上。但有一點是可以確定的，那就是廿卷本之存世，最少十部以上，但從行款論，卻祇有兩種，一是十行廿二字本，一是十一行二十八字本。前者每一回都是獨立起頁，合五回為一單元，二、三、四、五等回，都不獨立起頁而接連下去，頁碼也是五回一個單元。至於眉批的行款，十行廿二字本是四字一行，十一行廿八字本是三字一行。還有一種十行二十二字本的眉批，則是二字一行。這樣看來，廿卷本則有了三種不同的刻本。此一問題，黃霖先生曾寫〈關於上海圖書館藏新刻綉像批評金瓶梅〉一文，惠論及此[2]。總之，《金瓶梅》的十卷本與廿卷本兩種，都刻於明末，十卷本祇刻一種，廿卷本則刻三種以上。簡言之，《金瓶梅》刻本，祇有十卷本與廿卷本兩種。

二　兩種《金瓶梅》刻本之五十三回至五十七回的「陋儒補以入刻」問題

《金瓶梅》的刻本，雖有十卷本與廿卷本兩種，但如從內容來說，這兩種刻本的故事情節，僅有小異而實則大同。如從大體觀之，它也同《水滸傳》一樣，乃繁本簡本之別，十卷本乃繁本，廿卷本則簡本也。然而在兩者的繁簡之間，卻隱藏了不少微妙的問題，有待我

2　黃霖：〈關於上海圖書館藏新刻綉像批評金瓶梅〉，大塚秀高編《中國古典小說研究動態》第2號，1988年10月。

們去探照發掘。此一問題，我已簡要的寫了一本《金瓶梅原貌探索》，又寫了一本《金瓶梅的幽隱探照》，提出了一些問題，以及我的研判。關于這些問題，需要更進一步去探討的，我認為還是沈德符《萬曆野獲編》中的「陋儒補以入刻」的五十三回至五十七回這五回的問題。雖然，我早就與美國的韓南先生討論這五回的問題[3]，又寫了一篇〈論沈德符說『有陋儒補以入刻』的《金瓶梅》五回〉（見《金瓶梅審探》），總感於言有未盡。近年來，又讀到了王利器先生大作〈金瓶梅詞話新證〉（山東齊魯書社一九八八年一月出版之《金瓶梅研究集》）以及鄭慶山先生作《金瓶梅論稿》（遼寧人民出版社一九八七年十一月出版），都談到了此一問題。遂深切的感於有為大眾正面提出這兩種刻本，來作上下相互對照研讀的工作，則此五回的是是非非，當能昭然於眾目，烙印於眾心。這樣，等於翻開放在牌九桌上的牌，紅幾點，黑幾點，一清二楚，輸家贏家，還能用得著辭費辯解嗎？

此一問題，美國韓南先生，早於距今二十餘年的一九六〇年間，就論述到了[4]。韓南先生首先提出了《金瓶梅》的十卷本與廿卷本，可能底本是兩個源頭[5]。對於這五回的情節之「即前後血脈亦絕不貫串」的問題，作了全部回目的串聯析論。也說到了這五回祇有五十三、四兩回：「用字措詞可謂全不相同，但部分內容甚至故事之細節有類似處。」而且，也說到了「隱去第一回（前半回）第五十三、

---

3 韓南先生的博士論文《金瓶梅的版本及其他》（The Text Of Chin Pig Mei）作於一九六〇年間，民國六十年間丁貞婉教授譯出，刊於國立編譯館館刊四卷二期，筆者作〈論金瓶梅的版本及其他〉一文，刊於同期。

4 同前註。

5 見韓南作，丁貞婉譯：〈金瓶梅的版本及其他〉一文之第二節。說：「這證明乙系並非源之於甲系本」並作註（二十八）。

四，與第五十五回之外的其他各回，大體說來，《金瓶梅》的這一部分，各版本的差異是很統一的。」遺憾的是，韓南先生忽略了他的此一兩種刻本的校勘工作，既已發現了全部《金瓶梅》的百回篇幅，除了第一回、第五十三、四回與第五十五回之外，其他各回的「這一部分」（情節），各版本的差異是統一的。」這些，便足以否定了沈德符的「有陋儒補以入刻」的五回說法不確。而且，他也發現到「第五三、四兩回」的藝術成分，「則以甲系（十卷本）為上乘。」卻又何不據以論斷「陋儒補以入刻」的刻本，縱係事實，這事實也按不到十卷本頭上去呢？

不錯，韓南先生認為「十卷本也未必是原作，廿卷本也非淵源於十卷本」（雲註：只能說部分如此，但大部分還是淵源於十卷本）。但廿卷本刻於十卷本之後，卻有證據可以肯定。如第三十九回的「鈞」字誤為「釣」字，第五十七回的「東京」誤為「西京」。都是足以證明廿卷本源於十卷本刻本的鐵證。這樣看來，沈德符文中的「有陋儒補以入刻」的話，縱係事實，也祇能接到廿卷本的頭上，按不到十卷本頭上去。除非，我們還能尋得另一部可以承擔此一問題的刻本。

可是事實上，沈德符《萬曆野獲編》的這句「有陋儒補以入刻」的這五回，十卷本與廿卷本，都不能印證。勉強說來，也祇有廿卷本的第五十三、四兩回而已。

那麼，若是情形，我們還能依據沈德符《萬曆野獲編》的這句話為準則，來研判《金瓶梅》的問題嗎？

三　陶瀘沈說「有陋儒補以入刻」的這五回

儘管沈德符《萬曆野獲編》的這句話，「有陋儒補以入刻」的這五回，既不能按到十卷本頭上，也不能按在廿卷本頭上，但廿卷本的這五回，事實上確是有些問題，最低限度，可以確定第五十三、四兩回是重寫過的。他如第五十六回，廿卷本也有些刪改上的問題。說來，沈德符的這句話，並非空穴來風，極是言出有因。這一問題，就需要我們來說一說了。

按第五十三、四兩回，在《金瓶梅》百回情節中，也和第一回是一樣的，它與十卷本的其他九十七回，是顯然不同的兩回。其他的九十七回，雖然回目不同，證詩不同，夾在情節中的詞曲，有的刪了，但開頭與結尾，以及期間的文辭，卻還十九都是相同的。只有第一回與第五十三、四兩回，是徹底重寫過的，仔細對照讀來，卻又不得不相信「有陋儒補以入刻」的這句話。問題是：這問題出在崇禎刻的廿卷本身上，卻又衹是兩回，不是五回。想來，應去探索的問題，不是更多了嗎！

我們先談這兩回的重寫問題。

1 第五十三回之兩種版本的筆墨比較

自十卷本《金瓶梅詞話》於民國廿一年被發現至今，已五十餘年。雖然，鄭振鐸先生曾將之與廿卷本作過校勘工作，卻衹作了三十餘回[6]。是以這兩回的兩種版本的異同問題，最早談到的，還是美國的韓南先生。前面我們已經說到了。

廿卷本的第五十三回，在《金瓶梅》的百回篇幅中，它的不同之處，在回目上看，雖無第一回明顯，但如去翻檢一下篇幅，卻比第一回的差異，還要突出。它比十卷本的字數，要少五千餘字。按十卷本

6 校勘本曾首刊于《世界文庫》第1輯（上海市：生活書店印行，1935年），也只陸續作到卅四回為止。

的第五十三回，篇幅十八頁欠八行，（每頁五百二十八字每半頁十一行每行二十四字）。除去空行，實有九千零六十二字。廿卷本則是六頁欠三行（每頁六百一十六字，每半頁十一行每行廿八字），計三千六百二十四字。除去空行，實有三千五百二十四字。少於十卷本五千五百三十八字。在百回篇幅中，兩相差距最大的，就是這一回。何以兩者的篇幅差距如此之大呢？

按十卷本的這一回回目是：「吳月娘承歡求子息，李瓶兒酬愿保兒童」。一下筆便接上一回（五十二回）的情節，寫吳月娘等人在花園遊玩，官哥被大黑貓諕著了，抱回房去，哭個不停。吳月娘回房睡了一覺醒來，已經更次，還惦記著官哥的受驚。不但遣小玉去問，跟著又自己去看望。還憐惜著說：「我又不得養，我家的人種，便是這點點兒。………」用來烘托吳月娘的母愛心腸，來引發「求子息」的第一個層次。跟著再寫吳月娘由李瓶兒房裡回來，路上聽到照壁後潘金蓮向孟玉樓挖苦他沒有志氣，自己沒得養，竟去李瓶兒那裡「呵卵脬」（巴結之意）。氣得吳月娘回房就睡，連午飯也不吃了。於是，關上房門，偷偷兒取出薛姑子泡製的妊子藥來觀賞，並暗自祝禱上蒼，能在明天壬子日服了，便得種子，不使她作無祀的鬼。這種寫法，一如楔子的逑剖吳月娘求子息的迫切心情。給這一上半回目的「求子息」，再完成了第二個情節層次。在這裡卻又插入了承接上一回的情節發展，寫西門慶到劉太監莊上，應黃、安二主事邀宴，為吳月娘的「承歡求子息」墊上一個承轉的時空。寫西門慶到劉太監莊上之後，又回頭再續寫潘金蓮與陳經濟昨日在雪洞裡不曾得手（續上回的情節）。他們又利用了今天西門慶不在家的機會，在黃昏過後，二人到了捲棚後面，終于初次達到目的。下面，還寫吳月娘為了明天纔是壬子日，今天西門慶到房裡陪小心（先寫西門慶看到吳月娘生氣不快活），還特意推他出去，要他明天來。又為吳月娘的「求子息」，安排了一個轉析層次。說來，斯乃高明小說家穿插情節，極其精細的筆墨。尤其寫陳、潘偷情得手的一段色情描寫，最為入實於生活。可以說有了這麼一段真實的寫實之藝，方能顯出這小說不是流水帳。下面又寫到西門慶住宿在潘氏房中的情節，再寫吳月娘在壬子日服用妊子藥的情景，真格是更加精到了。

關于這上半回目「吳月娘承歡求子息」，寫到吳月娘服了妊子藥，西門慶曾到房中，吳月娘卻面向床裡睡去，叫她幾聲也不答理。在此處又插寫了應伯爵得了中人錢，要請弟兄們到郊外飲宴，引發下一回的上半回目「應伯爵郊園會諸友」的情節。我在《金瓶梅劄記》中曾比喻《金瓶梅》的情節演進筆法，一如搓草繩，一邊搓一邊續，斯一例也。像這種情節的下面，把西門慶打從黃、安二主事宴會歸來，還致禮物答謝。二主事收到謝禮後，又寫謝帖作答。不但連致送下人的力錢都照應到了，連挑盤人也照顧到了。這一回的上半回目，到此始行結束。篇幅達九頁有半，計五千零一十六字，除去空行，實有四千八百四十七字。那麼，廿卷本的這一回上半回目，情節是怎樣寫的呢？

廿卷本的第五十三回，上回半是「潘金蓮驚散幽歡」，下半回目纔是「吳月娘拜求子息」。光是從回目看，兩者之間便已有了出入。

按廿卷本的這一回，一下筆就寫西門慶赴黃、安二主事之席。寫了十九行（五百二十餘字）弱，便轉入陳經濟與潘金蓮勾搭的情節。使用文字也是十九行稍弱（五百二十餘字），便寫西門慶回家來了。先到月娘房中，月娘要他明日來，推說「今日我身子不好。」西門慶遂到潘金蓮房中。下面便寫到吳月娘服用妊子藥的情節。（祇寫了約七行篇幅，不到二百字。）下寫應伯爵來。黃、安二主事來拜。作別去後，應伯爵也推事家去了。西門慶吃了飯，又坐轎答拜黃、安二主事去。（「又寫了兩個紅禮貼，分付玳安備辦兩副下程，趕到他家面送。」）這晚西門慶來家，便進入月娘房中，完成了「壬子日」妊子事。第二天起來，還寫「月娘備有羊羔美酒，雞子腰子補腎之物，與他吃了，打發進衙門去。」再下面，又寫到接王姑子來商量，做些好事，說是李瓶兒身子不好，要酬心歡。又寫應伯爵、常時節來了。應伯爵為李三、黃四借銀，請西門慶到「門外花園裡玩耍一日，少盡兄弟孝順之心。」西門慶答應了，二人辭去。下面便寫王姑子到來，商訂於「來日黃道吉日」起經，為李瓶兒酬願。就這樣，這一回就結束了。全面的情節安排穿插，可以說是亂蔴一試，既看不出上下回目的情節分野，也看不出他的回目所寫「潘金蓮驚散幽歡，吳月娘拜求子息」的突出筆墨在何處？細究起來，可真的是「陋儒補以入刻」者也。

再按十卷本的這一回下半回目：「李瓶兒酬願保兒童」，寫得是多麼現實而精采啊！

當壬子日西門慶在吳月娘房中睡了一夜，第二天晚起，潘金蓮便向孟玉樓笑道：「姐姐前日教我看幾時是壬子日？莫不是揀昨日與漢子睡的！」還寫了這麼一個小小情節，再進入「酬願保兒童」，進入這下半回目時，仍不忘絲連著上半回目的事，「卻說吳月娘自從聽見金蓮背地講他愛官哥，兩日不到官哥房裡去看。只見李瓶兒走進房來，告訴道：『孩子日夜啼哭，只管打冷戰不住，卻怎麼處？』月娘道：『你做一個擺佈，與他弄好了便好。把些香願也許許，或是許了賽神，一定滅可些。』………」就這樣，下半回目的情節開始了。

先請施灼龜，再請錢痰火，又找劉婆子，一再的折騰了半日。一次次的現實描寫，一樁樁一件件的家庭瑣屑事故，層次井條的排列下來，高山流水似的流瀉下來。經營得自自然然，幾無斧鑿痕跡。看不出「有陋儒補以入刻……即前後血脈亦絕不貫串，一見知其贋作矣」的弊病。相反的，這些情事，卻發生在廿卷本裡面。

譬如廿卷本的這一回，開頭寫的黃、安二主事宴請西門慶，只是借劉太監的郊外莊子，並非劉太監作東道主。是以十卷本寫的這一飲宴之會，並無劉太監在內。廿卷本卻把劉太監也寫進來了。雖然這裡寫著說：「那劉太監是地主，也同來相迎。」可是當「西門慶下了馬，劉太監一手挽了西門慶笑道：『咱三個等候的好半日了，老丈卻纔到來。』西門慶答道：『蒙兩位老先生見召，本該早來，實（因）家下有些小事，反勞老公公久等。望乞恕罪。』三個大打恭進儀門來。」試看這番話，寫得多麼不合情理。第一，明明是黃、安二主事作東。西門慶也說了『蒙兩位先生見召。』這話對著劉太監說，怎麼可以？第二，後面又寫「三個大打恭進儀門來。」這時的賓主，如加上劉太監，一共是四個人，不是三個人了。

尤其，陳經濟與潘金蓮偷情的這一段，廿卷本所寫，雖情節與十卷本同，但如據實推敲起來，兩個本子的寫實筆墨，可就不能相提併論了。十卷本寫得仔細，廿卷本寫得草率。這還猶在其次。問題在於兩者間的現實人生體驗。譬如說兩者間這一部分的性行為描寫，我想凡是有性行為經驗的男女，都能論斷這一段的性行為描寫，與這一對狗男女在他們這種情況下的性行為實況，是不合事實的。他們在這種情形之下，那裡還能「併了半個時辰」方始聽到人聲逃開。我這裡不便多說，請一對兩種版本上的這一段文字，就清清楚楚了。

十卷本寫西門慶到劉太監莊上赴黃、安二主事之宴，回家後致送禮物答謝。二主事收到謝禮後，又寫謝帖作答。連下人的力錢，挑盤人的一份，都照顧到了。廿卷本則寫西門慶回家的第二天，不僅寫謝帖答謝黃、安二主事，又致送禮物，這黃、安二主事又親來拜謝。西門慶吃了飯，又坐轎到黃、安二主事家再去答拜。還寫紅禮帖，又備辦了兩副下程。試問，這是什麼禮數啊？

十卷本的吳月娘服用妊子藥物，現實而細致的寫了近五百字，描寫吳月娘服藥的情景與心情。生動如真，廿卷本不過二百字之譜。吳月娘設計壬子日留西門慶到他房裡來，情節周析而剖析心理也精闢鮮明。這些筆墨，在廿卷本是看不到的。特別是下半回目的「酬願保兒童」，廿卷本的回目改了，情節上雖還有這麼一件事，卻變成了為李瓶兒的身子不好來酬愿，不是十卷本寫的為了官哥。又是施灼龜，又是錢痰火，又是劉婆子，鬧鬧嚷嚷的各類不同的法事，鋪張不少筆墨，廿卷本是請來王姑子，印造幾千卷經文而已。何況，印造「陀羅經」的事，第五十七回的後半回目，就是「薛姑子勸捨陀羅經」，這裡，卻提前按在王姑子頭上了。

再說，我們也無法從這一整回的情節中，尋出它的主幹故事來，只是一些東拉西扯的拼湊。不像十卷本的這一回，把上下回目的分野，極為清楚的涇渭分明。而且，穿插進來的事故，不惟真實得令人讀來如身在其中，一切恰似所見所聞，尤其趣味盎然。廿卷本的這些雜湊，如何能比呢？它之所以比十卷本少了五千多字，原因在此。

若是看來，沈德符《萬曆野獲編》的這句「有陋儒補以入刻」的話，應是指的廿卷本，不是十卷本。

2 第五十四回之兩種刻本的筆墨比較

論到第五十四回的篇幅，也是十卷本多。一十四頁又五行，計七千五百一十二字，除去空行，實計七千二百八十二字。廿卷本八頁又一行，計四千九百四十八字，除去空行，實計四千六百七十八字。少於十卷本二千六百零四字。

按回目，十卷本是「應伯爵郊園會諸友，任醫官豪家看病症。」廿卷本是「應伯爵隔花戲金釧，任醫官垂帳診瓶兒」。那麼，內容所寫如何呢？

章回小說的情節發展，特點在「後事如何？且聽下回分解。」換言之，下一回的情節，一定是銜接著上一回的結尾的，十卷本的上一回，結尾是應伯爵與西門慶商量，明日到郊外劉太監莊上與弟兄弟們聚的事。所以五十四回一開始，便寫西門慶在金蓮房內起身，便分付琴童玳安送豬蹄羊肉到應二爹家去。為了大家一起走，說定大家在應伯爵家會合。於是西門慶遲來，先到的人，在應家為了等候西門慶，遂在應家消磨時間。這一段下棋的情節，寫得真是風趣橫生。這盤棋，由常時節與白來創對奕，還賭東道呢！常時節賭的是一把白竹金扇，白來創賭的是一幅絨繡汗巾。正下著棋，謝希大、吳典恩到了，還加入了猜輸贏的東道。寫二人下棋悔子，爭得面色紅紫，青筋綻起，真是寫得傳神。（遺憾的是到了論輸贏時，竟把二人的東道物弄顛倒了。原是常時節的扇子白來創的絨繡汗巾，常時節贏了，贏去的應是汗巾，卻錯成扇子了。）後來，這常時節贏來的扇子，被韓金釧要去了。常時節又不好意思不給。還附加了這麼一筆。像這一大段在應伯爵家等西門慶，幾個弟兄下棋賭東道玩樂的情節。這些，廿卷本一字也沒有寫。

廿卷本的這一回，一下筆便續寫上一回結尾的王姑子起經。起經完了，即進入郊遊的情節。由於他們是直接到郊外會合，像十卷本中寫的在應伯爵家下棋賭東道的事，便沒有了。

雖然，廿卷本的「應伯爵隔花戲金釧」，乃是十卷本寫在這一回上半回目「應伯爵郊園會諸友」中的一件小小情節。但廿卷本中寫的在應伯爵家下棋賭東道的事，便沒有了。

雖然，廿卷本的「應伯爵隔花戲金釧」，乃是十卷本寫在這一回上半回目「應伯爵郊園會諸友」中的一件小小情節。但廿卷本中的這一大段郊園遊樂，與十卷本所寫，大不同了。我在作兩本對照校勘時，業已指出。如西門慶一到了這座花園，就「贊歎不已」，說：「好景致。」進入園內，還要人「先陪我去瞧瞧景致。」恰像西門慶是外地來的人，從來沒有到過這地方似的。可是，西門慶是清河縣的土著，自幼生長在清河，這花園就在清河城郊外二十里。西門慶怎能沒有到過？別說是清河，就是臨近各縣這種好景致的去處，像西門慶這樣的人物，也不可能沒有到過。

再說酒令。西門慶提出的酒令嵌字是風、花、雪、月四字。說不出罰酒一杯，還得講十個笑話，不使人笑不止。西門慶的起令是「雲淡風輕近午天」，第三輪到應伯爵，說了一句：「洩露春光有幾分」。西門慶則說應伯爵說別子，應罰酒。應伯爵則辯說：「我不信有兩個雪字，連受罰了兩杯。」讀來委實令人不解。第一，應伯爵的說辭，只是未能說出雪字，並未說出兩個雪字。第二，「洩露春光有幾分」這七個字，只是未道出雪字，並無別字。這樣前言不搭後語的文句，不知是否另有含義。

他如在玩樂中應伯爵說的幾個笑話，尤其令人不解。

第一個笑話是「江心賊」。說是有一秀才上京，泊船在揚子江上。到晚叫艄公泊別處罷，這裡有賊。艄公道：「怎的便見有賊？」秀才道：「兀那碑上寫的不是江心賊。」艄公笑道：「莫不是江心賦？怎便識差了。」秀才道：「賦（富）便賦（富），有些賊形。」還寫被常時節指出罵了他們的老大了。還寫著伯爵聽了，「滿面不安」。接著應伯爵又說了第二個笑話。說是孔子為獲麟而哭，學生怕老師哭壞了身子，遂牽來一條牯牛，滿身掛了銅錢，哄說這是麟又出現了。孔子一見說，這分明是有錢的牛，怎的做得麟。這廿卷本還寫著說：「說罷，慌忙掩著口跪下道：小人該死了，實是無心。」像應伯爵一連兩次說笑話，都是罵有錢人的。想來，這種寫法，未免太不懂得小說，也太不了解應伯爵了。按應伯爵是一位最能討得西門慶歡心的人物。應伯爵之所以能討得老大歡心，正因為應伯爵能言善道。在第三十五回，賁四在酒令上說了一個笑話，說是縣官審問一件通姦的官司，問起行房的情形，答說頭朝東腳也朝東。縣官則說那裡有「撅」著行房（刑房）的道理。旁邊一個人，走來跪下，說道：「告稟，若缺刑房，待小的補了吧！」當時曾被應伯爵當場指摘賁四說錯了話，說：「賁四哥你便宜不失當家。你大官府又不老，別的還可說，你怎麼？一個刑房你也補他的。」害得賁四諕得臉通紅了，說道：「二叔，什麼話！小人出於無心。」後來，賁四還送了三兩銀子打點應伯爵。試想，應伯爵這天作東道主，請老大郊遊會飲作主人，怎會一連說出兩個罵有錢人的笑話來。小說乃塑造人物的藝術，從這一點來看，也足以說明補寫廿卷本這一回的作者，可真是不懂小說呢？那麼，《萬曆野獲編》說的「即前後血脈亦絕不貫串」的話，此處殆亦明證。若是情形，或是「陋儒補以入刻」的吧！

十卷本的這一回，上半回目的「應伯爵郊園會諸友」，全回過半的篇幅，寫的都是「應伯爵郊園會諸友」的情節，但這廿卷本這一回的上半面目，所謂「應伯爵隔花戲金釧」，頭頭尾尾也不過三百字的篇幅，怎能列為半回的回目？這件事，在十卷本中，原就是點綴應伯爵下流性格的一件小小插曲，列不上回目的。廿卷本在這裡寫到「眾人歡笑不在話下」，又把筆尖一轉，回到西門慶的家中，再插寫陳經濟「探聽西門慶出門，便百盤打扮的俊俏，一心要和潘金蓮弄鬼，又不敢造次，只在雪洞裡張望，還想婦人到後園來。等了半日不見來，耐心不過，就一直逕奔到金蓮房裡來。」關于陳經濟與潘金蓮的幽歡，在第五十二回未得手，寫到第五十三回已得手了。廿卷本的第五十三回也寫到了。雖說這種事的吸引力最大，寫陳經濟跟著又想再得到下一次，也是一種必然的心理。但說陳經濟「又不敢造次」，則非陳經濟其人。《金瓶梅》中的陳經濟，是一個色膽包天的男人。在他丈人的氣勢日在中天的日子，都敢伺機去偷小丈母的肉身，還說什麼「不敢造次」？下面不是又寫「等了半日不見來，耐心不過，就一直奔到金蓮房裡來」嗎？像這種地方的寫法，可以說也是前言不搭後語，如論小說藝術，委實無從與十卷本的這一回相提並論。雖然，這一回寫吳月娘曾要陳經濟到王姑子庵子代西門慶作起經的禮拜，陳經濟推故不去。目的就是想利用西門慶出門的機會，再與潘金蓮勾搭。這裡的插寫，固是開頭一筆的呼應。實則，西門慶經常不在家，二人胡調的機會多得很，他們卻是儘量運用自然相聚的機會偷情。第五十三回之所以寫得那麼急猴猴，正因為第五十二回寫他正要得手，卻被李瓶兒等人突然走來打散了。所以第五十三回寫得二人都急猴猴。他們終于在第五十三回的情節中得了手。雖未盡興，卻已巫山雲雨過了。是以十卷本的這一回，沒有再寫陳經濟又急於到後園再等下一次。

關於這一回下半回目「任醫官垂帳診瓶兒」。固與十卷本同，但情節轉折，卻大不如十卷本自然。十卷本的這一情節的引發，這樣寫的，西門慶在郊外園中正與弟兄們興高采烈的玩樂著，書童急急趕來，向西門慶耳畔報告，說是六娘不好的緊。西門慶遂匆匆告辭眾人，趕回家中看望，馬上請醫生為李瓶兒看病。「任醫官豪家看病症」的下半回目，便是這樣自自然然寫進來的。廿卷本的此一情節這樣寫的：「西門慶和應伯爵常時節三人，吃得酩酊方纔起身。伯爵再三留不住，忙跪著告（罪）道：『莫不哥還怪我那句話嗎？可知道留不住哩！』西門慶道：『怪狗才，誰記著你話來。』伯爵便取個大甌兒，滿滿斟了一甌遞上來。西門慶接過吃了，……便謝伯爵起身。與了金釧一兩銀子，叫玳安又賞了三錢銀子。分付有酒也著人叫你。說畢上轎便行。」回到家便進李瓶兒房中歇了。到了「次日」，李瓶兒方始「和西門慶說：『自從養了孩子，身上只是不淨。早晨看鏡子，兀那臉皮都黃了，飲食也不想，走動卻似閃肭了腿的一般。倘或有些山高水底，丟下孩子叫誰管？』這時，西門慶纔想到請醫官來看病。廿卷本的這一回下半回目「任醫官垂帳診瓶兒」，便是這樣硬榜榜寫進來的。更可訾的是，李瓶兒的病症，不在西門慶到他房中住宿的夜晚說將出來，到了「次日」纔說，也未免不合情理，還有這一句：「倘或有些山高水底，丟下孩子誰看管？」既不像李瓶兒的口吻，也不像李瓶兒的性格。這種不通情理，不懂塑造人物性格的拙劣筆墨，可真格是「陋儒補以入刻」者也。

再說「任醫官看病」的情節。

十卷本的這一情節，寫西門慶從郊園告辭了應伯爵等人，匆匆趕回家中，一看李瓶兒痛得厲害，便趕緊叫迎春喚書童寫帖去請任醫官來。待會兒任醫官騎馬來了。於是便詳詳細細寫任太醫診視李瓶兒病症情形。當我們讀了這大段任太醫述說李瓶兒脉象及病況等情，真的如同聽到醫生細說病情闡明醫理的專家口胳。難怪西門慶說：「真正仙人了。」同時，連官哥的動靜，都一一插寫進來。筆墨極其精密，連書童去請太醫的情景，都不忘在此寫上一筆。說：「那老子一路揉眼出來，上了馬還打盹不住。我只愁突了下來。」觀察人生的現實生活，真是精密。真可以說是寫實之筆，十分周到。

當診病完了，書童掌燈送太醫，玳安隨拿一兩銀子趕去拿藥。連藥金收受，取藥等細碎情景，也都一一寫了進來。把藥拿得家來，藥袋怎樣？如何煎藥？如何服用？也都詳盡寫了進來。奶子照顧官哥別哭吵，李瓶兒服藥睡了一夜，醒來覺得藥見了效。無不是細針細線繡製成的。尤其上下回目的情節轉折，涇渭分明。絕不像補寫的筆墨。同樣的此一情節，到了廿卷本，寫得可就疏漏多了。

廿卷本寫任醫官為李瓶兒診病，不但診病的望聞問切與述說病人病情的病理說辭大不相同，連這任醫官的性格，也塑造得大不相同。十卷本的任醫官，溫文儒雅，謙遜恭謹，診資不是當時給，著玳安隨去拿藥帶去的。還以禮盒裝盛呈上。任太醫不收，說：「我們是相知朋友，不敢受你老爺的禮。」書童道（書童掌燈送任太醫回去的）：「定求收了，纔好領藥。不然，我們藥也不好拿去，恐怕回家去，一定又要送來。空走腳步，不如作速收了，候得藥去便好。」玳安道：「無錢藥不靈。定求收了。」太醫只得收了。廿卷本的任太醫，不但脉理病情，說得不如十卷本的任太醫有學問，說話的語氣，也不大像個儒醫。而且還說他在王吏部家，為王吏部夫人診病，王吏部致送診金的情形，說：「前日王吏部的夫人也有此病症，看來卻與夫人相似，學生診了脉，問了病源，看了氣色，心下就明白得緊。到家查了古方，參以已見，把那熱者涼之，虛者補之。停停當當，不消三四劑藥兒，登時好了。吏部公感小弟得緊，不論尺頭銀兩，加禮送來。那夫人又有體己謝意。吏部公又送學生一個匾兒，鑼鼓喧天送到家下，匾上寫著『儒醫神術』四個大字。近日也有幾個朋友來看，說道：『寫的是什麼顏體，一個個飛得起的。』說學生幼年，曾讀幾行書，因為家事消乏，就去學那企黃之術。真正那『儒醫』兩字，一發道的著哩。」看來，廿卷本的這位任太醫未免太江湖了吧！

最後，西門慶又說了一個吃藥的笑話：「學生也不是吃白藥的。近日有個笑話講得好。有一人說道人家貓兒，若是犯了癲的病，把烏藥買來喂他吃了就好了。旁邊有一人問，若是狗兒有病，還吃甚麼藥？那人應聲道，吃白藥。吃白藥可知道？白藥是狗吃的哩。」西門慶的這笑話，不惟庸俗乏趣，似也銜接不上這位任醫官說的那番不適時不適地卻也不適調的話。若說這是「陋儒補以入刻」，值得相信。

3 第五十五回之兩種刻本的筆墨比較

十卷本的這一回，一開頭的情節，與上一回的結尾，有重疊之病。按第五十四回的結尾，寫任醫官為李瓶兒看病，業已診斷完畢，且已取來藥煎妥吃了。睡了一夜，第二天起來，西門慶問李瓶兒：

「昨夜覺得好些兒麼？」李瓶兒道：「可要作怪，吃了藥，不知怎的睡的熟了。今早心腹裡，都覺不十分怪痛了。學了（此二字有誤）昨的下半晚，真要痛死人也。」西門慶笑道：「謝天謝地。如今再煎他二盅吃了，就全好了。」迎春就煎起第二盅來吃了，西門慶一個驚魂，落向爪哇國去了。」到了這第五十五回，一開頭居然寫「卻說這任醫官看了脉息，依舊到廳上坐下，西門慶便開言道：「不知道病症，看得何如，沒的甚事麼？任醫官道：「夫人的這病，原是產後不慎調理，因此得來。目下惡路不淨，面帶黃色，飲食也沒些要緊，走動便覺煩勞。依學生愚見，還該謹慎保重。大凡婦人產後，小兒痘後，最難調理，略有些差池，便種了病根。如今夫人兩手脉息虛而不實，按之散大，卻又軟不能自固。這病症都只為火炎，肝腑土虛命旺，虛血妄行。若今番不治，他後邊一發了不的了，說畢，西門慶道：『如今該用甚藥纔好？』任醫官道：『只是用些清火止血的藥。黃柏知母為君，其餘只是地黃黃岑之類，再加減些吃下看住，就好了。』西門慶聽了，就叫書童封了一兩銀子，送任醫官做藥本。任醫官作謝去了。不一時送將藥來，李瓶兒屋裡煎服，不在話下。」從這一段筆墨看，顯然與上一回（五十四）的結尾重了。說得更清楚一些，這情形是由於兩個不同的作者，分回改寫造成的。付梓時也未經過主編者的統一。若再深入推想，這情形可能是由於打從兩個不同的抄本拼湊成的，這一第五十五回與第五十四回的底本，非從一處得來。換言之，這十卷本也是打從許多人的抄本拼湊而來，它與上一回——第五十四回，不是同一抄本的編帙。拿來與廿卷本的這第五十五回一對，就會明白它與廿卷本的這一回，乃同一抄本來源。因為它們的文辭，完全一樣。

按廿卷本第五十四回的結尾，確是寫的任醫官看完了病，說了些閒話，打了些哈哈，「大家打恭到廳上去了。」那麼，十卷本的第五十五回，底本與廿卷本同，非其原有十卷本的體系，斯乃一大明證。

再按這第五十五回的篇幅，廿卷本也少於十卷本。十卷本的篇幅是十五頁欠五行，計七千八百字。除去空行，實有七千四百一十六字。廿卷本十頁有九行，計六千四百一十二字，除去空行，實有六千二百九十六字。短少一千一百一十四字。因為廿卷本刪去了十卷本陳經濟與潘金蓮互懷相思的一段，約三百來字。（從第八頁正面第十行的「便心上亂亂的」刪起，刪到第九頁正面第五行「慌忙驚散不題。」）第二處又從第十頁反面第九行「卻為何今日閃的小的們，」刪起，刪到第十一頁正面第八行「那歌童又說道」二百來字。第三處又從第十一頁反面第三行「你到那邊快活」刪起，刪到第八行「只得插燭也似磕了幾個頭」一百來字。第四處則從第十三頁反面第五行「只見那伯爵諸人」刪起，刪到結尾約千字上下的字數。包括所有歌詞全刪了。共刪去約一千五百字上下。但為了聯綴，又補寫了一些文辭，所以只短少一千一百餘字。都是零零星星修纂進去的。

雖說，這一回的情節文辭，大多與十卷本差異不大，但仍有部分改寫過了。如李三、黃四借銀，便是其一。

按李三、黃四借銀，在全書所占篇幅甚長，自第卅八回開始，到第九十七回還不忘交代了這二人的結局。我曾為此在拙作《金瓶梅原貌審探》寫了一個專題「李三、黃四、應伯爵」（頁111–142），來討論此一情節。在十卷本中，共有卅八、四十、四十二、四十三、四十五、四十六、五十一、五十二、五十三、五十六、六十、六十七、六十八、七十八、七十九、八十、九十七等十七回。在這五回（53-57）中，寫此借銀事者，有五十三、五十六兩回。都是銜接上兩回的情節。第五十一回，西門慶見到應伯爵時，曾催問李三、黃四的銀子幾時關？（意為幾時從官府領下來？）應伯爵答說「不出這個月就關出來了。」遂又向西門慶代李三、黃四續借五百兩，說：「如今東平府，又派下兩萬香來了。還要問你挪五百兩銀子，接濟他這一時之急。如今，關出的銀子，一分也不動，都抬過這裡來。」於是西門慶應允了。應允等徐家銀子討來借與他。到了第五十二回，應伯爵又來催問。西門慶點頭，吩咐他們後日後晌來取。所以到了第五十三回，應伯爵就帶著李三、黃四來了。讓李三、黃四等在隔壁人家。終于在這一回完成了李三、黃四再借銀五百兩的事。第五十四、五兩回沒有再寫借銀事。可是廿卷本不同，不惟第五十一回、第五十二回、五十三回寫了李三、黃四借銀的情節，第五十五回，也寫了這一情節。比十卷本多了一次。

廿卷本第五十一回的此一借銀情節，與十卷本同。第五十二回也大致相同。第五十三回就不同了。十卷本的第五十三回，已把從徐家討來的二百五十兩銀子，又從家中再湊了二百五十兩，付與了李三、黃四。廿卷本的第五十三回，則未借給他們。這樣寫的「應伯爵道：『前日謝子純在這裡吃酒，我說的黃四、李三的那事，哥應付了他罷。』西門慶道：『我那裡有銀子？』應伯爵道：『哥前日已是許下了，如何又變了卦？哥不要瞞我，等地財主說個無銀出來。隨分湊些與他罷。』西門慶不答應。他只顧呆了臉看常時節。……」因而到了這第五十五回，應伯爵又來，因說：「今日早晨李三、黃四走來，說他這完香銀子急得緊，再三央我來求哥。好歹哥看我面，接濟他這一步兒罷！」西門慶道：「既是這般急，我也只得依你了。你叫他明日來兌了去吧。」……次日，西門慶衙中回來，伯爵已同李三、黃四坐在廳上等。見西門慶回來，慌忙過來見了。西門慶進去換了衣服，就問月娘取出徐家討來的二百五十兩銀子，又添兌了二百五十兩，叫陳經濟拿了同到廳上，持與李三、黃四。因說道：「我沒銀子，因應二哥再三來說，只得湊與你。我卻是就要的。」李三道：「 老爹接濟，怎敢遲延，如今關出這批銀子，一分也不敢動，就都送了來，于是兌收白，千恩萬謝去了。」把再湊五百兩的情節，寫在這第五十五回。至於此一筆墨，情節上有無漏洞？後面再論。

再說廿卷本這一回的結尾，與十卷本不同。那是由於它刪去了歌童的歌唱文辭，並改寫了結尾的原因。前面已說到了。這一點，與這五回之外的其他各回類同，也不必在此處討論它了。

十卷本的這一回，開頭寫了八句證詩，又寫了三行解說這八句詩的說解。說：「這八句單說人生在世，榮華富貴不能常守。有朝無常到來，恁他推金積玉，出落空手歸陰。因此西門慶仗義疏財，救人貧難，人人都是贊歎他的。」看來真是令人不解。我在《金瓶梅箚記》上。曾論到這些話與證詩。我說：「看來無論詩也罷文也罷，都比況的不倫不類。第一，這首詩（斗積黃金侈素封，遽遽莊蝶夢魂中。曾聞郿塢光難駐，不道銅山運可窮。此日分贏推飽子，當年沈永笑龐公。悠悠末路誰知已，惟有夫君尚古風。）既比況不到西門慶頭上，也比況不到《金瓶梅》頭上。第二，西門慶是一位『仗義疏財，救人貧難，人人都是贊嘆他的』人物嗎？那麼，何以會有這麼一段不相干的描寫呢？真的是沈德符說的『陋儒補以入刻』的嗎？則此一『陋儒』也未免其陋也，極矣！」

我又說：「固然，這一回寫的是『西門慶周濟常時節』，卻也談不上是『仗義疏財』，他只是照顧了這位幫會中的弟兄而已。想來，我們可不難基此去推想《金瓶梅》的故事，可能其中有一位『仗義疏財，救人貧難，人人都是贊歎他的』人物，不是西門慶。笑笑生們改寫時，把這情節，改寫到西門慶頭上了。」

今天，再來校勘這五回，在兩刻比對之下，益可證明十卷本《金瓶梅詞話》亦改寫本也。

如以篇幅論，十卷本共十一頁欠四行，計五七一二字，除去空行，實有五千五百五十四字。廿卷本七頁欠二行，計四千二百五十六字，除去空行，實有四千零四十字。短少一千五百一十四字。

這一回的兩種刻本，除了回目略有不同，十卷本是「西門慶捐金助朋友，常時節得錢傲妻兒」，最大的不同處，是廿卷本刪去了十卷本中的〈別頭巾文〉。把十卷本下半回目之「應伯爵舉薦水秀才」改為「常時節得錢傲妻兒」，想必就是這一原因。

按十卷本的舉薦水秀才情節，從第七頁反面寫起，約有近二千字的篇幅，二十卷本的此一情節，僅有一千二百餘字的篇幅，光是這一部分，就少了七百餘字。關於舉薦水秀才，由應伯爵口述出的詩文，僅保留了一闋「黃鶯兒」，有關〈別頭巾文〉與詩，全部刪了。雖然刪去了〈別頭巾文〉等文字，後半段所寫的情節，仍舊是「應伯爵舉薦水秀才」，至於「常時節得錢傲妻兒」，仍是上半回目的故事。廿卷本以上半回目的故事，寫成上下回目，作為第五十六回的全部情節，事實上是不對的。在這一回的故事中，明明後半是應伯爵舉薦水秀才的情節，焉可僅以上半回目的故事來取代？若從此一問題來作推想，那麼，刪去了〈別頭巾文〉乃出於廿卷本的改寫者或出版者的故意。換言之，此乃廿卷本蓄意要刪除這篇〈別頭巾文〉，因而連回目也改了，改得要人連聯想都不存在了。

何以廿卷本要如此改呢？

想來，這委實是一個問題？這一問題，自不是為了文辭上的累贅方始這樣改的。顯然是有所掩飾什麼？有所隱瞞什麼？廿卷本之失去了「欣欣子序」文，以及第一回的改寫，在我看來，它們都具有同一因素。可以說，廿卷本的出版者，已有意把十卷本殘餘的政治諷喻與作者是誰的暗示，予以全部清除。此一〈別頭巾文〉之被刪，或因為〈開卷一笑〉已暴露了作者是「一衲道人」屠隆吧！

這一回的廿卷本，之不同於十卷本者，尚有三幾處文辭的刪節。如十卷本第一頁反面第十行「……來到一個酒店內」之下的「只見小小茅簷兒，」到「到潔淨可坐」共六十字；第二頁反面第一行「藏春塢遊玩」之下的「原來西門慶後園一列「伴著西門慶尋花問柳」這一段共二百三十四字；第五頁正面第二行的八句七律；第九頁反面第二行「也到做的有趣」之下，「哥卻看不出來第一句」到「後面一發好的緊了」等八十五字；再者「因此說有時」下面的「羨如椽」到「落筆起雲煙」等三十六字；還有這頁正面第六行「三世之交」下面「小弟兩三歲時節」到「後來大家長大了」等三十八字，也刪去了。尤其應伯爵講解「黃鶯兒」那闋詞，十卷本是從第一句講起的，廿卷本則從第五句講起，以及那一段「羨如椽。他說自家一筆如椽。做人家往來的書疏，筆兒落下去，其煙滿紙。因此說滿筆起雲煙。」全刪去了。這樣一刪，連文義也不通了。

還有第三頁反面，有幾行：(原書排次)

> 笑起來伯爵道這兩日杭州貨船怎地還不見到不知他買賣
> 貨物何如前日哥許下李三黃四的銀子哥許他待門外徐四
> 銀到手湊放與他罷西門慶道貨船不知在那裡擔擱着書也
> 沒稍封寄來好生放不下李三黃四的我也只得依你了應伯
> 爵挨到身邊坐下乘問便說常二哥那一日在哥席上求的事

這裡寫的李三、黃四借銀，顯然的與第五十三回重複了。我們光看這五行文辭，也能看出李三、黃四借銀的幾句話，是從別處錯簡進來的。我們如把李三、黃四借銀的幾句話刪了，文辭也正好相聯。基乎此，我們或者可以推想十卷本付梓時，也是一部東湊西拼成的稿本。匆匆付梓，並未經過出版者好整以暇的仔細而認真整理。遂產生了不少這類錯簡的情事。廿卷本卻是整理過的，像這一部分，便改寫過了。這樣改寫的：

> 伯爵道：「這兩日杭州貨船怎的還不見到？不知買賣貨物何如？這幾日不知李三、黃四的銀子，曾在府裡頭關了送來與哥麼？」西門慶道：「貨船不知在那裡擔擱著，書也沒稍封來，好生放（心）不下。李三、黃四的又說在出月纔關。應伯爵挨邊………」

從這裡，我們可以了解到廿卷本在這五回中寫了李三、黃四借銀（五十三、五十五、五十六），而且改了十卷本在第五十三回已完成了再借銀五百兩的情節，如叫他們後日來，到了第五十五回也沒有答應，在這五十六回卻說：「李三、黃四的，我也只得依你了。」但卻沒有再寫李三、黃四是怎樣把銀子取去的。這一部分，十卷本的第五十三回，寫得非常清楚，第五十四回的上半回目「應伯爵郊園會諸友」，就是從李三、黃四借到了這筆錢，應伯爵得到了中人錢，方始決定請客的。正因為廿卷本的改寫者，沒有看到十卷本的第五十三、四兩回，不知道李三、黃四在第五十三回是怎樣把銀子取去的？卻看到了第五十六回寫的西門慶應允「李三、黃四的，我也只得依你了。」遂再依據了十卷本第五十一、二回的情節，略加增潤，便這樣把李三、黃四的借銀改定了。所以廿卷本的李三、黃四再借五百兩銀子的情節，欠缺了十卷本第五十三回寫得那麼生動詳盡。

從上述情節來看，也就足以證明廿卷本在付梓時，欠缺第五十三、四兩回，連相連的第五十五、六等回，也隨著改纂了。因為，除了上述的刪改部分，其他，兩刻的文辭，大體上是相同的。

3 第五十七回之兩種刻本的筆墨比較

看來，第五十七回的兩種刻本，前後文辭是大致相同的，廿卷本只是刪節了一些累贅文辭而已。這情形，與其他各回（除第一回與第五十三、四、五、六等回）的刪節情形一樣。按這一回的篇幅，十卷本是十三頁欠二行，計六千八百一十六字，除去空行，實有六千五百零六字。廿卷本是九頁欠六行，計五千三百七十字，除去空行，實有五千二百七十字。少於十卷本一千二百三十字。

十卷本的回目是「道長老募修永福寺，薛姑子勸捨陀羅經」，廿卷本改為「開緣簿千金喜捨，戲雕欄一笑回頭」。但開頭到結尾的情節與文辭，則是一樣的，只是廿卷本刪節了一些文辭而已。至於證詩更換了，也與其他各回一樣，大多更換過了。

刪節的情形，比對起來，是這樣的。譬如十卷本的開頭，闡述永福寺的建寺淵源，寫了一大段開山祖萬迴的故事，計達三十六行缺七字，共計八百五十七字，廿卷本的這一段，則為二十六行又四字，計七百三十二字，刪去一百二十五字。看來，這種刪節的情形，與其他這五回（包括第一回）以外的各回，並無特殊之處。認真說來，卻只有廿卷本改的下半回目「戲雕欄一笑回頭」與十卷本大不相同的這點，需要比勘討論。

按十卷本的這一下半回目「薛姑子勸捨陀羅經」，從西門慶捐了五百兩銀子給永福寺的道長老，轉到廳上，情節便進入了「勸捨陀羅經」。可以說從第九頁正面寫到「西門慶別了應伯爵，轉到內院，」便正式開始了。共寫了約二千字有餘，廿卷本也祇刪了三幾百字，如佛說「三禪天」及「佛家以五百里為由旬」等佛家說詞二百五十六字，還有嘲諷尼姑的「當年行經是果兒」一段。其他大都與十卷本文辭同。那麼，「戲雕欄一笑回頭」的情節在那裡呢？

按十卷本寫完了施捨陀羅經，薛姑子只要九兩銀子，「正說的熱鬧，只見那陳經濟要與西門慶說話，跟尋了好一回不見。問那玳安，說月娘房裡，走到捲棚底下。剛剛湊巧，遇著了那潘金蓮，凭闌獨笑，猛然抬頭，見了經濟，就是個貓兒見了魚鮮飯，一心心要啖他下去了。不覺得把一天愁悶，多改做春風和氣，兩個乘著沒有人來，執手相偎，做剁嘴咂舌頭，兩個肉麻好生兒頑了一回兒。又像老鼠見了貓來，左顧右盼提防著，又沒個方便，一溜煙自出去了。」屬於廿卷本的下半回目「戲雕欄一笑回頭」的情節，只有這麼幾句，其他全是「喜捨陀羅經」的情節。廿卷本也沒有在此一情節上再作鋪張，只在文理上清順了一番而已。試看：「正說的熱鬧，只見陳經濟要與西門慶說話，尋到捲棚底下，剛剛湊巧遇著了潘金蓮憑闌獨惱。猛抬頭見了經濟，就是貓兒見了魚鮮飯一般，不覺把一天愁悶都改做春風和氣。兩個見沒有人來，就執手相依，剁嘴咂舌頭，兩下肉麻頑了一回。又恐怕西門慶出來撞見，連算帳的事情也不提了。一雙眼又像老鼠防貓，左顧右盼，要做事又沒個方便。只得一溜煙出去了。」雖然改寫過的文義比十卷本通順也入乎情理得多。終究太少了，不夠列入回目的資格。似應以喜捨陀羅經為回目。何以廿卷本要這麼改呢？正因為廿卷本已把印陀羅經的事，寫在第五十三回的結尾了。說來。此一不合回目之處，錯誤的基因，仍在「補以入刻」的第五十三、四兩回頭上。

另外，還有「東京」誤為「西京」的一處，十卷本在第八頁反面第五行第十六字，「我前日因往東京」的「東」字誤為「西」字。廿卷本也照誤了。在第十三頁正面第十一行第七字，也刻為「西」京。基是情事，更足以證明二十卷是依據十卷本來的。當然，也有部分來自另一傳抄路線。前面也例說到了

四　「有陋儒補以入刻」的問題

多年以來，我就認為沈德符《萬曆野獲編》說的「有陋儒補以入

刻」的第五十三回至五十七回，是一句頗有問題的話。[7]實則，《萬曆野獲編》論及《金瓶梅》的那些話，十九都是問題。我已論過不少次了。在近作《金瓶梅的幽隱探照》中，對此問題，又有一個看法，那就是沈德符的這番話，頗多暗示成分。今天，當我詳盡的比勘了這兩種刻本的這五回，越發的認為沈德符的這番話，暗示成分甚重。這番話，不但暗示了《金瓶梅》的問世與演變過程，兼且暗示了傳抄、付刻，以及改寫與成書的年代。當然，連作者也暗示進來了。

從這五回的兩種刻本的比對，來看事實，可以證明沈德符說的這五回是「陋儒補以入刻」的話，並非無因，惜乎此一問題，不在十卷本（新刻《金瓶梅詞話》）身上，卻在廿卷本身上。多年來，凡是從事此一問題研究者，總在十卷本的這五回中繞圈子，看來，似乎是精力浪費了。

我們看這五回，十卷本只有第五十五回的任醫官看病，與第五十四回的結尾重了，「血脉」不貫連了。還有第五十六回的李三、黃四借銀，也有重複之處。其他，無不情節周密，文辭細膩。刻描人物之言談舉止與心理情緒，也生動鮮活而有情有致。絕無補寫跡象。廿卷本可就不同了，任誰在兩刻相互比對之下，都能發現第五十三、四兩回是重寫過的，而且不是改寫。第五十五、六兩回，則是改寫過的。第五十七回則與其他九十四回（第一回也除外）一樣，祇是刪節了十卷本的部分文辭與情節而成的簡本而已。這五回，全不符合《萬曆野獲編》的話，說是「第五十三回至五十七回」都是「陋儒補以入刻」的。縱以廿卷本來說，也印證不上。

不過，《萬曆野獲編》的這番話，卻暗示了不少問題的答案。

7　拙作《金瓶梅探原》之〈論明代的金瓶梅史料〉一文，已經論到。由於筆者當時手中無崇禎刻之廿卷本，未能作比勘工作。

1 「未幾時而吳中懸之國門矣」的《金瓶梅》是十卷本還是廿卷本？

二十多年來，凡是論到第五十三到五十七這五回的「有陋儒補以入刻」的問題，悉以十卷本《金瓶梅詞話》為基準，除了韓南先生曾以之與廿卷本併論過，他尚少見。那麼，如依據《萬曆野獲編》的話來作判斷，這部「未幾時而吳中懸之國門矣」的《金瓶梅》，應是廿卷本而非十卷本。

第一，沈德符說他手上的《金瓶梅》稿本，是向袁中道（小脩）抄來的（又三年，小脩上公車，已携有其書，因與借抄挈歸。）

第二，謝肇淛《小草齋文集》說他手上的《金瓶梅》稿，是廿卷本。打從袁宏道（中郎）與丘志充（諸城）兩處錄來（於袁中郎得其十三，於丘諸城得其十五，稍微釐正而闕所未備，以俟他日。）

這兩人的話，不是可以據之認定沈德符手上的《金瓶梅》稿本是廿卷本嗎？

今見之兩種刻本，從版本學觀之，十卷本《新刻金瓶梅詞話》乃《金瓶梅》一書的最早刻本。最早不能早於萬曆四十五年（1617），最遲不能遲於天啟三年[8]。因為它沒有避諱字。而且，字體也不能晚於崇禎。

這樣看來，《野獲編》中說的「未幾時而吳中懸之國門矣」的《金瓶梅》，應是十卷本《金瓶梅詞話》無疑了吧？可是，《金瓶梅詞話》的第五十三至五十七等回，並無「陋儒補以入刻」的情事可尋。相反的，《野獲編》的這番話，竟可以在廿卷本的情節與文辭中見及。這就怪了！

8　按明朝刻書之有辟諱字，政令頒於天啟元年。一般刻本之避天啟帝由校諱，多在天啟三年以後。《金瓶梅詞話》無避諱字。既未避天啟，也未避萬曆，更未避泰昌。

劉輝先生認為今見之（十卷本《新刻金瓶梅詞話》並非第一次刻本；梅節先生認為今見之（廿卷本）《新刻繡像評點金瓶梅》刻於十卷本之前。劉輝依據的是「新刻」二字，梅節依據的是「欣欣子」之未被明代人引用。全未能聯想到《野獲編》這番話。若以我提出的這一問題，來增其立論之據，豈不是更有力嗎？

對於此一問題，我的判斷有異於劉、梅兩位先生。我認為這些問題的「矛盾」形成，正是沈德符《萬曆野獲編》的暗示，他特意在語言上形成「矛盾」，如他於萬曆卅七年（1609）向袁小脩抄得《金瓶梅》全稿，以及「未幾時而吳中懸之國門」與「有陋儒補以入刻」的話，形成的一連串「矛盾」，便暗示了《金瓶梅》某些問題的答案。

譬如「欣欣子」的序文，何以未能在明代的文人筆下出現？便在《萬曆野獲編》的這些「矛盾」語言中，暗示了答案。

2 何以明朝文人論《金瓶梅》不曾說到「欣欣子」與「蘭陵笑笑生」？

說來，明朝文人論及《金瓶梅》，竟無任何一人說到「欣欣子」與「蘭陵笑笑生」？委實是一大問題。因為「欣欣子」的序文，刊在十卷本《新刻金瓶梅詞話》的簡端。而且，此一刻本乃公認是《金瓶梅》的最早刻本。此一刻本，最遲也應刻在萬曆末或天啟初。明朝談論《金瓶梅》的文人，生存到天啟或崇禎末者，數來不下十之九。如袁小脩、謝肇淛卒於天啟三、四年間，屠本畯、李日華、沈德符、薛岡、馮夢龍悉已生存到崇禎年間，馮夢龍且卒於朱明易姓之後。

他們何以沒有說到「欣欣子」與「蘭陵笑笑生」？想來委實是一大問題？需要尋求答案。這裡，我們來從《萬曆野獲編》的一些話；進行瞭解。

第一，又三年，小脩上公車，已攜有其書。因與借抄挈歸。

沈德符這句話中的「又三年」，指的是萬曆卅七年（1609），明年有春闈，袁小脩在京依附其二兄中郎讀書，準備明年春入圍應試。沈德符向袁氏兄弟借抄《金瓶梅》，應在這年秋冬間。這時，沈德符是太學生。

惜乎沈德符《萬曆野獲編》的這句話，與袁小脩萬曆四十二年（1614）八月的日記《遊居杮錄》有了牴觸。小脩在這則日記上說他還是「從中郎真州」（萬曆二十五、六年間），「見此書之半」。這一點，我們先不管它，我們只確定沈德符手上的《金瓶梅》，是打從袁氏兄弟處抄來的。抄來的時間是萬曆三十七年（秋冬間）。

第二，吳友馮猶龍見之驚喜，慫恿書坊以重價購刻。

馬仲良時榷吳關，亦勸予應梓人之求，可以療飢。……未幾時而吳中懸之國門矣！

雖然，這句話如從上下文的語意順之，時間應不出於翌年（萬曆卅八年）。好在「馬仲良時榷吳關」之「時」，史書上有明確的記錄，「時」在萬曆四十一年（1613）至翌年一年間。（按馬仲良抵吳之日是當年五月）。那麼，我們可以據之肯定沈德符抄得《金瓶梅》的四年後，稿還藏在手中。兼且肯定了《金瓶梅》是一部當時的「書坊」願出「重價購刻」的書，「應梓人之求可以療飢」的書。

這些話，業已說明了「此等書必遂有人板行，一刻則家傳戶到。」所以，沈德符雖未將手中的稿本出售而「固篋之」。卻也「未幾時而吳中懸之國門矣」！

試想，沈德符的這些話，豈不是《金瓶梅》之久久未有刻本，必有阻礙它付刻的原因嗎？從沈德符在袁中郎《觴政》一文中，獲知有《金瓶梅》一書，到吳友馮夢龍慫恿書坊重價購刻之年，此書之傳抄世間，亦為時八載矣！更不必再向前推。儘管下面還有一句「未幾時而吳中懸之國門矣！」終究不能符合「此等書必遂有人板行」的話。

如從傳抄問世之年（萬曆二十四年，1596）算起，抵萬曆四十一年已足足十七年了。

《金瓶梅》一書，傳抄了足足十七年之久，竟無刻本行世，焉能符合沈德符的這句「此等書必遂有人板行」的說詞？《金瓶梅》一書之遲遲未有刻本問世，自不是由於其中寫了淫穢之辭的原因。應是有關乎政治諷喻吧！（因為明朝的穢淫文字圖畫，不干公禁。）

今見之十卷本《金瓶梅詞話》，不還殘餘著有關政治諷喻的辭義嗎？

如按沈德符說「馬仲良時榷吳關，亦勸予應梓人之求，可以療飢」的時間，來看看東吳弄珠客序於萬曆丁巳（1617）季冬的《金瓶梅詞話》，相距已去四年。若說這部《金瓶梅詞話》就是沈德符說的「未幾時而吳中懸之國門矣」的那一部，似乎令人感於相距時間遠一些。然而我們卻也沒有證據，來說這部《金瓶梅詞話》是第二次刻本。雖然，劉輝先生以「新刻」二字為據，認為今見之《新刻金瓶梅詞話》乃刻于萬曆四十七年的二次刻本，當有一部刻于萬曆四十五年的「初刻」。而我則認為此一說法，仍難符契沈氏的「未幾時而吳中懸之國門矣」的時間因素。何況，此一問題還牽涉到沈氏於萬曆三十七年向袁氏兄弟抄來「全稿」的矛盾事實呢？

如今，我們所以從沈德符的這幾句話中，獲得這些個暗示。

一、《金瓶梅》的梓行，與馮夢龍有密切關係。「馮夢龍見之驚喜，慫恿書坊以重價購刻」的「書坊」，似乎暗示的就是馮夢龍自己。這時的馮夢龍有「墨憨齋」，已在經營出版業了。

二、「此等書必遂有人板行，一刻則家傳戶到，」暗示了《金瓶梅》之久未有人梓行，其受阻原因，並非已刻出之刻本內容。

三、「未幾時而吳中懸之國門矣」的這部《金瓶梅》，其出版時間在萬曆四十五年（1617）之。那麼，《金瓶梅詞話》是初刻本，在這些語言中，不是已有答案了嗎？

可是，「然原書實少五十三回至五十七回，遍覓不得，有陋儒補以入刻」的說詞，卻又枝生出問題來了。

第三，然原書實少五十三回至五十七回，遍覓不得，有陋儒補以入刻，沈德符看到的這部《金瓶梅》初刻本，就是他向袁氏兄弟抄來的那一部，也缺五十三回至五十七回，印出來的刻本，缺少的這五回是「陋儒補以入刻」的。而且經他看過，認為其中內容是「膚淺鄙俚，時作吳語，即前後血脈，亦絕不貫串，一見知其贋作矣！」可以說，這些話說得斬釘截鐵。但與今見之大家公認初刻本十卷本《金瓶梅詞話》比對，如所論各語，十九都不能印證。相反的，與後刻於崇禎的廿卷本（新刻繡像批評《金瓶梅》），尚有符節之處。這麼一來，枝節橫生了。

從所說「有陋儒補以入刻」的這五回來看，則廿卷本堪符斯說。廿卷本刻於崇禎，其中有崇禎避諱字可證。沈德符最早看到的《金瓶梅》會是廿卷本？相去所說「未幾時而吳中懸之國門矣」的時間，未免太遠了，有十五、六年之久。

然而，另一位與沈德符同時代的人薛岡（千仞），看到的刻本，也是崇禎刻。因為他說到的簡端序文，是東吳弄珠客的序，不是欣欣子的序。崇禎刻的廿卷本，簡端（第一篇）序文是東吳弄珠客序，刻於萬曆或泰昌、天啟間的十卷本，簡端則是欣欣子的序。

再說，所有論及《金瓶梅》的明代人，卻又祇有沈德符與薛岡二人說到刻本，其他人等竟無任何人說他見到刻本。是以無人談到欣欣子以及蘭陵笑笑生。

奇怪！刻於萬曆或天啟初的十卷本，那裡去了呢？

今天，我們見到的十卷本《金瓶梅詞話》，還有三部又殘卷廿三回。這十卷本刻於廿卷本之前，也是版本學家不能否認的行款字體與版式。何況，還有東吳弄珠客署名的作序年代（萬曆丁巳季冬）。說十卷本刻於廿卷本之後，是萬不可能的事。

那麼，沈德符《萬曆野獲編》說的「有陋儒補以入刻」的這五回，怎的會是刻于崇禎的廿卷本呢？難道，在現有的廿卷本之前，還有一部早於十卷本的廿卷本為底本的刻本嗎？

按世存的廿卷本，今知者有兩種行款，一是十行二十二字本，一是十一行二十八字本。依據日本版本學家鳥居久靖之〈金瓶梅版本考〉與近日上海復旦大學黃霖作〈關于上海圖書館藏兩種新刻繡像批評金瓶梅〉一文[9]，考證廿卷本的刻本，在行款上雖有眉評之「三字一行」、「四字一行」或「二字一行」的迥異，但大體上，字體與行款之別，仍為兩種。今者，筆者祇見過日本天理圖書館及日本內閣文庫兩種藏本。其他等處所藏，吾悉未寓目。不知其中是否同於日本的這兩種，全有崇禎帝的避諱字，如有一部無崇禎帝避諱字，這一部便可能是早於十卷本的二十卷刻本了。這一點，敬盼所有從事《金瓶梅》究的朋友，特別注意及之。

若以筆者今見的廿卷本內容來說，譬如第三十九回中的「鈞語」誤刻為「釣語」，第五十七回中的「東京」誤刻為「西京」，還有其他文辭上的刪節與修纂，在在都足以證明廿卷本刻於十卷本之後，而且，在付梓前，曾據十卷本為底本，進行修纂的工作。這一點，是可以肯定的，除非我們又發現了另一部早於十卷本的二十卷刻本，或另一部早於萬曆丁巳序的十卷本。（其上應無欣欣子序文）否則，沈德符《萬曆野獲編》的這幾句話，可真是難以周圓的了。此一問題，我們再回頭說好了。

9　黃霖：〈關於上海圖書館藏兩種新刻綉像批評金瓶梅〉。刊於昭和六十三（1988）十月十日《中國古典小說研究動態》第二號（日本東京出版）

在萬曆那個朝代，淫書春畫，公開銷售。在市肆間，售賣淫器事物的店鋪，隨處可見[10]。「此等書必遂有人板行」，本是一句實話。可是《金瓶梅》這部書，自萬曆二十四年（1596）傳抄問世，竟蹭蹬蹉跎了二十年有奇，方有刻本行世。直到崇禎間廿卷本梓行，它方始符合了「一刻則家傳戶到」的說詞。數年之間，刻本便有了數種。基是情事推繹，自可蠡知它之遲遲無人板行，非由於它的淫穢問題，乃政治諷喻問題也。

若基是問題推想，沈德符《萬曆野獲編》的這些話，不是暗示了《金瓶梅》的成書坎坷，以及「陋儒補以入刻」等情事嗎？

更清楚的一點，這些話指的是廿卷本，卻又故意以「未幾時」三字，暗示廿卷本以前，還有一部十卷本，否則，焉能以「未幾時而吳中懸之國門矣」的話，按到廿卷本（崇禎刻本）頭上？這時，沈德符當然知道十卷本《金瓶梅詞話》已經毀了板了，印出的書也必然焚了。在字面上，把十卷本隱而不論，卻在字裡行間的語意上，暗示了廿卷本以前還有十卷本呢。

五　無論膚淺鄙俚，時作吳語，即前後血脈，亦絕不貫串，一見知贗作矣！

我要再說一遍，沈德符《萬曆野獲編》論《金瓶梅》第五十三回至五十七回的「時作吳語」與「前後血脈」不貫的話，真格是害人耗費了不少的無謂精力。而且，人人都以十卷本《金瓶梅詞話》為準則。如今，我已把這兩種刻本，分上下欄攤在這裡，且一段段注說。

10　崇禎間人（佚名）作〈如夢錄〉，在《街市紀》第六章中，記開封市有淫店七家。淫書如《弁而釵》、《癡婆子傳》、《宜春香質》等等，悉為萬曆間刻本。

俗謂：「不怕不識貨，只要貨比貨。」我們對照一比，紅幾點，黑幾點，就一目了然了。別被蒙起眼，在磨道上轉圈子吧！

按說，「膚淺鄙俚」四字，是一句難尋對象的話，尤其對小說來說。譬如說「膚淺」一辭，像第五十六回的「黃鶯兒」一詞，那是一篇用來嘲笑水秀才學養不佳的長短句，所謂「書寄應哥前，別來思不待言。滿門兒托賴都康健。舍字在邊，傍立著官。有時一定求方便，羨如椽，往來言疏，落筆起雲煙。」再加上應伯爵的一番詮釋，越發的令人好笑。但一比應伯爵下面再唸出的〈別頭巾文〉詩與文，便一掃「黃鶯兒」的膚淺，變為深蘊。如以小說藝術說，斯乃小說家塑造應伯爵其人性格的手法，他能隨時口誦出如此長的一詩一文，又能詮釋了那闋「黃鶯兒」的可哂之處，也足見下層社會上，誠有不少這類才人。西門慶之喜歡應伯爵，就在這地方了。算不得膚淺吧？廿卷本的這一回，刪去了「別頭巾」的一詩一文。

對於人物的塑造，性格不統一。如前論廿卷本第五十四回寫到「應伯爵郊園會諸友」（廿卷本改為「應伯爵隔花戲金釧」）時，西門慶的酒令與應伯爵的兩個笑話，算得上是膚淺，但這是廿卷本，不是十卷本。十卷本的第五十四回，無論上半回目「應伯爵郊園會親友」或下半回目「任醫官豪家看病症」，無不筆筆周到，情節自然，而活潑生動。若以優劣別之，廿卷本的第五十三，四回，遜色矣！

想來，沈德符指摘的「膚淺」二字，應是指的廿卷本非十卷本。意在使之與「未幾時」的時間不符，而有所暗示也。至於「俚白」，那就更難分野了。

小說，原屬於「街頭巷議」的市諢生活語言之類的文學，語言「俚白」，應是小說的特色，焉能指為缺點？若以「俚白」論之，則《金瓶梅》中的語言，特別是人物對話。無不十九堪以「俚白」喻之。委實弄不清沈德符說的「俚白」一詞，究何所指？

西門慶這幫子人，本就是下流社會上的混混兒，他們的語言，原屬於市諢之最俗俚又最穢褻者。後來，西門慶雖混跡於官場，巴結到一身五品袍帶，在官場上居然斯文起來。然仍難掩其下流行徑與市諢穢語。如第五十二回（十二頁反面）寫西門慶與李桂姐在藏春塢山子洞苟合，應伯爵闖進去看到，便大叫一聲，說：「快取水來，潑潑兩個攮心的，摟到一荅里了。」還有第六十七回（二十頁反面）寫應伯爵的丫頭勞花生了個兒子，向西門慶借錢。西門慶借了錢不收借據，開玩笑說：「傻孩兒，誰和你一般計較，左右我是你老爺老娘家（即公外公婆家）。不然，你但有事就來纏我。這孩子也不是你的孩子，自是咱兩個分養的。實和你說過了。滿月，把春花兒那奴才叫了來，且答應我些時兒，只當利錢，不算發了眼。」像這些下流話，算得「俚白」了吧？卻又是小說家應該運用的實生活語言。怎能視之為缺點？捨乎此，我不知還有那些，算得是「俚白」。西方小說中，也多的是「SLANG」啊！

關于「時作吳語」的問題，已有不少語言學家參加了討論。此一問題，可以說已獲結論，業已有人統計出來，全書百回，隨處都有吳語，非僅眼於這五回[11]。筆者一開始進入了《金瓶梅》的研究範圍，就注意到沈氏的此說有問題。在《金瓶梅探原》中已說到了（巨流圖書公司民國六十八年四月印行）。在我認為這是一句暗示《金瓶梅》有吳人參予改纂的話，不能當作問題去從事研究的。

至於「前後血脈，亦絕不貫串」的情事，十卷本只有兩處，一是第五十五回的開頭，把任醫官看症的情節，重寫了，與五十四回的結尾，接不上了，重了。另一處是第五十六回的李三、黃四借銀，也重

---

11 參閱張惠英作：〈金瓶梅用的山東話嗎？〉，《中國語文》1985年第4期（1985年7月）。

了一筆。這兩處問題，我在前面也說到了。再說，像這類情節重疊，血脈不貫的問題，在這五回之外還有。如第二十五回寫揚州鹽商王四峯，被安撫使送監在獄中，許銀二千兩央西門慶對蔡太師說人情釋放。西門慶派了來保進京，到了第二十七回來保回來，見了西門慶，「具言到東京覺稟事的管家，下了書，然後引見太師老爺看了揭帖，把禮收進去，交付明白。老爺分付不日寫書，馬上差人下與山東巡撫侯爺，把山東滄洲鹽客王霽雲等一十二名寄監者，盡行釋放。」竟把第二十五回寫的「揚州鹽商王四峯」寫成「滄洲鹽商王霽雲」了。還有第二十七回又重寫了來保與吳主管晉京的事。

按第二十五回開頭，已寫「西門慶就把生辰擔並細軟、銀兩、馱垛、書信，交付與來保和吳主管，五月廿八日起身，往東京去了，不在話下」這第二十七回的開頭，寫來保已從東京回來，可是，寫完了宋仁的案子，卻又寫了「西門慶剛了畢宋惠蓮之事，就打點三百兩金銀交賴銀率領許多銀匠，在家中捲棚內，打造蔡太師上壽的四陽捧壽的銀人………一日打包端就，著來保與吳主管，五月廿八日離清河縣，上東京去了，不在話下。」又重寫了一次。其他類似之處，還有呢？若是情形，我認為是「集體改寫時，分回各寫各的，無人總纂其成。寫好了，就匆匆付梓，梓成也未校正。」要不呢，就是「傳抄時原稿錯簡了，抄者便胡亂拼湊」（參閱拙作《金瓶梅劄記》」（頁121-122）。像五十三至五十七這五回的「血脈不貫」情形，得非一貫之誤？安能強將這五回的「血脈不貫」派到「陋儒」頭上去。

所以我認為沈德符《萬曆野獲編》的這番話，暗示的成分多於事實。如斷為句句是實，則必陷之泥淖也。

六　沈德符《萬曆野獲編》的暗示

我認為沈德符《萬曆野獲編》的話，句句都是暗示，在拙作《金瓶梅的幽隱探照》一書，業已說到不少了。在此，我再一一指示，供作賢智參考。

（1）袁中郎《觴政》配「《水滸傳》」為外典，予恨未得見。

暗示《金瓶梅》的故事，已借用《水滸傳》中的西門慶與潘金蓮為主幹矣。（初期傳抄本，似乎不是西門慶的主角，是賈廉。此一問題有第十七、十八兩回可證。）

（2）丙午，遇中郎京邸，問：「曾有全帙否？」曰：「第睹數卷，甚奇快。今惟麻城劉延白承禧家有全本，蓋從其妻家徐文貞錄得者。

暗示《金瓶梅》的全帙，只有兩家，一是麻城劉家（劉守有、劉延禧父子），一是太倉王家（王世貞，王世懋兄弟），此兩家都是鄞人屠隆的恩人。

（3）又三年，小脩上公車，已携有其書，因與借抄挈歸。

暗示後期抄本已成書，袁氏兄弟已有其書。

（4）吳友馮猶龍見之驚喜，慫恿書坊以重價刻；馬仲良時榷吳關，亦勸予應梓人求，可以之療飢。予曰：「此等書必遂有人板行，但一刻則家傳戶到，壞人心術，他日閻羅究結始禍，何辭置對？吾豈以刀錐博泥犁哉！」仲良大以為然，遂固篋之。

暗示《金瓶梅》在萬曆四十一、二年間，尚無刻本行世，以及馮夢龍的熱衷此書。並暗示馮夢龍與此願以「重價購刻的「書坊」，乃馮夢龍本人。這時的馮夢龍已以「墨憨齊」梓行《山歌》等書矣！」「馬仲良（之駿）時榷「吳關」，乃萬曆四十一、二年事。有蘇州府志及馬氏家刻本〈妙遠堂集〉可證。

（5）未幾時，而吳中縣之國門矣。

以「未幾時」的時間因素，導引證者生疑，來從廿卷本聯想到廿卷本之前，還有一部《金瓶梅》刻本。沈德符寫此文時，廿卷本已梓行，十卷本已燬板。按沈之此文應作於崇禎間。

（6）然原書實少五十三回至五十七回，遍覓不得，有陋儒補以入刻，無論膚淺鄙俚，時作吳語，即前後血脈，亦絕不貫串，一見知其贋作矣。

經過比對校勘，已證明沈德符說的「五十三回至五十七回」是「陋儒補以入刻」的話，可印證在廿卷本身上，按不到十卷本頭上去。例如第五十三、四兩回，是徹頭徹尾重寫過的。第五十五、六兩回，也有改寫不銜的痕跡。前面已詳細說到了。若是情形，自在暗示廿卷本以前還有一部五卷本刻本。

（7）聞此為嘉靖間大名士手筆，指斥時事，如蔡京父子則指分宜，林靈素則指陶仲文，朱勔則指陸炳，其他各有所屬云。

今見之兩種刻本，無論十卷本或廿卷本，都沒有這段話中的情節。雖蔡京父子差可與嚴嵩父子比擬，朱勔則與陸炳比擬不上。尤其是林靈素，在小說中並未上場進入故事情節，更談不上與陶仲文有所比擬。

又說：「其他各有所屬。」祇有去穿鑿附會了。像這些，似在暗示初期傳抄本的《金瓶梅》稿，或許有這些比況。像欣欣子叙中的文辭：「如離別之機將興，憔悴之容所不能免也。折梅逢驛使，尺素寄魚書，所不能無也。患難迫切之中，顛沛流離之頃，所不能脫也。」這序述中的情節，全不在今之《金瓶梅》兩種刻本中。也足以證明初期傳抄本的故事情節，業已改過，不是今見之十卷本與廿卷本矣！

至於「嘉靖間大名士手筆」，正如吳晗先生說：「嘉靖間大名士，是一句空洞的話」（見「《金瓶梅》的著作時代及其社會背景」一文第三節）。不值得耗費精神去考索的。

> （8）中郎又云：「尚有名『玉嬌李』者，亦出此名士手，與前書各設報應因果。武大後世化為淫夫，上蒸下報；潘金蓮亦作河間婦，終於極刑；西門慶則一騃憨男子，坐視妻妾外遇，以見輪迴不爽。」中郎亦耳剽，未之見也。

直到今天，我仍不敢相信有〈玉嬌李（麗）〉其書。似在暗示初期傳抄本的內容，乃「指斥時事」的政治小說也。否則，「亦出此名士手筆」之〈玉嬌李〉，怎會是「暗寓」著「貴溪分宜相構」的時事？

> （9）去年抵輦下，從邱工部六區（志充）得寓目焉，僅首卷耳，而穢黷百端，背倫滅理，幾不忍卒讀。其帝則稱完顏大定，而貴溪、分宜相構亦暗寓焉。至嘉靖辛丑庶常諸公，則直書姓名，尤可駭怪！因棄置不復再展。然筆鋒恣橫酣暢，似尤勝《金瓶梅》。

何以要說這部續《金瓶梅》《玉嬌李》的內容，暗寓了貴溪與分宜（夏言與嚴嵩）相稱，又把嘉靖庶常諸公，還「直書姓名」？自是暗示原始抄本《金瓶梅》，實為一部政治小說。非今見之十卷本與廿卷本也。

（10）丘旋出守去，此書不知落何所。

這是一句統領全章文義的暗示語。乍看，這句話不痛不癢，只不過說丘志充出京到外地做官去了，不知他這部書《玉嬌李》帶往何處去了。若一旦知道丘志充的離京出守後的生活歷程。這十二個字的內蘊，可不是這麼簡單了。

按丘志充字六區，山東諸城人。萬曆三十一年（1603）舉人，三十八年會士（未參加殿試），四十一年（1613）進士。在工部任職到郎中，於四十七年（1619）升任河南汝寧知府，四十八年離京出守。沈說「丘旋出守去」的時間，便在此時。

後來，丘又升任磁州兵備副使，再調河南按察司副使，四川監軍副使。又升為布政使，已是從二品矣！

天啟七年（1627）丘志充行賄謀京堂事。事洩，為廠衞逮下獄，罪及死。崇禎五年（1632）棄市。（參閱馬泰來〈諸城丘家與金瓶梅〉一文，原刊一九八四年三輯《中華文史論叢》。附錄在拙作《小說金瓶梅》中。）

只要我們瞭解了丘志充離京出守後的升降，以及罪死棄市，當可洞然「此書不知落何所」的文語何義矣！尤其句中的「落」字，文義極其顯然。如果沈德符作此文時，不是已知丘諸城犯罪棄市，或罪及死刑，怎會用「落」字來判斷「此書」的結果。試想，如不是已知藏書人遇了劫難，怎會說「此書不知落何所」？

顯然的，這是一句「時間」的暗示，暗示沈德符寫作這篇論《金瓶梅》短文的時間，在崇禎五年丘志充棄市之後。再一對證他說的「原書實少五十三回至五十七回」的問題，發生在廿卷本（崇禎刻）身上，自可確定沈德符《萬曆野獲編》的這番話，寫在崇禎五年之後。那麼，《萬曆野獲編》的這篇文章，從頭到尾論及《金瓶梅》的有關問題，豈不是應該重新詮釋了嗎！

所以我認為「丘旋出守去，此書不知落何所」？是一句統領全章文義的暗示語。

七　何以會失去欣欣子的答案

正因為沈德符《萬曆野獲編》指出的這五回，問題在廿卷本（崇禎刻）身上，與那句「未幾時而吳中懸之國門矣」的時間，產生了極端矛盾的衝突。遂使我們不得不想到在此一「矛盾」衝突因素中，隱藏了在廿卷本之前，還有一種刻本。此一問題的推想，不是已經發生過了嗎？鄭振鐸、吳晗等人推想在十卷本《金瓶梅詞話》之前，還有一種刻本嗎？

從所有明朝人論及《金瓶梅》者，竟無人談到欣欣子或蘭陵笑笑生的這一點來說，即足以證明刻有欣欣子序的《金瓶梅詞話》，在明朝並未流行。再從廿卷本的梓行，其中內容，無論故事情節以及文辭，十之九都是援由十卷本改纂而來，它只是十卷本的簡本。可是，偏偏的有三回是澈頭澈尾重寫過的，則顯然是沈德符說的「遍尋不得」而臨時補寫進去的。這一點，可以肯定是這樣的。

何以「遍尋不得」？我們推想的情理，可能不外以下兩點。

（1）十卷本的板已經毀了。

（2）十卷本的書，缺了這兩回，已遍尋不得。

那麼，祇有補以入刻了。至於欣欣子的序，自是基於「隱藏」而捨棄了它。廿卷本是基於十卷本改寫一過的簡本。應是大家不能否認的事實。那些參與廿卷本的改寫者與出版者，總不至於連欣欣子的序文，也沒有見到吧？

今見之十卷本《金瓶梅詞話》，尚有三部完書，全有欣欣子序在簡端。似不會那麼乞巧，改寫十卷本為二十卷的人，據有的那部十卷本，正缺少了欣欣子序。

再說十卷本的梓出時間，最大的下限，也不會晚於天啟三天（1623），生存到崇禎年間的屠本畯、李日華、沈德符、薛岡等人，怎能沒有見到十卷本。何以未說到欣欣子與蘭陵笑笑生？一句話就決定了，非未見也，隱不言也。

何以會失去欣欣子的答案，不就在這裡嗎？

就在沈德符《萬曆野獲編》的這番話裡。

第五十二回

比勘蠡說

一、這一回的故事情節，寫的是西門慶在家庭中的淫靡生活，以西門慶的生日為展示此一淫靡生活的廣角。所以這一回的上下回目，著眼的也祇是「淫縱」生活的兩個重點，所謂「應伯爵山洞戲春嬌」與「潘金蓮花園看蘑菇」這兩件事，都是這回所寫西門慶淫靡生活中的兩件最下流最無恥的行為。若基乎此而看，就更加可以想到作者之所要寫入性事筆墨的苦心了。這一回，一下筆就是一大段描寫西門與潘金蓮的性事景象。

二、廿卷本卻也十九都與十卷本的情節同，文辭也同。譬如李桂姐拿起琵琶唱的幾段曲子，（黃鶯兒、集賢賓、雙聲疊韻、簇御林、琥珀貓、尾聲）也大部分一樣，祇有一兩處夾入的應伯爵插話，刪去了。也改正了一些十卷本的錯字。如十卷本「雙聲疊韻」這段的「我當初不合地認真」，其中「地」字乃「他」字之誤，廿卷本改正了。又應伯爵插話中的「三歲小孩兒出來也哄不過」的「三歲小孩兒」，十卷本誤「三」為「小」字，自然是錯了。廿卷本也改正了過來。

三、李銘調箏唱的這幾段曲子，廿卷本也刪了。不過，這一段卻有一個不算太大的問題，留在十卷本與廿卷本之間。那就是十卷本的第十六頁第八行「投壺要子」以下，有這麼一段：「孟玉樓便與李嬌兒、大姐、孫雪娥，往翫花樓上去。凭欄杆望下著（看）那山子前面，牡丹畦、芍藥圃、海棠軒、薔薇架、木香棚、玫瑰樹，端的有四時不謝之花，八節長春之景。觀了一回下來。小玉迎春卻在臥雪亭上侍奉月姐斟酒下菜。」下面再寫「月娘猛然想起今日，倒不請陳姐夫來坐坐……」可是十卷本的這一段，廿卷本刪去了。而且，從「月娘猛然想到今日，倒不請陳姐夫來坐坐？」等語，改為「月娘想起問道：今日主人怎倒不來坐坐？」於是大姐回答：「爹又使他往門外徐家催銀子去了。」這裡廿卷本把「陳姐夫」改為「主人」。因為陳經濟輸了三錢銀子，由李瓶兒再添七錢買了一隻燒鴨兩隻雞等等酒食。那麼廿卷本改為「主人」也是對的。不過語氣也改了。十卷本的問句：「月娘猛然想起，今日倒不請陳姐夫來坐坐？語意中已包含了「今日」的酒食，有陳姐夫輸的三錢銀子在內，怎的不請他來坐坐？用不著非說「主人」不可。因為「猛然想起」四字，就是由此事想到的。廿卷本改為「月娘想起問道：今日主人怎倒不來坐坐？」在語氣上，我認為不如十卷本寫吳月娘的性格統一。廿卷本的這種寫法，語氣則是陳姐夫做主人，卻又怎的不來坐坐？十卷本的寫法，語氣則是想到這些酒食有陳姐夫輸的三錢銀子在內，怎的不請他來坐坐？十卷本的這樣寫法，比較合乎吳月娘的性格。因為吳月娘一向把陳經濟當作半子看待，從不阻止他到內院來，他與大姐也住在內院。更不避忌陳經濟在眾婦女間的來來往往。這地方，就是造成陳經濟與潘金蓮有了勾搭的一個方便因果。乍看起來，這種改法，並沒有太大的出入，細究起來，則可以意味到廿卷本的寫法，不如十卷本細致。從刪節情形看，若認為這兩種本子，都是從同一底本改纂而來，應是可能的。要不然，像這種地方，廿卷本如是依據十卷本而來，委實用不著改寫的罷？

四、從這第五十二回的繁簡刪纂，以及文辭的異同等情，來看下面的第五十三、四兩回，更會界然而涇渭分明的認定廿卷本的第五十三、四兩回，是經過徹底改寫過的。所以，我們為了比勘這兩種刻本的第五十三回至第五十七回的「補以入刻」問題，卻不得不把這一回也列入作一比勘。

第五十二回

應伯爵山洞戲春嬌　潘金蓮花園看蘑菇

海棠深院雨初收　苔徑無風蝶自由
百結丁香誇美麗　三眠楊柳弄輕柔
小桃酒臉紅尤潑　芳草寒餘綠漸稠
寂寂珠簾歸燕子　子規啼處一春愁

話說那日西門慶在夏提刑家吃酒。宋巡按送禮與他。心中十分歡喜。夏提刑亦敬重不同往日。攔門勸酒。吃至二更天氣纔放回家。潘金蓮又早向灯下除去冠兒。露着粉面油頭。教春梅床上設放衾枕。薰香澡牝。等候西門慶。進門接着。見他酒帶半酣。連忙替他脫了衣裳。春梅點茶來吃了。打發上床歇息。見婦人脫得光赤條身子。坐着床沿。低垂着頭。將那白生生腿兒橫抱膝上纏腳。換剛三寸、恰半窄大紅平底睡鞋。西門慶一見。淫心輒起。麈柄挺然而興。因問婦人要淫器包兒。婦人連忙向褥子底下摸出來。遞與他。西門慶把兩個托子都帶上。一手摟過婦人在懷裡。因說你達今日要和你幹個後庭花兒。你肯不肯。那婦人瞅了一眼。說道。好個沒廉恥冤家。你成日和書童兒小廝幹的不值了。又纏起我來了。你和那奴才幹去。不是。西門慶笑道。怪小油嘴兒。罷麼。你若依了我。又稀罕小廝做甚麼。你不知你達心里好的是這樁兒。管情放到里頭。去我就過了。婦人被他再三纏不過。說道。奴只怕挨不的你這大行貨。你把頭子上圈去了一個。我和你耍一遭試試。西門慶

第五十二回　應伯爵山洞戲春嬌　潘金蓮花園調愛婿

青樓曉日珠簾映　紅粉春妝寶鏡催
已厭交歡憐舊枕　相將遊戲繞池臺
坐時衣帶縈纖草　行處裙裾掃落梅
更道明朝不當作　相期共鬬管絃來

話說那日西門慶在夏提刑家吃酒見宋巡按送禮他心中十分歡喜夏提刑亦敬重不同往日攔門勸酒吃至三更天氣纔放回家潘金蓮又早

金瓶梅　十一卷　第五十二回　十八

向燈下除去冠兒設放衾枕薰香澡牝等候西門慶進門接着見他酒帶半酣連忙替他脫衣裳春梅點茶吃了打發上床歇息見婦人脫得光赤條身子坐着床沿低垂着頭將那白生生腿兒橫抱膝上纏腳換了雙大紅平底睡鞋兒西門慶一見淫心輒起麈柄挺然而興因問婦人要淫器包兒婦人忙向褥子底下摸出來遞與他西門慶把兩個托子都帶上一手摟過婦人在懷裡因說你達今日要和你幹箇後庭花兒你肯不肯婦人瞅了一眼說道好個沒廉恥冤家你成日和書童兒小廝幹的不值了又纏起我來了你和那奴才幹去不是西門慶笑道怪小油嘴兒罷麼你若依了我又稀罕小廝做甚麼你不知你達心裡好的是這樁兒管情放到裡頭去就過了婦人被他再三纏不過說道奴只怕挨不得你這大行貨你把頭子上圈去了我和你耍一遭試試西門慶真個除去硫黃圈根下只束着銀托子令婦人馬爬在床上屁股高蹶將唾津塗抹在龜頭上往來濡研頂入龜頭昂健半晌僅沒其稜婦人在下蹙眉隱忍口中咬汗巾子難捱叫道達達慢着些這箇比不的前頭撐得裏頭熱炙火燎的疼起來這西門慶叫道好心肝你叫着達達不妨事到明日買一套好顏色粧花紗衣服與你穿婦人道那衣服倒也有在我昨日見李桂姐穿的

編按：本書圖版因直排橫排問題，故遇開頁，請由右而左閱讀。

（1）

一開頭就寫西門慶與潘金蓮的性事，用來烘托出西門慶近日來的歡快心情。第一，曾巡按的彈劾案已經結了，新巡按已到差了，兼且成了朋友。第二，自從此案了結之後，夏提刑對他的敬重，也不同往日。眞格是心中十分歡喜。遂在此回一下筆就寫了這麼一段房事景象。

次日西門慶早辰到衙門中回來。有安主事黃主事
那里差人來下請書。二十二日在磚廠劉太監庄上設席。請早
去。西門慶打發人去了。從上房吃了粥。正出廳來。只見篦頭的
小周兒扒倒地下磕頭。在傍伺候。西門慶道。你來得正好。我正
要尋你篦篦頭哩。于是走到花園翡翠軒。小捲棚內。西門慶坐
在一張京椅兒上。除了巾幘。打開頭髮。小周兒在後面卓上。鋪
下梳篦家活。與他篦頭櫛髮。觀其泥垢。辨其風雪。跪下討賞錢。
說老爹今歲必有大遷轉。髮上氣色甚旺。西門慶大喜。篦了頭。
又交他取耳。掐捏身上。他有滚身上一弄兒家活。到處都與西
門慶滚捏過。又行導引之法。把西門慶弄的渾身通泰。賞了他
五錢銀子。交他吃了飯伺候。與哥兒剃頭。西門慶就在書房內。
倒在大理石床上。就睡着了。那日楊姑娘起身。王姑子與薛姑
子要家去。吳月娘將他原來的盒子。都裝了些蒸酥茶食打發

次日西門慶早辰到衙門中回來、有安主事黃主事那里差人來下
請書二十二日在磚廠劉太監庄上設席請早去西門慶打發來人去了、
從上房吃了粥正出廳來只見篦頭的小周兒扒倒地下磕頭西門慶道、
你來的正好我正要篦篦頭哩、于是走到翡翠軒小捲棚內坐在一張涼
椅兒上除了巾幘打開頭髮小周兒鋪下梳篦家活與他篦頭櫛髮觀其
泥垢辨其風雪跪下討賞錢說老爹今歲必有大遷轉髮上氣色甚旺西
門慶大喜篦了頭又叫他取耳掐捏身上他有滚身上一弄兒家活到處
都與西門慶滚捏過又行導引之法把西門慶弄的渾身通泰賞了他五
錢銀子教他吃了飯伺候與哥兒剃頭西門慶就在書房內倒在大理石
床上就睡着了那日楊姑娘起身王姑子與薛姑子要家去吳月娘將他
原來的盒子都裝了些蒸酥茶食打發起身兩個姑子每人又是五錢銀
子兩個小姑子與了他兩疋小布兒臨出門薛姑子又囑付月娘到壬
子日把那藥吃了管情就有喜事月娘道薛爺你這一去八月裏到我生
日好來走走我這里盼你哩薛姑子合掌問訊道打攪菩薩這里我到那
日已定來于是作辭月娘衆人都送到大門首月娘與大妗子同後邊去
了只有玉樓金蓮瓶兒西門大姐李桂姐抱着官哥兒來花園裡遊玩李

真個除去硫黄圈根下只束着銀托子令婦人馬爬在床上屈股高蹶將唾津塗抹在龜頭上往來濡研頂入龜頭昂健半晌僅沒其稜婦人在下蹙眉隱忍口中咬汗巾子難捱叫道達達慢着些這個比不的前頭撐得裏頭熱炙火燎疼起來這西門慶叫道好心肝你叫着達達不妨事到明日買一套好顏色粧花紗衣服與你穿婦人道那衣服倒也有在我昨日見李桂姐穿的那五色線掐羊皮金挑的油鵝黃銀條紗裙子倒好看說是裡邊買的他每都有只我沒這條裙子倒不知多少銀子你倒買一條我穿罷了西門慶道不打緊我到明日替你買一條說着在上頗作抽拽只顧沒稜露腦淺抽深送不已婦人回首流眸叫道好達達這里緊着人疼的要不的如何只顧這般動作起來了我央及你好歹快些丟了罷這西門慶不聽且扶其股翫其出入之勢一面口中呼道潘五兒小淫婦兒你好生浪浪的叫着達達哄出你達達屄兒來罷那婦人真個在下星眼朦朧鶯聲款掉柳腰款擺香肌半就口中艷聲柔語百般難述良久西門慶覺精來兩手扳其股極力而擂之扣股之聲响之不絕那婦人在下邊呻吟成一塊不能禁止臨過之時西門慶把婦人屁股只一扳麈柄盡沒至根直低于深異處其美不可當于是怡然感之一泄如注婦人承受其精二體偎貼良久拽出麈柄但見猩紅染莖蛙口流涎婦人以帕抹之方纔就寢一宿晚景題過

那玉色線掐羊皮挑的金油鵝黃銀條紗裙子倒好看說是裡邊買的他每都有只我沒這裙子倒不知多少銀子你倒買一條我穿罷了西門慶道不打緊我到明日替你買一壁說着在上頗作抽拽只顧沒稜露腦淺抽深送不已婦人回首流眸叫道好達達這里緊着人疼的要不的如何只顧這般動作起來了我央及你好歹快些丟了罷這西門慶不聽且扶其股翫其出入之勢一面口中呼道潘五兒小淫婦兒你好生浪浪的叫

金瓶梅　十卷　第五十二回　廿九

着達達哄出你達達屄兒來罷那婦人真個在下星眼朦朧鶯聲款掉柳腰款擺香肌半就口中艷聲柔語百般難述良久西門慶覺精來兩手扳其股極力而擂之扣股之聲响之不絕那婦人在下邊呻吟成一塊不能禁止臨過之時西門慶把婦人屁股只一扳麈柄盡沒至根直底于深異處其美不可當于是怡然感之一泄如注婦人成受其精二體偎貼良久拽出麈柄但見猩紅染莖蛙口流涎婦人以帕抹之方纔就寢一宿晚景題過

（1）二十卷本與十卷本同，無太大差異。

事也罷你且與我個嘴罷于是摟過來就要親嘴被桂姐用手
只一推罵道賊不得人意怪攮刀子若不是怕諕了哥子我這
一扇把子打的你西門慶走出來看見伯爵拉着桂姐說道怪
狗材看諕了孩兒因交書童你抱哥兒送與你六娘去那書童
連忙接過來妳子如意兒正在松墻拐角邊等候接的去了伯
爵和桂姐兩個站着說話問你的事怎樣的桂姐道多虧爹這
里可憐見差保哥替我在東京說去了伯爵道好好也罷了如
此你放心些說畢桂姐就往後邊去了伯爵道怪小淫婦兒你
過來我還和你說話桂姐道我走走就來于是也往李瓶兒這
邊來了伯爵與西門慶纔唱喏兩個在扦內坐的西門慶道昨
日我在夏龍溪家吃酒大巡宋道長那里差人送禮送了一口
鮮猪我恐怕放不的今早旋叫了厨子來卸開用椒料連猪頭
燒了你休去了如今請了謝子純來咱每打雙陸同享了罷一
面使琴童兒快請你謝爹去你說應二爹在這裡琴童兒應諾
一直去了伯爵因問徐家銀子討了來了西門慶道賊沒行止
的狗骨禿明日纔有先與二百五十兩你交他兩個後日來少
我家里湊與他罷伯爵道這等又好了怕不的他今日買些鮮
物兒來孝順你西門慶道倒不消交他費心說了一回西門慶
問道老孫祝麻子兩個都起身去了不曾伯爵道這咱哩從李
桂兒家拏出來在縣里監了一夜第二日三個一條鐵索都解
上東京去了到那里沒個清潔來家的你只說成日喬飲酒吃
肉前架虫好容易吃的果子兒似這等苦兒也是他受路上這

同享了罷一面使琴童兒快請你謝爹去你說應二爹在這里琴童兒應
諾去了伯爵因問徐家銀子討來了不曾西門慶道賊沒行止的狗骨禿
明日纔先與二百五十兩你教他兩個後日來少的我家里湊與他罷伯
爵道這等又好了怕不得他今日也買些鮮物兒來孝順你西門慶道倒
不消教他費心說了一回西門慶問道老孫祝麻子兩個都起身去了不
曾伯爵道自從李桂兒家拏出來在縣裡監了一夜第二日三箇一條鐵
索都解上東京去了到那里沒箇清潔來家的你只說成日嗇飲酒吃肉
好容易吃的果子兒似這等苦兒也是他受路上這等大熱天着鐵索扛
着又沒盤纏有甚麼要緊西門慶笑道怪狗才充軍擺站的不過誰教他
成日跟着王家小廝只胡撞來他尋的苦兒他受伯爵道哥說的有理蒼
蠅不鑽沒縫的雞蛋他怎的不尋我和謝子純清的只是渾

起身兩個姑子每人又是五錢銀子兩個小姑子與了他兩疋
小布兒管待出門薛姑子又囑付月娘到壬子日把那藥吃了
管情就有喜事月娘道薛爺你這一去八月裏到我生日好歹
走走我這里盼你哩薛姑子合掌問訊道打攪菩薩這里我到
那日已定來于是作辭月娘衆人都送到大門首月娘與大妗
子回後邊去了只有孟玉樓潘金蓮李瓶兒西門大姐李桂姐
穿着白銀條紗對衿衫兒鵝黃縷金挑線紗裙子戴着銀絲鬏
髻翠水祥雲鈿兒金累絲簪子紫夾石墜子大紅鞋兒抱着官
哥兒來花園裡遊翫李瓶兒道桂姐你遞過來等我抱罷桂姐
道六娘不妨事我心里要抱抱哥子孟玉樓道桂姐你還沒到
你爹新收拾書房兒瞧瞧來到花園內金蓮見紫薇花開得爛
熳摘了兩朵與桂姐戴于是順着松墻兒到翡翠軒見裡邊擺
設的床帳屏几書畫琴棋極其消灑床上綃帳銀鉤冰簟珊枕
西門慶正倒在床上睡思正濃傍邊流金小篆焚着一縷龍涎
綠窗半掩窗外芭蕉低映那潘金蓮且在卓上掀弄他的香盒
兒玉樓和李瓶兒都坐在椅兒上西門慶忽翻過身來看見衆
婦人都在屋裡便道你每來做甚麼金蓮道桂姐要看看你的
書房里俺每引他來瞧瞧那西門慶見他抱着官哥兒又引鬪
了一回忽見畫童來說應二爹來了衆婦人都亂走不迭往李
瓶兒那邊去了應伯爵走到松墻邊看見桂姐抱着官哥兒便
道好呀李桂姐在這里故意問道你幾時來那桂姐走了說道
罷麼怪花子又不關你事問怎的伯爵道好小淫婦兒不關我

金瓶梅詞話　第五十二回

瓶兒道桂姐你遞過來等我抱罷桂姐道六娘不妨事我心裡要抱抱哥
子玉樓道桂姐你還沒到你爹新收拾書房裏瞧瞧哩到花園內金蓮見
紫薇花開得爛熳摘了兩朵與桂姐戴于是順着松墻兒到翡翠軒見裏
面擺設的床帳屏几書畫琴棋極其瀟灑床上綃帳銀鉤冰簟珊枕西門
慶倒在床上睡思正濃傍邊流金小篆焚着一縷龍涎綠窗半掩窗外芭
蕉低映潘金蓮且在桌上掀弄他的香盒兒玉樓和李瓶兒都坐在椅兒
上西門慶忽翻過身來看見衆婦人都在屋裡便道你每來做甚麼金蓮
道桂姐要看看你的書房俺每引他來瞧瞧那西門慶見他抱着官哥兒
又引鬪了一回忽見畫童來說應二爹來了衆婦人都亂走不迭往李瓶
兒那邊去了應伯爵走到松墻邊看見桂姐抱着官哥兒便道好呀李桂
姐在這里故意問道你幾時來那桂姐走了說道罷麼怪花子又不關你
事問怎的伯爵道好小淫婦兒不關我事也罷你且與我箇嘴着于是摟
過來就要親嘴被桂姐用手只一推罵道賊不得人意怪攮刀子若不是
怕諕了哥子我這一扇把子打的你西門慶走出來看見說道怪狗才看
諕了孩兒因教書童你抱哥兒送與你六娘去那書童連忙接過來妳子
如意兒正在松墻拐角邊等候接的去了伯爵和桂姐兩箇站着說話問
你的事怎樣了桂姐道多虧爹這里可憐見差保哥替我往東京說去了
伯爵道好好也罷了如此你放心些說畢桂姐就往後邊去了伯爵道怪
小淫婦兒你過來我還和你說話桂姐道我走走就來于是也往李瓶兒
這邊來了伯爵與西門慶纔唱喏坐的西門慶道昨日我在夏龍溪家吃
酒大巡宋道長那里差人送禮送了一口鮮猪我恐怕放不的今早旋叫
厨子來卸開用椒料連猪頭燒了你休去如今請謝子純來咱每打雙陸

金瓶梅　十一卷　第五十二回　二十一

牙筯擺放停當西門慶走來坐下然後拿上三碗麵來各人自
取澆滷傾上蒜醋那應伯爵與謝希大拏起筯來只三扒兩嚥
就是一碗兩人登時狠了七碗西門慶兩碗還吃不了說道我
的兒你兩個吃這些伯爵道哥今日這麵是那位姐兒下的又
爽口又好吃謝希大道本等滷打的停當我只是剛纔家里吃
了飯來了不然我還禁一碗兩個吃的熱上來把衣服脫了搭
在椅子上見琴童兒收家活便道大官兒到後邊取些水來俺
每漱漱口謝希大道溫茶兒又好熱的盪的死蒜臭少頃畫童
兒拿茶至三人吃了茶出來外邊松墻外各花臺邊走了一遭
只見黃四家送了四盒子禮來平安兒掇進來與西門慶瞧一
盒鮮烏菱一盒鮮荸薺四尾冰湃的大鰣魚一盒枇杷果伯爵
看見說道好東西兒他不知那里剜的送來我且嘗個兒着一
手撾了好幾個遞了兩個與謝希大說道還有活到老死還不
知此物甚麼東西兒哩西門慶道怪狗材還沒供養佛就先撾
了吃伯爵道甚麼沒供佛我且入口無贓着西門慶分付交到
後邊收了問你三娘討三錢銀子賞他伯爵問是李錦送來是
黃寧兒平安道是黃寧兒伯爵道今日造化了這狗骨禿了又
賞他這三錢銀子這里西門慶看着他兩個打雙陸不題且說
桂姐和他哥娘李嬌兒孟玉樓潘金蓮李瓶兒大姐都在後邊
上房明間內吃了飯在穿廊下坐的只見小周兒在影壁前探
頭舒腦的李瓶兒道小周兒你來的好且進來與小大官兒剃
剃頭把頭髮都長長了小周兒連忙向前都磕了頭說剛纔老

詞話　第五十二回

送來我且嚐箇兒着一手撾了好幾個遞了兩個與謝希大說道還有活
到老死還不知此是甚麼東西兒哩西門慶道怪狗才還沒供養佛就先
撾了吃伯爵道甚麼沒供佛我且入口無贓着西門慶分付交到後邊收
了問你三娘討三錢銀子賞他伯爵問是李錦送來是黃寧兒平安道是
黃寧兒伯爵道今日造化了這狗骨禿了又賞他三錢銀子這里西門慶
看着他兩個打雙陸不題且說月娘和桂姐李嬌兒孟玉樓潘金蓮李瓶
兒大姐都在後邊吃了飯在穿廊下坐的只見小周兒在影壁前探頭舒
腦的李瓶兒道小周兒你來的好且進來與小大官兒剃剃頭他頭髮都
長長了小周兒連忙向前都磕了頭說剛纔老爹分付交小的進來與哥
兒剃頭月娘道六姐你拏曆頭看看好日子歹日子就與孩子剃頭今通
使交小玉取了曆頭來揭開看了一回說道今日是四月廿一日是箇庚

金瓶梅　第五十二回

等大熱天。着鐵索扛着。又没盤纏。有甚麽要緊。西門慶笑罵怪
狗材。丈軍擺站的不過。誰交他成日跟着王家小厮。只胡撞來。
李三八他尋的苦兒他受。伯爵道。哥你說的有理。蒼蠅不鑽没縫
的鷄彈。他怎的不尋我和謝子純。清的只是清。渾的只是渾。正
說着。謝希大到了。唱畢喏坐下。只顧搧扇子。西門慶問道。你怎
的走恁一臉汗。希大道。哥別題大官兒去遲了一步兒。我不在
家了。我剛出大門。可可他就到了。今日平白惹了一肚子氣。伯
爵問道。你惹的又是甚麽氣。希大道。大清早辰。老孫媽媽子。走
到六那里。說我弄了他去。因主何故。恁不合理的老淫婦。你家
漢子。成日標着人在院里頑。酒快肉吃。大把家撾了銀子錢家
去。你過陰去來。誰不知道。你討保頭錢。分與那個一分兒使也
怎的。交我扛了兩句。走出來。不想哥這里呼喚。伯爵道。我剛纔
這里和哥不說新酒放在兩下哩。清自清。渾自渾。出不的咱每
怎麽說來。我說跟着王家小厮。到明日有一欠。今日如何撞到
這網里。怨暢不的人。西門慶道。王家那小厮。有甚大氣槩。幾年
兒了。腦子還未變全。養老婆。還不勾俺每那咱撒下的。羞死鬼
罷了。伯爵道。他曾見過甚麽大頭面。且比哥那咱的勾當。題起
來。把他諕殺了罷了。說畢。小厮拿茶上來吃了。西門慶道。你兩
個打雙陸。後邊做着個水面。等我叫小厮拿麵來咱每吃。不一
時琴童來。放卓兒。画童兒用方盒拿上四個靠山小碟兒。盛着
四樣小菜兒。一碟十香瓜茄。一碟五方荳豉。一碟醬油浸的鮮
花椒。一碟糖蒜。三碟兒蒜汁。一大碗猪肉滷。一張銀湯匙。三雙

第五十二回

正說着謝希大到了唱畢喏坐下只顧搧扇子西門慶問道你怎的走恁
一臉汗希大道哥別題起今日平白惹了一肚子氣大清早辰老孫媽媽
子走到我那里說我弄了他去恁不合理的老淫婦你家漢子成日標着
人在院裡大酒大肉吃大把家撾了銀子錢家去你過陰去來誰不知道
你討保頭錢分與那箇一分兒使也怎的交我扛了兩句走出來不想哥
這里呼喚伯爵道我剛纔和哥不說新酒放在兩下里清自清渾自渾當
初咱每怎麼說來我說跟着王家小厮則明日有一失今日如何撞到這
網裡怨悵不的人西門慶道王家那小厮有甚大氣槩腦子還未變全養
老婆還不勾俺每那咱撒下的羞死兒罷了伯爵道他曾見過甚麽大頭
面且比哥那咱的勾當題起來把他諕殺罷了說畢小厮拿茶上來吃了
西門慶道你兩個打雙陸後邊做着水麵等我叫小厮拿來咱每吃不一

金瓶梅　廿六卷　第五十二回　三十三

時琴童來放桌兒畫童兒用方盒拿上四個小菜兒又是三碟兒蒜汁一
大碗猪肉滷一張銀湯匙三雙牙筯擺放停當三人坐下然後拿上三碗
麵來各人自取澆滷傾上蒜醋那應伯爵與謝希大拏起筯來只三扒兩
嚥就是一碗兩人登時狠了七碗西門慶兩碗還吃不了說道我的兒你
兩個吃這些伯爵道哥今日這麵是那位姐兒下的又好吃又爽口謝希
大道本等滷打的停當我只是剛纔吃了飯了不然我還禁一碗兩個吃
的熱上來把衣服脫了見琴童兒收家活便道大官兒到後邊取些水來
俺每漱漱口謝希大道温茶兒又好熱的盪的死蒜臭少頃畫童兒拿茶
至三人吃了茶出來外邊松墻外各花臺邊走了一遭只見黃四家送了
四盒子禮來平安兒掇進來與西門慶瞧一盒鮮烏菱一盒鮮荸薺四尾
冰湃的大鰣魚一盒枇杷果伯爵看見說道好東西兒他不知那里剜的

與他吃了。往家去了。吳月娘因交金蓮你看看曆頭幾時是壬子日。金蓮看了。說道二十三是壬子日。交芒種五月節。便道姐姐你問他怎的。月娘道我不怎的。問一聲兒。李桂姐接過曆頭來看了。說道這二十四日。苦惱是俺娘的生日。我不得在家。月娘道。前月初十日。是你姐姐生日。過了這二十四日。可可兒又是你媽的生日了。原來你院中人家。一日害這樣病。做三個生日。日里害思錢病。黑夜思漢子的病。早辰是媽的生日。晌午是姐姐生日。晚夕是自家生日。怎的都擠在一塊兒。趁着姐夫有錢。攛掇着都生日了罷。桂姐只是笑不做聲。只見西門慶使了畫童兒來。請桂姐。方向月娘房中粧點勻了臉。往花園中來。捲棚內。又早放下八僊卓兒。前後放下簾櫳來。卓上擺設許多肴饌。兩大盤燒猪肉。兩盤燒鴨子。兩盤新煎鮮鰣魚。四碟玫瑰點心。兩碟白燒筍鷄。兩碟燂爛鴿子雛兒。然後又是四碟臟子血皮猪肚釀腸之類。衆人吃了一回。桂姐在傍。拏鍾兒遞酒。伯爵道。你爹聽着說。不是我索落你。事情兒已是停當了。你爹又替你縣中說了。不尋你了。虧了誰。還虧了我再三央及你爹。他纔肯了。平白他肯替你說人情去了。隨你心處的甚麼曲兒你唱個兒我聽下酒。也是拏勤勞准折。桂姐笑罵道怪硶花子。你蛇蟒兒。好大面皮兒。爹他肯信你說話。伯爵道。你這賊小淫婦兒。你經還沒唸。就先打和尚起來。要吃飯。休要惡了火頭。你敢笑和尚沒丈母。我就單丁。擺佈不起你。這小淫婦兒。你休笑話。我半邊俏。還動的。被桂姐拏手中扇把子。儘力向他身上打了兩

金瓶梅

日怎的都擠在一塊兒趁着姐夫有錢攛掇着都生日了罷桂姐只是笑不做聲只見西門慶使了畫童兒來請桂姐方向月娘房中妝點勻了臉往花園中來捲棚內又早放下八僊桌兒桌上擺設兩大盤燒猪肉并許多餚饌衆人吃了一回桂姐在傍拏鍾兒遞酒伯爵道你爹聽着說不是我索落你事情兒已是停當了你爹又替你縣中說了不尋你了虧了誰還虧了我再三央及你爹他纔肯了平白他肯替你說人情去隨你心愛的甚麼曲兒你唱箇兒我下酒也只是拏勤勞准折桂姐笑罵道怪硶花子你蛇蟒包網兒好大面皮爹他肯信你說話伯爵道你這賊小淫婦兒你經還沒念就先打和尚要吃飯休惡了火頭你敢笑和尚沒丈母我就單丁擺佈不起你這小淫婦兒你休笑話我半邊俏還動的被桂姐把手中扇把子儘力向他身上打了兩下西門慶笑罵道你這狗才到明日論個

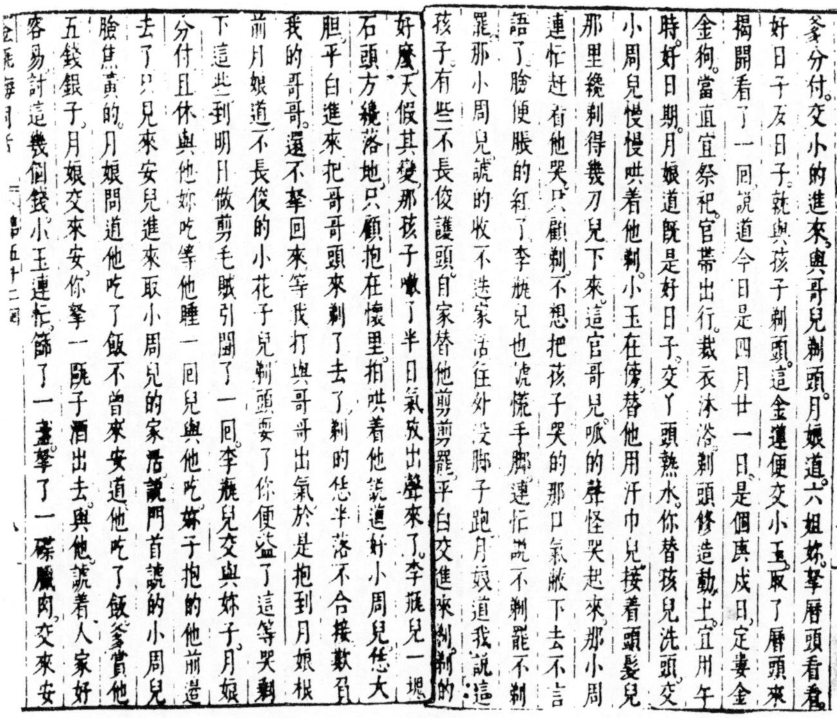
金瓶梅詞話
爹分付交小的進來與哥兒剃頭月娘道六姐妳拏曆頭看看
好日子歹日子就與孩子剃頭這金蓮便交小玉取了曆頭來
揭開看了一回說道今日是四月廿一日是個庚戌日定妻金
金狗當直宜祭祀官帶出行裁衣沐浴剃頭修造動土宜用午
時好日期月娘道既是好日子交丫頭熱水你替孩兒洗頭交
小周兒慢慢哄着他剃小玉在傍替他用汗巾兒接着頭髮兒
那里纔剃得幾刀兒下來這官哥兒呱的聲怪哭起來那小周
連忙赶着他哭只顧剃不想把孩子哭的那口氣憋下去不言
語了臉便脹的紅了李瓶兒也諕慌手脚連忙說不剃罷不剃
罷那小周兒諕的收不迭家活往外沒脚子跑月娘道我說這
孩子有些不長俊護頭自家替他剪剪罷平白交進來剃剃的
好麼天假其變那孩子憋了半日氣放出聲來了李瓶兒一塊
石頭方纔落地只顧抱在懷里拍哄着他說道好小周兒恁大
胆平白進來把哥哥頭來剃了去了剃的恁半落不合接歎負
我的哥哥還不拏回來等我打與哥哥出氣於是抱到月娘根
前月娘道不長俊的小花子兒剃頭要了你便益了這等哭剃
下這些到明日做剪毛賊引鬭了一回李瓶兒交與妳子月娘
分付且休與他妳吃等他睡一回兒與他吃妳子抱的他前邊
去了只見來安兒進來取小周兒的家活說門首諕的小周兒
臉焦黃的月娘問道他吃了飯不曾來安道他吃了飯爹賞他
五錢銀子月娘交來安你拏一甌子酒出去與他說着人家好
容易討這幾個錢小玉連忙篩了一盞拏了一碟臘肉交來安
金瓶梅詞話　第五十二回

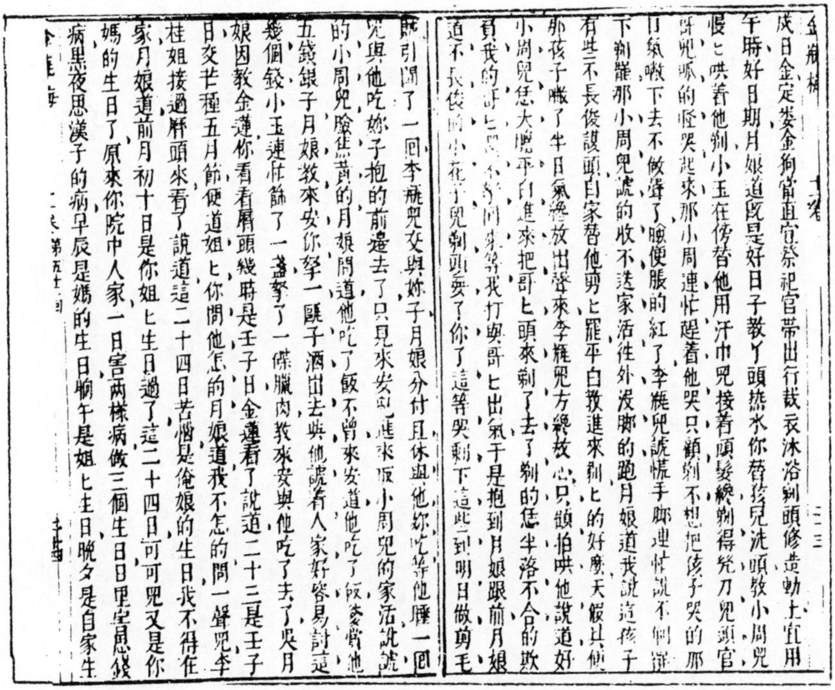
戌日金定婁金狗當直宜祭祀官帶出行裁衣沐浴剃頭修造動土宜用
午時好日期月娘道既是好日子教丫頭熱水你替孩兒洗頭教小周兒
慢慢哄着他剃小玉在傍替他用汗巾兒接着頭髮纔剃得幾刀兒頭官
哥兒呱的怪哭起來那小周連忙趕着他哭只顧剃不想把孩子哭的那
口氣憋下去不做聲了臉便脹的紅了李瓶兒諕慌手脚連忙說不剃罷
下剃罷那小周兒諕的收不迭家活往外沒脚的跑月娘道我說這孩子
有些不長俊護頭自家替他剪剪罷平白教進來剃剃的好麼天假其便
那孩子憋了半日氣纔放出聲來李瓶兒方纔放心只顧抱哄他說道好
小周兒恁大膽平白進來把哥哥頭來剃了去了剃的恁半落不合的欺
負我的哥哥還不拏回來等我打與哥哥出氣于是抱到月娘跟前月娘
道不長俊的小花子兒剃頭要了你了這等哭剃下這些到明日做剪毛
賊引鬪了一回李瓶兒交與妳子月娘分付且休與他妳吃等他睡一回
兒與他吃妳子抱的前邊去了只見來安兒進來取小周兒的家活說諕
的小周兒臉焦黃的月娘問道他吃了飯不曾來安道他吃了飯爹賞他
五錢銀子月娘教來安你拏一甌子酒出去與他說着人家好容易討這
幾個錢小玉連忙篩了一盞拏了一碟臘肉教來安與他吃了去了吳月
娘因教金蓮你看看曆頭幾時是壬子日金蓮看了說道二十三是壬子
日交芒種五月節便道姐姐你問他怎的月娘道我不怎的問一聲兒李
桂姐接過曆頭來看了說道這二十四日苦惱是俺娘的生日我不得在
家月娘道前月初十日是你姐姐生日過了這二十四日可可兒又是你
媽的生日了原來你院中人家一日害兩樣病做三個生日日里害思錢
病黑夜思漢子的病早辰是媽的生日晌午是姐姐生日晚夕是自家生
第五十二回

問喉淚打肚里流出來了就和你一般為他說不的只好
背地哭罷了桂姐道沒羞的孩兒你看見來汗邪了你哩
我怨他我怨他說他不盡伯爵道我又一件說你怎的不怨天赤道得了他多少錢兒今日緊
在人家把買賣都悞了說他不盡是左門神白臉子憑古來了不知道甚麼兒的好哄他誰知道這里先
走滚伯爵道可知挐着到手中還飛了哩自恨我當初不合地認真伯爵道傻小淫婦兒
如今年程在這里你歲小孩兒出來也哄不過何況風月中了弟你和他認真你且住了等我唱個南枝兒你聽風月事
我說與你聽如今年程論不的假真個個人古怪精靈個個人久慣老誠倒將計活埋他瞎缸暗頂老虔婆只要閒財小
淫婦兒少不的拽着脖子往前掙苦似投河愁如覓井幾時得把業罐子填完就變驢變馬也不幹這個營生當下把桂
姐說的哭起來了被西門慶向伯爵頭上打了一扇子笑罵道你這賤了麼子的狗材生兒吃你把人就歐殺了因叫桂
姐你唱不要理他謝希大道應二哥你好沒趣今日左來右去只欺負我這乾女兒你再言語口上生個大疔瘡那桂姐
半日挐起琵琶又唱

簇御林

人都道他志誠伯爵接着說話被希大把口捏了說道桂姐你唱休理他等桂姐又唱道却原來
厮勾引眼睁睁心口不相應希大放了手伯爵又說相應倒好了手不出此事來了心口裏
不相應如今虎口里倒相應了多也只兩三姓兒桂姐道白
眉赤眼你看見來伯爵道我沒看見在樂星堂兒里不是連
西門慶衆人都笑起來了山誓海盟說假道眞險些兒不爲他錯害了相
思病伯爵道好保兒只有錯買了的沒有錯賣了的你院中人肯把病兒錯害了負人心看伊家
做作如何交我有前程伯爵道前程也不敢指望他到明日少不了他個招宣襲了罷

琥珀猫兒

日疎日遠再相逢枉了奴痴心寧耐等伯爵道等到幾日到明日東京了畢來再
同妙也是不過想巫山雲雨夢難成薄情猛拚今生和你鳳拆鸞凰
拆鸞

尾聲

桂姐道沒羞的孩兒你看見來汗邪了你哩
我怨他我怨他說他不盡誰知道這里先走滚自恨我當初不合他認
真
伯爵道傻小淫婦兒如今年程三歲小孩兒也哄不動何況風月中子弟
你和他認真你且住了等我唱個南唱兒你听風月事我說與你听如今
年程論不得假真箇箇人古怪精靈箇箇人久慣牢成倒將計活埋把瞎
缸暗頂老虔婆只要閒財小淫婦兒少不得拽着脖子往前掙苦似投河
愁如覓井幾時得把業罐子填完就變驢變馬也不幹這營生當下把桂
姐說的哭起來了被西門慶向伯爵頭上打了一扇子笑罵道你這掐斷
腸子的狗才生兒吃你把人就殴殺了因叫桂姐你唱不要理他謝希
大道應二哥你好沒趣今日左來右去只欺負我這乾女兒你再言語口
上生箇大疔瘡那桂姐半日拿起琵琶又唱

金瓶梅　十一卷　第五十二回　十七未

簇御林

人都道他志誠
伯爵總待言語被希大把口捂了說道桂姐你唱休理他桂姐又唱道
却原來厮勾引眼睁睁心口不相應
希大放了手伯爵又說相應倒好了心口裏不相應如今虎口裏倒相應
不多也只三兩姓兒桂姐道白眉赤眼你看見來伯爵道我沒看見在樂
星堂兒裏不是連西門慶衆人都笑起來了桂姐又唱
山誓海盟說假道眞險些兒不爲他錯害了相思病負人心看伊家做
作如何教我有前程
伯爵道前程也不敢指望他到明日少不了他個招宣襲了罷桂姐又唱

金瓶梅詞話

下。西門慶笑罵道。你這狗材。到明日論個男盜女娼。還虧了原問處。笑了一回。桂姐慢慢輕挐起琵琶。橫担膝上。啓朱唇。露皓齒。唱了個伊州三台令。

思量你好辜恩。便忘了誓盟。遇花朝月夕良辰。好交我虛度了青春。悶懨懨。把欄杆凭倚。凝望他怎生全無個音信。幾回自將。多應是我薄緣輕。

黃鶯兒

誰想有這一種。伯爵道腸溝里翻了船後十年也不知道減香肌。憔瘦損。伯爵道愛好貪他悶在人水里鏡鸞塵鎖。無心整脂粉輕勻。花枝又懶簪。空教黛眉蹙破春山恨。伯爵道你記的說接客千個情在一人無言對鏡長吁氣半是思君半恨君你兩個當初好如今就為他就些驚怕兒也罷不抱怨了桂姐道汗邪了你怎的胡說最難禁。伯爵道你難禁別人却怎樣禁的

樵樓上畫角。吹徹了斷腸聲。伯爵道腸子倒沒斷這一回來提你的斷了線你兩個休提了被桂姐儘力打了一下罵道賊攮的今日汗歪了你只鬼混人的

集賢賓

幽窗靜悄月又明。恨獨倚幃屏。驀聽的孤鴻。只在樓外鳴。把萬愁又還題醒。更長漏永。早不覺灯昏香盡眠未成。他那里睡得安穩。伯爵道傻小淫婦兒他怎的睡不安穩又沒拏了他去落的在家里睡覺兒裡你便在人家躲着逐日懷着羊皮兒直等東京人來一塊石頭方落地桂姐被他說急了便道爹你看應花子來不知怎的只發訕纏我伯爵道你這回纔認得爹了桂姐不理他彈着琵琶又唱

雙聲疊韻

思量起。思量起。怎不上心。伯爵道揉着你那痒痒處不由你不上心無人處。無人處。淚珠兒暗傾。伯爵道一個人慣溺床那一日他娘死了守孝打鋪在靈前睡晚了不想又溺下了人進來看見褥子濕問怎的來那人沒的回答只說你不知我夜

第五十二回

男盜女娼還虧了原問處笑了一回桂姐慢慢輕挐起琵琶橫担膝上啓朱唇露皓齒唱道

黃鶯兒

誰想有這一種減香肌憔瘦損鏡鸞塵鎖無心整脂粉倦勻花枝又懶簪空教黛眉蹙破春山恨

伯爵道你兩個當初好來如今就為他就些驚怕兒也不該抱怨了桂姐道汗邪了你怎的胡說

最難禁樵樓上畫角吹徹了斷腸聲

伯爵道腸子倒沒斷這一回來提你的斷了線你兩個休提了被桂姐儘力打了一下罵道賊攮刀的今日汗邪了你只鬼混人的

集賢賓

金瓶梅　十一卷　第五十二回　二十五

幽窗靜悄月又明恨獨倚幃屏驀聽的孤鴻只在樓外鳴把萬愁又還題醒更長漏永早不覺燈昏香燼眠未成他那里睡得安穩

伯爵道傻小淫婦兒他怎的睡不安穩又沒拿了他去落的在家裡睡覺兒哩你便在人家躲着逐日懷着羊皮兒直等東京人來一塊石頭方落地桂姐被他說急了便道爹你看應花子不知怎的只發訕纏我伯爵道你這回繞認的爹了桂姐不理他彈着琵琶又唱

雙聲疊韻

思量起思量起怎不上心無人處無人處淚珠兒暗傾

伯爵道一個人慣溺尿一日他娘死了守孝打鋪在靈前睡晚了不想又溺下了人進來看見褥子濕問怎的來那人沒的回答只說你不知我夜間眼淚打肚裡流出來了就和你一般為他聲說不的只好背地哭罷了

人愛萬人貪。兩隻小小金蓮來。蹺在兩邊肐膊。穿着大紅素段白綾高底鞋兒。粧花金欄膝褲腿兒。用紗綠線帶紮着。抱到一張椅兒上。兩個就幹起來。不想應伯爵到各亭兒上。尋了一遭尋不着。打滴翠巖小洞兒里。穿過去。到了木香棚。抹轉葡萄架。到松竹深處。藏春塢邊。隱隱聽見有人笑聲。又不知在何處。這伯爵慢慢躡足潛蹤。掀開簾兒。見兩扇洞門兒虛掩。在外面。只顧聽覷。聽見桂姐顫着聲兒。將身子只顧迎播着西門慶。叫達達。快些了事罷。只怕有人來。被伯爵猛然大叫一聲。推開門進來。看見西門慶。把桂姐扛着腿子。在椅兒上。正幹得好。說道。快取水來。潑潑兩個攮心的。攮到一答里了。李桂姐道。怪攮刀子猛的進來。諕了我一跳。伯爵道。快些兒了事。好容易。也得值那些數兒。是的。怕有人來看見。我就來了。且過來等我抽個頭兒着。西門慶便道。怪狗材。快出去罷了。休鬼混我。只怕小廝來看見。那應伯爵道。小淫婦兒。你央及我央及兒。不然我就要喝起來。連後邊嫂子們都嚷的知道。你既認做乾女兒了。好意交你躲住兩日兒。你又偷漢子。交你了不成。桂姐道。去罷。應怪花子。伯爵道。我去罷。我且親個嘴着。于是按着桂姐。親訖一嘴。纔走出來。西門慶怪狗材。還不帶上門哩。伯爵一面走來。把門帶上。說道。我兒。兩個儘着搗。儘着搗。搗吊底子。不關我事。纔走到那個松樹兒底下。又回來說道。你頭里許我的香茶。在那里。西門慶道。怪狗材。等住會。我與你就是了。又來纏人。那伯爵方纔一直直笑的去了。桂姐道。好個不得人意的攮刀子的。這西門慶和

金瓶梅詞話　第五十二回　十二

了一遭尋不着打滴翠巖小洞兒裡穿過去到了木香棚抹過葡萄架到松竹深處藏春塢边隱匕听見有人笑聲又不知在何處這伯爵慢匕躡足潛踪掀開簾兒見兩扇洞門兒虛掩在外面只顧听覷听見桂姐顫着聲兒將身子只顧迎播着西門慶叫達匕快些了事罷只怕有人來被伯爵猛然大叫一聲推開門進來看見西門慶把桂姐扛着腿子正幹得好說道快取水來潑匕兩箇攮心的摟到一答里了李桂姐道怪攮刀子猛的進來諕了我一跳伯爵道快些兒了事好容易也得值那些数兒是的怕有人來看見我就來了且過來等我抽個頭兒着西門慶便道怪狗才快出去罷了休鬼混我只怕小廝來看見那應伯爵道小淫婦兒你央及我央及兒不然我就吆喝起來連後边嫂子每都嚷的知道你既認做乾女兒了好意教你躲住兩日兒你又偷漢子教你了不成桂姐道去罷應

金瓶梅　　十卷　第五十二回　　廿八

怪花子伯爵道我去罷我且親個嘴着于是按着桂姐親了一個嘴纔走出來西門慶道怪狗才還不帶上門哩伯爵一面走來把門帶上說道我兒兩箇似着搗匕吊底子也不関我事纔走到那箇松樹兒底下又回來說道你頭裡許我的香茶在那里西門慶道怪狗才等住回我與你就是了又來纏人那伯爵方纔一直笑的去了桂姐道好箇不得人意的攮刀子這西門慶和那桂姐兩箇在雪洞內足幹勾一箇時辰吃了一枚紅棗兒纔得了事兩散雲收有詩為証

寃家下得忒薄倖割捨的將人孤另。那世里恩情番成做話
餅。
唱畢。謝希大道。罷罷。叫畫童兒接過琵琶去。等我酧勞桂姐一
杯酒兒。伯爵道。等我哺菜兒我本領兒不濟事。拏勤勞准折罷
了。桂姐道。花子過去。誰理你。你大拳打了人。這回拏手來摸挲。
當下希大。一連遞了桂姐三杯酒。拉伯爵道咱每還有那兩盤
雙陸打了罷。于是二人又打雙陸西門慶遞了個眼色與桂姐就
往外走。伯爵道。哥你往後邊去。稍些香茶兒出來頭里吃了些
蒜這回子倒反帳兒。惡泛泛起來了。西門慶道我那里得香茶
兒來。伯爵道。哥你還哄我哩。杭州劉學官。送了你好少兒着。你
獨吃也不好。西門慶笑的後邊去了。那桂姐也走出來在太湖
石畔。推掐花兒戴也不見了。伯爵與希大。一連打了三盤雙陸。
等西門慶。白不見出來。問畫童兒。你爹在後邊做甚麼哩。畫童
兒道。爹在後邊。就出來了。伯爵道。就出來。却往那去了。因交謝
希大。你這里坐着。等我尋他尋去。那謝希大。且和書童兒兩個
在書卓上下象棋。原來西門慶。只走到李瓶兒房里。就出來了。
在木香棚下。看見李桂姐就拉到藏春塢。雪洞兒里。把門兒掩
着。兩個坐在矮床兒上說話。原來西門慶走到李瓶兒房里吃
了藥出來。把桂姐摟在懷中。坐于腿上。一徑露出那話來與他
瞧。把桂姐諕了一跳。便問怎的就這般大。西門慶悉把吃胡僧
藥告訴了一遍。先交他低垂粉頸。款啟星唇。品咂了一回。然後
輕輕搊起他剛半扠。恰三寸。好錐靶。賽藕芽。步香塵。舞翠盤。千

琥珀猫兒墜
日疎日遠何日再相逢枉了奴痴心寧耐等想巫山雲雨夢難成薄情
猛拚今生和你鳳拆鸞零
尾聲
寃家下得忒薄倖割捨的將人孤另那世里的恩情番成做話餅
唱畢、謝希大道罷罷叫畫童兒接過琵琶去等我酧勞桂姐一杯酒兒、消
消氣罷、伯爵道等我哺菜兒我本須兒不濟事拏勤勞准折罷了、桂姐道、
花了過去誰理你你大拳打了人這回拏手來摸挲當下希大一連遞了
桂姐三杯酒拉伯爵道咱每还有那兩盤雙陸打了罷于是二人又打雙
陸、西門慶遞了箇眼色與桂姐就往外走伯爵道哥你往後边去稍些香
茶兒出來頭裡吃了些蒜這回子倒反惡泛七起來了西門慶道我那里
金瓶梅　十七卷　第五十二回　二十五
得香茶來伯爵道哥你还哄我哩杭州刘學官送了你好少兒你獨吃也
不好西門慶笑的後边去了桂姐也走出來在太湖石畔推掐花兒戴也
不見了伯爵與希大一連打了三盤雙陸等西門慶白不見出來問畫童
兒你爹在後边做甚麼哩畫童兒道爹在後边就出來了伯爵道就出來
有些古怪因交謝希大你這里坐着等我尋他尋去那謝希大且和書童
兒兩個下象棋原來西門慶只走到李瓶兒房里吃了藥就出來了在木
香棚下看見李桂姐就立到藏春塢雪洞兒裡把門兒掩着坐在矮床兒
上把桂姐摟在怀中腿上坐的一徑露出那話來與他瞧把桂姐諕了一
跳便問怎的就這般大西門慶悉把吃胡僧藥告訴了一遍先交他低垂
粉頸款啓星唇品咂了一回然後在七搊起他兩隻小小金蓮來跨在兩
边肐膊上抱到一張椅兒上兩個就幹起來不想應伯爵到各亭兒上尋

西

門慶走到李瓶兒房里。洗洗手出來。伯爵問他要香茶。西門慶
道。怪花子。你害了疥。如何只鬼混人。每人掐了一撮與他。伯爵
道。只與我這兩個兒。由他由他。等我問李家小淫婦兒要。正說
着。只見李銘走來磕頭。伯爵道。李日新在那里來。你沒曾打聽

西門慶走到李瓶兒屋裡洗了手出
來伯爵問他要香茶西門慶道怪花子你害了疥如何只鬼混人每人掐
了一撮與他伯爵道只與我這兩個兒繇他繇他等我問李家小淫婦兒
要正說着只見李銘走來磕頭伯爵道李日新在那里來你沒曾打听得

桂姐兩個在雪洞內足幹勾約一個時辰吃了一枚紅棗兒纔得了事雨散雲收有詩爲証

海棠枝上鶯梭急　綠竹陰中燕語頻
閒來付與丹青手　一段春嬌畫不成

少頃二人整衣出來桂姐向他袖子內掏出好些香茶來袖了西門慶則使的滿身香汗氣喘吁吁走來馬纓花下溺尿李桂姐腰里模出鏡子來在月窗上擱着整雲理鬢往後邊去了

（2）

這一大段文字，篇幅共達五千八百餘字。所寫全是西門慶的家庭淫靡生活。穿插在此一情節中的人物，除了妻妾丫環僕婦以及家人小廝，還有妓女與幫閒。全是西門慶家庭淫靡生活的下流行徑。此一上半回目的「應伯爵山洞戲春嬌」，應是此一情節中最下流最無恥的一幕。作爲此一回的上半回目，雖非情節全部，卻也無可原非。若說這類情節在初期傳抄本中就已經有了，應是可信的。因爲董其昌等人說「決當焚之」，自是指的這些。

海棠枝上鶯梭急　綠竹陰中燕語頻　閒來付與丹青手
一段春嬌畫不成

少頃二人整衣出來桂姐向他袖子內掏出好些香茶來袖了西門慶使的滿身香汗氣喘吁吁走來馬纓花下溺尿李桂姐腰裏摸出鏡子來在月窗上擱着整雲理鬢往後邊去了

（2）

二十卷本與十卷本同，情節無大差異。

的與了李銘吃了。分付園畫後邊再取兩個枇杷來賞李銘李
銘接的袖了。到家和與三媽吃。李銘吃了點心。上來拏箏過來
縧彈唱了。伯爵道你唱個花藥欄俺每聽罷。李銘調定箏絃拏
腔唱道。
新綠池邊。猛拍欄杆。心事向誰論。花也無言。蝶也無言。離恨
滿懷縈牽。恨東君不解留去客。嘆舞紅飄絮。蝶粉輕沾。景依
然。事依然。悄然不見郎面。
俺想別時正逢春。海棠花初綻。薔薇分開現。不覺的榴花噴。
紅蓮放沉水。果避暑搖紈扇。霎時間菊花黃金風動。敗葉飄
梧變。
遙望見臘梅開水花墜。暖閣內把香醪旋。四季景偏多思想

心中怨。不知俺那俏冤家。冷清清獨自個。悶懨懨何處就家
怨。
金殿喜重重嗟怨。自古風流俱少年。那嗟春春天。生怕到黃
昏。愁怕到黃昏。獨自個悶不成歡。拼寶香薰被。誰共宿。冀夜
長。枕冷衾寒。你孤眠我孤眠。只是夢里相見。
貨郎兒
有一日稱了俺平生心愿成合了夫妻謝天。今生一對兒好
姻緣。冷清清脫寂寞。愁沉沉受熬煎。
醉太平煞尾
只爲俺多情的業冤。今日恨惹愁牽。想當初說山盟言誓在
星前。擔閣了風流少年。有一日朝雲暮雨成姻眷。画堂歌舞

得他每的事。怎麼樣兒了。李銘道。俺桂姐虧了爹這里這兩日
縣里也沒人來催。只等京中示下哩。伯爵道。齊家那小老婆子
出來了。李銘道。齊香兒還在王皇親宅內躲着哩。桂姐在爹這
里好。誰人敢來尋。伯爵道。要不然也費手。虧我和你謝爹。再三
央勸你爹。你不替他處處兒。交他那里尋頭腦去。李銘道。爹這
里不管。就了不成。俺三嬸老人家。風風勢勢的。幹出甚麼事。伯
爵道。我記的這幾時是他生日。俺每會了你爹。與他做做生日。
李銘道。爹們不消了。到明日事情畢了。三嬸和桂姐愁不請爹
們坐坐。伯爵道。到其間俺每補生日就是了。因叫他近前。你且
替我吃了這鍾酒。着我吃了這一日了。吃不的了。那李銘接過
銀把鍾來。跪着一飲而盡。謝希大交琴童又斟了一鍾與他。伯
爵道。你敢沒吃飯。卓上還剩了一盤點心。謝希大又拏兩盤燒
猪頭肉。和鴨子。遞與他。李銘雙手接的下邊吃去了。伯爵用筯
子又撥了半段鰣魚與他。說道。我見你今年還沒食這個哩。且
嘗新着。西門慶道。怪狗材。都拏與他吃罷了。又留下做甚麼。伯
爵道。等住回吃的酒闌上來。餓了我不會吃飯兒。你每那里江
南此魚。一年只過一遭兒。吃到牙縫兒里。剔出來。都是香的。好
容易。公道說。就是朝廷還沒吃哩。不是哥這里。誰家有。正說着。
只見畫童兒拿出四碟鮮物兒來。一碟烏菱。一碟荸薺。一碟雪
藕。一碟枇杷。西門慶還沒曾放到口裏。被應伯爵連碟子都挝
過去。倒的袖了。謝希大道。你也留兩個兒我吃。也得手撾一碟
子烏菱來。只落下藕在卓子上。西門慶掐了一塊放在口內。別

他每的事怎麼樣兒了李銘道俺桂姐虧了爹這里這兩日縣里也沒人
來催只等京中示下哩伯爵道齊家那小老婆子出來了李銘道齊香兒
還在王皇親宅內躲着哩桂姐在爹這里好誰人敢來尋伯爵道要不然
也費手虧我和你謝爹再三央勸你爹你不替他處處兒教他那里尋頭
腦去李銘道爹這里不管就了不成俺三嬸老人家風風勢勢的幹出甚
麼事伯爵道我記的這幾時是他生日俺每會了你爹與他做做生日李
銘道爹每不消了到明日事情畢了三嬸和桂姐愁不請爹每坐坐伯爵
金瓶梅　　二十九
道到其間俺每補生日就是了因叫他近前你且替我吃了這鍾酒着我
吃了這一日吃不的了那李銘接過銀靶鍾來跪着一飲而盡謝希大交
琴童又斟了一鍾與他伯爵道你敢沒吃飯桌上還剩了一盤點心謝希
大又拏兩盤燒猪頭肉和鴨子遞與他李銘雙手接的下邊吃去了伯爵
用筯子又撥了半段鰣魚與他說道我見你今年還沒食這個哩且嘗新
着西門慶道怪狗才都拏與他吃罷了又留下做甚麼伯爵道等住回吃
的酒闌上來餓了我不會吃飯兒你們那里曉得江南此魚一年只過一
遭兒吃到牙縫裡剔出來都是香的好容易公道說就是朝廷還沒吃哩
不是哥這里誰家有此說着只見畫童兒拿出四碟鮮物兒來一碟烏菱
一碟荸薺一碟藕一碟枇杷西門慶還沒曾放到口裏被伯爵連碟
子都挝過去倒的袖了謝希大道你也留兩個兒我吃也將手挝一碟子
烏菱來只落下藕在桌子上西門慶掐了一塊放在口內別的與了李銘
吃了分付畫童後邊再取兩箇枇杷來賞李銘李銘接的袖了纔上來拿
箏彈唱唱了一回伯爵又出題目叫他唱了一套花藥欄三個直吃到掌
燈時候還等後邊拿出綠荳白米水飯來吃了纔起身伯爵道哥我曉得

潘金蓮赶西門慶不在家與
李瓶兒計較將陳經濟輸的那三錢銀子又交李瓶兒添出七
錢來交來興兒買了一隻燒鴨兩隻雞一錢銀子下飯一壜金
華酒一瓶白酒一錢銀子果餡凉糕交來興兒媳婦整理端正
金蓮對着月娘說大姐姐那日鬭牌贏了陳姐夫三錢銀子李
大姐又添七錢今治了東道兒請姐姐在花園里吃吳月娘就
同孟玉樓李嬌兒孫雪娥大姐桂姐先在捲棚內吃了一回然
後拿了酒菜兒在山子上一個最高的卧雲亭兒上那里下棋
投壺耍子孟玉樓便與李嬌兒大姐孫雪娥都在翫花樓上夫
凭欄杆望下着那山子前面牡丹畦芍藥圃海棠軒薔薇架木
香棚玫瑰樹端的有四時不謝之花八節長春之景觀了一回
下來小玉迎春都在卧雲亭上侍奉月娘對酒下菜月娘猛然

潘
金蓮赶西門慶不在家與李瓶兒計較將陳敬濟輸的那三錢銀子又教
李瓶兒添出七錢來教來興兒買了一隻燒鴨兩隻鷄一錢銀子下飯一
罈金華酒一瓶白酒一錢銀子果餡凉糕教來興兒媳婦整理端正金蓮
金瓶梅　五卷　第五十二回　三十
对着月娘說大姐那日鬭牌贏了陳姐夫三錢銀子李大姐又添了些今
治了東道兒請姐〻在花園裡吃吳月娘就同孟玉樓李姐兒孫雪娥大
姐桂姐衆人先在捲棚內吃了一回然後拿酒菜兒在山子上臥雲亭下
棋投壺吃酒耍月子娘想起問道今日上人怎倒不來坐〻大姐道爹又
使他往門外徐家催銀子去了也好待來也

排歡宴。羅幃錦帳永團圓。花燭洞房成連理。休忘了受過熬
煎有萬千。
當日三個吃至掌燈時候。還等着後邊。拿出綠荳白米水飯來
吃了纔去。伯爵道。哥明日不得閒。西門慶道。我明日往磚廠劉
太監庄子上安主事黃主事。兩個邦來請我吃酒。早去了。伯爵
道。李三黃四那事。我後日會他來罷。西門慶點頭兒。分付交他
那日後晌來。休來早了。三人也不等送就去了。西門慶交書童
看着收家活。就歸後邊孟玉樓房中歇去了。一宿無話。到次日
西門慶早起。也沒往衙門中去。吃了粥。冠帶着。騎馬拏着金扇
僕從跟隨。出城南三十里。逕往劉太監庄上來赴席。那日書童
與玳安兩個都跟去了。不在話下。

金瓶梅詞話　七八　第五十二回

（3）

這一段情節，仍是西門生日的延續。在這裡除了歌唱部分換了妓家的兩個男歌手李銘、吳惠，繼續在另一處彈唱，還說到了李桂姐與王三官的那一冶遊官司還未了，所以李桂姐還躲在西門慶家，齊香兒還躲在王皇親家。同時，又把李三、黃四借銀子的事，在此題上一筆。到劉太監莊上赴黃、安二主事的宴會事，也在此引發出來。像這些情節，都是我們作為依據，來探討以下五回情節之有無「陋儒」補以入刻的重要問題。

明日安主事請你不得閒李四黃三那事我後日會他來罷西門慶點頭
兒二人也不等送就去了西門慶教書童看收家伙就歸後边孟玉樓房
中歇去了一宿無話到次日早起也沒往衙門中去吃了粥冠帶騎馬書
童玳安兩個跟隨出城南二十里逕往劉太監庄上來赴席不在話下

（3）

二十卷本刪去了李銘彈唱的五段歌詞。其他都與十卷無太大差異。

見官哥兒胖子里圍着條白挑線汗巾子。手裡把着個李子。往口裏吮。問道是你的汗巾子。李瓶兒道是。剛纔他大媽媽。見他口裏吮李子。流下水。替他圍上這汗巾子。兩個只顧坐在芭蕉叢下。李瓶兒說道。這答兒里到且是蔭凉。咱在這里坐一回兒罷。因使如意兒。你去叫迎春屋里。取孩子的小枕頭兒帶凉蓆兒。放他在這里。俏俏兒就取骨牌來。我和五娘在這里。抹回牌兒。你就在屋里看罷。如意兒去了。不一時。迎春取了枕蓆。并骨牌來。李瓶兒鋪下蓆。把官哥兒放在小枕頭兒上。俏着交他頑耍。他便和金蓮抹牌。抹了一回。交迎春在屋里頓一壺好茶來。不想孟玉樓在卧雲亭欄杆上看見。點手兒叫李瓶兒說大姐姐叫你說句兒就來。那李瓶兒撇下孩子。交金蓮看着。我就來

金瓶梅詞話

那金蓮記掛經濟在洞兒里。那里又去顧那孩子。趕空兒兩三步。走入洞門首。交經濟。說沒人。你出來罷。經濟便叫婦人進去瞧蘑菇。裏面長出這些大頭蘑菇來了。哄的婦人入到洞里。就折鉄腿跪着。要和婦人雲雨。兩個正接着親嘴。也是天假其便李瓶兒走到亭子上。吳月娘說孟三姐。和桂姐投壺輸了。你來替他投兩壺兒。李瓶兒道。底下沒人看孩子哩。玉樓道。左右有六姐在那里。怕怎的。月娘道。孟三姐。你去替他看看罷。李瓶兒道。三娘累你。亦發抱了他來罷。交小玉你去。就抱他的蓆和小枕頭兒來。那小玉和玉樓。走到芭蕉叢下。孩子便倘在蓆上。登手登腳的怪哭。並不知金蓮在那里。只見傍邊大黑貓兒人來。一溜烟跑了。玉樓道。他五娘那里去了。耶嚛耶嚛。把孩子丟在

李瓶兒說道這答兒裡到且是蔭凉因使

如意兒你去叫迎春屋裏取孩子的小枕頭并凉蓆兒來就帶了骨牌來我和五娘在這里抹回骨牌兒你就在屋裡看罷如意兒去了不一時迎春取了枕蓆并骨牌來李瓶兒鋪下蓆把官哥兒放在小枕頭兒上倘着教他頑耍他便和金蓮抹牌抹了一回交迎春往屋裡頓一壺好茶來不想孟玉樓在臥雲亭上看見點手兒叫李瓶兒說大姐姐叫你說句話兒李瓶兒撇下孩子教金蓮看着我就來那金蓮記掛敬濟在洞兒裡那里又去顧那孩子趕空兒兩三步走入洞門首教敬濟說沒人你出來罷敬濟便叫婦人進去瞧蘑菇裏面長出這些大頭蘑菇來了哄的婦人入到洞裏就折叠腿跪着要和婦人雲雨兩箇正接着親嘴也是天假其便李瓶兒走到亭子上月娘說孟三姐和桂姐投壺輸了你來替他投兩壺兒李瓶兒道底下沒人看孩子哩玉樓道左右有六姐在那里怕怎的月娘道孟三姐你去替他看看罷李瓶兒道三娘累你亦發抱了他來罷教小玉你去就抱他的蓆和小枕頭兒來那小玉和玉楼走到芭蕉叢下孩子便儻在蓆上登手登腳的怪哭並不知金蓮在那里只見傍邊一個大黑猫兒人來一溜烟跑了玉楼道他五娘那里去了耶嚛耶嚛把孩子丟在這里吃猫諕了他了

想起今日。倒不請陳姐夫來坐坐。大姐道。爹又使他今日往門外徐家催銀子去了。也待好來也。不一時陳經濟來到。穿着玄色縐紗衣。腳下京鞋淨襪。頭上纓子瓦楞帽兒。金簪子。向月娘衆人作了揖。就拉過大姐。一處坐下。向月娘說。徐家銀子討了來了。共五封。二百五十兩。送到房里。玉簫收了。于是穿杯換盞。酒過數巡。各添春色。月娘與李嬌兒桂姐。三個下棋。玉樓李瓶兒孫雪娥大姐。經濟便向各處遊翫觀花草。惟有金蓮在山子後那芭蕉叢深處。將手中白紗團扇兒且去撲蝴蝶爲戲。不防經濟驀地走在背後。猛然叫道。五娘你不會撲蝴蝶。等我與你撲這蝴蝶。就和你老人家一般有些毬子心腸。滚上滚下的走乏大。那金蓮扭回粉頸。斜睨秋波。對着陳經濟笑罵道。你這

金瓶梅詞話　十七

少死的賊短命。誰要你撲。將人來聽見。敢待死也。我曉得你。也不怕死了。搗了幾鍾酒兒在這里來鬼混。因問你買的汗巾兒。怎了。那經濟笑嘻嘻向袖子中取出。一手遞與他。說道六娘的。都在這里了。又道汗巾兒稍了來。你把甚來謝我。于是把臉子挨向他身邊。被金蓮只一推。不想李瓶兒抱着官哥兒并奶子如意兒跟着。從松牆那邊走來。見金蓮和經濟兩個在那里嬲戲撲蝴蝶。李瓶兒這里趕眼不見。兩三步就鑽進去。山子里邊猛叫道。你兩個撲個胡蝶兒與官哥兒耍子。慌的那潘金蓮恐怕李瓶兒瞧見。故意問道。陳姐夫與了汗巾子不曾。李瓶兒道。他還沒與我哩。金蓮道。他剛纔袖着。對着大姐姐不好與咱的。悄悄遞與我了。于是兩個坐在花臺石上打關。兩個分了。金蓮

不一時陳敬濟來到向月娘衆人作了揖就拉过大姐一處坐下向月娘說徐家銀子討了來了共五封二百五十兩送到房裡玉簫收了于是傳杯換盞酒过數巡各添春色月娘與李嬌兒桂姐三個下棋玉樓衆人都起身向各處觀花玩草耍子惟金蓮獨自手搖着白團紗扇兒往山子後芭蕉深處納凉因見牆角草地下一朵野紫花兒可愛便走去要摘不想敬濟有心一眼睃見便悄悄跟來在他背後悄叫道五娘你老人家尋甚麼這草地上滑齊齊的只怕跌了你教兒子心疼那金蓮扭回粉頸斜睨秋波帶笑帶罵道好個賊短命的油嘴跳了我可是你就心疼哩誰要你管你又跟了我來做甚麼也不怕人看着因問你買的汗巾兒怎了敬濟笑嘻嘻向袖子中取出遞與他說道六娘的都在這裡了又道汗巾兒稍了來你把甚來謝我于是把臉子挨向他身邊被金蓮舉手只一推不想李瓶兒抱着官哥兒并奶子如意兒跟着從松墻那邊走來見金蓮手拏白團扇一動不知是推敬濟只認做撲蝴蝶忙叫道五媽媽撲的蝴蝶兒把官哥兒一箇耍子慌的敬濟趕眼不見兩三步就鑽進山子裡邊去了金蓮恐怕李瓶兒瞧見故意問道陳姐夫與了汗巾不曾李瓶兒道他還沒有與我哩金蓮道他剛纔袖着對着大姐姐不好與咱的悄悄遞與我了于是兩箇坐在芭蕉叢下花臺石上打開分了兩箇坐了一回

（4）

這一回的下半回目「潘金蓮花園看蘑菇」，到了這一段，情節方纔開始。如以篇幅長短來說，似乎少了些，字數約爲上半回目的四分之一。但情節的前後呼應與銜接，却極爲嚴實。這裡寫陳經濟穿戴，都比他處精細。爲了下一回的李三、黃四借銀，在這裡安插了從徐家收來二百五十兩銀子，由玉簫收了。再回頭續寫這些妻妾們在花園玩樂的情形，陳經濟伺機加入了這些娘們的行列玩樂。於是「潘金蓮花園看蘑菇」的情節，於焉產生。有了此一情節，則貓兒諕着了官哥的事，纔能因而產生。這一回有了貓兒諕着官哥的情節，則下一回（第五十三回）的許多情節，方能一一演進開來。至於第五十三回的情節，是否嚴實的銜接了這一回的結尾？以及其內容情節以及文辭等等，十卷本與廿卷本的異同情形，只要兩相比對，我們就能清清楚楚的見到了。

這里吃貓諕了他了。那金蓮便從傍邊雪洞兒里鑽出來說道
我在這里淨了淨手。誰往那去來。那里有貓來諕了他白眉赤
眼兒的。那玉樓也更不往洞裏看只顧抱了官哥兒。拍哄着他
往卧雲亭兒上去了。小玉拏着枕蓆。跟的去了。金蓮恐怕他學
舌。隨屁股也跟了來。月娘問孩子怎的哭。玉樓道。我去時。不知
是那里一個大黑貓。蹲在孩子頭跟前。月娘說。乾淨諕着孩兒
李瓶兒道。他五娘看着他哩。玉樓道。六姐往洞兒里淨手去來。
金蓮走上來說。玉樓你怎的恁白眉赤眼兒的。我在那里討個
貓來。他想必餓了。要奶吃哭。就賴起人了。李瓶兒見迎春拏上
茶來。就使他叫奶子來。喂哥兒奶。那陳經濟見無人從洞兒鑽
出來。順着松墻兒抹轉過捲棚。一直行前邊角門往外去了。正
是雙手劈開生死路。一身跳出是非門。月娘見孩子不吃奶。只
是哭。分付李瓶兒你抱他到屋里好好打發他睡罷。于是也不
吃酒。眾人都散了。原來陳經濟也不曾與潘金蓮得手。做爲燕
侶鶯儔。只得做了個蜂頭花嘴兒事情不巧。歸到前邊廂房中。
有些咄咄不樂。正是無可奈何花落去。似曾相識燕歸來。有折
桂令爲証。
我見他戴花枝。笑撚花枝。朱唇上不抹胭脂。似抹胭脂。逐日
相逢。似有情兒。未見情兒。欲見許。何曾見許。似推辭。未是推
辭。約在何時。會在何時。不相逢他又相思。既相逢我反相思。
畢竟未知後來何如且聽下回分解

那金蓮連忙從雪洞兒裏鑽出來說道我在這里淨
了淨手誰往那去來那里有貓來諕了他白眉赤眼兒的那玉樓也更不
往洞裏看只顧抱了官哥兒拍哄着他往臥雲亭兒上去了小玉拏着枕
蓆跟的去了金蓮恐怕他學舌隨屁股也跟了來月娘問孩子怎的[illegible]
樓道我去時不知是那里一箇大黑貓蹲在孩子頭跟前月娘說乾淨諕
着孩兒李瓶兒道他五娘看着他哩玉樓道六姐往洞兒裡淨手去來金
蓮走上來說三姐你怎的恁白眉赤眼兒的那里討箇貓來他想必餓了
金瓶梅　卷十　第五十二回
要妳吃哭就賴起人來李瓶兒見迎春拏上茶來就使他叫奶子來喂哥
兒妳陳敬濟見無人從洞兒鑽出來順着松墻兒轉過捲棚一直往外去
了正是
雙手劈開生死路　一身跳出是非門
月娘見孩子不吃妳只是哭分付李瓶兒你抱他到屋裏好好打發他睡
罷于是也不吃酒眾人都散了原來陳敬濟也不曾與潘金蓮得手悵悵
不巧歸到前邊廂房中有些咄咄不樂正是
無可奈何花落去　似曾相識燕歸來

（4）

這一部分，二十卷本與十卷本，情節文辭都無大差異。只是結尾「有折桂令爲證」的一段刪去了。像這種刪減的情形，都與其他各回一樣。（第一回及第五十三、四兩回除外。）

第五十三回

比勘蠡說

一、衹要從篇幅上稍稍作一估量，就會發現十卷本與廿卷本的這一回　（五十三回），確有問題等待我們去尋求。十卷本這一回的篇幅是十八頁，每頁兩面，每面十一行，每行二十四字。計每頁五二八字，合共九千五百零四字。除去空行尚有九千零六十二字。廿卷本的篇幅，是五頁又十九行。每頁兩面，每面十一行，每行二十八字，計每頁六百一十六字。除去空行，尚有三千五百二十四字（包括回目）。兩本相較，廿卷本的這一回，竟少於十卷本五千五百三十八字。換言之，尚不及十卷本的字數一半。這一比例，未免太懸殊了吧！（我寫在「《金瓶梅》的幽隱探照」中的統計數字，乃約略。）

二、何以十卷本與廿卷本的這「五十三回」，字數相差如此之大？這是一個問題。這一問題，留待後面再作綜論。

三、反觀前面五十餘回，廿卷本除了第一回的故事重寫過了，與十卷本完全不同，開頭與結尾也不同。因而連帶了第二回的開頭，也與十卷本有異，但第二回的內容，則與十卷本逐漸合而為一，到結尾，便又情節相同了。下面從第三回起，一直到五十二回，十卷本與廿卷本同，開頭結尾，都是相同的。到了第五十三回，開頭與結尾，也像第一回一樣，全不同了。若是情事，顯然的，這一第五十三回，也是重寫過的。至於這第五十三回的重寫，其重寫的原因，是否與第一回的重寫相同？這也是一個問題，必須從整體去綜論，在此，也只好暫擱一邊了。

四、按第五十二回的情節，十卷本與廿卷本，也大多相同，連李桂姐的唱也只刪去「三台令」一段。其他如「黃鶯兒」、「集賢賓」、「雙聲疊韻」、「簇御林」、「琥珀貓兒」、「尾聲」，也都保留了。李銘唱的「花藥欄」幾段刪了，結尾的「折桂令」刪了，其他大都與十卷本一樣。展觀十卷本的篇幅，這第五十二回共十八頁約九千五百餘字，廿卷本共十五頁少八行，字數也在九千字以上。前後兩回相比，從篇幅上看，這第五十三回，卻也顯得突兀。

五、廿卷本這第五十三回的第一句「話說陳經濟與金蓮不曾得手，悵快不題。」自是從上一回延伸來的。按這一第五十二回的十卷本，這樣寫：「原來陳經濟也不曾與潘金蓮得手，做為燕侶鴛儔，只得做了個蜂頭花嘴兒。事情不巧，歸到前邊廂房中，有些咄咄不樂。正是：『無可奈何落去，似曾相識燕歸來。』有折桂令為證……」二十卷本則寫得是：「原來陳經濟也不曾與潘金蓮得手，事情不巧，歸到前邊房中，有些咄咄不樂。正是：『無可奈何花落去，似曾相似燕歸來。』」可是十卷本的這五十三回，一開頭則從吳月娘關心官哥被黑貓諕著了入筆，先遣小玉去問，再親自去李瓶兒房中去看望。回房時又聽到潘金蓮在照壁後向孟玉樓說她的閒話，挖苦他自己不得養，呵卵孵巴結有兒子的人。遂引發了這一回上半回目的「吳月娘承歡求子息」的情節。於是，吳月娘暗自觀賞妊子藥物，西門慶赴黃、安二主事的借劉太監莊上宴請。西門慶不在家，陳經濟與潘金蓮終于在捲棚後面得手。又因西門慶回來，門口狗叫，便匆匆散了。跟著再寫西門慶撞進房來，吳月娘要等明天的壬子日，借故把漢子推給別人。第二天，便寫吳月娘如何服用妊子藥。再寫應伯爵前來代李三、黃四借銀。又是寫謝帖附禮送黃、安二主事。連力錢的分配，都一一交代清楚。壬子日西門慶進房來，更不忘要西門慶使用了胡僧的月膏。下面再進入下半回目的「李瓶兒酬願保兒童。」一樁樁一件件的家庭瑣屑事故，屢次井條的排列下來，高山流水似的流瀉下來。經營得自自然然，幾無斧鑿痕跡，絕無「陋儒補以入刻，……即前後血脈亦絕不貫串，一見知其贋作矣」的弊病。相反的，這些情事，卻發生在廿卷本這第五十三回。筆者除了在情節進行中，一一加注分為上下欄，作一對照的比勘，讀者先生可以一目瞭然，我卻又不厭其煩的，再提出一些值得探討的問題來。像廿卷本第五十三回的這個開頭，之所以寫黃、安二主事之席，正因為二十卷付梓時，闕如了這一回，正如《萬曆野獲編》所說：「遍尋不得」，遂不得不補以入刻。像十卷本寫的「吳月娘承歡求子息，李瓶兒酬願保兒童」那些精密而細致的錦綉紋章，補刻的「陋儒」絲毫也體會不到。只得意意思思的就曾經讀過的記憶，敷衍成章。又把回目訂為「潘金蓮驚散幽歡，吳月娘拜求子息。」實際上，「潘金蓮」與「陳經濟」的「幽歡」驚散，並非這一回的情節重點。再說「潘金蓮驚散幽歡」的文義，乃潘金蓮「驚散」了別人的「幽歡」，實則是潘金蓮與陳經濟的幽歡，因西門慶回家狗子叫，把他們這一雙狗男女驚散了。可以說二十卷的第五十三回，連回目的文句都與內容不符。那麼，《野獲編》的「有陋儒補以入刻，……一見知其贋作矣」的說辭，應驗在廿卷本，無論如何按不到十卷本上去。這第五十三回，就是一大明證。

第五十三回

吳月娘承歡求子息　李瓶兒酬愿保兒童

人生有子萬事足　身後無兒總是空

產下龍媒須保護　欲求麟種貴陰功

禱神且急酬心愿　服藥還教暖子宮

父母好將人事盡　其間造化聽蒼穹（2）

（1）

從回目看，十卷本的證詩，意義則包容了上目求子息，下目保兒童兩事情節在內。

話說吳月娘。與李嬌兒。桂姐孟玉樓。李瓶兒孫雪娥。潘金蓮。大姐混了一場。身子也有些不耐煩。徑進房去睡了。醒時約有更次。又差小玉去問李瓶兒道。官哥沒怪哭麼。叫奶子抱得緊緊的。拍他睡好。不要又去惹他哭了。奶子也就在炕上吃了晚飯。沒幾下來。又丟放他在那里。李瓶兒道。你與我謝聲大娘道。自

金瓶梅詞話　卷　第五十三回

第五十三回　潘金蓮驚散幽歡　吳月娘拜求子息

應天長

小院閒階玉砌墻墜紅千簇艷陽芽一庭萱草石榴花多子宜男愛插

休使風吹雨打老天好為藏遮莫教變作杜鵑花粉褪紅銷香

罷（1）

（1）

從回目看，二十卷本的這闋詞「應天長」，意義則不能包容該回上下回目的情節。

（2）

十卷本的這一回，由官哥在花園被黑貓諕着了，寫吳月娘對官哥的關心，親自到李瓶兒房裡去看官哥，招來潘金蓮的背後談論，以及「求子息」的服用妊子藥物，寫了七十行的篇幅，計約一千六百八十字。這二十卷本，全沒有。服妊子藥事，也祇是簡略的幾筆。在這裡，上下一對證，就清楚了。

金瓶梅詞話

日安靜。常時一出。前日墳上去。鑼鼓諕了。不幾時。又是剃頭哭得要不的。如今又吃貓諕了。人家都是好養。偏有這東西。是燈草一樣脆的。說了一場。月娘就走出房來。李瓶兒隨後送出。月娘道。你莫送我。進去看官哥去罷。李瓶兒就進了房。月娘走過房裡去。

（2）

一下筆便接寫上一回吳月娘等人在花園遊玩，官哥被大黑貓諕着了，抱回房去，哭個不停。吳月娘回房睡了一覺，醒來已經更次，還惦記着官哥。不但遣小玉去問，跟着又自己去看望。還憐惜着說：『我又不得養，我家的人種，便是這點點兒。……』用來烘托吳月娘的母愛心腸。這一段文字，是引發『求子息』的第一個層次。

進了房裡只顧呱呱的哭打冷戰不住。而今纔住得哭。磕伏在妳子身上睡了。額子上有些熱剌剌的。妳子動也不得動。停會兒我也待換他起來。吃夜飯淨手哩。那小玉進房。回覆了月娘月娘道。他們也不十分當緊的。那里一個小娃兒丟放在芭蕉脚下。徑倒別的走開。吃猫諕了。如今纔是愁神哭鬼的。定要弄壞了。纔住手。那時說了幾句。也就洗了臉。睡了一宿。到次早起來。別無他話。只差小玉問官哥下半夜有睡否。還說大娘吃了粥。就待過來看官哥了。李瓶兒對迎春道。大娘就待過來。你快要拿臉水來。我洗了臉。那迎春飛搶的拿臉水進來。李瓶兒急攘攘的梳了頭。交迎春慌不迭的。燒起茶來。點些安息香在房里。二不知小玉來報。說大娘進房來了。慌得李瓶兒。撲起的也

似接了。月娘就到妳子床前。摸着官哥道。不長俊的小油嘴。常時把做親娘的。平白地提在水缸裡。這官哥兒呱的聲怪哭起來。月娘連忙引鬪了一番。就住了。月娘對如意兒道。我又不得養。我家的人種。便是這點點兒。休得輕覷着他。着緊用心纔好。妳子如意兒道。這不消大娘分付。月娘就待出房。李瓶兒道。大娘來。泡一甌子茶在那里。請坐坐去。月娘就坐定了。問道六娘。妳。頭髮也是亂蓬蓬的。李瓶兒道因這冤家作怪揭氣頭也不得梳。又是大娘來。倉忙的扭一挽兒。胡亂磕上鬏髻。不知怎模樣的做笑話。月娘咲道。你看是有槽道的麼。自家養的親骨肉。倒也叫他是冤家。學了我。成日要那冤家。也不能勾哩。李瓶兒道是便這等說。沒有這些鬼病來纏擾他便好。如今不得二兩

金瓶梅詞話　第五十三回

漢帝桃花勅特降　梁王竹葉誥曾加
須臾餌驗人堪羨　衰老還童更可誇
莫作雪花風月趣　烏鬚種子在些些
後有讚曰
紅光閃爍。宛如碾就之珊瑚。香氣沉濃。彷彿初燃之檀麝。嗆
之口內。則甜津湧起于牙根。置之掌中。則熱氣貫通于臍下。
直可還精補液。不必他求玉杵霜。且能轉女為男。何須別覓
神樓散。不與爐邊雞犬。偏助被底鴛鴦。乘興服之。遂入蒼龍
之夢。按時而動。預徵飛燕之祥。求子者一投即效。修真者百
日可僊。後又日服此藥後。凡諸腦損物諸血敗血。皆宜忌之。
又忌蘿蔔葱白。其交接單日為男。雙日為女。惟心所願。服此

一年。可得長生矣。
月娘看畢。心中漸漸的歡喜。見封袋封得緊。用纖纖細指。緩緩
輕挑。解包開看。只見烏金帋三四層。裹着一丸藥。外有飛金硃
砂。妝點得十分好看。月娘放在手中。果然臍下熱起來。放在鼻
邊。果然津津的滿口香噴。月娘咲道。這薛姑子果有道行。不知
那里去。尋這樣妙藥靈丹。莫不是我合當得喜。遇得這個好藥。
也未可知。把藥來看玩了一番。又恐怕藥氣出了。連忙把甆罐
來。依舊封得緊緊的。原進後房。鎖在梳匣內了。走到步廊下。對
天長嘆道。若吳氏明日壬子日。服了薛姑子藥。便得種子。承繼
西門香火。不使我做無祀的鬼。感謝皇天不盡了。那時日已近
晚。月娘纔吃了飯。話不再煩

只聽得照壁後邊。賊燒𦘦的。說些什麼。月娘便立了聽着。又在板縫裡瞧着。一名是潘金蓮與孟玉樓兩個同靠着欄杆。嗽了聲氣。絮絮荅荅的。講說道姐姐。好沒正經。自家又沒得養。別人養的兒子。又去溜遭竈的捱相知。呵卵脬。我想窮有窮氣。杰有杰氣。奉承他做甚的。他自長成了。只認自家的娘。那個認你。只見迎春走過去。兩個悶的走開了。假做尋猫兒喂飯。到後邊去了。月娘不聽也罷。聽了這般言語。怒生心上。恨落牙根。

那時節欲叫破罵他。又是爭氣不穿的事。反傷體面。只得忍耐了。一徑進房。睡在床上。又恐丫鬟每覺着了。不好放聲哭。待只管自埋自怨。短嘆長吁。真個在家不敢高聲哭只恐猴鬪也斷腸。那時日當正午。還不起身。小玉立在床邊請大娘起來吃飯。月娘道我身子不好。還不吃飯。你掩上房門。且燒些茶來吃。小玉捧了茶進房去。月娘纔起來悶悶的坐在房裡說道我沒有兒子。受人這樣懊惱。我求天拜地。也要求一個來。羞那些賊淫婦的毴臉。于是走到後房。文櫃梳匣內。取出王姑子整治的頭胎衣胞來。又取出薛姑子送的藥看。小小封筒上面刻着種子靈丹四字。有詩八句。

姮娥喜竊月中砂　咲取斑龍頂上芽

了。優兒又展開檀板。唱一隻曲。名喚降黃龍衮。
鱗鴻無便。錦箋慵寫。腕鬆金。肌削玉。羅衣寬徹。淚痕淹破胭
脂雙頰。寶鑑愁臨。翠鈿羞貼。○等閑孤負好天良夜。玉爐中
銀臺上香消燭滅。鳳幃冷落。鴛衾虛設。玉筍頻搓。繡鞋重攧。
那時吃到酒後。傳盃換盞。都不絮煩。

（4）

在這裡插入了西門慶到劉太監莊上應黃、安二主事之宴。一是銜接上一回（第十六頁）的此一情節，二是為吳月娘承歡求子息這一回目的事件，墊上一個承轉的時空。

卻說那潘金蓮在家。因昨日雪洞裡。不曾與陳經濟得手。此時趁西門慶在劉太監庄上。與黃主事。安主事吃酒。吳月娘又在房中。不出來。奔進奔出的。好像熱盤上螞子一般。那陳經濟在雪洞裡跑出來。睡在店中。那話兒硬了一夜。此時西門慶不在家中。只管與金蓮兩個。眉來眼去。直至黃昏時候。各房將待掌燈。金蓮躡足潛蹤。踮到捲棚後面。經濟三不知走來。隱隱的見是金蓮。遂緊緊的抱着了。把

斟上酒來又飲了　回小優兒又拿着玉洞簫吹得悠ㄈ咽咽和着板眼、
唱一套清天濁地桃花[illegible]的小曲唱畢眾客又讚了一番歡樂飲酒
不題

（4）

按黃、安二主事宴請西門慶，只是借了劉太監的郊外莊子，並非劉太監作東道主。是以十卷本的這一飲燕之會，並無劉太監在內。二十卷本卻把劉太監也寫進來了。雖然這裡寫着說：「那劉太監是地主，也同來相迎。」可是當「西門慶下了馬，劉太監一手挽了西門慶笑道：『咱三個等候的好半日了。老丈卻纔到來。』西門慶答道：『蒙兩位老先生見召，本該早來，實家下有些小事，反勞老公公久待。望乞恕罪。』三個大打恭進儀門來。」這段話寫出來的情景，應說是不合事理。第一，明明是黃、安二主事作東。西門慶也說了「蒙兩位老先生見召。」這話對着劉太監說，怎麼可以。第二，後面又寫「三個大打恭進儀門來。」這時的賓主如加上劉太監，一共是四個人，不是三個人了。

（3）

情節寫到這裡，吳月娘承歡求子息的上半回目，已完成了第二個層次。這兩個層次，一如楔子，道出了吳月娘求子息的迫切心情。同時，也塑造了吳月娘這一人物的精明幹練性格。不是潘金蓮可以比得了的。

西門慶到劉太監庄上投了帖兒
那些役人報了黄主事安主事一齊迎住都是冠帶好不齊整
叙了揖坐下那黄主事便開言道前日仰慕大名敢爾輕造不
想就擾執事太過費了西門慶道多慢爲罪安主事道前日要
赴敝同年胡大尹召就告别了主人情重至今心領今日都要
盡歡達旦纔是西門慶道多感盛情門子低報道酒席已完備
了就邀進捲棚解去冠帶安席送西門慶首坐西門慶假意推
辭畢竟坐了首席歌童上來唱一隻曲兒名唤錦橙梅
紅馥馥的臉襯霞黑髭髭的鬢堆鴉料應他必是箇中人打
扮的堪描畫顫巍巍的插著翠花寬綽綽的穿著輕紗兀的
不風韻煞人也嗏是誰家把我不住了偷睛兒抹
西門慶讚好安主事黄主事就送酒與西門慶西門慶荅送過

話說陳敬济與金蓮不曾得手悵怏不題

（3）

上一回所寫陳、潘二人調情事，在此竟然簡略十餘字帶過。

单表西門慶赴黄安二主事之
席乘着馬跟隨着書童玳安四五人來到刘太监庄上早有承局报知黄
安二主事忙整衣冠出來迎接那刘太监是地主也同來相迎西門慶下
了馬刘太监一手挽了西門慶笑道咱三箇等候的好半日了老丈却纔
到來西門慶答道蒙兩位老先生見招本該早來實爲家下有些小事又
劳老公公久待望乞恕罪三個大打恭進仪門來讓到所上西門慶先與
黄主事作揖次與安主事刘太監都作了揖四人分賓主而坐第一位該
西門慶坐了第二就該刘太監坐刘太監再四不肯道咱荅是房主还該
兩位老先生是遠客安主事道定是老先兒西門慶道若是序齒还該刘

金瓶梅　十卷 [illegible]　三十三

公公刘太监推却不过向黄安兩主事道斗膽占了便坐了第二位黄安
二主事坐了主席一班小優兒上來磕了頭左右獻过茶當值的就遞上
酒來黄安二主事起身安席坐下小優兒拿檀板琵琶絃索簫管上來合
定腔調細細唱了一套宜春令青陽候烟雨淋唱畢刘太监舉盃劝衆官
飲酒安主事道這一套曲兒做的清麗無比定是一個絕代才子况唱的
聲音嘹喨響遏行雲却不是個雙絕了麼西門慶道那個也不當奇今日
有黄安二位做了賓主刘公公做了地主這纔是難得哩黄主事笑道也
不爲奇刘公公是出入紫禁日覲龍顏可不是貴臣西門老丈堆金積玉
彷彿陶朱可不是富人富貴雙美這纔是奇哩四個人哈哈大笑當值的

大事。又是月經左來日子。也至明日潔淨。對西門慶道。你今晚
醉昏昏的。不要在這里鬼混。我老人家。月經還未淨。不如在別
房去睡了。明日來罷。把西門慶帶笑的。推出來。走到金蓮那里
去了。捧着金蓮的臉。道這個是小淫婦了。方纔待走進來。不想
有了幾杯酒。三不知走入大娘房里去。金蓮道。精油嘴的東西。
你便說明日要在姐姐房里睡了。碎說嘴的。在真人前赤巴巴
弔謊。難道我便信了你。西門慶道。怪油嘴。專要歪斯纏人。真正
是這樣的。着甚緊弔着謊來。金蓮道。且說姐姐怎地不留你在
西門慶道。不知道他。只管道我醉了。推了出來。說明晚來罷。我
便急急的來了。金蓮政待澡牝。西門慶把手來待摸他。金蓮雙
手捲住。罵道短命的。且沒要動彈。我有些不耐煩在這里。西門
慶一手抱住。一手插入腰下。竟摸着道。怪行貨子。怎的夜夜乾
卜卜的。今晚裡面有些濕答答的。莫不想着漢子。騷水發哩。原
來金蓮想着經濟。還不曾澡牝。被西門慶無心中。打着心事。一
時臉通紅了。把言語支吾。半笑半罵。就澡牝洗臉。兩個宿了一
夜不題

（5）

此一情節，除了銜接上一回（第十八頁），主要的目的還在於落實寫實的筆觸，把上一回未了的一雙男女偷情情節，在此處完成它。同時

明日進房應二十三壬子日服藥行事便不留他道今日我身子不好你
往別房裡去罷西門慶笑道我知道你嫌我醉了不留我也罷只是你
嫌我去了明晚來罷月娘笑道我真有些不好月經還未淨誰嫌你明晚
來罷西門慶就往潘金蓮房裡去了金蓮正與敬濟不曾與回房眠在炕
上一見西門慶進來忙起來笑迎道今日吃酒這咱時纔來家西門慶也
不荅應一手摟將過來連親了幾個嘴一手就下邊一摸摸着他牝戶道
怪小淫婦你想着誰來兀那話溼搭搭的金蓮自覺心虛也不做聲只笑
推開了西門慶向後邊澡牝去了當晚與西門慶雲情雨意不消說得

（5）

乍看起來，這裡描寫的陳、潘二人偷情，與十卷本的情節是相同的。但如據實推敲起來，兩個本子的寫實筆墨，可就不能相比了。只要一比，任誰都能分出優劣來。十卷本寫得仔細，二十卷本寫得粗糙。這還猶在其次，問題在於兩者間的現實人生體驗。譬如說兩者間這一部分的性行爲描寫，我想，凡是有性行爲經驗的男女，都能論斷出二十卷本這一段的性行爲描寫，與男女在他們這種情況下的性行爲光景，是不合事實的。他們在這種情形之下，那裡能

金瓶梅詞話

臉子挨在金蓮臉上。兩個親了十來個嘴。經濟道。我的親親。昨夜孟三兒那冤家。打開了我每。害得咱硬邦邦。撐起了一痼。今早見你妖妖嬈嬈搖颭的走來。教我渾身兒酥麻了。金蓮道。你這少死的賊短命。沒些槽道的。把小丈母。便揪住了親嘴。不怕人來聽見麼。經濟道。若見火光來。便走過了。經濟口裡。只故叫親親。下面單裙子內。却似火燒的一條硬鐵。隔了衣服。只顧挺將進來。那金蓮也不由人。把身子一聳。那話兒都隔了衣服。熱烘烘對着了。金蓮政忍不過。用手揿開經濟裙子。用力捏着陽物。經濟慌不迭的。替金蓮扯下褲腰來。劃的一聲。却扯下一個裙襴兒。金蓮笑罵道。蠢賊奴。還不曾偷慣食的。恁小着膽。就慌不迭。倒把裙襴兒扯吊了。就自家扯下褲腰。剛露出牝口。一腿蹺在闌干上。就把經濟陽物。塞進牝口。原來金蓮鬼混了半晌。已是濕答答的。被經濟用力一挺。便撲的進去了。經濟道。我的親親。只是立了不盡根。怎麼處。金蓮道。胡亂抽送抽送。且再擺佈。經濟剛待抽送。忽聽得外面狗子。都嗥嗥的叫起來。却認是西門慶吃酒回來了。兩個慌得一滚烟走開了。却是書童玳安。兩個拿着冠帶金扇進來亂嚷道。今日走死人也。月娘差小玉出來看時。只見兩個小廝。都是醉模糊的。小玉問道。爺怎的不歸。玳安道。方纔我每。恐怕追馬不及。問了爺先走回來。他的馬快。也只在後邊來了。小玉進去回覆了。不一時西門慶已到門外。下了馬。本待到金蓮那里睡。不想醉了。錯走入月娘房里來。月娘暗想明日。二十三日。乃是壬子日。今晚若留他。反挫明日

第五十三回

且說陳敬濟因與金蓮不曾得手、耐不住满身慾火、見西門慶吃酒到晚還未來家、依舊閃入捲棚後面、探頭探腦張看等來金蓮、被敬濟鬼混了一場也十分難熬、正在無人處手托香腮沉吟思想、不料敬濟三不知走來黑影子裡看見了、恨不的一碗水嚥將下去、就大着膽悄悄走到背後將金蓮雙手抱住便親了箇嘴、說道我前世的娘、起先吃孟三兒那冤家打開了、幾乎把我急殺了、金蓮不隄防吃了一嚇、回頭看見是敬濟心中又驚又喜、便罵道賊短命、閃了我一閃、快放手有人來撞見怎了、敬濟那里肯放、便用手去解他褲帶、金蓮猶半推半就、早被敬濟一扯扯斷了、（此正名分妙）金蓮假意失驚道、怪賊囚好大膽、就這等容容易易要奈何小丈母、敬濟再三央求道、我那前世的親娘、要敬濟的心肝煮湯吃、我也肯割出來、沒奈何只要今番成就成就、敬濟口裡說着、腰下那話已是硬帮帮的露

金瓶梅　　十七卷　第五十三回　　三十四

出來、朝着金蓮單裙只顧亂插、金蓮桃頰紅潮、情動久了、初還假做不肯、及被敬濟纍垂放出、觸着就禁不的把手去摸、（又猜疊矣）敬濟便趁勢一手揿開金蓮裙子、儘力往內一插、不覺沒頭露腦、原來金蓮被纏了一回、臊水濕漉漉的、（又下二評更真）因此不費力送進了、兩個緊傍在紅欄杆上任意抽送、敬濟還嫌不得到根、教金蓮倒在地下、待我奉承你一箇不亦樂乎、金蓮恐散了頭髮、又怕人來、推道今番且將就此、（自關後絕）後次再得相聚、憑你便了、一個連連聲一個親親不住、厮併了半箇時辰、只聽得隔墻外簌簌的響、又有人說話、兩個一鬨而散、敬濟情未已、金蓮雨意方濃、却是書童玳安拿着冠帶拜匣、都醉醺醺的嚷進門來、月娘聽見知道是西門慶來家、忙差小玉出來看、書童玳安道、爹隨後就到了、我兩人怕晚了先來了、不多時西門慶下馬進門、已醉了、也來到月娘房裡來、摟住月娘、就待上床、月娘因要他

過了。就到後房。開取藥來。叫小玉頓起酒來。也不用粥。先吃了些乾糕餅食之類。就雙手捧藥。對天禱告。先把薛姑子一丸藥。用酒化開。異香觸鼻。做三兩口。服完了。後見王姑子製就頭胎衣胞。雖則是做成末子。然終覺有些注疑。有些焦剌剌的氣子。難吃下口。月娘自忖道。不吃他。不得見效。待吃他。又只管生疑。也罷。事到其間做不得主了。只得勉強吃下去罷。先將符藥一把。叠在口內。急把酒來大呷半碗。幾乎嘔將出來。眼都忍紅了。又連忙把酒過下去。喉舌間。只覺有些膩格格的。又吃了幾口酒。就討溫茶來漱淨口。睡向床上去了。西門慶政走過房來。見門關着。叫小玉開了。問道。怎麽悄悄的關上房門。莫不道我昨夜去了。大娘有些二十四麽。小玉道。我那里曉得來。西門慶走進房來。叫了幾聲。月娘吃了早酒。向裡床睡着去。那里答應他。西門慶向小玉道。賊奴才。現今叫大娘。只是不應。怎的不是氣我。遂沒些趣。向走出房去。

（6）

這一段，寫吳月娘食妊子藥物的實際生活情景。眞可以說是如同在旁目睹。對於食藥者的心理描寫，並不浪費筆墨，却已玲瓏剔透。誠佳筆墨也。再寫西門慶進房來，吳月娘裝作生氣不理他。西門慶又走出房去。書童報說應二爹

（6）

吳月娘服用妊子藥物，十卷本寫了近五百字，二十卷本則不過二百字。兩下裡比照一讀，就會感於十卷本的這一段文字，寫得眞是生動而現實如畫。連心理的情態，都寫出來了。廿卷本那裡能比？

，也爲吳月娘的壬子日，安排了一個轉折層次。說來，斯乃高明小說家穿插情節，極其精細的筆墨。尤其，寫陳、潘偷情得手的一段色情描寫，最爲入實於生活。可以說，有了這麼一段眞實的寫實之藝，方能顯得這小說不是流水賬。

却表吳月娘次早起來却正當壬子日了便思想薛姑子臨別時千叮嚀萬囑付叫我到壬子日吃了這藥管情就有喜事今日正當壬子政該服藥了又喜昨夜天然湊巧西門慶飲醉回家撞入房來回到今夜因此月娘心上暗自喜歡清早起來即便沐浴梳粧完了就拜了佛念一遍白衣觀音經求子的最是要念他所以月娘念他也是王姑子教他念的那日壬子日又是個緊要的日子所以清早閉了房門燒香點燭先誦

「廝併了半個時辰」方始聽到人聲逃開。我這裡不便多說，請一對上欄的十卷本，就清清楚楚了。像這種情形，豈不是正符合了「野獲編」說的「有陋儒補以入刻」的話。

表吳月娘次日起身正是二十三壬子日梳洗畢就教小玉擺着香桌上邊放着寶爐燒起名香又放上白衣觀音經一卷月娘向西皈依禮拜拈香畢將經展開念一遍拜一拜念了二十四遍拜了二十四拜圓滿然後

金瓶梅　七卷第五十三回　三十五

箱內取出丸藥放在桌上又拜了四拜禱告道我吳氏上靠皇天下賴薛師父王師父這藥仰祈保佑早生子嗣告畢小玉盪的熱酒傾在盞內月娘接過酒盞一手取藥調勻西向跪倒先將丸藥嚥下又取末藥也服了喉嚨內微覺有些腥氣月娘遂着氣一口咽下又拜了四拜當日不出房只在房裡坐的

他送去書童答應去了。應伯爵就挨在西門慶身邊來坐近了。哥前日說的。曾記得麽。西門慶道。記甚的來。應伯爵道。想是忙的都忘記了。便是前日。同謝子純在這里吃酒。臨別時說的。西門慶。呆登登想了一會。說道莫不就是李三黃四的事麽。應伯爵笑道。這叫做簷頭雨滴從高下。一點也不差。西門慶。做攢眉道。教我那里有銀子。你眼見我前日支鹽的事。沒有銀子。與喬親家。挪得五百兩湊用。那里有許多銀子放出去。應伯爵道。左右生利息的。隨分箱子角頭尋些湊與他罷。哥說門外徐四家的。昨日先有二百五十兩來了。這一半就易處了。西門慶道。是便是。那里去湊。不如且回他。等討徐家銀子。一總與他罷。應伯爵正色道。哥君子一言。快馬一鞭。人而無信。不知其可也。哥前日不要許我便好。我又與他每說了。千真萬真。道今日有的了。怎好去回他。他們極服你做人慷慨。直甚麽事。反被這些經紀人。背地裡不服你。西門慶道。應二爹如此說。便與他罷。自已走進去。收拾了二百三十兩銀子。又與玉簫。討昨日收徐家二百五十兩頭。一總彈準四百八十兩。走出來對應伯爵道。銀子只湊四百八十兩。還少二十兩。有些段疋作數。可使得麽。伯爵道。這個却難。他就要現銀去幹香的事。你好的段疋。也都沒放你。剩這些粉段。他又幹不得事。不如湊現物與他。省了小人腳步。西門慶道。也罷也罷。又走進來。稱了廿兩成色銀子。叫玳安通共捉出來。那李三黃四。却在間壁人家坐久。只待伯爵打了照面。就走進來。謝希大適值進來。李三黃四。敘揖畢了。就見西門

（7）

這裡寫西門慶回家在潘金蓮房中宿了一夜，第二天起身寫謝宴帖，遣書童送黃、安二主事家去。應伯爵帶着黃、安二主事來拜。作別去後，應伯爵也推事故家去。西門慶回進後邊吃了飯，又坐轎答拜黃、安二主事去。又寫兩個紅禮帖，分付玳安備辦兩副下程，趕往他家面送。試看，這是什麼禮數？可以說連黃、安二主事收到西門慶謝帖，又親自趕來答拜，都是多餘的。西門慶怎麼又備禮親去回拜還要「面送」？眞乃是「陋儒補以入刻」者也。

當日無話西門慶來家與月娘打點床帳等候進房西門慶進了房月娘就教小玉整設餚饌盪酒上來兩人促膝而坐西門慶道我昨夜有了盃酒你便不肯留我又假推甚麽身子不好這咱搗鬼月娘道這不是搗鬼果然有些不好難道夫妻之間恁地疑心西門慶吃了十數盃酒又吃了些鮮魚鴨臘便不吃了月娘交收过了小玉薰的被窩香噴噴的兩個洗濯已畢脫衣上床枕上綢繆被中繾綣言不可盡這也是吳月娘該有喜事恰遇月經轉兩下似水如魚便得了子了正是

花有並頭蓮並蒂　帶宜同挽結同心

來了。遂走到外邊與應伯爵談話，把李三黃四借銀事，在此又銜接一筆。（李三黃四借銀，始於第卌八回。此處銜接上一回黃四送禮來，及向徐家討來銀子二百五十兩事。由此借銀情節，再引發了應伯爵請弟兄們到郊外飲宴。連瑣碎小事，都照顧得周周到到，絲毫不亂。

只見書童進來，說道：應二爹在外邊
了。西門慶走出來，應伯爵道：哥，前日到劉太監莊上，赴黃安二
公酒席，得盡歡麼？直飲到光將分纔散了。西門慶道：承兩公十
分相愛。他前的下顧，因欲赴胡大尹酒席，倒坐不多時。我到他
那里，却情投意合，倒也被他多留住了。灌了好些杯酒，直到更
次，歸路又遠，醉又醉了，不知怎的了。應伯爵道：別處人，倒也好
情分，還該送些下程與他。西門慶道：說得有理。就叫書童寫起
兩個紅禮帖來，分付裡面辦一樣兩副盛禮，枝圓、荔枝，鵝鴨羊
腿、鮮魚、兩罈南酒，又寫一個謝宴名帖，就叫書童來，分付了，差

西門慶在潘金蓮房中起身、就叫書童寫謝宴帖往黃安
二主事家謝宴。書童去了、就是應伯爵來到、西門慶出來、應伯爵作了揖、
說道：哥、昨在劉太監家吃酒、幾時來家。西門慶道：承兩公十分相愛、灌了
好幾盃酒、歸路又遠、更餘來家、已是醉了。這兩晚起身。玳安捧出早飯、西
門慶正和伯爵同吃、又報黃主事安主事來拜。西門慶整衣冠、教收過家
活、出迎。應伯爵也迴避了。黃安二主事一齊下轎、進門廝見畢、三人坐下、
一面捧出茶來吃了。黃安二主事道：夜來有褻。西門慶道：多感厚情、政要
即謝兩位老先生、如何又勞台駕先施。安主事道：昨晚老先生还未盡興、
為何就別了。西門慶道：晚生已大醉了、臨起身又被劉公公灌上十數盃
葡萄酒、在馬上就要嘔、耐得到家、睡到今日还有些不醒哩。笑了一番、又
吃过三盃茶、說些閑話、作別去了。應伯爵也推事故家去。西門慶回進後
廳、吃了飯、就坐轎答拜黃安二主事去、又寫兩個紅礼帖、分付玳安備辦
兩副下程、擡到他家面送。

（8）

西門慶應邀赴劉太監莊上的黃、安二主事之宴，歸後即致送禮物作答謝。二主事收到謝禮後，又寫謝帖作答。還致送送禮下人力錢兩封。又寫西門慶如何處理這兩封力錢，連挑盤人也照顧到了。

西門慶走進月娘房裡坐定。月娘道小玉說你曾進房來叫我，我睡着了。不得知你叫。西門慶道，那又來，我早認你有些不快我哩。月娘道。那里說起。不快你來，便叫小玉炮茶。討夜飯來吃了。西門慶飲了幾杯，身子連日吃了些酒，只待要睡。因挩時不在月娘房裡來。又待奉承他。也把胡僧的膏子藥來。用了些。脹得陽物來鐵杵一般。月娘見了。道那胡僧這樣，沒槽道的，謊人的弄出這樣把戲來。心中暗忖道，他有胡僧的法術，我有姑子的仙丹，想必有些好消息也。遂都上床去。暢美的睡了一夜

了當時情交哥兒無災無害好養說話間只見玳安來回話道王姑子不
在庵裡到王尚書府中去了小的又到王尚書府中我了他半日纔得出
來與他說了便來了西門慶聽罷依舊和伯爵說話兒一處坐地

金瓶梅　十七卷第五十三回　三十七

書童拿些茶來吃了伯爵因開言道小弟蒙哥哥厚愛一向因寒家房子
窄隘不敢簡褻多有疎失今日稟明了哥若明後日得空與哥同常二哥
出門外花園裡頑耍一日少盡兄弟孝順之心常時節從旁贊道應二哥
一片獻芹之心哥自然鑒納决沒有見却的理西門慶道若論明日到沒
事只不該生受伯爵道小弟在宅裡快子也不知吃了多少下去今日一
盃水酒當的甚麼西門慶道既如此我便不往別處去了伯爵道只是還
有一件小優兒小弟便教了但郊外去必須得兩個唱的去方有興趣西
門慶道這不打緊我叫人去叫了吳銀兒與韓金釧兒就是了伯爵道
此可知好哩只是又要哥費心不當西門慶一面就叫琴童分付去叫
銀兒韓金釧兒明日早往門外花園內唱琴童應諾去了不多時王姑子
來到[illegible]便問[illegible]今日兒子不知有何分付老身

因王尚書府中有些小事去了不得便來方纔得[illegible]西門慶[illegible]
許官哥許下些愿心一向忙碌碌未曾[illegible]大我
第一來要酬報佛恩第二來要消災延壽因此[illegible]師父來[illegible]道
小哥兒萬金之軀全憑佛力保護老爹不知道[illegible]佛往上[illegible]人中生有
夜叉羅刹常喜啖人令人無子傷胎奪命皆是諸惡鬼所為如今小哥兒
要做好事定是看經念佛其餘都不是路了西門慶便問做甚功德好王
姑子道先拜卷藥師經待回向後再印造兩部陀羅經極有功德西門慶
問道不知幾時起經王姑子道明日到是好日就我庵中完願罷西門慶
點着頭道依你依你王姑子說畢就往後邊見吳月娘和六房姊妹都在

慶。行禮畢。就道前日蒙大恩。因銀子不得關出。所以遲遲。今因東平府。又派下二萬香來。敢再挪五百兩。暫濟燃眉之急。如今關出這批銀子。一分也不動。都盡這還來。一齊算利奉還。西門慶便喚玳安。鋪子裡取天平。請了陳姐夫。先把他討的徐家廿五兩彈准了。後把自家二百五十兩彈明了。付與黃四李三。兩人拜謝不已。就告別了。西門慶欲留應伯爵。謝希大。再坐一回。那兩個那有心想坐。只待出去。與李三黃四。分中人錢了。假意說有別的事。急急的別去了。那玳安琴童。都攙住了伯爵。討些使用。買果子吃。應伯爵搖手道。沒有沒有。這是我認得的。不帶得來送你。這些狗弟子的孩兒。徑自去了。

（7）

應伯爵與西門慶一見面，就提到上一回所寫西門慶到劉太監莊上赴黃、安二主事酒宴事。然後再進入借銀事的瑣碎情節。末了，還把玳安琴童向應二討使用，也寫上一筆。眞是寫實精到。

只見書童。走得進來。把黃主事。安主事。兩個謝帖回話。說兩個爺說。不該受禮。恐拂盛意。只得收了。多去致意你爺。力錢二封。西門慶就賞與他。又拿出些。把催來的挑盤人打發了。天色已是掌燈時分。

（8）

這裡雖也寫了壬子日，西門慶到吳月娘房中情節，十卷本中的那些吳月娘裝睡等等周折的情節，全看不到了。在這二十卷本中的文字，只是這些傳衍故事的筆墨，沒有趣味了。

次日西門慶起身梳洗月娘備有羊羔美酒雞子腰子補腎之物與他吃了打發進衙門去西門慶衙門散了回來就進李瓶兒房看哥兒李瓶兒抱着孩子向西門慶道前日我有些心愿未曾了這兩日身子有些不好坐淨桶時常有些血水淋得墊早晚要酬了心愿你又忙碌碌的不得個閒空西門慶道你既要了愿時我叫玳安去接王姑子來與他商量做些好事就是了便叫玳安分付接王姑子玳安應諾去了書童又報常二叔和應二爹來到西門慶使出迎輒見應伯爵道前日謝子純在這裡吃酒我說的黃四李三的那事哥應付了他罷西門慶道我那裡有銀子應伯爵道哥前日已是許下了如何又變了卦哥不要瞞我等地財主說個無銀出來隨分湊些與他罷西門慶不答應他只顧呆了臉看常時節常時節道連日不曾來哥小哥兒長養麼西門慶道生受掛念那繞你嫂子家娘子要酬心愿只得去請王姑子來家做些好事應伯爵道但凡人家富貴專待子孫掌管得來時須要十分保護譬如種五穀的初長時也得些時灌溉纔望個秋收小哥兒萬金之軀是個掌中珠又比別的不同小兒郎三歲有關六歲有厄九歲有煞又有出痧出痘等症哥不是我口直說起哥兒自然該與他做些好事廣種福田若是嫂子有甚愿心正宜及早

那說那月娘

自從聽見金蓮背地。講他愛官哥。兩日不到官哥房裡去看。只見李瓶兒。走進房來。告訴道。孩子日夜啼哭。只管打冷戰不住。却怎麼處。月娘道。你做一個攞佈。與他弄好了便好。把些香愿也許許。或是許了賽神。一定減可些。李瓶兒道前月身上發熱。我許拜謝城隍土地。如今也待完了心愿。月娘道。是便是。你的心愿。也還該再請劉婆來。商議商議。看他怎地說。李瓶兒政待走出來。月娘道。你道我昨日成日的不得看孩子。着甚緣故不得進來。只因前日我來看了孩子。走過捲棚照壁邊。只聽得潘金蓮在那里。和孟三兒。說我自家沒得養。倒去奉承別人。扯淡得沒要緊。我氣了半日的。飯也吃不下。李瓶兒道。這樣怪行貨。歪剌骨。可是有槽道的。多承大娘好意思。着他甚的。也在那里搗鬼。月娘道。你只記在心。防了他。也沒則聲。李瓶兒道。便是這等前日迎春說。大娘出房後邊。迎春出來。見他與三姐立在那里說話見了迎春就尋猫去了。政說話間只見迎春氣吼吼的走進來。說道娘快來。官哥不知怎麼樣。兩隻眼不住反看起來。口裡捲些白沫出來。李瓶兒諕得頃口無言攢眉欲淚。一面差小玉報西門慶。一面急急歸到房裡。見妳子如意兒都失色了。剛看時西門慶也走進房來。見了官哥。放死放活。也吃了一驚。就道不好了不好了。怎麼處。婦人平日不保護他好。到這田地。就來叫我。如今怎好。指如意兒道。妳子不看好他。以致今日。若萬一差池起來。就搗爛你做肉泥。也不當稀罕。那如意兒慌得口

子找到，便來了。於是應伯爵又向西門慶說到，要請西門慶等弟兄們門外花園玩耍一日。西門慶應允明日有空，接受了應伯爵的邀請。隨後，又寫到王姑子來，要他酬願心。王姑子提議，先印藥師經，再印陀羅經。來日就是黃道日，遂起經頭印造。李瓶兒還要求王姑子在疏意裡，加上他一句。因為他自從有了孩子，身子便有些不好。

我們看這一回的情節，與其回目「潘金蓮驚散幽歡　吳月娘拜求子息」，極不相契。這一回中寫的諸多事件，雖有這回目的兩件事，却都是輕描淡寫的一筆，與十卷本的繡針細線繡出的錦章，距離十萬八千里矣！尤其印造陀羅經一事，在後面第五十七回的後半目，就是「薛姑子勸捨陀羅經」。這裡，却提前按在王姑子頭上。

再說，我們也無法從這一整回的情節中，尋出它的主幹故事來，只是一些東拉西扯的拼湊，不像十卷本的這一回，把上下回目的情節分野

（9）

這一回的上半回目，寫到此處結束。以後便是下半回目的開始。

次日起身，

都至日午時候。那潘金蓮。又是顛唇簸嘴。與孟玉樓道。姐姐前日教我看幾時是壬子日。莫不是揀昨日。與漢子睡的。爲何恁的奏巧。王樓笑道。那有這事。正說話間。西門慶走來。金蓮一把扯住西門慶道。那裡人家睡得這般早。起得恁的晏。日頭也沉沉的待落了。還走往那里去。西門慶被他鬼混了一場。那話兒又硬起來。徑撇了玉樓。玉樓自進房去。西門慶接金蓮在床口上。就戲做一處。春梅就討飯來。金蓮同吃了不題。

（10）

再寫此一小小情節，引發下面吳月娘等人的閒話。再進入下半回目的情節。

李瓶兒房裡王姑子各行了問訊月娘便道今日央你做好事保護官哥你幾時起經頭王姑子道來日黃道吉日就我菴裡起經小王拿茶來吃

金瓶梅　十七卷第五十三回　三十八

了李瓶兒因對王姑子道師父我還有句話一發央及你王姑子道你老人家有甚話但說不妨李瓶兒道自從有了孩子身子便有些不好明日疏意裡還帶通一句何如行的去我另謝你王姑子道這也何難且待寫疏的時節一發寫上就是了正是

禍因惡積非無種　福自天來定有根

（9）

我們看這一大段，先寫吳月娘爲丈夫準備補腎之物，打發西門慶裔門去。裔門中回來，到李瓶兒房中，李瓶兒提到有些願心未了。但却不曾寫到官哥的驚哭，却說到他上淨桶時常有些血水淋漓，早晚要酬酬願。遂叫玳安去請王姑子。常時節與應伯爵來了。在此說到黃四、李三借銀的事。西門慶沒有答應。由常時節提到「小哥兒」的事，西門慶却把剛纔李瓶兒爲了自身有些不好，要酬願心的事，去請王姑子來做好事，也併到官哥身上。因而談了一些將養孩子的事。玳安回來說是在王尙書家方把王姑

西門慶走

到李瓶兒房裡說道方纔灼龜的說大象牽延還防反覆只是
目下急急的該獻城隍老太李瓶兒道我前日原許的只不曾
獻得孩子只管駁雜西門慶道有這等事即喚玳安叫慣行燒
帋的錢痰火來玳安即便出門西門慶和李瓶兒擁着官哥道
孩子我與你賽神了你好了些謝天謝地說也奇怪那時孩子
就放下眼磕伏着有睡起來了李瓶兒對西門慶道好不作怪
麼一許了獻神道就減可了大半西門慶心上一塊石頭纔得
放了下來月娘聞得了也不勝喜歡又差琴童去請劉婆子的
來劉婆急波波的一步高一步低走來西門慶不信婆子的只
爲愛着官哥也只得信了那劉婆子一徑走到廚房下去摸竈
門迎春笑道這老媽敢汗邪了官哥倒不看走到廚下去摸竈
門則甚的劉婆道小奴才你曉得甚的別要吊嘴說我老人家
一年也大你三百六十日哩路上走來又怕有些邪氣故來灶
門前走走迎春把他做了個臉聽李瓶兒叫就同劉婆進房來
劉婆磕了頭西門慶要分付玳安稱銀子買東西殺猪羊獻神
走出房來劉婆便問道官哥好了麼李瓶兒道便是凶得緊請
你來商議劉婆道前日是我說了獻了五道將軍就好了如今
看他氣色還該謝謝三界土便好李瓶兒道方纔施灼龜說該
獻城隍老太劉婆道他慣一不着的曉得甚麼來這個原是驚
不如我收驚倒好李瓶兒道怎地收驚劉婆道迎春姐你去取
些米舀一椀水來我做你看迎春取了米水來劉婆把一隻高

也不敢開。兩淚齊下。李瓶兒只管看了暗哭。西門慶道。哭也沒用。不如請施灼龜來。與他灼一個龜板。不知他有甚禍福紙脉與他完一完再處。就問書童。討單名帖。飛請施灼龜來坐下。先是陳經濟陪了吃茶。琴童來安。點滿燒香。舀淨水。擺卓子。西門慶出來相見了。就拿龜板對天禱告。作揖進入堂中。放龜板在卓上。那施灼龜雙手接着放上龜藥。點上了火。又吃一甌茶。西門慶正坐時。只聽一聲響。施灼龜看了。停一會不開口。西門慶問道。吉凶如何。施灼龜問甚事。西門慶道。小兒病症。大象怎的有紙脉也沒有。施灼龜道。大象目下沒甚事。只怕後來反覆牽延。不得脫然全愈。父母占子孫。子孫爻不宜晦了。又看朱雀爻大動。主獻紅衣神道城隍等類。要發猪羊去祭他。再領三碗羹飯。一男傷。一女傷。草船送到南方去。西門慶就送一錢銀子謝他。施灼龜極會諂媚。就千恩萬謝。蝦也似打躬去了。

（11）

從這裡進入李瓶兒酬願保兒童。李瓶兒說曾許拜謝城隍，也待去還願了。由於官哥病急，急速請來施灼龜，折騰了這一陣。

，極爲清楚的涇渭分明。而且，穿插進來的事故，不惟眞實得令人讀來如身在其中一切恰似所見所聞，尤其趣味盎然。二十卷本的這些雜湊，如何能比呢！

却說那錢痰火到來。坐在小廳
上。琴童與玳安。忙不迭的。扶侍他謝土。那錢痰火吃了茶。先討
個意看。西門慶叫書童寫與他。那錢痰火就帶了雷圈板巾。依
舊着了法衣。仗劍執水。步罡起來。念淨壇呪。

呪曰

洞中玄虛。晃朗太元。八方威神。使我自然。靈寶符命。普告九
天乾羅荅那。洞罡太玄。斬妖縛邪。殺鬼萬千。中山神呪。元始
玉文。持誦一遍。却病延年。按行五嶽。八海知聞。魔王束手。侍
衛我軒。兇穢消散。道氣常存。云云

請祭主拈香。西門慶淨了手。漱了口。着了冠帶。帶了兇膝。孫雪
娥。孟玉樓。李嬌兒。桂姐都幫他着衣服。都嘖嘖的讚好。西門慶
走出來。拈香拜佛。安童背後。扯了衣服。好不冠冕氣象。錢痰火
見主人出來。念得加倍響些。那些婦人。便在屏風後瞧着西門
慶。指着錢痰火。都做一團笑倒。西門慶聽見笑得慌。跪在神前。
又不好發話。只顧把眼睛來打抹。書童就覺着了。把嘴來一擨。
那衆婦人便覺住了些。金蓮獨自後邊出來。只見轉一拐兒。恭
見了陳經濟。就與他親嘴摸奶。袖裡挐出一把果子。與他。又問
道你可要吃燒酒。經濟道多少用些也好。遂吃金蓮乘衆人忙
的時分。扯到屋裡來。叫春梅閉了房門。連把兇鍾與他吃了。就
說出去罷。恐人來。我便死也。經濟又待親嘴。金蓮道。砟短命。不
怕婢子瞧科。便戲發訕。打了恁一下。那經濟就慌跳走出來。金
蓮就叫春梅先走引了他出去了。正是雙手撥開生死路。一身

脚兒鍾。放米在裡面。滿滿的。袖中摸出舊綠絹頭來。包了這鍾
米。把手捏了。向官哥頭面上下手足。虛空運來運去的戰。官哥
正睡着。妳子道。別要驚覺了他。劉婆搖手低言道。我曉得我曉
得。運了一陣。口裡嗶嗶噥噥的念。不知是麼。中間一兩句響些。李
瓶兒聽得。是念天驚地驚。人驚鬼驚。猫驚狗驚。李瓶兒道。孩子
政是猫驚了起的。劉婆念畢。把絹兒抖開了。放鍾子在卓上。看
了一回。就從米搓實下的去處。撮兩粒米。投在水碗內。就曉得
病在月盡好。也是一個男傷兩個女傷。領他到東南方上去。只
是不該獻城隍。還該謝土。纔是。那李瓶兒。疑惑了一番。道我便
再去謝謝土也不妨。又叫迎春出來。對西門慶說。劉婆看水碗
說該謝土。左右今夜廟裡去不及了。留好東西明早志誠些去。
西門慶就叫玳安。把拜廟裡的東西。及猪羊收拾好了。待明早
去罷。再買了謝土東西。炒米蔴團。土筆土墨。放生麻雀鰍鱔之
類。無物不備。件色整齊。那劉婆在李瓶兒房裡。走進來到月娘
房裡坐了。月娘留他吃了夜飯。

(12)
這一大段寫劉婆子賽神。又想到應去謝土。準備謝土的用物，明早去謝土。

是也顧不得他。只管亂拜。那些婦人。笑得了不的。適值小玉出來。請李桂姐吃夜飯。說道大娘在那里冷清清。和大姐劉婆。三個坐着講閑話。這里來這樣熱鬧得狠。嬌兒和桂姐。即便走進屋裡來。衆人都要進來。獨那潘金蓮。還要看後邊。看見都待進來。只得進來了。吳月娘對大姐道。有心賽神。也放他志誠些。這些風婆子。都擁出去。甚緊要的。有甚活獅子相咬。去看他。纔說得完。李桂姐進來。陪了月娘大姐。三個吃夜飯不題。

（14）

施灼龜的灼龜，劉婆子的賽神，錢痰火的謝土，應是當時社會的民間風尚，在此都一五一十的寫了進來，還穿插了西門家衆婦女的旁觀笑語，吳月娘不滿那些妾婦旁觀哄笑，有失體統的責備言詞。更加深了寫實的筆墨之藝。

却說那西門慶。拜了滿身汗。走進裡面。脫了衣冠靴帶。就走入官哥床前。摸着說道。我的兒。我與你謝土了。對李瓶兒道。好呀。你來摸他額上。就涼了許多。謝天謝天。李瓶兒笑道。可霎作怪。一從許了謝土。就也好些。如今熱也可些。眼也不反看了。冷戰也住些了。莫道是劉婆沒有意思。西門慶道。明月一發去完了廟裡的事便好了。李瓶兒道。只是做爺的。吃了勞碌了。你且揩一揩身上。

跳出是非門。那時金蓮也就走外邊瞧了。不在話下。

（13）

這裡寫錢痰火謝士，屏後看光景的衆婦女，笑做一團。跪在神前的西門慶雖然發覺到了，却不好說話。遂使眼色給書童，書童再使眼色轉達屏後。於是潘金蓮出來，轉一拐兒，便見到了陳經濟。二人遂又伺機胡調起來。這一插曲的寫入，誠得自然之致，乞巧之趣。

那西門慶
升了土地。跪了半晌。纔得起來。只做得開啟功德。錢痰火又將
次拜懺。西門慶走到屏風後邊。對衆婦人道。別要嘻嘻的笑。引
的我幾次忍不住了。衆婦人道那錢痰火是燒命的火鬼。又不
是道士的。帶了板巾。着了法衣。這赤巴巴沒廉耻的吻嘍嘍的
臭涎唾。也不知倒了幾斛出來了。西門慶道敬神如神在。不要
是這樣的寡薄嘴。調笑的他苦。錢痰火又請拜懺。西門慶走到
毡单上。錢痰火通陳起頭。就念入懺科文。遂念起志心朝禮來。
看他口邊涎唾。捲進捲出。一個頭得上得下。好似磕頭蟲一般。
笑得那些婦人。做了一堆。西門慶那里赶得他拜來。那錢痰火
拜一拜。是一個神君。西門慶拜一拜。他又拜過幾個神君了。于

我兩個腰子，落出也似的痛了。」可以說這一句話，便是安排西門慶之死的伏筆。在此，除了寫錢痰火謝土的膜拜禮儀，要改由陳經濟代替，還寫入了陳經濟在潘金蓮房中吃了酒，恐怕臉紅了被小廝猜道出來，遂又買了些淡酒，吃了幾杯竟醉了。因而睡得熟熟，叫不起來。不得不委由西門大姐去拉他起來。這都是小說家極精到的筆墨之技。

卻說那陳經濟。走到廳上。只見燈燭輝煌。纔得醒了。揉着眼。見錢痰火政收散花錢。遂與叙揖。痰火就待領羹飯。交琴童掌灯。到李瓶兒房首。迎春接香進去。遞與如意兒。替官哥呵了一呵。就遞出來。錢痰火裡神捏兒的念出來。到廳上。就待送馬。陳經濟拜了一回。錢痰火就吃夜飯去。西門慶道。這里恐諕了孩子。我別的去吃罷。走到金蓮那里來。坐在椅上。說道我兩個腰子。落出也似的痛了。金蓮笑道。這樣奔心。怎地痛起來。如今叫那個替你拜拜罷。西門慶道。有理有理。就叫春梅喚琴童。請陳姐夫替爺拜拜。送了紙馬。誰想那經濟。在金蓮房裡。灌了幾鍾酒出來。恐怕臉紅了。小廝們猜道出來。只得買了些淡酒。在鋪子裡。又吃了兇杯。量原不濟。一霎地醉了。齁齁的睡着了。琴童那里叫得起來。一脚前走來回覆西門慶道。睡在那里。再叫不起。西門慶便惱將起來。道可是個有槽道的。不要說一家的事。就是隣佑人家。還要看看。怎的就早睡了。就叫春梅來大娘房里。對大姐說。爺拜酸了腰子。請姐夫替拜送紙馬。問怎的再不肯來。只管睡着。大姐道。這樣沒長俊的。待我去叫他。徑走出房來。月娘就叫小玉。到鋪子裡。叫起經濟來。經濟揉一揉眼。走到後邊。見了大姐道。你怎的忤不迭的叫命。大姐道。叫你替爺拜土送馬去。方纔琴童來叫你不應。又來與我歪斯纏。如今娘叫小玉來叫你。好歹去拜拜罷麼。遂半推半攙的。擁了經濟到廳上。大姐便進房去了。小王回覆了月娘。又回復了西門慶。西門慶分付琴童。玳安等。伏侍錢痰火完了事。就睡在金蓮床上不題。

(15)

在這裡，第一次寫到西門慶感到腰痛。說：「

了籤。交道士解說。道士接了籤。送茶畢。即便解說。籤是中吉。解
云病者即愈。只防反覆。須宜保重些些。西門慶打發香錢歸來了。
剛下馬進來。應伯爵正坐在捲棚的下。西門慶道。請坐。我進去
來。遂走到李瓶兒房。說求籤如此如此。這般這般。徑走到捲棚
下。對伯爵道。前日中人錢盛麼。你可該請我一請。伯爵笑道。謝
子純也得了些些。怎的獨要我請。也罷。買些些東西。與哥子吃也罷。
西門慶笑道。那個真要吃你的。試你一試兒。伯爵便道。便是你
今日猪羊上廟。福物盛得十分的。小弟又在此。怎的不散福。西
門慶道。也說得有理。喚琴童去請謝爹來同享。一面分付廚下
整理菜蔬出來。與應二爹吃酒。那應伯爵坐了。只等謝希大到。
那得見來。便道我們先坐了罷。等不得這樣喬做作的。西門慶
就與應伯爵吃酒。琴童歸來。說謝爹不在家。西門慶道。怎去得
恁久。琴童道。尋得要不的。應伯爵遂行口令。都是祈保官哥的
意思。西門慶不勝歡喜。應伯爵道。不在的來攪宅。心上不安的
緊。明後日待小弟做個薄主。約諸弟兄陪哥子一杯酒何如。西
門慶笑道。賺得些些中人錢。又來撒漫了。你別要費。我有此猪羊剩
的。送與你湊樣數。伯爵就謝了。道只覺忒相知了些些。西門慶道。
唱的優兒。都要你身上完備哩。應伯爵道。這却不消說起。只是
沒人伏侍。怎的好。西門慶道。左右是弟兄。各家人都使得的。我
家琴童玳安。將就用用罷。應伯爵道。這却全副了。吃了一回。遂
別去了。正是百年終日醉。也只三萬六千場。
畢竟不知如何。且聽下回分解。

送馬發𢡟。發了乾卦。說道𢡟向天門。一兩日就好的。縱有反覆沒甚事。就放生。燒馬。奠酒辭神。禮畢。那痰火口渴肚飢。也待要吃東西了。那玳安收家活進去了。琴童擺下桌子。就是陳經濟陪他散堂。錢痰火千百聲謝去了。經濟也進房去了。李瓶兒又差迎春送果子福物到大姐房里來。大姐謝了不題。却說劉婆在月娘房里謝了出來。剛出大門。只見後邊錢痰火提了澄籠醉醺醺的撞來。劉婆便道。錢師父。你們的散福錢可該送與我老人家麽。錢痰火道。那里是你本事。劉婆道。是我看水碗作成你老頭子。倒不識好歹哩。下次落我頭也不薦你了。錢痰火再三不肯。道你精油嘴老淫婦。平白說嘴。你那里薦的我。我是舊主顧。那里說起。分散花錢。劉婆指罵道。餓發你這賊火鬼。經來求我哩。兩個鬼混的。鬭口一場去了。不題。

（16）

寫陳經濟代替西門慶跟着錢痰火謝土之禮拜完了。却還寫了一段錢痰火撞見劉婆子的爭功鬬嘴。連這些現實生活情景的細緻末節，也不遺漏。

却說西門慶。次早起來。分付安童。跟隨上廟。挑猪羊的挑猪羊。拏冠帶的拏冠帶。徑到廟裡。慌得那些道士。連忙鋪單讀疏。西門慶冠帶拜了。求

（17.）

前面寫完了錢痰火謝土，這裡再寫西門慶次日一早，又準備了猪羊等等，挑到廟裡去拜神求籤。至此，下一回目的「酬願保兒童」，方始全部結束。下寫西門慶回到家，應伯爵正在捲棚等他。西門慶見了應伯爵，要他拿出中人錢來請客。於是，下一回的情節，在此先引發出來了。

第五十四回

比勘蠡說

一、我們在前面已比勘了第五十三回的情節，可以肯定廿卷本（崇禎本）這一回，是澈頭澈尾重寫過的。再來比勘這廿卷本的第五十四回，也是澈頭澈尾重寫過的。我在這裡說的「重寫」，乃指這兩回的情節內容，與其他各回不一樣。其他回，還保留了十卷本中的不少文辭，以及情節的穿插，也是一樣的。可是這兩回，卻與第一回一樣，都是根據了原本故事的主要情節，澈頭澈尾重寫過的，不是其他各回，則是依據十卷本改寫的。

二、從情節穿插的生硬與拼湊等情事來看，這兩回的重寫，似出於一人之手。這位重寫的作者，最大的缺點，是不會敷衍故事，也不會塑造人物。似乎連全書都沒有讀過，就是讀了也沒有讀通澈，要不然，怎會連人物的性格也掌握不住。尤其西門慶與應伯爵等人，怎會寫應伯爵作東道主請他的幫會老大，甚且是他的衣食父母的西門慶吃飯，會說出那麼兩個嘲諷富人的笑話？在第三十五回賁四在大家聚飲時，無意中說了一個縣官審問男女通姦的案子，一句「若缺刑房，待小的補了罷。」附會了西門慶的提刑官職。應伯爵就馬上指摘賁四這話說的不當。「賁四哥，你便益不失當家。你大官府又不老，別的還可說，你怎麼？一個行房你也補他的。」賁四聽見他此言，諕的把臉通紅了。說道：「二叔，什麼話！小人出於無心。」伯爵道：「什麼話，檀木靶。沒了刀兒，只有刀鞘兒了。那賁四在席上終于坐不住，去又不好去。如坐針氈似的。……應伯爵這一說，賁四果然害怕。第二天就封了三兩銀子到伯爵家磕頭。要求應二叔在老爹面前扶持一二，足感不盡。」試想，應伯爵這樣的人物，怎會向西門慶說出這類嘲諷有錢人的笑話。顯然的，這些情節，只是東拼西湊來的。因為這些笑話，都是當時流行的。隨便寫進來湊個篇幅就是了。

三、我們從十卷本的這五十三回及五十四回來對照看，我們會發現十卷本的情節，不但脈絡與上下回密切相連，就是同一回上下回目的演進與轉折，也自自然然而涇渭分明。尤其寫在回目中的情節指標，如「應伯爵郊園會諸友」，在這第五十四回的上半情節，則筆墨全部著重在這一情節指標的事件上，寫完了這些事件，再轉折進入下半回目：「任醫官豪家看病症」。到了情節進入下半回目，則筆墨又全部著重於「任醫官豪家看病症」的情節指標，一直寫完了任醫官看病，還寫到取藥服藥等情。但在廿卷本的這一（第五十四）回，上半回目則是『應伯爵隔花戲金釧』，可是，寫在這一回中的上半目情節，並未著重於這一情節指標，寫到這一情節的文辭，祇有十二行，約三百三十餘字。下半回目的「任醫官垂帳診瓶兒」，雖然文辭著重了這些，卻也是一些拼湊，距離十卷本的自然細致的文筆太遠了。

四、內容的文辭，與回目的情節指標不符，並不止限於這廿卷本第五十三、四兩回，在十卷本的第六十九回，回目的情節指標是：「文嫂通情林太太，王三官中詐求奸」，在文辭上，也有不符的情形。我在《金瓶梅原貌探索》的第六題「王三官、林太太、六黃太尉」中，曾說到此一問題，認為原情節已被改寫者改寫掉了。遂有此不符的情事。此一問題，必須全部校勘，將這兩種本子（十卷本與廿卷本）一回回比對，方能校勘出一些重要問題出來。想來，這是一個極其重要的問題。

五、十卷本這一回中的李銘與吳惠，都把姓互調了，「李銘」寫成了「吳銘」，「吳惠」寫成了「李惠」。這情形，或是傳抄時的抄手之誤。在這一回，這兩人的名字，共出現三次，全寫成了「吳銘、李惠」。不過，作者本人，也會有這樣的大意。想來，應不是問題罷！此二人，在廿卷本未寫進來，雖也寫了兩個歌童進來，都未寫姓名。連侑酒的妓家女，也只寫了一個韓金釧到來，其他人等全未寫入。

六、從篇幅看，十卷本全篇幅七五一二字，減去空行二三〇字，實有字數七二八二字。廿卷本全篇四九四八字，除去空行二七〇字，實有字數四六七八字。少於十卷本二千六百〇四字。雖比第五十三回差距小些，短少二千六百餘字，差距也不算小了。

第五十四回

應伯爵郊園會諸友　任醫官豪家看病症

來日陰晴未可商　常言極樂起憂惶
浪遊年少耽紅陌　薄命嬌娥怨綠窗
乍入杏村沽美酒　還從橘井問奇方
人生多少悲歡事　幾度春風幾度霜

話說西門慶在金蓮房裡起身。分付琴童玳安。送猪蹄羊肉。到應二爹家去。兩個小廝。政送去時。應伯爵政邀客回來。見了就進房。帶些。帶請的。寫一張回字。昨擾極茲。復承佳惠。謝謝。即刻屈吾兄過舍。同往郊外一樂。寫完了。走出來。將交與玳安。玳安道。別要寫字去了。爹差我們兩個在這里伏侍。也不得去了。應伯爵笑道。怎好勞動你兩個親油嘴。折殺了你二爹哩。就把字來袖過了。玳安道。二爹。今日在那笪兒吃酒。我們把卓子也擺擺麽。還是灰塵的哩。伯爵道。好人呀。正待要抹抹。先擺在家裡吃了便飯。然後到郊園上去頑耍。琴童道。先在家裡吃飯。也倒有理。省得又到那里吃飯。徑把攢盒酒。小碟兒拿去罷。伯爵道。你兩個倒也聰明。正合二爹的粗主意。想是日夜被人鑽掘掘開了聰明孔哩。玳安道。別要講閑話。就與你收拾起來。伯爵道。這叫做接連三個觀音堂。妙妙妙。兩個安童剛妝拾得七八分。只見搖搖擺擺的走進門來。却是白來創。見了伯爵拱手。又見了琴童玳安。道這兩個小親親。這等奉承你二爹。伯爵道。你莫待扯酸哩。笑了一番。白來創道。哥請那幾客。伯爵道。只是弟兄

第五十四回　應伯爵隔花戲金釧　任醫官垂帳診瓶兒

浪淘沙

美酒斗十千更對花前芳樽肯放手中間起舞醉花花不語似解
人憐　不醉莫言還請看枝間已飄零一片減嬋娟花落明年猶
自好可惜朱顏

却說王姑子和李瓶兒與月娘商量來日起經頭停當月娘便拏了些應用物件送王姑子去又教陳敬濟來分付道明日你李大姐拜經保佑官哥你早去禮拜禮拜敬濟推道爹明日要去門外花園吃酒留我店裡照管着別人去罷原來敬濟聽見應伯爵請下了西門慶便想要乘機和潘金蓮矣鬆因此推故月娘見說照顧生意便不違拗他放他出去了便着書童禮拜調撥已定单待明日起經

（1）

由於上一回結尾，寫的是來日黃道吉日，在王姑子庵裡起經，所以這一回便從「起經」開始。上一回也寫了西門慶要去「門外花園」頑要一日，這裡也提上了一筆。於是下面便寫起經的事。

且說西門慶和應伯爵常峙節談笑多時只見琴童來回話道唱的叫了吳銀兒有病去不的韓金釧兒答應了明日早去西門慶道吳銀兒既病再去叫董嬌兒罷常峙節道郊外飲酒有一個儘勾了不消又去叫說畢各各別去不在話下次日黎明西門慶起身梳洗畢月娘安排早飯吃了便乘轎往觀音菴起經書童玳安跟隨而行王姑子出大門迎接西門慶進菴來北面飯依恭拜但見

兒。省得虛脾胃。吃又吃不成。倒不如入已的有實惠。伯爵道。我做主人不來。你們也着東道來湊湊麽。笑了一番。白來創道。如今說了。着甚麽東西。還是銀子。常時節道。我不帶得銀子。只有扇子在此。當得二三錢銀子起的。漫漫的贖了罷。白來創道。我是贏別人的絨繡汗巾。在這里。也值許多。就着了罷。一齊交與伯爵。伯爵看看。一個是詩畫的白竹金扇。却是舊做骨子。一個是簇新的繡汗巾。說道。都值的。徑着了罷。伯爵把兩件拿了。兩個就對局起來。琴童玳安。見家主不在。不住的走到椅子後邊。來看下棋。伯爵道。小油嘴。有心央及你來再與我泡一甌茶來琴童就對玳安。暗暗裡做了一個鬼臉。走到後邊燒茶了。却說白來創與常時節棋子原差不多。常時節畧高些。白來創極會反悔。政着時。只見白來創一塊棋子。漸漸的輸倒了。那常時節暗暗決他要悔。那白來創果然要拆兇着子。一手撇去常時節着的子。說道差了差了。不要這着。常時節道。哥子來。不好了。伯爵奔出來。道。怎的鬧起來。常時節道。他下了棋。差了三四着。後又重待拆起來。不筭帳。哥做個明府。那里有這等率性的事。白來創面色都紅了。太陽裡都是青筋綻起了。滿面涎唾的嚷道我也還不曾下。他又撲的一着了。我政待看個分明。他又把手來影來影去。混帳得人眼花撩亂了。那一着方纔着下。手也不曾放。又道我悔了。你斷一斷。怎的說我不是。伯爵道。這一着便將就着了。也還不叫悔。下次再莫待恁的了。常時節道便罷。且容你悔了這着。後邊再不許你白來創我的子了。白來創笑道

之趣，全帶過了。下面再寫了一些在王姑子庵內起經拜疏的事。再進入郊園遊樂。

回來紅日纔半竿應伯爵同常時節來請西門慶道那裡有請吃早飯的我今日雖無事故遣[illegible]下午纔好去應伯爵道原來[illegible]不知出城二十里有個內相[illegible]好耍處且又幽靜兩三月也遊玩不到哩因此要[illegible]去盡這一日工夫可不是好常時節道今日既沒[illegible]作東去休西門慶道既如此常二哥和應二哥先行我乘轎便到了應伯爵道專待哥來說罷兩人出門吽頭口前去又轉到[illegible]了[illegible]金釧兒坐轎子同去應伯爵先一日已着火家來園內殺雞[illegible]排筵酒又吽下兩個優童隨着去了西門慶見二人去了多時便乘轎出門迤邐漸近擡頭一看但見

千樹濃陰一灣流水粉牆藏不謝之花華屋掩長春之景武陵桃放漁人何處識迷津庾嶺梅開詞客此中尋好句端的是天上蓬萊人間閬苑

西門慶稱歎不已道好景致下轎步入園來應伯爵和常時節出來迎接園亭內坐的先是韓金釧兒磕了頭纔是兩箇歌童磕頭吃了茶伯爵就要遞上酒來西門慶道且住你每先陪我去瞧瞧景致來一面立起身來挽着韓金釧手兒同走伯爵便引着慢慢的步出迴廊循朱闌轉過垂楊邊一曲荼蘼架踅過大湖石松風亭來到奇字亭亭後是繞屋梅花三十

幾個坐坐就當會茶。沒有別的新客。白來創道道却妙了。小弟
極怕的是面沒相識的人同吃酒。今日我們弟兄輩小敘。倒也
好吃酒須要只是席上少不得唱的。和吳銘李惠兒彈唱彈唱
倒也好吃酒。伯爵道不消分付。此人自然知趣。難道悶昏昏的。
吃了一塲便罷了。你幾曾見我是恁的來。白來創道。停當停當。
還是你老幇襯。只是停會兒。少罸我的酒。因前夜吃了火酒。吃
得多了。嗓子兒惟疼的要不得。只吃些茶飯粉湯兒罷。伯爵道
酒病酒藥醫就吃些何妨。我前日也有些嗓子痛。吃了幾杯酒
倒也就好了。你不如依我這方絕妙。白來創道。哥你只會醫嗓
子。可會醫肚子麽。伯爵道。你想是沒有用早飯。白來創道。也差
不遠。伯爵道。怎麽處。就跑的進去了。拿一碟子乾糕。一碟子檀
香餅。一壺茶出來。與白來創吃。那白來創。把檀香餅。一個一口。
都吃盡了。讚道這餅却好。伯爵道。糕亦頗通。白來創。就嚼嚼嚽
都吃了。只見琴童琅安收迭家活。一霎地明窓浄几。白來創道
收拾恁的整齊了。只是弟兄們還未齊早些來多頑頑也得。怎
地只管縮在家裡。不知做甚的來。伯爵政望着外邊。只見常時
節。走進屋裡來。琴童政掇茶出來。常時節拱手畢。便瞧着琴童
道。是你在這里。琴童笑而不荅。吃茶畢。三人剛立起散走。白來
創看見橱上有一副棋枰。就對常時節道。我與你下一盤棋。常
時節道。我方走了。熱剩剩的。政待打開衣帶。搧搧扇子。又要下
棋也罷麽。待我胡亂下局罷。就取下棋枰來下棋。伯爵道。賭個
東道兒麽。白來創道。今日慢兒了。不如着入巳的。倒也從捷些

金仙建化啓第一之尊乘玉偈演音集三千之妙利寶花座上甚聚成莊
嚴世界慧日光中現出歡喜慈悲香烟繚繞直透九霄仙鶴盤旋飛來
秪樹訪問緣繇果然稀罕但思福果那惜金錢正是辦個至誠心何處
皇天難感願將大佛事保祈殤子彭錢
王姑子宣讀疏頭西門慶聽了平身更衣王姑子捧出茶來又拿些點心
餅饊之物擺在桌上西門慶不吃单呷了口清茶便上轎回來留黃僧拜
拜正是
願心酬畢喜匆匆　感謝靈神保佑功　更願皈依蓮座下
却教關煞永亨通

(2)

二由於他們有人知道這一回有應伯爵在郊外花園遊玩戲弄韓金釧撒尿的事。這種下流行徑的事故，最容易給人留下記憶，因而這一回的上半回目，便是「應伯爵隔花戲金釧」。他們已記不得（十卷本第五十四回）他們郊遊前的那多瑣事，只好寫了這麼兩句話：「且說西門慶和應伯爵常時節談笑多時。只見琴童來回話道：『唱的叫了吳銀兒，有病去不的。韓金釧兒答應明日去。』西門慶道：『吳銀兒既病，再去叫董嬌兒罷。』常時節……」遂把十卷本中寫的大家在應家等候西門慶那段時間的許多玩樂

友」。一開始就寫這件事了。西門慶這天一起身，就差玳安送豬蹄羊肉到應二爹家去。應伯爵還要寫請貼呢。這些小地方，作者都周延到了。爲了等大家一起走，先在家吃了午飯，玳安、琴童兩個便在他家收拾，攏桌子抹灰塵，拿酒端菜。跟着白來創、常時節、謝希大、吳典恩都先後到了。因爲老大西門慶尚未到來，常時節與白來創二人下棋賭東道。原說賭銀子，常時節沒有錢，只帶了一把扇子，白來創有一條絨綉汗巾。遂兩下裡交與應伯爵收下作仲裁。吳典恩與謝希文還在旁賭。吳賭白來創輸，謝賭常時節輸。結果常時節勝了。可是當應伯爵把兩樣物件都交與了常時節，這裡却寫着：「常時節把汗巾原袖了，將扇子拽開賣弄，品評詩畫。」反而把二人賭的東道物，在此寫顛倒了。

謙到園亭裡西門慶已了
上位常峙節坐東應伯爵坐西韓金釧兒在西門慶側邊陪坐大家送遞
酒來西門慶道今日多有相擾怎的生受伯爵道一盃水酒哥說那裡話
三人吃殺數盃兩個歌童上來西門慶看那歌童生得
粉塊捏成白面胭脂點就朱唇綠袂襂披幾寸青絲香馥馥着滿身羅
綺秋波一轉憑他鐵石心腸檀板輕敲遮莫金聲玉振正是但得傾城
與傾國不論南方與北方
兩個歌童上來拿着鼓板合唱了一套時曲字字錦群芳綻鮮唱的嬌
喉婉轉端的是繞梁之聲西門慶稱贊不已常峙節道怪他是男子若是
婦人便無價了西門慶道若是婦女咱也早叫他坐了決不要他站着唱
伯爵道哥本是在行人說的話也在行衆人都笑起來三人又吃了數盃
伯爵送上大金盃斟一大鍾酒要西門慶行令西門慶道這便不消了伯爵
定要行令西門慶道我要一個風花雪月第一是我第二是常二哥第三
是主人第四是釧姐但說的出來只吃這一盃若說不出罰一盃還要講
十個笑話講得好便休不好從頭再講如今先是我了拏起令鍾一飲而
盡就道雲淡風輕近午天如今該常二哥了常峙節接過酒來吃了便道
傍花隨柳過前川如今該主人家了應伯爵吃了酒呆登登講不出來西
門慶道應二哥請受罰伯爵道且待我思想又遲了一回被西門慶催逼
得緊便道泄漏春光有幾分西門慶大笑道好個說別字的論起來講不
出該一盃說別字又該一盃共兩盃伯爵笑道我不信有兩個字便受

你是常時節輸慣的。倒來說我。政說話間。謝希大也到了。琴童
拏茶吃了就道你們自去完了棋待我看着正看時。吳典恩也
正走到屋裏來了。都敘過寒溫。就問可着甚的東。伯爵把二物
與衆人看。都道既是這般須着完了。白來創道。九阿哥。完了罷
只管思量甚的。常時節政在審局。吳典恩與謝希大旁睹。希大
道。九弟勝了。吳典恩道。他輸了。偺地倒說勝了。賭一杯酒。常時
節道。看看區區叨勝了。白來創臉都紅了。道難道這把扇子是
送你的了。常時節道。也差不多。于是填完了官着。就數起來。白
來創看了五塊棋頭。常時節只得兩塊。白來創又要找還常時
節三個棋子。口裡道輸在這三着了。連忙數自家棋子。輸了五
個子。希大道可是我決着了。指吳典恩道。記你一杯酒。停會一
准要吃還我。吳典恩笑而不答。伯爵就把扇子。併原精汗巾。送
與常時節。常時節把汗巾原袖了。將扇子拽開賣弄。品評詩畫。
衆人都笑了一番。

（1）

應伯爵代李三、黃四向西門慶借銀，得了中人錢。西門慶要他請客，應伯爵要約衆弟兄如謝希大、常時節、白來創等人，到郊外一處花園聚飲。在第五十三回結尾，已經伏筆到了。所以這一回的上半回目，就是「應伯爵郊園會諸

樹中間棋芳閣閣上名人題咏極多西門慶備細看了又過牡丹臺臺上
數十種奇異牡丹又過北是竹園園左有聽竹館鳳來亭匾額都是名公
手跡右是金魚池池上樂水亭憑朱欄俯看金魚却像錦被也是一片浮
在水面西門慶正看得有趣伯爵催促又登一個大樓上寫聽月樓樓上
也有名人題詩對聯也是刊板砂綠嵌的下了樓往東一座大山山中八
仙洞深幽廣闊洞中有石棋盤壁上鐵笛銅簫似仙家一般出了洞登山
頂一望滿園都是見的西門慶走了半日常時節道恐怕哥勞倦了且到
園亭上坐坐[illegible]十分走不過十分卻又走不得了多虧
了那些撞轎的一日趕百來里多路大家笑了

（3）

這裡寫西門慶到了郊外，看到這一座花園，便「贊歎不已。」道：「好景致。」到了園內，要人先陪他去瞧瞧景致。下面便寫了許多景致。這種寫法，恰像西門慶是外地來的人，從來沒有到過這地方似的。可是，西門慶是清河縣的土著，自幼生長在清河，這花園就在清河縣城郊外二十里，西門慶坐轎去的。這種地方，西門慶怎能沒有到過？別說是清河，就是臨近各縣的這種好景致的去處，像西門慶這種人物，也不可能沒有到過吧！可以說這種寫法不合情理。

身。閻王道。那得知你吃不吃。且割開肚子驗一驗。割開時。只見一肚子涎唾。原來平日見人吃葷。嚥在那裡的。衆人笑得翻了。金剛道。這樣搗鬼。是那里來。可不怕地獄拔舌根麼。伯爵道。地獄裡只拔得小淫婦的舌根。道是他親嘴時。會活動哩。都笑一陣。伯爵道。我們到郊外去一遊何如。西門慶道。極妙了。衆人。都說妙。伯爵就把兩個食盒。一罈酒。都央及玳安。與各家人。擡在河下。喚一隻小舡。一齊下了。又喚一隻空舡載人。衆人逐一上舡。就搖到南門外三十里有餘。徑到劉太監庄前。伯爵叫灣了船。就上岸扶了韓金釧吳銀兒兩個上岸。西門慶問道。到那一家園上走走倒好。應伯爵道。就是劉太監園上也好。西門慶道也罷。就是那笪也好。衆人都到那里。進入一處廳堂。又轉入曲廊深徑。茂林修竹。說不盡許多景致。但見

翠柏森森。修篁簌簌。芳草平鋪青錦褥。垂楊細舞綠絲縧。曲砌重欄。萬種名花紛若綺。幽窓密牖。數聲嬌鳥弄如簧。真同閬苑風光。不減清都景致。散淡高人。日涉之以成趣。往來游女。每樂此而忘疲。果屬奇觀。非因過譽。

西門慶携了韓金釧吳銀兒手。走往各處。飽玩一番。到一木香棚下。蔭凉的緊。兩邊又有老大長的石凳琴臺。恰好散坐的。衆人都坐了。

（2）

他們也到劉太監莊上。西門慶前天剛從劉太監莊上回來。當他問明今天也到郊外劉太監莊上

那砦濫得疼了、不好過、胯廝着立在門前、一個走過的人看見了、說道、這小淫婦兒倒像糙霸王哩、這小娘正沒好氣、聽見了便罵道、怪囚根子、俺樊噲糙不過、誰這裡糙霸王哩、說畢、一座大笑、連金釧兒也笑花的笑了、少頃、伯爵飲過酒、便送酒與西門慶、完令、西門慶道、該釧姐了、金釧兒不肯、常峙節道、自然還是哥、西門慶取酒飲了、道、月殿雲梯拜洞仙、令完、西門慶便起身更衣、散步、伯爵一面吩擺上添換來、轉眼却不見了韓金釧兒、伯爵四下看時、只見他走到山子那邊墻薇架兒底下、正打沙窩兒溺尿、伯爵看見了、連忙折了一枝花枝兒、輕輕走去、蹲在他後面、伸手去挑弄他的花心、韓金釧兒吃了一驚、尿也不曾溺完、就立起身來、連褲腰都濕了、不防常峙節從背後又影來、猛力把伯爵一推、撲的向前倒了一交、險些兒不曾濺了一臉子的尿、伯爵扒起來、笑罵着趕了打西門慶、立在那邊松陰下、看了笑的要不的、連韓金釧兒也笑的打跌、道、應花子、可見天理近哩、于是重新入席飲酒、西門慶道、你這狗才、剛纔把俺們都嘲了、如今也要你說個自已的本色、伯爵連說有有有、一財主撒屁、幫閑道、不臭、財主慌的道、屁不臭不好了、快請醫人、幫閑道、待我聞聞滋味看、假意兒把鼻一嗅、口一咂道、回味略有些臭、還不妨、說的衆人都笑了、常峙節道、你自得罪哥哥、怎的把我的本色也說出來、衆人又笑了一場、伯爵又要常峙節與西門慶猜枚飲酒、韓金釧兒又彈唱着奉酒、衆人歡笑不在話下、

（4）

這裡寫大家吃酒行令，由西門慶起令，以「風花雪月」四字爲製令必有之字。西門慶首說「

玳安外邊奔進來報却是吳銀兒與韓金釧兒。兩個相牽相引嬉笑進來了。深深的相見衆位。白來創意思還要下盤。却被衆人笑了。伯爵道。罷罷等大哥一來。用了飯。就到那園上去。看到幾時。莫要着了。于是琴童忙收棋子。都吃過茶。伯爵道。大哥此時也該來了。莫待弄宴了。禎要不來。剛說聴。西門慶來到衣帽齊整。四個小廝跟隨。衆人都下席迎接。敘禮讓坐。兩個妓女。都磕了頭。吳銘李惠。都到來磕頭過了。伯爵就催琴童玳安。拿上八個靠山小碟兒。盛着十香瓜。五方荳豉醬。油浸的花椒釀醋。滴的苔菜。一碟糖蒜。一碟糟筍乾。一碟辣菜。一碟醬的大通薑。一碟香菌。擺放停當。兩個小廝見西門慶坐地。加倍小心。比前越覺有些馬前健。伯爵見西門慶看他擺放家活。就道虧了他兩個。收拾了許多事。替了二爹許多力氣。西門慶道。恐怕也伏侍不來。伯爵道。忒會了些。謝希大道自古道強將手下無弱兵。畢竟經了他們。自然停當。那兩個小廝擺完小菜就拿上大壺酒來。不住的拿上廿碗下飯菜兒。蒜燒荔枝肉。葱白椒料檜皮煮的爛羊肉燒魚燒雞酥鴨熟肚之類。說不得許多色樣。原來伯爵在各家吃轉來。都學了這些好烹庖了。所以色色俱精。無物不妙。衆人都拏起筯來。嗒嗒聲都吃了幾大杯酒就拿上飯來吃了。那韓金釧吃素。再不用葷。只吃小菜伯爵道。今日又不是初一月半喬作衙甚的。當初有一個人吃了一世素。死去見了閻羅王。說我吃了一世素。要討一個好人

罰了兩[illegible]衆人[illegible]笑了[illegible]伯爵說道一秀才上京泊船在揚子江到晚叫[illegible]有賊稍公道怎的便見得有賊秀才道兀那碣上寫的不是江心賊稍公笑道莫不是江心賊怎便識差了秀才道賊便賊有些賊形西門慶笑道難道秀才也識別字常時節道也二哥該罰十大盃伯爵失驚道却怎的便罰十盃常時節道你且自家去想想來西門慶是山東第一個財主却被伯爵說了賊形可不罵他了西門慶先沒理會到被常時節這句話提醒了伯爵自覺失言取酒罰了兩盃便求方便西門慶笑道你若不該一盃也不強你若該罰時却饒你不的伯爵滿面不安又吃了數盃瞅着常時節道多嘴西門慶道再說來伯爵道如今不敢說了西門慶道胡亂取笑顧不的許多且說來看伯爵纔安心又說孔夫子西狩得麟不能殺見在家裡日夜啼哭弟子恐怕哭壞了尋個牯牛滿身掛了銅錢哄他那孔子一見便識破道這分明是有錢的牛却怎的做得麟說罷慌忙掩着口跪下道小人該死了實是無心西門慶笑着道怪狗才還不起來金釧兒在旁笑道應花子成年說嘴麻犯人今日一般也說錯了大爹別要理他說的伯爵急了走起來把金釧兒頭上打了一下說道緊自常二那天殺的韶叨還禁的你這小淫婦兒來插嘴插舌不想這一下打重了把金釧疼的要不的又不敢哭肐膊着臉待要使性兒西門慶笑罵道你這狗才可成個人嘲戲了[illegible]又又打人該得何罪伯爵一面笑着摟了金釧說道我的兒誰養的你恁嬌輕輕澀得一澀兒就待哭虧你挨那驢大的行貨子來金釧兒揉着頭瞅了他一眼罵道怪花子你見來沒的扯淡敢是你家媽媽子倒挨驢的行貨來伯爵笑說道我怎不見只大爹他是有名的潘驢鄧小閑不少一件你怎的賴得過又道哥我還有個笑話兒 發奉承了列位罷一個小娘因那話寬了有人教道他你把生礬一塊放在内後敢就緊了那小娘真個依了他不想被

伯爵就去。交琴童兩個舡上人。拿起酒盒菜蔬風爐器皿等上來。都放在綠陰之下。先吃了茶。閑話起孫寡嘴祝麻子的事。常時節道。不然今日。也在這里。那里說起。西門慶道。也是自作自受。伯爵道。我們坐了罷。白來創道。也用得着了。于是就擺列坐了。西門慶首席坐下。兩個妓女。就坐在西門慶身邊。吳銘李惠。立在太湖石邊。輕撥琵琶。漫擊檀板。唱一隻曲。名曰水仙子。

據着俺老母情。他則待秋廟火。刮刮匝匝烈焰生。將水面上鴛鴦。忒楞楞騰。生分開交頸。疎剌剌沙鞲雕鞍。撒了鎖鞓廝琅琅湯。偷香處喝號提鈴。支楞楞箏。絃斷了不續碧玉箏。咭叮叮璫。精甎上摔碎菱花鏡。撲通通墜、井底墜銀瓶。

唱畢。又移酒到水池邊。鋪下毡單。都坐地了。傳盃弄盞。猜拳賽色。吃得恁地熱鬧。西門慶道。董嬌兒那個小淫婦。怎地不來。應伯爵道。昨日我自去約他。他說要送一個漢子出門。約午前來的。想必此時。曉得我們在這里頑耍。他一定趕來也。白來創道。這都是二哥的過。怎的不約實了他來。西門慶就向白來創耳邊說道。我們與那花子賭了。只說過了日中。董嬌兒不來。各罰主人三大碗。白來創對應伯爵說了。伯爵道便罷。只是日中以前來了。要罰列位三大碗。一個賭便一時賭了。董嬌兒那得見來。伯爵慌的只管笑。白來創與謝希大。西門慶。兩個妓女。這般這般。都定了計。西門慶假意淨手起來。分付玳安。交他假意㬟

能討得西門慶歡喜的人物，怎會一而再的當着衣食父母的西門慶，說出罵西門慶的笑話？這是不可能的，應伯爵不是這種人。二十卷本竟然這樣塑造應伯爵，那就未免太不懂得小說了。光是這一點，也足以印證上「野獲編」的話：「即前後血脈，亦絕不貫串」的說法。或是「陋儒補以入刻」的吧！

尤其是這一回的上半回目，乃「應伯爵隔花戲金釧」，但這裡寫到應伯爵隔花戲金釧的情節，頭頭尾尾也不過三百零字，（十二行而已）。怎能列爲半回回目。與十卷本的這一回比起來，自可優劣立見。用不着再加說明的。

且說陳敬濟探聽西門慶出門、便百般打扮的俊俏、一心要和潘金蓮耍兒、又不敢造次、只在雪洞裡張看、還想婦人到後園來、等了半日不見來、耐心不過、就一直逕到金蓮房裡來、喜得沒有人看見、走到房門首、忽聽得金蓮嬌聲低唱道、何道與你總得些兒便將人忘記、巳知

，就答說：「也能，就是那箇也好。」衆人到了那裡，轉入曲廊深徑，茂林修竹，還特別寫了一段韻文來形容。但却未見寫上一句西門慶表示他前天方從劉太監莊上飲宴回家不過一天。關於此一問題，我們如去注意作者塑造西門慶的善於爲人，就會發現這些地方，正是作者塑造西門慶性格的精到筆墨。試想，這時的西門慶如向應伯爵表示他纔從劉太監莊上飲宴回來不過一天，作東的應伯爵不是得更換地方嗎？再說，應伯爵也知道西門慶赴黃、安二主事的宴會，也在劉太監莊上。他之所以仍選這一去處，也足徵劉太監的這一莊園，頗方便於大家去遊樂。這樣看來，二十卷本的五十三回，把劉太監也寫出場，加入黃、安二主事之間，以地主的身分參加迎賓。就未免蛇足了

再說，這一大段中的寫西門慶到來，衆人下席迎接的情景，韓金釧吃素，應伯爵適時插說的吃素者死後見閻王的笑話，都極得自然之致。情節的演進，也極見實生活之趣。絕不像草率的經營而補寫入刻。

雲淡風輕近午天」，常時節第二接「旁花隨柳過前川」。第三該應伯爵接令，說：「洩露春光有幾分。」西門慶則說應伯爵說別字，該罰酒。應伯爵則辯說，我不信有兩個雪字，便受罰了兩杯。讀來委實令人不解。第一，應伯爵的辭，未能說出雪字，並未曾說了兩個雪字。且「洩露春光有幾分」這七個字，只是未能道出雪字，並無別字。這樣前言不對後語的文句，不知是否另有含義？再寫他們吃酒說笑話，應伯爵的第一個笑話「江心賊」，乃嘲罵有錢人。與第三十五回寫賁四在行酒令時說笑話，影射到西門慶，被應伯爵當場指出，使得賁四坐不住。之後，還花錢拜懇應伯爵爲他向主子解釋。這情節，不但寫在十卷本，二十卷本也同樣有。所以當我們讀到這一回的這一嘲罵有錢人的笑話，便不禁想到第卅五回的此一情節。怪的是，應伯爵居然又說了一次這類諷嘲富人的笑話。（他又說了一個「孔子認麟」的笑話，也是罵有錢人的。）對於應伯爵這麼一位最

內了。看你一千年。我二爺也不攛掇你討老婆哩。韓金釧吳銀兒各人斟了一碗。送與應伯爵。伯爵道。我跪了殺雞罷。韓金釧道。都免禮。只請酒便了。吳銀兒道。怎的不向董家姐姐殺雞。求他來了。伯爵道。休見笑了。也勾吃了。兩個一齊推酒到嘴邊。伯爵不好接一頭。兩手各接了一杯。就吃完了。連忙吃了些小菜。一時面都通紅了。叫道我被你們弄了。酒便漫漫吃還好。怎的灌得悶不轉的。眾人只待斟酒。伯爵跪著西門慶道。還求大哥說個方便。饒恕小人窮性命。還要留他陪客。若一醉了。便不知天好日暗。一些興子也沒有了。西門慶道。便罷。這兩檢一個。你畫奴羞儕儆了罷。伯爵就起來謝道。一發觔免了罷。足見大恩。西門慶道也罷。就恕了你。只是方纔說我們不吃。不是個人。如今你漸有些沒人氣了。伯爵道。我倒灌醉了。那淫婦不知那里歪斯纏去了。吳銀兒笑伯爵道。咳。怎的大老官人在這里做東道。須要董嬌姐也不來來。伯爵假意道。他是上檯盤的名妓。倒是難請的。韓金釧兒道。他是赶勢利去了。成甚的行貨。叫他是名妓。伯爵道。我曉得你。想必有些吃醋的宿帳哩。西門慶認是蔡公子那夜的故事。把金釧一看。不在話下。

（3）
西門慶的十兄弟幫會，每月聚會一次。只在第十一回寫了一次在花子虛家攏酒會茶。後來，西門慶得了官，這個會就散了。第三十五回曾

瓶梅）中的陳經濟，是一個色膽包天的男人，在他丈人的氣勢日正中天的日子，都敢伺機去偷小丈母的肉身，還說什麼「不敢造次」？下面不是又寫「等了半日不見來，耐心不過，就一直奔到金蓮房裡來」嗎？像這種地方的寫法，可以說也是前言不搭後語。如論小說藝術無從與十卷本的這一回相提並論矣！

雖然這一回寫吳月娘曾要陳經濟到王姑子庵中，代西門慶作起經的禮拜，陳經濟推故不去，目的就是想利用西門慶出門的機會，再與潘金蓮勾搭。這裡的插寫，固是開頭一筆的呼應。實則西門慶經常不在家，二人胡調的機會多得很，他們却是儘量運用自然相聚的機會偷情。第五十三回之所以寫得那麼急猴猴，正因為第五十二回寫他們正要得手，却被李瓶兒等人突然走來打散了。所以第五十三回寫得二人都急猴猴。他們終于在第五十三回的情節中得了手，雖未盡興，却已巫山雲雨過了。是以十卷本的這一回，沒有再寫陳經濟又急於到後園雪洞再等下一次。可以說，這二十卷本這一回的這一筆，是畫蛇添足的了。

將進來。只說董姑娘在外來了。如此如此。玳安曉得了。停一會時。伯爵正在遲疑。只見玳安慌不迭的奔將來。道董家姐姐來了。不知那里尋的來。那伯爵嚷道。槃殺我老太婆也。我說就來的。快把酒來。各請三碗一個。西門慶道。若是我們贏了。要你吃你怎的就肯吃。伯爵道。我若輸了。不肯吃。不是人了。衆人道。是便是了。你且去叫他進來。我們纔好吃。伯爵道。是了。好人口裡的言語呢。一走出去。東西南北。都看得眼花了。那得董嬌兒的影。望空罵道。賊淫婦。在二爺面上這般的拔短梯。喬作衙哩。走進去。衆人都笑得了不的。擁任道。如今日中過了。要吃還我們三碗一個。伯爵道。都是小油嘴哄我。你們倒做實了我的酒了。怎的擺佈。西門慶不由分說。滿滿捧一碗酒。對伯爵道。方纔說的。不吃不是人了。伯爵接在手。謝希大接連又斟一椀來了。吃也吃不完。吳典恩又接手斟一大椀酒來了。慌得那伯爵了不的。嚷道不好了。嘔出來了。拏些小菜我過過便好。白來創倒取甜東西去。伯爵道。賊短命。不把酸的。倒把甜的來混帳。白來創笑道。那一椀就是酸的來了。左右鹹酸苦辣。都待嚐到罷了。且沒儘着伯爵道。精油嘴。砕誇口得好。常時節又送一碗來了。伯爵只待奔鬪。暫避西門慶和兩個妓女擁住了。那里得去。伯爵叫道。董嬌兒。賊短命小淫婦。害得老子好苦也。衆都笑做一堆。那白來創又交玳安拿酒壺滿斟着。玳安把酒壺嘴支入椀內一寸許多。骨都都只管篩。那里肯住手。伯爵瞧着道。痂客勸主人也罷。那賊小淫婦們打鬨鬨的怎的把壺子都放在椀

婦人動情。便接口道。我那敢忘記了你。搶進來緊緊抱住道。親親。昨日丈母教我去觀音菴禮拜。我一心放你不下。推事故不去。今日答去吃酒了。我絕早就在雪洞裡張望。巴巴得眼穿。並不見我親親的俊影兒。因此揣着死。捱得進來。金蓮道。礙說嘴的。你且悄悄聲。墻有風。壁有耳。這裡說話不當穩便。說未畢。隔縫裡隱隱望見小玉手拿一幅白絹。漸漸走近屋裡來。又忽地轉去了。金蓮悄道。這怪小丫頭要進房。卻又跑轉去。定是忘記甚東西。知道他要再來。慌教陳敬濟你索去休。這事不濟了。敬濟沒奈何一溜烟出去了。果然小玉因月娘教金蓮描出鞋樣得拖進人沒曾拿得花樣。因此又跑轉去。這也是金蓮造化不該出醜。待到小玉拿了花樣進門。敬濟已跑去久了。金蓮接着鞋兒尚兀是手顫哩。

（5）

在這裡卻又突然把「衆人歡笑不在話下。」又把筆尖一轉，回到西門慶的家中，再插寫了陳經濟「探聽西門慶出門，便百般打扮的俊俏，一心要和潘金蓮弄鬼，又不敢造次，只在雪洞裡張望，還想婦人到後園來。等了半日不見來，耐心不過，就一直逕奔到金蓮房裡來。」關于陳經濟與潘金蓮的幽歡，在第五十二回未得手寫到第五十三回，已經得手。二十卷本也寫到了。雖說這種事的吸引力最大，寫陳經濟跟着又想再得到下一次，也是一種必然。但說陳經濟「又不敢造次」。則非陳經濟其人。（金

們弟兄相聚樂的「應伯爵郊園會諸友」的情節。從他們這班弟兄的歡樂談笑，益發使我們認知了西門慶這個人物的性格及其為人。在官場的酬應中，是一副嘴臉，在他們幫會弟兄應酬的場合，則又是一副嘴臉。還有第六十七回寫應伯爵的丫頭春花，為他養了個兒子，跑來向西門慶借錢。西門慶向應伯爵開玩笑的那些語言，比這一回「會諸友」玩笑話，還要說得粗俗而下流。像這些地方，可以說都是作者塑造西門慶這一人物性行的統一筆墨。不必我們熟稔了這部書的前後情節，也不會認為這第五十四回是另一位作者補寫的。更不會認為這第五十四回是「陋儒」的拙劣筆墨。同時，這裡寫到董嬌兒之遲遲不來，害得應伯爵吃罰酒，遂說：「也是上桁盤的名妓，倒是難請的。」韓金釧在旁說：「他是趁勢利去了，成甚的行貨。叫他是名妓。」伯爵道：「我曉得你，想必有些吃醋的宿帳哩。」西門慶認是蔡公子那夜的故事。把金釧一看。……」這一段話，又牽

伯爵常時節三人，吃的酩酊方纔起身。伯爵再三留不住，忙跪着告（罪）道：「莫不哥還怪我那句話嗎？可知道留不住哩！」西門慶道：「怪狗才，誰記着你話來。」伯爵便取個大瓶兒，滿滿斟了一瓶遞上來。西門慶接過吃了。……便謝伯爵起身。與了金釧一兩銀子，叫玳安又賞了歌童三錢銀子，分付有酒也着人叫你。說畢上轎便行。」回到家便進李瓶兒房中歇了。到了「次日」，李瓶兒方始「和西門慶說：『自從養了孩子，身上只是不淨。早晨看鏡子，兀那臉皮都黃了，飲食也不想，走動却似閃肭了腿的一般。倘或有些山高水低，丟下孩子教誰看管？』這時，西門慶纔想到請任醫官來看病。這一下半回目「任醫官垂帳診瓶兒」，便是這樣硬梆梆寫進來的。更可嘗的是，李瓶兒的病症，不在西門慶到他房中住宿的夜晚說將出來，到了「次日」纔說，也未免不合情理。還有這一句：「倘或有些山高水底，丟下孩子教誰看管？」既不像李瓶兒的口吻，更不是李瓶兒的性格。

寫白來創到西門家抹嘴吃，惹得西門慶抓住這個由頭，說是白來創進來，看大門的平安不該放他進來，遂藉口夾恨狠狠打了平安一頓。在這一回，白來創說了：「自從哥這兩個月沒往會裡去，把會來就散了。老孫雖年紀大，主不得事，應二哥又不管。昨日七月內，玉皇廟打中元醮，我只三四個人兒到，沒個人拏出錢來，都打撒手兒。難爲吳道官，晚夕謝將，又叫了個說書的，甚是破費他。他雖故不言語，各人心上不安。不如那咱哥做會首時，還有個張主。不久還要請哥上會去。」西門慶道：「你沒的說。散便散了罷，我那裡得工夫幹此事。遇閒時在吳先生那裡，一年打上個醮，答報答報天地就是了。隨你們會不會，不消來對我說。」……可以說在全書百回之長的篇幅中，從未寫過西門慶幫會弟兄聚會的實情。儘管這一次「郊園會諸友」，乃應伯爵代李三、黃四借銀，得了中錢請客，但實際上也等於他們弟兄會的「會茶」，在全書故事情節的發展過程中，此一情節，應是第三十五回白來搶（創）那番說詞的貫連。這一回的上半回目，寫的全是他

話分兩頭、再表西門慶和應伯爵常峙節三人吃的酩酊、方纔起身、伯爵再四留不住、忙跪着告道莫

金瓶梅　十一卷　第五十四回　四十四

不哥還怪我那句話麽、可知道留不住哩、西門慶笑道、怪狗才、誰記着你話來、伯爵便取個大甌兒、篩七斟了一甌、遞上來、西門慶接過吃了、常峙節又把些細果供上來、西門慶也吃了、便謝伯爵起身、與了金釧兒一兩銀子、叫玳安又賞了歌童三錢銀子、分付我有酒也着人叫你、說畢上轎便行、兩個小廝跟隨伯爵、叫火家收過家活、打發了歌童騎頭口同金釧兒轎子進城來、不題、西門慶到家已是黃昏時分、就進李瓶兒房裡歇了、次日李瓶兒和西門慶說自從養了孩子、身上只是不淨、早晨看鏡子、兀那臉皮通黃了、飲食也不想、走動却似閃肭了腿的一般、倘或有些山高水低、丟下孩子、教誰看管、西門慶見他吊下淚來、便道我去請任醫官來看你脈息、吃些丸藥、就好了、便叫書童寫個帖兒去請任醫官來、書童依命去了、

（6）

十卷本的這一情節，寫西門慶在郊外園中正與弟兄們興高采烈的玩樂着，書童急急趕來，向西門慶耳畔報告，說是六娘不好的緊。西門慶遂匆匆告辭衆人，趕回家中看望，馬上請醫爲李瓶兒看病。「任醫官豪家看病症」的下半回目，便是這樣自自然然寫進來的。我們看這二十卷本的此一情節，則這樣寫：「西門慶和應

那時伯爵已是醉
醺醺的兩個妓女又不是耐靜的只管調唇弄舌一句來一句
去至斯纏到吃得冷淡了白來創對金釧道你兩個唱個曲兒
麼吳銀兒道也使得讓金釧先唱常時節道我勝那白阿弟的
扇子倒是板骨的倒也好打板金釧道借來打一打板接去看
看道我倒少這把打板的扇子不如作我贏的棋子送與我罷
西門慶道這倒好常時節吃衆人攛掇不過只得送與他了金
釧道吳銀姐在這裡我怎的好獨要我與你猜色那個色大的
拿了罷常時節道這却有理就猜一色是吳銀兒贏了金釧就
遞與銀兒了常時節假冠晃道這怎麼處我還有一條汗巾送
與金釧姐補了扇罷遂送過去金釧接了道這却撒漫了西門
慶道我可惜不曾帶得好川扇兒來也賣富貴富常時節道這
是打我一下了那謝希大驀地嚷起來道我兌乎忘了又是說
起扇子來交我安斟了一大杯酒送與吳典恩道請完了旁賭
的酒吳典恩道這罷了停了兌時纔想出來他每的東西都花
費了那在一杯酒被謝希大逼勒不過只得呷完了那時金釧
就唱一曲名與茶蘼香
記得初相守偶爾間因循成就美滿效綢繆花朝月夜同宴
賞佳節須酬到今日一旦休常言道好事天慳美姻緣他娘
間阻生拆散鸞交鳳友坐想行思傷懷感舊辜負了星前
月下深深咒願不損愁不煞神天還祐他有日不測相逢話
別離情取一場消瘦

任醫官卻便起身打個恭兒道老先生若是這等學生保的沒事大凡以
下人家他形神相函氣血强旺可以隨分下藥就差了些也不打緊的若
宅上這樣大家夫人這樣柔弱的形軀怎容得一定兒差池正是藥差指
下延禍四肢以此望聞問切一件兒少不得的前日王吏部的夫人也有
此病症看來却與夫人相似學生診了脉問了病源看了氣色心下就明
白得緊到家查了古方參以已見把那熱者涼之虛者補之停停當當不
消三四劑藥兒登時好了那吏部公也感小弟得緊不論尺頭銀兩加禮
送來那夫人又有梯己謝意吏部公又送學生一個匾鼓樂喧天送到
家下匾上寫着儒醫神術四個大字近日也有幾個朋友來看說道寫的
是甚麼顏體一筆筆飛得起的况學生幼年曾讀幾行書因為家事消乏
就去學那岐黃之術真正那儒醫兩字一發道的着西門慶道既然不
妨極是好了不瞞老先生說家中雖有幾房只是這個房下極與學生契
合學生偌大年紀近日得了小兒全靠他扶養怎生差池的全仗老先生
神術與學生用心兒調治他速好學生恩有重報縱是咱們武職比不得
那吏部公須索也不敢怠慢任醫官道老先生這樣相處小弟一分也不
敢望謝就是那藥本也不敢領西門慶聽罷笑將起來道學生也不是吃
白藥的近日有個笑話兒講得好有一人說道人家猫兒若是犯了癩的
病把烏藥買來喂他吃了就好了旁邊有一人問若是狗兒有病還吃甚
麼藥那人應聲道吃白藥吃白藥可知道白藥是狗吃的哩那任醫官拍
手大笑道竟不知那寫白方兒的是什麼又大笑一回任醫官道老先生
既然這等說學生也止求一個匾兒罷謝儀斷然不敢不敢又笑一回
起身大家打恭到廳上去了正是
神方得自蓬萊監　脉訣傳從少室君　凡為採芝騎白鶴

連上第四十九回「西門慶迎請宋巡按」的情節。那天，西門慶叫了兩個妓家女，董嬌兒與韓金釧二人陪酒。結果，蔡九公子留下了董嬌兒陪宿。韓金釧見到蔡大巡手拉董嬌兒，便知局後邊去了。在此當韓金釧接話諷言了董嬌兒一句，應伯爵便想到了他們之間的甚麼一回子事。這事，應伯爵並不在場，自是西門慶告訴他的。這裡寫西門慶聽了應伯爵說韓金釧說這話諷董嬌兒是吃那天的醋。因而西門慶知道這話指的是那晚蔡九公子的故事。看了韓金釧一眼。還有孫寡嘴祝麻子下獄事，是第五十一回的情節。也在此回提到了。像這些前後情節貫串的筆墨，眞是精到極了。不要說是「陋儒」，就是補寫的高手，也不會前後情節照顧得如此縝密的。若是情形，自是前後各回，完全出自一人之手。若是認眞的讀了，不應有「補刻」之疑的。

西門慶自來廳上只見應伯爵早來謝勞西門慶謝了相擾兩
人一處坐地說話不多時書童通報任醫官到西門慶慌忙出迎知應伯
爵廝見三人依次而坐書童遞上茶來吃了任醫官便動問府上是那一
位貴恙西門慶道就是第六個小妾身上有些不好勞老先生仔細一看
任醫官道莫不就是前日得哥兒的麽西門慶道正是不知怎麽生起病
來任醫官道且待學生進去看看說畢西門慶陪任醫官進到李瓶兒屋
裡就床前坐下叫丫頭把帳兒輕輕揭開一縫先放出李瓶兒的右手來
用帕兒包着擱在書上任醫官道且待脉息定着定了一回然後把三箇
指頭按在脉上自家低着頭細玩脉息多時纔放下李瓶兒在帳縫裡慢
慢的縮了進去不一時又把帕兒包着左手捧將出來擱在書上任醫官
也如此看了看完了便向西門慶道老夫人兩手脉都看了却斗膽要瞧
瞧氣色西門慶道通家朋友但看何妨就教揭起帳兒任醫官一看只見
臉上桃花紅綻色唇尖[illegible]那任醫官畧看了兩眼便對西門慶
說夫人尊顏學生已是望見了大約沒有甚事還要問箇病源纔是個望
聞問切西門慶就喚奶子只見如意兒打扮的花花哨哨走過來向任醫
官道個萬福把李瓶兒那日燥唇乾睡炕不穩的病症細細說了一遍那

伯爵又留衆人。一個韓金釧，霎眼挫不見了。伯爵躡足潛踪尋去。只見在湖山石下撒尿。露出一條紅線。抛却萬顆明珠。伯爵在隔籬笆眼，把草戲他的牝口。韓金釧撒也撒不完。吃了一驚。就立起，裙腰都濕了。罵道，硶短命。恁尖酸的沒槽道。面都紅了。帶笑帶罵出來。伯爵與衆人說知。又笑了一番。西門慶原留琴童與伯爵收拾家活。琴童收拾風爐食具下船。都進城了。衆人謝了伯爵，各散去訖。伯爵打發兩隻紅船。琴童送進家活。伯爵就打發琴童吃酒。都不在話下。

（5）

所有「應伯爵郊園會諸友」的情節，到此全部結束。在結束時，還寫入這麼一則應伯爵的下流趣事。

却說西門慶來家。兩步做一步走，一直走進六娘房里。迎春道，俺娘了不得病，爹快看看他。走到床邊，只見李瓶兒，呻嚶的叫疼。却是胃腕作疼。西門慶聽他叫得苦楚，連忙道，快去請任醫官來看你。就叫迎春，喚書童寫帖。去請任太醫。迎春出去說了。書童隨寫侍生帖。去請任太醫了。西門慶摟了李瓶兒，坐在床上。李瓶兒道，恁的酒氣。西門慶道，是吃醉了。便厥着酒氣，又對迎春道，可曾吃些粥湯。迎春回

致送謝儀。不惟尺頭加銀兩，還製了匾，鼓樂喧天的敲打送去。想來，二十卷本的這位任太醫，未免太江湖了吧。最後，西門慶又說了一個吃白藥的笑話。看來，也都庸俗得很。不如十卷本遠甚。若說這是「陋儒補以入刻」，値得相信。

唱畢，吳銀兒接唱一曲名青杏兒。

風雨替花愁，風雨過花也應休，勸君莫惜花前醉，今朝花謝，白了人頭。　乘興再三陋，揀溪山好處追遊，但教有酒身無事，有花也，無花也，好選甚春秋。

唱畢，李惠、吳銘、排立、謝希大道：還有這些伎藝，不曾做哩，只見彈的彈，吹的吹，琵琶簫管，又唱一隻小梁州。

門外紅塵滾滾飛，飛不到魚鳥清溪，綠陰高柳聽黃鸝，幽棲意，料俗客幾人知。　山林本是終焉計，用之行，舍之藏，兮悼後世，追前輩，五月五日歌楚些，弔湘纍。

唱畢，酒興將闌，那白來創，尋見園廳上，架着一面小小花框羯鼓，被他馱在湖山石後，又折一枝花來，要催花擊鼓，西門慶叫李惠、李銘擊鼓，一個眼色，他兩個就曉得了，從石孔內瞧着，到會吃的面前，鼓就住了，白來創道：畢竟賊油嘴有些作弊，我自去打鼓，也弄西門慶吃了兇杯，正吃得熱鬧，只見書童搶進來，到西門慶身邊，附耳低言，道六娘身子，不好的緊，快請爹回來，馬也備在門外接了，西門慶聽得，連忙走起告辭，那時酒都有了，衆人都起身，伯爵道：哥，今日不曾奉酒，怎的好去，是這些耳報法，極不好，便待留住西門慶，以實情告訴他，就謝了上馬來。

（4）

上半回目「應伯爵郊園會諸友」的情節，到此輒折進入下半回目。

時緣度世訪豪門

（7）

同一個任太醫，診看同一個病人。十卷本與二十卷本的描寫，却大不相同。不但診病時的望聞問切與述說病人病情的病理說辭大不相同，連這位任醫官的性格，也塑造得大不相同。十卷本的任醫官，溫文儒雅，謙遜恭謹，診資不是當時給，着玳安隨去拿藥帶去的。還以禮盒裝盛呈上。任太醫不收，說：『我們是相知朋友，不敢受你老爺的禮。』書童道（書童掌燈送任太醫回去的）：『定求收了，纔好領藥。不然，我們藥也不好拿去，恐怕回家去，一定又要送來。空走脚步，不如作速收了，候得藥去便好。』玳安道：『無錢課不靈。定求收了。』太醫只得收了。」二十卷本的任太醫，不但脈理病情說得不如十卷本的任太醫有學問，說話的語氣，也不大像個儒醫。而且還說他在王吏部家爲王吏部夫人診病，王吏部是如何的

把自巳袖口。籠着他纖指。從帳底下露出一段粉白的臂來與
太醫看脉。太醫澄心定氣。候得脉來。却是胃虛氣弱。血少肝筋
玉。心境不清。火在三焦。須要降火滋榮。就依書據理。與西門慶
說了。西門慶道。先生果然如見。實是這樣的。這個小妾。性子極
忍耐得。太醫道。政為這個緣故。所以他肝筋原玉人却不知他。
如今木尅了土。胃氣自弱了。氣那里得滿。血那里得生。水不能
載火。火都升上截來。胸膈作飽作疼。肚子也時常作疼。血虛了。
兩腰子渾身骨節裡頭。通作酸痛。飲食也吃不下了。可是這等
的。迎春道。正是這樣的。西門慶道。真正任仙人了。貴道裡望聞
問切。如先生這樣明白脉理。不消問的。只管說出來了。也是小
妾有幸。太醫深打躬道。晚生曉得甚的。只是猜多了。西門慶道。

太謙遜了些。又問如今小妾。該用甚麽藥。太醫道。只是降火滋
榮。火降了。這胸膈自然寬泰。血足了。腰脅自然不作疼了。不要
認是外感。一些也不是的。都是不足之症。又問道經事來得勻
麽。迎春道。便是不得準。太醫道。幾時便來一次。迎春道。自從養
了官官。還不見十分來。太醫道。元氣原弱。產後失調。遂致血虛
了。不是壅積了。要用疏通藥。要逐漸吃些丸藥。養他轉來纔好。
不然。就要做牢了病。西門慶道。便是極看得明白。如今先求煎
劑。救得目前痛苦。還要求些丸藥。太醫道。當得。晚生返舍。即便
送來。沒事的。只要知此症。乃不足之症。其胸膈作痛。乃火痛。非
外感也。其腰脅怪疼。乃血虛。非血滯也。吃了藥去。自然逐一好
起來。不須焦躁。得西門慶謝不絕口。剛起身。出房。官哥又睡覺

道。今早至今。一粒米也沒有用。只吃了兩三匙湯兒。心口肚腹
兩腰子。都疼得異樣的。西門慶攢着眉皺着眼歎了幾口氣。又
問如意兒。官哥身子好了麼。如意兒道。昨夜還有頭熱。還要哭
哩。西門慶道。恁的悔氣。娘兒兩個都病了。怎的好。留得娘的精
神。還好去支持孩子哩。李瓶兒又叫疼起來了。西門慶道。且耐
心着。太醫也就來了。待他看過脉。吃兩鍾藥就好了的。迎春打
掃房裡。抹淨卓椅。燒香點茶。又支持奶子。引開得官哥睡着。此
時有更次了。外邊狗叫得不迭。却是琴童歸來。不一時。書童掌
了燈。照着任太醫。四角方巾。大袖衣服。騎馬來了。進門坐在軒
下。書童走進來說請了來了。坐在軒下了。西門慶道好了。快拿
茶出去。玳安即便搬茶。跟西門慶出去迎接任太醫。太醫道。不
知尊府。那一位看脉失候了。負罪實多。西門慶道。昏夜勞重。心
切不安。萬惟垂諒。太醫着地打躬道不敢。吃了一鍾燻豆子撒
的茶。就問看那一位尊恙。西門慶道。是第六個小妾。又換一鍾
鹹櫻桃的茶。說了幾句閒話。玳安接鍾。西門慶道。裡面可曾收
拾。你進去話聲。拿燈出來。照進去。玳安進到房裡去。話了一聲
就拿燈出來回報西門慶。就起身打躬。邀太醫進房。太醫過着
一個門口。或是階頭上。或是轉灣去處。就打一個半喏的躬。渾
身恭敬滿口寒溫。走進房裡。只見沉烟繞金鼎。蘭火爇銀缸。錦
帳垂圍。玉鈎齊下。真是繁華深處。果然別一洞天。西門慶看了
太醫的椅子。太醫道不消了。也合看了西門慶椅子。就坐下了。
迎春便把繡褥來。襯起李瓶兒的手。又把錦帕來。擁了玉臂。又

却說書童
對琴童道。我方纔去請他。他已早睡了。敲得半日門。纔有人出
來。那老子一路揉眼出來。上了馬。還打盹不住。我只愁突了下
來。琴童道。你是苦差。使我今日遊玩得了不的。又吃了一肚子
酒。

（7）

連書童去請任太醫的情景，都不忘在此寫上一筆。說「那老子一路揉眼出來，上了馬還打盹不住。我只愁突了下來。」觀察人生的現實生活，眞是十分的周到。寫實之筆，太細致了。

敢在閑話。玳安拿燈。跟西門慶送出太醫來。到軒下。太醫只
管走。西門慶道。請寬坐。再奉一茶。還要便飯點心。太醫搖頭道。
多謝盛情。不敢領了。一直走到出來。西門慶送上馬。就差書童
拿燈送去。別了太醫。飛的進去。交玳安拿一兩銀子。赶上隨去
討藥。直到任太醫家。太醫下了馬。對他兩個道。阿叔們。且坐着
吃茶。我去拿藥出來。玳安拿禮盒。送與太醫道。藥金請收了。太

了。哭起來。太醫道。這位公子好聲音。西門慶道。便是也會生病不好得緊。連累小妾。日夜不得安枕。一路送出來了。

（6）

這一大段，寫西門慶急匆匆返抵家門，一看李瓶兒痛得厲害，便趕緊教迎春喚書童寫帖去請任醫官來。待會兒任太醫騎馬來了。於是便詳詳細細寫任太醫診視李瓶兒病症情形。當我們讀了這大段任太醫述說李瓶兒脈象及病況等情，眞的如同聽到醫生細說病情及醫理的專家口脗。難怪西門慶要說：「眞正任仙人了。」同時，連官哥的動靜，都一一插寫進來。筆墨極其精密。

好了。迎春就煎起第二鍾來吃了。西門慶一個驚魂落向爪哇國去了。怎見得。有詩為証。

西施時把翠蛾顰　幸有仙丹妙入神
信是藥醫不死病　果然佛度有緣人

畢竟未知如何。且聽下回分解。

（8）

書童掌燈送太醫，玳安隨後拿一兩銀子趕去拿藥。連藥金收受，取藥等細碎情景，也都一一寫了進來。把藥拿得家去，藥袋怎樣？如何煎藥？如何服用？也都詳盡寫了進來。奶子照顧官哥別哭吵，李瓶兒服藥睡了一夜，醒來覺得藥見了效。無不是細針細綫縫製成的。尤其上下回目的情節轉折，涇渭分明。絕不像補寫的筆墨。

醫道。我們是相知朋友。不敢受你老爺的禮。書童道。定求收了。纔好領藥。不然。我們藥也不好拿去。恐怕回家去。一定又要送來。空走腳步。不如作速收了。候的藥去便好。玳安道。無錢課不靈。定求收了。太醫只得收了。見禮金盛了。就進去簇起煎劑。連幾內丸子藥。也倒了淺半瓶。兩個小廝。吃茶畢。裡面打發回帖出來。與玳安書童。徑開了門。兩個小廝回來。西門慶見了藥袋厚大的。說道。怎地許多。拆開看時。却是丸藥也在裡面了。笑道有錢能使鬼推磨。方纔他說先送煎藥。如今都送了來。也好。也好。看藥袋上。是寫着降火滋榮湯。水二鍾。薑不用。煎至捌分。食遠服。查再煎。忌食麩麪油膩炙煿等物。又打上世醫任氏藥室的印記。又一封筒大紅票簽。寫着加味地黃丸。西門慶把藥交迎春。先分付煎一帖起來。李瓶兒又吃了些些湯。迎春把藥熬了。西門慶自家看藥。濾清了查出來。棒到李瓶兒床前。道六娘藥在此了。李瓶兒翻身轉來。不勝嬌顫。西門慶一手拿藥。一手扶着他頭頸。李瓶兒吃了叫苦。迎春就拿淺水來。過了口。西門慶吃了粥。洗了足。就伴李瓶兒睡了。迎春又燒些些熱湯護着。也連衣服假寐了。說也奇怪。吃了這藥。就有睡了。西門慶也熟睡去了。官哥只管要哭起來。如意兒恐怕哭醒了李瓶兒。把奶子來放他吃。後邊也寂寂的睡了。到次早西門慶將起身。問李瓶兒。昨夜覺好些些兒麼。李瓶兒道。可要作怪。吃了藥。不知怎地睡的熟了。今早心腹裡。都覺不十分怪疼了。學了昨的下半晚。真要痛死人也。西門慶笑道。謝天謝天。如今再煎他二鍾吃了。就全

第五十五回

比勘蠡說

一、從篇幅來說，該回十卷本共一十五頁欠五行，合計七千八百字，除去空行三百八十四字，實有字數計七千四百一十六。廿卷本一十頁又九行，合計六千四百一十二字，除去空行一百二十六字，實有字數計六千二百九十六字。兩者相較，廿卷本少於十卷本字數，計一千一百二十字。

二、再從兩者的情節相較，則此回與其上兩回（五十三、五十四）不同。按五十三、四兩回的情節，廿卷本之與十卷本之不同，在文辭上，因為廿卷本的文辭，澈頭尾重寫過了，前已述說。再看這一第五十五回之廿卷本的字數，之所以少於十卷本一千一百二十字，十之九是刪去了十卷本演述情節的文辭累贅，並非重寫。可以說，改寫之處的文辭，也極少極少。不惟內容的情節與十卷本相同，連演述情節的文辭，也一樣。兩者相較，只能說是一繁一簡；十卷本是繁本，廿卷本是簡本而已。

三、如今，我已把兩種版本的原刻，分上下欄貼在這裡，上下對照，一目瞭然，委實用不著多所費辭的。如須加以解釋，卻只有歌童的問題，所以把十卷本結尾的情節改了。

四、按十卷本的結尾情節，按了一句潘金蓮看中這兩個歌童的伏筆，可能廿卷本的纂修者，深諳該書的纂改過程，因之把結尾改了。斯乃有待探討的一個問題。我在《原貌探索》中已說到。

第五十五回

西門慶東京慶壽旦　苗員外楊州送歌童

千歲蟠桃帶露摘　攜來苗圃稅新斛

八仙下降稱觴日　七夕開花織錦時

六合五溪輸賀軸　四夷三島獻珍奇

羲和莫遣兩丸速　願壽中朝帝者師

却說任醫官。看了脉息。依舊到廳上坐下。西門慶便開言道。不知道病症。看得何如。沒的甚事麼。任醫官道。夫人這的病。原是產後不慎調理。因此得來。目下惡路不淨。面帶黃色。飲食也沒些要緊。走動便覺煩勞。依學生愚見。還該謹慎保重。大凡婦人產後。小兒痘後。最難調理。略有些差池。便種了病根。如今夫人兩手脉息虛而不實。按之散大。却又軟不能自固。這病症。都只為火炎。肝脾土虛木旺。虛血妄行。若今番不治。他後邊一發了不的了。說畢。西門慶道。如今該用甚藥纔好。任醫官道。只是用些清火止血的藥。黃栢知母為君。其餘只是地黃黃芩之類。再加減些吃下看住。就好了。西門慶听了。就叫書童封了一兩銀子。送任一官做藥本。任一官作謝去了。不一時送將藥來。李瓶兒屋里煎服。不在話下。

（1）

以上一段最後二十四字，二十卷本無。

第五十五回　西門慶兩番慶壽旦　苗員外一諾送歌童

喜遷鶯後

師表方眷遇魚水君臣須信從來少寶運當千佐㞬餘五百嶽誕生元老帝遣扶安宗社人仰雍容廊廟願歲歲共祝眉壽北山高

却說任醫官看了脉息依舊到廳上坐下西門慶便開言道不知這病症端的何如任醫官道夫人這病原是產後不慎調理因此得來目下惡路不淨面帶黃色飲食也沒些要緊走動便覺煩勞依學生愚見還該謹慎保重如今夫人兩手脉息虛而不實按之散大這病症都只為火炎肝脾土虛木旺虛血妄行若今番不治後邊一發了不的說畢西門慶道如今該用甚藥纔好任醫官道只用些清火止血的藥黃栢知母為君其餘再加減些吃下看住就好了西門慶聽了就叫書童封了一兩銀子送任醫官做藥本任醫官作謝去了不一時送將藥來李瓶兒屋裡煎服不在話下

（1）

顯然的，這一回的開頭，是從十卷本延襲下來的。也像其他各回一樣，曾經加以增刪與改寫。這「大凡婦人產後」的二十四字之刪去，自是感於累贅。

且說西門慶送了任醫官去回來與應伯爵說話伯爵因說今日早辰李三黃四走來說他這宗香銀子急的緊再三央我來求哥好歹哥行我面接濟他這一步兒罷西門慶道既是這般急我也只得依你了你叫他

且說西門慶送了任醫官去回來。與應
伯爵坐地。想起東京蔡太師壽旦已近。先期曾差玳安往杭州
買辦龍袍錦繡。金花寶貝上壽禮物。俱已完備。即日要自往東
京拜賀。算來日期已近。自山東來到東京。也有半個月日路程。
連夜收拾行李進發。劉劉正好。再遲不的了。便進房來。和月娘
說知如此這般。月娘道。這咱時不說。如今忙匆匆的。你擇定几
時起身。西門慶道。明日起身也纔殼到哩。還得几個日頭。西門
慶說畢。就走出外來分付。玳安書童畫童打點衣服行李。明日

三回，便接寫李三、黃四把關（領到）來的銀
子，一分不少的送到西門家來。還了上次借的
，又再借了五百兩。然而二十卷本的第五十三
回，李三、黃四借銀事，只寫了三行，說西門
慶沒有答應借與他們。遂把借銀事，借在第五
十五回。情節雖與十卷本一樣，但文辭不同。
十卷本寫實精到，二十卷本則草率簡略，語意
却也簡潔自然。顯然是憑記憶補寫進來的。

正坐的
說話只見平安兒進來報說來保從東京回來了伯爵道我昨日就說也該
來了不一時來保進來與西門慶磕了頭西門慶便問你見翟爹麼
李桂姐事情怎樣了來保道小的親見翟爹翟爹見了爹的書隨即叫長
班拿帖兒與朱太尉去說小的也跟了去朱太尉親分付說叫上下府
中分上就該都放了因是六黃太尉送的難以回他如乃未到省俱免提
已拿到的且監此時他內官性兒有頭沒尾等他性兒坦些也柳從輕處
就是了伯爵道這等說連齊香兒也免提了造化了這小淫婦兒了來保
道就是硯參他房也只好打幾下罷了那料是沒了一面取出翟管家書

明日來兌了去罷、一面讓伯爵到小捲棚內、留他吃飯、伯爵因問李桂兒還在這裡住着哩、東京去的也該來了、西門慶道正是、我緊等着還要打發他往楊州去、敢怕也只在早晚到、也說畢吃了飯、伯爵別去、到次日西門慶衙門中回來、伯爵早已同李智黃四坐在廳上等、見西門慶回來、都慌忙過來見了、西門慶進去換了衣服、就問月娘取出徐家討的二百五十兩銀子、又添兌了二百五十兩、叫陳敬濟拿了同到廳上、交與李三黃四、因說道我沒銀子、因應二哥再三來說、只得湊與你、我都是就要的、李三道蒙老爹接濟、怎敢遲延、如今關出這批銀子、一分也不敢動、就都送了來了、子是兌收明、千恩萬謝去了、伯爵也就要去、被西門慶留下、

（2）

在這裡寫入了李三、黃四借銀。按李三、黃四借銀，從第三十八回開始。這一情節，所占篇幅極長，迤迤邐邐，寫到第九十七回還交代二人的結果。這五十三至五十七等五回，只有第五十三、五十六兩回寫到李三、黃四借銀。這兩人又向西門慶借了五百兩銀子。這一情節，銜接的是寫在第五十一回中的情節。在第五十一回，寫着西門慶問應伯爵李三、黃四借的銀子什麼日子關（領到可以償還）？應伯爵答說：「不出這月就關出來了。」所以到了第五十

也交代得過。但在前面各回却欠缺玳安往杭買辦禮物的情節。想證十卷本也是改寫過的呢。

迤邐行來。却走了百里路程。那時日已傍晚。西門慶分付駐劄。驛官厮見。送供應過了一宵。明日天早西門慶催趲人馬。扛箱快行。一路看了些山明水秀。午牌時打中火又行。路上相遇的。無非各路文武官員進京慶賀壽旦的。也有進生辰擔的。不計其數。又行了十來日。看看前途路已不多。趲到剛剛凑巧宿了一晚。又行勾兩日。早到東京。進了萬壽城門。那時天色將晚。趕到龍德街牌樓底下。就投翟家屋裏去住歇。那翟管家聞知西門慶到了。忙的出

叫他明日起早趕往揚州去不題。倏忽過了數月。看看與蔡太師壽誕將近。只得擇了吉日。分付琴童、玳安、書童、畫童四個小廝跟隨。各各收拾行李。月娘同玉樓、金蓮眾人將各色禮物。并冠帶衣服應用之物。共裝了二十餘扛。頭一日晚夕。妻妾眾人擺設酒餚和西門慶送行。吃完酒。就進月娘房裡宿歇。次日把二十扛行李先打發出門。又發了一張通行馬牌。仰經過驛遞起夫馬迎送。各各停當。然後進李瓶兒房裡來。看了官哥兒。與李瓶兒說道。你好好調理。要藥叫人去問任醫官討。我不久便來家看你。那李瓶兒溜着淚道。路上小心保重。送出廳來。和月娘、玉樓、金蓮打發兒送了出大門。西門慶乘了涼轎。四個小廝騎了頭口。望東京進發。

（3）

且看，二十卷本在這裡寫來保由東京辦事回來，再引述出蔡太師的壽誕日期就要到了，說是翟爹問今年爹是不是要去上壽？還交代了他如何在東京辦妥了李桂姐的事。還說到祝麻子與孫寡嘴，也沒受什麼折磨。與上一回他們在郊外花園遊玩時，題到祝麻子與孫寡嘴的情節，也銜接上了。十卷本對於李桂姐的這一件官司的結果，沒有二十卷本交代得這樣清楚。梅節先生認為十卷本與二十卷本在傳抄時代，就是兩種不同的底本。這一情節，似也可以作為證據。

跟隨東京走一遭。四個小廝各各收拾行李。不識月娘。便教小
玉去請你各房娘。都來收拾你爹行李。當下只有李瓶兒。一來
有了孩子。二來服了藥。不出房來。其餘各房孟玉樓潘金蓮一
齊都到走來的多動手把皮廂涼廂。裝了蟒衣龍袍段匹。上壽
等物共有二十多扛又整頓了應用冠帶衣服等件一齊完了。
晚夕三位娘子。擺設酒殽和西門慶送行席上西門慶各人可
囑了几句。自進月娘房里宿歇次日把三十扛行李。先打發出
門。又發了一張通行馬牌。仰經過驛遞。起夫馬迎送。各各停當。
然后進李瓶兒房里來。看了官哥兒。與李瓶兒說了句話。教他
好好調理。我不久便來家看你。那李瓶兒閣着淚道。路上小心
保重。直送出廳來。和月娘玉樓金蓮打夥兒送出了大門。西門
慶乘了涼轎。四個小廝騎了頭口。望東京進發

（2）

這裡寫西門慶準備壽禮赴東京向蔡太師祝壽。從故事的情節上說，略嫌突然，似應在前兩回題上一筆。但這是西門慶第二次送壽禮，應早有準備。是以這裡寫：「且說西門慶送了任醫官去回來，與應伯爵坐地。想起東京蔡太師壽旦已近，先期曾派玳安往杭州買辦龍袍錦綉，金花寶貝上壽禮物，俱已完備。」在此說到，雖

逛上西門慶看了說道老孫與祝麻子做夢也不瞧的是我這裡人情的
隋着你也只當積陰騭罷了來保又說翟爹見小的去好不欵若問爹
兩日可與老爺去上壽小的不好回說不去只得答應敢要來也翟爹說
來走走也好我也要與你爹會一會哩西門慶道我到也不曾打點自去
倒是這等說只得要去走遭了因分付來保你辛苦了且到後面吃些酒
飯歇息歇息過一兩日還要趕到揚州去哩來保應諾去了西門慶就要
進去與李桂姐說知向伯爵道你坐着我就來伯爵也要去尋李三黃四
來機說道我且去着再來罷一面別去西門慶來到月娘房裡李桂姐已
知道信了忙走來與西門慶月娘磕頭謝道難得爹娘費心救了我這一
場大禍今日甚麼補報爹娘月娘道你既在咱家住一場有此事兒不與你
處處那為着甚麼來桂姐道俺便賴爹娘可憐救了只造化齊香兒那小
淫婦兒他甚相干連他都饒了他家賺錢賺鈔帶累俺們受驚怕俺每到
還只當管他說了個人人情不該饒他纔好西門慶笑道直造化了這小
淫婦兒了說了一回桂姐便要辭了家去道我家媽還不知道這信叫我
家去說聲兒咱使記掛着月娘來與爹娘磕頭罷西門慶道也罷我不留
你你自家去說月娘道桂姐你吃了飯去桂姐道娘我不吃飯了一

面又拜辭西門慶與月娘衆人臨去西門慶說道事便完了你今後這
三官兒也少要招攬他了桂姐道爹說的是甚麼話還招攬他哩再要招
攬他就把身子爛化了就是前日也不是我招攬他月娘道不招攬他就
是了又平白說誓怎的一面叫轎子打發桂姐去了西門慶因告月娘說
要上東京之事月娘道既要去須要早打點省得臨時促忙促急西門慶
道蟒袍錦綉金花寶貝上壽禮物俱已完備倒只是我的行李不曾整備
月娘道行李不打緊西門慶說畢就到前邊看李瓶兒去了到次日坐在
捲棚內叫了陳敬濟來看着寫了蔡御史的書交與來保又與了他盤纏

銀面盆傾了香湯進書房來。西門慶梳洗完畢。戴上忠靖冠。穿着外盖衣服。一個在書房里坐。只見翟管家出來。和西門慶厮見了坐下。當直的杞出一個朱紅合子。里邊有三十來樣美味。一把銀壺斟上酒來。吃早飯。翟謙道。請用過早飯。學生先進府去。和主翁說過。然后親家搬禮物進來。西門慶道。多勞費心。酒過数杯。就拿早飯來吃了。收過家活。翟管家道。且權坐一回。學生進府去。便來翟家去。不多時。忙跑來家。向西門慶說。老爺正在書房梳洗。外邊滿朝文武官員。都各伺侯拜壽。未得厮見哩。學生已對老爺說過了。如今先進去拜賀者的洪襍。學生也隨後便到了。西門慶不勝歡喜。便教跟隨人拉同翟家幾個伴當。先把那二十扛金銀段疋。抬到太師府前。一行人應聲去了。西門慶冠帶乘了轎來。只見亂哄哄的挨肩擦背。都是大小官員來上壽的。西門慶遠遠望見一个官員也乘着轎進龍德坊來。西門慶仔細一認。倒是揚州苗員外。却不想苗員外也望見西門慶了。兩個同下轎作揖。叙說寒溫。原來這苗員外。是第一個財主。他身上也現做個散官之職。向來結交在蔡太師門下。那時也來上壽。恰遇了故人。當下兩個忙匆匆路次話了幾句。分手而別。西門慶來到太師府前。但見

堂開綠野。彷彿雲霄闕起凌烟。依稀星斗。門前寬綽堪旋馬。閥閱巍峩好竪旂。錦綉叢中。風送到畫眉聲巧。金銀惟裏。日映出琪樹花香。旃檀香截成梁棟。醒酒石滿砌階除。左右玉屏風。一個個夷光紅拂。滿堂羅寶玩。一件件周鼎商彝。明是

門而入。西門慶便問為何今日大事。却不開中門。翟管家道。中門曾經官家行幸。因此人不敢走。西門慶和翟謙進了幾重門。門上都是武官把守。一些兒也不混亂。見了翟謙。一箇箇都欠身問管家從何處來。探管家答道。今親打山東來拜壽老爺的。說罷。又走過幾座門。轉幾個灣。無非是畫棟雕梁。金張甲第。隱隱聽見鼓樂之聲。如在天上一般。西門慶又問道。這裡民居隔絕。那裡來的鼓樂喧嚷。翟管家道。這是老爺教的女樂。一班二十四人。都曉得天魔舞。霓裳舞。觀音舞。但凡老爺早膳。中伙。夜宴。都是奏的。如今想是早膳了。西門慶聽言未了。又鼻子裡覺得異香馥馥。樂聲一發近了。翟管家道。這裡與老爺書房相近了。腳步兒放鬆些。轉過一箇迴廊。只見一座大廳。如寶殿仙宮。廳前仙鶴孔雀。種種珍禽。又有那瓊花。曇花。佛桑花。四時不謝。開的閃閃爍爍。應接不暇。西門慶還未敢闖進。交翟管家先進去了。然後挨挨排排走到堂前。只見堂上虎皮交椅上坐着一箇大猩紅蟒衣的。是太師了。屏風後列有二三十箇美女。一個個都是宮樣粧束。執巾執扇。捧擁着他。翟管家也站在一邊。西門慶朝上拜了四拜。蔡太師也起身就鞦坐上回了個禮。這是初相見了。落後翟管家走近蔡太師耳邊。暗暗說了幾句話下來。西門慶理會的是那話了。又朝上拜四拜。蔡太師便不答禮。這四拜是認乾爺。因此受了。西門慶開言便以父子稱呼道。孩兒沒恁孝順。爺爺今日華誕。特備的幾件菲儀。聊表千里鵝毛之意。願老爺壽比南山。蔡太師道。這怎的生受。便請坐下。當值的拿了把椅子上來。西門慶朝上作了箇揖道。告坐了。就西邊坐地吃茶。翟管家慌跑出門來。叫擡禮物的都進來。須臾二十扛禮物擺列在堦下。揭開了涼箱蓋。呈上一箇禮目。大紅蟒袍一套。官綠龍袍一套。漢錦二十疋。蜀錦二十疋。火浣布二十疋。西洋布二十疋。其餘花素尺頭共四十疋。獅蠻玉帶一圍。金

來迎接。各叙寒暄。吃了茶。西門慶吽玳安專管行李。一一交盤
進了翟家裏來。翟謙交府幹收了。就擺酒。和西門慶洗塵。不一
時。只見剔犀官卓上。列着㐲十樣大菜。㐲十樣小菜。都是珍羞
美味。燕窩魚刺絶好下飰。只没有龍肝鳳髓。其餘奇巧富麗。便
是蔡太師自家受用。也不過如此。當直的。拿着通天犀杯。斟上
痲姑酒兒。遞與翟謙。接過滴了。天然後又斟上來。把盞與西門
慶。西門慶也回敬了。兩人坐下。糖菓熟楪按酒之物。流水也似
遞將上來。酒過兩巡。西門慶便對翟謙道。學生此來単為老太
師慶壽。聊備些微禮。孝順太師。想不見却只是學生。向有相攀
的心。欲求親家預先稟過。但拜太師門下。做個乾生子。也不枉
了一生一世。不知可以啓口帶攜的學生麽。翟謙道。這個有何
難哉。我們主人雖是朝廷大臣。却也極好奉承。今日見了這般
盛禮。自然還要陞遷官爵。不惟拜做乾子。定然允哩。西門慶听
說不勝之喜。飲殺多時。西門慶便推不吃酒罷。翟管家道。再請
一杯。怎的不吃了。西門慶道。明日有正經事。却不敢多飲。再四
相勸。只得又吃了一杯。翟管家賞了。隨從人酒食分付吽把牲
口。牽到後槽去。當下收過了家。活就請西門慶到後邊書房裏
安歇。排下好描金暖床。绞綃帳兒。把銀鈎掛起。露出一床好錦
被。香噴噴的一班小厮。扶侍西門慶脫衣。脫襪。上床獨宿孤眠。
西門慶一生不慣那一晚。好難捱過也。巴到天明正待起身。那
翟家門戶重掩着。那里討水來淨臉。直挨到巳牌時分。纔有個
人把匙鑰一路開將出來。隨后一個小厮拿着手巾。一個捧着

迪迎
行來免不得朝登紫陌夜宿郵亭一路看了些山明水秀相遇的無非都
是各路文武官員進京慶賀壽誕生辰損不計其數約行了十來日早到
東京進了萬壽城門那時天色傍晚趕到龍德街牌樓底下就投翟家屋
裡去住歇那翟管家[illegible]到了忙出來迎接各叙寒暄吃了茶西
門慶吽玳安[illegible]翟謙交府幹收了就擺酒和西
門慶洗塵不一時只見剔犀官卓上擺上珍羞美味來只好没有龍肝鳳
髓罷了其餘俱般俱有便是蔡太師自家受用也不過如此當直的拿上
酒來翟謙先滴了天然後與西門慶把盞西門慶也回敬了兩人坐下糖
果按酒之物流水也似遞將上來酒過兩巡西門慶便對翟謙道學生此
來单為與老太師慶壽聊備些微禮孝順太師想不見却只是學生久有
一片仰高之心欲求親家預先稟過但得去拜在太師門下做個乾生子
便也不枉了人生一世不知可以啓口麽翟謙道這個有何难哉我們主
人雖是朝廷大臣却也極好奉承今日見了這般盛禮不惟拜做乾子定
然允從自然還要陞遷官爵西門慶聽說不勝之喜飲殺多時西門慶便
推不吃酒了翟管家道再請一杯怎的不吃了西門慶道明日有正經事
不敢多飲再四相勸只又吃了一杯翟管家賞了隨從人酒食就請西門
慶到後邊書房裡安歇排下煖床綃帳銀鈎錦被香噴噴的一班小廝扶
侍西門慶脫衣上床獨宿西門慶一生不慣那一晚好难挨過巴到天明

見懸掛着明珠十二。黑夜里何用燈油。覩堂堂招致得珠履三千。屏短鋏盡告名士。恁地九州四海。大小官員多來慶賀。就是六部尚書。三邊總督。無不低頭。正是除却萬年天子貴。
只有當朝宰相尊。

西門慶恭身進了大門。只見中門關着不開。官員都打從角門而入。西門慶便問。爲何今日大事。却不開大門。翟管家道。原來中門曾經官家行幸。因此人不敢打這門出入。西門慶和翟管家進了幾重門。門上都是武官把守。一些兒也不混亂。見了翟議。一個個都欠身問管家從何處來。翟管家答道。舍親打山東來拜壽老爺的。說罷。又走過幾座門。轉幾個灣。無非是畫棟雕梁。金張甲第。隱隱听見鼓樂之聲。如在天上的一般。西門慶又問道。這里民居隔絕。那里來的鼓樂喧嚷。翟管家道。這是老爺教的女樂。一班共二十四人。也曉得天魔舞。霓裳舞。觀音舞。凡老爺早膳。中飯。夜宴。都是奏的。如今想是早膳了。西門慶听言未了。又鼻子裏覺得異香馥馥。樂聲一發近了。翟管家道。這里老爺書房將到了。脚步兒放鬆此。轉個迴廊。只見一座大所如寶殿仙宮。所前仙鶴孔雀。種種珍禽。又有那瓊花曇花佛桑花。時不謝開的。閃閃爍爍。應接不暇。西門慶還未敢闖進。交翟管家先進去了。然后挨挨排排。走到堂前。堂上虎皮太師交椅。上坐一个大猩紅蟒衣的。是太師了。屏風後列有四三十個美女。一个个都是宮樣粧束。執巾執扇。捧擁着他。翟管家也站在一邊。西門慶朝上拜了四拜。蔡太師也起身就欽单上。回了个

鑲奇南香帶一圍玉杯犀杯各十對赤金攢花爵杯八隻明珠十顆又另外黃金二百兩送上蔡太師做贄見禮蔡太師看了禮目又瞧見擡上二十來扛心下十分懽喜說了聲多謝便教翟管家收進庫房去了一面分付擺酒欵待西門慶因見他忙冲冲就起身辭蔡太師太師道既如此下午早早來罷西門慶又作個揖起身出來蔡太師送了幾步便不送了西門慶依舊和翟管家同出府來翟管家府內有事也作別進去西門慶竟回到翟家來脫下冠帶已整下午飯吃了一頓回到書房打了個盹恰好蔡太師差舍人邀請赴席西門慶謝了些扇金着先去了即便重整冠帶又叫玳安封下許多賞封做一拜匣盛了跟隨着四箇小廝後乘轎望太師府來蔡太師那日滿朝文武官員來慶賀的各各請酒自次日爲始分做三停第一日是皇親內相第二日是尚書顯要衙門官員第三日是內外大小等職只有西門慶一來遠客二來送了許多禮物蔡太師到十分歡喜因此就是正日獨獨請他一箇見西門慶到了忙走出軒下相迎西門慶再四謙遜讓爺爺先行自家屈着背輕輕跨入檻內蔡太師道遠勞駕從又損隆儀今日略坐少表微忱西門慶道孩兒戴天履地全賴爺爺洪福些小敬意何足掛懷兩箇喁喁笑語真似父子一般二十四個美女一齊奏樂府幹當直的斟上酒來蔡太師要與西門慶把盞西門慶力辭不敢只領的一盞立飲而盡隨即坐了卓席西門慶叫書童取過一隻黃金桃杯斟上一杯滿滿走到蔡太師席前雙膝跪下道願爺爺千歲蔡太師滿面歡喜道孩兒起來接過便飲個完西門慶纔起身依舊坐下那時相府華誕珍奇萬狀都不必說西門慶直飲到黃昏時候拿賞封賞了諸執役人纔作謝告別道爺爺貴冗孩兒就此叩謝後日不敢再來求見了出了府門仍到翟家安歇次日要拜苗員外着玳安跟尋了一日都作早

銀面盆傾了香湯進書房來西門慶梳洗完畢戴上忠靖冠穿着外盖衣服一個在書房里坐只見翟管家出來和西門慶厮見了坐下當直的托出一個朱紅合子里邊有三十來樣美味一把銀壺斟上酒來吃早飯翟謙道請用過早飯學生先進府去和主翁說過然后親家擡禮物進來西門慶道多勞費心酒過數杯就拏早飯來吃了收過家活翟管家道且權坐一回學生進府去便來翟家去不多時忙跑來家向西門慶說老爺正在書房梳洗外邊滿朝文武官員都各伺候拜壽未得厮見理學生已對老爺說過了如今先進去拜賀者的溷雜學生也隨後便到了西門慶不勝歡喜便教跟隨人拉同翟家幾個伴當先把那二十扛金銀段疋抬到太師府前一行人應聲去了西門慶冠帶乘了轎來只見亂哄哄的挨肩擦背都是大小官員來上壽的西門慶遠遠望見一个官員也乘着轎進龍德坊來西門慶仔細一認倒是揚州苗員外却不想苗員外也望見西門慶了兩個同下轎作揖叙寒温原來這苗員外是第一個財主他身上也現做個散官之職向來結交在蔡太師門下那時也來上壽恰遇了故人當下兩個忙匆匆路次話了幾句分手而別西門慶來到太師府前但見

堂開綠野彷彿雲霄閣起凌烟依稀星斗門前寬綽堪旋馬閥閱巍峩好竪旂錦綉叢中風送到画眉聲巧金銀堆裏日映出琪樹花香旖檀香截成梁棟醒酒石滿砌階除左右玉屏風一個個夷光紅拂滿堂羅寶玩一件件周鼎商彝明晃

正待起身那翟家門戶重重掩着直挨到巳牌時分纔有個人把鑰匙開路開將出來隨後纔是小厮拿手巾香湯進書房來西門慶梳洗完畢只見翟管家出來和西門慶厮見坐下當值的就托出一個朱紅盒子來裡邊有三十來樣美味一把銀壺斟上酒來吃早飯翟謙道請用過早飯學生先進府去和主翁說知然後親家擡禮物進來西門慶道多勞費心酒過數盃就拏早飯來吃了收過家活翟管家道且權坐一回學生進府去便來翟謙去不多時就跑來家向西門慶說老爺正在書房梳洗外邊滿朝文武官員都伺候着未得厮見學生已對老爺說過了如今先進去拜賀罷省的住回人雜學生先去伺候親家就來望了說畢去了西門慶不勝懽喜便教跟隨人拉同翟家幾箇伴當先把那二十扛金銀段疋擡到太師府前一行人應聲去了西門慶即冠帶乘了轎來只見亂哄哄挨肩擦背都是大小官員來上壽的西門慶遠遠望見一箇官員也乘着轎進龍德坊來西門慶仔細一看却認的是故人揚州苗員外不想那苗員外也望見西門慶兩箇同下轎作揖敘說寒溫原來這苗員外也是箇財主他身上也現做着散官之職向來結交在蔡太師門下那時也來上壽恰遇了故人當下兩個忙匆匆路次話了幾句問了寓處分手而別西門慶來到太師府前但見

堂開綠野閣起凌烟門前寬綽堪旋馬閥閱巍峩好竪旂錦綉叢中風送到畫眉聲巧金銀堆裏日映出琪樹花香左右活屏風一箇箇夷光紅拂滿堂死寶玩一件件周鼎商彝室掛明珠十二黑夜裡何用燈油門迎珠履三千白日間盡皆名士九州四海大小官員都來慶賀六部尚書三邊總督無不低頭正是除却萬年天子貴只有當朝宰相尊

西門慶恭身進了大門翟管家接着只見中門關着不開官員都打從角

始。分做三停。第一是皇親內相。第二日是尚書顯要衙門官員。第三日是內外大小等職。只有西門慶。一來遠客。二來送了許多禮物。蔡太師到十分歡喜他。因此就是正日。獨獨請他一个。兒說請到了新乾子。西門慶忙走出軒下相迎。西門慶再四讓遜。讓爺爺先行。自家屈着背。輕輕跨入檻內。蔡太師道。遠勞駕從。又損隆儀。今日略坐。少表微忱。西門慶道。孩兒戴天履地。全賴爺爺洪福。些小敬意。何足掛懷。兩个喁喁咲語。真似父子一般。二十個美女。一齊奏樂。府幹當直的。斟上酒來。蔡太師要與西門慶把盞。西門慶力辭不敢。只領的一盞。立飲而盡。隨即坐了筵席。西門慶敎書童取過一隻黃金桃杯。斟上杯滿滿走到蔡太師席前。雙膝跪下道。願爺爺千歲。蔡太師滿面歡喜道孩兒起來。接過便飲个完。西門慶纔起身。依舊坐下。那時相府華筵。珍奇萬狀。都不必說。西門慶直飲到黃昏時候。拿賞封賞了諸執役人。纔作謝告別道。爺爺貴冗。孩兒就此叩謝。后日不敢再來求見了。出了府門。仍到翟家安歇。次日要拜苗員外。着玳安跟尋了一日。却在皇城后。李太監房中住下。玳安拏着帖子通報了。苗員外來出迎道。學生一个兒坐着。正想个知心的朋友講講。恰好來奏巧。就留西門慶筵燕。西門慶推却不過。只得便住了。當下山餚海錯。不記其數。又有兩个歌童。生的眉清目秀。開喉音唱幾套曲兒。西門慶指着玳安琴童。書童畫童。向苗員外看着。那班蠢材。只顧吃酒飯。却怎地比的那兩个。苗員外咲道。只怕伏侍不的。老先生若愛時。就送上也何難。西門慶

禮這是物相見了。落后翟管家走近蔡太師耳邊暗暗說了几
句話下來西門慶理會的是那話了。又朝上拜四拜。蔡太師便
不答禮這四拜是認乾爺了。因受了四拜。后來都以父子相称
西門慶開言道孩兒沒恁孝順爺爺。今日華誕家里備的几件
菲儀聊表千里鵝毛之意。願老爺壽比南山蔡太師道。這怎的
生受。便請坐下。當直的拏了把椅子上來。西門慶朝上作了個
揖道。告坐了。就西邊坐地吃茶。翟管家慌跑出門來叫擡禮物
的都進來。二十來扛禮物。揭開了凉箱蓋。呈上一个禮目。大紅
蟒袍一套官綠龍袍一套。漢錦二十疋。蜀錦二十疋。火浣布二
十疋。西洋布二十疋其余花素尺頭共四十疋。獅蠻玉帶一圍
金鑲奇南香帶一圍。玉杯犀杯各十對。赤金攢花爵杯八隻。明
珠十顆。又梯已黃金二伯兩。送上蔡太師做贄見的禮。蔡太師
看了禮目。又瞧了抬上二十來扛。心下十分懽喜。連聲称多謝
不迭。便教翟管家收進庫房去罷。一面分付擺酒款待。西門慶
因見忙冲冲。推事故辭別了蔡太師。太師道。既如此。下午早早
來罷。西門慶作个揖起身。蔡太師送了幾步。便不送了。西門慶
依舊和翟管家同出府來。翟管家府內有事。也作別進去。西門
慶竟回到翟家來。脫下冠帶。又整的好飯吃了一頓。回到書房
打了个盹睡。恰好蔡太師差舍人邀請赴席。西門慶謝了些扇
金着先去。隨后就來了。便重整冠帶。預先叫玳安封下許多賞
封。做一拜匣盛了。跟隨着四個小廝。乘轎望太師府來不題。且
說蔡太師。那日滿朝文武官員來慶賀的。各各請酒。自次日為

城後李太監房中住下、玳安拏着帖子通報了、苗員外來出迎道、學生正
想個知心朋友講講恰好來得湊巧、就留西門慶筵燕、西門慶推却不過、
只得便住了、當下山餚海錯不記其數、又有兩箇歌童生的眉清目秀、頓
開喉音唱幾套曲兒、西門慶指着玳安琴童向苗員外說道、這兩箇村
夯、吃酒飯怎比的這兩個、苗員外笑道、只怕伏侍不的老先生、若愛時
就送上也何難、西門慶謝道不敢奪人之好、飲到更深別了苗員外依舊
來翟家歇、那幾日內相府管事的各各請酒、留連了八九日、西門慶歸心
如箭、便叫玳安收拾行李、翟管家苦死留住、只得又吃了一夕酒、重敘姻
親、極其眷戀、次日早起辭別、望山東而行、一路水宿風餐、不在話下、

（4）

二十卷本的這一段情節，只有極少處在行文修辭上，略作更動，則所有文辭，全與十卷本一樣。也在此結束了上半回目「西門兩番慶壽旦」。

且說自從西門慶往東京慶壽姊妹每眼巴巴望西門慶回來。多有懸掛在屋里做些針指。通不出來間耍。只有那潘金蓮。打扮的如花似玉。嬌模喬樣。在丫鬟裏。或是猜枚或是抹牌。說也有。笑也有。狂的通沒些成色。嘻嘻哈哈。也不顧人看見。只想着與陳經濟勾搭。便心上亂亂的焦燥起來。多少長吁短嘆。托着腮兒。呆登登本待要等經濟回來。和他做些營生。又不道經濟每日在店里沒的閒。欲要自家出來尋着他又有許多了頭往來不方便。日里便似熬盤上蟻子一般。跑進跑出。再不坐在屋里。那一日正是風和日暖。那金蓮身邊帶着許多麝香合香。走到捲棚後面。只望着雪洞里。那經濟日在店里。那得脫身進來。望了一回不見。只得來到屋里。把筆在手。吟哦了几声。便寫一封書封着。叫春梅遞送與陳姊夫。經濟接着。拆開從頭一看。却不是書。一個曲兒。經濟看罷。慌的丟了買賣。跑到捲棚後面看。只見春梅回房去時。潘金蓮說了。不一時也跑到捲棚下。兩個遇着。就如餓眼見瓜皮一般。禁不的一身直鑽到經濟懷里來。捧着經濟臉一連親了几個嘴。咂的舌頭一片声响道。你負心的短命賊囚。自從我和你在屋里。被小玉撞破了去後。如今一向都不得相會。這几日你爺爺上東京去了。我一個兒坐炕上。淚汪汪只想着你。你難道耳根兒也不熱的。我仔細想來。你恁地薄情。便丟着也索罷休。只到了其間又丟你不的。常言痴心女子負心漢。只你也全不留些情。正在熱鬧間。不想那玉樓冷眼瞧破。忽然抬頭看見。順手一推撤些兒經

且說

月娘家中自從西門慶往東京慶壽、姊妹每望眼巴巴各自在房裡做些針指、通不出來閒耍、只有潘金蓮打扮的如花似玉、喬模喬樣、在丫鬟裡或是猜枚、或是抹牌、說也有、笑也有、狂的通沒些成色、嘻嘻哈哈、也不顧人看見、只想着與陳敬濟勾搭、每日只在花園雪洞內、踅來踅去、指望一時湊巧、敬濟也一心想着婦人、不時進來尋撞、撞見無人、便調戲親嘴、咂舌做一處、只恨人多眼多、不能盡情歡會、正是

雖然未入巫山夢　却得時逢洛水神

（5）十卷本寫西門慶到東京去後，潘金蓮在家中每日思與陳經濟鈎搭而得不到機會，害得他心焦吁嘆等煩亂情節，這二百餘字，這裡全刪除了。

謙謝。不放奪人之好。飲到更深。別了苗員外。依舊來翟家歇那
幾日內相府管事的。各各請酒。留連了八九日。西門慶歸心如
箭。便叫玳安收拾行李。那翟管家苦苦留住。只得又吃了一夕
酒。重叙姻親。極其眷恋。次日早起辞別。望山東而行。一路水宿
風飡。不在話下。

（3）

寫西門慶到了東京，如何拜見蔡太師，如何呈上二十擔壽禮，如何拜在蔡太師名下作一名乾生子。以及如何在蔡太師府門外遇見苗員外，如何在苗員外住處聽到兩個歌童唱得好，贊美了兩句，苗員外就要送給他等等。結束了上半回日：「西門慶東京慶壽旦。」

又不知怎樣，因此急忙回來。李瓶兒道，孩子也沒甚事。我身子吃藥后，略覺好些。月娘一面教衆人收拾行李。及蔡太師送的下程。一面做飯與西門慶吃。到晚又設酒和西門慶接風。西門慶晚就在月娘房裏歇了兩夜。是久旱逢甘雨，他鄉遇故知，懽愛之情。多不必說。次日陳經濟和大姐來廝見了。說了些店里的帳目。

（5）

寫西門慶東京回來，一家人接見情形。其中（第八頁第十行）說到「被小玉撞破了去」等事，前面無此事。

應伯爵和常時節打听的大官人來家，都來望西門慶出門廝見畢。兩個一齊說哥哥一路辛苦。西門慶便把東京富麗的事情，及太師管待情分，備細說了一遍。兩人只顧稱羨不已。當日西門慶留二人吃了一日酒。常時節臨起身，向西門慶道，小弟有一事相求，不知哥可照顧麽。說着只是低了臉，半含半吐。西門慶道，但說不妨。常時節道，實爲住的房子不方便，待要尋間房子安身。却沒有銀子。因此要求哥周濟些兒。日后少不的加些利錢，送還哥哥。西門慶道，相處中說甚利錢。我如今忙忙地，那討銀子。且待到韓夥計貨船來家，自有个處。說罷，常時節應伯爵作謝去了。不在話下。

（6）

此一情節的文辭與十卷本大致相同。

應伯爵和常時節打聽的來家，都來探望西門慶出來相見畢，兩個一齊說哥一路辛苦。西門慶便把東京富麗的事情，及太師管待情分備細說了一遍，兩人只顧稱羨不已。當日西門慶留二人吃了一日酒。常時節臨起身向西門慶道小弟有一事相求不知哥可照顧麽。說着只是低了臉半含半吐。西門慶道但說不妨。常時節道實爲住的房子不方便，待要尋間房子安身，却沒有銀子，因此要求哥周濟些兒，日後少不的加些利錢送還哥。西門慶道相處中說甚利錢，只我如今忙忙的，那討銀子，且待韓夥計貨船來家自有個處。說罷常時節應伯爵作謝去了，不在話下

濟跌了一交慌忙驚散不題

（4）

十卷本的這一段潘金蓮與陳經濟的胡調情節，二十卷本只三言兩語帶過。改寫過了。

那日吳月娘、孟玉樓、李瓶兒同一處坐地。只見玳安慌慌的跑進門來。見月娘磕了個頭道。爹回來了。小的一路騎頭口拏着馬牌先行。因此先到家。爹這時節也差不上二十里遠近了。月娘道。你曾吃飯沒有。玳安道。從早上吃來却不曾吃中飯。月娘便教玳安廚下吃飯去。又教整飯待大官人回來自和六房姊妹。同瓶兒到廳上迎接。正是

詩人老去鶯鶯在　公子歸時燕燕忙

四人閑話多時。却早西門慶到門前下轎了。衆妻妾一齊相迎進去。西門慶先和月娘廝見畢。然后孟玉樓、李瓶兒、潘金蓮依次見了西門慶、和六房妻小。各叙寒溫。落后書童琴童畫童也來磕了六房的頭。自去廚下吃飯。西門慶把路上辛苦。并到翟家住下。明日蔡太師厚情。與內相日日吃酒事情。備細說了一遍。因問李瓶兒孩子。這幾時好麼。你身子怎地調理。吃的任醫官藥有些應驗麼。我雖則往東京。一心只弔不下家事哩。店里

一日吳月娘孟玉樓李瓶兒同一處坐地、只見玳安慌慌跑進門來見月娘衆人磕了頭、說道爹回來了、月娘便問如今在那里玳安道小的一路騎頭口拏着馬牌先行、因此先到家爹這時節也差不上二十里遠近了月娘道你曾吃飯沒有、玳安道從早上吃來却不曾吃中飯月娘便分付整飯伺候、一面就和六房姊妹同瓶兒到廳上迎接、正是

詩人老去鶯鶯在　公子歸時燕燕忙

妻妾俱在廳上等候多時西門慶方到門前下轎了、衆妻妾一齊相迎進去西門慶先和月娘廝見畢然後孟玉樓李瓶兒潘金蓮依次見了、各叙寒溫落後書童琴童畫童也來磕了頭自去廚下吃飯西門慶把路上辛苦并到翟家住下、蔡太師厚情請酒并與內相日日吃酒事情備細說了一遍因問李瓶兒孩子、這幾時好麼、你身子吃的任醫官藥有些應驗麼我雖則往東京、[illegible]家裡李瓶兒道孩子也沒甚事我身子吃藥後略覺好些、月娘一面收下行李及蔡太師送的下程、一面做飯與西門慶吃到晚又設酒和西門慶接風西門慶晚夕就在月娘房裡歇了兩個是久別逢甘雨他鄉遇故知、權愛之情俱不必說、次日陳敬濟和大姐也來見了、說了些店裡的帳目、

蔡太師門下做个乾兒子。就是內相朝官。那个不與他心腹往來。家里開着两个緞段鋪。如今又要開个標行。進的利錢也委的無數。况兼他性格溫柔。吟風弄月。家里養个七八十个着頭。那一个不穿綾着衣。後房里擺着五六房娘子。那一个不撑珠挂金。那些二小優們戲子們。个个借他錢鈔。服他差使。平康巷青水巷。這些二角伎。人人受他恩惠。這也不消說的。只是咱前日酒席之中。已把小的子許下他了。如今終不成改个口嘩。那歌童

（8）這裡的二百餘字，二十卷本刪了。

又說道。員外這几年上不知費盡多少心力。教的俺們彈唱哩。如今才曉得些二絃索。却不留下自家歡樂。怎地到送與別人快活。說罷不覺地撲簌簌哩吊下淚來。那員外也覺慘然不樂。說道。小的子你也說的是。咱也何苦定要是這等。只是人而無信。不知其可也。那孔聖人說的話。怎麼違得。如今也由不得你。待咱修書一封。差个伴當送你去。教他把隻眼兒好生看覷你。你到那邊快活。也強似在我這里一般。就叫那門管先生寫着一封通候的八行書信。後面又寫那相送歌童。求他親目的話兒。又寫个禮單兒把些二尺頭書帕。做个通問的禮兒。差了苗秀

員外不知費盡多少心力教的俺每這些南曲却不留下自家歡樂怎地到送與別人說罷撲簌簌吊下淚來那員外也覺慘然不樂說道你也說的是咱何苦定要送人只是人而無信不知其可也那孔聖人說的話怎麼違得如今也繇不得你了待咱修書一封差人送你去教他好生看覷你就是了兩個歌童道揖不過只得應諾起來苗員外就叫那門館先生寫着一封書信寫那相送歌童之意又寫個禮單兒把些尺頭書帕封了差家人苗實齎書護送兩箇歌童往西門慶家來兩個歌童灑淚辭謝了員外番身上馬迤邐同望山東大道而來有日到了清河縣三人下馬訪問一直逕到縣牌坊西門慶家府裡投下

（6）由應伯爵和常時節來探望西門慶東京回來，引發下一回周濟常時節的情節。

且說苗員外。自與西門慶相會在太師府前便請了一席酒。席上又把兩个歌童許下了。那一日西門慶歸心如箭。却不曾作別的他。竟自歸來了。員外還道西門慶在京。伴當來翟家問着。那翟家說三日前西門大官家去了。伴當回話苗員外纔曉的。却不道君子一言。快馬一鞭。不送去也罷。不和我合着氣。只后邊說不的話了。便叫過兩个歌童分付道。我前日請山東西門大官。席上把你兩个許下他。如今他離東京回家去了。我目下就要送你們過去。你們早收拾包裹。待我稍下書打發你們。那兩个歌童。一齊陪告道。小的每伏侍的員外多年了。

（7）送歌童的情節，這一段與二十卷本相同。

却爲何今日閃的小的們不好。又不知西門大官性格怎地。今日還要員外做主。員外道你們却不曉的。西門大官家里。豪富潑天。金銀廣布。身居着右班左職。現在

（7）此一情節的文辭，與十卷本大致相同。

且說苗員外自與西門慶相會在酒席上把兩箇歌童許下不想西門慶歸心如箭不曾別的他竟自歸來苗員外還道西門慶在京差伴當來翟家問纔曉得西門慶家去了苗員外自想道君子一言快馬一鞭我既許了他怎麼失信于是叫過兩箇歌童分付道我前日請山東西門大官人曾把你兩箇許下他我如今就要送你們他家去你們早收拾行李那兩箇歌童一齊跪告道小的每伏侍的員外多年

（8）與十卷本文辭大致相同。以下自「却爲何今日閃的小的們不好。……」約十行二百餘字，這二十卷本刪了。

却說那西門慶。自從東京到家。每日
忙不迭送禮的。請酒的。日日三朋四友。既要與人[illegible]接風。又
要與各房兒鎚絡朝朝㸌雨尤雲。以此不曾到衙門里去走。連
那告䝉的帖兒。也不曾消的。那日清閒無事。且到衙門里升堂。
畫卯。把那些解到的人犯。也有姦情的。鬪毆的。賭賻的。竊盜的
一一重問一番。又把那些投到文書。一一押到日僉押了一會。
乘了一乘京轎。几个牢子喝道了簇擁來家。只見那苗秀苗實。
與那兩个歌童。巳是候的久了。就跟着西門慶的轎子。隨到前
廳。雙膝跪下。稟說小的是楊州苗員外。有書拜候老爺。磕个頭
起在一邊。那西門慶舉个手。說着起來。就把苗員外別來的行
徑。寒暄的套語。問了一會。就叫書童。把那銀剪子。剪開護封。拆
了內函封袋。打開副啓。細細看時。只見那苗秀苗實。依先跪下。
奉過那許多禮物。說道。這是俺員外一點孝心。求老爹俯納。西
門慶喜之不勝。連忙叫玳安。收起禮物。請起苗秀苗實。說道。我
與千里相逢。不想就蒙員外情投意合。十分相愛。就把歌童相
許。那時酒中說話。咱也忘却多時。因爲那歸的忙促。不曾叩府
辭別。正在想着。不意一諾千金。遠蒙員外記憶。我記得那古人

（9）
以上二十九行餘，竟有百之九十未寫入二十卷本。

却說西門慶自從東京到家、
每日忙不迭送礼的請酒的日日三朋四友以此竟不曾到衙門裡去那
日稍閒無事纔到衙門裡升堂畫卯把那些解到的人犯問畧提刑一一
審問一番審問了半日公事畢方乘了一乘凉轎幾個牢子喝道簇擁來
家只見那苗實與兩箇歌童巳是候的久了就跟着西門慶的轎子隨到
前廳跪下稟道小的是揚州苗員外有書拜候老爹隨將書幷禮物呈上
西門慶連忙說道請起來一面打開副啓細細看了見是送他歌童心下
喜之不勝說道我與你員外意外相逢不想就蒙你員外情投意合酒後
一言就果然相贈又不憚千里送來你員外真可謂千金一諾矣難得難
得兩個歌童從新走過又磕了四箇頭說道員外着小的們伏侍老爹萬
求老爹青目西門慶道你起來我自然重用一面叫擺酒飯管待苗實并
兩個歌童一面整辦厚禮綾羅細軟脩書答謝員外一面就叫兩箇歌童
在書房伺候不想韓道國老婆王六兒因見西門慶事忙要時常通俏
信兒沒人往來算計將他兄弟王經纔十五六歲也生得清秀送來伏侍
西門慶也是這日進門西門慶一例收下也叫在書房中伺候西門慶正
在廳上分撥忽伯爵走來西門慶與他說知苗員外送歌童之事就叫出
安禮面討出酒菜兒來留他坐就叫兩箇歌童來唱南曲那兩箇歌童走
近席前並足而立手執檀板唱了一个新水令小閣昨夜[illegible]果然是
[illegible]退行雲[illegible]自[illegible]齊[illegible]了歌[illegible]的打[illegible]說道[illegible]的人[illegible]這些

（10）
這二十卷本，把這些情節上的累贅，全刪去了。是以這第五十五回的結尾，與十卷本不同。

苗實。齎擎書信。護送兩个歌童。一霎時拴上了頭口。帶了被囊
行李。直到山東西門慶家來。那兩個歌童當時忍不住腮邊淚
滴。又是主命難違。只得掩淚也似磕了幾個頭。謝辭了員外。畨
身上馬。迤邐行來。見那青山猿馬首。綠水繞行鞭。酒帘深樹里。
草舍落霞前。止爲那遏行雲歌声絕代。不覺的辭別主跤涉風
烟。這兩个思鄉念主。把那些檀板風流。陽春白雪兒多忘却。這
兩個作投急趂。止思量早完公事。披星帶月的夜忘眠。正是朝
爲苗府清哥客。暮作西門侑酒人。遠遠望見綠樹林中。挂着一
個望子。那歌童道。哥走了這一日了。肚里有些飢了。且吃盃酒
兒去。只見四个人兒滚鞍下馬。走入店中。那招牌上面寫的好
說。神仙留玉佩。卿相解金貂。真个是好酒店也。四人坐下喚顛
買。打上兩角酒來。擺个葱兒蒜兒。大賣肉兒。荳腐菜兒。鋪上幾
碟。正待舒懷暢飲。忽地哩回頭看時。止見粉壁上飛白字。寫着
兩行說道千里不爲遠。十年歸未遲。總在乾坤內。何須嘆別離。
正對着兩个歌童眼兒。不覺的賣藥有病的了。動人心處撲簌
簌流下兩行淚來。說道。哥我們隨着員外。指望一帶兒到底。誰
想酒席中間。一言兩句。竟把我們送與別人。人離鄉賤。未知去
後若何。那苗秀苗實。把好言知慰了一番。吃了飯上馬。又走四
个生口。十六个蹄兒。端的是走的好不多几个日頭。就到東平
洲。清河縣地面。四人拴了生口。下馬訪問端的。一直地竟到紫
石街。西門慶家府裡投下。

（9）

關于苗員外贈歌童的情節，十卷本多寫了六百餘字，這二十卷本祇不過三幾十字就帶過了。

試裂齊紈　施鉛槧　妥爲春妝　草淺淺細鋪平野　散
騎黃犢　一卷殘書牛背穩　數聲短笛烟光綠　想披遍
題詠　賦新詞　勞心曲
文章抄傳芸局　音調促借絲竹　倚清歌追和　陽春難
續　一代風流誇好事　可堪膾炙人爭錄　羨先生想像
賦高唐情詞足

又

疊出耕圖　郊原外東阡西陌　町疃曲　對山環翠　岸
塍聯絡　綠遍田疇多黍稌　麥初縈纍蠶盈箔　彷彿有
溪小繞柴門山如削　扶藜杖　登丘壑　穿林藪　聽依
鶴　子耕耘　前妻饁服　勞耕作喬木陰森　流憩處吟
然捫腹　舒嘆　羨先生想像詠豳風　付田樂
寫就冊青　新苗好　溪山環繞　隱隱遍沙汀水岸　綠
蘋紅蓼　一派秋光連浦溆　短蓑箬笠　烟波渺　看此
時釋得兇鮮鱗　鲈魚小　漁唱起　飛鴻杳　江月白
歸雲少　倚蓬窗　試覓舊盟鷗鳥　借問忘機當日事
何如此際心情悄　羨先生想像詠滄浪　起塵表

又

四野雲垂　冰花醉平鋪茅屋紅爐暖　妻爨山芋自斟醅
酥　課僮採薪外戶　呼兒引鶴　翻平阯　攬此景寫入
畫圖中娛心目　鐘貴富天之祿　恩威滿吾之欲　聘妍奇

交誼。止有那范張結契。千里相從。古今以爲美談。如今你們那个員外。委的也是難的。称長道好。細細又感謝了一番。只見那两个歌童。通新走過。又磕几个頭說道。員外着小的們伏侍老爺。萬求老爺覩目。西門慶見两个兒。生得清秀。真真嫋嫋媚媚。雖不是两節穿衣的婦人。却勝似那唇紅齒白的妮子。懽天喜地。就請四位管家。前廝茶飯。一面整辦厚禮。綾羅細軟。修書答謝員外。一面收拾房間。就叫两个歌童。在于書房伺侯着。只見那應伯爵諸人。聞此事知此事。通來探望。西門慶就吽玳安。叫邊討出菜蔬覆飯點心小酒。擺着八仙卓兒。就與諸人燕飲。就吽两个歌童前來唱。只見捧着檀板。拽起歌唱一个。

新水令　小園昨夜放江梅。另一番動人風味。梨花迎笑臉。楊柳妬腰圍。試問荼蘼。開到海棠未。

駐馬聽　野徑疎籬。陣陣香風來燕子。小園幽砌。紛紛晴雨過林西。芳心不與蝶潛知。暗香未許蜂先覺。闌遍倚不知多少傷心處。

雁兒落帶得勝令　我則見碧陰陰西施鎖翠。紅點點虞姬拋珠泪。舞仙仙砑光帽帽簪。虛飄飄花谷楼前墜。尚几是芳氣襲人衣。艷質易沾泥。落處魚驚。飛來蝶欲迷。尋思。思誰寄還悲。花源未可期

那西門慶點着頭道。果然唱得好。那两个歌童打个半跪兒。跪將下告道。小的們還學得些小詞兒。一發歌與老爹听。西門慶說道。這却更好。便教歌詞。

姣人兒送將來也難爲這苗員外好情西門慶這裏少不得尋重礼答他一面又與這歌童起了兩箇名一個叫春鴻一個叫春燕又叫他唱了幾箇小詞兒二人吃了一回酒伯爵方辭別去正是

風花弄影新鶯囀　俱是筵前歌舞人

金瓶梅十一卷終

攄寫好詞盈軸　愧我偕酬才思溢　輸他文采機閑熟
美先生想像樂桑榆顏如玉
果然是声遏行雲。歌成白雪引的那後邊娘子們。吳月娘。孟玉
樓潘金蓮。李瓶兒。都來听着。十分懽喜齊道唱的好。只見潘金
蓮在人叢裡雙眼直射那两个歌童。口里暗暗低言道。這两个
小廝子。不但唱的好。就他容貌也標致的緊。心下便巳有几分
喜他了。當下西門慶。打發两个歌童東廂房安下。一面叫擺飯
與苗秀苗實吃。一面整頓禮物回書。答謝苗員外。畢竟未知何
如。且听下回分解。

（10）

這裡寫苗員外的兩個歌童，到了西門慶家，除了交代禮儀，還寫歌童侑酒試唱。唱了許多套曲子，連曲詞都一套套記錄在情節上。而且，連潘金蓮聽了不但歡喜，還在人叢中暗暗低言：「這個小廝子，不但唱的好，他便容貌也標緻的緊，心下便有幾分喜他了。」所以我認爲這是一處伏筆，應有潘金蓮勾搭歌童的情節，可能原作情節已被改寫者刪去了。

第五十六回

比勘蠡說

一、十卷本這一回的八句證詩，以及開頭解說這八句詩的五十六字，都與這一回的內容符契不上。數年前，我寫《金瓶梅箚記》時，就已經拈出來了。我說：「無論詩也罷文也罷，都比況的不倫不類。第一，這首詩比況不到西門慶頭上，也比況不到《金瓶梅》頭上。第二，西門慶是一位『仗義疏財，救人貧難。人人都是贊嘆』他的人物嗎？那麼，何以會有這麼一段不相干的描寫呢？」於是我又說：「真的是沈德符說的『陋儒補以入刻』的嗎？若是，則此一『陋儒』，未免其陋也，極矣！」所以我推想在《金瓶梅詞話》的那部《金瓶梅》的故事，可能其中有一位「仗義疏財，救人貧難，人人都是贊嘆他的」人物，不是西門慶。笑笑生們改寫時，把這情節，改寫到西門慶頭上了。如今，再來比對校勘這五回，則更加肯定了數年前的此一看法。因為，到了廿卷本，已把這部分刪去了。只從「當日西門慶留下兩個歌童」寫起。

二、關于揚州苗員外送來的兩個歌童，在十卷本的這一回，只寫了這麼三十八個字「（後來兩個歌童，西門慶畢竟用他不著，都送太師府去了。正是千金散盡教歌舞，留與他人樂少年。）便交代了。可是廿卷本則不然，卻寫的是「後來不多時。春燕死了，止春鴻一人。」不但為這兩個歌童起了名字，還把西門家的「春鴻」，與這歌童連成一人。

三、不過，春鴻這個名字，第一次出現在十卷本第五十九回，跟著又在六十一、六十三、六十七、七十、七十二、七十四、七十

五、七十八、七十九、八十七等回出現。不錯，他會唱南曲。但在十卷本，卻沒有寫他的來歷。第五十八回寫西門慶生日宴，曾叫一位名春鳩的歌童上來，唱南曲與大舅聽。廿卷本改為「春鴻」。在十卷本第六十一回，也曾寫著「西門慶令春鴻和書童兩個在旁，一遞一個唱南曲。」其他情節，都沒寫春鴻歌唱事。看來，春鴻又不像是個歌童。但在二十回本的這一回，一開頭，就寫「後來不多些時，春燕死了，止春鴻一人。」那麼，這後來的春鴻，就是苗員外送來的兩個歌童之一了。廿卷本的寫法，在情節上是銜接的。但可否據此判定廿卷本就是傳抄時代的底本呢？似乎還不能就此肯定。說廿卷本後刻時，改正了十卷本這一處情節上的錯誤，理由似乎更充分些不是？

四、再按十卷本的這一回，又寫李三、黃四借銀事，在文辭上，與第五十三回所寫，有了牴觸。第五十三回明明寫著李三、黃四把前借歸還，又再挪借了五百兩，業已借去了。這裡卻寫著：「前日哥許下李三、黃四的銀子，哥許他們外徐四銀到手，湊放與他罷。」西門慶道：「貨船不知在那裡擔擱著，書也沒稍封寄來，好生放不下。李三、黃四的，我也只得依你了。」下面便寫「應伯爵挨到身邊坐下，乘便為常時節提起另一宗借銀事來了。」也似乎感於此處還欠缺些什麼？我在《金瓶梅原貌探索》中已詳細分析了這些借銀的情節之所以發生了衝突與牴觸的成因。認為這些情節上的錯誤，應是多人分回改寫造成的。按不到沈德符說的「陋儒補以入刻」的頭上去。那麼，關於此一問題，我們再從十卷本與廿卷本的一一作文辭比對來看，就會更清楚的發現到，十卷本的這一錯誤，廿卷本卻改正過來了。它這樣寫：伯爵道：「這兩日杭州貨船怎的還不見到？不知買賣如何？這幾人不知李三、黃四的銀子，曾在府裡頭關了些來與哥麼？」西門慶道：「貨船不知在那裡擔擱著，書也沒稍封來。好生放不下。李三、黃四的又說在出月纔關。」寫應伯爵問李三、黃四二人借去的銀子，是否已經在官府領了下來（關）歸還。西門慶回答說，他們告知要「出月纔關（領下來）」。如按情節的時間，上次（第五十三回）借銀是四月廿三日，這裡應伯爵問起李三、黃四有未歸還？時間是七月中旬，借去已經三個月了。西門慶答說：「又說在出月纔關。」時間極為吻合。

五、這一回，最值得討論的問題，便是十卷本下半回目的「應伯爵舉薦水秀才」。在此一情節中，不但嘲諷了秀才的無學無才，兼且批判了「儒巾」誤人的考試制度。更把當時讀書人的那種「要戴儒冠求閣下」的可憫心情。但在名場困頓了三十年，業已「白髮臨期」，真格是「今秋若不登高第」（中舉），就要把頭上的儒巾摘下踹碎了它。像這種情形，在明朝可是太多了。歸震川先生中進士第已六十歲，沈德符中舉時已四十二歲，三年去會試一次，直到他六十五歲死前的那一年，還在奔競呢！讀了這一篇〈別頭巾文〉的一詩一賦，便可想到此一作者的感觸之深。雖未必是一位為自己寫照的秀才，卻也是一位抒發心臆的仁者智者。可是，廿卷本卻把它全面刪去了。

六、由於此一詩文，在同時代出版的一部類書〈開卷一笑〉卷五，也有這篇詩文，且刻有作者筆名「一衲道人」。這「一衲道人」是萬曆間人屠隆的筆名，也是肯定的。雖不能肯定「別頭巾文」落實是屠隆的作品，縱是偽託屠隆所作，也足以據之肯定《金瓶梅詞話》的成書應在萬曆末，絕不可能在嘉靖間。蓋偽託者，必是被偽託者的後人。按屠隆卒於萬曆卅三年（一六〇五）八月。基是想來，可以想知廿卷本之所以刪去了〈別頭巾文〉，似不是像刪去其他各回的戲曲、歌唱等文辭，是為了它們在情節上的累贅。我們一看廿卷本這一回，刪去了〈別頭巾文〉之後，連回目都改了的這一點，就能了然。

七、廿卷本並沒有刪去「應伯爵舉薦水秀才」的情節。事實上也不能刪除。下面還有不少回要寫到西門慶僱用了一位溫秀才的故實。

可是，廿卷本的這一回回目，卻沒有了這一應伯爵舉薦水秀才的標目，上下回目全是常時節借銀的標目，上半是「西門慶捐銀助朋友」下半是「常時節得錢傲妻兒」。從這一情實來看，顯然的，廿卷本是從十卷本來的，它刪去了〈別頭巾文〉，乃出於「故意」，或是有所隱藏作者是誰吧！從這裡，也可以聯想到第一回的改寫，自不是為了小說的情節累贅，而是為了這一回的政治諷喻也。這些問題，如有人認真而確實的把全書百回對照，一辭辭一語語的校勘一過，準能尋出更多微妙的問題來。盼有志者曷興乎來。

第五十六回

西門慶周濟常時節　應伯爵舉薦水秀才

手積黃金條素封　遙遙莊蝶夢魂中
曾聞鄗鄂光難駐　不道銅山運可窮
此日分籯推鮑子　當年沉水笑龎公
悠悠末路誰知已　惟有夫君尚古風

這八句單說人生世上榮華富貴。不能常守。有朝無常到來。恁地堆金積玉。出落空手歸陰。因此西門慶仗義疏財。救人貧難。人人都是讚嘆他的。這也不在話下。當日西門慶留下兩個歌童。衹候着。遇有呼喚。不得有違。兩人應諾去了。隨即打發苗家人回書禮物。又賞了些銀錢。苗實苗秀。磕頭謝了出門。後來兩個歌童。西門慶畢竟用他不着。都送太師府去了。正是千金散盡教歌舞。留與他人樂少年。

（1）

開頭的八句證詩，以及其中論到富貴終落空，竟說「西門慶仗義疏財，救人貧難，人人都是讚嘆他的」等語，悉非「金瓶梅」書中現有的情節。因而我懷疑這一小段文辭，是「金瓶梅」最早情節中的，改寫者留下的殘餘。我在他文中，業已說到。

第五十六回　西門慶捐金助朋友　常峙節得鈔傲妻兒

清河豪士天下奇　意氣相投山可移　人不惜千金諾
狂飲寧辭百夜期　雕盤綺食會衆客　吳歌趙舞香風吹
堂中亦有三千士　他日酬恩知是誰

話說西門慶留下兩個歌童隨即打發苗家人回書禮物又賞了些銀錢苗實領書磕頭謝了出門後來不多些時春燕死了止春鴻一人正是

千金散盡教歌舞　留與他人樂少年

（1）

二十卷本刪去了這一小段與情節不能符契的話，只從西門慶周濟常時節開始。不過，這二十卷本把回目改了，改成「西門慶捐金助朋友常時節得錢傲妻兒」。

（2）

這一段寫常時節來向西門慶求周濟，有五百字之多。無非是與應伯爵二人的閒話。

原來西門慶后園。那藏春塢有的是棗樹鮮花兒四季不絕。這時雖是新秋。不知開着多少花朵在園裡。西門慶無事在家。只是和吳月娘孟玉樓潘金蓮李瓶兒五個在花園裡頑耍。只見西門慶頭戴着忠靖冠。身穿柳綠緯羅直身。粉頭靴兒。月娘上穿柳綠杭絹。對衿襖兒。淺藍水紬裙子。金紅鳳頭高底鞋兒孟玉樓上穿鴉青段子襖兒。鵝黃紬裙子。桃紅素羅羊皮金滚口高底鞋兒。潘金蓮上穿着銀紅縐紗。白絹裏對衿衫子。荳綠沿邊金紅心比甲兒。白杭絹畫拖裙子。粉紅花羅高底鞋兒。只有李瓶兒上穿素青杭絹大衿襖兒。月白熟絹裙子。淺藍玄羅高底鞋兒四個妖妖嬈嬈。伴着西門慶尋花問柳。好不快活。

（3）

二十卷本則把這一段有關婦女的穿著，全刪棄了。

却說常時節自那日席上求了西門慶的事情。還不得個到手。房主又日夜催逬了不的。恰遇西門慶自從在東京來家。今日也接風。明日也接風。一連過了十來日。只不得個會面。常言道見面情難盡。一個不見。却告訴誰。每日央了應伯爵只走到大官人門首。問聲說不在。就空回了。回家又被渾家埋怨道。你也是男子漢大丈夫。房子沒間住。吃這般懊惱氣。你平日只認的西門大官。今日求些周濟。也做了瓶落水。說的常時節有口無言。呆登登不敢做聲。到了明日。早起身尋了應伯爵。來到一個酒店內。只見小小茅簷兒。靠着一湾流水。門前綠樹陰中。露出酒望子來。五七個火家。搬酒搬肉不住的走。店裡橫着一張櫃檯。掛幾樣鮮魚鵝鴨之類。到潔淨可坐。便請伯爵店裡吃三盃去。伯爵道。這却不當生受。常時節拉了到店裡坐下。量酒打上酒來。擺下一盤薰肉。一盤鮮魚。酒過兩巡。常時節道。小弟向求哥。和西門大官人說的事情。這幾日通不能勾會。房子又催逬的緊。昨晚被房下聒絮了半夜。耐不的五更抽身。專求哥趁早大官人還沒出門時。慢慢地候他不知哥意下如何。應伯爵道。受人之托。必當終人之事。我今日好歹要大官人助你些就是了。兩個又吃過幾盃。應伯爵便推早酒不吃罷。常時節又勸一盃。筭還酒錢。一同出門。逕進西門慶屋裡來。那時正是新秋時候。金風荐爽。西門慶連醉了幾日。覺精神減了幾分。正遇周內相請酒。便推事故不去。自在花園藏春塢遊玩。

却說常峙節自那日來了西門慶的事情還不得到手房主又日夜催逼恰遇西門慶從東京回家今日也接風明日也接風一連過了十來日只不得個會面常言道見面情難盡一個不見却告訴誰每日央了應伯爵只走到大官人門首問聲說不在就空回了回家又被渾家埋怨道你也是男子漢大丈夫房子沒間住吃這般懊惱氣你平日只認的西門大官人今日求些周濟也做了瓶落水說的常峙節有口無言呆瞪瞪不敢做聲到了明日早起身尋了應伯爵來到一個酒店內便請伯爵吃三盃伯爵道這却不當生受常峙節拉了坐下量酒打上酒來擺下一盤熏肉一盤鮮魚酒過兩巡常峙節道小弟向求哥和西門大官人說的事情這幾日通不能會面房子又催逼的緊昨晚被房下聒絮了一夜耐不的五更抽身專求哥趁早大官人還沒出門時慢慢的候他不知哥意下如何應伯爵道受人之託必當終人之事我今日好歹要大官人助你些就是了兩個又吃過幾盃應伯爵便推早酒不吃了常峙節又勸一杯筭還酒錢一同出門徑奔西門慶家裡來那時正是新秋時候金風薦爽西門慶連醉了幾日覺精神減了幾分正遇周內相請酒便推事故不去自在花園藏春塢和吳月娘孟玉樓潘金蓮李瓶兒五個討花問柳頑耍好不快活

（2）

二十卷本的字數，約少十卷本百餘字，但主要的文辭，還是相同的。足證非重寫。只是略有刪纂而已。

着舌道。六房嫂子。就六箱了。好不費事。小戶人家。一疋布也難的。恁做着許多綾絹衣服。哥果是財主哩。西門慶和。應伯爵都笑起來。

（4）

應伯爵帶着常時節到西門家借錢。正巧西門慶與妻妾人等在花園藏春塢玩樂。二人只得在廳上等。在這時，却見到書童和畫童抬了一個衣箱進來，累得氣喘嘘嘘的。一問原來是西門家婦女們的部分秋裝。藉用這現實的富家生活實景，來烘托貧家的生活懸殊。且也正好襯出了常時節借銀。

伯爵道。這兩日杭州貨船。怎地還不見到。不知他買賣貨物何如。前日哥許下李三黃四的銀子。哥許他待門外徐四銀到手。湊放與他罷。西門慶道。貨船不知在那里擔閣着。書也没稍封寄來。好生放不下。李三黃四的。我也只得依你了。應伯爵挨到身邊坐下。乘間便說常二哥那一日在哥席上求的事情。一向哥又没的空。不曾說的。常二哥被房主催逬慌了。每日被嫂子埋怨。二哥只麻做一團。没個理會。如今又是秋涼了。身上皮襖兒又當在典舖哩。哥若有好心。常言道救人須救時無省的他嫂子。日夜在屋裡絮絮叨叨。況且尋的房子。住着了。人

（4）

二十卷本的這段情節，與十卷本同。

伯爵道這兩日杭州貨船怎的還不見到不知買賣貨物何如這幾人不知李三黃四的銀子曾在府裡頭開了些送來與哥麼西門慶道貨船不知在那里擔閣着書也沒稍封寄來好生放不下李三黃四的又說在出月纔關應伯爵挨到身邊坐下乘閒便說常二哥那一日在哥席上求的事情一向哥又沒的空不曾說的常二哥被房主催逼慌了每日被嫂子埋怨二哥只麻做一團沒個理會如今又是秋凉了身上皮襖兒又當在典舖裡哥若有好心常言道救人須救急時無省的他嫂子日夜在屋裡絮絮叨叨況且尋的房子住着也是哥的體面因此常二哥第小弟特地來求哥早些周濟他罷西門

且說常時節和應伯爵來到廳上問知大官人在屋裡懽的坐着等了好半日。却不見出來只見門外書童和畫童兩個擡着一隻箱子。都是綾絹衣服。氣吁吁走進門來。亂嚷道。等了這半日。還只得一半。就廳上歇下。應伯爵便問。你爹在那裡。書童道。爹在園裡頑耍哩。伯爵道。勞你說聲。兩個依舊擡着進去了。不一時書童出來道。爹請應二爹。常二叔少待。便出來。兩人坐着等了一回。西門慶纔走出來。二人作了揖。便請坐地。伯爵道。連日哥吃酒忙。不得些空。今日却怎的在家裡。西門慶道。自從那日別後。整日被人家請去飲酒。醉的了不的。通沒些精神。今日又有人請酒。我只推有事不去。伯爵道。方纔那一箱衣服。是那里擡來的。西門慶道。這目下交了秋。大家都要添些秋衣。方纔一箱是你大嫂子的。還做不完。纔勾一半哩。常時節伸

（3）
這一段的兩百餘字，寫西門慶與妻妾在藏春塢玩樂時的情形。連婦女們的穿著都一一寫到情節中了。

常峙節和應伯爵來到廳上問知大官人在屋裡滿心歡喜坐着等了好半日却不見出來只見門外書童和畫童兩個擡着一隻箱子都是綾絹衣服氣吁吁走進門來亂嚷道等了這半日還只得一半就廳上歇下應伯爵便問你爹在那裡書童道爹在園裡頑耍哩伯爵道勞你說聲兩個依舊擡着進去了不一時書童出來道爹請應二爹常二叔少待便來也兩人又等了一回西門慶纔走出來二人作了揖便請坐的伯爵道連日哥吃酒忙不得些空今日却怎的在家裡西門慶道自從那日別後整日被人家請去飲酒醉的了不的通沒些精神今日又有人請酒我只推有事不去伯爵道方纔那一箱衣服是那里擡來的西門慶道目下交了秋大家都要添些秋衣方纔一箱是你大嫂子的還做不完纔勾一半哩常峙節伸着舌道六房嫂子就六箱了好不費事小戶人家一疋布也難得哥果是財主哩西門慶和應伯爵都笑起來

堆積。就有一個人缺少了。因此積下財寶。極有罪的。有詩爲証
積玉堆金始稱懷　誰知財寶禍根荄
一文愛惜如膏血　仗義翻將笑作呆
親友人人同陌路　存形心死定堪哀
料他也有無常日　空手傳伶到夜臺
正說着。只見書童托出飯來。三人吃了。常時節作謝起身。袖着
銀子。憔的走到家來。剛剛進門。只見那渾家鬧炒炒。嚷將出來。
罵道。梧桐葉落滿身光棍的。行貨子。出去一日。把老婆餓在家
裡。尚兀是千懽萬喜到家來。可不害羞哩。房子沒的住。受別人
許多酸嘔氣。只教老婆耳朶裡受用。那常二只是不開口。任老
婆罵的完了。輕輕把袖裡銀子。摸將出來。放在卓兒上。打開瞧
着道。孔方兄孔方兄。我瞧你光閃閃。响噹噹的無價之寶。滿身
通麻了。恨沒口水嚥你下去。你早些來時。不受這淫婦幾場合
氣了。那婦人明明看見包里。十二三兩銀子。一堆喜的搶近前
來。就想要在老公手裡奪去。常二道。你生世要罵漢子。見了銀
子。就來親近哩。我明日把銀子去買些衣服穿好。自去別處過
活。却再不和你鬼混了。那婦人陪着笑臉道。我的哥。端的此是
那里來的。這些銀子。常二也不做聲。婦人又問道。我的哥。難道
你便怨了我。我只是要你成家。今番有了銀子。和你商量停當。
買房子安身。却不好。到恁地喬張智。我做老婆的。不曾有失花
兒。憑你怨我。也是枉了。常二也不開口。那婦人只顧饒舌。又見
常二不揪不採。自家也有幾分慚愧了。禁不的吊下淚來。常二

將出來放在桌兒上打開瞧着道孔方兄孔方兄我瞧你光閃閃响噹噹
無價之寶滿身通麻了恨沒口水嚥你下去你早些來時不受這淫婦幾
場氣了那婦人明明看見包裡十二三兩銀子一堆喜的搶近前來就想
要在老公手裡奪去常二道你生世要罵漢子見了銀子就來親近哩我
明日把銀子買些衣服穿自去別處過活再不和你鬼混了那婦人陪着
笑臉道我的哥端的此是那里來的這些銀子常二也不做聲婦人又問
道我的哥難道你便怨了我我也只是要你成家今番有了銀了和你商
量停當買房子安身却不好倒恁地喬張致我做老婆的不曾有失花兒
憑你怨我也是枉了常二也不開口那婦人只顧饒舌又見常二不揪不
採自家也有幾分慚愧禁不得吊下淚來常二看了嘆口氣道婦人家不
耕不織把老公恁地發作那婦人一發吊下淚來兩個人都閉着口又沒
金瓶梅　十二卷　第五十六回　四
個人尷尬悶悶的坐着常二尋思道婦人家也是難做受了辛苦埋怨人
也怪他不的我今日有了銀子不採他人就道我薄情便大官人知道也
須斷我不是就對那婦人笑道我自要你誰怪你來只你時常聒噪我只
得惡着出門去了却誰怨你來我明白和你說這銀子原是早上耐你不
的時節請了應二哥在酒店裡吃了三盃一同往大官人宅裡等候恰好
大官人正在家沒曾去吃酒虧了應二哥許多婉轉纔得這些銀子到手
還許我尋下房子兌銀與我成交哩這十二兩是先教我盤攪過日子的
那婦人道原來正是大官人與你的如今不要花費開了尋件衣服過冬
省的耐冷常二道我正要和你商量十二兩紋銀買幾件衣服辦幾件家
活在家裡等有了新房子也好搬進去只是感不盡大官人恁好情
後日搬了新房子也索請他來坐坐是婦人道且到那時再作理會正是

走動。也只是哥的體面。因此常二哥央小弟。特地來求哥。早些周濟他罷西門慶道。我當先曾許下他來。因為東京去了這番。費的銀子多了。本待等韓夥計到家。和他理會要房子時。我就替他兌銀子買。如今又恁地要緊。伯爵道。不是常二哥要緊。當不的他嫂子聒絮。只得來哥早些便好。西門慶躊躕了半晌道。既這等也不難。且問你要多少房子。纔勾住了。伯爵道。他兩口兒。也得一間門面一間客坐。一間床房。一間厨灶。四間房子是少不得的。論着價銀。也得三四個多銀子。哥只早晚凑些交他成就了這樁事罷。西門慶道。今日先把幾兩碎銀與他拏去。買件衣服。辦些家活。盤攪過來。待尋下房子。我自兌銀與你成交可好麼。兩個一齊謝道。難得哥好心。西門慶便叫書童去。對你大娘說。皮匣內一包碎銀。取了出來。書童應諾去了。不一時取了一包銀子出來。遞與西門慶。西門慶對常時節道。這一包碎銀。是那日東京太師府。賞封剩下的十二兩。你拿去好襍用。打開與常時節看。都是三五錢一塊的零碎紋銀。常時節接過放在衣袖裡。就作揖謝了。西門慶道。我這幾日不是要遲你。只等你尋下房子。一搅果和你交易。你又沒曾尋的。如今郎忙便尋下。待我有銀。一起兌去便了。常時節又稱謝不迭。三個依舊坐下。伯爵便道。幾個古人。輕財好施。到後來子孫高大門閭。把祖宗基業一發增的多了。慳吝的積下許多金寶。後來子孫不好。連祖宗墳土也不保。可知天道好還哩。西門慶道。兀那東西是好動不喜靜的。曾肯埋沒在一處。也是天生應人用的。一個人

慶道我曾許下他來因為東京去費的銀子多了本待等韓夥計到家和他理會如今又恁地要緊伯爵道不是常二哥要緊當不的他嫂子聒絮只得來哥早些便好西門慶躊躕了半晌道既這等也不難且問你要多少房子纔勾住伯爵道他兩口兒也得一間門面一間客坐一間床房一間厨竈四間房子是少不得的論着價銀也得三四個多銀子哥只早晚凑些教他成就了這樁事罷西門慶道今日先把幾兩碎銀與他拏去買件衣服辦些家活盤攪過來待尋下房子我自兌銀與你成交可好麼兩個一齊謝道難得哥好心西門慶便叫書童去對你大娘說皮匣內一包碎銀取了出來書童應諾不一時取了一包銀子出來遞與西門慶西門慶對常時節道這一包碎銀子是那日東京太師府賞封剩下的十二兩你拿去好襍用打開與常時節看都是三五錢一塊的零碎紋銀常時節接過放在衣袖裡就作揖謝了西門慶道我這幾日不是要遲你的你又沒曾尋的只等你尋下待我有銀一起兌去便了常時節又稱謝不迭三個依舊坐下伯爵便道多少古人輕財好施到後來子孫高大門閭把祖宗基業一發增的多了慳吝的積下許多金寶後來子孫不好連祖宗墳土也不保可知天道好還哩西門慶道兀那東西是好動不喜靜的怎肯埋沒在一處也是天生應人用的一個人堆積就有一個人缺少了因此積下財寶極有罪的正說着只見書童托出飯來三人吃了常時節作謝起身袖着銀子歡喜走到家來剛剛進門只見渾家鬧炒炒嚷將出來罵道梧桐葉落滿身光棍的行貨子出[illegible]日把老婆餓在家裡尚兀自[illegible]萬喜到家來可不害[illegible]房子沒的住受別人許多[illegible]氣只教老婆耳躲裡受用那常二只是不開口任老婆罵的完了輕輕把袖裡銀子摸

心。看你怎的奈何了我。常二道只怕有一日。叫我一萬聲親哥。饒我小淫婦罷。我也只不饒你哩。試試手段看。那婦人聽說笑的走井邊打水去了。當下婦人做了飯。切了一碗羊肉。擺在卓兒上。便叫哥吃飯。常二道。我纔在大官人屋裡吃的飯。不要吃了。你餓的慌。自吃些罷。那婦人便一個自吃了。收了家活。打發常二去買衣服。常二袖着銀子。一直奔到大街上來。看了幾家都不中意。只買了一領青杭絹女襖。一條綠紬裙子。月白雲紬衫兒。紅綾襖子兒。白紬子裙兒。共五件。自家也對身。買了件鴉黃綾襖子。丁香色紬直身兒。又有幾件布草衣服。共用去六兩五錢銀子。打做一包。背着來到家中。教婦人打開看看。那婦人件打開來瞧着。便問多少銀子買的。常二道。六兩五錢銀子買來。婦人道。雖沒的便宜。却直這些銀子。一面收拾箱籠放好。明日去買家活。當日婦人懽天喜地過了一日。埋怨的話都吊在東洋大海去了。不在話下。

（5）

有關這一回的上半回目「西門慶周濟常時節」，當西門慶出來與他們見面之後，這十卷本寫了二千二百餘字的篇幅。描寫了應伯爵從看到西門家的秋裝製作，再尋話頭由杭州貨船與李三黃四借銀，引述到常時節尋房子需要錢的事

（5）

二十卷本的這一段情節，與十卷的文辭，並無太大的差異，只是刪了一部份。如第一頁反面第十行「只見小小茅簷兒靠着……」到第二頁第一行「倒潔淨可坐」（「可坐」二字在第二行）這六十個字刪了。又第二頁反面第一行第五字起：「原來西門慶後園，……」等十行文辭，以及後面的抬一箱子秋裝，大都刪改過了。第三頁反面提到李三、黃四借銀事，已改了。把十卷本的錯誤，改正過來了。第五頁正面的八句詩刪了。其他的文辭，大都與十卷本同。

看了嘆口氣道婦人家不耕不織把老公恁地發作那婦人一
發吊下淚來兩個人都閉着口又沒個人勸解悶悶的坐着常
二尋思道婦人家也是難做受了辛苦埋怨人也怪他不的我
今日有了銀子不揉他人就道我薄情便大官人知道也須斷
我不是就對那婦人笑道我自要你誰怪你來只你時常聒噪
我只得忍着出門去了却誰怨你來我明白和你說這銀子原
是早上耐你不的特地請了應二哥在酒店裡吃了三盃一同
往大官人宅裡等候恰好大官人正在家沒曾去吃酒多虧了
應二哥不知費許多唇舌纔得這些銀子到手還許我尋下房
子一頓對銀與我成交哩這十二兩是先教我盤攪過日子的
那婦人道原來正是大官人與你的如今又不要花費開了尋
件衣服過冬省的耐冷常二道我正要和你商量十二兩紋銀
買幾件衣服辦幾件家活在家裡等有了新房子搬進去也好
看些只是感不盡大官人恁好情後日搬了房子也索請他坐
坐是婦人道且到那時再作理會正是惟有感恩并積恨萬年
千載不生塵常二與婦人兩個說了一回那婦人道你那里吃
飯來沒有常二道也是大官人屋裡吃來的你沒曾吃飯就拿
銀子買了米來婦人道仔細拴着銀子我等你就來常二取栲
栳望街上便走不一時買了米栲栳上又放着一大塊羊肉兒
笑哈哈跑進門來那婦人迎門接住道這塊羊肉又買他做甚
常二笑道剛纔說了許多辛苦不爭這一些羊肉就牛也該宰
幾個請你那婦人笑指着常二罵道狠心的賊今日便懷恨在

雖有感恩并積恨　萬年千載不生塵
常二與婦人說了一回婦人道你吃飯來沒有常二道也是大官人屋裡
吃來的你沒曾吃飯就拿銀子買了米來婦人道仔細拴着銀子我等你
就來常二取栲栳望街上買了米栲栳上又放着一大塊羊肉拏進門來
婦人迎門接住道這塊羊肉又買他做甚常人笑道剛纔說了許多辛苦
不爭這一些羊肉就牛也該宰幾個請你婦人笑指着常二罵道很心的
賊今日便懷恨在心看你怎的奈何了我常二道只怕有一日叫我一萬
聲親哥饒我小淫婦罷我也只不饒你哩試試手段看那婦人聽說笑的
往井邊打水去了當下婦人做了飯切了一碗羊肉擺在桌兒上便叫哥
吃飯常二道我纔吃的飯不要吃了你餓的慌自吃些罷那婦人便一個
自吃了收了家活打發常二去買衣服常二袖着銀子一直奔到大街上

金瓶梅　十二卷　第五十六回　五

來府了幾家都不中意只買了一件青杭絹女襖一條綠紬裙子一件月
白雲紬衫兒一件紅綾襖子一件白紬裙兒共五件自家也對身買了一
件鸚黃綾襖子一件丁香色紬直身又買幾件布草衣服共用去六兩五
錢銀子打做一包背到家中教婦人打開看看婦人看了便問多少銀子
買的常二道六兩五錢銀子婦人道雖沒便宜却直這些銀子一面收拾
箱籠放好明日去買家活當日婦人歡天喜地過了一日埋怨的話都已
在東洋大海去了不在話下

沒些些說是說非。翻唇弄舌。這就好了。若只是平平才學。又做慣
搗鬼的。怎用的他。小弟只有祖父相處一個朋友。生下來的孫
子。他現是本州一個秀才。應舉過幾次。只不得中。他胸中才學。
果然班馬之上。就是他人品。也孔孟之流。他和小弟通家兄弟。
極有情分的。曾記他十年前應舉。兩道策那一科試官。極口贊
他好。却不想又有一個賽過他的便不中了。後來連走了幾科
不中。禁不的鬢白鬚斑。如今他雖是飄零書劍。家裡也還有一
百畝田。三四帶房子。整的潔淨住着。西門慶道。他家幾口兒也
勾用了。却怎的肯來人家坐館。應伯爵道。當先有的田房。都被
那些大戶人家買去了。如今只剩得雙手皮哩。西門慶道。原來
是賣過的田。算甚麼數。伯爵道。這果是算不的數了。只他一個
渾家。年紀只好二十左右。生的十分美貌。又有兩個孩子。纔三
四歲。西門慶道。他家有了美貌渾家。那肯出來。伯爵道。喜的是
兩年前。渾家專要偷漢。跟了個人上東京去了。兩個孩子。又出
痘死了。如今止存他一口。定然肯出來。西門慶笑道。恁地說的
他好。都是鬼混。你且說他姓甚麼。伯爵道。姓水。他才學果然無
比。哥若用他時。管情書柬詩詞歌賦。一件件增上哥的光輝哩。
人看了時。都道西門大官。恁地才學哩。西門慶道。你纔說這兩
椿都是吊慌。我却不信你的吊慌。你有記的他些書柬兒。念來
我聽。看好時。我便請他來家。撥間房子住下。只一口兒也好看
承的。尋個好日子。便請他也罷。伯爵道。曾記得他稍書來。要我
替他尋個主兒。這一封書。畧記的幾句。念與哥聽。黃鶯兒。

情分曾記他十年前應舉兩道策那一科試官極口贊好不想又有一個
賽過他的便不中了後來連走了幾科禁不的髮白鬢斑如今雖是飄零
書劍家裡也還有一百畝田三四帶房子住着西門慶道他家幾口兒也
勾用了却怎的肯來人家坐館應伯爵道當先有的田房都被那些大戶
人家買去了如今只剩得雙手皮哩西門慶道原來是賣過的田算甚麼
數伯爵道這果是算不的數了只他一個渾家年紀只好二十左右生的
十分美貌又有兩個孩子纔三四歲西門慶道他家有了美貌渾家那肯

金瓶梅　七卷　第五十六回　六

出來伯爵道喜的是兩年前渾家專要偷漢跟了個人走上東京去了兩
個孩子又出痘死了如今止存他一口定然肯出來西門慶笑道恁地說
的他好都是鬼混你且說他姓甚麼伯爵道姓水他才學果然無比哥若
用他時管情書柬詩詞一件件增上哥的光輝人看了時都道西門大官
人恁地才學哩西門慶道你都是吊慌我却不信你記的他些書柬兒念
來我聽看好時我就請他來家撥間房子住下只一口兒也好看承的伯
爵道曾記得他稍書來要我替他尋個主兒這一封書畧記的幾句念與
哥聽

黃鶯兒

書寄應哥前別來思不待言滿門兒托賴都康健舍字在邊傍立着官
有時一定求身便羨如椽往來言疏落筆起雲烟

西門慶聽畢便大笑將起來道他既要你替他尋個好主子却怎的不稍
書來到搗一隻曲兒來又做的不好可知道他才學荒疏人品散蕩哩伯
爵道這到不要作准他只為他與我是三世之交自小同上學堂先生曾
道應家學生子和水學生子一般的聰明伶俐後來已定長進落後做文

。又由常時節借到了錢，回家見到妻子的前後不同嘴臉，現實的寫出了貧賤夫妻的感情維繫在金錢。這一情節還被後人寫入了戲曲，名之爲「得鈔傲妻」（清人韓小窗作）。

再表應伯爵和西門慶兩個。自打發
常時節出門。依舊在廳上坐的。西門慶因說起。我雖是個武職。
恁的一個門面。京城內外也交結的許多官員。近日又拜在太
師門下。那些通問的書柬。流水也是往來。我又不得細工夫。多
不得料理。我一心要尋個先生們在屋裡。好教他寫寫。省些力
氣也好。只沒個有才學的人。你看有時。便對我說。我須尋間空
房與他住下。每年算還幾兩束脩與他養家。却也要是你心腹
之友便好。伯爵道。哥不說不知。你若要別樣却有。要這個到難。
怎的要這個到沒。第一要才學。第二就要人品了。又要好相處。

再表應伯爵和西門慶兩個自打發常時節
出門依舊在廳上坐的西門慶因說起我雖是個武職恁的一個門面京
城內外也交結許多官員近日又拜在太師門下那些通問的書柬流水
也似往來我又不得細工夫料理我一心要尋個先生在屋裡教他替寫
寫省些力氣也好只沒個有才學的人你有有時便對我說伯爵道哥你
若要別樣却有要這個倒難第一要才學第二就要人品了又要好相處
沒些說是說非翻唇弄舌這就好了若是平平才學又做慣搗鬼的怎用
的他小弟只有一個朋友他現是本州秀才應舉過幾次只不得中他胸
中才學果然班馬之上就是人品也孔孟之流他和小弟通家兄弟極有

爵說了他恁地好處。到沒的說了。只得對伯爵道。你既說他許多好處。且問你有甚正經的書札。拏些我看看。我就請了他。伯爵道。他做的詞賦。也有在我處。只是不曾帶得來哥看。我還記的他一篇文字。做得甚好。就念與哥聽着。

一戴頭巾心甚懽。豈知今日悞儒冠。別人戴你三五載。偏戀我頭三十年。要戴烏紗朿閣下。做篇詩句別尊前。此番非是吾情薄。白髮臨期太不堪。今秋若不登高第。踹碎冤家學種田。

維歲在大比之期。時到揭曉之候。訴我心事。告汝頭巾。為你青雲利器望榮身。誰知今日白髮盈頭戀故人。嗟乎。憶我初戴頭巾。青青子襟。承汝枉顧。昂昂氣忻。既不許我少年早發又不許我久屈待伸。上無公卿大夫之職。下非農工商賈之民。年年居白屋。日日走黌門。宗師案臨。膽怯心驚。上司迎接東走西奔。思量為你。一世驚驚嚇嚇。受了若干辛苦。一年四季。零零碎碎。被人賴了多少束修銀。告狀助貧。分穀五斗。祭下領支肉半斤。官府見了。不覺怒嗔。早快通稱盡道廣文。東京路上。陪人幾次。兩齋學霸。惟吾獨尊。你看我兩隻皂靴穿到底。一領藍衫剩布筋。埋頭有年。說不盡艱難悽楚。出身何日。空歷過冷淡酸辛。賺盡英雄。一生不得文章力。未沾恩命數載猶懷霄漢心。嗟乎哀哉。哀此頭巾。看他形狀。其實可矜後直前橫。你是何物。七穿八洞。真是禍根。嗚呼。沖霄鳥兮未垂翅。化龍魚兮已失鱗。豈不聞久不飛兮一飛登雲。久不鳴

（6）

二十卷本雖未摒棄「應伯爵舉薦水秀才」這一情節，但祇有六百餘字。去十卷本二千餘字，短少一千五百餘字。只保留了那封寫給應伯爵的信之解說等文字，有關「別頭巾文」的種種，全刪去了。尤其是回目，也把「應伯爵舉薦水秀才」的改爲「常時節得鈔傲妻兒」。爲了不使與上半回目的「西門慶周濟常時節」的文辭衝突，遂也把上半回目改爲「西門慶捐金助朋友。」從這些情形來看，顯是從十卷本承襲而來的改纂。至於何以要刪去「別頭巾文」的這一部分？今無有確切證據，來認定改纂者的此一舉措，是出於掩飾作者是誰的暗示。但從此一回的上下回目改得極不切實際的這一點來說，二十卷本的刪去「別頭巾文」，乃出於有意。此一「有意」與其他各回的刪纂，大多刪去累贅不同。按十卷本的此一回目，上半回目

書寄應哥前。別來思不待言。滿門兒托賴都康健。舍字在邊
傍立着官。有時一定求方便。羨如椽。往來言疏落笔起雲烟
西門慶聽畢。呵呵大笑將起來道。他滿心正經。要你和他尋個
主子。却怎的不稍封書來。到寫着一隻曲兒。又做的不好。可知
道他才學荒疎。人品散彈哩。伯爵道。這到不要作准他。只爲他
與我是三世之交。小弟兩三歲時節。他也纔勾四五歲。那時就
同吃糖糕餅果之類。也没些兒爭論。後來大家長大了。上學堂
讀書寫字。先生也道應二學生子。和水學生子。一般的聰明伶
俐。後來巳定長進。落後做文字。一樣同做。再没些妬忌。日裡同
行同坐。夜裡有時也同一處歇。到了戴網子。尚兀是相厚的。因
此是一個人一般。極好兄弟。故此不拘形迹。便隨意寫個曲兒。
我一見了。也有幾分着惱。後想一想。他自托相知。纔敢如此。就
不惱罷了。況且那隻曲兒。也到做的有趣。哥却看不出來。第一
句。說書寄應哥前。是啓口。就如人家寫某人見字一般。却不好
哩。第二句。說別來思。不待言。這是叙寒温了。簡而文。又不好哩。
第三句。是滿門兒托賴都康健。這是說他家没事故了。後來一
發好的緊了。西門慶道。第五句是甚麼說話。伯爵道。哥不知道
這正是拆白道字。尤人所難。舍字在邊。傍立着官字。不是個館
字。若有館時。千萬要舉荐。因此說有時定要求方便。羨如椽。他
說自家一筆如椽。做人家往來的書疏。筆兒落下去。其烟滿紙
因此說落筆起雲烟。哥你看他詞裡。有一個字兒是閑話麼。只
這幾句。穩穩把心窩里事。都寫在紙上。可不好哩。西門慶被伯

字一樣同做再没些妬忌極好兄弟故此不拘形迹便隨意寫個曲兒況
且那隻曲兒也倒做的有趣西門慶道別的罷了只第五句是甚麼說話
伯爵道哥不知道這正是拆白道字尤人所難舍字在邊旁立着官字不
是個館字若有館時千萬要舉薦因此說有時定要求方便哥你看他詞
裡有一個字兒是閑話麽只這幾句穩穩把心窩裡事都寫在紙上可不
好哩西門慶被伯爵說的他恁地好處到没的說了只得對伯爵道到不
知他人品如何伯爵道他人品比才學又高前年他在一個李侍郎府裡
金瓶梅　十二卷　第五十六回　七
坐館那李家有幾十個丫頭一個個都是美貌俊俏的又有幾個伏侍的
小廝也一個個都標致龍陽的那水秀才連住了四五年再不起一些邪
念後來不想被幾個壞事的丫頭小廝兒他似聖人一般又夫日夜括他
那水秀才又極好慈悲的人便口軟勾搭上了因此被主人逐出門來鬧
動街坊人人都說他無行其實水秀才原是坐懷不亂的若哥請他來家
憑你許多丫頭小厮同眠同宿你看水秀才亂麽再不亂的西門慶笑罵
道你這狗才單管說謊吊皮兒混人前日敝同僚夏龍溪請的先生倪桂
岩曾說他有箇姓温的秀才且待他來時再處正是
將軍不好武　稚子總能文

（6）

十卷本的這一回，上半回目「西門慶周濟常時節」，從到西門家去借銀，到借銀到手，拿回家去，作者又寫了一千二三百字的篇幅，描寫常時節「得錢傲妻」的情節，來顯現現實社會的人生現實樣相。然後再進入下半回目：「應伯爵舉薦水秀才」的情節。在此一情節中，除了以嘲諷的手法，來寫一位秀才的才學不高，品操亦低的讀書人，落魄得連「十分美貌」的渾家（妻子）都養不活，竟然在外偷漢跟人跑了。兼且還由應伯爵的口，唸出了這位水秀才的一封書信，及其所作的一篇「辭賦」，來加甚的嘲諷了這位秀才先生。這篇辭賦，就是近來被研究「金瓶梅」一書者，最爲注目的一篇文章：「別頭巾文」。此一情節在十卷本中。最巧妙的一筆，就是西門慶並未接受應伯爵的推薦，竟接納了另一僚友倪桂岩先生的介紹，僱用了姓溫的秀才。顯然的，這一段情節的穿插

兮一鳴驚人。早求你脫胎換骨。非是我丟舊憐新。斯文名器。想是通神。從茲長別。方感洪恩。短詞薄奠。庶其來歆。理極數窮。不勝其慤。就此拜別。早早請行

伯爵念罷。西門慶拍手大笑道。應二哥。把這樣才學就做了班揚了。伯爵道。他人品比才學又高。如今且說他人品罷。西門慶道。你且說來。伯爵道。前年他在一個李侍郎府裡坐館。那李家有幾十個丫頭。一個個都是美貌佼俏的。又有幾個伏侍的小厮。也一個個都標致龍陽的。那水秀才。連任了四五年。再不起一此一邪念。後來不想被幾個壞事的丫頭小厮。見是一個聖人一般。反去日夜括他。那水秀才。又極好慈悲的人。便口軟勾搭上了。因此被主人逐出門來。鬨動街坊。人人都說他無行。其實水秀才原是坐懷不亂的。若哥請他來家。憑你許多丫頭小厮。同眠同宿。你看水秀才亂麼。再不亂的。西門慶道。他既前番被主人趕了出門。一定有些不停當裡。二哥雖與我相厚。那椿事不敢領教。前日敝僚友倪桂岩老先生。曾說他有個姓溫的秀才。且待他來時再處。畢竟未知何如。且聽下回分解

是「西門慶周濟常時節」，下半回目是「應伯爵舉薦水秀才」，二十卷本的內容，雖還保留了「應伯爵舉薦水秀才」的情節，但回目卻不存在了。回目是常時節借銀的事。兼且說西門慶助常時節是「捐金」。此一用辭，也頗爲不當。

，自是特別爲了要嘲諷讀書人，方始安排進來的一個回目。頗有所感喟於讀書人之爲了衣食，却不得不低首下心於一字不識的富豪門下。足可想知這位「別頭巾文」的作者，慨歎之甚

第五十七回

比勘蠡說

一、雖說這廿卷本的第五十七回，與十卷本的第五十七回，除了十卷本有部分加甚情節現實的描寫，予以刪減，卻也並不妨害小說的故事完整，且十之九以上的文辭，也與十卷本無異。但改寫的回目，則與小說內容不能符契。按十卷本的這一回回目是「道長老募修永福寺，薛姑子勸捨陀羅經」，小說的內容情節，卻也正是這兩條上下回目的情節，而且前後分明。但廿卷本則改為「開緣簿千金喜捨，戲雕欄一笑回嗔」。上半回目只是同一事件的另一說法，卻也符契了「道長老募修永福寺」的情節，但「戲雕欄一笑回嗔」則未能含蓋了「薛姑子勸修陀羅經」的情節。按陳經濟與潘金蓮的捲棚下胡調，在這一回的小說藝術筆下，看來只是一小段現實生活的寫實穿插，並不是這一回的主要情節。在篇幅上所占亦微，十卷本也只寫了七行半，論字數還不到二百字，廿卷本還要少些，不過一百四五十字。像這樣的一個小小插曲，怎能列入回目？令人費解了。

二、上述的廿卷本之回目，不合乎內容的問題，如不是還有一部十卷本可作對照，只憑著這廿卷本來說，我們就會懷疑這一回目的不契內容情事，當是改寫者把原本中的這一「戲雕欄一笑回嗔」的情節改寫丟了。但從十卷本的這一回來看，「戲雕欄一笑回嗔」的情節，根本寫不進第五十七回的情節中去。再說，十卷本的這一第五十七回，不惟情節發展自自然然，結構也嚴嚴實實。幾已不能令人懷疑這一回有改寫的痕迹。若是看來，則「有陋儒補以入刻」的情實，卻又不得不想到廿卷本頭上。

三、這一第五十七回，還有一個字，可以肯定廿卷本的這一回，確確實實是從十卷本而來，這一回，委實不是從它的另一底本來的。請看十卷本這一回的第八頁反面第四行第十五字，居然把「東京」誤成「西京」。這是一個明顯的錯誤，沒有他辭可以代為關說的錯誤。想不到廿卷本也照樣的錯成了「西京」。請看日本內閣本（與北京首都本同版）該回第十三頁第二行第七字，果然，也是「西京」二字。請再看日本天理本（與北圖本同版）該回第八頁反面第七行第十三字，同樣的也刻作「西京」。照此情形看來，豈不是可以肯定了廿卷本付刻時，確實援用了十卷本作為底本。第三十九回中的「鈎」字，誤為「鈞」字，廿卷本也延襲了十卷本的錯誤。錯誤的原因，自也是同樣的。（此一錯誤，日本內閣本與日本天理本相同。）

四、再按廿卷本這第五十七回的刪減內容不傷情節發展的文辭來看，可說此一情事，除了第一回（連帶第二回）第五十三、四兩回，其他九十餘回，都與這第五十七回有著相同的情形。它們對於文辭，幾乎回回都有部分的刪減或修飾。我們祇要把這兩種版本的這五回，兩相比對，準會否定了沈德符《萬曆野獲編》的那一句：「原本實少五十三回至五十七回，遍覓不得，有陋儒補以入刻」的話。既按不到十卷本上，也按不到廿卷本上。但如從第五十三、四兩回來說，這「補以入刻」的「陑儒」，應是「入刻」廿卷本的人，非「入刻」十卷本者也。

第五十七回

道長老募修永福寺　薛姑子勸捨陀羅經

本性員明道自通　番身跳出網羅中
修成禪那非容易　煉就無生豈俗同
清濁凭者隨運轉　闢門數仍任西東
逍遥萬億年無計　一點神光永注空

話說那山東。東平府地方。向來有個永福禪寺。起建自梁武帝。普通二年。開山是那萬迴老祖。怎麽叫做萬迴老祖。因那老師父七八歲的時節。有個哥兒從軍邊上。音信不通。不知生死。因此上那老娘兒。思想那大的孩兒。掉不下的心腸。時常在家啼哭。忽一日那孩子問着母親。說道娘這等清平世界。孩兒們又没的打攪你。頑頑兒小米飯兒。咱家也儘挨的過。恁地哩你時常吊下泪來。娘你說與咱。咱也好分憂哩。那老娘兒就說。小孩子你還不知道。老人家的苦哩。自從你老頭兒去世。你大哥兒到邊上去做了長官。四五年地信兒也不捎一個來。家不知他死生存亡。教我老人家怎生吊的下。說了又哭起來。那孩子說早是這等。有何難哉。娘如今哥在那裏。咱做弟郎的早晚鬪走去。抓着哥兒。討個信來回覆你老人家。却不是好。那婆婆一頭哭。一頭笑起來。說道怪呆子。說起你哥。在恁地。若是那一百二百里程途。便可去的。直在那遼東地面去。此一萬餘里。就是那好漢子。也走得要不的。直要四五個月。纔到哩。笑你孩兒家怎麽去的。那孩子就說嗄。若是果在遼東。也終不在個天上。我去

第五十七回　開缘簿千金喜捨　戲雕欄一笑回嗔

野寺根石壁、諸龕遍崔嵬、前佛不復辨、百身一莓苔
惟有古殿存、世尊亦塵埃、如聞龍象泣、足令信者哀、
公爲領兵徒、咄嗟檀施開、吾知多羅樹、却倚蓮花臺、
諸天必歡喜、鬼物無嫌猜、

話說那山東東平府地方、向來有個永福禪寺、起建自梁武帝普通二年、開山是那萬廻老祖、怎麽叫做萬廻老祖、因那老祖做孩子的時節、纔七八歲、有個哥兒從軍邊上、音信不通、不知生死、他老娘思想大的孩兒、時常在家啼哭、忽一日孩子問母親說道、娘這等清平世界、咱家也儘挨得過、爲何時時吊下淚來、娘你說與咱、咱也好分憂的、老娘就說小孩子你那裡知道、自從你老頭兒去世、你大哥兒到邊上去做了長官、四五年信兒也沒一個、不知他生死存亡、教我老人家怎生吊的下、說着又哭起來、那孩子說、早是這等、有何難哉、娘如今哥在那里、咱做弟郎的早晚鬪走去、抓尋哥兒、討個信來回覆你老人家、却不是好、那婆婆一頭哭、一頭笑起來、說道怪呆子、你哥若是一百二百里程途、便可去的、直在那遼東地面、去此一萬余里、就是好漢子、也走四五個月纔到哩、你孩兒家怎麽去的、那孩子就說嗄、若兒果在遼東、也終不在個天上、我去尋哥兒就回也、只見他把靸鞋兒緊好了、把直裰兒整一整、望着婆兒拜個揖、一溜烟去了、那婆婆叫之不應、追之不及、愈添愁悶、也有隣舍街坊婆兒婦女、前來解勸、說道孩兒小、怎去的遠、早晚聞自回也、因此婆婆收着兩眶眼淚、悶坐的看看紅日西沉、那婆婆探頭探腦、向外張望、只見遠遠里黑魆魆影兒裡、有一個小的兒來、也那婆婆就說、當天莽地裡日月三光、若的俺小的兒子來了、也不枉了修修齋吃素的心頭、只見那萬廻老祖忽地跪到

（1）為了闡述永福寺的來歷，遂從開山祖萬迴說起。先說「萬迴」的「萬迴」故事。這一段文字，計三十六行缺七字，共計八五七字。

不想那歲月如梭。時移事改。只見那萬迴老祖歸天圓寂。那些
得皮得肉的上人們。一個個多化去了。只見有個憊賴的和尚。
撒賴了百丈清規。養婆兒吃燒酒。咱事兒不弄出來。打哄了燒
苦惹。咱勾當兒不做却被那些潑皮賴虎。常常作酒撈錢抵當。
不過一會兒把袈裟也當了。鐘兒磬兒多典了。殿上一椽兒賣
了沒人要的。燒了磚兒瓦兒換酒吃了。弄得那雨淋風刮。佛像
兒。倒了荒荒凉凉。燒香的也不來了。主顧門徒。做道場的荐亡。
的。多是閑大王賣荳腐。鬼兒也沒的上門了。一片鐘鼓道場。忽
變做荒烟衰草蓁地里。三四十年。那一個扶衰起廢。原來那寺
里有個道長老。原是西印度國出身。因慕中國清華。發心要到
上方行腳。打從那流沙河星宿海淮兒水地方。走了八九個年
頭。才到中華區處。迤逦來到山東地方。卓錫在這個破寺院裏

不想歲月如梭，時移事改，那万迴老祖歸天圓寂，就有些得皮得肉的上
人們，一個個多化去了，只有幾個憊賴和尚，養老婆吃燒酒，甚事兒不弄
出來，不消幾日，兒把袈裟也當了，鐘兒磬兒都典了，殿上椽兒磚兒瓦兒、
換酒吃了，弄的那雨淋風刮，佛像兒倒的，荒荒凉凉，將一片鐘鼓道場忽
变作荒烟衰草，三四十年，那一個肯扶衰起廢，不想有個道長老，原是西
印度國出身，因慕中國清華，打從流沙河星宿海，走了八九個年頭，纔到
中華區處，迤逦來到山東就卓錫在這個破寺裡，面壁九年，不言不語，真
個是

佛法原無文字障，工夫好向定中尋。

忽一日發個念頭，說道呀這寺院坍塌的不成模樣了，這些狗才髒的
禿驢，止會吃酒噇飯，把這古佛道場弄得赤白白地，豈不可惜，到今日咱
不做主，那箇做主，咱不出頭，那個出頭，況山東有個西門大官人居錦衣
之職，他家私巨萬，富比王侯，前日餞送蔡御史，曾在咱這裏擺設酒席，他
見寺宇傾頹，就有個鼎建重新的意思，若得他來主作倡首，情早晚間把

去。尋哥兒就回也。只見把靸鞋兒繫好了。把直裰兒整一整。望
着婆兒拜個揖。一溜烟去了。那婆婆叫之不應。追之不及。愈添
愁悶。也有隣舍街坊婆兒婦女捱肩擦背挈湯送水。說長道短。
前來解勸。也有說的是的。說道孩兒鬥怎去的遠。早晚間却回
也。因此婆婆也收拾了兩眶眼淚。悶悶的坐地。看看紅日西沉。東
隣西舍一個個燒湯煮飯。一個上榻關門。那婆婆探頭探腦。那
兩隻眼珠兒一直向外。恨不的趕將上去。只見遠遠的望見那
黑魆魆影兒頭有一個小的兒來也。那婆婆就說。靠天靠地。靠
着日月三光。若得俺小的子兒來也。也不負了俺修齋吃素的
念頭。只見那萬廻老祖。一忽地跪到跟前。說娘你還未睡炕哩
咱已到遼東探着哥兒討的平安家信來也婆婆笑道孩兒你
不去的。正好。兒教你老人家挂心。只是不要弔着謊哄着老娘
那里有一萬里路程。朝暮往還的孩兒道娘你不信不信麼。一
直里卸下衣包取出平安家信。果然是那哥兒手筆。又取出一
件汗衫帶回漿洗的。也是那個婆婆親手縫紉的。毫厘不差。因
此哄動了街坊。叫做萬回。日後捨俗出家。就叫做萬回長老。果
然是道德高妙。神通廣大。曾在那後趙皇帝。石虎跟前。吞下兩
升鐵針兒。又在那梁武皇殿下。在頭頂上取出舍利三顆。因此
物建那永福禪寺。做那萬回老祖的香火院正不知費了多錢
糧。正是

神僧出世神通大　聖主尊隆聖澤深

跟前說娘你還未睡炕哩咱已到遼東探着哥兒討的平安家信來也婆婆
笑道孩兒你不去的正好免教我老人家挂心只是不要弔謊哄着老娘
那有一万里路程朝暮往还的孩兒道娘你不信麼一直卸下衣包取出
平安家信果然是他哥兒手筆又取出一件汗衫帶回漿洗也是婆婆親
手縫的毫厘不差因此哄動了街坊叫做万回日後捨俗出家就叫做万
回長老果然道德高妙神通廣大曾在後趙皇帝石虎跟前吞下兩升鐵
針又在梁武皇殿下在頭頂上取出舍利三顆因此物建永福禪寺做万
回老祖的香火院正不知費了多少錢糧正是

神僧出世神通大　聖主尊隆聖澤深

(1) 二十卷本的這段情節，文句與十卷本同，只在修辭上，刪減了一二五字。(二十六行又四字)

（2）

再繼續說到這座永福寺的衰敗經過，直到目前這個來自西印度的長老，卓錫在這個破寺院裡，面壁九年，方始興起化緣修葺這一寺院的念頭。聽說山東有個西門大官（官）人，居錦衣職，家私巨萬，遂決定到西門家募化。（共七二七字）

且說西門慶辞別了。應伯爵轉到後廳。直到捲棚下卸了衣服。走到吳月娘房內。把那應伯爵荐水秀才的事體。說了一番。就說道咱前日東京去的時節。多承那些親朋齊來。與咱把盞。如今少不的也要整辦些兒小酒。回答他們今日空閒。沒件事體。就把這事兒完了也罷。當下就叫了玳安拿了籃兒到十市街坊。買下些時鮮菓品猪羊魚肉。奄鵬雞鵞嗄飯之類。分付了。當就分付小厮。分頭去請各位。一面拉着月娘。一同走到李瓶兒房裏來看官哥。李瓶兒笑嘻嘻的。接住了月娘西門慶西門慶道。娘兒來看孩子哩。李瓶兒就叫奶子。抱出官哥兒眉目稀疎。就如粉塊裝成一般。笑欣欣直攢到月娘懷里來。月娘把手接着抱起道。我的兒恁地乖覺。長大來定是聰明伶俐的。又向那孩子說。兒長大起來。恁地奉養老娘哩。那

且說西門慶辞別了應伯爵走到吳月娘房內把應伯爵荐水秀才的事休說了一番就說道咱前日東京去多得衆親朋與咱把盞如今少不的也要整酒回答他今日到空閑就把這事兒完了罷當下就叫了玳安分付買辦嗄飯之類又分付小厮分頭去請各位一面拉着

金瓶梅　十一卷　第五十七回　十

月娘走到李瓶兒房裏來看官哥李瓶兒笑嘻嘻的接住了就叫奶子抱出官哥兒來只見眉目稀踈就如粉塊粧成笑欣欣直攛到月娘懷裡來月娘把了孩子抱起道我的兒恁的乖覺長大來定是聰明伶俐的又向那孩子說兒長大起來恁地奉养老娘哩李瓶兒就說娘說那里話假饒兒子長成討的一官半職也先向上頭封贈起那鳳冠霞帔穩穩兒先到娘哩西門慶接口便說兒你長大來还掙個文官不要学你家老子做個西班出身雖有興頭却沒十分尊重正說着不想潘金蓮在外边听見不覺怒從心上起就罵道沒廉耻弄虛脾的臭娼根偏你會养兒子了也不曾經過三個黄梅四個夏至又不曾長成十五六歲出幼過關上学讀書还有箇水泡與閻羅王合养在這裡的怎見的就做官就封贈那老夫人怪賊囚根子沒廉耻的貨怎的就見的要做文官不要像你正在嘮七叨

面。面壁九年。不言不語。真個是。
佛法原無文字障　工夫好向定中尋
忽一日。發個念頭。說道呀。這寺院兒。塌塌的這模樣了。你看這
些蠢頭村腦的禿驢。止會吃酒噇飯。把這古佛道場。弄得赤白
白地。豈不可惜。那一個尋得一磚半瓦。重整家風。常記的古人
說得好。人傑地靈。事到今日。咱不做主。那個做主。咱不出頭。那
個出頭。且前日山東有個西門大官。居錦衣之職。他家私
巨萬富。比王侯。家中那一件沒有。前日餞送宋西廉御史。曾在
咱這裏擺設酒席。他因見咱這裏寺宇傾頹。就有個舍錢布施。
鼎建重新的意思。咱那時。口雖不言。心窩里已有下幾分了。今
日呵若得那個檀越。為主作倡。管情早晚間把咱好事成就也。
咱須辦自家去走一遭。當時間喚起法子徒孫。打起鐘。敲起鼓。
舉集大衆。上堂宣揚此意。那長老怎生打扮。只見
身上禪衣猩血染　雙环掛耳是黃金
手中錫杖光如鏡　百八胡珠耀日明
開覺明路現金繩　提起凡夫夢亦醒
龐眉紺髮銅鈴眼　道是西天老聖僧
那長老宣揚已畢。就教行者。拏過文房四寶。磨起龍香劑。飽揾
霜毫筆。展開烏絲欄。寫着一篇疏文。先敘那始末根由。後勸人捨
財作福。寫的行行端正。字字清新。好長老。真個是古佛菩薩現
身。從此辭了大衆。着上了禪鞋。戴上個斗蓬笠子。一壁廂直逩
到西門慶家府里來。

咱好事成就也咱須去走一遭當時喚起法子徒孫打起鐘鼓聚集大衆
上堂宣揚此意那長老怎生打扮只見
身上禪衣猩血染　双環掛耳是黃金　手中錫杖光如鏡
百八胡珠耀日明　開覺明路現金繩　提起凡夫夢亦醒
龎眉紺髮銅鈴眼　道是西天老聖僧
長老宣揚已畢就教行者拏過文房四寶寫了一篇疏文好長老真個是
古佛菩薩現身于是辭了大衆着上禪鞋戴上個斗笠子一壁廂直奔到
西門慶家里來

（2）

二十卷本的這段情節文句與十卷本同，字數計五四九字，少於十卷本一七八字。刪去的多爲累贅之辭。

幹些好事保佑孩兒小酌、也通曉得。並不嗔道作難、一壁廂進報西門慶。西門慶就說且教他進來看。只見管家的。三步那來兩步走。就如見了活佛的一般。慌忙請了長老。那長老。進到花廳裡面。打了箇問訊。說道貧僧出身。西印度國行脚。到東京汴梁。卓錫在永福禪寺。面壁九年。頗傳心印。止爲那殿宇傾頹，琳宮倒塌。貧僧想的起來。爲佛弟子自然應的。爲佛出力。總不然償到那箇身上去。因此上貧僧發了這個念頭。前日老檀越餞行各位老爹的時。悲憐本寺廢壞。也有個良心美腹。要和本寺作主。那時諸佛菩薩。已作證盟。貧僧記的佛經上說的好。如有世間善男子。善女人。以金錢喜捨。莊嚴佛像者。主得桂子蘭孫。端嚴美貌。日後早登科甲。蔭子封妻之報。故此特叩高門。不拘五百一千。要求老檀那開疏發心。成就善果。就把錦帕展開。取出那募緣疏簿。双手遞上。不想那一席話兒。早已把西門慶的心兒打動了。不覓的歡天喜地。接了疏簿。就叫小廝看茶。揭開疏簿。只見寫道。伏以白馬馱經。開象教竺騰衍法。啓宗門大地。衆生無不皈依佛祖。三千世界、盡皆蘭若裝嚴。看此庬礫。傾頹成甚名山勝境。若不慈悲喜捨。何稱佛子仁人。今有永福禪寺，古佛道場。焚修福地。啓建自梁武皇帝。開山是萬迴祖師。規制恢弘彷彿。那給孤園黃金鋪地。雕鏤精製。依希似祇洹舍白玉爲堦。高閣摩空。旃檀氣直接九霄雲表層基亘地。大雄殿。可容千衆禪僧。兩翼嵬峩。盡是琳宮紺宇廊房潔淨。果然精勝洞天。那時鍾鼓宣揚。盡道是寰中佛國。只這緇流濟楚。却也像塵界

千世界盡皆蘭若裝嚴看此庬礫傾頹成甚名山勝境若不慈悲喜捨何稱佛子仁人今有永福禪寺古佛道場焚修福地啓建自梁武皇帝開山是萬迴祖師規制恢弘彷彿那給孤園黃金鋪地雕鏤精製依稀似祇洹舍白玉爲堦高閣摩空旃檀氣直接九霄雲表層基亘地大雄殿可容千衆禪僧兩翼嵬峩盡是琳宮紺宇廊房潔淨果然精勝洞天那時鐘鼓宣揚盡道是寰中佛國只這緇流濟楚却也像塵界人天那知歲久年深一瞬時移事換恭和尚縱酒撒潑毀壞清規歎道人懶惰貪眠不行打掃漸成寂寞斷絶門徒以致淒涼罕稀瞻仰兼以鳥鼠穿蝕那堪風雨漂揺棟宇摧頹一而二二而三支撑靡計墻垣塌日復日年復年振起無人朱紅櫺槅拾來煨酒煨茶合抱棟梁拿去換鹽換米風吹羅漢金消盡雨打彌陀化作塵吁嗟乎金碧熀炫一旦爲灌莽

金瓶梅　十二卷　第五十七回　十二

荆榛雖然有成有敗終須否極泰來幸而有道長老之虔誠不忍見梵王宮之費敗發大弘願遍叩檀那伏願咸起慈悲盡興惻隱梁柱椽楹不拘大小喜捨到高題姓字銀錢布幣豈論禮贏投櫃入疏濟標名仰仗着佛祖威靈福祿壽永永百年千載倚靠他伽藍明鏡父子孫個個厚祿高官瓜瓞綿綿森挺三槐五桂門庭奕奕輝煌金玉錢山片所暫求吉祥如意疏文到日各破慳心謹疏

西門慶看畢恭恭敬敬放在桌兒上面對長老說實不相瞞在下雖不成個人家也有幾萬庄業忝居武職不想偕大年紀未曾生下兒子有意做些善果去年第六房賤內生下孩子咱萬事已是足了偶因俺送他來得到上方因見這個殿宇傾頹有個捨財助建的念頭蒙老師下顧那敢推辭拿着兜肚如今正在此說話之際應伯爵就說哥你既有這片好心為娃兒

李瓶兒就說。娘說那里話。假饒兒子長成。討的一官半職。也先
向上頭封贈起。娘那鳳冠霞帔。穩穩兒先。到娘哩。好生奉養老
人家。西門慶接口便說。兒你長大來。還挣個文官。不要學你家
老子。做個西班出身。雖有興頭。却没十分尊重。正說着。不想那
潘金蓮。正在外边聽見不覺的怒從心上起。就罵道没廉耻弄
虛脾的臭娼根。偏你會養兒子哩。也不曾徑過三個黃梅。四個
夏至。又不曾長成十五六歲。出痘過關。上學堂讀書。還是水的
泡與閻羅王合養在這裡的。怎見的就做官。就封贈那老夫人。
我那怪賊囚根子。没廉耻的貨。怎地就見的要他做個文官。不
要像你。正在嘮嘮叨叨。喃喃洞洞。一頭罵。一頭着惱的𦡆飾。只
見那玳安走將進來叫聲五娘。說道爹在那裡。潘金蓮便罵怪
尖嘴的賊囚根子那个曉的你什麽爹在那裡。爹怎的到我這
屋裡來。他自有五花官誥的太奶奶。老封婆八珍五鼎奉養他
的在那裡。那裡問着我討。那玳安就曉的不是路了。說是了。望
六娘房裡便走。走到房門前打个咳嗽。朝着西門慶道。應二爹
在所上。西門慶道。應二爹纔送的他去。又做甚。玳安道。爹。自家
出去便知。西門慶只得撇了月娘李瓶兒。仍到那捲棚下面。穿
了衣服。走到外边迎接伯爵。正要動問間。只見那募緣的來。長
老已到西門慶門首了。高聲叫阿彌陀佛。這是西門老爹門首。
麽。那個掌事的管家。與吾傳報一聲說道。扶桂子保蘭孫求福
有福。求壽有壽。東京募緣的長老求見。原來西門慶。平日原是
一個撒漫好使錢的漢子。又是新得官哥。心下十分歡喜。也要

切喃喃吶吶一頭罵一頭着惱的𦡆飾只見玳安走將進來叫聲五娘說
道爹在那裡潘金蓮便罵怪尖嘴的賊囚根子那個曉的你什麽爹在那
里怎的到我這屋裡來他自有五花官誥的太奶奶老封婆八珍五鼎奉
養他的在那里那里問着我討那玳安就曉的不是路了望六娘房裡就
走走到房門前打個咳嗽朝着西門慶道應二爹在廳上西門慶道應二
爹纔送的他去又做甚玳安道爹出去便知西門慶只得撇了月娘李瓶
兒走到外邊見伯爵正要問話只見那募緣的道長老已到西門慶門首
了高聲叫阿彌陀佛這是西門慶爹門首麽那個掌事的管家與吾傳報
一聲說道扶桂子保蘭孫求福有福求壽有壽東京募緣的長老求見原
來西門慶平日原是一個撒漫使錢的漢子又是新得官哥心下十分歡
喜也要幹些好事保佑孩兒小厮們通曉得並不作難一壁廂進報西門
金瓶梅　十二卷　第五十七回　十一
慶西門慶就說且教他進來看不一時請那長老進到花廳裡面打了個
問訊說道貧僧出身西印度國行脚到東京汴梁卓錫在永福禪寺面壁
九年頗傳心印止爲那宇殿傾頹琳宮倒塌貧僧想起來爲佛弟子自應
爲佛出力因此上貧僧發了這個念頭前日老檀越餞行各位老爹時悲
憐本寺廢壞也有個良心美腸要和本寺作主那時諸佛菩薩已作證盟
貧僧記的佛經上說得好如有世間善男子善女人以金錢喜捨莊嚴佛
像者主得桂子蘭孫端嚴美貌日後早登科甲蔭子封妻之報故此特叩
高門不拘五百一千要求老檀那開疏發心成就善果就把錦帕展開取
出那募緣疏簿雙手遞上不想那一席話兒早已把西門慶的心兒打動
了不覺的歡天喜地接了疏簿就叫小廝看茶揭開疏簿只見寫道
伏以白馬馱經開象教竺騰衍法啓宗門大地眾生無不皈依佛祖三

唉道。力薄力薄。伯爵又道。極少也助一千。西門慶又哈哈地唉
道。力薄力薄。那長老就開口說道。老檀越在上。不是貧僧多口。
止是我們佛家的行徑。多要隨緣喜捨。終不強人所難。隨分但
憑老爹發心便是。此外親友。更求檀越吹噓吹噓。西門慶又說
道。還是老師體亮。少也不成。就寫上五百兩。閣了兔毫筆。那長
老打個問訊謝了。西門慶又說。我這里內官太監。府縣倉巡。一
個個多與我相好的。我明日就拿疏簿去。要他們寫。寫的來就
不拘三百二百。一百五十。管教與老師成就這件好事。當日留
了長老素齋相送出門。正是慈悲作豪家事。保福消災父母心
又有一首詞。單道那有施主的事體。

佛法無多止在心　種瓜種果是根因
珠和玉珀實和珍　誰人挐得見閻君
積善之人貧也好　豪家積業枉拋銀
若使年齡身可買　董卓還應活到今

（3）

這裡的一大段，寫永福寺的道長老，到西門家化緣，仍由應伯爵領來。共寫了二千零八十三字。其間，除詳詳實實的描寫道長老向西門慶化募的情景，還插寫了潘金蓮、李瓶兒與吳月

卷本，大多在這種地方。請上下文一比對，就明白了。似不是有什麼「陋儒」的「改寫入刻」。十卷本更不會令人感於它有什麼「陋儒補以入刻」的痕迹可以訾議。

人天那知。歲久年深。一瞬地時移事異。莽和尚。縱酒撒潑。首壞清規。賦道人。懶惰貪眠。不行打掃。漸成寂寞。斷絕門徒。以致凄凉罕稀。瞻仰蔑以。烏鼠穿蝕。那堪風雨漂搖。棟宇摧頹。一而二。二而三。支撑靡計。墻垣坍塌。日復日。年復年。振起無人。朱紅櫺槅。拾來煨酒煨茶。合抱梁擱。拿去換鹽換米。風吹羅漢金消盡。雨打彌陀化作塵。吁嗟乎。金碧熒煌。一旦為灌莽榛荊。雖然有成有敗。終須否極泰來。幸而有道長老之虔誠。不忍見梵王宮之費敗。發大弘願。遍叩檀那。伏願咸起慈悲。盡興惻隱。梁柱椽楹。不拘大小。喜捨到。高題姓字。銀錢布幣。豈論豐贍。投櫃日。疏簿標名。仰仗着佛祖威靈。稱祝壽永永。百年千載。倚靠他伽藍明鏡。父子孫。個個原係高官。瓜瓞綿綿。森挺三槐五桂。門庭奕奕。燦煌金埒錢山。凡所營求。吉祥如意。疏文到日。各破慳心。謹疏。

看畢。西門慶就把冊葉兒收好。裝入那錦套裏頭。把插銷兒銷着。錦帶兒拴着。恭恭敬敬放在卓兒上面。叉手面言。對長老說。實不相瞞。在下雖不成個人家。也有幾萬產業。忝居武職。交遊世輩儘有。不想偌大年紀。未曾生下兒子。房下們也有五六房。只是放心不下。有意做些善果。去年第六房賤累。生下孩子。咱萬事已是足了。偶因餞送俺友。得到上方。因見廟宇傾頹。有個捨才助建的念頭。蒙老師下顧。西門慶那敢推辭。拏着兔毫妙筆。正在躊躇之際。那應伯爵就說。哥。你既有這片好心。為姪兒發愿。何不一力獨成。也是小可的事體。西門慶拏着筆。哈哈哩

發愿何不一力獨成、也是小可的事體、西門慶拿着筆笑道、力薄力薄、伯爵又道、極少也助一千、西門慶又笑道、力薄力薄、那長老就開口說道、老檀越在上、不是貧僧多口、我們佛家的行徑、只要隨緣喜捨、終不強人所難、但憑老爹發心、便是此外親友、更求檀越吹噓吹噓、西門慶說道、還是老師體量、少也不成、就寫上五百兩、閣了兔毫筆、那長老打個問訊謝了、西門慶又說、我這里內官太監府縣倉巡、一個個都與我相好的、我明日就拿疏簿去、要他們寫寫的來、就不拘三百二百一百五十、管情與老師成就這件好事、當日留了長老素齋相送出門、正是

慈悲作善豪家事　保福消災父母心

（3）

二十卷本的這一大段，完全與十卷本同，連文辭都完全一樣。祇有極少部分，略有刪減。從篇幅的字數多寡，可以比較出來。按二十卷本的這一段，字數計為一八五七字，比十卷本少二二六字。譬如十卷本寫：「當下就叫了玳安拿籃兒，到十市街坊，買下些時鮮菓品，猪羊魚肉，醃臘雞鵝嗄飯之類。吩咐了，當就吩咐小廝分頭去請各位。」二十卷本則寫「當下就叫了玳安，吩咐買辦嗄飯之類，又吩咐小廝分頭去請各位。」光是這一件事，就減少了二十四字。基此則足以說明二十卷本的文辭略減於十

話兒到是西門慶頂門上針。正是妻賢每致雞鳴警。欵語常聞
藥石言。畢竟那說話怎麼講。月娘說道。哥你天大的造化。生下
孩兒。你又發起善念廣結良緣。豈不是俺一家兒的福分。只是
那善念頭他怕不多。那惡念頭怕他不盡。哥你日後那沒來回。
沒正經養婆兒。沒搭煞貪財好色的事體少幹幾椿兒也好。儹
下些陰功與那小的子也好。西門慶咲娘你的醋話兒又來了。
却不道天地尚有陰陽。男女自然配合。今生偷情的苟合的。
都是前生分定。姻緣簿上註名。今生了還。難道是生剌剌搊搊
胡扯歪斯纏做的。咱聞那佛祖西天也止不過要黃金鋪地。陰
司十殿。也要些楮鏹營求。咱只消儘這家私廣為善事。就使強
姦了常娥。和姦了織女。拐了許飛瓊。盜了西王母的女兒。也不

減我潑天富貴。月娘咲道。咲哥狗吃熱屎。原道是個香甜的。生
血弔在牙兒內。怎生改得。正在咲間。只見那王姑子。同了薛姑
子。提一個合子。直闖進來。飛也似朝月娘道個萬福。又向西門
慶拜拜了。說老爹你到在家里。我自前日別了。因為有些小事。
不得空。不曾來看得你老人家。心子裏吊不下。今日同這薛姑
子來看你。原來這薛姑子。不是從幼出家的。少年間曾嫁丈夫。
在廣成寺前居住。賣蒸餅兒生理。不料生意淺薄。那薛姑子就
有些不尷不尬。專一與那些寺里的和尚行童。調嘴弄舌。眉來
眼去。說長說短。弄的那些和尚們的懷中。個個是硬幫幫的。乘
那丈夫出去了。茶前酒後。早與那和尚們刮上了。四五六个。也
常有那火燒波波饅頭栗子。拿來進奉他。又有那付應錢。與他

大家喝笑了一會那吳月娘必竟是個正經的人不慌不忙說下幾句話
兒到是西門慶頂門上針正是
妻賢每至雞鳴警　欵語常聞藥石言
月娘說道哥你天大的造化生下孩兒你又發起善念廣結良緣豈不是
俺一家兒的福分只是那善念頭怕他不多那惡念頭怕他不盡哥你日
後那沒來回沒正經養婆娘沒搭煞貪財好色的事體少幹幾椿兒也不
儹下些陰功與那小孩子也好西門慶笑道你的醋話兒又來了却不道
天地尚有陰陽男女自然配合今生偷情的苟合的都是前生分定姻緣
簿上註名今生了還難道是生剌剌胡搊亂扯歪厮纏做的咱聞那佛祖
西天也止不過要黃金鋪地陰司十殿也要些楮鏹營求咱只消儘這家
私廣為善事就使強姦了姮娥和姦了織女拐了許飛瓊盜了西王母的
金瓶梅　廿二卷　第五十七回　十四
女兒也不減我潑天富貴月娘笑道狗吃熱屎原道是個香甜的生血弔
在牙兒內怎生改得正在咲間只見王姑子同了薛姑子提了一個盒兒
直闖進來朝月娘打問訊又向西門慶拜了拜說老爹你倒在家裡月娘
一面讓坐看官聽說原來這薛姑子不是從幼出家的少年間曾嫁丈夫
在廣成寺前賣蒸餅兒生理不料生意淺薄與寺裡的和尚行童調嘴弄
舌眉來眼去刮上了四五六個常有些饅頭齋供拿來進奉他又有那應
付錢與他買花開地獄的布送與他做裹腳他丈夫那里曉得以後丈夫
得病死了他因佛門情熟就做了個姑子專一在士夫人家往來包攬經
纖又有那些不長進要偷漢子的婦人叫他牽引聞得西門慶家裡大官
侍妾多人思想拐些用度因此頻頻往來有一隻歌兒道得好
尼姑生來頭皮光拖了和尚夜夜忙三個光頭好像師父師兄并師弟

娘等人的背後絮叨。這一回上半回目「道長老募修永福寺」的情節，到此處結束。

却說西門慶送了長老轉到廳上與應伯爵坐地道哥我正要
差人請你你來的正好我前日因往西京多虧衆親友們與咱
把個盞兒今日分付小的買辦你家大嫂安排小酒與衆人回
答要哥在此相陪不想遇着這個長老鬼混了一會兒那伯爵
就說道好個長老想是果然有德行的他說話中間連咱也心
動起來做了施主西門慶說道二哥你又幾曾做施主來的疏
簿又是幾時寫的應伯爵咲道咦難道我出口的不是施主不
成哥你也不曾見佛經過來佛經上第一重的是心施第二法

施第三才是財施難道我從傍攛掇的不當個心施的不成西
門慶又咲道二哥又怕你有口無心哩兩人拍手大笑應伯爵
就說小弟在此等待客來哥有正事自與嫂子商議去來只見
西門慶別了伯爵轉到內院裏頭只見那潘金蓮呼呼唔唔沒
揪沒採不覺的睡魔纏擾打了幾個噴嚏走到房中倒在象牙
牀上一忽地睡去了那李瓶又爲孩子啼哭自與那奶子丫鬟
在房中坐地看官哥嘻咲只有那吳月娘與孫雪娥兩個伴當
在那里整辦噇飯西門慶走到面前坐地就把那道長老募緣
與那自巳開疏的事備細對月娘說了一番又把那應伯爵與
咲打覷的說話也說了一番懽天喜地大家嘻咲了一會只見
那吳月娘畢竟是個正經的人不慌不忙不思不想說下幾句

西門慶送了長老轉到廳上與應伯爵坐地道我正要差人請你你來的
正好我前日往西京多謝衆親友們與咱把盞今日安排小酒與衆人回
金瓶梅　十三卷　第五十七回　十七
答要二哥在此相陪不想遇着這個長老鬼混了一會兒伯爵便說道好
個長老想是果然有德行的他說話中間連咱也心動起來做了施主西
門慶說道你又幾時做施主來疏簿又是幾時寫的應伯爵笑道哥你不
知道佛經上第一重的是心施第二法施第三纔是財施難道我從旁攛
掇的不當個心施西門慶笑道二哥只怕你有口無心哩兩人拍手大笑
應伯爵就說小弟在此等待客來哥有正事自與嫂子商議去只見西門
慶別了伯爵轉到內院裏頭只見那潘金蓮嘮嘮叨叨沒揪沒采不覺的
睡魔纏擾打了幾個噴涕走到房中倒在象牙床上睡去了李瓶兒又爲
孩子啼哭自與奶子丫鬟在房中坐地看官哥只有吳月娘與孫雪娥兩
個看着整辦晚飯西門慶走到面前坐的就把道長老募緣與自巳開疏
的事備細說了一番又把應伯爵戲笑打覷的話也說了一番懽天喜地

圓。只是我還有一件。說與你老人家。這個因果費甚麼多。更自獲福無量。咦老檀越。你若幹了這件功德。就是那老瞿曇雪山修道。迦葉尊散髮鋪地。二祖可投崖飼虎。給孤老滿地黃金。也比不的你功德哩。西門慶咲道。姑姑且坐下。細說甚麼功果。我便依你。那薛姑子。就說我們佛祖。留下一卷陀羅經。專一勸人法西方凈土的。佛說那三禪天四禪天。切利天。兜率天。大羅天。不周天。急切不能卽到。唯有西方極樂世界。這是阿弥陀佛出身所在。沒有那春夏秋冬。也沒有那風寒暑熱。常常如三春時候。融和天氣。也沒有夫婦男女。其人生在七寶池中。金蓮臺上西門慶道。那一朵蓮花有兇多大。生在上邊。一陣風擺。怕不骨碌碌吊在池里麽。薛姑子道。老爹你還不曉的。我依那經上說

佛家以五百里爲一由旬。那一朵蓮花好生利害。大的槃大的緊大的五百由旬。寶衣隨願至。玉食自天來。又有那些好鳥和鳴。如笙簧一般。委的好個境界。因爲那肉眼凡夫。不知去向。不生尊信。故此佛祖演說此經。勸人專心念佛。竟往西方。見了阿弥陀佛。自此一世二世。以至百千萬世。永永不落輪廻。那佛祖說的好。如有人持頌此經。或將此經印刷抄寫。轉勸一人。至千萬人持誦。獲福無量。况且此經裏面。又有獲諸童子經咒。凡有人家生育男女。必要從此發心。方得易長易養。灾去福來。如今這付經板現在。只沒人印刷施行。老爹你只消破些工料。印上兇千卷。裝釘完成。普施十方。那個功德。真是大的緊。西門慶道也不難。只不知這一卷經。要多少紙札。多少裝釘工夫。多少印

（4）

二十卷本的這一情節及文辭，完全與十卷本同。只是刪了他們認為「累贅」的一些文辭。是以在篇幅上，比十卷本減少約五百餘字。像描寫薛姑子的一些話，兩段嘲諷的歌詞，刪去了第一首，只留下第二首「尼姑生來頭皮光」。刪得最顯著的那二百五六十字，便是佛說「三禪天」及「佛家以五百里為由旬」的佛家那段佛家說詞。不惟情節與十卷本完全相同，文辭也十之九以上相同，只是刪了一些「累贅」的文辭而已。

頁花。開地獄的布。送與他做裹脚。他丈夫那里曉得。以後丈夫
得病死了。他因佛門情熟。這等就做了個姑子。專一在些士夫
人家往來。包攬經讖。又有那些不長進。要偷漢子的婦人。叫他
牽引和尚進門。他就做個馬八六兒。多得錢鈔。闖的那西門慶
家里豪富。見他侍妾多。思想拐些用度。因此頻頻往來。那西
門慶也不曉的。三姑六婆。人家最忌出入。正是
當年行經是窠兒。和尚闍黎鋪中間打扮念弥陀。開口兒就
說西方路。尺布裹頭顱。身穿直裰。繫個黃縧。早晚挂門傍戶。
騙金銀猶是可心窩裏。畢竟胡塗。算來不是好姑姑。幾个清
名被點污。　又有一隻歌兒道得好。
尼姑生來頭皮光。拖子和尚夜夜忙。三个光頭好像師父師
兄并師弟。只是鐃鈸缘何在里床。
那薛姑子坐就把那個小合兒揭開說道。咱們沒有甚麼孝順
拏得施主人家。幾個供佛的菓子兒。權當獻新。月娘道。要來竟
來來便了。何苦要你費心。只見那潘金蓮睡覺。听得外邊有人
說話。又認是前番光景。便走向前來听看。見那李瓶兒在房中
弄孩子。因曉得王姑子在此。也要與他商議。保佑官哥。同到月
娘房中。大家道個萬福。各各坐地。西門慶因見李瓶兒。曾曉
的。又把那道長老募緣。與那自家開疏捨財。替官哥永福的事
情。重新又說一番。不想道惱了潘金蓮。抽身竟走。喃喃嚷嚷。一
溜烟竟自去了。只見那薛姑子。站將起來。合掌着手。叫聲佛阿。
老爹你這等樣好心作福。怕不的壽年千歲。五男二女。七子團

只是鐃鈸原何在裡床
薛姑子坐下、就把小盒兒揭開、說道咱每沒有甚麼孝順、拏得施主人家、
幾個供佛的菓子兒、權當獻新、月娘道要來竟自來便了、何苦要你費心、
只見潘金蓮睡覺、聽得外邊有人說話、又認是前番光景、便走向前來聽、
看李瓶兒在房中弄孩子、因曉得王姑子在此、也要與他商議、保佑官哥、
因一同走到月娘房中、大家道個萬福、各各坐地、西門慶因見李瓶兒來、
又把那道長老募緣、與自家開疏捨財、替官哥求福的事情、又說一番、不
想惱了潘金蓮、抽身竟走、喃喃嚷嚷、竟自去了、那薛姑子聽了、就站將起
來、合掌叫聲佛阿、老爹作這等樣好心作福、怕不的壽年千歲、五男二女、
七子團圓、只是我還有一件說與你老人家、這個因果費不甚多、更自获
福無量、唉老檀越、你若幹了這件功德、就是那老瞿曇雪山修道、迦葉尊
金瓶梅　十二卷　第五十七回　十五
者截髮鋪地、二祖師投崖飼虎、給孤老滿地黃金、也比不得你功德哩、西門
慶笑道、姑姑且坐下、細說甚麼功果、我便依你、薛姑子就說我們佛祖留
下一卷阿羅經、專一勸人生西方淨土、因爲那肉眼凡夫不生尊信、故此
佛祖演說此經、勸你專心念佛、竟往西方、永永不落輪廻、那佛祖說的好、
如有人持誦此經、或將此經印刷抄寫、轉勸一人至于萬人持誦、獲福無
量、況且此經裏面、又有護諸童子經咒、凡有人家生育男女、必要從此發
心、方得易長易養、災去福來、如今這副經板現在、只沒人印刷施行、老爹
只消破些工料、印上幾千卷、裝釘完成、普施十方、那個功德真是大的緊、
西門慶道、這也不難、只不知這一卷經要多少紙扎、多少裝釘、多少印刷、
有個細數纔好[illegible]薛姑子道、老爹你那里去細細算他、止消先付九
兩銀子、教經坊裏作造經[illegible]完滿以後、一攬果算還他就是了、

正說的熱鬧只見那陳經濟要與西門慶說話。跟尋了好一回不見。問那玳安。說在月娘房里。走到捲棚底下。剛剛湊巧。遇着了那潘金蓮。凭闌獨哄。猛然抬起頭來。見了經濟。就是个猫兒見了魚鮮飯。一心心要哄他下去了。不覺的把一天愁悶。多改做春風和氣。兩个乘着没有人來。執手相偎。做剁嘴咂舌頭。兩下肉麻。好生兒頑了一回兒。因恐怕西門慶出來撞見。連那筭帳的事情。也不必呼。兩雙眼又像老鼠兒。見了猫來。左顧右盼。提防着。又没个方便。一溜

（5）

這裡在印經的情節中，還插入了陳經濟藉着尋西門慶說話，尋不到的時際，走到捲棚下發現了潘金蓮，又胡調了一陣。然後再寫西門慶兌出三十兩足包松花銀，交與薛姑子印五十卷經。再寫書童來報，請的客人已到了，銜接上開頭寫的，要請親朋來聚聚，謝謝他到東京這段日子的關顧。遂把前後情節呼應上了。

正說的熱鬧只見陳敬濟要與西門慶說話亦到捲棚底下𠞰𠞰湊巧遇着了潘金蓮憑闌獨悄猛擡頭見了敬濟就是貓兒見了魚鮮飯一般不覺把一天愁悶都改做春風和氣兩個見沒有人來就執手相偎剌嘴咂舌頭兩下肉麻頑了一回又恐怕西門慶出來撞見連筭帳的事情也不提了一雙眼又像老鼠兒防貓左顧右盼要做事又沒個方便只得一溜烟出去了且說西門慶聽了薛姑子的話頭不覺又動了一片善心就叫玳安拿拜匣取出一封銀子准准三十兩便交付薛姑子與王姑子即便同去經坊裏與我印下五千卷經待完了我就筭帳與他正話間只見書

（5）

二十卷本的這一段，也與十卷本同，只刪去了結尾這一段「談風月盡道是杜工部賀黃冠乘春賞玩。掉文袋也曉的蘇玉局、黃魯直赤壁清遊。投壺的定要那正雙飛拗雙飛八仙過海。擲包的又要那正馬軍拗馬軍鰍入菱窠。輸酒的要喝個無滴，不怕你玉山頹倒。贏色的又要去掛紅，誰讓你倒着接䍦。」刪了這一段，委實與情節無損。留着它，却也未嘗不是這一聚會的玩樂盛況。老實說，這一類的描寫，正是「金瓶梅詞話」的一種風格。

刷。有個細數纔好動彈。薛姑子又道。老爹你一發呆了。說那里話去。細細筭將起來。止消先付九兩銀子。交付那經坊裏。要他印造幾千幾萬卷。裝釘完滿以後一攪果筭還。他十七八食舒扎錢兒就是了。却怎地要細細筭將出來。

（4）

這一大段，寫薛姑子來，便是下半回目「薛姑子勸捨陀羅經」的情節。這一大段情節的篇幅，也有二千零字。其中為了引發這一段捨陀羅做功德的情節，還插寫了吳月娘的規勸丈夫，要西門慶此後少做些貪財好色的事，就是為小的子積了功了。又把這薛姑子本不是姑子，原本就不是一個好婦人。如今當了姑子，也只是在豪富人家跑跑，拐此花用而已。還特別為這姑子寫了兩段嘲諷意味極濃的歌詞。但在那薛姑子的嘴裡，還讓他說了一大段佛家的教理，又是什麼三禪天四禪天的「淨土」經文。不知這一大段是否是「陀羅經」的經文？

個自出去了且說西門慶聽罷了薛姑子的話頭不覺心上打
動了一片善念就吽玳安取出拜匣把汗巾上的小匙鑰兒開
了取出一封銀子准准三十兩足色松紋便交付薛姑子與那
王姑子即便同去隨分那里經坊與我印下五千卷經待完了
我就筭帳找他正話間只見那書童忙忙的來報道請的各位
客人多到了少不的是吳大舅花二舅謝希大常時節這一班
多各齊齊整整一齊到西門慶忙的不迭即便整衣出外迎接
升堂就吽小厮擺下卓兒放下小菜兒請吳大舅上坐了衆人
一行兒分班列次各叙長幼各各坐地那些窩臘煎熬大魚大
肉燒鷄燒鴨時鮮菓品一齊兒多捧將出來西門慶又吽道開
那麻菇酒兒盪來只見酒逢知己形迹多忘猜枚的打鼓的催
花的三拳兩謊的歌的歌唱的唱談風月盡道是杜工部賀黃
剁乘春賞翫掉文袋也曉的蘇玉局黃暮直赤壁清遊投壺的
定要那正雙飛拗雙飛八仙過海擲色的又要那正馬軍拗馬
軍鮲入菱窠輸酒的要喝个無滴不怕你玉山頹倒麗色的又
要去掛紅誰讓你倒着接䍠頑不盡少年塲光景說不了醉鄉
裏日月正是

秋月春花隨處有　賞心樂事此時同

百年若不千塲醉　碌碌營營總是空

畢竟未知後來何如且聽下回分解

章忙忙來報道請的各位客人都到了少不的是吳大舅花大舅謝希大
常峙節這一班西門慶忙整衣出外迎接陞堂就吽小廝擺下桌兒請眾
人一行兒分班列次各敘長幼坐的不一時大魚大肉時新菓品一齊兒

金瓶梅　十一卷　第五十七回　廿六

捧將出來只見酒逢知己形迹都忘猜枚的打鼓的催花的三拳兩謊的
歌的歌唱的唱頑不盡少年塲光景說不了醉鄉裏日月正是

秋月春風隨處有　賞心樂事此時同

第五十八回

比勘蠡說

一、如從篇幅來說，這一回的兩種刻本，字數的差距很小，廿卷本比十卷本只少千字之譜。在校勘中（3）已經說到，廿卷本居然刪去了十卷本中的任醫官走後的那一段周守備到來的約三頁篇幅。其他差異極小。

二、可以說第五十八回與其他各回一樣，兩者相比，僅有繁簡之異，並無情節與文辭上的差別。

三、如以第五十二回至第五十八回這七回篇幅的比勘來說，除了第五十三、四兩回，不惟有情節上的差異，更有文辭上的不同。足以證明廿卷本的這兩回也像第一回一樣，乃徹底改寫過的。其他九十餘回的差異情況，大都雷同，僅有繁簡之異，並無文辭的脈絡之別。儘管，廿卷本第五十五回的結尾改了，與十卷本不同了，十卷本第五十六回的〈別頭巾文〉與「詩」，廿卷本也刪去了，但情節無差異，文辭亦未另繫脈絡。與其他等回的繁簡，還是一致的。無法證明第五十五、五十六、五十七等回，也有「陋儒補以入刻」的情事。至於十卷本的這五回，更無絲毫「補以入刻」的可疑痕跡。只能勉強的附會上而已。

四、光是從這七回的比勘情事來看，也足以否定了沈德符《萬曆野獲編》的說法，沈說這五十三至五十七回有「陋儒補以入刻」的說法，是不能符契到這兩種刻本頭上去的。除非在這兩種刻本之前，還有一種刻本，可以符契的此一說法。

第五十八回

懷妬忌金蓮打秋菊　乞臈肉磨鏡叟訴冤

繡幃寂寂思懨懨　萬種新愁日夜添
一鴈叫羣秋度塞　亂蛩吟苦月當簷
藍橋失路悲紅線　金屋無人下翠簾
何似湘江江上竹　至今猶被淚痕沾

話說當日西門慶在前廳陪親朋飲酒。吃的酩酊大醉。走入後邊孫雪娥房裡來。雪娥正顧灶上看收拾家火。聽見西門慶往後邊去。慌的兩步做一步走。先前郁大姐正在他炕上坐的。一面攛掇他往月娘炕屋裏。和玉簫小玉一處睡去了。原來孫雪娥在後邊也住着一明兩暗三間房。一間床房。一間炕房。西門慶也有一年多沒進他房中來。聽見今日進來。連忙向前替西門慶接了衣服。安頓中間椅子上坐的。一面在房中揩抹涼蓆。收拾床鋪。薰香澡牝。走來遞茶與西門慶吃了。攙扶進房中。上床脫靴解帶。打發安歇。一宿無話。到次日廿八。乃西門慶正生日。剛燒畢紙。只見韓道國後生胡秀到了門首。下頭口。左右稟報與西門慶。西門慶叫胡秀到廳上。磕頭見了。問他貨船在那里。這胡秀遞上書帳。悉把韓大叔在杭州置了一萬兩銀子段絹貨物。見今直抵臨清鈔關。缺少稅鈔銀兩。方纔納稅起腳。裝載進城。這西門慶一面看了書帳。心中大喜。分付棋童看飯與胡秀吃了。教他往喬親家爹那里見見去。不一時胡秀吃畢飯去了。西門慶進來對吳月娘說。如此這般韓夥計貨船到了臨清。

第五十八回　潘金蓮打狗傷人　孟玉樓周貧磨鏡

帝臺春

愁旋釋還似織淚暗拭又偷滴嗔怒著丫頭強開懷也只是恨懷千疊拚則而今已拚了忘只怎生便忘得又還倚欄杆試重聽消息

話說當日西門慶陪親朋飲酒吃的酩酊大醉走入後邊孫雪娥房裡來雪娥正顧灶上行收拾家火聽見西門慶往房裡去慌的兩步做一步走先是郁大姐在他炕上坐的一面攛掇他往月娘房裏和玉簫小玉一處睡去了原來孫雪娥也住着一明兩暗三間房一間床房一間炕房西門慶也有一年多沒進他房中來聽見今日進來連忙向前替西門慶接衣服安頓中間椅子上坐的一面揩抹涼蓆收拾鋪床薰香澡牝走來遞茶與西門慶吃了攙扶上床脫靴解帶打發安歇一宿無話到次日廿八乃西門慶正生日剛燒畢紙只見韓道國後生胡秀到了門首下頭口左右稟知西門慶就叫胡秀到廳上磕頭見了問他貨船在那里胡秀遞上書帳說道韓大叔在杭州置了一萬兩銀子段絹貨物見今直抵臨清鈔關缺少稅鈔銀兩未曾裝載進城西門慶看了書帳心中大喜分付棋童看飯與胡秀吃了教他往喬親家爹那里見見去就進來對吳月娘說伙計貨船到了臨清使後生胡秀送書帳上來如今少不的把對門房子打掃乾淨那里卸貨發貨收拾開鋪子發賣月娘聽了就說你上緊尋個也不尋下西門慶道如今等應二哥來我就對他說不一時應伯爵來了西門慶陪着他在廳上坐就對他說韓伙計杭州貨船到了缺少個伙計發貨伯爵就說哥恭喜今日華誕的日子貨船到決增十倍之利喜上加喜哥若尋賣手不打緊我有一相識却是父交子往的朋友原是段子行賣了

了他來。倘若推辭。連那鴇子。都與我鎖了。墊在門房兒裡。這等
可惡。叫不得來。就罷了。一面叫鄭奉。你也跟了去。那鄭奉又不
敢不去。走出外邊來。央及玳安兒說道。安哥。你進去。我在外邊
等着罷。一定是王二老爹府裏叫。怕不的還沒收拾去哩。有累
安哥。若是沒動身。看怎的將就教他。好好的來罷。玳安道。若果
然往王家宅裡去了。等我拏帖兒討去。若是在家藏着。你進去
對他媽說。教他快收拾一答兒來。俺就與你替他回護兩句言
語兒。爹就罷了。你每不知道性格。他從夏老爹宅定下你。不來。
他可知惱了哩。這鄭奉一面先往家中說去了。玳安同兩個排
軍。一名節級。後邊去着

（1）

在五十六回中題到的「杭州貨船」，在這一回一開始便銜接上了。胡秀先送書帳來，說韓道國在杭州置了一萬兩銀子緞絹貨物，已抵臨清鈔關。於是寫到找一個發貨夥計來，到店中工作。這天是七月廿八日，西門慶正生日，遂又寫西門慶生日擺酒請客，叫妓侑酒歌唱事。

（1）

這一段，二十卷本與十卷本，十九相同，文辭亦無大異。

使了後生胡秀。送書帳土來。如今少不的把對門房子打掃。卸到那里。尋夥計收拾裝廂土庫。開鋪子發賣。月娘聽了。便說你上緊尋着。也不早了。還要慢慢的。西門慶道。如今等應二哥來。我就對他說。教他上緊尋覔。時應伯爵來了。西門慶在廳上陪着他坐。對他說韓夥計。杭州貨船到了。缺少個夥計發賣。伯爵就說。哥恭喜。今日華誕的日子。貨船到。決增十倍之利。喜上加喜。哥若尋賣手不打緊。我有一相識。却是父交子往的朋友。原是這段子行賣手。連年運拙閒在家中。今年纔四十多歲。正是當年漢子。眼力看銀水。是不消說。寫筭皆精。又會做買賣。此人姓甘名潤。字出身。見在石橋兒巷住。倒是自巳房兒。西門慶道。若好。你明日請他見我。正說着。只見李銘吳惠鄭奉三個先來扒在地下磕頭。起來旁邊站立。不一時。雜耍樂工都到了。廂房中打發吃飯。就把卓子擺下。與李銘吳惠鄭奉三個同吃。只見荅應的節級。拏票來回話。小的叫了唱的。止有鄭愛月兒不到。他家鴇子說。收拾了纔待來。被王皇親家人。攔的往宅裡唱去了。小的只叫了齊香兒董嬌兒洪四兒三個收拾了便來也。西門慶聽見他不來。便道胡說。怎的不來。便叫過鄭奉問。怎的你妹子。我這裡叫他不來。果係是被王皇親家攔了去。那鄭奉跪下。便道小的另住。不知道。西門慶道。你說往王皇親家唱就罷了。敢量我就拏不得來。便叫玳安兒近前分付。你多帶兩個排軍。就拏我個侍生帖兒。到王皇親家宅內。見你王二老爹。就說是我這里。請幾位人吃酒。道鄭月兒。荅應下兩三日了。好歹放

連年運拙閒在家中今年纔四十多歲眼力看銀水是不消說寫筭皆精又會做買賣此人姓甘名潤字出身見在石橋兒巷住倒是自巳房兒西門慶道若好你明日叫他見我正說着只見李銘吳惠鄭奉三個先來磕頭不一時雜耍樂工都到了廂房中打發吃飯只見荅應的節級拏票來回話說小的叫唱的止有鄭愛月兒不到他家鴇子說收拾了纔待來被王皇親家人攔往宅裡唱去了小的只叫了齊香兒董嬌兒洪四兒三個收拾了便來也西門慶聽見他不來便道胡說怎的不來便叫過鄭奉問怎的你妹子我這里叫他不來果係是被王皇親家攔了去那鄭奉跪下便道小的另住不知道西門慶道他說往王皇親家唱就罷了敢量我拿不得來便叫玳安兒近前分付你多帶兩個排軍就拿我個侍生帖兒到王皇親家宅內見你王二老爹就說我這裡請幾位客吃酒鄭愛月兒荅應下兩三日了好歹放了他來儻若推辭連那鴇子都與我鎖了墊在門房兒裡這等可惡一面叫鄭奉你也跟了去那鄭奉又不敢不去走出外邊來央及玳安兒說道安哥你進去我在外邊等着罷一定是王二老爹府裏叫怕不還沒去哩有累安哥若是沒動身看怎的將就叫他好好的來罷玳安道若果然往王家去了等我拿帖兒討去若是在家藏着你進去對他媽說教他快收拾一答兒來俺就替他回護兩句言語兒爹就罷了你每不知道他性格他從夏老爹宅裏定下你不來他可知惱了哩這鄭奉一面先往家中說去玳安同兩個排軍一名節級也隨後走來

時。青目二二。須叟陳經濟。取了一封銀子。來交與胡秀。胡秀稟道。小的往韓大叔家歇去。便領文書并稅帖。次日早同起身。不在話下。

（2）

這西門慶在清河地方上的權勢喧赫，連王皇親都得向他低頭。妓女鄭愛月已被王皇親家叫了去，西門慶却以特權的氣勢，強去把鄭愛月拉得來。同時，在鈔關上賄賂逃稅。

忽聽喝的道子响。平安來報劉公公。與薛公公來了。西門慶。郎冠帶迎接至大廳。見畢禮數。請至捲掤內。寬去上盔蟒衣。上面設兩張校椅坐下。應伯爵在下。與西門慶關席陪坐。薛內相便問。此位是何人。西門慶道。去年老太監會過來。乃是學生故友應二哥。薛內相道。却是那快耍笑的應先兒麼。那應伯爵欠身道。老公公還記的。就是在下。須史拿茶上來。吃了。只見平安走來稟道。府裡周爺。差人拏帖兒來。說今日還有一席。來遲些。教老爹這裡先坐。不須等罷。西門慶看了帖兒。便說我知道了。薛內相。因問西門大人。今日誰來遲。西門慶道。周南軒那

與你鈔關上錢老爹教他過稅之時青目一二須臾陳敬濟取了一封銀子來交與胡秀胡秀領了文書并稅帖次日早同起身不在話下

（2）

與十卷同。

忽聽喝的道子响平安來報劉公公與薛公公來了西門慶冠帶迎接至大廳見畢禮數請至捲棚內寬去上盔蟒衣上面設兩張交椅坐下應伯爵在下與西門慶關席陪坐薛內相便問此位是何人西門慶道去年老太監會過來乃是學生故友應二哥薛內相道却是那快耍笑的應先兒麼應伯爵欠身道老公公還記的就是在下須臾拿茶上來吃了只見平安走來禀道府裡周爺差人拏帖兒來說今日還有一席來遲些教老爹這裡先坐不須等罷西門慶看了帖兒便說我知道了薛內相因問西門慶人今日誰來遲西門慶道周南軒那邊還有一席使人來說休要等他只怕來遲些薛內相道既來說咱坐着他席面就是正說話間王經拿了兩個

且說西門慶打發玳安鄭奉去了。因向伯爵道。這個小淫婦兒這等可惡。在別人家唱。我這裡叫他不來。伯爵道。小行貨子。他曉的甚麼。他還不知你的手段哩。西門慶道。我倒見他酒席上說話兒伶俐。叫他來唱兩日試他。倒這等可惡。伯爵道。哥今日揀的這四個粉頭。都是出類拔萃的尖兒了。再無有出在他上的了。李銘道。你沒見愛香兒的。伯爵道。我跟你爹在他家吃酒。他還小哩。這幾年倒沒曾見不知出落的怎樣的了。李銘道。這小粉頭子。雖做好個身段兒。光是一味妝飾。唱曲也會怎生趕的上桂姐的一半兒。唱爹這里是那裡叫着。敢不來。就是來了。惱了你。還是不知輕重。只見胡秀來回話。小的到喬爹那邊見了來了。伺候老爺示下。西門慶教陳經濟後邊討五十兩銀子來。令書童寫一封書。使了印色。差一名節級。明日早起身。一同去下。與你鈔關上錢老爹。教他過稅之

且說西門慶打發玳安去了、因向伯爵道、這個小淫婦兒這等可惡在別人家唱、我這里叫他不來、伯爵道、小行貨子他曉的甚麼、他還不知你的手段哩、西門慶道、我倒見他酒席上說話兒伶俐、叫他來唱兩日試他、倒這等可惡、伯爵道、哥今日揀這四個粉頭、都是出類拔萃的尖兒了、李銘道、二爹你還沒見愛月兒哩、伯爵道、我同你爹在他家吃酒、他還小哩、這幾年到沒曾見、不知出落的怎樣的了、李銘道、這小粉頭子雖故好個身段兒、光是一味妝飾、唱曲也會、怎生趕的上桂姐一半兒、爹這裡是那裡、叫着敢不來、就是來了、惱了你、還是不知輕重、正說着、只見胡秀來回話道、小的到喬爹那邊見了老爹了、伺候老爹示下、西門慶教陳敬濟後邊討五十兩銀子、令書童寫書、使了印色、差一名節級、明日早起身、一同下去、

筆前者因在我這敝同僚府上會遇桂岩老先生甚是稱道老
先生大才盛德正欲趨拜請教不意老先生下降兼承厚貺感
激不盡溫秀才道學生匪才薄德謬承過譽茶罷西門慶讓至
捲棚內有薛劉二老太監在座薛內相道請二位老先生寬衣
進來西門慶一面請寬了青衣進裡面各遜讓再四方纔一邊
一位垂首坐下正敘談間吳大舅范千戶到了敘禮坐定不一
時玳安與同答應的和鄭奉都來回話四個唱的都叫來了西
門慶問是王皇親那裡不在玳安道是王皇親宅內叫還沒起
身小的要拴他轎子墩鎖他慌了纔上轎都一答兒來了西門
慶即出來到廳臺基上跕立只見四個唱的一齊進來向西門
慶花枝颭招繡帶飄颻都插燭也似磕下頭去那鄭愛月兒穿

着紫紗衫兒白紗挑線裙子頭上鳳釵半卸寶髻玲瓏腰肢媱
娜猶如楊柳輕盈花貌娉婷好似芙蓉艷麗正是萬種風流無
處買千金良夜實難消西門慶便向鄭愛月兒道我叫你如何
不來這等可惡敢量我拏不得你來那鄭愛月兒磕了頭起來
一聲兒也不言語笑着同眾人一直往後邊去了到後邊與月
娘眾人都磕了頭看見李桂姐吳銀兒都在跟前各道了萬福
說道你二位來的早李桂姐道俺每兩日沒家去了因說你四
個怎的這咱纔來董嬌兒道都是月姐帶累的俺每來遲了收
拾下只顧等着他白不起身那鄭愛月兒用扇兒遮着臉兒只
是笑不做聲月娘便問這位大姐是誰家的董嬌兒道娘不知
道他是鄭愛香兒的妹子鄭愛月兒纔成人還不上半年光景

那裡玳安道是王皇親宅內叫還沒起身小的要拿他轎子整鎖他慌了
纔上轎都一答兒來了西門慶即出到廳臺基上站立只見四個唱的一
齊進來向西門慶磕下頭去那鄭愛月兒穿着紫紗衫兒白紗挑線裙子
腰肢媱娜猶如楊柳輕盈花貌娉婷好似芙蓉艷麗正是
萬種風流無處買　千金良夜實難消
西門慶便向鄭愛月兒道我叫你如何不來這等可惡敢是我拿不得你
來那鄭愛月兒磕了頭起來一聲兒也不言語笑着同眾人一直往後邊
去了到後邊與月娘眾人都磕了頭看見李桂姐吳銀兒都在跟前各道
了萬福說道你　位來的早李桂姐道我每兩日沒家去了因說你四個
怎的這咱纔來董嬌兒道都是月姐帶累的俺們來遲了收拾下只顧等
着他白不起身那鄭愛月兒用扇兒遮着臉只是笑不做聲月娘便問這位

大姐是誰家的董嬌兒道娘不知道他是鄭愛香兒的妹子鄭愛月兒纔
成人還不上半年光景月娘道可倒好個身段兒說畢看茶吃了一面放
桌兒擺茶與眾人吃潘金蓮且揭起他裙子撮看他的腳看道你每這
裡邊的樣子只是恁直尖了不像俺外邊的樣子趫俺外邊尖底停勻你
裡邊的後跟子大月娘向大妗子道偏他恁好勝問他怎的一回又取下
他頭上金魚撇杖兒來瞧因問你這樣兒是那裡打的鄭愛月兒道是俺
裡邊銀匠打的須臾擺下茶月娘便叫桂姐銀姐你陪他四個吃茶不一
時六個唱的做一處同吃了茶李桂姐吳銀兒便向董嬌兒四個說你每
來花園裡走走董嬌兒道等我每到後邊走走就來李桂姐和吳銀兒
跟着潘金蓮孟玉樓出儀門往花園中來因有人在大捲棚內就不曾過
那邊去只在這邊看了回花草就往李瓶兒房裡看官哥兒官哥心中又

邊還有一席。使人來說。上坐休等，他哩。只怕來遲些。薛內相道既來說，咱虛着他席面就是。上面只見兩個小廝上來。一邊一個打扇，正說話之間。王經拏了兩個帖兒進來。兩位秀才來了。西門慶見帖兒上。一個是侍生倪鵬。一個溫必古。西門慶就知倪秀才。舉薦了他同窗朋友來了。連忙出來迎接，見都穿衣巾着進來。且不着倪秀才觀看。那溫必古，年紀不上四旬，生的明眸皓齒。三牙鬚。丰姿灑落。舉止飄逸。未知行藏何如。見觀動靜若是有幾句道得他好。

雖抱不羈之才。慣遊非禮之地。功名蹭蹬。豪傑之志已灰，家業凋零。浩然之氣先喪。把文章道學。一併送還了孔夫子。將致君澤民的事業。及榮華顯親的心念。都撇在東洋大海和光混俗。惟其利欲是前。隨方逐圓。不以廉恥為重。峩其冠。博其帶。而眼底旁若無人。席上闊其論。高其談。而胸中實無一物。三年叫案。而小考尚難。豈望月桂之高攀。廣坐啣盃。遯世無悶。且作岩穴之隱相。

西門慶讓至廳上敘禮。每人遞書帕二事，與西門慶祝壽。交拜畢。分賓主而坐。西門慶問道。久仰溫老先生大才。敢問尊號。溫秀才道。學生賤名必古。字日新。號葵軒。西門慶道。葵軒老先生。又問貴庠。魁經。溫秀才道。學生不才。府學備數。初學易經。一向久仰尊府大名。未敢進拜。昨因我這敝同窗倪桂岩道及老先生盛德。敢來登堂恭謁。西門慶道。不敢承老先生先施。學生容日奉拜。只因學生一個武官。粗俗不知文理。往來書柬。無人代

帖兒進來兩位秀才來了、西門慶見帖兒上一個是倪鵬、一個是溫必古就知倪秀才舉薦了同窗朋友來了、連忙出來迎接見都穿着衣巾進來且不看倪秀才、只見那溫必古年紀不上四旬、生的端莊質樸落腮鬍須容謙仰舉止溫恭、未知行藏如何、先觀動靜若是有幾句贊道他好

雖抱不羈之才、慣遊非禮之地、功名蹭蹬豪傑之志已灰、家業凋零浩然之氣先喪、把文章道學一併送還了孔夫子、將致君澤民的事業及榮身顯親的心念、都撇在東洋大海和光混俗、惟其利欲是前、隨方逐圓不以廉恥為重、峩其冠博其帶、而眼底旁若無人、闊其論高其談而胸中實無一物、三年叫案而小考尚難、豈望月桂之高攀、廣坐啣杯遯世無悶、且作岩穴之隱相、

西門慶讓至廳上敘禮、每人遞書帕二事與西門慶祝壽、交拜畢、分賓主而坐、西門慶道、久仰溫老先生大才、敢問尊號、溫秀才道、學生賤字日新號葵軒、西門慶道葵軒老先生、又問貴庠何經、溫秀才道學生不才府學備數、初學易經、一向久仰大名未敢進拜、昨因我這敝同窗倪桂岩道及老先生盛德、敢來登堂恭謁、西門慶道承老先生先施、學生容日奉拜、只因學生一個武官、粗俗不知文理、往來書柬無人代筆、前者因在敝同僚府上會遇桂岩老先生甚是稱道老先生大才盛德、正欲趨拜請教、不意老先生下降兼承厚貺感激不盡、溫秀才道、學生匪才薄德、謬承過獎、茶罷、西門慶讓至捲棚內、有薛劉二老太監在座、薛內相道、請二位老先生寬衣、遂進來、西門慶一面請寬了青衣、請進裡面、各遜讓再四、方纔一邊一位、坐首坐下、正敘談間、吳大舅范千戶到了、敘禮坐定、不一時、玳安與同春鴻的和鄭春鄭來同話道、四個唱的都叫來了、西門慶吩可是王皇親

道他留俺每在房裡吃茶來他每問來還不曾與你老人家磕頭不知娘是幾娘他便說我是你四娘哩金蓮道沒廉恥的小婦人別人称道你便好誰家自己稱是四娘來這一家大小誰與你誰數你誰叫你是四娘漢子在屋裡睡了一夜兒得了些顏色兒就開起染房來了若不是大娘房里有他大妗子他二娘房裡有桂姐你房裡有楊姑奶奶李大姐便有銀姐在這裡我那屋裡有他潘姥姥且輪不到往你那屋里去哩玉樓道你還沒曾見哩今日早辰起來打發他爹往前邊去了在院子裡呼張喚李的便那等花哨起來金蓮道常言道奴才不可逞小孩兒不宜哄又問小玉我聽見你爹對你奶奶說替他尋了頭子與他爹昨日到他屋裡見他只顧收拾不見問他到底是那

小淫婦做勢兒對你爹說我晚日不得個閑收拾屋裡只好晚夕來這屋裡睡罷了你爹說不打緊到明日對你娘說尋一個了頭子與你使便了真個有此話小玉道我不曉的敢是玉簫他聽見來金蓮向桂姐道你爹不是俺各房裡有人等閒不往他後邊去莫不俺每背地說他本等他嘴頭子不達時務慣傷犯人俺每急切不和他說話正說着綉春拿了茶上來每人一盞果仁泡茶正吃間忽聽前邊鼓樂响動荊都監衆人都到齊了遞酒上坐玳安兒來叫四個唱的就往前邊去了那日喬大戶沒來先是雜耍百戲吹打彈唱隊舞吊罷做了個笑樂院本割切上來獻頭一道湯飯只見任醫官到了冠帶着進來西門慶迎接至廳上敘禮任醫官令左右氊包內取出一方壽帕二

月董嬌兒道哥兒恁便益衣飯兒你也入了籍罷了洪四兒道這咱晚七八有二更放了俺每去罷了齊香兒道俺每明日還要起早往門外送殯去哩伯爵道誰家齊香兒道是房檐底下開門的那家子伯爵道莫不又是王三官兒家前日被他連累你那場事多虧你大爹這裏人情替李桂兒說連你也饒了這一遭雀兒不在那窠兒罷了齊香兒笑罵道怪老油嘴汗邪了你恁胡說伯爵道你笑話我老我半邊俏把你這四個小淫婦兒還不勾擺布哩洪四兒笑道哥兒我看你行頭不怎麼好光一味好撇伯爵道我那兒到根前看了一段還錢又道鄭家那賊小淫婦兒吃了糖五老鼠子兒白不言語有此出神的模樣敢記掛着那孤老兒在家裡董嬌兒道他剛纔[illegible]見[illegible]說[illegible]裡有此怯床伯爵道怯床不怯床拏樂器來每人唱[illegible]小也不留你了西門慶道也罷你們兩個遞酒兩

揩只見喝道之聲漸近平安進來禀報守備府周爺來了西門慶慌忙迎接未曾相見就先請寬盛服周守備道我來遲與四泉把一盞薛內相說道周大人不消把盞只見禮兒罷于是二人交拜畢纔與衆人作揖左首第三席安下鍾筯下邊就是湯飯割切上來又是馬上人兩盤點心兩盤熟肉兩瓶酒周守備謝了令左右領下去然後坐下一面觥籌交錯歌舞吹彈花攢錦簇飲酒正是

舞低楊柳樓頭月　歌罷桃花扇底風

吃至日暮先是任醫官隔門去的早西門慶送出來任醫官因問老夫人貴恙覺好了西門慶道拙室服了良劑已覺好些這兩日不知怎的又有些不自在明日還望老先生過來看看說畢任醫官作辭上馬而去落後又是倪秀才溫秀才起身西門慶再三欵留不住送出大門就道容日奉

月娘道可倒好個身段兒說畢看茶吃了一面放卓兒擺茶與
衆人吃那潘金蓮且只顧揭起他裙子撮弄他的脚看說道你
每這裡邊的樣子只是恁直尖了不相俺外邊的樣子趫俺外
邊尖底停勻你裡邊的後跟子大月娘向大妗子道偏他恁好
百勝問他怎的一回又取下他頭上金魚撇杖兒來瞧因問你
這樣兒是那裡打的鄭愛月兒道是俺裡邊銀匠打的須臾擺
下茶月娘便叫桂姐銀姐你陪他四個吃茶不一時六個唱的
做一處同吃了茶李桂姐吳銀兒便向董嬌兒四個說你每來
花園裡走走董嬌兒道等我每到後邊就來這李桂姐和吳銀
兒就跟着潘金蓮孟玉樓出儀門往花園中來因有人在大捲
棚內就不曾過那邊去只在這邊看了回花草就往李瓶兒房
裡看官哥兒官哥心中又有些不自在睡夢中驚哭吃不下妳
去李瓶兒在屋裡守着不出來看見李桂姐吳銀兒和孟玉樓
潘金蓮進來連忙讓坐的桂姐問道哥兒睡哩李瓶兒道他哭
了這一日我打發他面朝裡床纔睡下了玉樓道大娘說請劉
婆子來看他看你怎的不使小廝快請去李瓶兒道今日他爹
好的日子明日請他去罷正說話中間只見四個唱的和西門
大姐小玉走來大姐道原來你每都在這裡却教俺花園內尋
你玉樓道花園內有人在那里咱每不好去的瞧了瞧兒就來
了李桂姐問洪四兒你每四個在後邊做甚麼這半日纔來洪
四兒道俺每在後邊四娘房裡吃茶來坐了這一回潘金蓮聽
了望着玉樓李瓶兒笑問洪四兒誰對你說是四娘來董嬌兒

有些不自在睡夢中驚哭吃不下妳去李瓶兒在屋裡守着不出來看見
李桂姐吳銀兒和孟玉樓潘金蓮進來連忙讓坐桂姐問道哥兒睡哩李
瓶兒道他哭了這一日纔睡下了玉樓道大娘說劉婆子來看他看你
怎的不使小廝請去李瓶兒道今日他爹好日子明日請他去罷正說話
中間只見四個唱的和西門大姐小玉走來大姐道原來你每都在這里
却教俺花園內尋你玉樓道花園內有人咱們不好去的瞧了瞧兒就來
了李桂姐問洪四兒你每四個在後邊做甚麼這半日纔來洪四兒道俺
每在後邊四娘房裡吃茶來潘金蓮聽了望着玉樓李瓶兒笑問洪四兒
誰對你說是四娘來董嬌兒道他留俺每在房裡吃茶他每問來還不曾
與你老人家磕頭不知娘是幾娘他便說我是你四娘哩金蓮道沒廉耻
的小婦奴才別人稱你便好誰家自已稱是四娘來這一家大小誰與你

你倒會吃此是你六娘親手揀的伯爵笑道也是我女兒孝順之心說道
老舅你也請個兒于是揀了一個放在吳大舅口內又叫李銘吳惠鄭奉
近前每人揀了一個賞他正飲酒間伯爵向玳安道你去後邊叫那四個
小淫婦出來我便罷了也叫他唱個兒與老舅聽再進一回兒便好去今
日連遞酒他只唱了兩套休要便宜了他那玳安不動身說道小的叫了
他了在後邊唱與妗子和娘每聽哩便來也伯爵道賊小油嘴你幾時去
來還哄我因叫王經你去那王經又不動伯爵道我使着你每都不去等
我自去罷正說着只聞一陣香風過覺有笑聲四個粉頭都用汗巾兒答
着頭出來伯爵看見道我的兒誰養的你恁乖搭上頭兒心裡要去的情
好自在性兒不唱個曲兒與俺每聽就指望去好容易連轎子錢就是四
錢銀子買紅梭兒米買一石七八斗勾你家鴇子和你一家大小吃一個

拾一所書院與老先生居住連寳眷多搬來一處方便學生每月奉上束修以備薪水之需溫秀才道多承盛愛感激不盡倪秀才道觀此是老先生崇尚斯文之雅意矣打發二秀才去了西門慶陪客飲酒吃至更闌方散四個唱的都歸在月娘房內唱與月娘大妗子楊姑娘衆人聽西門慶還在前邊留下吳大舅應伯爵復坐飲酒看着打發樂工酒飯吃了先去了其餘席上家火都收了鮮果殘饌都令手下人分散吃了分付從新後邊拿果碟兒上來教李銘吳惠鄭奉上來彈唱拏大杯賞酒與他吃應伯爵道哥今日華誕設席列位都是喜歡李銘道今日薛爺和劉爺也費了許多賞賜落後見桂姐銀姐又出來每人又遞了一包與他只是薛爺比劉爺年小快頑些不一時書童

兒拿上添換果碟兒來都是蜜餞減碟榛松果仁紅菱雪藕蓮子荸薺酥油蚫螺氷糖霜梅玫瑰餅之類應伯爵看見酥油蚫螺渾白與粉紅兩樣上面都沾着飛金就先揀了一個放在口內如甘露洒心入口而化說道倒好吃西門慶道我的兒你倒肯吃此是你六娘親手揀的伯爵笑道也是我女兒孝順之心說道老舅你也請個兒于是揀了一個放在吳大舅口內又叫李銘吳惠鄭奉近前每人揀了一個賞他正飲酒間伯爵向玳安道你去後邊叫那四個小淫婦出來我便罷了也教他唱個兒與老舅聽再遲一回兒便好去今日連用錢他只唱了兩套休要便宜了他那玳安不動身說道小的叫了他了在後邊唱與妗子和娘每聽哩便來伯爵道賊小油嘴你幾時去哩還

俺每急切不和他說話正說着綉春拿了茶上來正吃間忽聽前邊鼓樂响動荊都監衆人都到齊了遞酒上座玳安兒來叫四個唱的就往前邊去了那日喬大戶沒來先是雜耍百戲吹打彈唱隊舞纔罷做了個笑樂院本割切上來獻頭一道湯飯只見任醫官到了冠帶着進來西門慶迎接至廳上叙禮任醫官令左右氊包內取出一方壽帕二星白金來與西門慶拜壽說道昨日韓明川說纔知老先生華誕恕學生來遲西門慶道豈敢動勞車駕又兼謝盛儀外日多謝妙藥彼此拜畢任醫官還要把盞西門慶辭道不消了一面脫了大衣與衆人見過就安在左首第四席與吳大舅相近而坐獻上湯飯并手下攢盒任醫官謝了令僕從領下去四個唱的彈着樂器在旁唱了一套壽詞西門慶令上席分頭遞酒下邊樂工呈上揭帖劉太監揀了韓湘子度陳半街昇仙會雜劇纔唱得一

個唱一套與他聽罷齊香兒道等我和月姐唱當下鄭月兒琵琶齊香兒彈筝坐在交床上歌美韻放嬌聲唱了一套越調鬬鵪鶉夜去明來倚簫兒遞與大舅酒洪四兒遞應伯爵酒在席上交杯換盞倚翠偎紅正是

舞回明月墜秦樓　歌遏行雲迷楚館

當下酒過數巡歌吟兩套打發四個唱的去了西門慶還留吳大舅坐了叫春鴻上來唱了一套南曲纔分付棋童備馬拏燈籠送大舅大舅道姐夫不消備馬我同應二哥一路走罷西門慶道既如此教棋童打燈籠送到家吳大舅與伯爵起身作別西門慶送至大門首因和伯爵說你明日好歹上心約會了那甘夥計來見我批合同我會了喬親家好收拾那邊房子卸貨伯爵道哥不消分付我知道一面作辭與吳大舅同行棋童打着燈籠吳大舅便問剛纔姐夫說收拾那裡房子伯爵道韓夥計貨船到

星白金來與西門慶拜壽說道昨日韓明川纔說老先生華誕
恕學生來遲西門慶道豈敢動勞車駕又兼謝盛儀外日多謝
妙藥彼此拜畢任醫官還要把盞西門慶道不消剛纔已見過
禮就是了一面脫了衣服安在左手第四席與吳大舅相近而
坐獻上湯飯并手下攢盤任醫官道多謝了令僕從領下去告
坐坐下四個唱的彈着樂器在旁唱了一套壽詞西門慶令上
席各分投遞酒下邊樂工呈上揭帖到劉薛二內相席前揀令
一段韓湘子度陳半街升仙會雜劇纔唱得一摺只聽喝道之
聲漸近平安進來稟報守備府周爺來了西門慶冠帶迎接未
曾相見就先令寬盛服周守備道我來非為別務要與四哥把
一盞薛內相向前來說道周大人不消把盞只見禮兒罷于是

二人交拜又道我學生來遲恕罪恕罪敘畢禮數方寬衣解帶
纔與衆人作揖左首第三席安下鍾筯下邊就是湯飯割切一
道添換拿上來席前打發馬上人兩盤點心兩盤熟肉兩瓶酒
周守備舉手謝道忒多了令左右上來領下去然後坐下一面
劉薛二內相每人送周守備一大杯觥籌交錯歌舞吹彈花攢
錦簇飲酒正是舞低楊柳樓心月歌罷桃花扇底風吃至日暮
時分先是任醫官隔門去的早西門慶送出來任醫官因問老
夫人貴恙覺好了西門慶道抽室服了良劑已覺好些些這兩日
不知怎的又有些些不自在明日還望老先生過來看看說畢任
醫官作辭上馬而去落後又是倪秀才溫秀才起身西門慶再
三款留不住送出大門說道容日奉拜請教寒家就在對門收

拜請教寒家就在對門收拾一所書院與老先生居住連寶眷都搬來一
處方使學生每月奉上束修以備薪水之需溫秀才道多承厚愛感激不
盡倪秀才道此是老先生崇尚斯文之雅意矣打發二秀才去了西門慶
陪客飲酒吃至更闌方散四個唱的都歸在月娘房內唱與月娘大妗子
楊姑娘衆人聽西門慶還在前邊留下吳大舅應伯爵復坐飲酒看着打
發樂工酒飯吃了先去了其餘席上家火都收了又分付從新後邊拿菓
碟兒上來教李銘吳惠鄭奉上來彈唱拏大杯賞酒與他吃應伯爵道哥
今日華誕設席列位都是喜懽李銘道今日薛爺和劉爺也費了許多賞
賜落後見桂姐銀姐又出來每人又遞了一包與他只是薛爺比劉爺年
小快頑些不一時吊兒拿了菓碟兒來應伯爵看見酥油蚫螺就先揀
了一個放在口內如甘露灑心入口而化說道倒好吃西門慶道我的兒

誰數你誰叫你是四娘漢子在屋裡睡了一夜兒得了些顏色兒就開起
染房來了若不是大娘房裡有他大妗子他二娘房裡有桂姐你房裡有
楊姑奶奶李大姐有銀姐在這裡我那屋裡有他潘姥姥且輪不到往你
那屋裡去哩玉樓道你還沒曾見哩今日早辰起來打發他爹往前邊去
了在院子裡呼張喚李的便那等花哨起來金蓮道常言道奴才不可逞
小孩兒不宜哄又問小玉我聽見你爹對你奶奶說要替他尋丫頭說你
爹昨日在他屋裡見他只顧收拾不了因問他那小淫婦就趁勢兒對你
爹說我終日不得個閒收拾屋裡只好晚夕來這屋裡睡罷了你爹說不
打緊到明日對你娘說尋一個丫頭與你使便了真個有此話小玉道我
不曉的敢是玉簫聽見來金蓮向桂姐道你爹不是俺各房裡有人等閒
不往他後邊去莫不俺每背地說他本等他嘴頭子不達時務慣傷犯人

兒琵琶齊香兒彈箏坐在校床兒兩個輕舒玉指款跨鮫綃啟朱唇露皓齒歌美韻放嬌聲唱了一套越調鬬鵪鶉夜去明來倒有個天長地久當下董嬌兒遞吳大舅酒洪四兒遞應伯爵酒在席上交杯換盞倚翠偎紅翠袖慇懃金杯瀲灧正是

朝赴金谷宴　暮伴綺樓娃
休道歡娛處　流光逐落霞

當下酒進數巡歌吟兩套打發四個唱的去了西門慶還留吳大舅坐教春鴻上來唱南曲與大舅聽分付棋童備馬來拏燈籠送大舅大舅道姐夫不消備馬我同應二哥一路走罷天色晚了西門慶道無是理如此教棋童打燈籠送到家當下唱了一套吳大舅與伯爵起身作別道深擾姐夫西門慶送至大門首因和伯爵說你明日好歹上心約會了那位甘夥計來見了批合同我會了喬親家好收拾那邊房子一兩日卸貨伯爵道哥不消分付我知道一面作辭與大舅同行棋童打着燈籠吳大舅便問剛纔姐夫說收拾那裡房子伯爵悉把韓夥計貨船到無人發賣他心內要開個段子鋪收拾對門房子教我替他尋個夥計一節對大舅說了大舅道幾時開張咱每親朋會定少不的具果盒花紅來作賀作賀須臾出大街到伯爵小衚衕口上大舅要棋童打燈籠送你應二叔到家伯爵不肯說道棋童你送大舅我不消燈籠進巷內就是了一面作辭分路回來棋童便送大舅去了西門慶打發李銘等唱錢關門回後邊月娘房中歇了一夜

哄我因叫王經你去那王經又不動伯爵道我便看你每都不去等我去罷于是就往後走玳安道你老人家趂早休進去後邊有狗哩好不利害只咬大腿伯爵道若咬了我我直頼到你娘那炕頭子上玳安入後邊良久只聽一陣香風過覺有笑聲四個粉頭都用汗巾兒搭着頭出來伯爵看見我的兒誰養的你恁乖搭上頭兒心裡要去的情好自在性兒不唱個曲兒與俺每聽就指望去好容易連轎子錢就是四錢銀子買紅梭兒來買一石七八斗勾你家鴇子和你一家大小吃一個月董嬌兒道哥兒恁便益衣飯兒你也入了籍罷了洪四兒道大爺這咱晚七八有二更放了俺每去罷了齊香兒道俺每明日還要起早往門外送殯去哩伯爵道誰家齊香兒道是房簷底下開門兒那家子伯爵道莫不又是王三官兒家前日被他連累你那場事多虧你大爹這裡人情替李桂兒說連你也饒了這一遭雀兒不在那窩兒罷了齊香兒笑罵道怪老油嘴汗邪了你恁胡說伯爵道你笑話我老我那些兒放着老我半邊俏把你這四個小淫婦兒還不勾擺布洪四兒笑道哥兒我看你行頭不怎麼好光一味好撇伯爵道我那兒到根前看手段還錢又道鄭家那賊小淫婦兒吃了糖五老座子兒百不言語有些出神的模樣敢記掛着那孤老兒在家里董嬌兒道他剛纔聽見你說在這里有些怯床伯爵道怯床不怯床拏樂器來每人唱一套你每去罷我也不留你了西門慶道也罷你每叫兩個遞酒兩個唱一套與他聽罷齊香兒道等我和月姐唱當下鄭月

他新開個段子鋪收拾對門房子教我替他尋個夥計大舅道幾時開張咱每親朋少不的作賀作賀須臾出大街到了伯爵小衚衕口上吳大舅要棋童打燈籠送你應二爹到家伯爵不肯說道棋童你送大舅去不消燈籠進巷內就是了一面作辭分路回家棋童便送大舅去了西門慶打發李銘等唱錢去了回後邊月娘房中歇了一夜

（3）

二十卷本的這一大段情節，篇幅沒有十卷本這樣多，它從任醫官到來之後，便刪去了周守備到來以後的約三頁篇幅，論字數計達一千五六百字。可是，二十卷本何以要刪去十卷本的這一段所寫的細致筆墨，且又風趣橫生的現實情節？令人費解。

到次日果然伯爵領了甘出身穿青衣走來
拜見講說了回買賣之事西門慶叫將崔本來會喬大戶那邊
收拾房子卸貨修盖土庫局面擇日開張舉事喬大戶對崔本
說將來凡一應大小事隨你親家爹這邊只顧處不消多較當
下就和甘夥計批立了合同就立伯爵作保譬如得利十分為
率西門慶分五分喬大戶分三分其餘韓道國甘出身與崔本
三分均分一面收卸磚瓦木石修盖土庫裡面裝畫牌面待貨
車到日堆卸貨物後邊獨自收拾一所書院請將溫秀才來作
西賓專修書柬回答往來士夫每月三兩束修四時禮物不缺
又撥了畫童兒小廝伏侍他早晚替他拿茶飯舀硯水他若出
門望朋友跟他拏拜帖匣兒西門慶家中常延客就請過來陪
侍飲酒俱不必細說不覺過了西門慶生辰第二日早辰就請

到次日果然伯爵領了
甘出身穿青衣走來拜見講說買賣之事西門慶叫將崔本來會喬大戶
那邊收拾房子開張舉事喬大戶對崔本說將來凡一應大小事隨你親
家爹這邊只顧處不消多較當下就和甘夥計批了合同就立伯爵作保
得利十分為率西門慶五分喬大戶三分其餘韓道國甘出身與崔本
分均分一面修蓋土庫裝畫牌面待貨車到日堆卸開張後邊又獨自收
拾一所書院請將溫秀才來作西賓專修書柬回答往來士夫每月三兩

（3）

這麼長長的一大段，幅長四千四百餘字。所寫全是西門慶生日的宴會歡樂。在這裡，不惟寫出了西門慶的家庭奢靡生活，也描寫了妓家女的性行。尤其，在這一回交代了李桂姐與王三官那擋子官司的結束等情。在第五十六回寫的西門慶要聘一位秀才料理筆墨之事的溫秀才，這一回也正式登場了。

說哥兒纔吃了老劉的藥睡着了教五娘這邊休打狗罷這潘
金蓮坐着半日不言語一面把那狗打了一回開了門放出去
了又尋起秋菊的不是來看着那鞋左也惱右也惱因把秋菊
喚至跟前說論起這咱晚這狗也該打發去了只顧還放在這
屋裡做甚麼是你這奴才的野漢子你不發他出去教他恁遍
地撒屎把我恁雙新鞋兒連今日纔三四日兒躧了恁一鞋靸
子屎知道了我來你與我點個燈兒出來你如何恁推聾粧啞
裝憨兒春梅道我頭裡又對他說你趂娘不來早喂他些飯關
到後邊院子裡去罷他佯打耳睜的不理我還拏眼兒瞟着我
婦人道可又來賊胆大萬殺的奴才怎麼恁把屁股兒懶待動
因我知道你在這屋裡成了把頭便說你恁久慣牢頭把這打
來不作理因叫他到跟前叫春梅拏過燈來教他瞧躧的我這
鞋上的齷齷我纔做的恁奴心愛的鞋兒就教你奴才遭塌了
我的哄得他低頭瞧提着鞋拽巴兜臉就是幾鞋底子打的秋
菊嘴唇都破了只顧揾着搽血那秋菊走開一邊婦人罵道好
賊奴才你走了教春梅與我採過跪着取馬鞭子來把他身上
衣服與我扯了好好教我打三十馬鞭子便罷但扭一扭兒我
亂打了不筭春梅于是扯了他衣裳婦人教春梅把他手拴住
雨點般鞭子掄起來打的這丫頭殺猪也似叫那邊官哥纔合
上眼兒又驚醒了又使了綉春來說俺娘上覆五娘饒了秋菊
不打他罷只怕諕醒了哥哥那潘姥姥正歪在裡間屋裡炕上
聽見金蓮打的秋菊叫一砧碌子扒起來在旁邊勸解見金蓮

子裡去罷他佯打耳睜的不理我還拿眼兒瞟着我婦人道可又來賊膽
大萬殺的奴才我知道你在這屋裡成了把頭把這打來不作准因叫他
到跟前瞧躧的我這鞋上的齷齪哄得他低頭瞧提着鞋拽巴兜臉就是
幾鞋底子打的秋菊嘴唇都破了只顧揾着抹血忙走開一邊婦人罵道
好賊奴才你走了教春梅與我採過來跪着取馬鞭子來把他身上衣服
與我扯了好好教我打三十馬鞭子便罷但扭一扭兒我亂打了不筭春
梅于是扯了他衣裳婦人教春梅把他手扯住雨點般鞭子打下來打的
這丫頭殺猪也似叫那邊官哥纔合上眼兒又驚醒了又使了綉春來說
俺娘上覆五娘饒了秋菊罷只怕諕醒了哥哥那潘姥姥正歪在裡間炕
上聽見打的秋菊叫一砧碌子扒起來在傍邊勸解見金蓮不依落後又
見李瓶兒使過綉春來說又走向前奪他女兒手中鞭子說道姐姐少打

金瓶梅　十二卷　第五十八回　二十七

他兩下兒罷惹得他那邊姐姐說只怕諕了哥哥為驢扭棍不打緊到沒
的傷了紫荊樹金蓮緊自心裡惱又聽見他娘說了這一句越發心中撺
上把火一般須臾紫漲了面皮把手只一推險些兒不把潘姥姥推了一
交便道怪老貨你與我過一邊坐着去不干你事來勸甚麼甚麼紫荊樹
驢扭棍單管外合裏應潘姥姥道賊作死的短壽命我怎的外合裏應我
來你家討冷飯吃教你恁頓摔我金蓮道你明日夾着那老毯走怕他家
拿長鍋煮吃了我潘姥姥聽見女兒這等擦他走到裡邊屋裡嗚嗚咽咽
哭去了隨着婦人打秋菊打勾二三十馬鞭子然後又蓋了十欄杆打的
皮開肉綻纔放出來又把他臉和腮頰都用尖指甲掐的稀爛李瓶兒在
那邊只是雙手握着孩子耳朵腮邊墮淚敢怒而不敢言

了任醫官來看李瓶兒討藥。又在對門看着收拾。楊姑娘先家
去了。李桂姐。吳銀兒。還沒家去。吳月娘買了三錢銀子螃蟹。午
間煮了。來在後邊院內請大妗子。李桂姐吳銀兒眾人都圍着。
吃了一回。只見月娘請的劉婆子來看官哥兒。吃了茶。李瓶兒
就陪他往前邊房裡去了。劉婆子說。哥兒驚了。住了奶。又留
下幾服藥。月娘與了他三錢銀子。打發去了。孟玉樓。潘金蓮和
李桂姐吳銀兒。大姐都在花架底下。放小卓兒鋪氈條同抹骨
牌。賭酒頑耍。那個輸一牌。吃一大杯。涓孫雪娥。吃眾人贏了七
八鍾酒。又不敢久坐。坐一回又去了。西門慶在對門房子內。看
着收拾打掃。和應伯爵。崔本。甘夥計吃酒。又使小廝來家。要菜
兒。慌的雪娥。往廚下打發。只拏李嬌兒頂缺。金蓮教吳銀兒桂
姐你唱。慶七夕。俺每聽。當下彈着琵琶。唱商調集賢賓。
暑纔消。大火即漸西。斗柄往大宮移。一葉梧桐飄墜。萬方秋
意皆知。暮雲軒。聒聒蟬聲。晚風輕。點點螢飛。天街夜涼清似
水。鵲橋高掛。偏宜金盤內種五生。瓊樓上設筵席。
當日眾姊妹飲酒至晚。月娘裝了盒子。相送李桂姐吳銀兒家
去了。潘金蓮吃的大醉歸房。因見西門慶夜間。在李瓶兒房裡
歇了一夜。早辰請任醫官又來看他。那惱在心裡。知道他孩子
不好。進門不想天假其便。黑影中躧了一腳狗屎。到房中叫春
梅。點燈來看。大紅段子新鞋兒上。滿幫子都展污了。登時柳眉
剔豎星眼圓睜。叫春梅打着燈。把角門關了。拏大棍。把那狗沒
高低。只顧打。打的怪叫起來。李瓶兒那邊。使過迎春來說。俺娘

東修四時禮物不缺、又撥了畫童兒小廝伏侍他、西門慶家中宴客常請
過來陪侍飲酒、俱不必細說、不覺過了西門慶生辰、第二日早辰就請了
任醫官來看李瓶兒、又在對門看着收拾、楊姑娘先家去了、李桂姐吳銀
兒還沒家去、吳月娘買了三錢銀子螃蟹、午間煮了、請大妗子李桂姐吳
銀兒眾人圍着吃了一回、只見月娘請的劉婆子來看官哥兒、吃了茶、李
瓶兒就陪他往前邊房裡去了、劉婆子說哥兒驚了、要住了奶、又留下幾
服藥、月娘與了他三錢銀子打發去了、孟玉樓潘金蓮和李桂姐吳銀兒
大姐都在花架底下放小桌兒鋪氈條同抹骨牌賭酒頑耍、孫雪娥吃眾
人贏了七八鍾酒、不敢久坐就去了、眾人就拿李嬌兒頂缺、金蓮又教吳
銀兒桂姐唱了一套、當日眾姊妹飲酒至晚、月娘裝了盒子相送李桂姐
吳銀兒家去了、潘金蓮吃的大醉歸房、因見西門慶夜間在李瓶兒房裡

金瓶梅　十二卷　第五十八回　二十六

歇了一夜、早辰又請任醫官來看他、惱在心裡、知道他孩子不好、進門不
想天假其便、黑影中躧了一腳狗屎、到房中叫春梅點燈來看、一雙大紅
段子鞋、滿幫子都展污了、登時柳眉剔豎、星眼圓睜、叫春梅打着燈把角
門關了、拏大棍把那狗沒高低只顧打、打的怪叫起來、李瓶兒使過迎春
來說、俺娘說哥兒纔吃了老劉的藥睡着了、教五娘這邊休打狗罷、潘金
蓮坐着半日不言語、一面把那狗打了一回、開了門放出去、又尋起秋菊
的不是來、看着那鞋、左也惱右也惱、因把秋菊喚至跟前說、這咱晚這狗
也該打發去了、只顧還放在這屋裡做甚麼、是你這奴才的野漢子、你不
發他出去、教他恁遍地撒屎、把我恁雙新鞋兒連今日纔三四日兒躧了
恁一鞋幫子屎、知道我來、你也該點個燈兒出來、你如何恁推聾妝啞裝
憨兒的、春梅道、我頭裡就對他說、你趁娘不來、早喂他些飯、關到後邊院

此始出。不像前幾回，回目的情節無不寫了很多。

不想那日西門慶。在對門房子裡吃酒散了。逕往玉樓房中歇了一夜。到次日。周守備家請吃補生日酒。不在家。李瓶兒。見官哥兒吃了劉婆子藥。不見動靜。夜間又着驚跳。一雙眼只是往上吊吊的。因那日薛姑子。王姑子家去。來對月娘說。向房中拏出他壓被的銀獅子一對來。要教薛姑子。印造佛頂心陀羅經。赶八月十五日。嶽廟裡去捨。那薛姑子。就要拏着走。被孟玉樓在旁說道。師父你且住。大娘。你還使小厮。叫將賁四來。替他兌兌多少分兩。就同他往經鋪裡。講定個數兒來。每一部經。多少銀子。咱每捨多少。到幾時有纔好。你敎

西門慶在對門房子裡與伯爵崔本甘夥計吃了一日酒散了逕往玉樓房中歇息到次

不依。落後又見李瓶兒使過迎春來說。又走向前。奪他女兒手
中鞭子。說道姐姐。少打他兩下兒罷。惹的他那邊姐姐說。只怕
諕了哥哥。為驢扭棍不打緊。倒沒的傷了紫荆樹。金蓮緊自心
裡惱。又聽見他娘說了這一句。越發心中攛上把火一般須臾
紫漒了面皮。把手只一推。險些兒不把潘姥姥推了一交。便道
怪老貨。你不知道。與我過一邊坐着去。不干你事。來勸甚麼。臘
子甚麼紫荆樹。驢扭棍。單管外合裏差。潘姥姥道。賊作死的短
壽命。我怎的外合裏差。我來你家討冷飯吃。教你恁頓摔我。金
蓮道。你明日說與我來。看那老毯走。怕是他家。不敢挐長鍋煮
吃了我。那潘姥姥聽見女兒這等證他。走那裡邊屋裡。嗚嗚咽
咽。哭起來了。由着婦人打秋菊打勾約二三十馬鞭子。然後又
蓋了十闌杆。打得皮開肉綻。纔放起來。又把他臉和腮頰都用
尖指甲掐的稀爛。李瓶兒在那邊。只是雙手握着孩子耳朵。腮
頰痛淚。敢怒而不敢言。

（4）

到了這一段情節的最後，方始寫到潘金蓮夜晚回房，在路上踩了狗屎，汚了新鞋。又爲了昨夜漢子住在李瓶兒房裡，今晨又請任醫官診他的病症，心裡大不高興。在回房後又打狗又打秋菊。上半回目的「懷妒忌金蓮打秋菊。」至

（4）

二十卷本的這一段，刪去了一百多字。如慶七夕的那段「集賢賓」就刪了。像這種刪減的情形，二十卷本大多如此。

每又不管。每當在人前。會那等做清兒說話。我心裡不耐煩。他爹要便進我屋裡。推看孩子睡着。和我睡。誰耐煩。教我就攛掇往別人屋裡睡去了。俺每自恁好罷了。背地還嚼說俺每。那大姐姐。偏聽他一面詞兒說話。不是俺每爭這個事。怎麼昨日漢子不進你屋裡去。你使丫頭。在角門子首叫進屋裡。推看孩子。你便吃藥。一徑把漢子。作成在那屋裡。和吳銀兒睡了一夜去了。一徑顯你那乖覺。教漢子喜歡你。那大姐姐就有的話兒說了。昨日晚夕。人進屋裡。躧了一泡狗屎。打丫頭赶狗。也嗔起來。使丫頭過來說。說了他孩子了。俺娘那老貨。又不知道。慢他那嘴吃。教他那小買手。走來勸甚麼的。驢扭棍傷了紫荊樹。我惱他即這等輕聲浪氣。他又來我跟前說話長短。教我墩了他兩句。他今日使性子家去了。去了罷。教我說他家有你這樣窮親戚。也不多。沒你也不少。比時恁他快使性子。到明日不要來他家。怕他拏長鍋煑吃了我。隨他和他家纏去。玉樓笑道。你這個沒訓教的子孫。你一個親娘母。見你這等訌他。金蓮道。不是這等說。惱人子腸了。單管黃貓黑尾。外合裡差。只替人說話。吃人家碗半。被人家使喚。得不的人家一個甜來兒。千也說好。萬也說好。想着迎頭兒養了這個孩子。把漢子調唆的生根也似的。把他便扶的正正兒的。把人恨不的躧到那泥裡頭還躧。今日怎的天也有眼。你的孩兒生出病來了。我只說日頭常晌午。如何也有個錯了的時節兒。正說着。只見賁四和來安兒往經舖裡。交了銀子。來回月娘話。看見玉樓金蓮和大姐都在廳臺基上

那等輕狂使勢大清早辰刁蹬着漢子請太醫看他亂他的俺每又不管每常在人前會那等撇清兒說話我心裡不耐煩他爹要便進我屋裡推看孩子睡着和我睡誰耐煩教我就攛掇往別人屋裡去了俺每自恁好罷了背地還嚼說俺們那大姐姐偏聽他一面詞兒不是俺每爭這個事怎麼昨日漢子不進你屋裡去你使丫頭在角門子首叫進屋裡推看孩子你便吃藥一徑把漢子作成和吳銀兒睡了一夜一逕顯你那乖覺教漢子喜歡你那大姐姐就沒的話說了昨日晚夕人進屋裡躧了一脚狗屎打丫頭趕狗也嗔起來使丫頭過來說說了他孩子了俺娘那老貨又不知道走來勸甚麼的驢扭棍傷了紫荊樹我惱他那等輕聲浪氣教我墩了他兩句他今日使性子家去了去了罷教我說他家有你這樣窮親戚也不多沒你也不少玉樓笑道你這個沒訓教的子孫你一個親娘母

金瓶梅　十三卷　第五十八回　二十九

兒你這等訌他金蓮道不是這等說惱人的腸子單管黃貓黑尾外合裏差只替人說話吃人家碗半被人家使喚得不的人家一個甜頭兒千也說好萬也說好想着迎頭兒養了這個孩子把漢子調唆的生根也似的把他便扶的正正兒的把人恨不的躧到泥裡頭還躧今日恁的天也有眼你的孩兒也生出病來了正說着只見賁四往經鋪裡交了銀子來回月娘話看見玉樓金蓮和大姐都在廳臺基上坐的只顧在儀門外立着不敢進來來安走來說道娘每閃閃兒賁四來了金蓮道怪囚根子你叫他進去不是纔乍見他來來安兒說了賁四低着頭一直後邊見月娘李嬌兒說道銀子四十一兩五錢眼同兩個師父交付與翟經兒家收了講定印造綾殼陀羅五百部每部五分絹殼經一千部每部三分共該五十五兩銀子除收過四十一兩五錢還找與他十三兩五錢准在十四日早

薛師父去。他獨自一個。怎弄的過來。月娘道。你也說的是。一面使來安兒。你去瞧賁四來家不曾。你叫了他來。來安兒。一直去了。不一時。賁四來到。向月娘衆人作了揖。把那一對銀獅子。上天平兌了。重四十九兩伍錢。月娘分付。同薛師父。往經鋪請印造經數去了。潘金蓮隨即叫孟玉樓。咱送送他兩位師父去。就前邊看看大姐。他在屋裡做鞋哩。兩個携着手兒。往前邊來。賁四同來安兒薛姑子。王姑子。往經鋪裡去。金蓮與玉樓。走出大廳前來。東廂房門首見他正守着針線筐兒。在簷下納鞋。金蓮拏起來看。都是沙綠潞紬子鞋面。玉樓道。大姐。你不要這紅鎖線子。爽利着藍頭線兒。都不老作些。你明日還要大紅提跟子。大姐道。我有一雙是大紅提根子的。這個我心裡要藍提跟子。所以使大紅線鎖口。金蓮瞧了一回。三個都在廳臺基上坐的。玉樓問大姐。你女婿在屋裡不在。大姐道。他不知那裡吃了兩鍾酒。在屋裡睡哩。孟玉樓便向金蓮說。剛纔若不是我在旁邊說着。李大姐恁哈帳行貨。就要把銀子交姑子拏了印經去。經也印不成。沒脚蟹行貨子。藏在那大人家。你那里尋他去。早時我說。叫將賁四來。同他去了。金蓮道。你看麽。你教我幹。恁有錢的姐姐。不撰他些兒。是傻子。只相牛身上拔一根毛了。你孩兒若沒命。休說捨經。隨你把萬里江山捨了。也成不的。正是饒你有錢拜北斗。誰人買得不無常。如今這屋裡。只許人放火。不許俺每點燈。大姐聽着。也不是別人偏染的白兒不上色。偏你會那等輕狂百勢。大清早辰。刁蹬着漢子。請太醫看。他亂也的。俺

日周守備家請吃補生日酒不在家李瓶兒兒官哥兒吃了劉婆子藥不見動靜夜間又着驚諕一雙眼只是往上吊吊的因那日薛姑子王姑子家去走來對月娘說我向房中拿出他壓被的一對銀獅子來要教薛姑子印造佛頂心陀羅經趕八月十五日嶽廟裡去捨那薛姑子就要拏着走被孟玉樓在旁說道師父你且住大娘你還使小廝叫將賁四來替他兌兌多少分兩就同他往經鋪裡講定個數兒來每一部經多少銀子到幾時有幾好你教薛師父去他獨自一個怎弄的來月娘道你也說的是一面使來安兒叫了賁四來向月娘衆人作了揖把那一對銀獅子上天平兌了重四十一兩五錢月娘分付同薛師父往經鋪印造經數去了潘金蓮隨即叫孟玉樓咱送送兩位師父去就前邊看看大姐他在屋裡做鞋哩兩個携着手兒往前邊來賁四同薛姑子王姑子去了金蓮與玉樓

金瓶梅　三卷　第五十八回　二十八

走出大廳東廂房門首見大姐正在簷下納鞋金蓮拏起來看都是淡綠潞紬鞋面玉樓道大姐你不要這紅鎖線了爽利着藍頭線兒都不老作些你明日還要大紅提跟子大姐道我有一雙是大紅提跟了的這個我心裡要藍提跟子所以使大紅線鎖口金蓮瞧了一回三個都在廳臺基上坐的玉樓問大姐你女婿在屋裡不在大姐道他不知那里吃了兩鍾酒在屋裡睡哩孟玉樓便向金蓮道剛纔若不是我在旁邊說着李大姐恁哈帳行貨就要把銀子交姑子拿了印經去經也印不成沒脚蟹行貨了藏在那大人家你那里尋他去早是我說叫將賁四來同他去了金蓮道恁有錢的姐姐不賺他些兒是傻子只相牛身上拔一根毛兒你孩兒若沒命休說捨經隨你把萬里江山捨了也成不的如今這屋裡只許人放火不許俺每點燈大姐聽着也不是別人偏染的白兒不上色偏他會

對門房子。都收拾了。平安道。這咱哩。從昨日爹看着。都打掃乾淨了。後邊樓上堆貨。昨日教陰陽來破土。樓底下要裝廂三間。土庫閣段子。門面打開一溜三間。鋪子局面。都教漆匠裝新油漆。地下鍋磚鑲地平。打架子。要在出月開張。玉樓又問那寫書溫秀才家小。搬過來了不曾。平安道。從昨日就過來了。今早爹分付。把後邊堆放的。那一張涼床子。拆了與他。又搬了兩張卓子。四張椅子。與他坐。金蓮道。你沒見他老婆。怎的模樣兒。平安道。黑影子坐着轎子來。誰看見他來。正說着。只聽見遠遠一個老頭兒。斯琅琅。搖着驚閨葉過來。潘金蓮便道磨鏡子的過來了。教平安兒你叫住他。與俺每磨磨鏡子。我的鏡子。這兩日都使的昏了。分付你這囚根子。看着過來。再不叫。俺每出來。跕了多大回。怎的就有磨鏡子的過來了。那平安一面叫住磨鏡老兒放下擔兒。見兩個婦人。在門里首。向前唱了兩個喏。立在旁邊。金蓮便問玉樓道。你也磨。都教小厮帶出來。一答兒里磨了罷。于是使來安兒。你去我屋裡問你春梅姐。討我的照臉大鏡子。兩面小鏡子兒。就把那大四方穿衣鏡。也帶出來。教他好生磨磨。玉樓分付來安。你到我屋裡。教蘭香。也把我的鏡子。拏出來。那來安兒去不多時。兩隻手。提着大小八面鏡子。懷裡又抱着四方穿衣鏡出來。金蓮道。賊小肉兒。你拏不了。做兩遭兒拏。如何恁拏出來。一時叮噹了。我這鏡子。怎了。玉樓道。我沒見你這面大鏡子。是那里的。金蓮道。是鋪子人家當的。我愛他。且是曉。安在屋里。早晚照照。因問我的鏡子。只三面。玉樓道。我的大

了罷、于是使來安兒你去我屋裡問你春梅姐討我的照臉大鏡子、兩面小鏡子兒就把那大四方穿衣鏡也帶出來、教他好生磨磨、玉樓分付來安、你到我屋裡教蘭香也把我的鏡子拏出來、那來安兒去不多時兩隻手提着大小八面鏡子懷裡又抱着四方穿衣鏡出來、金蓮道、與小肉兒你拿不了做兩遭兒拿、如何恁拿出來、一時叮噹了我這鏡子怎了、玉樓道、我沒見你這面大鏡子是那里的、金蓮道是人家當的、我愛他且是亮、安在屋裡、早晚照照、因問我的鏡子只三面、玉樓道、我大小只兩面、金蓮道這兩面是誰的、來安道這兩面是春梅姐的稍出來也叫磨磨、金蓮道賊小肉兒他放着他的鏡子不使、成日只撾着我的鏡子照弄的恁昏昏、的、共大小八面鏡子交付與磨鏡老叟、教他磨、當下絆在坐架上、使了水銀、那消頓飯之間、都淨磨的耀眼爭光、婦人拏在手內、對照花容、猶如一

汪秋水相似有詩為證

蓮萼菱花共照臨　風吹影動碧沉沉　一池秋水芙蓉現
好似姮娥傍月陰

婦人看了、就付與來安兒收進去、玉樓便令平安問鋪子裡傅夥計櫃上要五十文錢與磨鏡的、那老子一手接了錢、只顧立着不去、玉樓教平安問那老子你怎的不去、敢嫌錢少、那老子不覺眼中撲簌簌流下淚來哭了、平安道、我當家的奶奶問你怎的煩惱、老子道不瞞哥哥說、老漢今年癡長六十一歲、在前丟下個兒子二十二歲尚未娶妻、專一浪遊不幹生理、老漢日逐出來掙錢養活他、他又不守本分、常與街上搗子耍錢、昨日惹了禍、同拴到守備府中、當土賊打了二十大棍、歸來把媽媽的裙襖都去當了、媽媽便氣了一場病、打了寒睡在炕上半個月、老漢說他兩句他

坐的只顧在儀門外立着不敢進來來安走來說道娘每問
見賁四來了金蓮道怪四根子你教他進去不是纔乍見他來
安說了賁四于是 頭一直後邊見月娘李瓶兒把上項兌
了銀子四十一兩」眼同兩個師父交付與翟經兒家收了
講定印造綾殼陀羅五百部每部五分絹殼經一千部每部三
分筭共該五十五兩銀子除收過四十一兩五錢還找與他十
三兩五錢俱在十四日早擡經來李瓶兒連忙向房里取出一
個銀香毬來教賁四上天平兌了十五兩李瓶兒道你拏了去
除找與他別的你收着換下些錢到十五日廟上捨經與你每
做盤纏就是了省的又來問我要賁四于是留(拿)香毬出門月娘
使來安送賁四出去李瓶兒道四哥多累你賁四躬着身說道
小人不敢走到前邊金蓮玉樓又叫住問他銀子交付與經鋪
了賁四道已交付明白共一千五百部經共該給五十五兩銀
子除收過那四十一兩五錢剛纔六娘又與了這件銀香毬玉
樓金蓮瞧了瞧沒言語賁四便回家去了玉樓向金蓮說道李
大姐相這等都枉費了錢他若是你的兒女就是榔頭也椿不
死他若不是你兒女你捨經造像隨你怎的也留不住他信着
姑子甚麼繭兒幹不出來剛纔不是我說着把這些東西就託
他拏的去了這等着咱家個人兒去却不好金蓮道總然他背
地落也落不多兒兩個說了一回都立起來金蓮道咱每往前
邊大門首走走去因問大姐你不出去大姐道我不去這潘金
蓮便拉着玉樓手兒兩個同來到大門裡首站立因問平安兒

擡經來李瓶兒連忙向房裡取出一個銀香毬來教賁四上天平兌了十
五兩李瓶兒道你拿了去除我與他別的你收着換下些錢到十五日廟
上捨經與你們做盤纏就是了省的又來問我要賁四于是拿了香毬出
來李瓶兒道四哥多累你賁四躬着身說道小人不敢走到前邊金蓮玉
樓又叫住問他銀子交付與經鋪了賁四道已交付明白共一千五百部
經共該五十五兩銀子除收過四十一兩五錢剛纔六娘又與了這件銀
香毬玉樓金蓮瞧了瞧沒言語賁四便回家去了玉樓向金蓮說道李大
姐像這等都枉費了錢他若是你的兒女就是榔頭也搗不死他若不是
你兒女莫說捨經造像隨你怎的也留不住他信着姑子甚麼繭兒幹不
出來兩個說了一回都立起來金蓮道咱每往前邊大門首走走去因問
大姐你去不去大姐道我不去潘金蓮便拉着玉樓手兒兩個同來到大
金瓶梅　廿五卷　第五十八回　三十
門裡首站立因問平安兒對門房子都收拾了平安道道咱哩昨日爹看
着就都打掃乾淨了後邊樓上堆貨昨日教陰陽來破土樓底下還要裝
廂房三間土庫擱段子門面打開一溜三間都教漆匠裝新油漆在出月
開張玉樓又問那寫書的溫秀才家小搬過來了不曾平安道從昨日就
過來了今早爹分付把後邊那一張涼床拆了與他又搬了兩張桌子四
張椅子與他坐金蓮道你沒見他老婆怎的模樣兒平安道黑影子坐着
轎子來誰看見他來正說着只見遠遠一個老頭兒斯琅琅搖着驚閨葉
過來潘金蓮便道磨鏡子的過來了教平安兒你叫住他與俺每磨磨鏡
子我的鏡子這兩日都使的昏了分付你這囚根子看着過來再不叫俺
每出來揪了多大回兒的就有磨鏡子的過來了那平安一面叫住磨鏡
老兒放下擔兒金蓮便問玉樓道你要磨都教小廝帶出來一答兒里磨

無人送老有他在家見他不成人。又要惹氣似這等。乃老漢的
業障。有這等負屈啣冤各處告訴所以這等淚出痛腸。玉樓教
平安兒你問他你這後娶婆兒是今年多大年紀了老子道他
今年痴長五十五歲了。男女花兒沒有如今打了寒纔好些只
是沒將養的心中想塊臘肉兒吃老漢在街上恁問了兩三日
走了十數條街巷白不討出塊臘肉兒來甚可嗟歎人了玉樓
笑道不打緊處我屋裡抽替內有塊臘肉兒哩即令來安兒你
去對蘭香說還有兩個餅錠教他那與你來。金蓮叫那老頭子
問你家媽媽兒吃小米兒粥不吃老漢子道怎的不吃那里可
知好哩金蓮于是叫過來安兒來你對春梅說。把昨日你姥姥
稍來的新小米兒量二升就拏兩個醬瓜兒出來與他媽媽兒
吃。那來安去不多時拏出半腿臘肉兩個餅錠二升小米兩個
醬瓜茄叫道老頭子過來。造化了你你家媽媽子不是害病想
吃。只怕害孩子坐月子想定心湯吃那老子連忙雙手接了。安
放在担內望着玉樓金蓮唱了個喏。揚長挑着担兒搖着驚閨
葉去了。平安道二位娘子不該與他這許多東西被這老油嘴
設智誆的去了。他媽媽子是個媒人昨日打這街上走過去不
是幾時在家不好來。金蓮道賊囚你早不說做甚麼來平安道
罷了也是他的造化可可二位娘出來看見叫住他照顧了他
這些東西去了。正是

閒來無事倚門楣　　正是驚閨一老來
不獨纖微能濟物　　無緣滴水也難爲

（5）

這一段，二十卷本與十卷本無大差異。上下回目，也類同，只是文辭略有更改而已。

小只兩面。金蓮道。這兩面是誰的。來安道。這兩面是俺春梅姐的稍出來。也教磨磨。金蓮道。賊小肉兒。他放着他的鏡子不使成日只撾着我的鏡子照。弄的恁昏昏的。共大小八面鏡子。交付與磨鏡老叟。教他磨。當下絆在坐架上。使了水銀。那消頓飯之間。將磨的耀眼爭光。婦人拏在手內。對照花容。猶如一汪秋水相似。有詩為証。

蓮萼菱花共照臨　風吹兒動影沉沉
一池秋水芙蓉現　好似嫦娥入月宮
翠袖拂塵霜暈退　朱唇呵氣碧雲深
從教粉蝶飛來撲　始信花香在畫中

那磨鏡老子。須臾將鏡子磨畢。交與婦人看了。付與來安兒收進去了。玉樓便令平安。問鋪子里傳夥計櫃上要五十文錢兒與磨鏡的。那老子一手接了錢。只顧立着不去。玉樓教平安問那老子。你怎的不去。敢嫌錢少。那老子不覺眼中撲簌簌流下淚來哭了。平安道。俺當家的奶奶問你怎的煩惱。老子道。不瞞哥哥說老漢今年痴長六十一歲。老漢前者丟下個兒子。二十二歲。尚未娶妻。專一狗油。不幹生理。老漢日逐出來挣錢。使發活他。他又不守本分。常與街上搗子耍錢。昨日惹了禍。同拴到守備府中。當土賊打了他二十大棍。歸來把媽媽的裙襖都去當了。媽媽便氣了一場病。打了寒。睡在炕上半個月。老漢說了他兩句。他便走出來。不往家去。教老漢日逐抓尋他。不着個下落。待要賭氣不尋他。况老漢恁大年紀。止生他一個兒子。往後

便走出來不往家去教老漢日逐抓尋他不着個下落待要賭氣不尋他老漢恁大年紀止生他一個兒子往後無人送老有他在家見他不成人又要我惹氣似這等乃老漢的業障有這等負屈啣冤各處告訴所以淚出痛腸玉樓叫平安兒你問他你這後娶婆兒今年多大年紀了老子道他今年五十五歲了男女花兒沒有如今打了寒纔好些只是沒將養的心中想塊臘肉兒吃老漢在街上恁問了兩三日白討不出塊臘肉兒來甚可嗟嘆人子玉樓道不打緊處我屋裡抽替內有塊臘肉兒哩即令來安兒你去對蘭香說還有兩個餅錠教他拿與你來金蓮叫那老頭子問你家媽媽兒吃小米兒粥不吃老漢子道怎的不吃那裡有可知好哩金蓮也叫過來安兒來你對春梅說把昨日你姥姥稍來的新小米兒量二升就拿兩根醬瓜兒出來與他媽媽兒吃那來安去不多時拏出半腿臘肉

金瓶梅　十一卷　第五十八回　三十三

兩個餅錠二升小米兩個醬瓜兒叫道老頭子過來造化了你你家媽媽子不是害病想吃只怕害孩子坐月子想定心湯吃那老子連忙雙手接了安放在擔內望着玉樓金蓮唱了個喏揚長挑着擔兒搖着驚閨葉去了平安道二位娘不該與他這許多東西被這老油嘴設智誆的去了他媽媽子是個媒人昨日打這街上走過去不是幾時在家不好來金蓮道賊囚你早不說做甚麼來平安道罷了也是他造化可可二位娘出來看見叫住他照顧了他這些東西去了正是

閑來無事倚門楣　恰見驚閨一老來
不獨纖微能濟物　無緣滴水也難為

畢竟未知後來何如。且聽下回分解。

（5）

雖然這一回的上半回目，上一段已經結束。下半回目從這一段開始，但下半回目的「乞膽肉磨鏡訴冤」，也只是到了最後，方始寫了出來。如論篇幅，磨鏡叟訴冤的情節，在這一段中，只占了三分之一。在我看來，這一段文辭，李瓶兒把壓被的一對銀獅子，六薛姑子拿去印經，幅篇寫的也多，在情節上也顯得重要。怎不把這一情節作爲回目呢？

金瓶梅散論

魏子雲　著

版本源流

1　臺北　臺灣商務印書館　1990年7月。

2　本書據臺灣商務版重製　横排印行。

代序

《金瓶梅》十大問題

比年以來，大陸方面的學術研究，繼《紅樓》、《水滸》之後，卻吹起了《金瓶梅》一書；數年間出現的篇章，難以數計。太多了，各種刊物都有。惜乎論者，都是想到就寫，絕少勘問他們的論點，有無歷史為之據？譬如說，有些人認為該書是說書人的「話本」（說書時的底本）。但在嘉（靖）隆（慶）萬（曆）三朝的冊籍上，至今尚未能發現說書人說《金瓶梅》的文字紀錄。又說該書的成書年代在嘉靖中葉，如果此說正確，何以到萬曆末始有刻本？像這些都無歷史根據。

請問，沒有歷史根據的意念，可以立說嗎？何況，還有社會因素呢！那就是《萬曆野獲編》（二十五）上說：「此等書必遂有人板行，一刻則家傳戶到。」

在我認為，有關《金瓶梅》的研究，必須先解決以下的十大問題，也就是說：「必須先去尋究這十大問題的答案。」

一　《金瓶梅》的傳抄問題

壹　《金瓶梅》之傳抄，依據今見之文獻，始於萬曆二十四年（1596）十月。從文獻所示，其傳抄者，僅有董其昌與袁宏道二人。其他尚無文獻可徵。從萬曆二十四年到萬曆三十四年（1606），整整十年有奇，迄今未見有人在這十年之間，說到《金瓶梅》三字。何也？

貳　自萬曆三十四年《觴政》寫成，抄示友朋。於是，論及《金瓶梅》之文獻，始紛紛問世。直到萬曆末（萬曆四十四年—1616），如屠本畯《山林經濟籍》、袁中道《游居柿錄》、謝肇淛《小草齋文集》，以及李日華《味水軒日記》，他們還不曾見到刻本。何以袁宏道（中郎）從董其昌手上得來不全抄本之後的十年間，竟無他人論及《金瓶梅》？偏偏在過了十年之後，偏偏又是袁宏道寫入《觴政》傳播出來，於是，《觴政》之後始有其他人等論說《金瓶梅》。何也？

參　袁宏道寫《觴政》時，尚未見到全本。除了《游居柿錄》作證，還有《小草齋文集》旁證。請問，不惟宏道未見全本，他處也無刻本，袁宏道憑據的什麼理由？什麼因素？竟把《金瓶梅》配《水滸傳》為逸典，寫入《觴政》作為酒場甲令？還說:「不熟此典者，保面甕腸，非飲徒也。」中郎，萬曆朝之文豪也，何由乎爾作此《觴政》而強酒徒之難耶？何也？

二　《金瓶梅》的初版年代

肆　如據《萬曆野獲編》之行文循衍，任誰都會據以判定《金瓶梅》初版於萬曆三十八年（1610），委實不能怪魯迅、吳晗、鄭振鐸之誤。但一旦徵諸史實，則非如此矣。司榷吳關的馬仲良（之駿），「時在」萬曆四十一年（1612）。《萬曆野獲編》的行文循衍，何以過程曲折不明，陷吾輩先賢以誤判。何也？

伍　《萬曆野獲編》說：「此等書必有人板行，一刻即家傳戶到。」斯乃晚明社會之現實情況，何以《金瓶梅》傳抄二十餘年無人「板行」？鄭振鐸亦曾說過：「而那個淫縱的時代，又是那樣的需要這一類的小說」。但竟在「那個淫縱的時代」，這書卻傳抄了二十餘年間後，方有刻本。何也？

陸　《萬曆野獲編》說：「原書實少五十三至五十七回，遍尋不得，有陋儒補以入刻……」。但如以《小草齋文集》證之，則沈德符手中之抄本，乃廿卷本。按今見之《金瓶梅》最早刻本，乃萬曆丁巳（四十五）季冬東吳弄珠客序之十卷本《金瓶梅詞話》，廿卷本乃崇禎年間刻之《新刻繡像批評金瓶梅》，此本之刻於崇禎，有書中之避諱字（檢諱為簡）可證，它刻於十卷本之後，乃難爭之事實。照理說，《萬曆野獲編》說的缺五十三至五十七等五回，應是十卷本，方能有所符節。可是，當我將這兩種刻本，加以比勘，有改寫痕跡的刻本，不是十卷本，乃廿卷本。廿卷本的五十三、四兩回，確實是改寫過的。雖不能全部符合《萬曆野獲編》的說詞，卻不能說《萬曆野獲編》的話沒有因子。但此一不能符合《萬曆野獲編》說詞的問題，如何來判斷「陋儒」補寫入刻的問題呢？除非還有一部萬曆丁巳以前的刻本，是二十卷的底本。有這一刻本嗎？

三　《金瓶梅》的成書與補寫疑竇

柒　依據《萬曆野獲編》中論及《金瓶梅》這一大段說詞，配上馬仲良（之駿）司榷吳關之「時」（萬曆四十一年），再配上丘諸城（志充）因案下獄與棄市之「時」。再再都足以說明那句「未幾時而吳中懸之國門矣」的《金瓶梅》，應是這部萬曆丁巳序刻的十卷本。那麼，《萬曆野獲編》說的那部「陋儒補以入刻」少了五十三至五十七回的廿卷本《金瓶梅》在那裏呢？除非發現到此一確有「陋儒」補以入刻的這五回的廿卷本，誰也沒有本領代沈德符圓謊。何況，今見的廿卷本，祇有五十三、四兩回是改寫過的（第一、二回非在本文立論之內）。這一問題，如何解說呢？

捌 再說〈別頭巾文〉在十卷本五十六回，廿卷本無此文。在天啟間梓行的《開卷一笑》亦有此文，署名「一衲道人」(屠隆)作。那麼，此文便是肯定《金瓶梅詞話》成書於萬曆的鐵證。堅持《金瓶梅》成書於嘉靖的賢智之士，如何解決十卷本中的這篇〈別頭巾文〉？偏偏十卷本梓行在廿卷本之前。

玖 所謂「成書」，應是指的書已寫成。按《金瓶梅》的文史資料，如袁中道《游居杮錄》、屠本畯《山林經濟籍》、謝肇淛《小草齋文集》，他們在萬曆四十三年前後，都說未見全本。而「《金瓶梅》」三字最早出現於文獻，乃萬曆二十四年（1596）。請問，憑何證據來說《金瓶梅》成書於嘉靖？從事學術研究之考證，缺少歷史上的文獻證言，能為其學術立說嗎？說來，這是從事學術研究的起碼條件。再說，今人都不免把前人寫入作品裏。從小說來看，本朝人的作品，往往有前朝人的名字。把同時代的人，寫入作品，也是常事。譬如這部《金瓶梅》中，寫有不少嘉靖年間的人名，也引用了不少嘉靖年出版物的劇曲或詩詞。當然，同時代的人，有可能寫入它們，後代的人，則更有可能寫入它們。請問，這種資料，也能作為「必是同朝代人」作品的證據嗎？

四　《金瓶梅》有政治隱喻嗎

拾 我推想《金瓶梅》有萬曆朝的政治隱喻，一是寵鄭貴妃有廢長立幼的諷喻，二是有鑛稅惡政的隱喻。反對此說者頗多。惜乎大多言未及義。按「喻」有二途，明與隱而已。凡所「隱喻」

（亦稱暗喻），勢必架設在虛虛實實而實實虛虛之間。如《紅樓夢》之「甄士隱」乃真事隱，「賈雨村」諧「假語村言」。斯乃姓名的諧音之喻。再如賈寶玉之居於「怡紅院」時期，享盡人間榮華，斯乃人生的「紅福」，晚年的曹雪芹——居於「悼紅軒」修刪《紅樓夢》用以換取生計，斯乃人生之「悼紅」。因而有人據以論之云：「有紅則怡，無紅則悼，一人而已。」（吾友翁同文先生演講時述說，引清人論。）反對《紅樓夢》自傳說者，則斥此論為「穿鑿附會」。不同意此一隱喻之說。應知小說家言，率為虛構（Fiction），此乃西人立說小說的定義詞。換言之，小說縱有實為基，譜之小說，勢必變成虛。且必須變成虛，若以實譜之，尚得謂之小說也耶？黃霖先生發現第六十五回有官員名「陳四箴」者，認為含有雒于仁上陳〈四箴疏〉的隱喻。遂有人尋出前朝官員有名陳四箴者。縱有此真實人名，也否定不了小說的「隱喻」之義。小說的故事人物，本就是虛而實之，實而虛之也。論小說者，應知乎此吧？

五　將問號完成為句號

我上列的十個研究《金瓶梅》的問題，雖以筆者個人研究該書的體系為則，然所提的十大問題，竊以為確實是研究《金瓶梅》者不可忽略過去的問題。像前八個問題，若不去徹徹底底的把問號完成句號，誠難獲得正確的結論。

以上是筆者多年來研究《金瓶梅》的一得之愚，非有意強辯以自是，這祇是我多年來想到的問題，更可以說是我個人研究《金瓶梅》的設論基礎，在此特別提出，供給有志於該書研究者，作為參考，便於探討。如有不是之處，尚乞不吝教正！

第一輯

版本與作者

《金瓶梅》的傳抄底本

《金瓶梅》在傳抄時代，就有了兩種不同的底本，這一點，應是可以肯定的事實。

何以《金瓶梅》在傳抄時代，就有了兩種不同的底本？無可懷疑的，更是無可否認的，《金瓶梅》在傳抄時代，就有一部改寫的《金瓶梅》在稍後流傳。換言之，《金瓶梅》在傳抄時代，已在改寫了。

問題是，誰在改寫《金瓶梅》？改寫者是作者自己？還是其他的人？此一問題，我們又得從明代論《金瓶梅》的各家言語中去尋求答案。

一　袁宏道的話

首先傳出《金瓶梅》這部小說的人，是袁宏道。

證據是袁宏道於萬曆二十四年（1596）十月間寫給董其昌的一封信。問：「《金瓶梅》從何處得來？」刊於勾吳書種堂袁無涯刻本《錦帆集》卷四，該集刻於萬曆己酉（三十七年秋）。

「《金瓶梅》」三字，自此出現後，直到袁宏道再寫《觴政》，以《金瓶梅》配《水滸傳》為逸典，方始第二次出現。前後的時間差距，已整整十年了。

按《觴政》一文，作於萬曆三十四年（1606）秋至三十五年夏。

關於此一時間差距，便給我們留下了兩個問題：

1、袁宏道讀到的《金瓶梅》，其內容與我們今天讀到的《金瓶梅》是一樣的嗎？（此一問題，有袁中道的日記《遊居柿錄》及謝肇漸的〈金瓶梅跋〉（《小草齋文集》）為證。內容應是一樣的。）

2、可怪的是，這樣的書，怎會出現了十年還祇在袁氏兄弟手中，不曾被別人談到呢？（其他談到《金瓶梅》的人，時間全在《觴政》之後。）

二　沈德符的話

除了袁宏道（中郎）兄弟之外，談到《金瓶梅》的明朝人士，時間都在「袁中郎《觴政》」之後（萬曆三十四年秋後）；沈德符（《萬曆野獲編》）也是從袁中郎的《觴政》一文知道有《金瓶梅》一書的。就在這年，他見到了此書。

> 丙午（萬曆三十四年），遇中郎京邸，問：「曾有全帙否？」曰：「第睹數卷，甚奇快。今惟麻城劉延白承禧家有全本；蓋從其妻家徐文貞錄得者。」

沈德符的這段話，為《金瓶梅》透露了兩個消息。一是《金瓶梅》有了全本的消息。二是《金瓶梅》的全本，在麻城劉家的消息。

（按袁宏道在家鄉柳浪湖鄉居多年，是年（丙午）秋間，方行到京去候選補官。《觴政》即作於是年抵京之後；其後〈酒評〉則作於「丁未（萬曆三十五年）夏」。此一問題，我早在《金瓶梅探原》一書的寫作時代，懷疑到了。此處不談此一可疑問題。）

沈德符（《萬曆野獲編》）又說：

> 又三年，小脩上公車，已攜有其書。因與借抄挈歸。

「又三年」，當然是萬曆三十七年，翌年己酉科，袁中道（小脩）應於戊申（三十七年）抵京準備應試。斯所謂「小脩上公車」也。

基於此，可想沈德符的這句向袁小脩抄得《金瓶梅》全書的話，說的是十分肯定的。還說，祇缺五十三回至五十七回五回。

實際上呢，在萬曆三十七年的時候，袁氏兄弟尚無《金瓶梅》全本，有袁小脩自寫的日記《遊居杮錄》及謝肇淛的〈金瓶梅跋〉（《小草齋文集》）為證。

（按袁小脩寫於萬曆四十二年八月的日記《遊居杮錄》說，他還是一五九八年間隨其兄中郎在真州時，見此書之半，又謝氏肇淛於一六一六年後寫出的〈金瓶梅跋〉，說他也不曾見到全本，在袁中郎處僅抄得「十三」——十之三。）

在此，我們可不論此一矛盾的牴觸問題，祇依據沈德符的這句話來說，那麼，沈德符這話透露的消息是：「萬曆三十七年間，袁氏兄弟已有了《金瓶梅》全書了。」

我想，任何人讀了沈德符（《萬曆野獲編》）的這句話，都不可能誤解了文義，來說沈德符的這句話，並未指明袁氏兄弟於萬曆三十七年間，即有了《金瓶梅》全本；只缺其中（五十三至五十七）五回。（魯迅、吳晗、鄭振鐸等人，之所以肯定《金瓶梅》初版於萬曆三十八年，就是根據了這句話。）實則，袁氏兄弟亦無全本。

何以，沈德符的這番話，竟會涵泳著這些矛盾？此一問題，又得打從根上說起了。

三　袁宏道最早讀到的《金瓶梅》內容如何

按說，這一問應非問題。袁中道已在日記《遊居杮錄》中說了。若依據袁中道的這則日記，應與今見之《金瓶梅》的故事，無大差異，全是潘金蓮、李瓶兒、（龐）春梅三人的名字，合成的故事。而且內有淫穢的描寫。

可是，我們不禁要問：像《金瓶梅》這樣內容的小說，正是萬曆朝那個社會所需要的。怎的會在袁宏道手中有了足足十年的時間，竟然無聲無闃？我們從明代論及《金瓶梅》的文字史料來看，從袁宏道寫於萬曆二十四年冬十月的那封給董其昌的信之後，一直到萬曆三十四年《觴政》出現，《金瓶梅》一書，方始在其他文人筆下一篇又一篇的寫出。而且，首先透露了《金瓶梅》有了「全本」在麻城劉家的消息，便是沈德符的《萬曆野獲編》。

這話說在萬曆三十四年（1606）秋後，時間極為肯定。（袁宏道於萬曆三十四年秋方由公安抵京任職。）在袁宏道《觴政》之前的十年間，今尚未發現有論及《金瓶梅》的資料。

試問：《金瓶梅》的抄本，從萬曆二十四年（1596）問世，到萬曆三十四年（1606）這整整十年之間，除了袁宏道，何以無人論及？」

請問研究《金瓶梅》的朋友們：這不是問題嗎？

袁宏道在寫給董其昌的這封信中，論及《金瓶梅》的內容時，「伏枕略觀，雲霞滿紙，勝於枚生〈七發〉多矣！」袁中郎以枚乘的〈七發〉來比況《金瓶梅》，即足以證明袁氏讀到的《金瓶梅》抄本，其內容乃涉乎政治者也。否則，怎會以枚乘之〈七發〉比之？

說來，袁氏的這一句「勝枚生〈七發〉多矣」的話，不就是《金瓶梅》問世後的整整十年間，無他人論及的問題答案嗎？僅此一點，亦足以說明《金瓶梅》傳出後，何以綿綿十年無有消息，迨十年後《觴政》出現，傳抄方始多了起來。所以我們可以推想在一六〇六年後的《金瓶梅》傳抄本，已是改寫本，傳抄的底本已是兩種了。

民國七十七年（1988）四月九日《中央日報》第17版長河版

論《金瓶梅》兩種刻本

如從這部廿卷本《新刻繡像批評金瓶梅》之刻有崇禎皇帝的避諱字來說，它的出版時間在十卷本《新刻金瓶梅詞話》之後，應是不爭之論。但從謝肇淛《小草齋文集》、沈德符《萬曆野獲編》的說辭來說，《金瓶梅》在傳抄時代，即有了「十卷本」與「廿卷本」之別。至於這兩種傳抄本的成書，來自同一作者？或有後人介入？雖很難推論，然從今見之兩種刻本的內容上，仍能尋得一些分曉。

一　第一回

廿卷本的第一回，與十卷本大不相同，是徹底改寫過的。這兩種刻本，雖所編卷帙不同，一作十卷一作二十卷，但兩種刻本的內容與情節，則仍為一百回。廿卷本雖有刪節，如與《水滸傳》或《三遂平妖傳》比起來，還說不上有「繁」、「簡」之別。蓋二十卷的字數，短於十卷本，不過三兩萬言。

如十卷本中的戲曲與小唱，廿卷本刪去了不少。他如第八十四回的「宋公明義釋清風寨」這段故事也刪去了，算得是「割掉贅瘤」（鄭振鐸語）。但像第一回這樣徹底改寫過的情形，其他各回尚無有。更有不少各回前後的證詩，十之九都全部更換過了。若是情形，似乎不是鄭振鐸〈談金瓶梅詞話〉所意想的「也不過為便於一般讀者計」而進行改寫的。顯然的，廿卷本的改寫，有其重要的目的。

關於此一問題，我曾寫專文論及，認為十卷本《金瓶梅詞話》第一回的入話（以劉邦寵戚夫人有廢嫡立庶意）按到《金瓶梅》的頭上，乃是「一頂王冠」，戴不到西門慶頭上去的。[1]我想，正由於此一原因，廿卷本把它徹底改寫過了。

從謝肇淛的《小草齋文集》與沈德符的《萬曆野獲編》論及《金瓶梅》的文辭來看，我們確實知道袁氏兄弟及謝、沈等人手上的《金瓶梅》抄本，是廿卷本。至於這一「為卷二十」的說辭，始於初期傳抄？還是始於後期（萬曆三十四年以後）傳抄？今雖缺少文獻可徵，但如從初期傳抄到後期傳抄，之間竟有十年有奇的空宕而無聲無闃的這一情況，來作推想，這「為卷二十」的產生，可能非初期傳抄時代所曾有，或許是在這「十年有奇的空宕」裏，改寫而成的。

香港的學人梅節先生從事這兩種刻本的校勘，發現這兩種刻本來自兩種不同的底本。益發可以使我們認定廿卷本《新刻繡像批評金瓶梅》，雖梓行在後，改寫則可能在十卷本《新刻金瓶梅詞話》之前。梅節先生懷疑廿卷本梓行在十卷本之前？答案可能在此。

基乎上述演論，可以認定廿卷本的改寫完成，在十卷本之前。且十卷本還殘餘的那多有關政治諷喻的情節，就是有力的直接證據。

那麼，廿卷本的第一回，之所以徹底改寫過了，其目的，就是刪去「政治諷喻」；換言之，摘去那頂戴不上西門慶頭腦上的王冠。

編按1　先生行文中經常夾以（）作為說明符號；凡（）內屬出處說明，《金學卷》統一改以註解明之。

[1] 參閱拙作：《金瓶梅的問世與演變》下編（陸），〈金瓶梅頭上的王冠〉，收入靜宜文理學院中國古典小說研究中心編：《中國古典小說研究專集》（臺北市：聯經出版事業公司，1980年）。[編按1]

二　第四十八回

當苗青案賄放之後，夏提刑便從清河縣李大人（縣令）那裏，抄得了巡按山東監察御史曾孝序的參本「邸報」，知道他們正副提刑，都被巡按大人參劾了。

按「邸報」一如今日的政府公報，亦稱「邸抄」（鈔）。明朝稱之為「邸報」、「邸抄」、「邸鈔」，其「邸」乃指「內閣」，由內閣抄出的上諭之謂。雖說「邸報」一辭，唐時人即稱之。據《日知錄》之〈雜事〉記「邸報」云：

> 《宋史》〈劉奉世傳〉：「先是進奏院每五日具定本報狀上樞密院，然後傳之四方，而邸吏輒先期報下，或矯入家書，以入郵置」云云。〈呂溱傳〉：「儂智高寇領南，詔奏邸，毋得輒報。」溱言：「一方有警使諸方聞之，共得為備，今意人不知，其意何也？」〈曹輔傳〉：「政和後，帝多微行，始民間猶未知。及蔡京謝表，有『輕中小輦，七賜臨幸。』自是邸報聞四方。」邸報字見於史書，蓋始於此時。

照此說來，十卷本的第四十八回，寫夏提刑說：「學生令人抄了個邸報在此，與長官看。西門慶聽了，大驚失色。急接過邸報來，燈下觀看。」此處使用「邸報」二字，正合史實。蓋此時正是宋道君的政和年代。但到了廿卷本，竟把「邸報」二字改了。改為「底本」，改為「底報」矣！

讀至此，能不令人疑而問之：「為啥要改呢？」

此一問題，稍諳明史者，必知萬曆間內閣的文書，較之前而「邸報」四方者普遍，是以今日有《萬曆邸鈔》一書傳世，明代其他各朝均無之（無邸鈔成書傳世）。基乎此，我們當能知其改「邸」為「底」的因子矣！

實無他，有恐「投鼠忌器」也，遂改「邸報」為「底本」為「底報」。想來，也未免謹慎太過。

總之，二十回本的此一改寫，決非手民之誤，亦非抄者誤書。深恐關係上政治諷喻吧！

三　五十三回至五十七回

沈德符（《萬曆野獲編》）說：

> 然原本實少五十三回至五十七回，遍覓不得，有陋儒補以入刻。無論膚淺鄙俚，時作吳語，即前後血脈，亦絕不貫串，一見知其贋作矣！

關於這幾句話，本文的前章，也引述過了。且也是《金瓶梅》研究者，討論最多的幾句話。凡是引論這幾句話來演述問題的人，率以十卷本《新刻金瓶梅詞話》為本，尠有以廿卷本《新刻繡像批評金瓶梅》為則者。蓋大家咸認十卷本是沈德符（《萬曆野獲編》）說的那部「未幾時而吳中懸之國門矣」的最早刻本。是以乏人拿廿卷本來作比勘。

自從香港學人梅節先生進行兩種刻本之校勘，打算校正出一部正而無誤的標準本，方始發現今見之兩種刻本乃來自兩種不同的底本。因而使我生發了探討此一問題的興趣。終於在進行了半年之後，不惟發現了梅先生的此一看法正確，兼且發現了沈氏口中的這句「有陋儒補以入刻」的這五回，可能指的是廿卷本不是十卷本。這麼一來，需要去討論的問題可多了。

今經粗略的比勘了這兩種刻本的情辭起結，以及內容的變動情況，歸納如下：

第一，廿卷本竟徹頭徹尾把十卷本的情節與內容，都改寫過的，只有第一回的前半目之「景陽岡武松打虎」，易以「西門慶熱結十兄弟」。這一部分大家均已說到了。

第二，徹頭徹尾把十卷本的情節與內容，略有刪改，又重新改寫了的，只有第五十三、五十四兩回，這一部分，不曾有人說到。（十卷本五十三回「吳月娘承歡求子息（誤刻為「媳」），李瓶兒酧愿保兒童」，廿卷本則易為「潘金蓮驚散幽歡，吳月娘拜求子息」。五十四回「應伯爵郊園會諸友，任醫官豪家看病症」。廿卷本則易為「應伯爵隔花戲金釧，任醫官垂帳診瓶兒。」）

第三，僅僅刪去了結尾的情節，祇有第八十四回的「宋公明義釋清風寨」這一部分。大家也都說到了。

其他，如刪去頭尾的贅辭（跳出情節以外的閒話）以及證詩者，也有許多回，還有刪去十卷本中的詩詞、劇曲、小唱等情者，也有許多回。大都與情節無損，不礙本文立論，這裏都不列舉了。

祇有第五十六回的〈別頭巾文〉，廿卷本刪除了。卻有關本文立論，我們會特別論說這一問題。

總之，廿卷本的故事與情節，與十卷本頗有差異之處，勘來卻祇有首回及五十三、五十四兩回，再加上第五十六回的〈別頭巾文〉，本文需要推論，茲一一述之。

（第一回早已論之又論，此處不贅）

四　專論第五十三回

(一) 十卷本

按十卷本第五十三回所寫情節，計有（一）銜接上一回潘金蓮代李瓶兒看小孩，卻丟下孩子跑到山子洞去與陳經濟幽會，被貓兒唬著了，哭個不停，又打冷戰。吳月娘到李瓶兒房裏去探望官哥好些沒有？回房時經過照壁，竟聽見照壁後潘金蓮與盧玉樓說她巴結李瓶兒，沒有杰氣，自已沒的養，偏去強遭魂的呵卵孵。月娘聽了，氣得回房後偷偷兒悶聲哭泣。因而引發起吳月娘取出王姑子為她整治的妊子藥物出來，端祥又端祥，祈禱又祈禱，對天長歎說：「若吳氏明日壬子日，服了薛姑子藥便得種子，承繼西門香火，不使我無祀的鬼，感謝皇天不盡了。」下面再話頭一轉，轉到了上一回西門慶到劉太監莊上，赴黃主事的宴約。（二）由此一西門慶到劉太監莊上宴飲的話頭，再銜接上昨日陳經濟與潘金蓮不曾在山子洞得手，再寫到今天他們得到了這個西門慶不在家的機會，於是到了黃昏時，又跑到捲棚後幽會去了。下面便寫到陳經濟第一次得手，二人都達到目的了。繼著寫西門慶由劉太監莊上回家，醉醺醺的跑入吳月娘房中，吳月娘為了明天纔是壬子日，藉詞不願留他。西門慶便轉到潘金蓮房中，雖寫了一段閨房之趣，卻也不忘與潘、陳的淫縱呼應上。跟著便是一夜過了，次日即是壬子日。寫月娘一早起身梳洗後的服藥情形，西門慶又來探望，疑心吳月娘昨晚生他的氣。於是應伯爵來，替李三、黃四借銀。完了這件事，又是安主事收到禮物後的謝帖，一一處理完後，已是掌燈時分。下面便寫西門慶到月娘房內宿了一晚。翌日早，潘金蓮見了西門慶還奚落一番，這一回的上半情節「吳月娘承歡求子息」，至此便結束了。再一轉便是這一回的下半情節「李瓶兒酧愿保兒童」。（三）自從吳月娘聽了潘金蓮背後說她巴結有孩子的李瓶兒，已兩日不去探望李瓶兒，李瓶兒就跑來說官哥日夜啼哭打冷戰不住，吳月娘就要李瓶兒自作擺布，早些料理好孩子，許許愿，敬敬神，於是「李瓶兒酧愿保兒童」的情節便開始了。先是請施灼龜來，折騰了半天，再請劉婆子來，說是諕著了，要收驚，又折騰了半天。再到城隍廟謝土，又折騰了一些時候，最後，又找了錢痰火來，再折騰了半天。到了第二天，西門慶又冠帶起來，挑起豬羊到廟裏去謝神。因為應伯爵替李三、黃四借錢，得了中人錢，應允請客。遂前來邀請西門慶等弟兄們去聚一聚。引出下一回「應伯爵郊園會諸友」。

（二）二十卷本

按廿卷本第五十三回所寫情節，銜接上一回的事，只有一句：「話說陳經濟與潘金蓮不曾得手，悵怏不題。下面便寫西門慶赴黃、安二主事宴。他不在，陳經濟與潘金蓮遂有這一幽會的空隙。情節同於十卷本，但乏十卷本的寫實生動。跟著寫西門慶由劉太監莊上回來，到月娘房中，月娘藉詞不留他，再到金蓮房，閨情同於十卷本，但不如十卷本寫的真實而生勤。再下面便寫到吳月娘求子息的情節。雖也寫有黃、安二主事的回拜，（十卷本無回拜事，只是書童送來二位主事收到禮後的謝帖），應伯爵雖然來了，卻未寫替李三、黃四借款事。再下面寫到西門慶到月娘房中住了一夜。第二天，吳月娘還為西門慶備了羊羔美酒與補腎之物，吃了後再上衙門。衙門回來，到李瓶兒房裏去看官哥，談到還愿的事，叫玳安去喊王姑子來，為官哥做些好事。應伯爵常時節來，這纔談到借銀子的事。（只不過三言兩語，也未借給。）應伯爵請西門慶吃飯。王姑子到來，西門慶告訴王姑子找她來，要做些什麼事。一要酬報佛恩，二要消災延壽。王姑子便告訴西門慶「先拜（印？）卷《藥師經》，再印造兩卷《陀羅經》」。又附帶央及王姑子為李瓶兒在疏意裏邊帶一句。這一回，就這樣結束了。

五　專論第五十四回

（一）十卷本

這一回的情節，十卷本處理的極為簡單而扼要。除了一下筆寫了一句「西門慶在金蓮房裏起身」，下面便寫「應伯爵郊園會諸友」，一直寫到第十頁，書童趕來，報告「六娘身子不好的緊」，方始結束了這一上半的回目。再下面，便寫西門慶上馬回家，到了李瓶兒房裏，疼得至為苦楚，遂馬上著人去請任醫官。以下的四頁篇幅，所寫全是任醫官看病與取藥的情形。情節完全符合回目的「任醫官豪家看病症」。（這一回的情節雖不周折，內容則極為豐富。尤其是上半段的「園遊會」，更是情趣橫生。這一點，我們後面再論。

（二）廿卷本

一開頭寫王姑子和李瓶兒、吳月娘商量起經的事。原教陳經濟來跟去禮拜禮拜。陳經濟知道明天西門慶要去門外花園吃酒，推說爹已留他店裏照管。吳月娘遂改派了書童。下面便寫西門慶吩咐了郊外飲酒的事。第二天一大早，便乘轎到觀音庵王姑子那裏做「起經」的事。回來，應伯爵等人已來邀請，便一同到城外一個內相花園去飲酒。也像十卷本一樣，寫大家一起吃酒行令聽歌說笑等玩樂情形。酒令、笑話，都與十卷本所寫不同。祇有應伯爵戲弄妓女韓金釧撒尿濕了褲腰的情節相同。在此插寫了陳經濟與潘金蓮的約會未能成功，被小玉出來進去的那一趟給驚散了。於是下面便寫西門慶辭身回家，到李瓶兒房裏歇了。聽到李瓶兒向他訴說自從有了孩兒，身上一直不乾淨，如今飲食也不想，走動也閃肭了腿一般。於是，方始寫到請任醫官為李瓶兒看病這一情節上去。方始完成了這一回下半回目「任醫官垂帳診瓶兒」。

從兩種《金瓶梅》刻本的這兩回（五十三、五十四）內容來說，再以沈德符《萬曆野獲編》的這句，「有陋儒補以入刻」的五回（五十三至五十七）作為口實，那麼，「有陋儒補以入刻」的刻本，應是廿卷本《新刻繡像批評金瓶梅》，可不是十卷本《新刻金瓶梅詞話》。蓋廿卷本的這兩回（五十三、五十四），比起十卷本來，這兩回的內容，在小說的藝術成分上，距離未免太大了。

六　綜論第五十三、四兩回

（一）先說第五十三回

論結構，從第一筆吳月娘等人混了一場，身子也有些不耐煩，逕自進房去睡了。與上一回的情節銜接，一直在一折折周轉到結尾，寫到西門慶應允了應伯爵的邀請，到郊外一家庭園去赴宴，引接了下一回「應伯爵郊園會諸友」，可以說無不折折周轉得嚴嚴實實，已到了風不透雨不漏的情景。本文沒有必要細說這些。就是對人物性行的塑造，現實情景的描繪，亦無不栩栩如生，景物如見。如寫吳月娘的慈母心腸：

醒時約有更次（一覺醒來約一更天光景），又差小玉去問李瓶

> 兒，道：「官哥沒怪哭嗎？叫奶子抱得緊緊的，拍他睡好，不要又去惹他哭了。奶子也就在炕上，吃了晚飯，沒待下來又丟放他在那裏。」李瓶兒道：「你與我謝聲大娘！道：自進了房裏，只顧呱呱的哭，打冷戰不住。而今纔住得哭，磕伏在奶子身上睡了。額上有些熱剌剌的，奶子動也不得動。停會兒我也待喚他起來吃夜飯淨手哩！」那小玉進房，回覆了月娘。

再寫吳月娘無意聽到潘金蓮在背地裏說他未生養，竟去巴結有了孩子的李瓶兒。晚上，獨自悶坐房裏，說道：「我沒有兒子，受人這樣懊惱！我求天拜地，也要求一個來，羞那賊淫婦的屄臉。」於是，走到後房文櫃梳匣內，取出王姑子整治的頭胎衣胞來，又取出薛姑子送的藥看。……用韻文形容那妊子藥物在吳月娘心目中豔美，真是精采極了。這些，廿卷本全沒有。

吳月娘吞食妊子藥物，兩種刻本都有描寫。這裏，不妨錄來比較一下。請看：

> ……就到後房，開（匣）取藥來。叫小玉麌起酒來，也不用粥，先吃些乾糕餅食之類。就雙手捧藥，對天禱告。先把薛姑子一丸藥用酒化開，異香觸鼻。做三兩口服完了。後見王姑子製就頭胎衣胞，雖則是做成末子，然終覺有些注疑，有些焦剌剌的氣子，難吃下口。月娘自忖道：「不吃他，不得見效；待吃他，又只管生疑。也罷，事到其間，做不得主了，只得勉強吃下去罷。」先將符藥，一把罨在口內，急把酒來。大呷半碗。幾乎嘔將出來，眼都忍紅了。又連把酒過下去，喉舌間，只覺得有些膩格格的。又吃了幾口酒，就討溫茶來漱淨口，睡向床上去了。（十卷本）

> 然後箱內取出丸藥，放在桌上，又拜了四拜。禱告道：「我吳氏上靠皇天，下賴薛師父王師父這藥。仰祈保佑早生子嗣。」告畢，小玉燙的熱酒，傾在盞內。月娘接過酒盞，一手取藥調勻，西向跪倒。先將丸藥嚥下，又取末藥也服了。喉嚨內微覺有些腥氣。月娘迸著氣一口呷下，又拜了四拜。當日不出房，只在房內坐的。(二十卷本)

這兩下一對照，豈不是優劣立見？連解說都用不著了。這裏不好意思再去錄那一段色情描寫。有興趣的人，不妨將這兩種刻本，對照讀一遍，我認為也是優劣立見的。

(二) 再說第五十四回

這一回的上半回目是「應伯爵郊園會諸友」，所以十卷本一下筆便寫「西門慶在金蓮房裏起身，就分付琴童、玳安送豬蹄羊肉到應二爹家去。」這天，雖是應伯爵作東主，還是西門慶出人出東西。(佣人是西門慶家的，彈唱的也是西門慶的面子叫的，食物也是西門慶準備的。烘襯西門慶在幫會弟兄中的豪氣。)先寫弟兄們在應家聚會玩樂，人眾未到齊時，常時節與白來創二人下棋消遣，應伯爵要二人賭東道，於是一賭扇子一賭汗巾，應伯爵作明府。跟著謝希大與吳典恩也到了；參加了棋賭，一下注常時節勝，一下注白來創勝。寫二人下棋悔子，寫二人輸贏的風度表情。寫妓女們的調笑歌唱，寫兄弟們的笑談詼諧，讀來如身臨其境身在其中。(恰似我們就在他們大家夥身邊一一看到聽到似的。)寫西門慶之不得不離開那個歡快的場合。只不過這樣輕輕一筆：「正吃得熱鬧，只見書童搶進來，到西門慶身邊，附耳低言，道：『六娘身子不好的緊。快請爹回來，馬也備在門外接了。』西門慶聽得，連忙起身告辭。……雖然應伯爵認為這種

「耳報法極不好，便待喝住。」西門慶以實情告訴他。就謝了，上馬來。」試看這種上下回目的情節轉折，夠多麼的自然。不僅此也，西門慶之後，還寫了應伯爵隔著籬笆眼用草戲弄韓金釧撒尿的淫趣。跟著寫大家笑了一番，即寫西門慶留下的琴童，代應伯爵收拾家活，下舡進城，眾人謝了。然後再寫西門慶返家後的請醫官為李瓶兒看病的情節。

像這種處理小說情節演變的高明手法，真說得上是神來的筆墨。但到了廿卷本，這些地方，則呆滯死僵得無一絲生氣矣！

（這裏只有一個缺點，論二人下棋輸贏的，把東道物寫錯了。常時節的扇子，寫成白來創的了。）

廿卷本的這一回，一下筆寫過請王姑子「起經」的事，便是按下不題，「且說西門慶和應伯爵常時節談笑多時，只見琴童來回話道：『唱的叫了吳銀兒，有病去不得，韓金釧兒答應了，明日早去。……』」再寫第二天「起經」，再寫應怕爵常時節來請。實則，用不著再來請的，頭一天已經說好了，何必再多此一舉。刪去了上午在應家的那場玩樂，便逕行到郊外劉太監園中。在園中的遊樂，雖也寫得是飲酒行令，說笑聽唱，若與十卷本一比，情趣的濃淡厚薄，讀者準能感味到的。

應伯爵說的幾個笑話，也不是十卷本所有的。他竟一連講了兩個罵富人的笑話，頭一個以「賦」字諧「富」，罵富人有點「賊」形。又講了一個西狩獲麟，孔子夜哭不止，弟子怕老師哭壞了身體，便尋一個牯牛，滿身掛了銅錢哄他。孔子見了說：「這分明是有錢的牛，卻怎的做得麟！」光是這一點，也就證明了這位作者不配作小說家。像應伯爵這個幫閒而深受西門慶寵愛的人物，怎會說出這類罵西門慶的笑話。比起十卷本的那個「吃素」的笑話。乃是因為韓金釧吃素，方始引發應伯爵說出來的情節，又怎能兩相比擬呢！

（三）兩回內容牽涉到的兩種刻本上的問題

我們從上述這兩回的兩種刻本之情節不同情況來說，再來印證沈德符《萬曆野獲編》[編按1]的那句「原本實少五十三回至五十七回，遍覓不得，有陋儒補以入刻」的話，雖不能全部印證上，但這五十三、五十四兩回的不同於十卷本，誠可以「陋儒補以入刻」之說論之而不必疑。

此一問題，最令我不解的，就是沈德符《萬曆野獲編》的這句話「有陋儒補以入刻的五回」，經過兩相比勘，確確實實有了其中兩回（五十三、五十四）是改寫過的，而且改寫的不如十卷本遠甚。但根據謝肇淛《小草齋文集》中的「為卷二十」這句話，堪以據而推論出沈德符手上的《金瓶梅》是廿卷本。那麼，沈德符《萬曆野獲編》文中的「陋儒補以入刻」者，會是這部廿卷本嗎？

今見的四種廿卷本《新刻繡像批評金瓶梅》，日本內閣文庫本與天理圖書館本，都是崇禎間刻本，有文中避崇禎帝名諱字為證。（「由」字也避為「繇」）。而十卷本《新刻金瓶梅詞話》則未避崇禎或天啟二帝諱。再說，從刻本的字形、行款來看，十卷本也不像是刻在廿卷本之後的刻本。

那麼，此一問題的最合理解釋，應是十卷本刻於廿卷本之前。梓行的時間，當在泰昌、天啟間。因為遇上天啟詔修《三朝要典》，其中的政治諷喻，怕惹上麻煩，不敢發行，遂把刻本隱藏起來了。得到印本的人，也只是參予改寫的這班人，自也隱而不言。所以明朝人沒有論及「欣欣子」與「蘭陵笑笑生」者。

編按1　在原書中，先生習以（）作為書名號；《金學卷》統一以現代書名號《》示之，如（萬曆野獲編）改作《萬曆野獲編》。

七　沈德符《萬曆野獲編》的矛盾語言

關於沈德符《萬曆野獲編》說的「有陋儒補以入刻」的這五回，我們已經發現到廿卷本《新刻繡像批評金瓶梅》中的第五十三、五十四兩回，有「補以入刻」的情況。這麼一來，沈德符《萬曆野獲編》的話，與謝肇淛《小草齋文集》的話，便又產生了新的矛盾與衝突。

依據沈說，他手中的抄本來自袁氏兄弟；依據謝說，他手中的抄本，「於中郎（袁）得其十三，於丘諸城得其十五」，且說明「為卷二十」（乃廿卷本）。

在此先不說沈德符說他於萬曆三十七年間向袁小脩（中道）抄來的《金瓶梅》全本有所牴觸，（袁氏兄弟僅有十其三），就是此一「有陋儒補以入刻」的五回之說，也因之產生了問題。

第一、如果沈德符手中《金瓶梅》廿卷本，缺五十三至五十七這五回，他讀了刻本又怎麼判斷出這五回是「陋儒補以入刻」的？他說的「無論膚淺鄙俚，時作吳語，即前後血脈亦絕不貫串，一見知其贋作矣！」這些情況，也不能在廿卷本的這五回中，印證得上。如從此一說詞來看，不惟這個廿卷本非沈氏這些話所指的那個刻本，十卷本更是對照不上。雖然於十卷本的五十四與五十五回之間，有重疊不契之處，卻又怎能是「陋儒」之咎，陋儒也不會陋到上一回剛寫過任醫官看過病也拿過藥煎好吃了，跟著下一回再寫任醫官又來一次，又不是再來復診。（此一問題我早已說過。）認真說來，這「陋儒補以入刻」的這句話，雖能用到廿卷本的這兩回（五十三、五十四）之補寫頭上來，但沈德符《萬曆野獲編》寫了這句話的起因，似乎另有來由。是以難與沈說印證得上。

第二、如對照謝肇淛《小草齋文集》、袁小脩《遊居柹錄》的話，沈德符不可能有全本。如據李日華《味水軒日記》的話，沈德符手上確實有《金瓶梅》的全本。似乎不是從袁氏兄弟抄來。從何處抄來？沒有證據也是推想不易的呢！在此也只有留疑了。

（屠隆與沈父沈自邠是同年進士。）

第三，從廿卷本的這兩回（五十三、五十四）所顯示的它之不同於十卷本的這兩回來看，尤足以證明《金瓶梅》在傳抄時代，就有兩種不同的底本，這部廿卷本缺第五十三、五十四兩回。至於沈德符《萬曆野獲編》說的「遍尋不得」的話，也可能有此原因。蓋廿卷本的這兩回，內容情節，確有與十卷本的這兩回不相一致之處。也足以說明在付刻時，這兩回不曾參閱過十卷本的這兩回，否則不會另行改寫。

第四，最難理解的一個問題，是我們可以從廿卷本的文辭上，見到它有延襲十卷本的刻本之誤刻情形，如前曾引述的第三十九回的「鈞」字誤刻為「鈞」。看來，這廿卷本之付刻，似是打從十卷本的刻本而來。難道，在廿卷本付刻時，連十卷本的刻本，也難睹其全乎？

第五，今已查出沈德符《萬曆野獲編》論及《金瓶梅》的這段話，其寫作的時間？若以「丘旋出守去，此書不知落何所」的語意究之，則此文當寫於天啟七年或崇禎五年。因為丘志充在山西右布政使任內，因案於天啟七年下獄，崇禎五年棄市。（前已述及。）如以此文之寫作時間來說，則凡所述及《金瓶梅》的傳抄與付刻的時間過程，可就大有問題了。

（1）沈說他於萬曆三十七年在京中向袁小脩抄得《金瓶梅》全稿，攜回家鄉。可是袁小脩寫於萬曆四十二年八月的日記《遊居柹錄》，只說他於萬曆二十五、六年間，「見此書之半」。謝肇渤寫於萬曆四十四年以後的《金瓶梅》跋上說，他也不曾讀到《金瓶梅》全本。悉可證明沈說是謊言。

（2）沈說「有陋儒補以入刻」的五回（五十三至五十七），經過比勘，不能與最早刻本《新刻金瓶梅詞話》（十卷本）印證上。雖能與《新刻繡像批評金瓶梅》（廿卷本）的五十三、五十四兩回印證上，但廿卷本刻於崇禎年間，有避諱字為證。在時間上，不能與沈說之「未幾時而吳中懸之國門矣」的時間符契。

這樣看來，我們又怎能不認為沈氏《萬曆野獲編》的這一段話，幾乎字字語語都隱藏著暗示。就像這句：「原書實缺五十三回至五十七回，遍覓不得。有陋儒補以入刻」的話，想來，也是一句暗示。他暗示的可能就是他口中的那位「陋儒」吧？

八　有陋儒補以入刻的關鍵問題

我們如能撇開了沈德符《萬曆野獲編》這段話中的時間因素不論，只從語意來尋求暗示，那麼，沈說的這五回，除了五十三、五十四兩回的情節，不同於十卷本，才藝也遠遜於十卷本，其他尚有第五十六回中的〈別頭巾文〉。雖然這篇〈別頭巾文〉並不在廿卷本，它已刪去另換了一首〈黃鶯兒〉曲牌的詞，又何嘗不是沈德符《萬曆野獲編》的暗示！

他要暗示的，就是給我們端出一根去尋找《金瓶梅》作者的線索。那就是〈別頭巾文〉的作者其人也。

〈別頭巾文〉在十卷本《金瓶梅詞話》第五十六回，這篇文章還刻在《開卷一笑》與《繡谷春容》兩種消閒類書中。前面我們已引論過了。在此應該再予提出的，就是它在《開卷一笑》中，是一篇署有作者名字的文章，作者名叫「一衲道人」；乃屠隆的筆名，前面也已說到了。

「一衲道人」乃屠隆的別號，有他手寫的七言詩卷為證，誰也無法否認。問題是這篇〈別頭巾文〉是不是屠隆的作品呢？今雖未能見到確切的證據，但縱係偽託，也是一件可貴的據。因為它直截了當的指出了《金瓶梅》的作者是屠隆。

〈別頭巾文〉既是屠隆的作品，已有《開卷一笑》為證，縱係別人偽託，這位偽託的人，亦必是屠隆以後的人。屠隆卒於萬曆三十三年（1605），便足以證明十卷本《新刻金瓶梅詞話》之成書，當在萬曆年間，這話，我在前面已經說過了。

也許這篇〈別頭巾文〉是別人偽託屠隆作的，但它之刻入十卷本《金瓶梅詞話》第五十六回，偏偏沈德符《萬曆野獲編》又說這五十三至五十七等五回，是「陋儒補以入刻」，那麼，〈別頭巾文〉也包括在「陋儒補以入刻」的範圍之內。所以我認為沈德符《萬曆野獲編》文中的這個「陋儒」，或許只是在暗示那位「補以入刻」的偽纂者吧？

我認為袁宏道這一夥人，全知道《金瓶梅》的原作者是屠隆，他們在屠隆卒後，就計畫改寫《金瓶梅》，在改寫過程中，所以有兩種不同的改寫意見。那就是十卷本與廿卷本之別。

若以性行論，馮夢龍應是站在十卷本這一邊的人物。他在萬曆四十年（1612）到四十八年（1620）之間，曾三次往還麻城，且在麻城設館授舉子業。陳毓羆先生推想他與劉承禧有所往還。劉承禧之父劉守有是屠隆的恩人，劉家的《金瓶梅》全本，可能直接由屠隆得來。「吳中懸之國門」的那一部，應是這部十卷本《金瓶梅詞話》，後來何以再刻廿卷本？可能十卷本的版已經燬了，不得不重行付梓。

沈德符《萬曆野獲編》的話，字字語語悉暗示也。我們如能若是從「暗示」上去推想這些問題，當可了解到許多問題的答案。其然乎！

民國七十七年（1988）七月二十八日至三十日《臺灣日報》

《金瓶梅》全校本

凡是讀過《金瓶梅詞話》的人，無不詬病於該書之章句難讀。而此一版本又是該書最早的刻本，若要獲知其原貌，卻又非得涉獵不可。是以讀《金瓶梅詞話》者，每以為苦。

近者，香港星海文化公司，出版了一部校點本《金瓶梅詞話》。校點者梅節先生在其所寫「前言」中，說明了他從事此一校勘與標點的工作目標。乃企圖「為讀者提供一個接近原著的定本。」足證此一校點本的工作之鉅。

按現有《金瓶梅》的刻本，僅有三種，一是所謂「萬曆本」的《新刻金瓶梅詞話》，二是所謂「崇禎本」的《新刻繡像批評金瓶梅》，三是清康熙時代的所謂「竹坡本」的《第一奇書》。實際上，只是兩種，十卷本的詞話本與廿卷本的崇禎本而已。「竹坡本」乃以「崇禎本」為底本者也。

雖然，論者咸以為十卷本之《金瓶梅詞話》，其內容比較接近原作，惜乎此一底本，所據乃一未經整理的抄本，訛誤極多。不惟魯魚亥豕及郭公夏五存乎其字裡行間，且有錯簡。再加上抄者隨手濫用諧音代字，真是令人讀來步步遲疑而無法順利前行。今有人耗去精力，作此校點正誤工作，良是讀者一大福音。

校點者梅節先生，為了提供研究者能從他的校點上去獲知「詞話本」的訛誤情實，特在排印時用不同符號，一一予以標明。他說：「正文校改，增文二字以上用斜括號〔 〕，衍文二字以上用圓括號( )，夾文用方括號【 】，闕文用方框□，書名及詞牌名用尖括號〈〉。」不過，說是該「校記共五千餘條，分繫各回之後」則非如此，並未「分繫各回之後」，而是渾在行列中的。可能付印前，曾有此作法，在排印時發現困難又改了的。在我認為，如能將校記各條，一一分繫各回之後，便於讀者參研之功，則更大。

當我進行閱讀時，卻也不以為把「校記」之正誤各條，「分繫各回之後」為好，遠不如以不同字體將「增文」、「衍文」以及凡所正誤之字辭，悉以不同字體別之更好。這樣，可使讀者一目瞭然。如第四十二回：回盒中，回了許多生活鞋腳，俱不必細說。〔正亂著〕，應伯爵來講李三、黃四關銀子事。看見問起所以。西門慶告訴與喬大戶結親之事：「十五日好歹請令正來陪親家坐的。」伯爵道：「嫂子呼喚，房下必定來。」西門慶道：「今日請眾堂官娘子吃酒。咱們在獅子街房子內〔看燈去罷。〕伯爵去了，不題。」像這一段〔〕號中的增字，如能用正楷字排入，就比用符號指示要清楚。

（詞話十卷本）第四十二回的這一大段，從第十行（一頁反面）起，便錯簡了三行，文辭語句都接不上了。梅氏的這一校點本，便依據崇禎本改正過來了。）

此一校點本，最大的優點，就是改正了文句上的錯簡與敷衍等文，卻不損害十卷本的章句。至於情節上的錯誤，則一仍其舊，悉存原貌。如第二十五回的「揚州鹽商王四峰」，到了第二十七回竟變成了「山東滄州鹽客王霽雲」，以及第五十四回末，任太醫為李瓶兒看病，業已由玳安去取來藥，煎妥吃過。到了第五十五回開頭，又重寫任醫官看完病，依舊到廳上坐下。這種重複及前後不協的情節，校點全不改動。還有第五十四回，白來創與常時節下棋賭東道。白來創賭的是手上的汗巾，常時節賭的是手上的扇子。到後來下完了棋，論輸贏時，輸的人是白來創，輸去的東西卻變成了扇子了。這顯然是錯的。此一校點本便改正過來，把常時節與白來創的東道物，調轉了一下。白來創賭扇子，常時節賭汗巾，白來創輸了扇子。（此一情節，廿卷本的「崇禎本」無有。）

像上述的這些地方，都是此一校點本的精細處，在不損害十卷本（詞話）原貌的情況之下，該「正」的正，凡是足以損害十卷本原貌的地方，雖明知有誤，也不校正。這一點，可能不是研究《金瓶梅》的人，所能體會到的。

書後附的「辭典」，頗值挑剔。

像這一類的「辭典」，如不能成其專書，似應一則則刊在各回之後，比較方便讀者。再說，這一類的字辭，乃方言俚語，極難解說的當，若是解說不當，則更為讀者增加惶惑。譬如二劃「丁八」一辭，我的看法是形意的比喻，丁喻男，八喻女，「丁八上了」，即指喻這一對男女媾合上了。若解為「分」的拆字，愈去文之喻意遠矣！如把這些「辭典」，一一註在各回之後，依循各辭在文句中應負荷的意義，簡明扼要的解說出來，可能更有益於讀者。

我的此一建議，然否？

從版本的裝釘上說，應以二十五回為一冊為是，萬不可以書之厚薄為則。今該版之裝釘，首冊三十四回，二冊三十回，三冊二十六回，四冊十回；另加崇禎本圖二百幅及「辭典」二十五頁。四冊厚薄雖相等，似有違版本裝幀之主從。（正文是主，其他均為附從。）何況，該版所印附圖，乃崇禎本回目，附印其中，並不適稱。十卷本原刻無圖，似不必以崇禎本圖湊趣。如要圖，大可採《紅樓夢》方式，另行繪製數幅，插幀於各冊之首為是。

我的再一建議，使得否？

而我讀此一校點本，除所喜前列各大優點之外，最感興趣的還是「前言」中的校後心得（二）。梅節先生校點《金瓶梅》一書，發現了刻於明代之兩種版本（十卷本與廿卷本），並非大家習論之「崇禎本」（廿卷本）源自「詞話本」（十卷本），乃來自兩種不同的抄本

（底本）。此一說法，經筆者數月來的求證，可以肯定梅先生的此一發現，是正確的。（筆者客歲十月在港曾與梅先生長談此一問題，返國即進入求證，已寫成〈金瓶梅的抄本〉一文，證實梅先生此說正確。）梅先生的此一發現，將為《金瓶梅》的研究，再開新局。功莫大焉！

再以此一校點本之於小說界來說，確是提供了一個既未失原本風貌，且又辭意正確的《金瓶梅》版本，良值推薦焉！

民國七十七年（1988）九月四日《臺灣日報》第八版

《金瓶梅》的傳抄付刻與作者

——寄陳毓羆先生

說起來，《金瓶梅》的傳抄與付梓時間，以及作者的推論，乃老問題，不惟論者夥，且其問世與梓行，因有史料可徵，早已不是問題。祇有作者是誰？大家尚在審探。但自黃霖提出了屠隆說，加上我這數年來的探索，也逐漸可以肯定。許多雲霧，也將掃清。祇是持李開先寫定說者，堅不承認而已。

今者，又讀到陳毓羆先生大作〈金瓶梅抄本的流傳付刻與作者問題新探〉一文[1]，對於此書的抄本流傳以及付刻者的《新探》，雖未附和黃霖與我的「作者屠隆說」，然所提論據，則儼然是我與黃霖的一夥。特別是指出馮夢龍乃《金瓶梅詞話》的付刻者，欣欣子與東吳弄珠客，全是馮的化名。這一點，正與我今夏提出的〈馮夢龍與《金瓶梅》〉一文的論點，不謀而合。當香港友人梅節先生告知我有此一文，即興奮不已；讀後，更是心情鼓舞，深感吾道不孤也。

對於陳先生這篇弘文，我尚有補充意見以及不同於陳先生的論見之處，茲一一提出共商之。

---

1 陳毓羆：〈金瓶梅抄本的流傳付刻與作者問題新探〉，《河北師院學報》第 3 期（1986 年 9 月）。

一　往晤董太史共話小說之佳者

向來，論及《金瓶梅》稿之傳抄年代，咸以袁中郎於萬曆二十四年冬致董思白（其昌）函，為問世之上限年代，忽略了袁小脩《遊居柿錄》中的「往晤董太史共話小說之佳者」的時間。陳先生的這篇「新探」，第一節〈金瓶梅抄本的流傳〉，便論證了此一問題。

陳先生考索出袁小脩首次到達北京的時間，是萬曆二十二年（1594）秋，與兄中郎同行。翌年（二十三年）二月初六日，其兄中郎與湯顯祖離京；小脩則於同年四月底離京。到大同巡撫梅國楨處作客。

於是，陳先生推想袁小脩往晤董太史共話小說之佳者，時間當在萬曆二十二年秋至二十三年四月底。時董其昌正在北京翰林院任職。因而結論判定《金瓶梅》抄本之問世流傳，應比今之憑恃袁中郎致董思白函的時間說，要早一至二年。

此說證據確鑿，應無問題。惜乎陳先生未去說明袁小脩的這句「後從中郎真州，見此書之半。」這話與小脩說此話時間的萬曆四十二年八月，前後相距約達十八年的傳抄過程，竟無交代。請問陳毓羆先生：袁小脩於萬曆四十二年八月寫於《遊居柿錄》的這則日記之時，手中有無《金瓶梅》全稿呢？沈德符（《萬曆野獲編》）說，他在萬曆三十七年間，在京城已向袁小脩抄得《金瓶梅》全本了。

試問，這兩人之間的言語矛盾，如何解說？

不把此一問題解說清楚，陳先生此文第二節的「抄本付刻」問題，也就很難下筆。

下面，我們商榷陳文的第二節。

二 《金瓶梅》抄本的付刻

陳先生論及此一問題時，一下筆便引錄沈德符（《萬曆野獲編》卷二十五）的這段述及《金瓶梅》的話。當然，論此問題，必以《萬曆野獲編》的這段話作為基礎。

但從陳先生的這節立論來看，乃獨立成章，可以說陳先生的這篇「新探」共三節，分成三個單元立論。所以，在陳文中的《萬曆野獲編》與《遊居柿錄》，彼此間的錯綜，則未顧及。且「全本」問題，尤待補充。

（一）究竟誰有《金瓶梅》的「全本」

關於《金瓶梅》的「全本」問題，陳文依據史料列出了五家，且從事考察與推演，認為可能有全本付梓者，僅有麻城劉承禧一家。

在我，則認為討論《金瓶梅》的付梓時間，以及其他有關付梓的人事等等，首應考索去肯定《金瓶梅》的「全本」之問世於何時？把此一問題肯定了，方能去研究它付梓的問題。

按今見之明朝當代人士論及《金瓶梅》的資料，說到全本者，陳文業已列出五家。一是謝肇淛在《小草齋文集》卷二十四中說的「此書向無鏤板，鈔寫流傳，參差散失，唯弇州家藏者，最為完好。」二是沈德符在《萬曆野獲編》卷二十五說是聽到袁中郎說的：「今惟麻城劉延白承禧家藏有全本。」三是徐階家的全本，也是《野獲編》說是聽到袁中郎說的：「蓋從其妻家徐文貞（階）錄得者。」四是袁小脩的全本，也是沈德符的《野獲編》說的。五是沈德符的藏本，自說是在萬曆三十七年間，向袁小脩抄的。還有屠本畯在《山林經濟籍》中說的「王大司寇鳳洲先生家藏全書」，卻又補充一句說：「今已失散。」不全了。

傳抄時代的「全本」，僅如上述而已。

若是推究起來，太倉王世貞與麻城劉承禧這兩家之有「全本」，並無確切證據，全是傳說。尤其是屠本畯的這句：「今已散失」語，最為微妙。這話便意味著，太倉王家也無全本了。至於太倉王家的「全本」是怎樣來的？又是怎樣失的？屠本畯也他無說詞。可以說這全是一些不負責任的「龍門陣」，尚須進一步去求證取信。

至於麻城劉家的「全本」，又是從其妻家徐文貞（階）抄來的。此乃沈德符的說詞，說是萬曆三十四年秋在京城聽到袁中郎說的；袁中郎卻也是聽來的。再說，袁中郎有沒有向沈德符說過有關《金瓶梅》的這番話？也無他詞印證。相反的，袁小脩（中道）寫於萬曆四十二年八月的日記《遊居柿錄》，還不曾提起他讀過「全本」呢！

由上推情形看來，傳抄時代的《金瓶梅》，有證據可以肯定的，卻祇有沈德符一家藏有「全本」，說是缺五十三回至五十七回五回。不但有沈氏的《萬曆野獲編》為證，更有李日華寫於萬曆四十三年十一月五日的日記《味水軒日記》卷七為佐證。李氏在這則短短的日記文辭中，並未說他看到的沈德符所藏《金瓶梅》稿是殘卷。

可是，沈德符的這部《金瓶梅》全稿（缺五回），並未賣給出版商，但「未幾時」而「吳中」的刻本《金瓶梅》，卻「懸之國門矣」！那麼，這「吳中」懸之「國門」的《金瓶梅》底本，來自何處呢？

根據陳毓羆先生的這篇「新探」，認定此一「底本」，來自麻城劉家。此說雖有張遠芬的妄攀在前，陳先生卻提出推論，否定了張說，而另外從史實上，尋出了吳人馮夢龍與麻城的淵源，以及馮夢龍與劉承禧之彼此有所交往的事實。因而疑馮夢龍是向劉承禧取得《金瓶梅》全本的人物。就這樣把劉承禧家之有「《金瓶梅》全本」，予以落實。

同時，陳先生為了落實此說，還考證了《金瓶梅詞話》的序者「東吳弄珠客」與「欣欣子」，都是馮氏的化名。此說卻正巧與筆者提出的〈馮夢龍與金瓶梅〉一說，不謀而合。不過，東吳弄珠客序刻的《金瓶梅詞話》，其「底本」是否是馮夢龍從劉承禧處得來？並無證據予以肯定。所以，我們只能證明沈德符手上確實藏有一部《金瓶梅》全稿，他自己說缺五回。

根據謝肇淛的〈金瓶梅跋〉文所說，他從袁中郎手上只得其「十三」，斯亦足以證明沈德符手上的全本，也不是從袁氏兄弟得來。

若是依據明人的史料研判，可以肯定的，只有沈德符有一部自說還缺五回的《金瓶梅》稿本。謝肇淛也只有十之八而已。

（二）《金瓶梅詞話》是誰付刻

傳於今日的《金瓶梅詞話》，底本來自何人呢？

沈德符不承認是他手上的抄本。他曾說，雖經友人馮夢龍與馬之駿勸他高價賣給梓人（出版者），他卻沒有答應，但卻「未幾時而吳中懸之國門矣！」沈氏又說：「然原書實少五十三回至五十七回，遍覓不得，有陋儒補以入刻，無論膚淺鄙俚，時作吳語，即前後血脈，亦絕不貫串，一見知其贗作矣！」更已說明沈氏所見的「刻本」，不是他手上的底本。卻說明了除去其中「五十三回至五十七回」五回之外，似乎其他九十五回，則與他手上的抄本無異。若照《野獲編》的話看來，《金瓶梅》的抄本，已有了兩個有證的「全本」，只少其中「五十三至五十七」五回。

可是，我們若依據沈德符《野獲編》的話，去驗證我們今見的《金瓶梅詞話》，其所云：（一）「膚淺鄙俚」，可以說斯乃《金瓶梅詞話》的全部筆觸，無從分別。（二）「時作吳語」之「吳語」，其他各回，也處處可見，並不僅囿於這五回。（三）「即前後血脈，亦絕不貫串。」經查今之《金瓶梅詞話》之第五十三至第五十七回，僅有第五十四及第五十五這兩回的銜接貫串，發生重疊情事。然若是情形，該五回之前後各回，有著錯簡、重疊以及血脈不貫等情，多得不下十次。可參閱拙作《金瓶梅劄記》[2]及《金瓶梅原貌探索》[3]，此處不列舉矣！總之，傳於今日之《金瓶梅詞話》，並不是沈德符見到的那一刻本。

此一問題，確是透露著一些微妙、一些隱秘，尚待吾人去尋求解語，去尋求事實，以明究竟。

那麼，沈德符見到的刻本，是不是《金瓶梅詞話》的另外一本呢？但如馬仲良（之駿）「司榷吳關」的時間（萬曆四十一年夏到四十二年秋）以及李日華見到沈德符藏本的時間（萬曆四十三年十一月），來對證東吳弄珠客序刻《金瓶梅詞話》的時間（萬曆四十五年季冬），則沈德符手上的「底本」，也有刻成這部《金瓶梅詞話》的可能。這也是推想，不是憑證據說話。

我們若是依據沈德符的話，那麼東吳弄珠客的序本，乃另一「底本」。這一「底本」，又來自何人呢？

陳毓羆先生的「新探」，推論此一「底本」來自麻城劉承禧，「付刻」人是馮夢龍。

此一推論，良有蛛絲馬跡可尋，惜乎陳先生還未能縷出證據說話。只縷出了馮夢龍與麻城的淵源，以及馮夢龍與劉承禧之曾有往還。僅此而已。

2　拙作：《金瓶梅劄記》。

3　拙作：《金瓶梅原貌探索》。

關於此一問題，我寫了一篇〈馮夢龍與《金瓶梅》〉一文[4]，其中「東吳弄珠客」與「欣欣子」全是馮的化名，早於同年三月間就發表了，不但肯定了我以前推論的《金瓶梅詞話》是改寫本，馮夢龍也是改寫人之一，更確定了「東吳弄珠客」與「欣欣子」全是馮的化名。我縷繹出的證據，非以「推論」為言詮。譬如「東吳弄珠客」之「弄珠」一辭，除了引用莊子〈列禦寇〉的欲得驪龍頷下珠及「二龍戲珠」的俗語與圖相也繪二龍戲珠，且兼以馮之行文慣例為證：如「《金瓶梅》穢書也」，堪與馮編《情史類略》自序之首語：「情史，余志也。」以及又化名「詹詹外史」序之首語：「六經，皆以情教也。」還有東吳弄珠客序後的「漫書於金閶道中」與欣欣子序後的「書於明賢里之軒」，都類於馮之行文慣性。堪證「東吳弄珠客」與「欣欣子」應為一人。

至於「欣欣子」的化名，更可以馮夢龍的愛「笑」為據。我在〈馮夢龍與《金瓶梅》〉一文中，曾以馮氏所編類書書目來看，含有「笑」字類者極夥。如《古今譚概》乃譚笑類書，他如《古今笑》（《譚概》易名）、《笑府》、《廣笑府》，馮氏無不在序文中，一再強調「笑」之可貴，「笑」與人生之不可分。且認為「古今世界，一大笑府。「且自以為所師乃布袋和尚，而自以為是「千古笑宗」。

馮氏序《今古奇觀》化名曰：「笑花主人」，足可以「笑」字來印證「欣欣子」與「笑笑生」之同一淵源也。

再說行文用辭的慣性，如「韻社第五人題於蕭林之碧泓」（題「古今笑」），「古吳後學題於葑溪之不改樂庵」（曲律序），「隴西可一居士題於白下之棲霞山房」（《醒世恆言》），「吳門馮夢龍題於松陵之舟中」（《智囊補》自序），無不一一與「欣欣子書於明賢里之軒」的

4 拙作：〈馮夢龍與金瓶梅〉，發表於一九八七年八月八日「明代小說戲曲討論會」。

筆調，毫無二致。

可以想見「欣欣子」非馮夢龍化名而誰何？

另外，還有《金瓶梅詞話》第五十六回中的〈別頭巾文〉，更與馮夢龍有著密切的關係。仔細推論起來，似可肯定《金瓶梅詞話》之付刻者，當為馮夢龍無疑。那麼此一「底本」，則由馮夢龍取自麻城劉家的可能，可信度就強了。同時，「作者」問題，也能據之溯得泉之始流呢！我在〈馮夢龍與《金瓶梅》〉一文中，業已說到了

下面，我們再討論作者問題。

三 《金瓶梅》的作者問題

誠然，《金瓶梅》的作者是個複雜的問題。是以陳先生論到這一部分時，所作結論云：「《金瓶梅》的作者問題，因材料不足，時代久遠，實難查考清楚。」但陳先生卻指出了一些對象。說：「大致可以判斷為書會一流人物，熟悉民問說唱和戲曲小說，作過門客或生館先生，對地主豪紳和官僚的生活有深刻的觀察。」此一判斷，全是依據今之《金瓶梅詞話》內容而立論。至於《金瓶梅》之問世與傳抄時間，與《金瓶梅詞話》之梓行時間，其間差距之產生的歷史因素，則忽而未題。所以我認為陳毓羆先生的此一大要判斷，雖符說部情節，卻難訴之歷史因素。

凡是大陸方面從事《金瓶梅》研究的學人，幾乎無人去慮及此一歷史因素。譬如曹雪芹之遲遲未能完成後四十回，還不是由於抄家的歷史因素阻礙了他嗎？《金瓶梅》之於問世後，零零星星傳抄了二十餘年，方有改寫的《金瓶梅詞話》梓行，且又未敢公開銷售。還不是歷史因素的阻礙嗎？我這裏說的「歷史因素」，就是指的萬曆皇帝寵鄭妃，有廢長立幼意圖所造成的宮闈事件。正因為《金瓶梅》是一部

有關此一「事件」的政治諷喻作品。是以遲遲無人敢去梓行。舍此歷史因素，在明朝的那個淫靡社會，像《金瓶梅》這樣的書，說什麼也不可能熱熱火火傳抄了二十餘年，方有刻本問世。那時代，連售賣淫器的「淫店」，都公關懸招於市肆也。[5]

我說的《金瓶梅詞話》是改寫本，應是肯定的；非傳抄時代的《金瓶梅》。我為此問題，寫了《金瓶梅劄記》[6]及《金瓶梅原貌探索》[7]，明確的指出了《金瓶梅詞話》是改寫本。所以，我們要論《金瓶梅》的「作者」問題，不能籠統的以《金瓶梅詞話》立說，應把傳抄時代的《金瓶梅》與刻本《金瓶梅詞話》分開。這一點，是我特別向陳先生提出的。

傳抄時代的《金瓶梅》，雖有袁小脩、謝肇淛的說詞，可作證見。然而我們終究沒有親眼目睹到傳抄時代的《金瓶梅》，是不是這部——刻本《金瓶梅詞話》？我之所以有此懷疑，一是依據所見之明代人論及《金瓶梅》的史料，有相互矛盾牴觸之處，且有偽託的情事——如袁中郎寫給謝肇淛索還《金瓶梅》的那封信，乃偽託。[8]二是依據萬曆朝的歷史因素。一、明人論《金瓶梅》的史料，應先求其可信程度，二、在萬曆朝那個淫靡的時代，連售賣淫器的「淫店」都不干公禁，像《金瓶梅詞話》這樣的小說，怎麼可能在文人之間傳抄了二十多年，無人梓行？在出版業極為鼎盛的那個時代，縱然作者未寫完成，也會有人為之補成付梓的。這情事，居然沒有產生，《金瓶梅》傳抄了二十餘年，方有刻本問世，而且刻本的情節，支離破碎，

---

5 孔憲易校註：《如夢錄》（鄭州市：中州古籍出版社，1984 年），在〈街市紀〉中記有「淫店」非一。

6 拙作：《金瓶梅劄記》。

7 拙作：《金瓶梅原貌探索》。

8 參閱拙作：〈論袁宏道給謝肇淛的這封信〉，《金瓶梅審探》。

處處呈現了「改寫」的痕跡。試想，我們討論《金瓶梅》的作者，又怎能籠籠統統以今之刻本《金瓶梅詞話》為立說之基？何況《野獲編》上的這句「此等書必遂有人板行，一刻則家傳戶到……」，這就是萬曆朝的文化處身於現實社會的實情。遺憾的是，大陸上研究《金瓶梅》的學人，幾無人去從事思考沈德符這句話所呈現的那個現實社會的實情。光是沈德符的這一句話，亦足以證明像《金瓶梅》這樣的書，也是不可能傳抄二十餘年，竟無人付之剞劂。

試問，若不是阻於歷史因素的政治問題，怎會如此？

那麼，我們如能了解到這一點，探討作者問題，前進的方向，就正確了！就明朗了！

陳先生業已發現了馮夢龍是《金瓶梅詞話》的付刻人，而且是化名「東吳弄珠客」與「欣欣子」的幕後人物。卻又認為他付刻的「底本」是從麻城劉承禧得來。那麼，劉承禧又是從何處得來呢？陳先生這篇「新探」，卻付之闕如。

關於此一問題，我雖還未能提出確證，來肯定劉承禧是從何處獲得《金瓶梅》全本？卻有一間接的證據，指出了劉家《金瓶梅》的來源。這一間接證據，就是〈別頭巾文〉。陳先生也說到了，惜未深入探討。

雖然，我在〈馮夢龍與金瓶梅〉一文中，已說到了，在此，更有重述的必要。

按《金瓶梅詞話》第五十六回之〈別頭巾文〉，在《開卷一笑》（託名「卓吾居士李贄編集」、「一衲道人屠隆參閱」）卷五，刻有此文，署名「一衲道人」。這位「一衲道人」，確是屠隆的別號，我有屠隆手書〈七言詩卷〉的影本為證。已毋須懷疑此名是偽託了。

另外，《繡谷春容》卷九，也刻有此文，但卻有文無詩。

經將三者的文辭加以比對，我們可以發現《金瓶梅詞話》是為了遷就宋代的歷史背景，已經過改寫，把「南京路上，陪人幾次，東齋學霸，惟吾獨尊」。改「南京」為「東京」，改「東齋」為「兩齋」。《繡谷春容》則不惟缺文前的詩，文辭也有兩句有奪字而不合駢儷之體。這些均足以證明《開卷一笑》中的〈別頭巾文〉乃原文，《金瓶梅詞話》與《繡谷春容》兩書所刻之〈別頭巾文〉(《繡谷春容》作〈別儒巾文〉)，都是後刻，乃刪改過的。為此，我寫了一篇〈開卷一笑的編者〉[9]，證明該一笑話書的編者是馮夢龍？經過這麼一番的探索，有關《金瓶梅》與《金瓶梅詞話》的作者問題，豈不是嶄露出眉目了嗎！

第一，「一衲道人」乃屠隆，已無可置疑。

第二，〈別頭巾文〉乃屠隆遊戲之筆，亦有可能。

第三，該〈別頭巾文〉縱係偽託屠隆所作，亦必屠隆以後的人士所偽託。屠隆卒於萬曆三十三年（1605），按《開卷一笑》之梓行在天啟初，自可推想而知《金瓶梅詞話》之真正梓行年代，應在萬曆末還是天啟初矣！

如從〈別頭巾文〉之與「一衲道人屠隆」，有所關聯這一點來說，我們探尋《金瓶梅》的作者，可以說已有了端倪。更可以說〈別頭巾文〉就是今日探尋《金瓶梅》作者的唯一直接證據。

固然，僅憑此一直接證據，尚不能肯定屠隆就是《金瓶梅》的作者。但在所有「《金瓶梅》作者說」的論說中，卻只有「屠隆說」具備了此一直接證據。

此一〈別頭巾文〉之有了三種刻本來作比對，首先肯定了《金瓶梅詞話》的成書，必在屠隆故後——萬曆三十三年（1605）之後。更加肯定了《金瓶梅詞話》是改寫本。而且，不管〈別頭巾文〉之是否

9　拙作：〈開卷一笑的編者〉，《中華日報》副刊，1987 年 8 月 5、6 日。

屠隆所作，亦足以基之去抽絲剝繭地來縷出其他起點。

我們既已肯定了〈別頭巾文〉與屠隆有直接關係，縱係偽託，自亦有偽託的因子。這因子便是屠隆與麻城劉家的深厚情誼。

按屠隆於萬曆五年（1577）登進士第，年已三十五歲。在官七年，即以詩酒曠廢為辭罷官。時萬曆十二年（1584）。嚴冬離京時，多賴時任錦衣衛僉書掌衛事的劉守有關顧，連因病不能隨行的家小，都丟給劉守有照管。在屠隆的文集中，寫有不少贊謝劉大金吾的詩文。[10]《萬曆野獲編》之所以說麻城劉延伯承禧家有《金瓶梅》全本，當係基於這一因子。

屠隆與太倉王元美（世貞）兄弟，也是好友。那麼，論《金瓶梅》者，又說王家有全本，可能也含有此一因子。

上述這兩個「因子」，這篇〈別頭巾文〉應是證明這兩個因子的直接證據。

對於此一問題，我除了寫有上述之〈論屠隆罷官及其雕蟲罪尤〉一文，還寫有〈江花入夢，山木成歌〉（談湯顯祖悼屠隆詩）一文[11]。以及〈開卷一笑的編者〉、〈繡谷春容的版本〉等文，以證〈別頭巾文〉之作者乃萬曆年間人。可以說，這些證據，無不樣樣都能放在屠隆頭上。

至於陳毓羆先生說：「他（屠隆）中進士三十五歲，〈哀頭巾詩〉中有『偏戀我頭三十年』，難道他在五、六歲就戴上了秀才的頭巾？」此一「否定」的理由，未免太不懂得創作了吧？從事寫作的人，那有事事都寫一己的自傳；就是寫自傳的人也造假呢，何況這一類的遊戲筆墨！

10　拙作：〈論屠隆罷官及其雕蟲罪尤〉，《金瓶梅原貌探索》，附錄二。

11　拙作：〈談湯顯祖悼屠隆詩〉，《臺灣新聞報》，1987 年 2 月 16 日。

以目前我所見到的證據來說，傳抄時代的《金瓶梅》，作者應以屠隆的成分最大。刻本《金瓶梅詞話》，乃馮夢龍主持付梓，應無問題。底本來自麻城劉家，亦極可能。又改寫過了，則更是事實。這裏，不多說了。

此一問題，我尚有證見，另文再論。

民國七十七年（1988）三月十七日《臺灣新聞報》

馮夢龍的化名

——從《三遂平妖傳》序文說起

近來，讀《馮夢龍詩文》，發現馮氏的化名極夥。四十回本《三遂平妖傳》的兩篇序文，都是馮氏化名偽託，《今古奇觀》的編者「抱甕老人」，也是他的化名。今僅就個人所涉問題，提出如下：

按四十回本《三遂平妖傳》，在明末梓行二次，二次序文都提到《金瓶梅》，但論見竟美刺異端，令人尋味。

1. 他如《玉嬌麗》、《金瓶梅》，如慧婢作夫人，只會記日用帳簿，全不曾學得處理家政，效《水滸》而窮者也。（泰昌元年冬至前一日隴西張譽無咎父題）

2. 他如《玉嬌梨》（麗作梨）、《金瓶梅》，另闢幽蹊，曲終奏雅，然一方之言，一家之政，可謂奇書，無當巨覽，其《水滸》之亞乎。（楚黃張無咎述）

這兩篇序文，作者署名是同一人，籍貫卻不同。

泰昌元年的序，署名「隴西張譽無咎父」，另一篇序（可能遲在崇禎間），則署名「楚黃張無咎」。若是情形，在明朝人的題署事例上，也不少見，如謝肇淛（在杭）的《五雜俎》、《小草齋文集》，悉署「陳留謝肇淛著」，其《小草齋詩話》則署「晉安謝肇淛著」。按「陳留」屬豫，「晉安」屬閩。蓋謝在杭原籍豫之陳留郡徙居閩之晉安已多代矣！此一傳統，在唐已有，可不必究。總之，這兩篇序文乃同一人所寫，應是不能否認的。問題是這署名同一人的「張無咎」序言，在論及《金瓶梅》時，竟前後美刺異端，頗值推敲。

前序刺，認為《金瓶梅》與《玉嬌麗》是學《水滸》而窮者，如「慧婢學作夫人，只會記日用帳簿，全不曾學得處理家政。」而後序則美之為「另闢幽蹊，曲終奏雅」，且讚之為有「一方之言，一家之政」，乃《水滸》之亞，當得上「巨覽」，稱得上「奇書」。前後論點，畔然迥異，幾視《金瓶梅》與「玉嬌麗（梨）」為先後所見兩本不同的書。讀來，委實令人迷惑不已。

何以同一人論及同一書，會產生如此的矛盾？讓我們先確定「張無咎」是不是馮夢龍的化名再說。

按《馮夢龍詩文》的編校者，在「楚黃張無咎」序文之後，曾加註（二）說：「張無咎，名譽；可能為馮之友人，也有人認為即馮夢龍的化名。」我認為這兩個張無咎，都是馮夢龍的化名。請看以下的證據：

（1）《警世通言》的序者「豫章無礙居士」在序中稱讚該書編著者「隴西君」是「海內畸士」；他們「相遇於棲霞山房，……」（序作於天啟甲子（四年）臘月。）

（2）《醒世恆言》的序者，自稱「隴西可一居士」，作序的地方，也是「白下之棲霞山房。」（序作於天啟丁卯（七年）按「隴西可一居士」的《醒世恆言》序是「自序」，乃馮夢龍自己也。）

再說，「無礙居士」稱「隴西君」為「海內畸士」，《智囊》自序亦有如此稱譽：「馮子名夢龍，字猶龍，東吳之畸人也。」於是，這位「海內畸士」之「隴西君」就是馮夢龍的化名，殆無疑義，此序之稱「隴西張譽無咎父」，自亦是馮夢龍的化名也。

下面，我們再看「楚黃張無咎」，是否馮夢龍？

照明朝人的刻書情況看來，同一書版，後之印行者，縱不變易書名，亦往往換序文或纂造序文，向讀者誆說此書又經過他們改訂過了。像四十回本《三遂平妖傳》之「楚黃張無咎」序刻本，乃後印。後印者未必與前印者是同一人。那麼，序之改纂，也可能是後印者之為了銷路而故作序文的改纂，假馮夢龍的大名而已。何況，後印之四十回本《三遂平妖傳》，乃前印之泰昌元年刻本同版，僅略加挖補。基乎此，我們似應作若是推想，推想後印之「楚黃張無咎」本，是別人偽纂序文，假冒馮夢龍大名的作為。這樣推想，卻也符合明朝刻書的印行實況。可是，我們再一查馮夢龍出版物上的序文，則不能這樣判斷了。

「楚黃張無咎」，就是馮夢龍的例證：

（1）「太平廣記抄」序者「李長庚」，則稱「楚黃友人李長庚書」（序作於天啟六年九月）。

此一問題，《馮夢龍詩文》編校者，亦曾加註（二）說：「李長庚，生平不詳。他於天啟五年九月，曾為馮之《春秋衡庫》作序。從《太平廣記鈔》行文之恢弘，對六經之「不敬」，以及《春秋衡庫》中所用手法，與「情史序」手法極為類似——用了化名。」

托言自己本擬輯此一書，卻被馮夢龍先著一鞭——這幾點看來，李長庚疑即馮之化名。

此一推想，雖不確，李長庚乃麻城人，萬曆二十三年進士，但亦不無代作之嫌。

（2）「跋《春秋衡庫》」之周應華，自稱「楚黃門人」，亦實有其人，然《春秋》，周代之魯史也。孔子作《春秋》，不計功罪，寓褒貶於微言。所記者，悉有周一代之各國政治上二百餘年之行事。蓋亦馮氏之筆意也。

今在馮氏書中，已兩見「隴西」與「楚黃」，且悉有馮夢龍的筆意跡象。那麼，《三遂平妖傳》的這兩篇序，全是馮夢龍一人所為，似是肯定的。

舍此而外，我們還能在慣用的文辭上，尋得例證：

（1）按「楚黃張無咎」序文中有「曲終奏雅」一詞，竟屢出於馮氏其他文中：

> 嗚呼！大人、子虛，曲終奏雅，顧其指何如耳！（《警世通言》〈豫章無礙居士序題〉）
>
> 而曲終奏雅，歸於厚俗。（《今古奇觀》姑蘇笑花主人）
>
> ……曲終奏雅，顧其指何如耳！（《覺世雅言》綠天館主人題）
>
> （《覺世雅言》乃據《今古奇觀》書版印刷，僅集八篇，亦改頭換面之出版物）

（2）按「隴西張譽無咎父」序文中，有「如餓時嚼臘，全無滋味」句。而《今古奇觀》序文中，亦有句云：「然事多鄙俚，加以忌諱，讀之嚼臘，殊不足觀。」

關於《今古奇觀》序者「姑蘇笑花主人」與編者「抱甕老人」，今人《馮夢龍詩文》編校者，疑其皆為馮夢龍化名。提出了三點理由，今附錄之如下：

（1）原刻本（指《今古奇觀》）的題頁上有「墨憨齋手訂」及「吳郡寶翰樓」等字樣，芥子園刊本的題頁上，亦有「墨憨齋手訂」之語，且插圖也有和「三言」的插圖筆姿相同。很可能和「三言」一樣，用了化名，實則為馮氏自編自斂。

（2）文筆縱橫姿肆，頗類馮氏，其所褒貶，亦近馮氏觀點。

（3）試將龍子猶〈情史序〉中之「又嘗欲擇取古今情事之美者，各著小傳，使人知情之可久，於是乎無情化有，私情化公，庶鄉國天下，藹然以情相與，於澆俗冀有更焉。而落魄奔走，硯田盡蕪，乃為詹詹外史所先，亦快事也。」與本序之「擬拔其尤百回，重加綉梓，以成巨覽。而抱甕老人先得我心，選刻四十種，各為《今古奇觀》」的這一段比較一下，不難發現其假託手法也極相似。

那麼，我們從上錄三點理由來說明馮夢龍之善於假託，而又最喜化名，判斷《今古奇觀》的編者「抱甕老人」及序者「姑蘇笑花主人」都是馮氏的化名，當無疑問。請再從我舉出的例證，來推斷「隴西張譽無咎」及「楚黃張無咎」，也全是馮夢龍的化名與偽託，自亦成分居多。

民國七十六年（1987）四月二十三日《臺灣新聞報》

一衲道人的關鍵

自從上海復旦大學的黃霖教授提出了《金瓶梅》作者屠隆說，數年以來，附和者僅我一人。大陸方面唱反調者，卻此起彼落。特別是支持「李開先寫定說」的這一派人士，反對最力。

引起黃霖產生此說的證據，是《山中一夕話》（《開卷一笑》）卷五的〈別頭巾文〉，署名是「一衲道人」，而該書的「參閱」者，即為「一衲道人屠隆」。然眾所知者，屠隆的字號有長卿、緯真、赤水等，未嘗見有「一衲道人」之署。我寫〈開卷一笑的版本〉一文，雖曾提到《開卷一笑》中的「一衲道人」，乃屠隆筆名，應無問題，然終乏實證。今者，友人沈尚賢先生提供一件屠氏手書七言詩卷的影本，赫然見到下署「一衲道人屠隆緯真甫」字樣，則堪肯定「一衲道人」確是屠隆的字號之一。那麼，《開卷一笑》之〈別頭巾文〉，署名「一衲道人」，縱係偽託，也是有根據的，非編造假名來偽託者也。

近來，我又寫了一篇〈開卷一笑的編者〉一文，曾分析所載〈別頭巾文〉的內容，與《繡谷春容》以及《金瓶梅詞話》所刊者之異辭，認為《開卷一笑》所刊之「別頭巾文」，乃作者較早的原文，《繡谷春容》與《金瓶梅詞話》，都是改過了的。由於《開卷一笑》卷九刊有〈太倉偷兒〉一文，有「萬曆中」字樣，當可蠡知此書刊行應在天啟，可能與《金瓶梅詞話》之刊刻時間，二者所據，當為同一資料。這一點，也應無疑義。今又獲確證，「一衲道人」是屠隆之號，則〈別頭巾文〉乃出乎屠氏緯真手筆，可能性就更大了。

第一、今見之〈別頭巾文〉的三種刊刻，堪證《開卷一笑》梓行稍早，卻又祇有《開卷一笑》的這一篇〈別頭巾文〉署有作者名「一衲道人」。這位「一衲道人」又是該書的序引者，又是「參閱」者。「一衲道人」又確確實實是屠隆的號，那我們又怎能否定〈別頭巾文〉不是屠隆作的呢？

第二、此一問題我們再作退一步推想好了。假設這篇〈別頭巾文〉乃別人所作而偽託「一衲道人」屠隆者，那麼，這位偽託者，其生存年代，勢必在屠隆之後，此一事理，也應無疑義。按屠隆卒於萬曆三十三年（1605），這篇〈別頭巾文〉縱非屠隆所作，偽託者寫作此文的年代，似亦不會上踰於萬曆三十三年。祇從這一點來說，亦足以證明《金瓶梅詞話》之成書，應在萬曆三十三年之後，改寫本也。

今天，我們已經有了「一衲道人」確是屠隆字號的實證，據此來肯定〈別頭巾文〉乃屠隆的作品，自比推想乃「偽託」的說法，要有力的多。

我們認為袁中郎的這班友朋，必然知道《金瓶梅》的作者是誰？這句話，非我一人如此說，也有人作此推想。我已考研到《開卷一笑》的實際編者乃馮夢龍，所刻「卓吾居士李贄編集」、「一衲道人屠隆參閱」等字樣，悉為偽託。但書中有「一衲道人」文共四篇。（一）〈醒迷論〉（卷四）（二）〈別頭巾文〉（卷五）（三）〈勵世篇〉（卷五）（四）〈秋蟬吟〉（卷六），全在上集。雖然這四篇文章，尚未在屠隆的其他文集中見到，若認為斯乃屠氏的遊戲筆墨，卻也合乎邏輯。如尋不出真憑實據來反駁此一推想，黃霖的說法，也應是成立的。

再說，何以《開卷一笑》的編者，竟把〈別頭巾文〉等四篇刻上屠隆的字號「一衲道人」？想來，其中必有一篇兩篇是屠隆的作品。現在，我們知道〈別頭巾文〉在《金瓶梅詞話》中（見第五十六回），像〈醒迷篇〉及〈勵世篇〉，其內容卻也適合放在《金瓶梅詞話》中，或在傳抄時代的《金瓶梅》內容中，有此兩篇，甚而〈秋蟬吟〉也在其中。但在改寫時，新架構的內容，卻只留下了〈別頭巾文〉一篇，餘者，馮夢龍也編到《開卷一笑》中了。因為《金瓶梅詞話》是改寫本，乃確立不移的事。所以我推想傳抄時代的《金瓶梅》是屠隆作，可以說《開卷一笑》中的「一衲道人」與〈別頭巾文〉，正是關鍵了屠隆作《金瓶梅》初稿的直接證據。

我在前面說了，袁中郎的這班友朋，必然知道《金瓶梅》的作者是誰？正因為馮夢龍知道屠隆是《金瓶梅》初稿的作者，所以他在編印《開卷一笑》時，透露了這個消息。「一衲道人」與〈別頭巾文〉，實乃關鍵了《金瓶梅》作者是誰的重要文獻也。

民國七十七年（1988）一月三十一日《臺灣新生報》第23版

明代論《金瓶梅》各家的暗示

一　袁宏道

萬曆二十四年冬，袁宏道寫給董其昌的信，說到《金瓶梅》，一下筆便問：「《金瓶梅》從何處得來？」但此問的下文，便是《觴政》之作：

> 傳奇則《水滸傳》、《金瓶梅》為逸典。不熟此典者，保面甕腸，非飲徒也。

《觴政》一文，作於萬曆三十四年秋抵京之後，到翌年夏之間。這時，《金瓶梅》尚在文人手中傳抄，並無刻本。袁宏道居然把《金瓶梅》與《水滸傳》並列寫入酒令。兼且說：「不熟此典者，保面甕腸，非飲徒也。」這話豈非強人所難？書未梓行，他自已也無全本，如何能熟此典？在我想來，這時的袁宏道，已在暗示《金瓶梅》將有刻本矣！豈非已在計畫改寫付刻事乎？

二　屠本畯

> 不容古今名飲者，曾見石公所稱逸典否？

屠本畯的《觴政》跋文，開頭就問古今名飲者，有未見過袁石公（宏道）所稱的「逸典」（《金瓶梅》）否？跟著又說：「按《金瓶梅》

流傳海內甚少」，此語便明指袁石公「所稱」的「逸典」，古今名飲者，未必能讀到。

屠本畯也未讀到《金瓶梅》全本，他說：

> 書秩與《水滸》相埒。相傳嘉靖時，有人為陸都督誣奏，朝廷籍其家。其人洗冤，託之《金瓶梅》。王大司寇鳳洲先生家藏全書。今已散失。往年予過金壇，王太史宇泰出此，云以重貲購抄本二帙。予讀之，語句宛似羅貫中筆。復從王徵君百穀家，又見抄本二帙，恨不得睹其全。

屠氏只讀了四帙，不知共有幾回，其他說詞，全是聽來的，所謂「相傳」也。不過，最後兩句，則頗含深意：

> 如石公而存是書，不為託之空言也。否則，石公未免保面甕腸。

這話則已指出袁宏道的《觴政》，竟把《金瓶梅》寫入了酒令之不當。若是自己連此書的全本也無有，那就是「託之空言」，則自己也未必能「熟此典」，豈不是袁宏道自己亦「保面甕腸」耶？

可以說，屠本畯的這篇《觴政》跋文，卻也暗示了袁石公之尚無《金瓶梅》全本，更寫了一句「按《金瓶梅》流傳海內甚少」暗示了《金瓶梅》的全稿，可能不會再有。遂責袁宏道之《觴政》把《金瓶梅》寫入酒令，作為「逸典」之不當。

從行文觀之內涵，得非若是乎！

三　沈德符

> 袁中郎〈觴政〉以《金瓶梅》配《水滸》為外典，予恨未得見。

> 丙午（萬曆三十四年）遇中郎京邸，問：「曾有全帙否？」曰：「今惟麻城劉延白承禧家有全本。蓋從其妻家徐文貞錄得者。」又三年……

這段話中的「今惟麻城劉延白承禧家有全本」便暗示了《金瓶梅》的全本，與麻城劉家的淵源。

> 又三年，小脩上公車，已攜有其書，因與借抄挈歸。

在此，可不管此本是否真的從袁小脩抄來，但沈德符卻說明了他已有了《金瓶梅》的全本。

沈德符手上的這一「全本」，雖未「應梓人之求」，但卻「未幾時而吳中懸之國門矣！」說明了《金瓶梅》的「底本」，已有了兩部。

> 然原本實少五十三回至五十七回。遍尋不得，有陋儒補以入刻，無論膚淺鄙俚，時作吳語，即前後血脈，亦絕不貫串，一見知其贋作矣！

此說與今之《金瓶梅詞話》不符。我早已說過。但查崇禎本，這五回確與《金瓶梅詞話》的這五回，不同之處特多。經過比對，也不能證出沈氏說的那些情事。只能證明崇禎本的這五回，乃殘零不全的底稿，又經過一番穿插方始連接上的。大不同之處，是崇禎本無〈別頭巾文〉。因而我疑想到，沈德符的這句「有陋儒補以入刻」的話，可能暗示的是第五十六回的這篇〈別頭巾文〉。因而我推想這篇〈別頭巾文〉可能是馮夢龍補纂進去的。此一「陋儒」乃暗指馮夢龍也。

我們前已說到，沈德符的這篇論《金瓶梅》的文字，其寫作時間，可能在崇禎五年之後。從「丘旋出守去，此書不知落何所？」可以如此推定。

從這一推定的寫作時間，來推想沈德符說這段話的基礎，當係以崇禎本的立場來說的。沈氏的「五回」問題，實際上乃暗示第五十六回的〈別頭巾文〉是「陋儒」(馮夢龍)「補以入刻」的。這一推想，堪可與《開卷一笑》的「一衲道人」，聯上關係。再說，明代人論及《金瓶梅》的語言基礎，如謝肇淛、沈德符、薛岡等人，悉以「崇禎本」為主，我也有證見來作此推論。當以另文論之。

民國七十七年（1988）一月二十四日《大華晚報》第11版

《金瓶梅》大辭典弁言

從任何角度看，《金瓶梅》都稱得上是一部大書，因為它的內容，不惟涵蓋廣，而且蘊藏深。雖前人已將之與《三國》、《水滸》、《西遊》並列為明代四大奇書，然《三國》、《水滸》、《西遊》之奇，焉能與之相互比擬？尤其，以小說藝術論，則前三書更難與之抗衡。只由於它的文辭譜賦了現實人生的性事描繪，向為士夫所忌，阻於流通，未能如《三國》、《水滸》、《西遊》之家傳而戶到也。

雖《金瓶》問世之初，即有人持「決當焚之」[1]的論調。然在晚期卻仍有數種刻本行世[2]。按明代社會，未嘗公禁淫靡圖書，而《金瓶梅》之在文人手中傳抄踰二十載，方行付梓[3]，且「一刻則家傳戶

1　袁中道寫於萬曆四十二年八月日記《遊居柿錄》，說到他在京城董太史其昌處，談到《金瓶梅》一書，董在贊賞該書之後，因其有淫穢文字，遂說；「決當焚之」。（見《遊居柿錄》，第九八九則。）

2　按《金瓶梅》之明代刻本，計有十卷本《新刻金瓶梅詞話》與廿卷本《新刻繡像批評金瓶梅》兩種，廿卷本刻於崇禎初，十卷本刻於萬曆末或天啟初。

3　《金瓶梅》最早傳抄於世，在萬曆二十三、四年間（1595、6時期），卻祇有袁中郎寫給董其昌一封信中提到，直到下此十年後之萬曆丙午（三十四年，1602）作酒令《觴政》以《金瓶梅》配《水滸傳》為逸典之後，《金瓶梅》的消息，方始在其他文人筆下透露出來。卻又綿綿線線在文人手中傳抄了十年後，始行見到刻本《新刻金瓶梅詞話》，序者東吳弄珠客之序寫日期，已是萬曆丁巳（1617）季冬矣！

到」者[4]，非萬曆丁巳之初刻，乃崇禎間之再刻[5]，此中微妙，良是今之研究是書者，未可忽略的一大問題[6]。

今者，《金瓶梅》的淫辭穢語，固難逃社會之不加禁忌，因每以妨害善良風尚罪之。卻未嘗有阻於學界鑽研，是以比年以來，論述《金瓶梅》一書之研究，恰似風起而雲湧，沛沛然無能禦也。轉瞬不過數年間，成書數十部，論文近千篇，幾駕乎《水滸》、《紅樓》飛馳之勢而過之。惜乎論者，十九是想到就寫，未追究之能否立說，便下筆了。唯恐落在後面。若以歧路亡羊喻之，則失之得；若以迷宮尋寶喻之，則眾必有得。斯吾所刮目以待者焉！

學術論述，首在有據。故考索證據，乃學術研究的要務，所謂憑證立言者也。固然，小說之藝，憑故實與情節以及人物性行，論其才技即可，何勞費辭其他？然如一旦涉入故實背景，以及作者創作動機，則又勢須向歷史中去探索因子，尋求證言。於是乎凡所書中的一字一辭，俚語諢話，食衣住行等風俗習尚，則又無一不是研究者的考索對象。若是種種，都需要有人來作開路的工作。筆者在從事研究金

---

4 沈德符《萬曆野獲編》有言：「此等書必遂有人板行，一刻則家傳戶到，」試問，《金瓶梅》（此等書）何以傳抄了二十年有奇，方有人梓行？且傳抄之對象，悉為當時文人士夫，又十九是三袁公安文派之友儕。且亦未能「一刻」則「家傳戶到」。斯一社會因素，乃歷史見證，能不疑而探索之耶？

5 按崇禎間梓行之《新刻繡像批評金瓶梅》，不同行款者兩種。一是十行二十二字本（日本天理圖書館藏，又鄭振鐸選刊於民國二十四年五月二十日印行之《世界文庫》第一冊書影，行款與天理藏本同。未註明何處藏本。據說是北大圖書館藏本。）一是十一行二十八字本，（日本內閣文庫藏，北京首都圖書館藏本同——原孔德圖書館藏。）但如以眉評與夾批情況觀之，則崇禎本最少有五種以上，堪可與沈說之「一刻則家傳戶到」語符節。

6 何以早於崇禎刻本之《新刻金瓶梅詞話》未能「一刻則家傳戶到」，至今所見仍只一種。而崇禎本竟一刻就有數種。何以在變亂頻仍之崇禎間，短短十數年間，一刻數種，萬曆則傳抄二十年有奇，未能付梓。得非應予追尋之問題乎？

書的初期，即為全書情節編寫了一本《金瓶梅編年紀事》[7]，再進一步又完成了一部《金瓶梅詞話註釋》[8]。這兩種都是工具書，既為己而作亦有益於人。甚而可以說，筆者已完成的十二種有關《金瓶梅》的研究，（《潘金蓮》小說一種可除外）雖有個己的執著與創意，若是認真說來，為別人提供資料之處，方是筆者有所呈獻的功績。雖獲益者默然，於我復何傷焉！復何損焉！

像《金瓶梅》這樣的大書，誠有賴於群力共策，尤有賴於對全書辭意門類的詮釋，提供研究者參考。筆者匆匆而草草完成的「註釋」，缺失極多。雖已在序中說明有關飲食服飾以及戲曲詩詞，率多避而未註，即其中著眼到的語言，亦多多因不知其意而闕如。著墨之處，亦不免偽誤。說來，實由於個人力不從心，學淺識薄，未能臧事也。前得吉林大學王汝梅先生函，附來所編纂之《金瓶梅詞典》之詞條選登[9]，所釋詞意，較之我所註釋，可說更加清楚也更為豐饒。後者越乎前，理之常也。

上月返里探親，過滬而順道訪友於復旦大學，與老友黃霖先生談及《金瓶梅》研究。亦同感於是書涵蓋之廣袤，尚有待更進一步，來詮釋全書之辭義問題，並告知已編目分類進行之矣。當索總目觀

7　拙作《金瓶梅編年紀事》，編成於一九七八年間，原為自作參考，待《金瓶梅詞話註釋》出版時，出版者索去，附印在打字本《金瓶梅詞話》文尾。後又抽印千冊交臺北巨流圖書公司發行。

8　拙作《金瓶梅詞話註釋》乃應一家出版社之邀而寫，惜乎該出版社未能全部臧事，即行倒閉。由製版、印刷、裝釘等商家印全。大家分書了事。余所幸者，完成此一著作而已。後又轉讓於臺北學生書局再版。今者，河南中州出版社已另行排印，於一九八七年七月印行。

9　按《金瓶梅詞典》一書，余曾拜讀王利器先生序言，知為「吉林文史出版社」印行，參予編纂者乃組成北京、長春、徐州三處人士共同完成。參予編纂人士有李穆之、李文煥、李昭恂、王汝梅、徐波、于鳳樹等。詞條選登已見一九八七年《吉林大學學報》第一期。想書可不久問世。

之，不禁肅然起立。蓋編目之切中肯綮，堪可以庖丁解牛之刀喻之。

目分內編、外編兩個層次。內編悉以全書辭類列目，外編則以書外之有關問題列目。內編類分十四，外編類分四，共十八類目。每類再分而別之一、二、三、四，冀求明細。內容之採擷，以詞話本（十卷本）為主，並以崇禎本（廿卷本）輔之。如所錄詩、詞等韻文，兩本異同甚大，自應分別列之。他如地理經濟、官制禮儀、風俗遊藝、宗教迷信、園林建築、服飾飲食、陳設器用，他如人物、語言、戲曲、醫藥等等，無不具舉。若能詮釋詳盡，則嘉惠學界，其功偉焉！又非《金瓶梅詞典》可並駕。

再如外編之素材淵源，版本流傳，以及改編續編等情，亦予之史述。歷來之研究概況與名著專集，也不遺而一一著錄，連有關該書之重要論文，亦不忘列舉，可以說是一部自有《金瓶梅》以來，最完美的史編，名之為《金瓶梅大辭典》，殆謙稱之也。

書由上海復旦大學出版，黃霖先生主編，他謙說人力有限，恐難達理想境界。余雖未見其全貌，亦心儀而敬重之。相信其所成，必有助於研究發展。古云：「豫則立」，吾見其豫矣！

第二輯

《金瓶梅》相關問題

《繡谷春容》的版本

筆者在〈開卷一笑的編者〉一文中，曾說到《繡谷春容》一書，梓行在《開卷一笑》之後[1]。湊巧此一時期在中央圖書館舉辦的「明代戲曲小說國際討論會」上，遇見日本治小說書目的作者大塚秀高先生，他對我的此一說法，頗持異議。認為《繡谷春容》梓行於萬曆二十五年（1597），他新出版的《增訂中國通俗小說書目》已予著錄。（初稿亦曾著錄）[2]。

大塚秀高著錄到的《繡谷春容》本，計有：

（1）北京圖書館藏，金陵世德堂刊本。

（2）上海圖書館藏。

（3）臺北中央圖書館藏。

（4）美國國會圖書館藏

（5）日本東京大學東洋文化研究所藏。（雙紅堂文庫）[3]

再大塚秀高先生在其所作〈明代後期文言小說刊行概況〉[4]一文中，曾說除了「上海圖書館」及「臺北中央圖書館」兩種未見，其他三種，他都見到了。惜乎大塚先生的「書目」及其文章，悉未著錄該書之行款與序跋，祇說「北京圖書館」的藏本是「金陵世德堂」刻，

---

1 拙作：〈開卷一笑的編者〉，《中華日報》副刊，1987年8月5、6日。

2 大塚秀高編：《中國通俗小說書目改訂稿》（初稿）於昭和五十九年（1984）八月由東京汲古書院出版，再於一九八七年五月出版「增補本」。

3 另有大陸中國社會科學院文學研究所藏殘卷三、四、八等三卷。

4 大塚秀高撰，謝碧霞譯：〈明代後期文言小說刊行概況〉，《書目季刊》第19卷第2期、第3期（1985年9月）。

共十二卷，編印者是「起北齋赤心子」，其他則未題。是以難明這些版本的同異，也就不易判斷它們的梓行先後。但大塚先生該文說：「除後二者（指上海圖書館藏及臺北中央圖書館藏）筆者未見外，其餘當為同一版本。」換言之，他見到的三種（東京大學雙紅堂本，北京圖書館本，美國國會圖書館本）既是「同一版本」，則臺北中圖本，也應該是同一版本。該本我已比對過，它與美國國會圖書館本以及臺北天一出版社影印之「建業大中世德堂主人校鍥」本，乃同一版本。我閱讀了王重民著錄的美國國會圖書館藏本，其行款序跋全同[5]。可是大塚秀高的《中國通俗小說書目》（初稿及增補），均著錄「北京圖書館」本是「金陵世德堂」刻，又怎能與日本東京大學東洋文化研究所藏（雙紅堂文庫）本，美國國會圖書館本「為同一版本」呢？尚待校勘。

美國國會圖書館藏本是「建業大中世德堂」刻，非「金陵世德堂」，雖同為金陵唐氏，主人及年代，已不同，建業大中世德堂乃金陵世德堂的後枝[6]。

如果「北京圖書館」藏的這本《繡谷春容》，是「金陵世德堂」刻，其行款以及其十二卷的內容，則全部相同，那麼，「北京圖書館」本是早印本，其他各本乃後印本，已改為「建業大中世德堂」了。這種情形，乃明代出版業的慣有程式。但我推想，也許是編目者的大而化之，因為「金陵世德堂」為人熟知，遂改「建業大中世德堂」為「金陵世德堂」編入書目。這一點，留待大陸學人或海外學人去校勘後，

5　美國國會圖書館藏之《繡谷春容》一書，王重民著錄稱：「原題『羊洛敕里、起北、赤心子彙輯、建業、大中、世德堂主人校鍥』。前有魯連居士序……」經與臺北中央圖書館藏本比對，乃同一版本。中央圖書館編目則稱：「明末刻本」。

6　據臺灣大學碩士班研究生陳昭珍論文〈明代書坊研究〉，所列金陵唐氏世德堂，建業大中世德堂之活動時間，在金陵世德堂之後。

作一詳細說明。筆者在此無從多言矣！

不知「北京圖書館」藏本的「序跋」如何？是否祇有簡端的一篇「魯連居士」序。若是，則《繡谷春容》的梓行年代，最早當不會上越於天啟。因為序文題及「女丈夫小說」。

> 予有女丈夫小說，將欲行世，適見《繡谷春容》裝點最工，寫照最巧，摹擬最肖，絕不以女子柔腸弱態遂認為沒氣骨輩也。

按馮夢龍有《女丈夫》傳奇一種[7]，乃改自張鳳翼之《紅拂記》、凌濛初之「虬髯翁」還有劉晉元[8]的什麼作品？集三家作品編改而成。內容自是由唐人傳奇的〈虬髯客傳〉而來。女丈夫自是指的紅拂。

這位魯連居士說他寫有「女丈夫小說將欲行世」，不知這位「魯連居士」是誰？也無從查知這「女丈夫小說」是否「行世」？但有一點可以肯定，把「紅拂」稱之為「女丈夫」，作為書目之名，乃自馮夢龍始。雖馮氏所命名之「女丈夫」乃傳奇戲曲，非傳奇小說，然而魯連居士序於《繡谷春容》中的「女丈夫小說」，又怎能不令人聯想到它或許就是馮夢龍的〈女丈夫傳奇〉呢！

總之，以「女丈夫」命名「紅拂」的書，在今日發現到的明代小說與戲曲，祇有馮氏編著之十種曲中的〈女丈夫傳奇〉一種。

若是看來，這部「建業大中世德堂主人校鍥」的「起北赤心子彙篇」的《繡谷春容》，其梓行時間，當在天啟以後，無法上推到萬曆去。何況，該書的卷十二，還有一篇〈萬曆登極改元詔〉，乃萬曆以

7 馮夢龍改定之《女丈夫》傳奇，在天啟年間梓行的《墨憨齋新曲十種》二十卷第三卷。

8 關於《女丈夫》傳奇，馮夢龍在上冊文前是從「長洲張伯起、劉晉元二稿」更定，張伯起乃張鳳翼，有《紅拂記》傳奇，見汲古閣《六十種曲》，劉晉元其人，則尚未能查出年籍，及所作何曲？待考。

後作者的口脗。

大塚秀高先生的《增訂中國通俗小說書目》，著錄該書時，附註說：「舶載書目作萬曆丁酉」刻。又說王利器先生編的《歷代笑話集》，附印了一頁《繡谷春容》的書影，卻與他見到的兩種版本不同。此一問題，由於筆者未見到這葉書影，無從說起，留待以後再來探討[9]。

按明代的出版物，同一本書版的先後印刷不同，往往改頭換面。雖是同一版印刷出來的，只不過是後印而已，也會改成另一書名。如《開卷一笑》之易名為《山中一夕話》，序文偏說是：「刪其陳腐，補其清新。」實則內容一字未改。像這種情事，在明代確是太多了。

那麼，基是推想，王利器先生編的《歷代笑話集》《繡谷春容》之書影，是否若是情事的另一印本？期乎其他治明代通俗小說者考訂之。

再說，大塚秀高先生在所著〈明代後期文言小說刊行概況〉一文，以為「起北齋赤心子」曾於萬曆庚寅（十八年）」刻過《心日山房詳釋公餘欣賞金谷奇芳》一書（日本內閣文庫藏），遂據而推想《繡谷春容》與《金谷奇芳》梓行的時代相同。竊以為此一推想，不能成立。按明代後期編印的這類文集，往往假託前人。如《開卷一笑》之假託李卓吾編集，屠隆參閱，不能認為《開卷一笑》梓行於萬曆三十年之前。（李卒於萬曆三十年、屠卒於萬曆三十三年）。何況，「起北齋赤心子」在萬曆十年時代就有出版紀錄，到了天啟崇禎仍有出版紀錄，也是可能的。

今者，我提出魯連居士序中的〈女丈夫小說〉及卷十二之〈萬曆

---

9 業已見到，乃同版。

登極改元詔〉二據，來推想《繡谷春容》一書，可能梓行在天啟或崇禎間。尚盼治晚明通俗小說者，提出正確判斷。良有待焉！

民國七十七年（1988）十一月十二日《臺灣新聞報》第10版

《水滸傳》的「致語」與《三遂平妖傳》[編按1]

在一篇被稱為是「萬曆己丑（十七年）天都外臣序」文中，說到「致語」一事。說：

> 故老傳聞，洪武初，越人羅氏，詼詭多智，為此書共一百回，各以妖異之語引於其首，以為之豔。嘉靖時，郭武定重刻其書，刪去致語，獨存本傳。余猶及見「燈花婆婆」數種，極為蒜略，餘散佚……。

又百二十回本《忠義水滸傳》發凡，也提到「致語」，說：

> 古本有羅氏「致語」，相傳「燈花婆婆」等事，既不可復見……

後來，周亮工的《書影》及錢曾的《也是園書目》，都引述到「羅氏致語」之《水滸傳》中的「燈花婆婆」等事。錢曾的《也是園》且予著錄。不過，胡適之先生於民國十年寫「致語考」時，則沒有讀到「燈花婆婆」。今天，我們可以讀到「燈花婆婆」的全文。在四十回本《三遂平妖傳》第一回中。

寫在四十回本《三遂平妖傳》第一回中的「燈花婆婆」，是一篇標準的「致語」。蓋「燈花婆婆」是一則獼猴成精的故事。說是在唐朝開元年間的鎮澤地方，有一位退休的諫議大夫名劉積中的人，夫人得了憂鬱病，久治不愈。一天夜間食粥，燈花璀璨，越開越大，把燈火都遮暗了。不想養娘一剔，燈花掉落地上滾動，越滾越大，居然爆

編按1　原載於《古典文學》第9期（1987年4月），頁273-287。

炸開來，在火星飛散開後，卻出現了一個三尺來長的老婆婆，向諫議夫人施禮。正驚惶間，她說她是來為夫人治病的。理由是「佛度有緣人。」一個久病不愈的人，聽了這話，自然接受她的醫治。吃下藥去，竟然好了。那想到這婆子便坐著四人轎，前護後擁的時來吵擾。若是得罪了她，她會施法把人心掏出來扔在地上，必須向她苦苦哀求，她纔會把掏出來的臟腑拾起送回死人口中，方能蘇活。使得劉諫議一家人，煩惱不堪。後來，一位南林庵老僧請來揭帝尊神，方行施法把這燈花婆婆攝服，原來是一隻獮猴。那揭帝尊神就是劉諫議志誠供養的「龍樹王菩薩」。所以這個故事，《也是園書目》把它列入「宋人話本」，名〈劉諫議傳〉又名〈龍樹王斬妖〉。唐人段成式的《酉陽雜俎》前集卷十五〈諾皋記〉下，有此故事；《太平廣記》卷三六三引，則題作「劉積中」。（劉諫議名）那麼，「燈花婆婆」這個故事，在唐人箚記中，已經錄到了。可見這個故事，流傳已久。

我們看「燈花婆婆」這個妖異的故事，作為《三遂平妖傳》這部小說的第一回「致語」，極為恰當。因為《三遂平妖傳》寫的雖是貝州王則之亂的故事，然而豐饒了王則以妖異為亂的內容，所寫的則是白猿精盜法書最後平服了狐狸精聖姑姑一家三口助亂的情節。所以我認為「燈花婆婆」的故事，作為《三遂平妖傳》的「致語」，非常恰當。

按《三遂平妖傳》第一回，在這則「致語」之後，跟著便述說獮猴似人的精靈性，再進而說到與猴同類的猿，說猿比猴還要精靈。於是引說到小說故事中的白猿精，以及九天玄女等仙緣等等；小說的故事便展開來了。可以說，《三遂平妖傳》的故事，情節的發展與演變，全是妖異為經緯。以妖異的故事作「致語」，自屬理所當然。

那麼，「燈花婆婆」可以作為《水滸傳》的「致語」嗎？如從今天我們讀到的流行本（七十回本）的故事來看，除了第一回的「張天師祈禳瘟疫，洪太尉誤走妖魔。」以及第七十回「忠義堂石碣受天文，梁山泊英雄排座次」等前後兩回，還能見到一些妖異的情節，其他雖有第四十二回的「宋公明遇九天玄女，還道村受三卷天書」以及第六十回「公孫勝芒碭山降魔」、第六十五回「托塔天王夢中顯聖」，卻全是英雄故事的陪襯，並不是像《平妖傳》那樣，以說妖述異的情節為故事的主導，無法相提並論。

不過，在百回本的第一回前，尚有「引首」一則，所謂「引首」，也等於「致語」。在這則「引首」的情節中，說到這位宋天子生下的兒子乃上界赤腳大仙轉身，誕生之後便啼哭不止，遂出榜召醫診治，驚動了天庭，派遣太白金星下界化作一位老叟，揭榜治病。把太子的啼哭止後，便化作一陣清風而去。這一點，又似乎是從「燈花婆婆」的故事演化來的。但並非妖異語。

至於天下瘟疫流行，派洪太尉到江西龍虎山張天師那裏去祈福禳災，誤開了魔門，走脫了妖魔三十六天罡，七十二地煞，因而有了《水滸傳》百零八魔君的故事。但終難把「燈花婆婆」這樣的妖異故事冠乎《水滸傳》之首。「天都外臣」的序還說「各以妖異之語引於其首」，這話似在說《水滸傳》的每一回前面。都有妖異語。這樣說來，真難想像早期的《水滸傳》是怎樣的寫法了。

傳之今世的《水滸傳》，要以殘卷八回之所謂「嘉靖本」最早。（僅存第四十七至四十九回及第五十一至五十五回八回；據說吳曉鈴手上有第五十回的第一頁。）猜測可能是郭武定本。此本如屬完整，也未必能見到妖異語的引首「致語」，說是到了郭武定便把妖異語刪去了。

說到早期《水滸傳》有「燈花婆婆」這則妖異語為引首「致語」的人，是「天都外臣」序文。可是這篇「天都外臣」序於「萬曆己丑（十七年）孟冬」的序文，在現存的這部天下孤本上，這一條文字只餘下右邊的五分之一的字跡，所謂「萬曆己丑孟冬天都外臣撰」等文，是距今四十年前戴望舒與吳曉鈴根據五分之一的字邊跡象推斷出來的。事實上，是不是這十一個字？至今尚是疑案。那麼，這位「天都外臣」（汪道昆）是什麼時候見到「燈花婆婆」？也無從推繹。我們今天所能見到的「燈花婆婆」的完整故事，在四十回本《三遂平妖傳》的第一回中，前已述到。

按四十回本的《三遂平妖傳》，今能見到的最早刻本是明泰昌元年（1620）隴西張譽無咎父序的這一本。由於此書後來（大約崇禎間）又改寫序文補刻重印了一次[1]，寫序的「隴西張譽無咎父」則改為「楚黃張無咎」，序文的內容也改了。最值得在本文中說明的是，該序中的這句話：「玆刻回數倍前，蓋吾友龍子猶所補也。」竟直稱四十回本乃馮夢龍所補，且說「書已傳於泰昌改元之年，子猶宦遊，板毀於火，余重訂舊序而刻之。[2]」又說「子猶著作滿人間，小說其一斑，而玆刻又特其小說中之一斑云。」因而後人悉據此說而認定四十回本的《三遂平妖傳》，之所以倍於以前的二十回本《三遂平妖傳》，乃馮氏不滿於二十回本的情節不貫，人物交代不清，所以馮夢龍予以補寫成四十回本。此說幾已半世紀來無異辭。

可是，近來卻有人否定了這一看法，一者認為《三遂平妖傳》的出現，在《水滸傳》之前[3]，認為《水滸傳》抄自《三遂平妖傳》；二者是認為《三遂平妖傳》的二十回本，應後於四十回本，且考索了二

---

1 後印的四十回本《三遂平妖傳》，確與前印於泰昌元年的天許齋本同版，但有補刻的痕跡。

2 馮夢龍於崇禎七年以貢生選任福建壽寧縣令。此說「子猶宦遊」，蓋指此也。

3 羅爾綱作：〈從羅貫中三遂平妖傳看水滸著者和原本問題〉，《學術月刊》第10期（1984年）。

十回本源自四十回本的簡縮痕跡[4]。這兩種說法，不惟否定了馮夢龍是《三遂平妖傳》的四十回本補寫者，兼且否定了四十回本之後於二十回本。這兩種說法，都有證言。那麼，傳說中的《水滸傳》的「致語」有「燈花婆婆」這則故事，自也相等的有了問題。也就是說，縱然《水滸傳》有「燈花婆婆」的「致語」，也是從《三遂平妖傳》抄來的。此一問題，便關連上《水滸傳》的版本。

《水滸傳》的版本，至為複雜，又是「繁本」，又是「簡本」；又是「百回本」、「百一十回本」、「百一十五回本」、「百二十回本」，還有「七十回本」、「七十一回本」，以及七十回本之是否古本或金聖歎所刪等問題。這些問題雖然複雜，但自夏威夷大學的馬幼垣教授進入梁山泊之水滸探索以來，由於資料蒐集豐饒，關於《水滸傳》的作者以及這部小說的成書年代問題，業已有了明確的結論：（一）作者羅貫中、施耐庵二人悉為偽託；（二）該小說之形成，乃嘉靖初之郭武定（勳）。此一結論，可以相輔的作為《三遂平妖傳》的版本推繹；同時呢，《三遂平妖傳》的版本，也可以相輔的作為《水滸傳》版本的證言。說起來，則又關涉到這則「致語」的「燈花婆婆」。

按《三遂平妖傳》的版本，相異者僅兩種，一為二十回本，一為四十回本；前者印行於萬曆二十年（1592），後者梓行於泰昌元年（1620）。從今見本來說，這兩種版本的序文，都有明確的說明或明示。（二十本的序文有言：「日者，西北下首難，我師先發，纍纍就俘。迺日本狡焉起彊，尚稽蕩掃……」所述史實，乃萬曆二十年事。）可是，二十回本雖有這篇署名童昌祚的序言，且說是王慎脩校梓本，但審之傳今的二十回本《三遂平妖傳》，似是據舊版挖改而重印，最

4　見歐陽健作：〈三遂平妖傳原本考辨〉，《中華文史論叢》（上海市：上海古籍出版社，1985年），第3輯。

大的漏洞是第四卷的「校梓」留有異辭。前三卷全是「東原羅貫中編次」、「錢塘王慎脩校梓」，獨有第四卷的「錢塘王慎脩校梓」刻為「金陵世德堂校梓」。這麼一來，這個版本的「校梓」，便出現了「雙包」。

「錢塘王慎脩」是何許人也？未能查知。但「金陵世德堂」則是一家唐姓的出版商，在明朝萬曆間相當活躍，還有不少「分號」，天啟、崇禎間，也有這家唐氏的出版物。這樣看來，可能童昌祚序的這部所謂「王慎脩校梓」的二十回本《三遂平妖傳》，就是「金陵世德堂」的「校梓」本，序文所謂王慎脩之「綴拾唾餘，更為木災而分貫中氏澤也」的說法，都是蒙騙讀者的詞語。如從序文及所題「錢塘王慎脩校梓」等印刷情形來看，序文及所題「校梓」等處，印刷清晰，內文則頗多漫漶模糊之處。斯亦足證王慎脩校梓的這部二十回本，十九是得版重刷，序文中所述及的歷史因素，如「西北下首難」及「日本狡焉起彊」等語，亦可能是故意把史實上推。何以可作如此推繹呢？蓋萬曆二十年間，正是「金陵世德堂」大肆活躍的時期，不可能把版售與他人也[5]。

我推想這部二十回本的《三遂平妖傳》也可能是纂印本。我這話是據「寶文堂」書目記有兩種《三遂平妖傳》，一為「上下卷」，一為「南京刻」來推想的。斯亦足證《三遂平妖傳》在嘉靖時代即已有了兩種刻本。其中的「上下卷」一種，可能是二十回本，不可能有四十回之多。至於「南京刻」的這一種，是不是四十回本，但也可能是今見之二十回本，「金陵」即南京也。今尚無從推斷。「寶文堂」的主人晁瑮父子，子東吳先父卒，而晁瑮卒於嘉靖三十九年。可以說這

---

5 據臺灣大學研究生陳昭珍之論文〈明代書坊研究〉，考記「金陵世德堂」有萬曆十六年間的出版品。

兩部《三遂平妖傳》在嘉靖三十九年之前，即已問世了。

基乎此，我們可以據以推定《三遂平妖傳》與《水滸傳》都是嘉靖間同時代的產品，所以都刻上了「東原羅貫中編次」；都說是羅貫中編寫的。

至於《三遂平妖傳》是不是羅貫中作的？本文不作推論？然而四十回本的《三遂平妖傳》是不是馮夢龍所補寫？委實值得討論。

根據前述及的歐陽健所作〈三遂平妖傳原本考辨〉一文引證到的六條證言（從（一）人物方面（二）情節方面（三）文句方面（四）詩詞方面（五）五回方面（六）分卷方面），已把二十回本的各種缺失，辨釋出乃由四十回本簡縮而來；應是四十回本在前，二十回本在後。四十回本是「繁本」，二十回本是「簡本」。

關於歐陽健的這篇考辨，乃直接從這兩本小說的情節上，直接引述出來。看去原書似有「考辨」指摘出的這些漏洞，但他處也有「四十回本」出於「二十回本」的改寫痕跡。譬如二十回本第二回第十頁（正反兩面），寫有一段狀雪的駢文：

> 嚴冬天道，瑞雪交飛，江山萬里盡昏迷。桃梅鬬艷，瓊玉爭輝，江上群鷥番覆，空中鷗鷺紛飛，長空六出滿天垂，野外鵝毛亂舞，簷前鉛粉齊堆，不是貧窮之輩，怎知寒冷之時。正是盡道豐年瑞，豐年瑞若何？長安有貧者，宜瑞不宜多。

到了四十回本，這段駢文不同了，辭云：

> 紛紛柳絮，片片鵝毛，空中白鷺群飛，江上素鷗翻覆。千山玉砌，能令樵子迷蹤，萬戶銀裝，多少行人腸斷。畏寒貧士祝天公，少下三分玩景。王孫願滕六平添幾尺。正是盡道豐年瑞，豐年瑞若何？長安有貧者，宜瑞不宜多。

我們把這兩段駢文錄來比對，顯然的，後者優於前者。何以？我們看二十回本的這段駢文，有「桃梅鬪艷瓊玉爭輝」句。試想，大雪紛飛的日子，那會有桃花鬪艷？再從整段文辭上看，四十回本的詠雪，也比二十回本寫得好。這一點，堪證四十回本是後出。

再看二十回本第三回（第二十六頁正面），寫胡員外發現女兒會念咒變出錢米來，怕惹上官司，拿起木棒要打女兒。永兒大叫救人。「只見隔壁乾娘聽得打永兒，走過來勸時……」這個「乾娘」在四十回本中，則是「張大嫂」（見第二十回本第七、八兩頁），但在第八頁第三行，這位「間壁」的「張大嫂」，卻又刻作「乾娘」。從這一點來看，可以說四十回本（天許齋本）是從二十回本（王慎脩校梓本）來的。說得再正確些，應是二十回本在前，四十回本在後。當然，這話是據今存的上述這兩種《三遂平妖傳》來說的。

歐陽健「考辨」出的六條證言，雖還有「詠雪」與「乾娘」這一類的「反證」，足以證明「天許齋批點」之四十回本應在「王慎脩校梓」之二十回本以後，卻不能否定在「天許齋批點」之四十回本以前，沒有四十回本。在嘉靖年間的「寶文堂書目」上，已有兩種《三遂平妖傳》的記載。又怎能否定這兩種《三遂平妖傳》沒有四十回本？或類似四十回本？

根據歐陽健「考辨」一文的看法，我又重讀了這兩種《三遂平妖傳》，誠然，二十回本的交代不清，確有「居簡而行簡，無乃太簡乎」的缺失。在此我再補充一點：第一回（第十一頁反面）寫胡員外為女兒啟名字，「因是紙灰湧起，腹懷有孕，因此取名叫做永兒。」這話確是有缺失。試想，既是「因紙灰湧起」而「腹懷有孕」，應取名為「湧兒」，不應取名為「永兒」。按「湧」、「永」二字，雖全是水部，卻同音不同義。如從行文的情理來看，似乎不應該這樣落筆。

我們看四十回本怎樣寫法：

……因是紙灰湧起，腹懷有孕，因此取名叫做湧兒。後來又嫌湧字不好，改做永字。

那麼，我們如從這一點來看，則似可據以推斷二十回本的這種行文法，乃從四十回本簡化而來。類是情形，「考辨」說到的第三回「胡永兒試變錢米法」（第二十五頁反面），胡員外聽到女兒說是有位婆婆給了她一本冊兒，照冊上的咒語念，就能變出錢米來。這樣寫：

胡員聽得說叫苦；不知高低。道：「如今官司現今張掛榜文要捉妖人，吃你連累我。我打殺這妮子，也免我本身之罪。」拿起棒來便打。

這裏寫的官府「張掛榜文要捉妖人」的情節，前面卻一字也未提起。在此突然寫出，自是不合小說家的筆法。四十回本則寫有張掛榜文捉拿妖人的情節，在第十八回第二頁（正面），寫有樞密院奏過朝廷恐有妖黨潛住為禍，出榜曉諭，遇有蹤跡詭異者，即便報官。還要博平縣查訪妖人姓名窟宅。都是因為蛋子和尚求雨事惹起的。像這些情節，二十回本第三回以前，如無「張掛榜文要捉妖人」的情事，似不致冒然寫入這樣一句話。顯然的，二十回本之前，一定還有一部「繁本」。那麼，泰昌元年張譽無咎序的這部四十回本《天旭齋批點北宋三遂平妖傳》，似非馮夢龍的增補本，而是馮夢龍獲得了早期的《三遂平妖傳》刻本，略予修纂校訂批點而重行剞劂出來的。

張譽的這篇序文，未說此書是「補寫」本，祇說二十回本的人物，情節不能貫連，「突然而來，杳然而滅；疑非全書；兼疑非羅公（貫中）筆。」他看到的這部四十回本，「回數倍前，始終結構，備人鬼之態，兼真幻之長。」又說「此書傳自京都一勳臣家抄本，即未必羅公筆，亦當出自高手。……」此序說明原稿是抄本。

可是，到了這部四十回本的二次梓行（實際上是重印），序文雖仍是「張無咎」，但卻改為「楚黃張無咎」不是原序「隴西張譽無咎父」；序文的內容也改了。而且改得前後語意相反。

1 述及《玉嬌麗》及《金瓶梅》

（1）他如《玉嬌麗》、《金瓶梅》，「如慧婢作夫人，只會記日用帳簿，全不曾學得處分家政，效水滸而窮者也。（隴西張譽無咎父序）

（2）他如《玉嬌梨》、《金瓶梅》，另辟幽蹊，曲終奏雅，然一方之言，一家之政，可謂奇書，無當巨覽。其《水滸》之亞乎。（楚黃張無咎序）

前序詆譭《玉嬌麗》與《金瓶梅》是慧婢作夫人，「效《水滸》而窮者也」。後序則贊賞《玉嬌梨》（麗改為梨）與《金瓶梅》是「另辟幽蹊，曲終奏雅」，可謂奇書，……其《 水滸》之亞乎。」竟先後美刺大異。

何況，前序稱「隴西張譽無咎父」，後則改稱「楚黃張無咎」。若同是一人，怎會連籍貫也變更了。固然，人的籍貫雖有原籍寄籍的不同寫法，但同一本書，前後作美刺不同的評語，良屬少見。

2 王緱山先生言：

（1）王緱山先生每稱《三遂平妖傳》堪與《水滸》頡頏。（隴西張譽無咎父序）

（2）王緱山先生每稱羅貫中《三遂平妖傳》堪與《水滸》頡頏。（楚黃張無咎）

前序無「羅貫中」三字。後序之所以加上「羅貫中」三字，目的只在強調王緱山先生也認為《三遂平妖傳》是羅貫中作的。

3 四十回本之曾否補寫

(1) 聞此書傳自京都一勳臣家抄本，即未必果羅公筆，亦當出自高手。(隴西張譽無咎父序)

(2) 即質諸羅公，亦云青出於藍矣。使緱山獲睹之，其歎賞又當何如耶？(楚黃張無咎)

前序並未肯定羅貫中是《三遂平妖傳》的作者，所以說「即未必出自羅公筆，亦當出自高手。」後序則肯定是羅貫中作，且肯定這部四十回本是馮夢龍所補。故謂「即質諸羅公，亦云青出於藍矣。」而且肯定的說泰昌元年的那部四十回刻本，也是馮夢龍的刻本，更明白的說：「書已傳於泰昌改元之年，子猶宦游，板毀於火，余重訂舊序而刻之。」還更加肯定的說：「子猶著作滿人閒，小說其一斑，而茲刻又特其小說中之一斑云。」於是後人遂以四十回本的《三遂平妖傳》列為馮夢龍的著作之一。

當我們讀了歐陽健的這篇〈三遂平妖傳原本考辨〉一文，對其列述的那些有關問題，來重讀這兩種刻本，那麼，馮夢龍補寫二十回本《三遂平妖傳》為四十回本的說法，卻不得不疑而尋究之。

第一，《三遂平妖傳》在嘉靖年間，即有兩種版本傳之於世，有晁氏「寶文堂」書目為證。正巧，傳於萬曆間的《三遂平妖傳》(泰昌之年，亦萬曆之年)，也是兩種。

第二，「寶文堂」書目上的兩種《三遂平妖傳》，一為「上下卷」，一為「南京刻」。既稱「上下卷」，推想其篇幅，最多不會超過二十回。是以後人多據此推想該「上下卷」之《三遂平妖傳》，可能是傳今之二十回本。我在前面說了，傳今之二十回本，印刷頗多漫漶，可能是「金陵世德堂」的購版重印本；王慎脩之「校梓」，則是又後的加序印本。此一推想，是大有可能的。

第三，「寶文堂」書目上的另一種「南京刻」本，顯然有別於「上下卷」的那一種，猜想它是四十回本，也大有可能。這一問題，自應繼續推尋。

第四，《三遂平妖傳》的前後兩序，是不是同一人寫的呢？今者，大陸方面排印了所謂《馮夢龍叢書》，其中有一本《馮夢龍詩文》，把馮夢龍所寫的序文等，集編一冊，收錄了《三遂平妖傳》第二篇序文，換言之，此一叢書的編者承認四十回本《三遂平妖傳》的第二次序文，是馮夢龍寫的。而我則認為這前後兩篇序文，都是馮夢龍寫的。我們有以下這些證據：

（一）在《警世通言》序文中，曾說：「隴西君海內畸士，與余相遇於棲霞山房，傾蓋莫逆，各序旅況。」在《醒世恆言》序則自稱「隴西可一居士題於白下之棲霞山房」；自可據以推想《三遂平妖傳》之「隴西張譽無咎父」亦馮氏之化名。再說《警世通言》稱「隴西君」為「海內畸士」，而《智囊》自序，則稱「馮子名夢龍，字猶龍，東吳之畸人也。」豈不是更加指明了「隴西君」這位「畸士」，即馮夢龍也。

（二）《太平廣記鈔》序者「李長庚」，則稱「楚黃友人李長庚書」，還有跋《春秋衡庫》之周應華，亦稱「楚黃門人」。則與《三遂平妖傳》的二次序者「楚黃張無咎」串連上了。再說，「楚黃張無咎」序言中的「曲終奏雅」一詞，且數出於馮氏其他文中，如〈警世通言序〉：「嗚呼！『大人』、『子虛』，曲終奏雅，顧其指何如耳！」他如〈《今古奇觀》序〉之「曲終奏雅，歸於厚俗。」還有以「綠天館主人」序的《覺世雅言》，也有「曲終奏雅」句。再如〈《今古奇觀》

序〉一文，有句云：「然事多鄙俚，加以忌諱，讀之嚼蠟，殊不足觀。」此一「讀之嚼蠟」一語，正同於「隴西張譽無咎父」序文中的那句「如餓時嚼蠟，全無滋味。」所以，我們可以肯定的說，四十回本《三遂平妖傳》的先後兩篇「張無咎」序，全是馮夢龍一人化名寫的；幾無疑問。

至於馮夢龍何以要前言不搭後話的來改寫這篇序文？我們也能尋到證據

第一，我們先看所謂《馮夢龍叢書》：

1. 《古今小說》《喻世明言》
2. 《警世通言》
3. 《醒世恆言》
4. 《古今譚概》
5. 《智囊智囊補》
6. 《廣笑府》
7. 《情史》《情史類略》
8. 《太平廣記鈔》
9. 《新列國志》
10. 《墨憨齋定本傳奇》
11. 《壽寧待誌》
12. 《馮夢龍詩文》

以上十二種，除了那薄薄的一本《馮夢龍詩文》是從其他編集之間彙抄來的，稱得上是著作，其他，全是馮夢龍編纂而成的。縱有己意滲入其間，似難稱之為創作。可是，這些書幾乎全是他個人梓行的。不僅此也，所有他出版的書上的序跋以及例言等，十之九都是他一個人化名寫的。《馮夢龍詩文》集的編校者，大都予以校勘出了。

對於馮夢龍這位明代文化人來說，我們稱他為「學人」為「作家」，遠不如稱他為「出版家」最為恰當。

第二，我們從馮夢龍編纂出版的這些書籍來看，如「三言」、《譚概》、《笑府》等，無不改過頭，換過面，集而分之，分而集之，易個書名，印之再印。像《喻世明言》，先名《古今小說》、《古今譚概》再易名《古今笑》，《笑府》再易名為《廣笑府》；實際上，其中內容雖有改動，卻改動極少。尤其後來的《今古奇觀》，其內容全是從其所編「三言」及淩蒙初所編之「兩拍」選錄集成，便易名為《今古奇觀》再來梓行。另外，還有一本祇收八篇故事的《覺世雅言》，上有〈綠天館主人序〉，其中七篇出自「三言」。據日本學人大塚秀高編著之《中國通俗小說書目改訂稿》（初稿）著錄《覺世雅言》說，該書則與「三言」原刻本行款相同。乃編輯人任意擇出幾篇，用原書上版。像這種情形，雖是明代出版界的通例，似乎馮夢龍又是其中的作者。他總是把自己的出版物，一再改頭換面的易名再印。何以要如此？一句話：為了賺錢[6]。

我們從上述各情來看，極其顯然的馮夢龍在序刻四十回本《三遂平妖傳》時，之所以不敢直說是他補寫，說是「聞此書傳自京都一勳臣家抄本」，正因為此書並非他由二十回本增補而成，不敢冒然掠美。到了十餘年後，另一四十回本的《三遂平妖傳》並未出現。於是再改序印行，便直說是「子猶所補也」。

按說，我們不應這樣推斷。若說此乃後之出版者，假借馮夢龍的大名，改序再印，冀獲多銷，亦未嘗不無是理啊。但如對證馮氏之善於改序，甚而改頭換面而變易書名重印的情形太多，我們又怎能不作如此推想呢！

---

6 此種情形可參閱《馮夢龍詩文》一書。

如今，我們已有證據肯定《水滸傳》與《三遂平妖傳》乃同時代的產物，都同時流傳在嘉靖年間。在嘉靖年間，《三遂平妖傳》就有兩種不同的版本。《水滸傳》在嘉靖間流傳時即有「簡本」、「繁本」之別，想來，《三遂平妖傳》也是如此。二十回本是「簡本」，四十回本是「繁本」，關於四十回本，馮夢龍只是略加修訂校點而已，未嘗增補也。

馮夢龍與《金瓶梅》[編按1]

多年以來，我一直在懷疑馮夢龍不可能與《金瓶梅》沒有關係，但卻未能尋到可以立說的證據。

過去，有人疑作序的「東吳弄珠客」是馮夢龍。這話最早見於姚靈犀的《瓶外卮言》，之後又見於日本平凡社翻譯《金瓶梅》的「解說」——小野忍作。但卻只是一句閒言語，未說理由，也未提證據。所以我認為那是「無根之談，不足為憑。」我們不能因為馮夢龍是吳人，就把「東吳」二字，按在馮夢龍頭上。

我在拙作《金瓶梅的問世與演變》一書的第十章，說到「馮夢龍這位在小說上曾花下不少精力的人物，又是蘇州人，居然無隻字論及《金瓶梅》，也是一件令人費解的事。按一般常情論，馮夢龍不應該不提到《金瓶梅》，他居然一生無隻字論及，實在違乎常情。他活到甲申變後，還為南明的復國大業付過勞瘁。怎麼會隻字未提呢？這真是謎樣的問題了。」最後，我對此一問題的結論是：「但無論如何，馮夢龍不可能與《金瓶梅》無有關係。」

儘管如此，我卻沒有把馮夢龍列為《金瓶梅》的作者去探索。事實上，馮夢龍也不可能是《金瓶梅》的作者，從年齡上推繹，馮夢龍在《金瓶梅》於萬曆二十四年（1596）問世時，不過二十二歲（馮生於萬曆二年），不大可能寫得出像《金瓶梅》這樣的一部具有政治諷喻的書。但從《金瓶梅》一書的問世與演變來看，馮夢龍則是一位參予改寫《金瓶梅》為《金瓶梅詞話》的成員之一。關於此一問題，我

編按1　原載於《漢學研究》第6卷第1期總號11（1988年6月），頁269-295。

在拙作《金瓶梅的問世與演變》一書的第十章，也曾寫了這麼一段話：

（一）《金瓶梅》時代

由袁中郎傳抄到《金瓶梅》的前半，到萬曆四十三年《味水軒日記》證實沈德符手上已有了《金瓶梅》全稿，作者已非一人了。至於袁中郎傳抄到的半部《金瓶梅》，作者是誰？我前已假設，如沈德符的父親沈自邠，會稽人陶望齡，晉江李卓吾，都有寫作此書的可能[1]。「憂危竑議」（萬曆三十一年）以後的《金瓶梅》，可能是中郎兄弟與沈德符等人設擬的寫作構想，終於在四十一、二年間改寫成了。雖然在萬曆四十二年間已把《金瓶梅》改寫完成，且已籌備梓行，終究未敢付諸行動。

（二）《金瓶梅詞話》時代

明神宗於萬曆四十八年七月二十二日賓天之後，他們這夥人便增入了泰昌、天啟的史實，重加改寫，匆匆付梓。梓行後遇上天啟的史官奉詔修三朝要典，又怕招惹麻煩未敢發行。遂又改寫了《金瓶梅詞話》，刪去了有關政治隱喻。於是，今所謂「崇禎本」的《金瓶梅》便大事流行了。

那麼，我們依據現有的史料如此推論，足以肯定的就是：《金瓶梅詞話》乃集體創作，成書在天啟初年，已是第二次改寫了。參予改寫的作者，看來仍以沈德符為首腦人物。

1　今我又隨同黃霖推想鄞人屠隆寫作早期《金瓶梅》的可能更大。

所謂「崇禎本」的《金瓶梅》，也改寫在天啟，梓行在天啟。參予改寫的人，極可能仍是沈德符與馮夢龍這原班人馬。當然，這都是設想之詞。

上面的這些問題，雖是我距今已有八年時日的看法，但在今天，卻又尋得了更多有力的證據，來支持這些看法。連「東吳弄珠客」是馮夢龍的懷疑，也都有了可以指證的證言。至於《金瓶梅》與馮夢龍牽連了多少關係？我這裏確已掌握了不少證言。

上論　證言

（一）《萬曆野獲編》記述到馮夢龍

世人最早獲知馮夢龍與《金瓶梅》黏上了一絲關係，乃沈德符記於《萬曆野獲編》卷二十五的那句話：

> 袁中郎《觴政》，以《金瓶梅》配《水滸傳》為外典，予恨未得見。丙午，遇中郎京邸，問：「曾有全帙否？」曰：「第睹數卷，甚奇快。今惟麻城劉延白承禧家有全本，蓋從其妻家徐文貞錄得者。」又三年，小脩上公車，已攜有其書，因與借抄挈歸。吳友馮猶龍見之驚喜，慫恿書坊以重價購刻；馬仲良時榷吳關，亦勸予應梓人之求，可以療饑。予曰：「此等書必遂有人板行，但一刻則家傳戶到，壞人心術，他日閻羅究詰底禍，何辭置對？吾豈以刀錐博犁泥哉！」仲良大以為然，遂固篋之。未幾時，而吳中懸之國門矣。

沈德符的這段話中，只提到他自京城從袁小脩抄回《金瓶梅》一書文稿，馮猶（夢）龍見之驚喜，曾「慫恿書坊以重價購刻。」別無他語。

我們從沈德符的這一句話來看，可以證明的是：

（一）馮夢龍一看到《金瓶梅》這部書稿，就興起震驚的喜悅。

（二）就去「慫恿」書坊出高價，向沈德符購稿付梓。

看來，馮夢龍見到《金瓶梅》稿本，所反應的這兩件事，似乎平常。但如進入事實，就會尋出這兩句話中的問題出來。

第一，如今，我們已能肯定沈德符這篇文章，作於萬曆四十七年（1617）之後，但這時的馮夢龍年已四十五歲，且已出版了《山歌》與《掛枝兒》等書。

第二，根據今人所編《馮夢龍叢書》之《馮夢龍詩文》一書，我們知道凡是馮夢龍編輯的書，全是馮氏自己梓行，如天許齋、墨憨齋、綠天館以及吳郡寶翰樓，都是馮夢龍的出版標誌。換言之，馮氏在萬曆四十年前後，已經在經營出版業了。

那麼，我們基此情事來看，斯所謂馮氏之「慫恿書坊以重價購刻」之書坊，極可能就是馮夢龍自己的出版處所。

我們把問題推繹至此，真是把馮夢龍與《金瓶梅》的關係拉得太近了。這樣說，恰像《金瓶梅》就是馮夢龍出版的。但光憑這麼幾句閒言語，自還不能取信於人。下面，容我再一一尋證。

（二）《三遂平妖傳》序文提到《金瓶梅》

說起來，《萬曆野獲編》的那句話馮慫恿書坊重價購刻，乃他人的言辭。有無此事？馮夢龍有沒有向沈德符說過這句話？都是問題，不能肯定。但在馮氏天許齋批評的（自也是他梓行的）北宋《新三遂平妖傳》的序文中，卻提到了《金瓶梅》。而且《三遂平妖傳》在明末梓行二次，二次序文都提到《金瓶梅》，但論見竟美刺不同，令人尋味。

（一）他如《玉嬌麗》、《金瓶梅》，如慧婢作夫人，只會記日用帳簿　，全不曾學得處理家政，效《水滸》而窮者也。（泰昌元年長至前一日隴西張譽無咎父題）

（二）他如《玉嬌麗》、《金瓶梅》，另闢幽蹊，曲終奏雅，然一方之言，一家之政，可謂奇書，無當巨覽，其水滸之亞乎。（楚黃張無咎述。）

這兩篇序文，作者署名是同一人，籍貫卻不同。

泰昌元年的序，署名「隴西張譽無咎父」，後一篇序（梓行在崇禎間），則署名「楚黃張無咎」。若是情形，在明朝人的題署事例上，也不少見。如謝肇淛（在杭）的《五雜俎》與《小草齋文集》，悉署「陳留謝肇淛著」，其《小草齋詩話》則署「晉安謝肇淛著」。按「陳留」屬豫，「晉安」屬閩。蓋謝在杭原籍豫之陳留郡，徙居閩之晉安已多代矣！此一傳統，在唐已有，可不必究。總之，這兩篇序文乃同一人所寫，應是不能否認的。問題是這署名同一人的「張無咎」序言，在論及《金瓶梅》時，竟前後美刺異端，頗值推敲。

前序刺。認為《金瓶梅》與《玉嬌麗》是學《水滸》而窮者，如「慧婢學作夫人，只會記日用帳簿，全不曾學得處理家政。」而後序則美。說：「另闢幽蹊，曲終奏雅」，且讚之為有「一方之言，一家之政」，乃《水滸》之亞，當得上「巨覽」，稱得上「奇書」。前後論點，畔然迥異，幾視《金瓶梅》與《玉嬌麗》為先後所見兩本不同的書。讀來，委實令人迷惑不已。

何以同一人論及同一書，會產生如此的矛盾？讓我們先確定「張無咎」是不是馮夢龍的化名再說。

按《馮夢龍詩文》的編校者，在「楚黃張無咎」序文之后，曾加註（二）中說：「張無咎，名譽，可能為馮之友人，也有人認為即馮夢龍的化名。」我認為這兩個張無咎，都是馮夢龍的化名。請看以下的證據：

（一）《警世通言》的序者「豫章無礙居士」在序中稱讚該書編著者「隴西君」是「海內畸士」；他們「相遇於棲霞山房」。（序作於天啟甲子（四年）臘月。）

（二）《醒世恆言》的序者，自稱「隴西可一居士」，作序的地方，也是「白下之棲霞山房」。（序作於天啟丁卯七年）按「隴西可一居士」的〈醒世恆言序〉是「自序」，乃馮夢龍自己也。

再說，「無礙居士」稱「隴西君」為「海內畸士」，《智囊》〈自序〉亦有如此稱譽：「馮子名夢龍，字猶龍，東吳之畸人也。」於是，這位「海內畸士」之「隴西君」，就是馮夢龍的化名，殆無疑義。此序之稱「隴西張譽無咎父」，自亦是馮夢龍的化名。

下面，我們再看「楚黃張無咎」，是否馮夢龍？

照明朝人的刻書情況看來，同一書版，後之印行者，縱不變易書名，亦往往換序文或纂造序文，向讀者誑說此書又經過他們改訂過了。像四十回本《三遂平妖傳》之楚黃張無咎序刻本，乃後印。後印者未必與前印者是同一人。那麼，序之改纂，也可能是後印者之為了銷路而故作，假馮夢龍的大名而已。何況，後印之四十回本《三遂平妖傳》，乃前印之泰昌元年刻本同版，僅略加挖補。基乎此，我們似應作若是推想：推想後印之「楚黃張無咎」本，是別人偽纂序文，假冒馮夢龍大名的作為。這樣推想，卻也符合明朝刻書的印行實況。可是，我們再一查馮夢龍出版物上的序文，可就不能這樣判斷了。

「楚黃張無咎」，就是馮夢龍的例證有：

（一）《太平廣記鈔》序者「李長庚」，則稱「楚黃友人李長庚書」（序作於天啟六年九月）。（此一問題，《馮夢龍詩文》編校者，亦曾加註（二）中說：「李長庚，生平不詳。他於天啟五年九月，曾為馮之《春秋衡庫》作序。從《太平廣記鈔》行文之恢弘，對六經之『不敬』，以及《春秋衡庫》中所用手法，與〈情史序〉手法極為類似——用了化名。托言自已本擬輯此一書，卻被馮夢龍先著一鞭——這幾點看來，李長庚疑即馮之化名。」按李長庚乃實有其人，麻城人。萬曆二十三年進士，崇禎間官吏部尚書。想來，此序縱非偽託，蓋亦假人序讚者也。）

（二）「跋《春秋衡庫》」之周應華，亦自稱「楚黃門人」。按此人亦麻城人，舉人，曾隨馮氏習制藝。然此序雖非化名偽託，「楚黃」一詞，殆亦關聯者。

再說《三遂平妖傳》之此一「楚黃張無咎」再印本，乃衍出以後各種版本之底本也。（以後各本之序悉為「楚黃張無咎」）。

今在馮氏書中，已兩見「隴西」與「楚黃」，且悉有馮夢龍的化名或偽託痕跡。那麼《三遂平妖傳》的這兩篇序，全是馮夢龍「所為」，似亦是肯定的。

舍此而外，我們還能在慣用的文辭上，尋得例證：

（一）按「楚黃張無咎」序文中有「曲終奏雅」一詞，竟屢出於馮氏其他文中：

（1）嗚呼！大人、子虛，曲終奏雅，顧其指何如耳！（《警世通言》豫章無礙居士序題）

（2）而曲終奏雅，歸於厚俗。（《今古奇觀》姑蘇笑花主人）

（3）「曲終奏雅，顧其指何如耳！」（《覺世雅言》綠天館主人題）

（《覺世雅言》乃據《今古奇觀》書版印刷，僅集八篇，亦改頭換面之出版物）

（二）按「隴西張譽無咎父」序文中，有「如餓時嚼臘，全無滋味」句。而《今古奇觀》序文中，亦有句云：「然事多鄙俚，加以忌諱，讀之嚼臘，殘不足觀。」

關於《今古奇觀》序者「姑蘇笑花主人」與編者「抱甕老人」，今人《馮夢龍詩文》編校者，疑其皆為馮夢龍化名。提出了三點理由，今附錄之如下：

一、原刻本（指《今古奇觀》）的題頁上有「墨憨齋手訂」及「吳郡寶翰樓」等字樣，芥子園刊本的題頁上，亦有「墨憨齋手訂」之語，且插圖也有和三言的插圖筆姿相同。很可能和三言一樣，用了化名，實則為馮氏自編自序。

二、文筆縱橫姿肆，頗類馮氏，其所褒貶，亦近馮氏觀點。

三、試將龍子猶〈情史序〉中之「又嘗欲擇取今古情事之美者，各著小傳，使人知情之可久，於是乎無情化有，私情化公，庶鄉國天下，藹然以情相與，於澆俗冀有更焉。而落魄奔走，硯田盡蕪，乃為詹詹外史氏所先，亦快事也。」與本序之「擬拔其尤百回，重加繡梓，以成巨覽。而抱甕老人先得我心，選刻四十種，名為《今古奇觀》」的這一段比較一下，不難發現其假託手法也極相似。

那麼，我們從上錄三點理由來說明馮夢龍之善於假託而又最喜化名，判斷《今古奇觀》的編者抱甕老人及序者「姑蘇笑花主人」都是馮氏的化名，當無疑問。請再從我舉出的例證，來推斷「隴西張譽無咎父」及「楚黃張無咎」，也全是馮夢龍的化名與偽託，自亦毫無疑問。問題是，既是同一人，何以會對同一書竟先後有了美刺異端的看法？這一點，更是本文要討的問題。

（三）《金瓶梅》與馮夢龍[編按1]

由於這兩篇序文的論評，牽涉到的當是《金瓶梅》與《玉嬌麗》，所以我們必須先從這兩本書去尋求問題來討論。《玉嬌麗》書已不存，不必說了。至於《金瓶梅》，若以版本及書的內容論，現存兩種：一，《新刻金瓶梅詞話》二，《新刻繡像批評金瓶梅》（孔德本無批評二字）

這兩種《金瓶梅》都無出版處所。前者有序跋共三篇，後者缺「欣欣子序」，僅兩篇；序文內容則同。換言之，這兩種《金瓶梅》，共有序跋三篇，（一）欣欣子序，（二）東吳弄珠客序，（三）廿公跋。這三篇序跋都是刻在《金瓶梅詞話》中的，也是今日所能見到的直接與《金瓶梅》發生關係的史料。說來，這三篇序跋，至為寶貴。

這裏，我們一一進行討論。

1 欣欣子序

直到今天，尚無人道出欣欣子是誰？只推想他與「笑笑生」可能是同一人。但欣欣子則是指出《金瓶梅》的作者是「蘭陵笑笑生」而且承認彼此是朋友的人。

正因為欣欣子在「笑笑生」頭上冠以「蘭陵」二字，於是四十餘年來，凡是研究《金瓶梅》的人，只要涉及作者，就免不了要在「蘭陵」二字上著眼。「山東人」甚而必定是山東嶧縣人的說法，悉基是而萌生。看來，「蘭陵」二字有如兩塊蒙在驢眼上的眼罩，一經蒙上驢眼，便被驅入磨道，朦朦茫茫地在磨道上去繞圈子去吧！

如今，我在此作一大膽的假設：欣欣子與蘭陵笑笑生，也可能

編按1　本章節後來有擴寫，遂與《金瓶梅的幽隱探照》〈馮夢龍與金瓶梅〉中（一）「笑與馮夢龍」行文和例證略同。先生於文後有說明。

全是馮夢龍的偽託。我把話說到這裏，勢必有人感到此說「荒唐」。

我相信，準有人會說：「《金瓶梅》在萬曆二十四年（1596）間就傳抄問世了，這時的馮夢龍年方二十二歲，怎麼可能寫得出像《金瓶梅詞話》這樣的書？」

可是，凡是認真讀了我的《金瓶梅劄記》與《金瓶梅原貌探索》的朋友，準能感於我的此一假設，是有立說基石的。蓋《金瓶梅的問世與演變》，到了《金瓶梅詞話》，已是第二次改寫本了。

我之所以假設馮夢龍偽託欣欣子寫了這篇序言，可以舉出以下的理由及證據。

2 馮夢龍與「笑」[編按1]

我們從馮夢龍編印的各類書目來看，含於「笑」字類者，頗具規模，不亞於三言。如《古今譚概》、《古今笑》、《笑府》、《廣笑府》，都是馮氏拿出改頭換面一印再印又再印的書。他在〈古今笑序〉中說：「孰知電光石火，不乏當高人一笑也。一笑而富貴假，……一笑而功名假，……一笑而道德亦假，……一笑而大地山河皆假，……吾但有笑而已矣；……吾蓋有笑而已矣。野蕈有異種曰『笑矣乎』，誤食者，輒笑不止。人以為毒，吾愿人人得『笑已乎』而食之，大家笑過日子，豈不太平無事億萬世？」又以化名「韻社第五人」題《古今笑》說：「……笑能療腐乎？子猶曰：『固也。夫雷霆不能奪我之笑聲，鬼神不能定我之笑局，混沌不能息我之笑機。眼孔小者，吾將笑之使大，心孔塞者，吾將笑之使達。方且破煩蠲忿，夷難解惑，豈止療腐而已哉！」又說：「不分古今，笑同也；分部三十六，笑不同也。笑同而一笑足滿古今，笑不同而古今不足滿一笑。倘天不摧、地

編按1　原書原有〈欣欣子是誰？〉一文本節至第四節「敍文書地的慣例」且行文字句均相同，故刪去〈欣欣子是誰？〉

不塌，方今方古，笑亦無窮，即以子猶為千秋笑宗胡不可？」真是愛「笑」之至。（疑《開卷一笑》亦為馮氏序刻，容專文論之，本文略而不贅。）

他又在《笑府》、《廣笑府》中序謂：「古今來莫非話也，話莫非笑也。」又說：「不話不成人，不笑不成話，不笑不話不成世界。」且認為「古今世界一大笑府。」是以人世間之人，「或笑人，或笑於人；笑人者亦復笑於人，笑於人者亦復笑人，人之相笑寧有已時？」故曰：「布袋和尚，吾師乎！吾師乎！」

馮氏序《今古奇觀》化名曰：「笑花主人」。雖源於禪家語之「拈花、微笑」，然亦未嘗離於「笑」也。

那麼，我們感於「欣欣子」與「笑笑生」之淵源乎此一愛「笑」心態；良是一大印證吧！

3 行文用辭及語氣

《太平廣記鈔》「小引」有語云：「嗚呼！昔以萬卷輻湊，而予以一覽徹之，何幸也！昔以群賢綴拾，而予以一人刪之，又何僭也！」再〈太平廣記鈔序〉有語云：「如山居飲澗之人多癭，而反笑世人之項何細也！」則與欣欣子序中之「觀其高堂大廈，雲窗霧閣，何深沉也；金屏繡褥，何美麗也；鬢雲斜嚲，春酥滿胸，何嬋娟也；」等語類。他如〈太霞新奏發凡〉有語云：「如龍之驢東切，娘之尼姜切，此平韻之不可同於北也。白之為排，客之為楷，此入韻之不可發於南也。」則又類於欣欣子序之「然樂極必悲生，如離別之機將興憔悴之容，必見者所不能免也；折梅逢驛使，尺素寄魚書，所不能無也……」

上例乃馮氏行文用辭頤氣的習慣語。故相類。

4 序文書地的慣例

（1）韻社第五人題於蕭林之碧泓（題《古今笑》，該書成於萬曆四十八年間。）

（2）古吳後學馮夢龍題於葑溪之不改樂庵（〈曲律序〉，該書成於天啟乙丑（五年）間。）

（3）隴西可一居士題於白下之棲霞山房（〈醒世恆言序〉，該書成於天啟丁卯（七年）間。）

（4）「吳門馮夢龍題於松陵之舟中」（〈智囊補自序〉，該書成於崇禎甲戌（七年）間。）

上錄四例，則與：「欣欣子書於明賢里之軒」何異？

基於上述這多例證看來，推想「欣欣子」的這篇序文，乃馮夢龍化名所偽託，可以說業已八九離十不遠矣！

至於馮夢龍何以要化名為「欣欣子」這篇序文，兼且又指出了《金瓶梅》的作者，是他的朋友「蘭陵笑笑生」？其目的何在？尚須再去進一步抽絲剝繭式的向裏層一絲一縷的剝尋。

下面，我們再來剖析「東吳弄珠客」。

5 馮夢龍之「龍」與東吳弄珠客之「珠」

這位「東吳弄珠客」是誰呢？

疑「東吳弄珠客」即馮夢龍的化名，說者久矣。距今四十年前姚靈犀在金瓶小札中談到「《金瓶梅》版本之異同」時，即曾有此疑說，但僅一句閒言語，未提證據及理由。迨一九六二年日本平凡社翻譯《金瓶梅》為日文，附有小野忍寫的解說一篇，也寫了幾句疑「東吳弄珠客」即馮夢龍的說法。理由是「東吳」即蘇州，馮氏蘇州人，且對《金瓶梅》之出版極為熱心。遂認為馮夢龍與《金瓶梅》的初版有密切關係。由於未能提證論述，是以抵今尚未被人承認。今者，我卻悟到了可以作證的理由，那就是「弄珠」之與「龍」的關係。

「龍」與「珠」的關係，乃我國古老的傳說。《莊子》〈列禦寇〉有語云：「夫千金之珠，必在九重之淵而驪龍頷下。子能得珠者，必遭其睡也。使驪龍而寤，子尚奚微之哉！」且又有「二龍爭珠」之說。按《五燈會元》有語云：「曾問趙州：『二龍爭珠，誰是得者？』師曰：『老僧祇管看。』」此說，今已演成「二龍戲珠」的說法。凡畫龍者，或塑造龍形者，總是離不開爭珠的樣相，舞龍也以爭珠為戲。

由此想來，「弄珠」之名，自是龍的喻意。「東吳」，馮夢龍的籍貫也。「書於金閶道中」之「金閶」，即蘇州也。「道中」，自是指的在旅途中。再說，「書於金閶道中」的行文格式，也正同於上例之「書於明賢里之軒」的說法。

他如辭章的慣習，（一）東吳弄珠客序文之首語：「《金瓶梅》穢書也。」與〈情史序〉的首語：「情史，余志也。」及（二）「詹詹外史」化名序之《情史》首語：「六經，皆以情教也。」若乎是，豈不是一人行文之慣習乎！

「東吳弄珠客」即馮夢龍，只要我們能悟到「龍」與「珠」的關係，已足以肯定了。

那麼，我們既已肯定「東吳弄珠客」就是馮夢龍，我們就應該以馮夢龍其人來探討他與《金瓶梅》的關係。

第一，「欣欣子」、「東吳弄珠客」、「廿公」，這三篇序跋，都同時刻在《金瓶梅詞話》上。而「欣欣子」又坦稱《金瓶梅》的作者「蘭陵笑笑生」是他的朋友。縱然「欣欣子」不是馮夢龍的化名，這「東吳弄珠客」也應是認識「蘭陵笑笑生」的人。這一點，當是無疑問的。

第二，我們推敲「欣欣子」與「東吳弄珠客」這兩篇序文的內容，雖然「東吳弄珠客」的序論，更能符契《金瓶梅詞話》，而「欣欣子」的序，則與《金瓶梅詞話》稍有出入。（如「離別之機，將興憔悴之容」，以及「折梅逢驛使，尺素寄魚書」與「患難迫切之中」的「顛沛流離」等情節，全不在《金瓶梅詞話》中。）但兩者論及該書之創作動機則一。即「寄意於時俗，蓋有謂也。」（欣欣子）「然作者亦自有意，蓋為世戒非為世勸也。」（東吳弄珠客）。連廿公跋之論此，亦不例外，曰：「金瓶梅傳，為世廟時一鉅公寓言，蓋有所刺也。」

看這三篇序跋的明示，悉指《金瓶梅》是一部有所「隱喻」的書，當然，《金瓶梅》必寫有「隱喻」的情節。關於此一問題，我已寫之又寫，說之又說。但在本文推論過程中，更是不能或闕的一部分。我只有不厭其煩的，依據新的例證，一一提出新的推論。

6 《金瓶梅》版本與內容的異同

直到今天，我們所能見到的《金瓶梅》，只有兩種不同的版本，一是《新刻金瓶梅詞話》，一是《新刻繡像批評金瓶梅》，今人將前者稱之為「萬曆本」，後者稱之為「崇禎本」。在內容上，雖故事都是敘述西門慶的身家興衰，但在情節上，以及文辭上，卻有了部分的不同。統計起來，計有：

（1）情節

第一回徹底改寫過了。把「景陽岡武松打虎、潘金蓮嫌夫賣風月」改為「西門慶熱結十兄弟、武二郎冷遇親哥嫂」；特別是引首的詞〈眼兒媚〉及入話的劉、項寵幸等文，亦全部刪除。

其他尚有部分刪改，如第八十四回「吳月娘大鬧碧霞宮、宋公明義釋清風寨」，則刪去了後一段宋公明義釋的部分；改為「普淨師化緣雪澗洞」。再其他還有幾處，與本文相關不大，這裏不舉了。

（2）文辭

文辭刪改的最顯著部分，則是各回前後的證詩，到了《新刻繡像批評金瓶梅》，幾已泰半撤換，僅留極少幾首；敘述在故事中的戲曲、小唱，也大多刪去了。（〈別頭巾文〉也刪去，易以他詞。）

上述文辭之刪改，為了減少本文篇幅，此處不加細列；但有兩處關乎本文應探索的重要問題，特為舉出，列之於下：

A 賈廉問題

按新刻《金瓶梅詞話》第十七回之宇文虛中參本，聖旨交三法司會問過，列出之黨惡人犯有：董升、盧虎、楊盛、龐宣、韓宗仁、陳洪、黃玉、賈廉、劉盛、趙弘道等共十人。參本中並無西門慶的名字。到了第十八回在李尚書家看到的邸報，這些黨惡人犯，姓名已有了更改，則是：王黼名下書辦官董昇（升加了日頭）、家人王廉、班頭黃玉，楊戩名下壞事書辦官盧虎、幹辦楊盛、府椽韓宗仁、趙弘道、班頭劉成（少了皿字）、親黨陳洪、西門慶、胡四等共十一人。不同於參本名單者，邸報刪去了一名賈廉，多寫了三人：王廉、西門慶、胡四。正由於邸報上有「西門慶」的名字，所以這位李尚書收受了五百兩銀子的賄賂，把邸報上「西門慶」的名字，改為「賈慶」。於是，宇文虛中的參本涉及西門慶的部分，就此消失了。

此一問題，在《金瓶梅詞話》中，便存在《金瓶梅詞話》並非傳抄時代之《金瓶梅》原本的痕跡。不得不令人去推想這位宇文虛中參本中的賈廉，極可能就是原本《金瓶梅》故事中的重要人物。到了《金瓶梅詞話》，已被改纂得面目全非了。關於此一問題，我曾寫過一篇〈賈廉、賈慶、西門慶〉附錄在《金瓶梅劄記》中，又重寫了一次，列入《金瓶梅原貌探索》第四章。自可想知，我對此一問題的重視。現在，我們再來重述《新刻繡像批評金瓶梅》（俗謂：「崇禎本」）

的這一件宇文虛中參本，是怎樣寫的？此本則把「賈廉」這個名字刪去了。所以在所謂「崇禎本」上，只寫有：董升、盧虎、楊盛、龐宣、韓宗仁、陳洪、黃玉、劉盛、趙弘道共九人。第十八回則與「詞話本」寫法一樣，有十一個人（名單同，連董升作董昇，劉盛作劉成均同。）可是，「西門慶」的名字，則不是改作「賈慶」，而是改作「賈廉」。

關於此一問題，我曾這樣推論：從「崇禎本」的此一改寫手段來看，也足以說明「崇禎本」 的改寫者，也發覺了邸報中的賈廉，是個有問題的人物，遂把他刪去。我們卻推想不出「崇禎本」的改寫者，何以不把西門慶改為「賈慶」？在手續上，只改「西門」二字為「賈」字就成了，何必要改三個字？按情理說，「崇禎本」的改寫者，要改這一名單，應把邸報上的「賈廉」改作「西門慶」，其他都不必改。可是『崇禎本』偏偏把邸報上的『賈廉』刪去，把李尚書提筆改「西門慶」為「賈慶」換成改為『賈廉』。殊令人不解。[2]如今，這一「令人不解」的問題，我們卻能在馮夢龍身上尋到了答案。

第一，馮夢龍最喜化名偽託，本文前已述及。不僅此也，凡是他偽託的化名，都能在他其他的化名中，尋出偽託的破綻。換言之，馮夢龍偽託的化名，往往可以在他另一化名中，獲得暗示。如前面述及之「隴西」、「楚黃」以及「棲霞山房」等。那麼，像「賈廉、賈慶、西門慶」的改纂問題，自也存在著相同的暗示。我認為「崇禎本」之所以未將「賈廉」這個名字，在改寫時予以徹底消除，或因為馮夢龍要留下這個「賈廉」作原本人物的暗示吧？

第二，正由於「崇禎本」改寫後，仍舊留下「賈廉」這個人，未予消除，遂因而使我們可以據之推想到「詞話本」第十七回寫於邸報

---

2 參閱拙作：《金瓶梅原貌探索》，頁278-279。

上的「賈廉」，可能是一位早期傳抄本《金瓶梅》中的重要人物，所以改寫崇禎本的馮夢龍，卻也故意地或下意識的保留了他。這也是我從而推想早期的《金瓶梅》，其主角是賈廉不是西門慶的一件證據。

第三，「賈廉」的問題，卻又牽涉到第七十回與第七十一回中的一年兩冬至的隱喻。這一隱喻，就是直接證明《金瓶梅詞話》改寫於泰昌之後，梓行於天啟間的確證。

下面，我們再來重述此一問題的改寫隱喻。

B 一年兩冬至的泰昌隱喻

關於《金瓶梅詞話》之第七十回、七十一回，暗示的一年兩個冬至的隱喻，我已寫了多次，在《金瓶梅的問世與演變》、《金瓶梅劄記》、《金瓶梅編年紀事》三本書中，都曾詳細說到，我認為這裏暗示的兩個冬至，目的即在隱喻泰昌元年的存在，冀以同情這位只坐了一月皇帝的一生悲劇。

本文為了闡明此一問題，玆再簡要說之如下：

甲、西門慶等人於是年（政和七年）十一月十二日由清河起程赴東京。抵達東京之日，書未明寫，但卻寫明西門慶抵京後住了四晚的第五天是冬至日。

乙、通常由清河到東京的行程，單程約半月光景，（依據該小說的說法），可是西門慶這次進京，比較匆忙，且奉令必須於冬節前到達，所以在行程中緊行了幾步，約提前一、二日抵京。再第七十一回寫明西門慶離京返清河，起身的日子是十一月十一日，返回清河的日子，是十一月二十四日。所以我認為這一筆，正是點明西門慶由清河抵京日的暗示。

丙、既可肯定西門慶由清河抵京日是十一月二十四日，便確定了這年的冬至日是十一月二十八日。正巧，泰昌元年的冬至日，是十一月二十八日。

丁、還有最微妙的一點是，西門慶由清河起程去東京的日子是十一月十二日，在路上的行程，是十多天，在東京又停留了六天。可是，第七十一回寫西門慶由東京返回清河的起程日子，則寫的是十一月十一日。何以會如此前後若是的杆格不契呢？陋儒又怎會如此之「陋」？但我們一看這一回的情節所寫，西門慶於冬至之日，起五更跟隨眾人進朝拜冬之後，當日在何千戶家住下，第二天又留了一晚，然後再起身與何千戶回清河。這天寫明十一月十一日。那麼，若依據「十一月十一日」來推算這年的冬至，乃十一月初九日。正巧，天啟元年的冬至，是「十一月初九日」。

可以說這兩處的暗示，業已明確的隱喻了「泰昌元年」，若無第七十一回的「天啟元年」之明喻，泰昌元年的隱喻，還不會這樣清楚呢。可是到了所謂「崇禎本」，卻把這個「十一月十一日」離京的日子，改為「十一月二十日」。這樣一改，「天啟元年」的隱喻不存在了。「天啟元年」的明喻既不存在，則「泰昌元年」的隱喻，即已失去憑依。

那麼，何以《新刻繡像批評金瓶梅》（崇禎本）會有此一改動呢？顯然的，為了要刪除存在於《金瓶梅詞話》中的政治隱喻。前面已經說了，如第一回的全部改寫，自是為了刪除有關政治隱喻的痕跡。可是，刪雖刪了，改也改了，卻仍使之殘餘了漏洞。像這個「十一月十一日」改為「十一月二十日」離京，就殘餘了漏洞。

試想，前一回明明寫著西門慶等人由清河動身赴京的日子，是十一月十二日，路上行程十多天，到了東京又住了六晚，論時日已是十一月底了，那麼，西門等人離京返清河的日子，固不可能是十一月十一日，但也不可能是十一月二十日。何以要改為十一月二十日呢？

是手民之誤嗎？「十一日」與「二十日」的因果，手民不可能這樣誤刻。那麼，如果是「三十日」誤刻為「二十日」呢？那就明喻「泰昌元年」為十一月二十八日，比十一月十一日離京還要清楚。以之與改寫第一回的情況不符。所以，我們推想這個十一月二十日的寫法，正是暗示十一月三十日的痕跡，卻也是破除了明喻「天啟元年」的重要一筆。

這樣看來，益發地可以證明《金瓶梅詞話》是天啟年間的改寫本，所謂「崇禎本」已是第三次改寫本了。

7 尷尬的「泰昌元年」

關於泰昌元年，雖祇短短五個月，但卻蘊藏了這位一月皇帝的一生悲劇歷史。說起來話長，我曾寫了一篇長達四萬言的〈一月皇帝的悲劇〉[3]，這裏不必細說，為了本文的需要，特簡略敘述如下：

（1）泰昌皇帝朱常洛，是明神宗與母后宮中的王氏宮女（長於常浴數齡），偶幸而有孕。若不是皇太后抱孫心切，可能這個孩子列不到皇子中去；朱常洛根本不想承認他。此子生於萬曆十年八月十一日，到了十四年一月五歲那年，神宗最寵愛的鄭氏妃子，生下第三子（二子另一妃子所生，不久夭折），即下詔要冊封鄭氏為貴妃。於是，臣僚要求冊封東宮的事，遂從此時開始。因為臣子們體會到當朝有廢長立幼的心意。

（2）從萬曆十四年一月皇三子出生，臣子們請求冊封東宮，以立國本，竟鬧到萬曆二十九年十月，方始草草成禮。然而皇三子封為福王，國在洛陽，居然以營造福王府未竣工為理由，遲遲不去洛陽藩邸。這之間，又發生了萬曆三十一年十一月

3　拙作：〈一月皇帝的悲劇〉，《金瓶梅的問世與演變》。

間的「妖書」事件（有人刻印一本小冊子，說是不久皇三子就要代替了太子出掌東宮，鬧得天下沸騰，幾達一年，方始不了了之。）從萬曆十四年到二十九年，臣子們為了上疏請立東宮的本章，觸怒了神宗，受到廷杖、謫官、譴戍者，不下十餘人。

（3）福王常洵雖於萬曆四十二年三月之國，離開了京城，但在四十三年五月，卻又發生了「梃擊」事件（有一位漢子手持棗木棍打進了太子的居所清宮），又鬧得烏煙瘴氣。（上述這些事件，都是由鄭貴妃產生的。）

（4）明神宗於萬曆四十八年（1620）七月二十二日賓天，朱常洛於八月一日繼位，到了九月一日就死了。朱常洛死後，卻因死前服用了李可灼進獻的紅丸，遂又形成了「紅丸」事件，調查、鞫問，又鬧了很久，不能了案。同時，又因為天啟皇帝於九月六日繼位後，乾清宮（皇帝居所）卻仍被神宗的一位選侍李氏住居未讓，遂又發生了臣子要求「移宮」的事件。也鬧嚷了一些日子。這位可憐的皇帝朱常洛雖然死了，死後還有因為他的可憐造成的「移宮」事件。後來，「梃擊」、「紅丸」、「移宮」這三件涉及朱常洛與鄭貴妃之間的宮闈事件，竟成了天啟年間禮官們纂修的《三朝要典》。《三朝要典》一書，今仍存在。）

（5）朱常洛於萬曆四十八年（1620）八月一日登極，詔改明年為泰昌元年，九月一日即行崩逝；在位僅一月，未及改元。其子朱由校於九月六日繼位，又詔改明年為天啟元年。由於朱常洛這位皇帝，未及改元即逝，事實上竟形成了朱常洛這位皇帝沒有年號的尷尬。後來，經過臣僚們的會商，於九月十三日決定萬曆四十八年七月三十日以前，仍為萬曆四十八年，八月一日至十二月二十九日共五個月（該年十二月是小月），則為泰昌元年。明年，則為天啟元年。

正由於「泰昌元年」是在這樣的情況下產生的。是以在明朝歷史上，極為特殊。對朱常洛這位一月皇帝來說，自尤足珍貴。凡重視大一統之義的儒家門徒，對於這僅有五個月紀元的泰昌元年，自是更加重視。但在鄭貴妃（朱常洛死前曾有尊封鄭妃為皇太后的詔命）的勢力仍能操持新天子天啟皇帝的時候，這泰昌元年也只徒留虛名而已。因為事實上「泰昌」已不存在（泰昌元年事實上本不存在），在位者，事實上已是「天啟」。此一尷尬的年號，在隱喻萬曆宮闈的小說《金瓶梅》一書中，自亦難免有其隱喻的寫法，所以在《金瓶梅詞話》改寫時，改寫者在第七十、七十一等回中，寫入了「一年兩冬至」的隱喻，來隱喻「泰昌元年」這一尷尬的史實，當是極其自然的事理。

此一推想，我還有證據，容我再來提出。

8 馮夢龍與「泰昌元年」

我在前面說，朱常洛這位皇帝的紀元，史訂萬曆四十八年八月一日至十二月二十九日五個月為「泰昌元年」，議定之日乃該年之九月十三日[4]，待正式諭命頒行，最快也要到十月去了。可是，在馮夢龍出版的著作上，則有「泰昌元年九月日」的紀錄。那就是馮氏的著作《麟經指月》，有麻城梅之煥的一篇序文，則寫明作於「歲在庚申泰昌元年九月日」字樣。且序中有言：「方今新天子勵精更化，思得經術鴻儒之用……」又說：「今為聖天子不倍之臣，中興太平之業，端有助焉！」但若以事實論，序文中的新天子，已非泰昌，乃天啟矣！改元「泰昌」的皇帝，業於九月一日駕崩。

4　參閱〔明〕葉向高等：《光宗實錄》，卷一與談遷：《國榷》，卷八十四。

再說，此序文縱然寫於泰昌元年九月二十日，署為「泰昌元年」也未免早了一點，頗有彊寫「泰昌元年」於出版物上的心理趨向。再馮氏的出版物上，寫泰昌元年者，還有兩本呢，那就是天許齋批點《北宋三遂平妖傳》的「隴西張譽無咎父」的序文，寫明作於「泰昌元年長至前一日」。另有《壽寗待志》也寫有泰昌元年。

在馮夢龍的出版物上，已有三本寫上了「泰昌」的紀元，如果不曾了解到泰昌元年的尷尬史實，以及泰昌皇帝的一生之悲劇處境，當不會有所感觸。若是我們獲知了這「一月皇帝的悲劇」，對於泰昌元年之書於文書，自會感於它的不平凡了。

我不知其他人的出版物上，是否還有人寫了「泰昌」紀元？尚有待進一步探索。但我們從馮夢龍之治春秋著有《麟經指月》與《春秋衡庫》，當能蠡知馮氏之重視大一統之義。甲申變後，馮氏除了寫有甲申紀聞，慨述流賊禍起之因，感歎百官不效一籌，羽林不發－矢。且著《中興偉略》，冀保唐王於閩廣一隅，以復大明基業。像馮夢龍的這些志行，都是可以作為證明馮夢龍是一位參予改寫《金瓶梅》的真憑實據。「一年兩冬至」的「泰昌元年」之隱喻，應為馮夢龍之作為，殆無疑義。

這樣看來，馮夢龍是《金瓶梅》的改寫者又是「崇禎本」的改寫者，前述證言應是夠充分的了。另外，還有「詞話本」第五十六回中的〈別頭巾〉一文，更是一件最直接的證據。下面，我們再論〈別頭巾文〉的問題。

9 〈別頭巾文〉的證言

大陸學人黃霖先生首先指出此文在《山中一夕話》卷五中，署名「一衲道人」，而《山中一夕話》刻有「一衲道人屠隆參閱」字樣。因而疑指此文是屠隆所作：進而推想屠隆是《金瓶梅》的作者。此一問題，我已寫了〈開卷一笑的版本問題〉，證明《山中一夕話》乃《開卷一笑》的改頭換面再印本。《開卷一笑》則刻有「卓吾居士李贄編集」及「一衲道人屠隆參閱」字樣，簡端還有李贄的序、屠隆的引等文。但卷九之〈太倉庫偷兒〉一文，刻有「太倉庫於萬曆中，有偷兒從水竇中入」一語，足徵此書之編成，當在萬曆以後。所謂「李贄」之編，「屠隆」之閱，悉屬偽託，殆無疑問。（李卒於萬曆三十年，屠卒於萬曆三十三年）。至於《開卷一笑》，究係何人偽託李、屠二名士？稍後再論。然卷五所集之〈別頭巾文〉，則與《金瓶梅詞話》第五十六回應伯爵所念之「一戴頭巾心甚懼」一文同。此文在《開卷一笑》中，署名「一衲道人」。至於一衲道人確是屠隆筆名，有屠氏手書七言詩卷為證。至於「一衲道人」乃屠隆之說，卻也有了憑證。縱係偽託，也在屠隆卒後，則《金瓶梅詞話》之成書在萬曆末，有實證矣！

近讀福州海峽文藝出版社編印之《馮夢龍詩文集》（1985）中之〈魏忠賢小說斥奸書凡例〉，其第四例云：

> 是書得自金陵游客，其自號曰：「草莽臣」，不願以姓氏見知，曾憶昔年有〈頭巾賦〉、〈三正錄〉，秀才有上御史之書，御史有拜秀才之牘。金陵固異士藪也。

這段話說到的〈頭巾賦〉一文，想來，可能就是〈別頭巾文〉。蓋〈別頭巾文〉即賦體也。

如從上錄這一段話來看，文中所指的〈頭巾賦〉、〈三正錄〉，也是這位「金陵游客」所作。指明這位編寫《魏忠賢小說斥奸書》的「金陵游客」，在這本小說之前，還有〈頭巾賦〉與〈三正錄〉二文。〈三正錄〉是怎樣一篇文字，本文不去考索，但〈頭巾賦〉應是這篇〈別頭巾文〉，似不致有錯。

按〈別頭巾文〉，今已見到者，計有三處。除了《金瓶梅詞話》第五十六回及《開卷一笑》卷五，尚有《繡谷春容》卷九。若論刊出先後？《開卷一笑》有「萬曆中」三字，堪證該書梓行當在天啟間，《繡谷春容》乃「建業大中世德堂」刻之寫體字，上下兩層版式，且該書卷九有〈萬曆登極改元詔〉一文，也是萬曆以後人的語氣。其梓行年代當在萬曆以後。《金瓶梅詞話》再晚，其梓行年代，亦不會下於天啟三年。這樣看來，《開卷一笑》卷五的〈別頭巾文〉，卻又很難與《金瓶梅詞話》中的〈別頭巾文〉別出先後來。極可能，它們是同時代梓行的。《開卷一笑》乃馮夢龍梓行，偽託李贄與屠隆的一部笑話集。此一問題，筆者已有專文論及，此處從略。但此二文，當係同一時期纂入書中的可能性較大。至於此文的來源如何？究係何人所作？雖無確切證據，但如以《開卷一笑》的刻本，寫明此文是「一衲道人」作，而又寫明「一衲道人」是屠隆的筆名。光是這一點，自也能以理則推繹出〈別頭巾〉一文的寫作年代。

第一，該文作者既已偽託是「一衲道人屠隆」作，縱非屠隆所作，此一偽託也足以證明該文非萬曆以前的作品。蓋凡偽託事例，大多以己之作品，偽託為古人所作，非比今日，往往以前人作品，偽託為己作。所以然，自可以此文之偽託屠隆情事，推論此一〈別頭巾文〉，不可能是萬曆以前的作品。當然，此一〈別頭巾文〉的作者，當以偽託者的成分最大。斯情理也。

第二，今者更有《魏忠賢小說斥奸書》的《凡例》，隱約的指出了〈頭巾賦〉乃化名「金陵游客」之「吳越草莽臣」馮夢龍所作。那麼，刊登〈別頭巾文〉之《開卷一笑》，乃馮夢龍編集印行。想來，這篇偽託是「一衲道人」作的〈別頭巾文〉，應是馮夢龍所作而偽託屠隆者，似無疑問。

第三，雖說《魏忠賢小說斥奸書》之「凡例」寫到的〈頭巾賦〉，是不是《開卷一笑》中的〈別頭巾文〉，尚無實證肯定。但《開卷一笑》乃馮夢龍編集梓行，《魏忠賢小說斥奸書》也是馮夢龍編集梓行；〈別頭巾文〉也是賦體。那麼，若以此一事理推論，可證兩者實為一文。斯亦事理的必然。

第四，也許有人要說：《開卷一笑》與《金瓶梅詞話》所取資之〈別頭巾文〉，也可能是前人的作品。但在未能見到比《開卷一笑》及《金瓶梅詞話》更早之出版物，刊有〈別頭巾文〉的證據，則我的此一論述，應是極有力的直接證言。證實《金瓶梅詞話》乃馮夢龍參予之改寫本也。

再按《開卷一笑》與《金瓶梅詞話》的這一〈別頭巾文〉，兩者頗有異辭。茲錄之比對如下：（上錄《開卷一笑》句，下列《金瓶梅詞話》異辭。）[編按1]

（一）一戴頭巾心甚歡；詞話之「歡」作「懽」。

（二）偏戀吾頭三十年；詞話誤「偏」為「徧」，「吾」作「我」。

（三）宗師案臨，膽寒心震；詞話作膽「怯」心「驚」。

（四）思良為你，一世驚驚嚇嚇；詞話正「良」之誤，改為「量」。

（五）算來一年四季，零零碎碎；詞話缺「算來」二字。

（六）祭丁領票，支肉半斤；詞話則為「祭下領支肉半斤」。除奪「票」字外，且訛「丁」為「下」。

（七）南京路上，陪人幾次，東齋學霸，惟吾獨尊；詞話則改「南」為「東」，改「東」為「西」。

編按1　本段異辭比《金瓶梅的幽隱探照》〈金瓶梅的成書年代〉中（三）「金瓶梅詞話」所舉證的異辭多，故保留之。

從以上該兩書異辭情形來看，顯然的，《金瓶梅詞話》是改寫過的。如「南京路上，陪人幾次，東齋學霸，惟我獨尊。」乃明朝人的語氣，「南京路上陪人幾次」，指連年到南京（應天榜）去參加秋闈「陪人幾次」，意為一次次都是落榜回來。《金瓶梅詞話》為了適應宋徽宗的時代背景，遂把「南京」改為「東京」，為了免於「東」字上下語犯重，遂改「東齋」為「西齋」。至於「宗師案臨，膽寒心震」改為「膽怯心驚」，以及「祭丁領票」誤為「祭下領支」，可以推想是手民之誤，不論它了。總之，從異辭之改動情事來說，《金瓶梅詞話》之寫成，應在《開卷一笑》之後。最早也祇能與《開卷一笑》列在同一時期。不可能成書於《開卷一笑》之前。看來，亦泰昌、天啟初改成者也。

在沒有證據肯定〈別頭巾文〉在萬曆二十四年（1596）以前，即梓行問世，則本文之推論，當為直接而有力的證言。

下論　結語

當我把諸多問題，一一繹述至此，關於《金瓶梅》的成書以及作者等問題，可以獲得如下的結論：

（一）傳抄本

最早出現於萬曆二十四年（1596）冬之《金瓶梅》部分抄本，必然是一部有關政治諷喻的小說，與今見之《金瓶梅詞話》不可能全部相同。極可能不是西門慶的故事。我的理由是：

（一）傳抄本若是今見之《金瓶梅詞話》，出現於萬曆中葉那個淫靡的社會，不可能無人梓行。沈德符已經說了：「此等書必遂有人板行，但一刻則家傳戶到。」可是《金瓶梅》傳抄了踰二十年之後，方有刻本出現。這一點便與萬曆朝的社會情況不合。所以我們不得不從歷史因素去推想傳抄本的《金瓶梅》，其內容必然是一部有關政治諷喻的小說。在《金瓶梅詞話》中不是還殘餘著有關明神宗寵幸事件的政治隱喻嗎[5]？衹有政治因素纔是阻礙它梓板流行的主因。

（二）正由於傳抄本的《金瓶梅》是諷喻當朝宮闈寵幸的小說，是以十年似來，僅在文友圈子裏傳抄，並未公諸社會。這一點，可從明朝當代的時人論及《金瓶梅》的文字上，獲得印證[6]。我們知道，凡是那些論到《金瓶梅》的人，全是彼此之間有關聯的人士；不是直接的朋友，也是間接的朋友[7]。（研究《金瓶梅》的人士，全知道這些，此處不再贅說。）

（三）《萬曆野獲編》首先透露了《金瓶梅》有了全本的消息[8]。時為萬曆三十四年秋，傳抄已十年了。沈德符說他於萬曆三十七年間

---

5 如《金瓶梅詞話》第一回之引詞〈眼兒媚〉（丈夫隻手把吳鈎）以及入話之劉邦寵戚夫人擬廢嫡立庶等隱喻。

6 《萬曆野獲編》說他在袁宏道《觴政》上讀到《金瓶梅》配《水滸傳》為「外典」，問起來，知此書尚未梓行。時為萬曆三十四年，《金瓶梅》已在文友間傳抄十年了。他如屠本畯的《山林經濟籍》、謝肇淛的《小草齋文集》、袁中道的《遊居柿錄》、李日華的《味水軒日記》，所寫有關《金瓶梅》的問題，都還僅在文友間傳抄，未嘗在大眾間流行。

7 我們今已見到的寫到《金瓶梅》一書的明朝人，除張岱一人生較晚，其他各人全是萬曆間人。如袁氏兄弟、屠本畯、謝肇淛、李日華、沈德符，以及文中涉及的人，全是經常有所往還的朋友。寫《天爵堂集》的薛岡也是屠隆的鄞縣同鄉。

8 最早透露《金瓶梅》有了全本的消息，是《萬曆野獲編》，沈說：「丙午（萬曆三十四年），遇中郎京邸，問：『曾有全帙否？』曰：『第睹數卷，甚奇快。今惟麻城劉延白承禧家有全本，蓋從其妻家徐文貞錄得者。』」實際上，這段話，隱藏著一個微妙的問題，極可能是透露他們已計畫了改寫《金瓶梅》的消息。

向袁中道（小脩）借抄了全稿挈歸[9]。可是，袁小脩自己在萬曆四十二年八月寫於《遊居杮錄》的日記，則說他還是在萬曆二十六年間，隨同二哥中郎在真州時，「見此書之半」[10]。沈德符怎能向袁小脩抄得原稿挈歸？再說，袁氏兄弟的好友謝肇淛在《小草齋文集》中論及《金瓶梅》（此文約寫於萬曆四十四年前後）時，也說：「此書向無鏤板」[11]。均足以證明沈德符寫於《萬曆野獲編》的話，必是有所掩飾之辭。再說，從《萬曆野獲編》的這段話中有語云：「丘旋出守去，此書（指《玉嬌麗》）不知落何所。」按「丘」是「丘志充」，萬曆四十一年進士，於萬曆四十七年（1619）調河南汝寧知府，再升右布政使。但於天啟七年（1627）因案入獄，崇禎五年棄市[12]。這樣看來，《萬曆野獲編》的這段話，可能寫於天啟七年以後；甚而在丘志充棄市後。否則，怎會如此肯定的說「此書不知落何所？」只有知道丘志充已死或已入獄，方會有此語辭吧？總之，《萬曆野獲編》的這段話，可能寫於《金瓶梅詞話》出版之後。足以證明《萬曆野獲編》的這段話，十九都是「詖辭」，有所「蔽」也，或有所暗示也。

（四）沈德符透露了萬曆三十四年有了《金瓶梅》全本的消息，而事實上並無全本。此一說辭隱藏了一個微妙的問題。極可能是他們

---

9 沈德符又說：「又三年，小脩上公車，已攜有其書，因與借抄挈歸。」此說「丙午」後的三年，當為萬曆三十七年，他向袁小脩抄得了《金瓶梅》全書攜回家。但實際上，袁小脩在萬曆三十七年間，手中尚無全書。

10 袁小脩在萬曆四十二年八月的日記《遊居杮錄》（臺北新興書局本第979條）上，說他「從中郎真州」時，僅「見此書之半。」印證了《萬曆野獲編》的此說不實。沈德符何以要如此說？必有所掩飾也。

11 謝肇淛的〈金瓶梅跋〉約寫於萬曆四十四年前後，也說「此書向無鏤板」，都是否定了沈德符說辭的證據。（見《小草齋文集》，卷二十四）。

12 參閱馬泰來作：〈諸城丘家與金瓶梅〉，《中華文史論叢》（上海市：上海古籍出版社，1984年），第三輯。

有了改寫《金瓶梅》成其全書的計畫。按屠隆卒於萬曆三十三年（1605）八月二十五日[13]，由於屠死前的十年間，萬曆朝的宮闈影響到的冊封事件，層出不窮。雖然朱常洛的太子之位，已於萬曆二十九年十月冊封成禮，然而三十一年（1603）間的「妖書」事件，又鬧了一年多。這些，都是阻撓了《金瓶梅》成書的因素。所以袁氏兄弟這幫朋友，於屠隆卒後，便有了參予改寫《金瓶梅》的計畫。這樣看來，《萬曆野獲編》在萬曆丙午（三十四）年透露的誰家有《金瓶梅》全本，沈德符又於三年後向袁小脩抄全本挈歸的不實之言，也都有了基礎。

（五）《金瓶梅》真的有了全本的證言，是李日華的《味水軒日記》，他在萬曆四十三年（1615）十一月五日見到了沈德符的藏本[14]。足以證明《金瓶梅》的問世與演變，至此（萬曆四十三年）方始有了全本；可以說已改寫成功了。

那麼，從以上我縷述出的幾點推繹來看，足以說明《金瓶梅》自萬曆二十四年（1596）問世以來，直到萬曆四十三年十一月，整整二十年的時間，都祇是傳抄——且僅在文友間傳抄，並未在社會大眾間流行。從袁氏兄弟，以及袁宏道的朋友屠本畯、謝肇淛等人所說，全是東家有十三，西家有十五，或某家有幾帙。雖又說劉家有全本，王家有全本，則悉為傳言耳聞。從無任何人記述到《金瓶梅》一書，曾在社會大眾間流行；騰於說書人之口的說法，未見萬曆間人的隻字片語紀錄，休說是嘉靖了。張宗子提到的楊與民以北調說《金瓶梅》，令人絕倒事，已是崇禎七年[15]。何況，所云「說金瓶梅」乃朋友們聚

---

13 見〔明〕張應文：〈鴻苞居士傳〉，見〔明〕屠龍：《鴻苞集》（中央圖書館藏萬曆間刊本）。

14 見〔明〕李日華：《味水軒日記》，卷八。（嘉業堂刊本）

15 見〔明〕張岱：《陶庵夢憶》，卷四，〈不繫園〉。

會時諧趣之樂，非「說書」者也。試想，像今見之《金瓶梅詞話》一書，置之萬曆年間的那個淫靡社會，有可能傳抄二十年之久，竟無人去梓行它嗎？沈德符還說他的朋友馬仲良[16]「勸他應梓人之求，可以療饑。」這些話均足以證明此書在當時之必能獲得暢銷。像這樣可以暢銷的書，何以無人梓行？想來，必是由於其內容之涉乎政治諷喻，而且諷喻的是當今皇上，誰敢去冒大不韙來惹滅族之禍！是以遲遲二十年無人梓行。

我上述的這些歷史因素，乃從事考據者據以立說的基礎，居然未被接受，本人深表遺憾！

（二）刻本

《金瓶梅》在明代共有兩種刻本，一是《新刻金瓶梅詞話》，一是《新刻繡像批評金瓶梅》；即今俗謂之「萬曆本」與「崇禎本」。

所謂「崇禎本」與所謂「萬曆本」，雖來自兩種底本，崇本卻刻在後。至於《金瓶梅詞話》之非傳抄之《金瓶梅》原本，從其中情節之孤起孤落或不相貫串等情事來看[17]，也不該有疑義。是以我推斷有「欣欣子」序文的《金瓶梅詞話》，是改寫本；而且是第二次改寫本。

關於這兩個版本，都還殘餘了改寫後的問題，卻也不得不在本文的結論中，予以探索、分析與研判。

我們先說《金瓶梅詞話》的梓行問題，應探索誰是「補以入刻的陋儒」？又誰是出版者？我在前面已經說到「欣欣子」乃馮夢龍的化

16 馬之駿字仲良，河南新野人，萬曆三十八年進士，於萬曆四十一年任戶部主事時，派蘇州滸墅關監收船料鈔，任期一年卸任。

17 參閱拙作：《金瓶梅原貌探索》與《金瓶梅箚記》。

名偽託，業已提出一些證言。在此結論中還需要補充的是，《萬曆野獲編》的這幾句話：

（一）「吳友馮夢龍見之驚喜，慫恿書坊以重價購刻；」

這句話，便是暗示馮夢龍乃「慫恿」書坊出版《金瓶梅》一書的伏筆。後來，沈德符又說：

（二）「馬仲良時榷吳關，亦勸予應梓人之求，可以療饑。」

這句話則指明了他們準備出版《金瓶梅》的時間，在萬曆四十一、二年間。正好與李日華的《味水軒日記》記述的萬曆四十三年十一月間，見到沈德符藏的《金瓶梅》稿，印證上了。

下面的話，是沈德符說他怕高價賣出《金瓶梅》稿，死後會受到閻王究詰底禍，所以不願意「以刀錐博泥犁」（下地獄）。因而「固篋之」。可是：

（三）「未幾時而吳中懸之國門矣！」

這句話不惟肯定了《金瓶梅》已在「吳中」出版，而且暗示了《金瓶梅》之出版，與馮夢龍有密切的關係。從這幾句話的語氣上看，譬如他先說馮氏慫恿書商以重價向他購刻，他雖固藏不賣，卻「未幾時而吳中懸之國門矣！」在語氣上不是有暗示馮夢龍與《金瓶梅》的出版有密切關係嗎！

序者「東吳弄珠客」，自稱「東吳」人，而且序於「金閶道中」。斯亦正是沈德符語中之「吳中懸之國門」的明指。而沈德符又說：

（四）「然原本實少五十三回至五十七回，遍覓不得，有陋儒補以入刻。無論膚淺鄙俚，時作吳語，即前後血脈，亦絕不貫串，一見知其贗作矣！」

這幾句話，連累今人去下工夫尋問題者，是五十三回至五十七回這五回的「膚淺鄙俚，時作吳語」，以及「前後血脈，亦絕不貫串」等問題，實際上，沈德符這幾句話指出的問題，並無所說的那些「問題」，譬如「鄙俚」及「吳語」以及「前後血脈亦絕不貫串」，其他各回更多，而且比這五回的「血脈絕不貫串」情形，還要嚴重。請參閱拙作《金瓶梅劄記》與《金瓶梅原貌探索》，這裏不贅述了。而我卻認為「有陋儒補以入刻」的這句話，乃有所暗示，暗示這一「陋儒」乃馮夢龍也。因為〈別頭巾文〉在第五十六回，該文乃馮夢龍的〈頭巾賦〉，上已述及。沈德符的這句話，可能指此。

那麼，我把問題縷述到這裏，似乎可以清楚的體會到沈德符口中的那位「補以入刻的陋儒」，可能就是指的馮夢龍。至於《金瓶梅詞話》的出版者，是不是馮夢龍呢？還有幾個問題，仍待討論。

第一，如從《金瓶梅詞話》中的〈別頭巾文〉以及「泰昌元年」的暗示與隱喻這些情事來看，可以肯定的認為馮夢龍乃參予改寫《金瓶梅》為《金瓶梅詞話》的眾人之一。在改寫時，可能彼此間有不同的意見各寫各的。因而造成了《金瓶梅詞話》那麼多的情節錯綜。

第二，如從上錄《萬曆野獲編》沈德符的那些話的語意與語氣來想，《金瓶梅詞話》的付梓，極為倉促，即所謂「未幾時而吳中懸之國門」也。《金瓶梅詞話》之所以錯簡不貫，詿誤得若是之多。正因為大家就原稿分開改寫，未經綜合便趕著匆匆付梓了。這一點，或許是沈德符等人不滿意的地方，因而在臆述到《金瓶梅》的改寫事，遂留有這麼一段責備「陋儒」的不滿言辭。

若是看來，《金瓶梅詞話》的付梓，可能與馮夢龍有密切的牽連，縱非出資刻版者，當亦稿件之供應人。

但如從馮氏參予出版事業的熱烈情況來看，極可能馮夢龍就是《金瓶梅詞話》的出版人。簡端的序跋，全是馮夢龍的化名偽託，本文業已指述，斯亦子猶之慣技也。（疑句吳袁無涯是馮夢龍的出版業後盾。本文無篇幅論此問題矣！）

下面我們再說《新刻繡像批評金瓶梅》（崇禎本）

從內容看，此一刻本有改自《金瓶梅詞話》的痕跡。至於這一崇禎本的梓行，後於《金瓶梅詞話》多少時間？頗值推尋。

按傳今之崇禎本，共有四種。據日本鳥居久靖的〈金瓶梅版本考〉，把這四種刻本梓行的時間順序，排次（一）孔德本（今首都本）（二）內閣本（三）天理本（四）馬廉本（今北圖本）。長澤規矩也根據內閣本的「字樣」，擬為天啟間的南京刻本。但無論如何，這四種所謂的崇禎本，其最早刻本，梓行時間，必在天啟末崇禎初。《金瓶梅詞話》刻於天啟初，其下限不會踰越天啟三年，蓋天啟三年（1623），詔修《三朝要典》（梃擊、紅丸、移宮等三案），論時間（三個年頭），正好是《金瓶梅詞話》竣工的時候，怕惹上政治的麻煩，未敢發行。是以《金瓶梅詞話》僅有一種（日本德山毛利家的棲息堂藏本之第五回末頁，其不同之版乃補刻，且僅此一版）。而所謂崇禎本則十餘年之間，便刻了四種。足見此書之深受當時社會歡迎。然而《金瓶梅詞話》梓行後，若不是受了詔修《三朝要典》的影響，因而阻礙了它的發行，似不會祇有一家刻它。斯一歷史因素，乃現實社會的實情。自可據以推想崇禎本之改寫，必在天啟三年以後《金瓶梅詞話》刻出未敢發行之時。）由此歷史因素看來，第一部《新刻繡像批評金瓶梅》之刻出，當在天啟末崇禎初；它與《金瓶梅詞話》的梓出距離，其間隔可能不會超過五年，可能在崇禎初（三年前後），初刻即出版了[18]。

該崇禎本出版之後，跟著便有其他出版者跟進，遂因而十餘年之間，雖在賊亂烽起社會不安中，竟也刻了四種。（實際上可能是兩

18 內閣文庫藏之《新刻繡像批評金瓶梅》第九十五回中之「吳巡檢」一詞，「檢」字悉刻為「簡」字。顯然是避崇禎帝諱。天理本亦然。他本因本人手頭無書，正查詢中。不知有此避諱之刻否？

種，尚待比勘。）

像上述這些歷史因素，社會情況，研究《金瓶梅》一書者，居然不據以作為立說的根本，寧不憾然！治學貴在立本，有子云：「本立而道生」也。

（三）《三遂平妖傳》兩篇序文

本文結論至此，卻又不得不再回頭論斷四十回本《三遂平妖傳》的兩篇序文，論及《金瓶梅》的美刺不同問題。

（一）何以泰昌元年的序文，說《金瓶梅》（及《玉嬌麗》）是「慧婢作夫人……效《水滸》而窮者也」？

按此一序文，書明寫於「泰昌元年長至前一日」，乃萬曆四十八年（1620）十一月二十七日。斯時《金瓶梅詞話》業已再行改寫完成付梓。而我則推想此序必寫於《金瓶梅詞話》梓行之後，雖已發行，卻又停止。馮夢龍為了要洗滌他與《金瓶梅詞話》的關聯，怕惹上麻煩，遂有此作賊心虛的想法，在平妖傳的序文裏，說了這麼一句，表明他們這夥兒梓行《三遂平妖傳》者，都是看不起《金瓶梅詞話》的。

他們既然有此論見的表示，自然不是《金瓶梅詞話》的參予者了。斯乃金蟬脫殼也。事實上，這時的馮夢龍，想必正在改寫《金瓶梅詞話》為《新刻繡像批評金瓶梅》，準備重刻新本了。

（二）何以「楚黃張無咎」的序文，又改口說《金瓶梅》（及《玉嬌麗》）是「另闢幽蹊，曲終奏雅，……《水滸》之亞乎」？

按泰昌元年寫序的「隴西張譽無咎父」與後來再序的「楚黃張無咎」，自是同一人；而且同是馮夢龍的化名。那麼，何以後來再印（重刷）《三遂平妖傳》時，又變換了原來的語調，改口稱讚《金瓶梅》？顯然的，馮夢龍為了《新刻繡像批評金瓶梅》的出版作宣傳也。我們可以據此推想，這時的《新刻繡像批評金瓶梅》，業已出版了。

「楚黃張無咎」在序中說：「書已傳於泰昌改元之年，子猶宦遊，板毀於火，余重訂舊序而刻之。」這幾句話，不惟點明了此序寫於崇禎七年（1634）之後，兼亦暗示《金瓶梅詞話》之版已毀於火。何以如此猜想？蓋《三遂平妖傳》之「泰昌」版，並未毀於火，「楚黃張無咎」序的這一本，就是泰昌本的原板補刻而重印[19]。固然，序說之「板毀於火」，乃書商標榜書是「新刻」的敷衍語。但如質之馮夢龍與《金瓶梅》的關係，以及當時的歷史因素，這樣推想，應是符合事理的正確邏輯吧！

我把馮夢龍與《金瓶梅》的關係，一一尋證蒐據，縷縷演繹至此，可得如下結論：

（一）傳抄本的《金瓶梅》乃屠隆所作，萬曆二十三年（一五九五）間，在他的同年丁此呂（右武）被捕時，屠隆正在遂昌湯顯祖處作客，深受刺激。遂將未成之《金瓶梅》稿，交給湯顯祖。董其昌由湯顯祖手上得到[20]。

（二）袁宏道從董其昌手上得到這一部分抄稿，認為好過枚乘的〈七發〉。[21]

（三）自萬曆二十四年到萬曆三十四年的十年間，《金瓶梅》便一直在袁宏道這一夥文友的圈子裏傳抄，不曾流入社會大眾。（迄今

---

19 楚黃張無咎序本，補刻於崇禎間，其中楊巡檢之「檢」字，均挖刻為「簡」。

20 參閱拙作「湯顯祖的詩：『江花入夢、山木成歌』一文。（刊於民國七十六年二月十六、十七兩日臺灣新聞報）

21 韓南教授（P.HANAN）推想袁宏道是從陶望齡手上得來，陶得自董其昌。見韓南作，丁貞婉譯：〈金瓶梅的版本及其他〉，《國立編譯館館刊》第4卷第2期（1975年12月）。

尚無隻字紀錄到《金瓶梅》在社會大眾間流行的情事，自可推想到《金瓶梅》這部書，非一般小說。）一直到了萬曆三十三年八月屠隆去世，翌年丙午（三十四）方始有了《金瓶梅》有全本的消息[22]，而且這全本藏在麻城劉家的劉承禧手上。這位劉承禧正是屠隆的恩人劉大金吾守有的兒子。（劉守有曾任錦衣衛都指揮使，官秩二品，萬曆十六年罷官）[23]。所以我據以推想，《萬曆野獲編》的此一「全本」消息，可能是初次改寫計畫的透露。

（四）證實《金瓶梅》有了全本的史料，是李日華的《味水軒日記》，時已萬曆四十三年十一月矣！斯一全本的證實，正好與沈德符寫在《萬曆野獲編》中的「馬仲良時榷吳關，亦勸予應梓人之求」的時間（萬曆四十一、二年）符契。也能印證上「東吳弄珠客」序於萬曆丁巳（四十四）年季冬」的付梓時間。

（五）從萬曆二十四年問世傳抄了二十年有奇，方始有了全本付梓，而且梓出的《金瓶梅詞話》又是前後情節不貫，且錯簡重複，留下了許許多多改寫的痕跡。在在均足以證明《金瓶梅詞話》是改寫本。非傳抄時代的《金瓶梅》。

（六）由傳抄本改寫成《金瓶梅詞話》，從「欣欣子」與「笑笑生」的化名來看，竊以為是馮夢龍的偽託。本文已詳述之矣！當然，改寫者非馮一人。

（七）《金瓶梅詞話》梓成時，正遇上天啟朝詔修《三朝要典》，怕惹上政治麻煩，未敢發行。可能趕著連板也毀了。因而有了再改本《新刻繡像批評金瓶梅》的梓行。此本一出，由於其中消失了政治諷喻，且朝中大勢，業已時過勢遷，該書的禁忌已無，於是，真格是

22　見〔明〕沈德符：《萬曆野獲編》，卷二十五。

23　參閱拙作「劉大金吾」一文。（刊於民國七十五年一月二十九日《臺灣日報》）。

「此等書必遂有人板行」，轉瞬數年之間，竟有了四種刻本。

（八）從《新刻繡像批評金瓶梅》之摒棄了〈欣欣子序〉文，以「東吳弄珠客」序文留之簡端，而這「東吳弄珠客」又可確定是馮夢龍的化名，那麼，馮夢龍之參予《金瓶梅》的改寫與梓行，真可以說是脈絡分明而一清二楚矣！

至於那幾位明朝當代人之論及《金瓶梅》者，如說到內容等等，大都能與今之《金瓶梅詞話》相合，而我則認為他們的話，既有相同互通之處，也有相異而扞格牴觸之處，顯然是「詖辭」之「蔽」，有意為友人諱也。

最後，我還有一個意見，提供給所有研究《金瓶梅》的朋友作為參研，那就是《萬曆野獲編》這則論及該書的文章，其寫作時間當在《金瓶梅詞話》出版之後，若其中那句：「丘（志充）旋出守去，此書不知落何所？」這話便是證據，指丘已因案入獄也。那麼，我們如能從此一情況去研讀《萬曆野獲編》論及《金瓶梅》的那些語言，方能一一體會到沈德符的那些話，句句都有弦外之音。《玉嬌麗》（李、梨）這部書，更是問題重重，這裏不贅述矣！

按：本文初成於七十六年三月間，後又重寫，成稿於五月間，全文長五萬八千餘言。為了適應會議論文篇幅，遂又重寫。付梓前今又重校訂一次。

按：本文又重寫一過，列入《金瓶梅的幽隱探照》一書中，兩文寫法完全不同。併此說明

民國七十七年（1988）十月九日。

江花入夢山木成歌[編按1]

——談湯顯祖的詩

萬曆二十三年（1595）秋，鄞人屠隆訪湯顯祖於遂昌；這時的湯顯祖任遂昌縣令。屠隆在遂昌逗留多久？由於湯顯祖還有一篇〈玉茗堂批訂董西廂序〉文，談到「適屠長卿訪余署中」，該文末題「乙未上巳日」。若此文是真，則屠氏在該年三月初，即到遂昌矣。但湯氏所寫屠氏離開遂昌，時已入秋。且屠氏是由吳縣袁宏道處，轉往遂昌的。袁氏詩文未明季節。想來，也許屠隆在遂昌一住數月，也是可能的。本文不討論這些，不說它了。

在湯氏《玉茗堂集》中，收有多首寫屠隆在遂昌游往情形的詩文，數來共有七首之多：（一）「松陽周明府乍聞平昌得緯真子，形神飛動，急書走迎之，喜作。明府最善琴理。」（卷十）（二）「平昌得右武家絕決詞示長卿。各哽泣不能讀，起罷去，便寄張師相感懷成韻。」（卷八）（三）「平昌聞右武被逮慘然作」（卷十三）（四）「留屠長卿不得」（卷五）（五）「長卿初疑恣游浙東勝處，忽念太夫人返棹，悵焉有作」（卷五）（六）「秋雨九華館送屠長卿，使人會城課滿」（卷三）（七）「平昌送屠長卿歸省」（卷六）（此一排列順序，採徐朔方校箋之《湯顯祖詩文集》編次。）

這七首抒寫屠隆在遂昌游往情形的詩作，其中「長卿初疑恣游浙

編按1　先生已於文後附記本文又重寫於《金瓶梅的幽隱探照》，〈金瓶梅的作者〉中的第三小節「推敲湯顯祖這兩句題詩篇的寓意」，因此，二文有多處行文和舉證相同。

東勝處，忽念太夫大返棹，悵焉有作」，這一首長調，最值推敲。茲全錄之如下：

> 神仙縣令如山鬼，白雲青蘿石泉泚。偶然堂上游麋鹿，直向琴中般山水。不知誰子耳能清，但見似人心即已。長卿凌雲飄不飛，空谷跫然能至止。入門心知客不惡，滿堂目成予有美。莞爾弦歌游縣庭，居然水竹如蕭寺。開燈彷彿眼中人，罷酒徘徊心上事。崢嶸晏歲君如何，幽桂叢山真碕礒。侵雲瞑石啼玄豹，落日寒林隱青兕。能來去住看題筆，到處逢迎須倒屣。江花入夢有年餘，山木成歌非願始。天臺莓梁亦咫尺，麗陽片葉桃花裏。縉雲丹丘停鳳笙，青田白鶴銜花蕊。與君發興期淹留，盡與山經出雲詭。何得采芝未盈把，便向高堂成燕喜。沓嶂鳴笳響相答，赤亭風颺寒潮起。山陰道上少酬接，新婦巖前初相倚。定道窮秋能著書，正恐春風動游子。君去春來誰得知，脈脈桃蹊問桃李。

這首長調共三十八語十九句。首三句寫遂昌這地方偏僻荒蕪，每日所見除了白雲、青蘿、石泉，便是鳥語獸吼，大堂上都是麋鹿的游賞之所。耳所能聞全是泉鳴及鳥獸的喧唱，曰：「但見似人心即已」甚而認為所見士庶，都乏文化氣息，是以屠長卿在斯時到來，真格是如同「凌雲飛來」，這一來，便「空谷跫然能至止」。其他一切的雜音，都會由於屠氏的到來而戛然休止。甚而說凡是見到屠氏的人，都會感受到屠氏是位舊人、雅人。故云：「入門心知客不惡，滿堂目成予有美。」更說自從屠氏到來，他那水竹之居的縣庭，突成弦歌莞爾的蕭寺。而且到處有人請之題筆，到處有人倒屣逢迎。不是松陽（遂昌鄰縣）縣令周氏，聽說緯真子屠隆到了遂昌，急當走迎嗎。在袁中郎（宏道）文集的尺牘中，有一封寫給王以明（輅）的信，曾提到他對屠隆長卿的印象，說：「遊客中可語者，屠長卿一人，軒軒霞舉，略無些子酸俗氣，餘碌碌耳。」也正應驗了湯顯祖所寫的這首詩的上半段詩句。下半段寫的則是慨乎屠氏之未能達成遊偏浙東勝處，卻因懷念老母而急急返棹。像天臺、麗陽、縉雲、青田等地，都還未去遊呢。故謂「何得采芝未盈把，便向高堂成燕喜。」最後，則勸老友減少酬接，多與新婦相倚。（詩說應老母之召，歸去娶婦。）更勸屠氏能在窮愁中著書立說呢。他如「崢嶸晏歲君如何，幽桂叢山真碕礒。侵雲瞑石啼玄豹，落日寒林隱青兕。」也都是讚美屠氏之隱居山林之如「玄豹」「青兕」而「真碕礒」也。而我最不能解的是這兩句：「江花入夢有年餘，山木成歌非願始」。不是文義不能解，而是文義所指不能解。

「江花入夢」採用的是江俺夢筆生花的典故，這句詩顯然指的是屠隆已經獲得了寫作之靈感，要寫這篇作品有一年多了。「山木成歌」採用的是莊周的〈山木〉篇，按《莊子》的〈山木〉，寫了幾則寓言，來喻說人之處世。如山有木不材無用，而得終天年，家有雁不能鳴而獲烹之。其他尚有豐狐文豹之棲於山林，伏於巖穴，夜行晝居，飢渴隱約，然且不免於網羅機群之患；是何罪之有哉！於是莊周答說是：「其皮為之災也。」規人之不可有招人取利之才。所以莊子又勸人要忍怒而勿怒，因謂：「方舟而濟於河，有虛船來觸舟。誰有偏心之人，不怒。有一人在其上，則呼張之，一呼而不聞，再呼而不聞，於是三呼邪！則必以惡聲隨之。向也不怒而今也怒；向也虛而今也實；人能虛已以游世，其孰能害之！」且又以螳螂在前而黃雀在後為喻，以歎人間之險，戒人勿「見利而忘其真（身）」，蓋「二類相召也」。那麼，湯顯祖此一詩句說屠氏「山木成歌」，自是指的屠長卿這一年多來的「入夢江花」，業已譜成了歌，即「山木」之趣也乎？

這「山木」之趣的歌兒，自是起於屠氏的罷官因由。此說「非願始」，想必指的是「成歌」的「山木」，尚非心願之始，可能還有心願要繼續呢！

說到這裏，我們不得不去了解一下屠隆的罷官因由。

按屠隆是萬曆五年（1577）進士，選穎上令再轉青浦，後遷禮部主事。不過年餘，即因個人宿嫌，被彈與西寧侯宋世恩詩酒淫縱罷官。萬曆十二年（1584）冬離京返鄉，即從此賣文為生。是年（萬曆二十三年）出遊，曾至蘇之吳縣袁宏道中郎處，再到浙之遂昌湯顯祖義仍處。湯氏這首詩，即寫於此時。詩題業已言明，屠氏原擬遊遍浙東勝境，忽念高堂之召，匆匆返棹。湯說「留屠長卿不得」也[1]。此文不能詳論。

屠隆罷官是寬枉的。根據《明神宗實錄》，我們知道刑部主事俞顯卿的參本，曾於十月二十二日批下交刑科查報。文稱：「上以顯祖出位瀆奏，並屠隆宋世恩等，該科其參看以聞。」可是第三天（十月二十四日），詔諭又下來了：「上削隆、顯卿籍；奪世恩錄米半年。」（《實錄》說：「禮部主事屠隆，上疏自辯並參俞顯卿；西寧侯宋世恩亦上疏自辯。於是吏科給事中齊世臣交參之。」前後僅一日之間，參者與被參者均被免職削籍。若論事實，屠隆罷官的罪名，是非常勉強的。所以屠隆一再寃呼：「萬口爭之不能得」，且一再說：「斯其故不可知已」？只有認命「豈非數哉！」但屠隆儘管如此想，且一再安慰自己，從此閒雲野鶴，比居官待罪強。可是寃抑在心底的這分不平與憤懣，總是難消的。使用文字發洩出來，自亦文人情性的常態吧。那麼，湯顯祖的這兩句詩：「江花入夢有年餘，山木成歌非願始。」得非指此乎哉？所以我推想屠隆這次到遂昌來，可能攜有這部作品。

---

1 關於屠氏罷官前後因由，可參閱拙作：〈論屠龍罷官及其雕蟲罪尤〉，《金瓶梅原貌探索》。

再者，湯氏這首詩中還有這兩句：「開燈彷彿眼中人，罷酒徘徊心上事。」也很難令我們洞澈詩句中的含義；何所指邪？這「眼中人」意指上語「蕭寺」典中的蕭子雲嗎？「罷酒徘徊心上事」，又是指的什麼？委實難明。

按屠氏在遂昌的這段期間，獲知了他們的朋友（同年）丁此呂（右武）被捕的消息。丁氏被捕，自分必死，曾寫決絕詞留家。這件決絕詞，抄傳在友儕間，遂昌也得到一份。湯顯祖拿給屠隆等友人看，使得大家哽泣不能讀，連這天的聚會都不能繼續了。湯氏的這首詩，雖明寫丁右武的被捕事件，何嘗不是暗寫屠長卿的因交感而悲歎哽泣之情呢！基是詩句推想，則「開燈彷彿眼中人」，似是指的這天屠氏在黑暗中為友難而徘徊哀傷，「罷酒徘徊心上事」，蓋亦自傷也！但又能不憤乎在上者之良窳不分。（丁此呂被捕下刑部，眾人救之不得，是年十二月謫邊戍。）

屠隆在遂昌受此激發，取囊中未成稿以示故友，斯其時也。向老友說明動筆之始，所謂「江花入夢有年餘」，斯亦其機也。「山木成歌非願始」，或是屠氏所成之稿，已與原意有了出入，非原始構想。這樣解說這兩句詩，想來，似非穿鑿吧。

沈德符的《野獲篇》，記有屠隆的劇作《曇花記》一條。除記有屠氏罷官事，說到《曇花記》時則云：

> 近年屠作《曇花記》，忽以木清泰為主，嘗怪其無謂。一日，遇屠於武林，命其家僮演此曲，揮策四顧，如辛幼安之歌千古江山，自鳴得意。予於席間私問馮開之祭酒云：「屠年伯此記出何典故？」馮笑曰：「子不知耶？木字增一蓋成宋字，清字與西為對，泰即寧之義也。屠晚年自恨往時孟浪，致累宋夫人被醜聲。後方嚮用，因以坐廢，此懺悔文也。」時虞德園

> 吏部在坐亦聞之，笑曰：「故不予。如作《曇花記敘》云：『此乃大雅目蓮傳，免涉閨閣葛藤語。差為得之。』」予應曰：「此乃著色《西遊記》，何必詰其真偽？」今馮年伯沒矣，其言必有所本。恨不細叩之。

按沈氏所記馮開之的說法，當時聽者虞德園即不表同意。認為屠氏《曇花記》序中語為是。事實上，《曇花記》的內容，也確實是一部《大雅目蓮傳》，屠氏不惟在自序中，說他的《曇花記》是助佛祖用戲場作佛事度人，且在凡例中闡明「此記廣譚三教，極陳因果，專為勸化世人，不止供耳目娛玩。」更說：「此所扮演，俱是聖賢講說，密宗佛法，不當以嬉戲傳奇目之。各宜齋戒恭敬，必能開悟心胸，增福消罪，利益無方。不許葷穢褻狎。」甚而要求觀者，「遇聖師天將登場，諸公須坐起立觀。」要求演出之「梨園能齋戒扮演。」還要求演出之日，「須戒食牛、犬、鰻、鯉、龜、鱉、大蒜等登場；本日如有淫慾等事，不許登場。」自可想知屠氏的《曇花記》要表達的是什麼內容了。

當我們讀了《曇花記》，也不會認為這齣戲文是讚頌宋西寧的。可以說《曇花記》是屠氏主張三教合一論的佛家宣講。「木清泰」三字縱有「朱西寧」之假託，也只是假其名而託，非有關戲文內容。從戲文觀之，可作如是說。

不過，明人呂天成《曲品》，亦有如是云：「赤水以宋西寧侯𥹳戲事罷官，故作《曇花記》託木西來以頌之，意猶感宋德。或曰盧相公指吳縣相公，孟豕韋即指糾之者，才人喪檢亦常事，何必有恚心耶？」可是黃文暘《曲海總目提要》，則認為屠之《曇花記》，乃借時人寧夏東路總兵杜松尚氣生憤，乃披剃為僧事。遂以木氏為頌，蓋杜松姓名均為木旁也。此說似比假宋氏之說，更為接近。

一說屠隆家有曇花閣，乃取彿氏優鉢曇花以為名。曇花即青蓮花，三千年一開，世所稀有。經稱佛為稀有世尊，以亦曇花為擬。隆蓋自負其才，託名喻己。[2]再日人青木正兒《中國近世戲曲史》云：「屠隆嘗卜居於寧波南門內日湖、月湖之邊，名曰『婆羅館』，庭植婆羅樹，其樹明末清初尚存，張岱《陶庵夢憶》記其事。劇中所謂曇花，為此稱婆羅樹之轉用，非作者寓目欲成道之意歟？果若是，賓頭盧之風僧及山玄卿之狂道，似作者自影。」則又另一說。

總之，說屠氏《曇花記》是讚頌宋西寧以悔，乃懺悔之文，想乃時人推想，茶餘閒話而已。

我們把《曇花記》的問題說到這裏，可以蠡想到湯顯祖詠唱屠隆的這兩句詩，所謂「山木成歌」之歌，似非《曇花記》。再說，《曇花記》的序文，屠氏作於萬曆二十六年（1598），後於湯氏寫這首詩的時間尚有三閱寒暑，也略遠了些。想來，必另有其文也。

至於屠氏的另兩本戲劇著作，《采毫記》與《修文記》，內容更與「山木成歌」之喻，不相符契。所以我們推想屠隆可能是《金瓶梅》作者，早期傳抄出的《金瓶梅》可能是「山木」之歌，在今之《金瓶梅詞話》中，不還殘餘了一些蛛絲馬跡嗎？如曾孝序的下場（第四十八、九兩回），如王三官與其母林太太，如揚州的苗員外以及苗青的糾葛，在《金瓶梅詞話》的情節中，都脈絡不貫而交代不清。再加上第十七、十八兩回的賈廉與賈慶、西門慶的糾結問題，在在都顯示出《金瓶梅詞話》是後人改過的了（這些問題，我已詳細寫入拙作《金瓶梅原貌探索》，此處不贅述。）

從這些問題來作推想，則「山木」之歌，可能指的是早期的「《金瓶梅》」稿本。

2 錄徐調孚：金夢華汲古閣〈六十種曲序錄〉。

觀湯氏論及屠隆的詩文，雖對屠氏有所推戴，然在屠氏病苦中，竟寫了十首絕句嘲之，屠氏故後，湯氏無一語致弔唁。在湯氏詩文集中，哭弔某某某之詩文多哉，何竟對老友屠長卿若是薄乎？斯一問題，深值吾人探究。

按湯、屠二人，在寫作上雖是同道，在仕途上也同是蹇乖之輩，在性格上也有類似之點，但在品行上，二人則東西異端矣！湯拘謹且傲狂難近，有「狂奴」之稱。而屠則放浪不拘細節。但不隨人俯仰而狷介孤高則同。

湯顯祖初娶妻吳氏，生二子，卒於湯及進士第之第二年[3]。其後繼娶傅氏。湯曾自云：「在平昌四年，未曾拘一婦人。」[4]。再明無名氏〈活埋廣識小錄〉有云：「聞若士具風流才思，而室無姬妾，與夫人相莊以老。」湯且有五絕云：「側室了無與，聊取世眼黑。今朝好日辰，鑷此一莖白。」[5]而屠隆則不然，他極喜女色，罷官後二十年間，除了賣文、旅遊，且蓄優伶，組班演劇。（《萬曆野獲編》卷二十五〈曇花記〉一則提及演劇事。）湯氏送屠氏歸棹的那詩說的「便向高堂成燕喜」，即指屠之歸娶也。從這二人性行相異來看，足證二人情誼雖有投契之處，亦有扞格之處。我們從湯氏獲知屠氏病苦，竟寫了十首絕句嘲之，可以作證。詩如下：

長卿苦情寄之瘍，筋骨段壞，號痛不可忍。

教令闔舍念觀世音稍定，戲寄十絕。

3　見〔明〕湯顯祖：〈與司吏部〉，〈尺牘〉，《玉茗堂》，卷一。

4　見〔明〕湯顯祖：〈與門人葉時陽書〉，《玉茗堂》，卷四。

5　〔明〕湯顯祖：〈詩集〉，《玉茗堂》，卷十三。

1

老大無因此病深，到頭難過了人心。
親知得授醫王訣，解唱迦雲觀世音。

2

涕唾機關一線安，業緣無定轉何難？
諸天普雨蓮花水，只要身當承露盤。

3

甘露醍醐鎮自涼，抽筋擢髓亦何妨；
家間大有童男女，盡捧蓮花當藥王。

4

肉眼戲從羅刹女，色身吹老黑風船。
年來藥向舍利得，瑪瑙真珠不值錢。

5

智慧生成護白衣，更緣諸漏密皈依。
雄風病骨因何起，懺悔心隨雲雨飛。

6

色聲香味觸留連，扭械力枷鎖骨穿；
但入普門能定痛，一般心火是寒蓮。

7

臥具隨身醫藥扶，到頭能作壞僧無；
猶餘十瓣青蓮爪，長向天花禮數珠。

8

四大乘風動海潮，秋前移病對芭蕉。

不知一種無名恨，也向蓮花品內消。

9

金骨如絲付粉霜，殘年空服禹餘糧；

惟除念彼觀音力，銷盡煙花入禁方。

10

非關鉛粉藥是病，自愛燕支寃作親；

今日人前稱長者，觀音休現女兒身！

我們看湯顯祖的這十首絕句，何嘗有一辭慰安老友病苦之情？蓋語語戲老友之病有應得因也。如第九首句云：「金骨如絲付粉霜，殘年空服禹餘糧；」意指病入膏肓，藥石已無效。故謂「惟除念彼觀音力，銷盡煙花入禁方。」意為觀世音之力能「銷盡煙花入禁方」乎？斯語已明言屠氏之病，乃由「煙花」起也。是以後人據之說屠氏死於花柳病；良是。末尾一首，說：「非關鉛粉藥是病，自愛燕支（當是胭脂之諧音也。）寃作親。」更是說明，屠氏的病因。末云：「今日人前稱長者，觀音休現女兒身？」未免戲之太甚。再如第三首之「家間大有童男女，盡捧蓮花當藥王。」蓋諷屠氏之蓄優作戲也。他如第四首之「肉眼戲從羅刹女，色身吹老黑風船。年來藥向舍利得，瑪瑙真珠不值錢。」亦似是嘲諷屠氏學道之偽也。想來，豈非諷《曇花記》之凡例說乎？[6]

總之，湯顯祖的這十首絕句，已透露了他對老友屠長卿品性放

6 見本文前錄。

浪的不滿，此詩之成於「斯人也，而有斯疾也！」心理至為明朗。時為萬曆三十三年（1605）秋間。按屠隆卒於是歲八月二十五日。

我們從湯臨川文集中，獲得的這些資料，堪證屠隆之品性，大可與《金瓶梅》之內涵契機；何況屠氏有作《金瓶梅》之動機也。

我從今之《金瓶梅詞話》的情節不貫與人物孤起孤落等問題臆之，認為《金瓶梅詞話》是萬曆末年的改寫本，非萬曆中葉的傳抄本。按《金瓶梅》之傳抄本，最早出現於萬曆二十四年（1596）十月。（此說大陸學人則認為是萬曆二十三年秋。此處不辯。）如以時間相切，或可推臆屠氏此行，可能已携有《金瓶梅》初稿之開頭部分。內容或非今之《金瓶梅詞話》。是以湯氏送屠氏返棹詩中的這兩句詩：「江花入夢有年餘，山木成歌非願始。」或指乎此耶？徵之另兩語：「開燈彷彿眼前人，罷酒徘徊心上事。」亦說明屠氏當時在遂昌，獲知同年丁右武被捕，遂有心事徘徊。得非山木之歌乎？

今把湯氏這句詩的問題，演繹至此，固未能一語道破吾之所指所疑，然而湯氏的這兩首詩，誠值吾人繼續推演。幸盼研究《金瓶梅》的學者，勿以成見指斯文之穿鑿也。

贅語

我曾指說凡是提到《金瓶梅》的明朝人氏，悉是相互間有所往還的友人。如袁宏道兄弟之與謝肇淛、李日華、董其昌、屠本畯、湯顯祖，全是朋友。屠隆也是。且在他們之間，論科場乃一長乎十年以上的前輩。屠是沈德符的年伯；沈德符的父親沈自邠是屠隆的同年。沈自邠則是湯顯祖入闈及第的考官，恩師輩。薛岡（《天爵堂集》及筆餘的作者）是屠隆的同鄉，亦鄞人。他如麻城劉家之劉大金吾守有父子，乃屠隆的至交更是恩人。王世貞兄弟，與屠隆更是莫逆之交。王思任（季重）等，亦無不是屠氏的好友。可以說，凡是明朝人論及《金瓶梅》葛藤糾結，攀連的全是這一夥朋友。縱雖他們都沒有正面提到《金瓶梅》的作者是誰？如袁中道、謝肇淛，卻也透露了一些消息。這些消息，都能印證到屠隆身上。何以未正面提出？蓋為知己諱也。

「《金瓶梅》」是一部有關政治諷喻的小說，諷喻的是當朝「今上」神宗皇帝。把嘉靖間政治情態也影幢進來，自是當然的。我在拙作「《金瓶梅》的問世與演變」中，已經說到《金瓶梅》自萬曆二十四年冬問世後，何以久久未有人付梓？乃基於政治因素。「妖書」事件，在萬曆二十六年間就發生了，三十一年間再次發生而起風波。鬧嚷得全國沸騰。禍及滅族的事，誰敢梓行！可能《金瓶梅》的改寫計畫，起於此時。屠隆於萬曆三十三年故世時，此書或已改寫了個大略。所以屠氏故世後的翌年（三十四年），便傳出了《金瓶梅》有了全稿的消息以一消息。即沈德符的《萬曆野獲編》卷二十五詞曲之附錄《金瓶梅》一條所透露。這一條有關《金瓶梅》的問題，給後人留下了不少可以令我們進入洞穴去探索的鐘乳石滴，從何處滴來？我已提出了不少問題了。

自從上海復旦大學的黃霖先生提出了〈金瓶梅作者屠隆考〉一文[7]我據以進入探索，數年以來獲得的各種資料顯示，竊以為屠隆的成分最大。本文之提出，正冀乎《金瓶梅》的研究者，能進一步提出相關或相反的意見。匡我不逮，是幸！是幸！

民國七十六年（1987）二月十六、七日《臺灣新聞報》

7　黃霖：〈金瓶梅作者屠隆考〉，《復旦學報》第3期（1983年）。

附記：此文又經重寫於《金瓶梅的幽隱探照》一書中。老友羅錦堂教授（美國夏威夷大學）讀後，曾來函（八九年三月十日）指點，囑參看佛典《蓮華經》、《法華經》等書。再來解湯氏這十首詩，當可得更多真解。憾迄今未去翻查這些佛經。擬再專文寫之。特附記於此，並謝錦堂兄友情正我。

近年來亞洲各國研究《金瓶梅》現況

在文學史上，被稱為「四大奇書」之一的《金瓶梅》，由於其中有不少處暴露而大膽的性描寫，向被視為「淫書」一類，在有清一代，列為禁書。儘管如此，在清朝尚有刻本二十餘種行世。足證此書之廣受社會喜愛。

《金瓶梅》一書，首見於明代萬曆中葉（1596前後）[1]，初版於萬曆末（1620前後）[2]。在傳抄時代，即有人認為「決當焚之」或「應付坑灰」（見袁小脩《遊居柿錄》及薛岡《天爵堂筆餘》等書）[3]。然而該書的寫作，並非誨淫，尚有大道存焉。加以在小說藝術的表現上，尤有其非凡的成就，而且是一部寫實主義的開山祖。就這樣，《金瓶梅》一書的藝術評價，越來越高了。

雖說，《金瓶梅》的稿本在傳抄時代，即美多於刺，終屬片言綴語，直到康熙中葉，銅城張竹坡以「苦孝說」論之，復以「第一奇書」與之而刊刻行世[4]，因而《金瓶梅》大名益噪。後來，雖又有文龍其人，再繼竹坡餘韻，逐回評論，終未顯於世[5]。是以三百年來，《金瓶

1　《金瓶梅》傳抄是於萬曆二十四年（1596）由袁宏道（中郎）首先傳揚出來。（〈與董思白（其昌）函〉）

2　《金瓶梅詞話》最早由東吳弄珠客序刻於萬曆四十八年（1620）冬。

3　袁中道（小脩）在日記《遊居柿錄》中曾記與董其昌談到《金瓶梅》時，董說「決當焚之」；鄞人薛岡在《天爵堂筆餘》中談到《金瓶梅》，也說「應付坑灰」。

4　銅城張竹坡於清康熙間，曾以「苦孝說」冠之《金瓶梅》，肯定乃王世貞為報父仇而作此書，名之為「第一奇書」，並加評刊行問世。時當康熙三十四年（1695）。

5　又有清人文龍。曾於光緒初年寫有評論，評張竹坡之《第一奇書》，但近年方始發始。

梅》之評論，仍以張竹坡《第一奇書》為前導。未嘗再有附設之論。

抵民國二十一年（1932），初刻本《金瓶梅詞話》出現了[6]，翌年，即由當時的北京大學同仁，集資翻印百部，由於該書較已見之崇禎本，多一篇「欣欣子」序，指明該書作者乃其友人「蘭陵笑笑生」作。因而後來的研究者，多從「蘭陵」二字著眼，認為「蘭陵」乃山東屬之地名，古蘭陵在今之山東嶧縣。當時有兩篇重要的論述刊出。一是鄭振鐸以「郭源新」為筆名寫的〈談金瓶梅詞話〉，一是吳晗寫的〈金瓶梅的著作時代及其社會背景〉[7]，斯乃民國以來，論述《金瓶梅》最有價值的兩篇論著，直到今天，仍有其無法磨滅的創見。

稍後，姚靈犀對此書，也下了一番工夫，寫有《瓶外卮言》一種，此書作於抗戰前夕，在鄭、吳二文之後。且於民國二十九年八月收入鄭、吳所寫之兩文，還有其他〈金瓶梅版本之異同〉、〈金瓶梅〉與〈水滸傳〉、〈紅樓夢之衍變〉（癡雲）、〈紅樓夢抉微〉、〈金紅脞語〉、〈金瓶小札〉、〈金瓶集諺〉、〈金瓶詞曲〉、〈金瓶索引〉等編成一書。姚氏曾在吳文之後，寫有二千餘言之贅語，提出了一己對《金瓶梅》一書之成書年代等看法，從書中所寫人物年歲及干支，疑此書作於萬曆三十年（1602）前後。文雖短，識見頗精。惜乎以後未再見到姚氏的研究。

由於《金瓶梅詞話》出現（且翻印了百部），學界方始發現了該書中，寫有不少戲曲小唱，於是，民國二十三年（1934）九月，筆名「澀齋」者，作〈金瓶梅詞話〉裏的戲劇史料〉，刊於《劇學月刊》三卷九期，許固生於民國二十四年（1935）一月，作〈金瓶梅本事考

6　《金瓶梅詞話》一書，民國二十一年在山西發現，即今見之有「欣欣子」序文之十卷本。

7　鄭振鐸：〈談金瓶梅詞話〉，《文學》第1卷第1期（1933年7月），吳晗：〈金瓶梅的著作時代及社會背景〉，《文學季刊》創刊號（1933年10月）。

略〉，刊於《北平晨報學園》第七七二期。阿英於同年（1935）二月，作〈金瓶梅詞話〉風俗考之一——〈燈市〉，刊於《新小說》一卷一期。周越然於同年（1935）四月作〈金瓶梅版本考〉刊於《新文學》一期。阿丁於民國二十五年[編按1]（1936）五月作〈金瓶梅之意識及其技巧〉。刊於《天地人》半月刊四期。張田疇於民國二十五年（1936）五月，作〈金瓶梅詞話中的幫閒人物〉，刊於《書報展望》一卷七期。劉永濬作〈金瓶梅詞話中的寶卷〉，刊於一九三七年九月《東南日報》。馮沅君作〈金瓶梅詞話中的文學史料〉，刊於民國三十六年九月《古劇說滙》。馮漢鏞作〈閒話《金瓶梅》〉，刊於民國三十七年二月《東南日報》。

自從民國二十一年《金瓶梅詞話》重現於世之後，北京大學同人集資翻印百部。綿綿十五年間，我中土研究是書之可讀論述，不過上錄這些。

民國三十八年（1949）以後，大陸方面對於《金瓶梅》的研究，只有以下這幾篇論文：

一、〈試談金瓶梅的作者、時代、取材〉張鴻勛作，刊於《文學遺產增刊》六輯（1958）。

二、〈水滸和金瓶梅在我國現實主義文學發展中的地位〉，李希凡作，刊於《文藝報》一九五七年三八期。

三、《金瓶梅》的社會意義及其藝術成就」，李壬成作，刊於《山西師院學報》一九五七年一月號。

四、〈金瓶梅的產生和作者〉，潘開沛作，刊於一九五四年八月二十九日《光明日報》、《文學遺產》。

編按1　原書為「阿丁於民國三十五年」與「張田疇於民國三十五年」中的「三十五」乃手民之誤，今正之「二十五」年。

五、〈關於金瓶梅的作者〉，徐夢湘作，刊於一九五五年四月十七日《光明日報》《文學遺產》。

六、〈金瓶梅演義考〉，錢靜方作，《小說叢考》一〇一至一〇二頁，一九五七年五月上海古典文學出版社出版。

七、〈金瓶梅雜話〉，阿英作，《小說閒談》二九至三三頁，一九六〇年二月上海中華書局版。

八、〈略論金瓶梅中的人物形象及其藝術成就〉，任訪秋作，刊於《開封師院學報》一九六二年二期。

九、〈金瓶梅創作時代考索〉，龍傳仕作，刊於《湖南師院學報》四期，一九六二年十二月。

十、〈為什麼要如此推崇金瓶梅？〉，張德順作，刊於《開封師院學報》二期，一九六四年十二月。

在這綿綿十餘年間，卻只有這十篇短什論及《金瓶梅》，而其中錢靜方與阿英，還是早期的研究作品，收入文集者。這之後，便進入了文化浩劫，「文化大革命」的風暴起了。一直沉寂了十餘年，到了一九七九年，《金瓶梅》的研究論文，方再出現，短短不到十年間，卻已風起雲湧，《金瓶梅》的研究論述，已成為一部繼《水滸傳》與《紅樓夢》之後，興起的顯學。

此一問題，留在本文後面再談。

在臺灣，較早論及《金瓶梅》一書的也有數人，要以魏子雲的研究，最為突出，自民國六十年（1971）始，至今業已寫出研究論文，長短數百篇，成書十一種，論字數幾達兩百萬言。已出版的著作，計有：

一、《金瓶梅探原》，民國六十八年（1979）四月，臺北巨流圖書公司出版。（228頁）

二、《金瓶梅詞話註釋》，民國七十年（1981）五月臺北增你智文

化公司出版，再由臺北學生書局重印發行。（977頁）

三、《金瓶梅編年紀事》，自印，民國七十年（1981）七月出版。（64頁）

四、《金瓶梅的問世與演變》，民國七十年（1981）八月，臺北時報公司出版。（292頁）

五、〈一月皇帝的悲劇〉，民國六十九年（1980）十一月十一日起在臺灣新聞報刊出連載二十五天。附錄在《金瓶梅的問世與演變》一書中。

六、《金瓶梅審探》，民國七十一年（1982）六月，臺北商務印書館印行。（238頁）

七、《金瓶梅劄記》，民國七十二年（1983）十二月，臺北巨流圖書公司出版。（552頁）

八、《金瓶梅原貌探索》，民國七十四年（1985）三月出版。（276頁）

九、〈潘金蓮——金瓶梅的娘兒們〉，民國七十四年（1985）十月，臺北皇冠出版社出版。（452頁）

十、《小說金瓶梅》，民國七十七年（1988）二月，臺北台灣學生書局出版。（446頁）

十一、《金瓶梅的幽隱探照》。民國七十七年（1988）十月，臺北台灣學生書局出版，十五萬言。

自有《金瓶梅》以來，抵今四百年，從事《金瓶梅》一書之研究，寫有若是多的著作者，無第二人可與倫儔。其發明創見，糾正前人誤說，尤為學界推崇。

在臺灣，論及《金瓶梅》之著作，尚有樂蘅軍作〈從水滸傳潘金蓮到金瓶梅風格的變異〉，刊於民國五十九年（1970）三月，七卷三期《純文學》。另有劍鳴作散論四篇，刊於《生力》雜誌，計為：〈龐春梅——金瓶梅第三女主角〉[8]、〈金瓶梅中的權貴之一——蔡京〉[9]、〈金瓶梅中的權貴之二——朱勔〉[10]、〈西門慶的財富及其他——金瓶梅是一部好書〉[11]、〈明末司法的黑幕重重——金瓶梅是一部好書〉[12]。他如潘壽康作〈張竹坡評金瓶梅〉[13]、羅振民作〈談金瓶梅〉[14]，但最值一提的是王孝廉作「金瓶梅研究」一文，刊於民國六十四年（1975）一月《中外文學》三卷八期。文長二萬餘言，是一篇頗有內容的研究。惜乎王氏此後便未再在該書上進行研究。如今翻閱，不禁深感憾然焉！

另外，還有東郭先生（劉維典）寫了一本《金瓶梅閒話》（約十萬言），頗有才情，卻也未再繼續。

除了大陸、臺灣兩地之本土性研究，亞洲地區之最著者，要算日本，然其成就，仍囿於版本一項，僅此一項，需要更正之處，已屢見矣！

日本方面談《金瓶梅》版本的學人有兩位，一是長澤規矩也，二是鳥居久靖，他如小野忍，也寫過《金瓶梅》的版本考證，然以鳥居久靖寫得最為認真而詳盡。不過，在今天看來，卻有不少處需要補充或更正了。

鳥居先生還寫了其他有關《金瓶梅》的研究，如《歇後語私釋》，業已成書於昭和四十七年（1972）九月，由東京光生堂出版。另外，鳥居還寫有〈京都大學藏《金瓶梅詞話》殘本述〉及〈金瓶梅作者試

8 民國六十年（1971）十二月。
9 民國六十一年（1972）三月。
10 民國六十一年（1972）四月。
11 民國六十一年（1972）六月。
12 民國六十一年（1972）十二月。
13 民國六十二年（1973）十二月，《話本與小說》。
14 民國六十四年（1975）十月，《古典小說研究》。

探〉等文。在日本方面，鳥居是一位對《金瓶梅》一書，著力最多的一位。他則感興之讀後，零篇而已。僅我所見所知者，也有十多篇。

如早期昭和十七年（1942）談到《金瓶梅》作者的山中鷹夫，談到《金瓶梅》飲食的桑山龍平（昭和三十年，1961）談到《金瓶梅》與「細雪」的尾板德司（昭和二十五年，1950），還有昭和三十八年（1963）齋藤喜代子寫的〈金瓶梅私感〉，以及稍後大內田三郎寫的《水滸傳》與《金瓶梅》（昭和四十八年，1973），清水茂寫的〈金瓶梅的人間性〉[15]。老學人澤田瑞穗於昭和三十年（1961）寫有〈金瓶梅所引之寶卷〉及《金瓶梅》研究資料與〈隨筆金瓶梅〉（計為短什九篇），均收集在《宋明清小說叢考》[16]。

比年來，如青年學人荒木猛，作有〈金瓶梅詞話登場人物表〉[17]、〈金瓶梅的風喻〉[18]、〈金瓶梅的素材研究〉[19]；還有〈新刻繡像批評金瓶梅的出版書肆〉[20]。其他尚有多人，憾無專志於此書者。雖有名古屋的池田義男，寫有研究《金瓶梅》數種，如〈金瓶梅詞話之飲食私釋稿〉、〈金瓶梅詞話之罵言私釋稿〉，惜所作多未能深入，僅是資料抄錄，未能引入注目，是以各處均未著之目錄。

但在日本，不惟《金瓶梅》之原刻本，存藏最多，譯文亦夥。計有：

一、《原本譯解金瓶梅》　村松操所譯　明治十五年十月至十七年五月（1822年10月至1884年5月）鬼屋誠出版共五冊，譯一至

15 今已集在《語りの文學》中，一九八八年二月出版。

16 一九八二年二月東京山本書店版。

17 《日本函館大學論究》第十七輯。

18 《日本函館大學論究》第十八輯。

19 《日本函館大學論究》第十九輯。

20 一九八三年六月《東方》雜誌。

九回。

二、《金瓶梅譯本》 井上紅梅譯 大正十二年（1923）上海日本堂書店出版。譯一至七十九回。（卷前〈附金瓶梅與支那的社會狀態〉一文。

三、《全譯金瓶梅》 夏金畏、山田政合譯 大正十四年（1925）光林堂出版。

四、《全譯本金瓶梅》 尾板德司譯 昭和二十三年九月至二十四年五月（1948年9月至1949年5月），共四冊，全譯一百回。東西出版社出版。

五、《金瓶梅》 小野忍、千田丸一譯 昭和二十六年三月（1951）日本三笠書房出版。節譯本。

六、本書譯者又於昭和四十二年（1967）至四十四年（1969）全部譯出，分上、中、下三冊，交東京平凡社列入《中國古典文學大系》第三十三、三十四、三十五三冊出版，卷前附〈主要人物一覽表〉及卷後附小野忍之〈金瓶梅解說〉一文。幾成日文譯本之定本。

七、其他尚有岡田閒喬的百回抄本，藏京都大學圖書館及早稻田大學圖書館，還有瀧澤馬琴放文政天保間譯出的《新編金瓶梅》以及講談社刊行之岡本隆三譯本。東京人物往來社出版之上田學而譯本。

八、另東京大安株式會社於一九六三年八月影印日光山輪王寺慈眼堂藏之《金瓶梅詞話》。

至於韓國方面，早期僅有金龍濟根據張竹坡評本《第一奇書》之百回本，全文譯出。回目亦按張竹坡的簡化標題冠目，分作五卷，第一卷一至十九回（由結義兄弟至女子變心），第二卷二十至四十三回（由悖倫至約婚），第三卷四十四回至六十四回（由花燈至佳人），第四卷六十五回至七十八回（由貪花至死哀），第五卷八十回至一百回（由賣色到幻生）。近人有李相翊在中韓艷情小說比較論中提寫了一章，其他尚未見到。可能由於韓國社會風氣淳樸保守，尚未見有人從事《金瓶梅》一書之研究。像臺灣一樣，僅我一人而已。他如泰國、菲律賓、越南等地，則連《金瓶梅》一書的傳聞消息也無有呢！

香港方面，曾任教於中文大學的孫述宇，寫有一本《金瓶梅的藝術》，然已久久不彈此調。且於兩年前來臺灣，現任教於國立中山大學。但有位梅節先生，原治《紅樓夢》，近數年間，從事《金瓶梅》一書的校勘研究，近已出版全校本《金瓶梅》四冊。他認真而細心的把十卷本《新刻金瓶梅詞話》與廿卷本《新刻繡像批評金瓶梅》並參考了其他版本，耗去三年時間，完成了一部全校定本，不惟改正了該書刻本中的錯簡、脫漏以及文句不通等等，兼且發現了十卷本與廿卷本乃源自兩種不同的底本。為金書的研究者，提出了一個新的創見，功莫大焉！今後，梅節先生可能會在《金瓶梅》一書方面，挖出更多寶藏來的。

不過，如以今天亞洲研究《金瓶梅》一書的現況來說，最熱鬧的地方，還是中國大陸。前面已經說了，它是繼《水滸傳》、《紅樓夢》之後，又被學界鬨起的一部顯學。短短五年以來，起而從事此書的研究，難以百數計，發表的論述，不下千篇計。光是專集，已出版不下二十種矣！

光是提供研究《金瓶梅》一書的「資料滙（彙）編」，就已經出版四種了

一、侯忠義、王汝梅合編　一九八六年九月北京大學出版

二、朱一玄編　一九八六年九月南開大學出版

三、方銘編　一九八六年九月黃山書社出版

四、黃霖編　一九八七年三月中華書局出版

出版的專書，光是我所見及者，計有：

一、《金瓶梅考證》　朱星　一九八〇年十月百花文藝出版社

二、《金瓶梅新證》　張遠芬　一九八四年一月齊魯書社

三、《論金瓶梅》吳晗等　一九八四年十二月文化藝術出版社

四、《金瓶梅》考證與研究　蔡國樑　一九八四年七月陝西人民出版社

五、《金瓶梅研究》　復旦大學編　一九八四年十二月復旦大學出版社

六、《臺港金瓶梅研究論文集》　石昌渝、尹恭弘編　一九八六年一月江蘇古籍出版社

七、《金瓶梅成書與版本研究》　劉輝　一九八六年六月遼寧人民出版社

八、《金瓶梅書錄》　胡文彬編　一九八六年十月遼寧人民出版社

九、《金瓶梅評注》　蔡國樑選　一九八六年八月漓江出版社

十、《金瓶梅論集》　徐朔方、劉輝編　一九八六年十一月人民文學出版社

十一、《金瓶梅夜話》　黃霖　一九八六年十二月學林出版社

十二、《金瓶梅的世界》　胡文彬編　一九八七年二月北方文藝出版社

十三、《金瓶梅西方論文集》　徐朔方編　一九八七年十月人民文學出版社

十四、《金瓶梅論稿》　鄭慶山著　一九八七年十一月遼寧人民出版社

儘管，大陸上的研究者，幾乎都是想到那裏就寫到那裏，極少有人去考量他想到的那個問題，能否立說？有無立說的基礎？（一如有無建築房屋的基地？）只是想到了，趕快寫出來就是。然而終究是

人眾眼多，確也提供了不少史料，嘉惠《金瓶梅》的研究，委實功勞極大。說起來，中國大陸上的《金瓶梅》研究，應是最值得我們去注意的一個地方。

為了研究，他們已召開過兩次《金瓶梅》學術討論會，明年六月，又要召開國際討論會了。

民國七十七年（1988）七月為中韓作家會議寫

附：韓國李相翊教授函告韓國譯介《金瓶梅》目錄

1.《完譯金瓶梅》 金龍濟 正音社 一九六二
2.《金瓶梅》 金영성乙酉文化社 一九六二
3.《金瓶梅》（中國古典選集） 趙誠出 三省出版社 一九七一
4.《金瓶梅》 司空英 충청文化社 一九七八
5.《金瓶梅》（中國古典文學全集）金龍濟 正音社 一九八一
6.《金瓶梅》 李炳注 신원文化社 一九八二
7.《金瓶梅》 印明冠 신원文化社 一九八二
8.《金瓶梅》 李周洪 語文閣 一九八四

第三輯

人物芻論

西門慶的人生與他的那個社會[編按1]

一

在《水滸傳》中，西門慶是山東省東平府陽穀縣人，到了《金瓶梅》，陽穀便改稱了清河了。如依據地理圖說，清河屬於河北大名，並非山東東平所轄，然而，我們既是彙述《金瓶梅》的人物列傳，自應以小說家言為準，應把他寫為：「西門慶，山東省東平府清河縣人也。」

西門慶既是《水滸》中人物，當然他是宋朝人。生於宋朝何年？《水滸》並無記載。但在《金瓶梅》中，卻能尋出在政和三年他是二十八歲的記述，屬虎。那麼，他應生於元祐元年丙寅。可是西門慶自己，卻往往說他是生於戊寅年，或由於這位胸無點墨的人，弄不清干支，要不然就是寫《金瓶梅傳》的作者有誤。這些，都不宜深究，蓋出自小說家筆下的人物，都很難以正史之筆，去為他們立傳的，西門慶也不例外。所以，我們只能從小說中的史乘，去列述他的行狀了。

根據王婆的介紹，說他「原是清河縣一個破落戶財主，就縣門前開著生藥舖。從小兒也是個好浮浪的子弟，使得些好拳棒，又會賭博，雙陸象棋，抹牌道字，無不通曉。近來發跡有錢，專在縣裏管些公事，與人把攬說事過錢，交通官吏。因此滿縣人都懼怕他。」另一位專在大戶人家走腿說事的薛嫂，向孟玉樓的姑媽誇說：「如今（與）知府知縣相公來往，好不四海，結識人寬廣。」從王婆與薛嫂的這些

編按1　原載於《出版與研究》第29期（1978年9月），頁20-25。

說詞，雖難免帶些個誇張，但一經事後印證，則又全係事實。他家的那家生藥舖，是祖上傳下來的，王婆說他家是「破落戶財主」，想是在他童年時期，他家的那家生藥舖的生意，已經破落了。如今，卻居然在他這位好拳棒，會賭博的浮浪子弟手上發了跡；怎樣發跡的呢？第一，他會賭博，自會在詐賭上騙錢；第二，與人把攬說事，交通官吏，等於今天的所謂「司法黃牛」，收入自是沒有定譜的了。又能拳打棒擊，吃喝玩樂更樣樣在行。這麼一位能代民家向官府衙門打通關節的人物，自然攀結得上知府知縣相公，遂使滿縣的人都懼怕他。

王婆說他「近來發跡有錢」，其來源不外上述二端。後來，他又先後獲得了孟玉樓、李瓶兒兩個女人家以及陳經濟家的財產，遂越發的使他的家業興隆起來。俗說：「錢能通神」，何況乎人間？所以，他便憑恃著這一分儻來的財富，夤緣上京城的太師府。由於他在蔡太師的壽誕之日，送禮送得得當，獲得了太師爺的歡心，居然列入了蔡太師的義子之一。這樣一來，西門慶不僅有了財富，兼且有了權勢憑依了。再加上一個在地方上負責保安緝盜之職的提刑副千戶（後升為千戶）官銜，在僻壤的小小清河縣城來說，自然算得上是一位「顯赫」人物。本來，他就擁有一夥圍著他吃喝玩樂的結義弟兄，在地方上為非作歹，今一旦有了官得了勢，遂頓把交遊提升到官場之上。送往迎來的，有狀元、御史、巡按、中官，以及外放的大吏，也會繞道清河，消磨個一天半晚，不惟有吃有喝，還有女樂怡情，甚而陪宿，臨走還奉上一分盤纏。試想，這樣的一個人物，凡所經營的各種商業，自無往而不利矣！

二

在《金瓶梅》的故事發展過程中，西門慶儻來的這三家的財富，都是大財產。

照薛嫂的說法，孟玉樓手裏的那分好錢，有南京拔步床兩張，四季衣服，粧花袍兒，插不下手去，也有四五隻箱子。珠子箍兒，胡珠環子，金寶石頭面，金鐲銀釧，都不消說，手裏的現銀子，也有上千兩，好三梭布，也有三二百筩。他這門楊家本就是作販賣布匹生意的。還有一座到底五層通達後街的房子，也值得七八百兩銀子，門口的兩座布架子，都是化大錢造的。雖然房子沒有帶到西門家去，可是裝奩箱籠以及現有金銀珠寶等物，卻全是西門家的了。書裏這樣寫著，當楊姑娘與張四舅二人在攘打吵鬧中，便率領了西門慶家的小廝伴當，並發來的眾軍牢役，趕在人鬧裏，七手八腳，將婦人床帳，裝奩箱籠，搬的搬，檯的檯，一陣風都搬去了。

陳經濟家的這份財產，是為了逃避楊提督受參劾的牽累親黨，遂趕著把家中的值錢物件以及細軟財貨，整理出一些箱箱籠籠，漏夜兼程交兒子媳婦運到西門這位親家來。同時，還著令兒子送上五百兩銀子，交與西門慶作為打點官府脫罪的花用。陳家的這分箱籠，便從此搬入了西門的上房，不再屬於陳家了。等到後來，陳經濟因私戀金蓮事洩，受到月娘責罵，夫妻反目，西門大姐奚落陳經濟在他娘家雌飯吃，陳經濟還反嘴相譏地說：「你家收著我銀子，我雌你家飯吃？」甚而要告官上本，說西門家現在還收藏著他們陳家運送來的許多金銀箱籠，那都是楊戩家應沒官的財物，只要到萬壽門進上一本，就可以把西門家發跡後的這幾間作孽的房子抄沒。這都說明了陳家的這分財產，自從進了西門家大門之後，便不曾還給陳家，自難怪陳經濟會這樣發狠的說。

西門慶娶李瓶兒獲得的這份財產，應是這三家中最大的一筆。在花子虛還活在世上的日子，西門慶便與他那結拜兄弟的花二嫂李瓶兒勾搭上了。這李瓶兒私己掌管的財富，不下數萬兩之鉅，都是花太監在世的時候，私下裏交與李瓶兒個人暗中收藏的。李瓶兒光是為了拜託西門慶替花子虛的案子打通關節，一出手便開箱子搬出了六十錠大元寶，共計三千兩，要西門慶收去尋人情上下使用。同時，還把他牀後邊放著的四口描金箱櫃，蟒衣玉帶，帽頂縧環，提繫條脫，值錢珍寶、玩好之物，都交給了西門慶家保管。西門慶為了怕街房鄰居知道惹眼，便每天夜晚從牆上輸運過來。李瓶兒尚未檯過門，竟連花家的那座毗鄰西門家的庭院，也與西門家通成一體了。擇日興土，前面蓋起山子捲棚，展開一個大花園；後面蓋上三間翫花樓與李瓶兒在花家原住的三間樓，連做一條邊。於是，清河縣的西門家，是更加排場起來，這對西門慶有了千戶之職的官場往還，越發有了幫助。這幾筆連吃帶騙來的分外財富，對於西門慶在商場上的展圖，自也越發的興旺了。

三

在西門慶沒有得到這三家財富之前，只開著一家生藥舖，只有一處房子。有了這三家財富之後，除了把花家的那座庭院，併了來合而為一，蓋了捲棚花園以及翫花樓，又買了趙寡婦家一處田莊，與自家的墳園合而為一，在裏面蓋三問捲棚，三間廳房，疊山子花園，松牆，槐樹棚，井亭，射箭廳，打球場等玩耍的去處。另外，在生意上，又增加了一家綢緞鋪，一家絨線鋪，還兼營走私逃稅的勾當。

本來，他還只是靠著交通官吏與人把攬說事過錢，譬如山東滄州鹽客王霽雲等十二名，業已犯案押在監中，西門慶便派來保上京送禮給蔡太師，向太師爺為之說事，太師爺收了禮，便吩附手下人等不日寫書，馬上差人下與山東巡撫侯爺，著他把那十二名鹽客，全部釋放。這一條紀錄，就是西門慶與人把攬說事交通官吏的事實。由此，亦足可想知他的神通之大，連當朝的太師與提督，都能關節得到。說來說去一句話，只要有錢。

他之所以派心腹家人上京，為了十二名鹽商的下獄而上乞太師說項，一是為了貪賄這鹽商的二千兩銀子。其他，又何嘗不是他本人也有牽涉呢？營私逃稅，本就是西門慶這種人物能夠混跡於官商之間的唯一營生。他的存在，他的發跡，他的無往而不利，他的紕漏之永不被拆穿而公諸社會，使法律給他個應得的罪刑，都由於那個官商勾結的社會保障了他，而且滋養了他。只有使他的財富與聲望，在社會上越滾越大，誰也打不倒他。

他走私逃稅的手段，是利用人事到處通關節，派韓道國等人到杭州去辦貨，靠一封給錢老爹的信，他買辦的十車貨物，在運出杭州的時候，就少使了許多稅銀。逃稅的方法是兩箱併為一箱，三停只報了兩停。而且，把值錢的綢緞，都當作茶葉或馬牙香上稅。本金一萬兩的貨物，只納了三十兩五錢鈔銀。錢老爹接了報單，也沒有派人攔住車來檢查，就把車喝過來了。到了臨清，已是他們山東地界，更是自己的勢力範圍，各府各衙，早在自己打點之下，越發的四通而八達，關關卡卡，悉無阻礙。

韓道國在杭州買辦的這一萬兩銀子的貨物，發賣了可增十倍之利。十倍之利，就是十萬兩財富。在那個時代的十萬兩銀子可不是小數目。「決增十倍之利」，雖是應伯爵的誇耀詞，就是賺上個一倍兩倍，也是個可觀的數目了。試想，西門慶在商場上的走私與逃稅，動輒是萬兩數萬兩的手筆，用此等手法賺來的金錢，轉用於官場上的關節，縱無明規，也必有暗盤。我們看西門慶在官場上處理事務的程序，無論是為己為人，他都是從下到上，一層層，一級級，一路路，全是請出銀子來為他夷路，為他辦妥一切希望辦妥的事。

正由於「有錢能使鬼推磨」，所以西門慶在行為上雖然遇到了風險，掀起過他生活上的驚濤駭浪，結果，無不是把錢化到了，便風平而浪息。

四

使用金錢打通各處關節，來達成一己所乞求的目的，是西門慶慣用的手段。譬如西門慶簾下遇金蓮，要是沒有王婆貪賄，這一段風情事，縱會發生，也牽扯不出如此多的情節來。武大被毒死了，為了掩飾禍根，不得不在驗屍的仵作團頭何九身上，先通關節。當面送上銀子，要他在歛武大的屍身時，凡百事周全，一床錦被遮蓋則個。是以何九在裝殮武大時，雖然看到武大的指甲青、唇口紫、面皮黃、眼睛突出，知是中毒。看到屍體異樣的大家，也看出了臉紫了，口唇上有牙痕，口中出血，認為情況蹊蹺，何九則以「兩日天氣十分炎熱，如何不走動些。」遂一面七手八腳葫蘆提殮了。如果沒有這一關節的先行打通，何九怎會為他遮掩？

武二發配孟州道，也是西門慶的金錢關節，以及人事上的壓力。差心腹家人來旺兒餽贈了李知縣一副金銀酒器，五十兩雪花銀。上下吏典也使了許多錢。雖然東平府的府尹陳文昭是個清廉的官，打算拴提西門慶、潘金蓮等人到案，平反了武松的罪名，卻又接到了楊提督的一封密書貼兒，著令免提西門慶等人。這位原是大理寺正，又是蔡太師門生的東平府尹，不得不改變初衷，不敢再深追本案，只在人情法理兩盡之下，把武松免死，判了個脊杖四十，刺配二千里充軍。

薛嫂兒說娶孟玉樓，也是先向孟玉樓的丈夫姑媽送禮，見了面，一經交談，聽說這老太太要個棺材本，西門慶笑道：「你老人家既開口，休說一個棺材本，就是十個棺材本，小人也來得起。」說著向靴桶裏取出來六錠三十兩雪花官銀，放在面前。說道：「這個不當什麼，先與你老人家買盞茶吃，到明日娶過門時，還找七十兩銀子，兩疋緞子，與你老人家為送終之資。其四時八節，只照頭上門走。」買通了這個當得家的姑娘，那個阻礙不了的娘舅，可就不管他了。倘使沒有先買通孟玉樓婆家的這位當家的姑媽，就是孟玉樓自己心甘情願的要嫁西門家，也頂多檯走一個光人，那多的箱籠細軟，必定是擡不走的。如有這一內（姑媽）一外（四舅）的兩股阻力干擾，孟玉樓手下的那份財產，可就嫁不過去了。話再說回來，西門慶何不也向張四舅送上一份關節大禮呢？這正說明了西門慶這個人的化錢原則。俗說：「花錢要花在刀口上」，這就是西門慶花錢的手段。不必花費的地方，他是一毛也不肯拔的。

楊提督被參，連親黨陳洪、西門慶也受到了牽連。科道官參劾他們這般親黨，「皆鷹犬之徒，狐假虎威之輩，揆置本官，倚勢害人，貪殘無比，積弊如山，小民蹙額，市肆為之驟然。乞飭下法司，將一干人犯，或投之荒裔，以禦魑魅，或置典刑，以正國法，不可一日使之留於世也。」西門慶自然慌了，連訂妥了的納娶李瓶兒的日期，都不顧了，遂趕忙派遣來保、來旺，上京化錢打點。送了蔡學士白米五百石，李尚書金銀五百兩，還有各府衙中的門官管家等，遂把參本中的西門慶名字，改成了「賈慶」，才算是沒有事了。五百石白米在蔡學士處，買得了一條去李尚書家的門路，才有機會再化上五百兩金銀，在李尚書筆下買換了一個名字。後來，蔡太師的生日，西門慶送去的這一份壽禮，可是準備的更加用心了。

先是叫銀匠在家，打造了一付四陽捧壽銀人，都是高一尺有餘，甚是奇巧。又是兩把金壽字壺，兩付玉桃杯，兩套杭州織造大紅五彩羅緞紵絲蟒衣。還少兩疋玄色焦和大紅紗蟒衣，一地裏拿銀子尋，也尋不到。李瓶兒的前夫花子虛，是太監的侄兒，他帶來的箱籠，還存有這類蟒衣材料，隨攜同西門慶上樓去尋，竟揀出了四件來，兩件大紅紗兩件玄色焦布，俱是金織邊五彩蟒衣，比杭州織來的，花樣更強十倍。是如此用心搜尋來的壽禮，怎能不有所收穫呢！所以，當蔡京收到了這分壽禮，問明那送禮的西門慶還是一介鄉民，便馬上簽押了一道空名，給西門慶在山東提刑所安置了一個理刑副千戶的職銜。連運送壽禮去的管家吳典恩，也劄付了一個清河縣的驛丞。來保也補上了鄆城縣的一名校尉。這都是西門慶善用金錢所得到的「和」。

五

像西門慶這種人，並不是個個官吏都與他勾結。也有科道官參劾過他。先是兵科給事中宇文虛中參劾王尚書楊提督的本章上，列名的親黨惡人就有西門慶的名字，派了來旺等人上京，化了不少一筆銀子，才把名字買除。前面我們已經說到了。這時的西門慶還只是一個青衣小帽的平民，不過是楊提督親戚連親戚的一個親黨之一，等到他作了官，交通官吏與民把攬說事的劣跡，是更其肆無忌憚。居然膽敢受贓枉法了一件謀財害命的案子，受賄銀兩二千兩，現銀不夠，湊上貨物。這樣以來，便把主犯苗青的罪名開脫，只把兩個船夫判成強盜刼船殺人罪，便結了案了。雖然苦主苗員外的家人安童，向巡按御史攔轎告了一狀，這位清廉正氣的新科進士，也查明了西門慶的貪贓實證，參本罷黜，以正法紀。本章上寫明「理刑副千戶西門慶，本係市井混徒，夤緣陞職，濫冒武功。菽麥不知，一丁不識。縱妻妾喜遊街巷，而幃薄為之不清；攜樂婦而酣飲市樓，官箴為之有玷。至於包養韓氏之婦，恣其歡淫，而行檢不修；受苗青夜賂之金，曲為掩飾而贓跡顯著。」然而西門慶有一套「兵來將擋，水來土掩」，以及「事到其間，道在人為」的人生哲學，於是，打點禮物，差人上京。差人倒了京城，參本還沒有到呢！可是這本章上的全部文字，卻早就抄到西門慶手上了。而且，被參官員派去京城打點的家人，也在參本之前到京。一位太師的管家，都會用這樣的口氣關照來人說：「此事不打緊，交你爹放心。現今巡按也滿了，另點新巡按下來了。況他的參本還未到，等他本上時，我對老爺說，隨他本上參的怎麼重，只批了該部知道。老爺這裏，再拿帖兒吩咐兵部余尚書，只把他的本立了案，不覆上去，隨他有撥天關本事，也無妨。」後來，果然巡按換了，罪犯苗青雖在曾巡按的提牌中押提到案，新巡按便當作案外事，只把兩個船家處決，苗青放回去了。這就是當時的「人事如此如此」，也正是西門慶這種人的何以能夠逍遙法外的道理。最妙的是，他這次派來保上京打點，雖然化了不少錢，但卻在抄回的蔡太師奏行七件事的邸報上，獲得了以三萬糧倉鈔支種三萬鹽引的利潤。把花費出去的收回，還大有餘裕呢！試想，曾御史的這麼一道參劾本章，都不能有所動搖這麼一個理刑副千戶，自可想知西門慶在當時社會上，具有怎樣的基礎啊！

六

凡是能道出西門慶其名的人，無論識與不識，必都知他具有擅於駕馭女人的本領，以及隨處都能獲得女人歡心的男性魅力。儘管他不識之無，外貌卻一表人才。穿著又是華貴入時，再加上手中有錢有閒，成日價在脂粉群裏廝混，對於女人遂有著深刻的了解。他家中蓄有六房妻妾，還兼私著婢女僕婦，另外，更有妓院中的相好，寡居中的大家命婦，無不一經所私，便至死靡之。這些，固有賴於他生理上的那份天稟，自也有獲於他那久經滄海磨練成的慣技。但是，凡是與他有過肌膚之親的女人，連吳月娘都算上，對西門慶都懷有七分懼怕，誰也不敢批其逆鱗，在家庭中，他簡直如同皇帝一般。在妓院中，更是一位名副其實的惡霸，如有一絲違拗之處，小則搗，大則抓，那個妓女不視之如煞神一般的畏懼。

有人說，西門慶在他六房妻妾中，付與真摯愛情的，只有一個李瓶兒。實則，西門慶對任何一位肌膚過的女人，都沒有付與過真摯的愛情。李瓶兒死時，西門慶確是哭得非常傷心。在他傷心著痛哭李瓶兒的時際，也確是發洩的真情。然而那只能看作是西門慶這個人的人性的真情表露，卻不屬於愛情的表現。一個人的愛情表現，是恆常的遷就與犧牲。請大家仔細想想，西門慶的一生，他何嘗遷就過誰來？至於「犧牲」二字，卻不是西門慶品性中可以尋得出的字眼。人性的真情表露，只是電光似的偶然一閃。所以西門慶給與李瓶兒的那份傷心之哭，委實算不得是愛情的表現。當李瓶兒招贅蔣竹山的時節，他是怎樣對付李瓶兒呢？當李瓶兒擡進了門，他是怎樣對付李瓶兒的？剝了衣裳，拿起馬鞭子來，向粉白嫩肉上狠狠地抽去。李瓶兒卻比潘金蓮還要先發利市。男人的「愛情」是如此給與女人的嗎？

西門慶哭李瓶兒之所以哭得那麼傷心，傷心得真情流露，認真看來，乃出於感激的血忱。他想到李瓶兒嫁到他家來，把花家最少也在萬兩以上的財產，帶來了他家，任由西門家人取用，從未說個不字，就是挨馬鞭子的時候，也不曾嗨出一句怨言。過門之後的兩年來，對西門家人的上上下下，無不委曲遷就，吃了暗虧，也不明說。這就是西門慶對李瓶兒有所感激而真情流洩的心理因素。實際上，他是心痛錢啊！玳安已經說了。

老實說，西門慶降服女人的法寶，並不是真情的溫柔體貼，只是情慾上的特殊優越而已。這些，我不便在此舉例說了。另一方面，如果私己的女人，對他有所違拗，或品節有虧，那怕是妓女另接他客，他都要以武力對付。說來，西門慶降服女人的法寶，只不過這兩件而已。

雖說，西門慶在發洩情慾的時候，不是親親達達的膩膩的喊在舌尖上嗎？那只是情慾的發洩，絕無愛情的成分。縱有時對吳月娘有所曲從俯就，那是他為了要維護她身為大娘子的主婦尊嚴。這一點才是西門慶善於治家的長才表現。其實，吳月娘也是相當懼怕他的。李瓶兒過門的那天，轎子已落在大門口半日，沒個人出去迎接。孟月樓走到上房，對月娘說：「姐姐，妳是家主，如今他已是在門首，妳不去迎接迎接兒，惹的他爹不怪！他爺在捲棚內坐著，轎子在門首這一日了。沒個人出去，怎麼好進來的？」這吳月娘欲待出去接她，心中惱的嚥不下氣。欲待不出去，又怕西門慶性子，不是好的。沈吟了一回，於是輕移蓮步，欵蹙湘裙，出來迎接。我們據此推想一下，要是月娘惱著不去接呢？說不定西門慶的性子發作起來，吳月娘也躲不了要挨揍罷！所以月娘雖然生氣，也不敢不出去接。

七

動輒以流氓的手段來欺壓善良，使對方屈服、閃避、撤退、求饒，這就是西門慶一生行為的規範。是以連自己的妻妾僕婢，也不例外。

他欺壓善良的手段，極為惡毒。像草裏蛇邏打蔣竹山的那一設計，不是很惡毒嗎。這兩個搗子草裏蛇與過街鼠，聽了西門慶的吩咐，收了幾兩銀子，便硬說蔣竹山欠他們三十兩銀子，找上門去鬧事。鬧出了事，固有官府了斷，可是官府都是西門慶買通了的，借錢的圈套是事先作好了的。本是受害的人，反而變成個賴債的。居然在官府中，除了判他還債，又多挨了幾十板子官刑，打得皮開肉爛，招贅的老婆也不要他了。不僅此也，西門慶還要把這次使出的手段，明告給李瓶兒，還說：「若稍用機關，也要連你掛了到官，弄到一個田地。」可見當時西門慶的這一流氓勢力，是如何的橫行霸道了。

更惡毒的一次，是對付來旺與宋惠蓮夫婦倆。

來旺本是西門慶的心腹家人。跑京城太師府的這條路，都是來旺。在暗地裏，還淫亂著來旺的媳婦。雖說，當來旺知道了自己的老婆被主子佔了，幾杯老酒下肚，發了幾句牢騷，說了幾句大話，大不了把他們夫婦趕出府去，或給點本錢，要他們去自作營生。可是西門慶則是作成圈套，拿來旺當賊辦。送了一百石白米的賄，給夏提刑賀千戶，任憑來旺兒如何辯白，西門慶這裏是人證物證俱全，遂照狀子上的告訴，把來旺問成了「先因領銀做買賣，見財起意，抵換銀兩，恐家主查算，夤夜持刀突入後廳，謀殺家主等情。」物證有調包的假銀子，人證有來興的口實。真是，那來旺有口也說不得了，有冤也喊不出了。於是夾棍夾，大棍打，最後是遞回徐州。宋惠蓮知道受騙，懸樑自盡。送了知縣三十兩銀子，又給宋惠蓮按上個罪名，把案結了。宋惠蓮的老子宋仁攔棺叫冤，反被抓去問了個打網詐財，倚屍圖賴的罪名，當庭又是夾棍大板。

得了官之後的西門慶，對付那些於己有損的人物，不必化錢買小流氓去設作圈套來對付，他可以用他理刑副千戶的職權，派差役逕行抓入他的理刑衙門，隨便給他們加上個罪名，要輕辦要重辦，也全由西門慶的一時好惡作法落的準則了。譬如韓道國的老二韓二搗子，本是韓道國妻子王六兒的零用漢子，攀上了西門慶之後，便與二搗子疏遠了。二搗子雖仍不時想來插上一手，王六兒卻不理他了。於是，西門慶知道了，雖然當天被二搗子溜掉了，他第二天早晨，到衙理事，便差了兩個緝捕，把二搗子拿到提刑院，當作了掏摸的土賊辦理，不由分說，一夾二十，打得順腿流血，睡了一個月，險不把命送了。往後嚇了影，再不敢上婦人門。何況，得了官之後的西門慶，家中往還的客人，都是高官顯宦，富商大賈。不要說平民怕他，光棍巴結他，就是派在地方上的太監，也不敢惹他。應伯爵勸他要留心徐內相吃他的本錢。西門慶說：「我不怕他。我不當什麼徐內相李內相，好不好，我把他小廝提留在監裏坐著，不怕他不與我銀子。」真可以說是既有錢又有勢，他簡直是清河這地界上的土皇帝了。

八

這樣一位年齡不過三十上下而又目不識丁的一介平民，且僻居於京城千里以外的鄙野清河，居然有本領上緣了當朝一品，下馭了群官眾庶，當然有他的卓越性分存焉。固由於我們前面所說的，他善於使用金錢，但也由於他的善於為人。我這裏說的他的善於為人，並不意味著他善於作好人，而是說他善於做一個最能隨同環境人事的需要而變化著性格的人。就拿他們十兄弟來說好了，這幾個人，無論是體內的智慧，體外的財富，都不能與西門慶比論，而且，這幾個人除了花子虛之外，全是吃他喝他用他有機會還要落他幾文的痞子。這些情形，西門慶怎能不知，可是他卻從來沒有對他們任何人表示過厭惡，無論任何時候，他們來了，也絕少拒之門外。他們約他去玩，也總能曲意附從。像那天佳人笑賞翫月樓，西門家的大小妻妾，接受了李瓶兒的邀請，去她家在獅子街新買的房子的臨街樓上觀燈。西門慶也是暗被邀約的客人之一，所以等到家中女婦走後，也帶回二位陪他在家吃酒的弟兄應伯爵與謝希大，同往燈市看燈。到了獅子街東口，西門慶因為月娘眾人，今日都在李瓶兒家樓上吃酒，恐怕他兩個看見，就不往西街去看大燈，只到買紗燈的跟前就回了。不想轉過彎來，撞遇孫寡嘴祝日念唱諾，這兩人約他去勾欄院找李桂姐，他本不想去，推說有事，答以明天再去罷。怎禁這夥人死拖活拽，還是一同去了勾欄院。這就是西門慶頗能隨和的一面。凡是想靠著他混口閒飯吃的人，混幾個零錢花的人，他都會一一打發。把兄弟們向他借錢，或代別人借錢，從中落上幾文，他都適可而大方的應付。如李三、黃四的借貸，給予常時節的周濟，以及道家的打醮，佛家的修寺，姑子的宣講印經，還有香火資的捐輸，他都能做到樂善好施的地步。就是作了官以後，把弟兄們與社會上的搗子們，更是圍繞著他，巴結著他，依賴著他。他也更加樂意於有這麼一般人吹捧著他，陪侍著他，所以，弟兄們全是他的幫閒，搗子光棍們全是他的爪牙。因而在地方上，西門慶的氣勢，是更加旺了。

不過，得了官後的西門慶，已不大去參加他們的金蘭會，應伯爵在西門慶身邊，益發貼得緊，幾乎是成天價跟著，對於他們的金蘭會，也不大管了。由年紀較大的孫天化主事，他既無能又無財，當然領導不起來，集會只到得三、四個人，出錢的人卻連一個也沒有。那次只靠吳道官破費（還是看著西門慶的面子），可以說這個十兄弟會，在西門得官後，已名存實亡。他認為穿彩衣戴大帽的人，已不便與那些穿青衣戴小帽的人過分熱絡。就拿那次白來搶適往西門府拜望把兄，不識相的仗著把兄弟的身分，直向裏闖，雖然見到了哥，可是西門慶一見到白來搶的那副窮酸打扮，就膩煩著他這樣的把兄弟，已是不配與他周旋了。所以坐下也不叫茶。偏偏的這白來搶又覺不出主人的冷暖，一個勁的沒話找話說，泥黏著不告辭。西門慶儘管不耐煩接待他，卻始終沒有在禮數上失態，最後，送到二門，還說了一句不能送出大門的理由：「你休怪我不送你！我戴著青衣小帽，不好出去得。」可以想知西門慶的成功，與他的這分擅於應付人，有著莫大的關鍵吧！

九

我們所能見到的西門慶的生活歷程，只不過五年或六年時間。當我們看到他買通王婆勾引潘金蓮的時候，年紀是二十八歲，死時三十三，連頭帶尾也只六年。可是，在他這五、六年的行徑中，被他直接、間接害死的人，有武大、蔣竹山、宋惠蓮、宋仁等，由於他接受請託人的賄賂，去為之交通官吏，因而獲得逍遙法外的人，不知凡幾。可以說是數也數不清。

我們從他的那分閃爍光暈所照射到的社會階層，以及各類人物，十之九都是黑烏烏髒兮兮的黯穢面貌。官吏，難得遇見一位清廉正直的，雖偶有所見，如承辦武松案子的陳文昭，參劾王尚書楊提督的給事中宇文虛中，參劾夏雲峰西門慶的曾孝序，等於傾潑於污水池中的清水一盆，結果，也只有被池中污水分化了去而已。雖使那被潑到污水的地處，也曾清淨了一剎那，波動了一剎那，但轉眼之間卻又黑穢穢平靜如常。污水池是海樣之大，一盆清水的傾入，自然發生不了作用了！

正由於那社會已失去了法理，失去了公平，上上下下只看重一樣物事——金銀，有了金銀才可以享受到高級的生活，像西門慶的那分豪勢奢靡，又怎能不是社會群眾所競相逐求羨慕的模範呢！試看西門慶過的是怎樣的一種奢靡生活？簡而言之的說，只是四個字：「吃喝玩樂」；其他，那便是「把攬說事，交通官吏」；有了官吏是頤指氣使，運行權勢於「順昌逆亡」之上。不是他職權所能處理得了的，也只要一紙書帖，附上銀子貨財，便沒有不能擺平的事。他的家居生活，雖還比不上帝王，卻也可以比比了。甚且比帝王的生活過得還要多采多姿，動輒把賣身的妓女，賣唱的歌女，喊到家裏享受，帝王就做不到。遇上節日辰誕，海鹽大戲的斑子，搭臺在庭院中演個通霄達旦，歌臺舞榭勾欄院，亞如他的別墅一樣。上提刑所理事，所理的十九都是他的私，而不是提刑所的公。我們光是從他有文字紀錄的部分，來縷述一下他的惡績，已是數十萬言，這才不過五、六年的紀錄，若是追溯一下他的一生，或再俯拾其軼，準是罄竹也難書。然而，他正是官宦要加以護衛的一位重要人物。要是社會上缺少了他這樣的人物，他們又向何處去取銀子呢？所以，不惟科道官參不倒他，還有人保薦他步步高陞哩！

在兵部的考察禁衛官員的本章上，對於西門慶的考語是：「貼刑副千戶西門慶，才幹有為，英偉素著。家稱殷實而在位不貪。國事克勤而臺工有績，翌神運而分毫不索，司法令而齊民素仰。宜加轉正，以掌刑名者也。」於是，西門慶升了正千戶了。要不是這小子過分的貪愛性事，希求在性事上，更加有所發揮以取樂，竟借重了胡僧的藥物，終於弄得性興不可以已而嗚呼哀哉！極可能他的武官之職，會高升到總兵之位而壽高耄耋。您以為是嗎？

西門慶已死，死去多年了。可是，西門慶的徒子徒孫，卻在世世代代的蠡斯衍慶，可見這類人物是多難清除啊！

潘金蓮的淫婦典型[編按1]

古來有淫行的婦女，光是正史有記載的，已不知凡幾。但自從潘金蓮這個女人出世以後，三百年以來，他已獨佔鰲頭。且不僅此也，他的姓名——潘金蓮三字，已成為淫婦的代名詞了。

說起來，潘金蓮並不是一位以美色誘人的女人，《水滸傳》，只說他「頗有些顏色」，《金瓶梅》也只是說他「自幼生得有些顏色」，雖然到了十九歲，已「出落得臉襯桃花，眉彎新月」，也只是少女的青春之美。縱然纏得一雙好小腳，來旺媳婦宋惠蓮的小腳比他還要小一號。不過，她從九歲起，就在王招宣府裏學過彈唱，品竹彈絲都能；琵琶尤其拿手。婦女們的描鸞刺繡，她在十五歲時就學會了。後來由王招宣府轉賣與張大戶，又繼續學了一陣子彈唱。等到她由張大戶家受大婆之妒，攆出府來，奉送給武大，潘金蓮在兩家大府第中學得的妓侍之藝，業已具備。何況，陪侍男人玩樂的雙陸象棋，她也無所不能。這些，都是潘金蓮優於同儕的長技。

正由於潘金蓮在高門府第學會了不少妓侍之藝，更薰陶了不少誘悅男人動心的風情器度，所以她雖不是什麼出色的美人，卻有著出類的風流情韻。當她嫁到西門家，吳月娘初次見到潘金蓮，就有這樣的感受。

這婦人年紀不過二十五、六，生得這樣標緻。但二眉似初春柳葉，常含著雨恨雲愁。臉如三月桃花，暗帶著風情月意。纖腰嬝娜，拘束的燕懶鶯慵。檀口輕盈，勾引得蜂狂蝶亂。玉貌妖嬈花解語，芳

編按1　原載於《臺灣新聞報》第12版（1978年8月24日）。

容窈窕玉生香。

吳月娘從頭看到腳，風流往下跑，從腳看到頭，風流往上流。論風流，如水晶盤內走明珠，語態度，似紅杏枝頭籠曉日。看了一回，口中不言，心內暗道：「小廝家來，只說武大怎樣一個老婆，不曾看見，今日果然生得標緻。怪不的俺那強人愛她。」

從吳月娘的眼光中，我們所見及的潘金蓮，也是氣質上的那分風流情致，不是膚肌、眉眼、面龐、身材上的美度。再加上本性的機變伶俐，出寵於儕輩，那是自然的了。但所不幸的是，西門慶在女色方面，是泛欲主義者，她所希望在西門慶身上得到的專寵，自難抵所望。再說，潘金蓮在性的企求上，也跟西門慶一樣，泛欲主義，且更有其甚。可以說只要是個男人，都是她需要時的需要對象。潘金蓮的這種淫婦性格，似乎比「人盡可夫」這個形容詞，還要超過些。

在他十五歲以前是招宣府時代，她是一個小歌伎，受了環境的污染，那時的潘金蓮，即已學會了描眉畫眼，傅粉施朱，做張做勢，喬模喬樣。歌伎，就是以聲色娛樂男人的這類職業婦女。可以說她自九歲賣入招宣府起，學的就是聲色之技；取悅男人已是她自小學習的職業。後來到了張大戶家作家伎，家伎是家主人的口邊肉，無論家主婆防備的多麼嚴密，管制得多麼厲害，也免不了為家主所收受。所以，從潘金蓮的早年生活環境所養成的一切習尚來看，她的言談舉止，都屬於娼妓這類人物的作為。她這種性格的女人，最適合生活在下等的妓院中，成天在生張熟李的折騰下，方能滿足她的淫欲。從她在西門家的那幾年行徑推想，就是王招宣不死，未被賣了出來，她也必難安於招宣府的歌伎群中。張大戶不也是因為有了潘金蓮而提早送了命嗎！

凡是女人，都有女人的尊嚴，那分尊嚴就是鴻溝乎男人的界線。當有了邪心眼的男人，試圖向女人有所浸潤的時候，如果突不破那女人為了防禦男人所設下的尊嚴之防，便只有退卻了。否則，便是行暴。王婆子的十大挨光之計，就是男人試圖突破女人這一道道尊嚴而達成邪惡目的的斥堠。可是王婆子的十大挨光之說，對於潘金蓮這個人，卻是光光都毫不阻礙的一挨就挨上。實際上，潘金蓮的淫蕩性格，已用不著男人去「挨」，往往都是她向男人「挨」過去。如與陳經濟、琴童、王潮，都是潘金蓮的主動。像勾搭武松時的那些行為，即已繪出了一個典型的淫婦形態了。她嫁了西門慶之後，在淫欲的需求上，真可以說是天作之對，地配之雙，然而潘金蓮還是不時走私於別人。在西門慶被胡僧的藥力，折磨得業已奄奄一息的時候，潘金蓮仍會興起，毫不體惜到丈夫已是個病人。若說這是一種無知，毋寧說是這淫婦的淫欲過分強烈，強烈得連禽獸都不如了。

在西門慶家的那幾年，由於西門慶家有妻妾六房，仍不時外宿妓院，有時候連家人僕婦以及小廝們，也是西門慶興來洩欲的對象。同時，西門慶在姬妾群中，又深具帝王的氣勢，稍有不如意者，輕者是拳打足踢，重者便是用馬鞭子抽。是以潘金蓮在西門慶家要想得到西門的專寵，可是談不到的了。

儘管，她明知得不到西門慶的專寵，但仍思多霑雨露，巴不得西門能夜夜在她房中安歇。只要她知道西門慶走向別人房裏去，她就滿心不自在。在六房姬妾當中，最使她妒忌的是李瓶兒。第一、李瓶兒嫁過來，為西門慶帶來一筆可觀的財富，有房地產、綢緞、珠寶，還有現金銀。第二、嫁來一年就為西門家生了兒子。第三、脾氣好，手中有錢又大方，深得人緣。其他呢！李瓶兒的皮膚比她生得白皙，也成了她妒恨條件之一。

雖說，西門慶住到任誰房中去，她都難過，卻惟有住到李瓶兒房中，更是使她妒火中燒。尤其在李瓶兒生下官哥之後，西門慶為了看顧孩子，難免在李氏房中歇宿，於是潘金蓮便「常懷嫉妒之心，每蓄不平之意。」有一天，她抓到了機會，把李瓶兒的孩子從奶子手上抱走，名義上是抱去尋他媽，抱到儀門首，便「一逕把那孩兒舉得高高的。」從此，「那孩子就有些睡夢驚哭，半夜發寒潮熱起來。奶也不吃，只是哭。」這孩子就這樣種下了病根。又一次，她們在山子後芭蕉樹下乘涼，孟玉樓在臥雪亭招呼李瓶兒，李瓶兒要潘金蓮為她看一下官哥，她去一下就來，結果，李瓶兒頭腳走，潘金蓮便後腳離開。奶子與迎兒也不在，只留下官哥一個睡在涼蓆上，遂被一隻大黑貓走來，坐在官哥的頭邊，又把孩子驚嚇住了。

在李瓶兒懷了孩子，還沒生養的日子裏，潘金蓮就閒話多多，照她算，李瓶兒應該八月裏養，偏在六月裏就生下來了。當李瓶兒要生的那天，接生婆已經到了，孟玉樓要偕同潘金蓮去看。潘金蓮竟沒有好臉色的說：「你要看你去，我是不看他。他是有孩子的姐姐，又有時運人，怎的不看他。頭裏我自不是，說了句話兒，見他不是這個月的孩子，只怕是八月裏的。教大姐白搶白相我。想起來，又沒來由，倒惱了我這半日。」玉樓道：「我也只說他是六月裏孩子。」金蓮道：「這回連你也韶刀了。我和你恁算他。從去年八月來，又不是黃花女兒，當年懷，入門養，一個後婚老婆，漢子不知見過了多少，若是八月裏孩兒，還有咱家些影兒，若是六月的，踩小板凳兒糊險道神，還差著一帽頭子哩。失迷了家鄉，那裏尋犢兒去。」

關於這件事，潘金蓮一直在背後數落到官哥死。在與喬大戶結親的那天，她還是這樣說：「我不說的，喬小矜子出來，還有喬老頭子的些氣兒，你家的迷失了家鄉，還不知是誰家的種兒哩。」實則，李瓶兒去年八月過門，今年六月二十三日生孩子，月日算來，不是恰好嗎！然而潘金蓮偏要這樣說。那麼，吳月娘也懷了孩子、他可沒得說了，但卻憒憒地罵：「一個是大老婆，一個是小老婆，明日兩個對養，十分養不出來，零碎出來也罷。」又說：「仰著合著，沒的狗咬尿泡虛歡喜。」這話果然被她咒著了，吳月娘的小產了，李瓶兒的兒子夭折了。後來，她自己在西門慶死後，跟陳經濟雖然懷上了一個，但卻不敢讓肚子大，喝了一碗紅花水，打下來了。她曾在背後憤懣西門慶說：「教他明日現報了我的眼。」這話委實不用得說出來，她「現報」於西門慶的事情已夠多了。

李瓶兒的孩子死了，潘金蓮每天精神抖擻，百般的稱快。還指著丫頭罵道：「賤淫婦，我只說你日頭常晌午，卻怎的今日也有了錯了的時節。你斑鳩跌了彈，也嘴嗒骨了。春凳折了靠輩兒，沒的倚了。王婆子賣了磨，推不的了。老鴇子死了粉頭，沒指望了。卻怎的也和我一般。」她與李瓶兒住隔壁，故意罵給李瓶兒聽。她不惟不去安慰人家，還故意地罵出這些不堪聽的話氣人家。其心術之惡劣，說來真是令人髮指。再說，那隻黑貓跑到官哥的頭邊去蹲伏下來，嚇了官哥，雖不是潘金蓮故意抱來的，然而潘金蓮養了那隻黑貓的用意，卻是蓄心想驚駭李瓶兒的孩子。盼著李瓶兒死了孩子失了寵，男人就會多到她屋裏來。孫雪娥向李瓶兒說：「誰不知她氣不憤你養這孩子，若果是害了他，當當來世教他一還一報，問她要命，不知你我也被他活埋了幾遭哩。只要漢子常守著她便好。到人屋裏睡一夜兒，他就氣生氣死。早時你們都知道，漢子等閒不到我後邊，到了一遭兒，你看背地亂都唧喳成一塊，對著他姐兒們說我長，道我短。那個紙色兒裏也看哩。俺們也不言語，每日洗著眼兒看著她。這個淫婦，到明日還不知怎樣死哩！」孫雪娥的這幾句話，可以說就是西門家婦女們對潘金蓮的看法。只有平常與潘金蓮一個鼻孔出氣的春梅是例外吧！

挑撥離間，也是潘金蓮的長技。有一段日子，吳月娘與西門慶不講話，就是潘金蓮挑撥成的。那天，西門慶聽說李瓶兒嫁了蔣竹山，一肚子氣回家。吳月娘、孟玉樓、潘金蓮、大姐四人在前廳天井內，月下跑馬索兒耍子。她們聽到西門慶進來，三人都趕快往後走了。獨有潘金蓮不去，且扶著庭柱兜鞋。生了悶氣喝了悶酒的西門慶，無名火沒處發，遂把潘金蓮罵了一頓，又踢了兩脚。事後，潘金蓮向吳月娘訴苦，發牢騷說：「這一家子只我好欺負的，一般三個人在這裏，只踢我一個。那個偏受用著甚麼也怎的。」月娘惱了，說道：「你頭裏何不叫他連我也踢，不是你沒偏受用誰添受用您的，賊不識高低貨。我倒不言語，你只顧嘴頭子嗶哩礴喇的。」潘金蓮一看吳月娘惱了，雖然當時沒敢回嘴，而她卻抓住機會在西門慶面前，提到了這件事，說上房的人怎樣罵她是不識高低的貨。又向西門慶說了些順氣的話，因而西門慶便安慰她說：「你由她，教那不賢良的淫婦說去。到明日休想我這裏理她。」不想這話傳到月娘耳裏，便生氣不理她男人。後來，雖經孟玉樓從中規勸，也沒有和好。還是西門慶見到月娘在雪夜裏燒香還願，才自動去死皮賴臉的賠不是和好的。當西門慶、吳月娘和好的那夜，潘金蓮卻也在背後狠狠奚落了吳月娘一頓。說：「俺們那等勸她，她說一百年，二百年，又和怎的？平白浪費著自家又好了。又沒有人勸她。」又說：「早時與人家做大老婆，還不知怎樣久慣鬼牢成。一個燒夜香，只該默默禱祝，誰家一徑倡揚，使漢子知道，有這個理來？又沒有勸，自家暗裏又和漢子好了。硬到底才好。乾淨假撇清。」總之，潘金蓮的嘴頭子，比其他任何一個女人都會翻滾。不僅此也，她也常常無中生有。有一次，她看到西門慶到李瓶兒房裏去了，惱了一夜沒睡，第二天，就跑到月娘房裏，編造了一個謊話，說李瓶兒背地裏批評吳月娘是「虎婆勢，喬作衙。」等月娘火起要去質問，他就趕快把話頭一轉，加以阻止住了。

潘金蓮最成功的一次挑撥，便是對來旺夫婦；雖說，來旺的被揑造罪名，遣送徐州，以及宋惠蓮的自縊，還夾雜著另些因素。但形成了來旺夫婦一死一遣的結果，則是潘金蓮的心術與嘴頭子的功勞。本來，宋惠蓮吊了一次，被發現救下了，未死。卻又因緣了潘金蓮的挑撥，與孫雪娥打了一架，這才湊著別人忙碌難顧的晚飯時分，又吊了一次，終於死了。說來，這條命豈非潘金蓮的兇手。

只要遇上了不如意而心情不快的時候，她便無緣無故的拿小丫頭秋菊出氣。她折磨秋菊的情形，說來無不令人心悸。但後來潘金蓮之所以被吳月娘再著王婆賣出門去，就是因為秋菊含恨才洩出的幽情造成的。這情節留待他章再說，這裏不寫它了。

潘金蓮是一個連一天也離不了漢子的女人。儘管西門慶在日的聲威是多麼的囂張，也擋不住她在背地裏勾搭男人。

因為，當欲火燒來的時候，對於用來熄火的水，她是幾無選擇，只要是水就成。好在西門家的男僕童廝沒有那個膽，要不然，西門家的大僕小廝，準全是她的面首。最後，她還是死在這個淫欲上面。當武都頭回來，要為大哥報仇，但西門慶已死，使他首先想到的便是淫婦潘金蓮了。這時的潘金蓮已被吳月娘攆出家門，住在王婆家等候人家出價發售。武松便抓住了這個機會，以姪女蠅兒長大無人照顧為辭，要娶潘金蓮過門為妻。武松並不還價，王婆要一百兩雪花銀子，就答應一百兩，另外，還加了五十兩謝王婆。這潘金蓮在簾內聽見武松說話，要娶她看管蠅兒，又見武松在外，出落得長大，身材又胖了。比昔時又會說話，舊心不改，心下暗道：「這段姻緣，還落在他手裏。」就等不得王婆答，她自己出來向武松道了萬福。說道：「既是叔叔還要奴家去照管蠅兒，招女婿成家，可知好哩！」這時的潘金蓮卻一點也不想到毒死武大的事，她所能想到的，只是武松身材高大所能使她獲得的淫欲，所以她催武松說：「既要娶奴家，叔叔上緊些。」似乎在希望著馬上就過去與武松同房共枕。可想潘金蓮是一個多麼著重於淫欲的女人。等到武松颼的一聲響，向衣底掣出一把二尺長的薄刃厚背刀，恰楂的插在桌子上，怒目罵道：「你這個淫婦聽著，我的哥哥怎生謀害了，從實說來。」這時潘金蓮還想耍她那超人一等的嘴頭子，卻已抵擋不了武松手上的長刀了。

潘金蓮的一生，都為淫欲而活，最後，也為淫欲而死。如果人死後還有知性存在的話，相信她一生最大的遺憾，應是不曾獲得武松的粗壯身軀任她緊摟在懷吧！

甘為淫欲犧牲的李瓶兒[編按1]

在西門慶的六房姬妾中，李瓶兒似是一位較為令人喜愛的女人，不只是因為她有財產而手頭大方，而是由於她脾氣好能忍。想那潘金蓮使出了多少的惡毒手段對付她，她都一一隱忍著，從不想著去報復，而且還為潘金蓮的惡德遮掩呢！但是，西門慶因牽連到楊提督被參的親黨連坐案，延誤了預訂的迎娶日子，她竟不能隱忍一時，居然斥諸意氣，招贅了蔣竹山。可以去推想一下這是什麼原因驅使她這樣做的了。

人們只要說到淫婦，就會想到潘金蓮的挑簾裁衣，以及鴆殺武大的謀殺親夫。但如認真說起來，李瓶兒與西門慶的勾搭經過，比潘金蓮更要淫蕩。她丈夫花子虛之死，雖不同於潘金蓮的親手毒害，而她與西門慶所設計的策謀，比潘金蓮的那分手段，更要惡毒。潘金蓮與西門慶的投合，中間還夾有一位撮合山王婆，為他們作了一番馬伯樂，可是李瓶兒與西門慶的投合，卻連中間的這個牽頭也免去了。

花子虛與西門慶還是熱結的把兄弟呢！正因為他們是把兄弟，西門慶才得到接觸李瓶兒的機會，才有了假充朋友好心去親近把嫂而不避嫌的機會。試看西門慶第一次撞見李瓶兒，李瓶兒的那一分淫蕩情意，夠多麼誘惑男人盪漾心旌。

那天，西門慶叫了兩個跟隨，準備到院中吳銀兒家，他騎著駿馬先去花家，邀花子虛同去，這時的李瓶兒，

戴著銀絲髮髻，金鑲紫英墜子，藕絲對衿衫，白紗挑線鑲邊

編按1　原載於《臺灣新聞報》第12版（1978年9月21日）。

裙；裙邊露一對紅鴛鴦嘴，尖尖蹻蹻，立在二門裏臺基上。手中正拿一隻紗綠絡紬鞋扇。

被西門慶撞見之後，若是正經婦女，必然匆匆轉身回後院，再著丫頭小子出來傳話才是。可是李瓶兒並未迴避。還讓西門慶略加端詳，忙向前深深作揖，她還了萬福之後，才轉身回到後邊去。使出一個頭髮齊眉的丫鬟來，請西門慶客位內坐。她便立在角門首，半露嬌容，說：「大官人少坐一時，他適才有事出去了，便來也。」少頃使丫鬟拿出一盞茶來。西門慶吃了。婦人隔門說道……。瞧李瓶兒的這種接待西門慶的舉止，那裏像個端莊大方的女人，「立在角門，半露嬌容」，與客人說話時，隔著門。既是丈夫的把兄弟，要接待就大大方方的接待，只著下人回答說花子虛不在家也就夠了，何必藏首露尾。後來，她還一再吩咐西門慶在外要勸他丈夫少吃酒早回家。恩當重報，不敢有忘。因而西門慶知道李瓶兒的這些話，是「明明開了一條大路，教他入港」的打頭腳響的含意話。西門慶遂從此設計圖謀這婦人，屢屢安下應伯爵、謝希大這夥人，把花子虛掛住在院裏飲酒過夜。他便脫身回來，待機入港。李瓶兒也在等著這一天。終於有一天，李瓶兒把花子虛支吾到妓院中去，達成了她的淫欲。

那天，西門慶那夥一人在李瓶兒家吃酒，這是李瓶兒預先設計好了的，就準備這天晚上打發花子虛去院中歇去，好留下西門慶。不想應伯爵、謝希大這兩個不識調，總是賴著不去，「把個李瓶兒急的要不的。」當他在簾外偷聽到這般人還要輪番喝下去，只罵他們囚根子不絕。沒有辦法，只得趕他們走了。遂「暗暗使小廝天喜兒，請下花子虛來！吩附說：『你既要與我這夥人吃，趁早與我院裏吃去。休要在家裏聒噪我，半夜三更，熬油費火，我那裏耐煩。』」就這樣把丈夫趕到妓院去。於是，她與西門慶約好的貓叫狗爬牆等行為便開始了，遂把西門慶接到家去。想來，李瓶兒的這種行為，豈不是比潘金蓮還要淫蕩？

自從李瓶兒結交上西門慶之後的不久，花子虛便被公人抓去了。名義上是他們弟兄爭產之訟，實際上是否有人從中作祟，那就很難說了。但由於花子虛的被吃上官司，才促使了李瓶兒保管的花家財產外移。她名義上是請託西門慶為花子虛脫罪，一出手就是六十錠大元寶共三千兩，要西門慶去尋人情上下使用。連西門慶都頓感她出手的數目太多，說是一半足夠。然而李瓶兒對於西門慶的投好，則是罄家相與。她說：「多的大官人收去。奴床後邊還有四口描金箱櫃，蟒衣玉帶，帽頂縧環，提繫條脫，值錢珍寶，玩好之物，亦發大官人替我收去，放在大官人那裏，奴用時取去。趁予奴不思個防身之計。信著他往後過不出好日子來。眼見得三拳疊不得四手，到明日沒的把這些東西兒，吃大暗算終奪了去。坑閃奴三不歸。」就這樣，李瓶兒與西門慶相交不久，花家的財產便從牆頭上，在夜晚偷偷兒的運到了西門家。後來，等到李瓶兒嫁到西門家來，不祇是花家的不動產全成了西門家物，連獅子街的房產，也與西門家的比鄰院落合而為一了。

李瓶兒的這種行為，看來確是令人感到奇怪。她與西門慶只是那一經交接，丈夫還沒有什麼，只是弟兄們爭產之訟，她便如此的把手上的金銀財寶，毫不懷疑也毫不考慮的，就心甘而情願的送給了西門慶。怎會如此呢？是一種怎樣的力量，在促使她這樣作的呢？我想，除了她感於西門慶的能夠滿足她的淫欲而心意暢快，遂產生了她這種傾心而傾囊相與的行為之外，別的委實尋不到更正確的原因。有一次，西門慶問他花子虛在這方面如何？她曾直截了當的說他沒有用。關於這一點，也足可在她的不大計較花子虛的成天在外胡調一事，來作證明。同時，她與西門慶犯上淫行的時際，還把她珍藏的她從老公公那裏得來的秘畫以及緬甸鈴等，作為他們行為的模式。事後，西門慶曾向潘金蓮誇讚過李瓶兒如何的好風月。這些亦足可想知她是多麼熱中於此道了。

我們知道他丈夫花子虛，是花太監的嫡親侄兒，花太監的侄兒，除了花子虛還有花大、花三、花四，然而，何以只有花二最有錢，而且，更是存在李瓶兒手上的體己金玉財寶最多，別人都不知道。他告訴西門慶說：「雖然老公公掙下這分家財，見俺這個不成器，從廣東回來，把東西只交付與我手裏收著。……」她要把手中的財物交給西門慶收管，西門慶曾有所顧忌說：「只怕花二哥來家尋問怎了？」她說：「這個都是老公公在時，體己交與奴收著的之物，他一字不知，大官人只顧收去。」試想，這位老公公對李瓶兒可真是體已，把他一生刮掠來的財物，連嫡親侄兒也不讓他知一字，便全部體已給侄兒媳婦了；而且，連那一份在內庭中帶出來的秘戲之圖以及鈴鈴巧巧，也交給了侄兒媳婦。這位花老公公對於侄兒媳婦的體已，可說是體已得到了家了啊！

公公們的生活是屬於變態心理行為一類，談到這個問題的文字，已相當之多，傳說的故事亦廣。那麼，我們從李瓶兒的這些並不避忌的說詞上看，自不難想知這位花太監與侄兒媳婦之間的微妙。且不管他們之間的這分微妙，曾經繼續了多少時日，然而他們之間的這分微妙，應是形成李瓶兒心滿意足於西門慶的性心理因素之一。當然，花子虛的無用，更是主要的因素了。

認真說來，李瓶兒是一位追求淫欲享受的女人，丈夫未能滿足她，老太監的變態行為，只有火上加油，遂使他遇見西門慶之後，便傾囊相與了。

最有趣的，便是李瓶兒招贅蔣竹山的這一插曲。這一插曲，更加說明了李瓶兒這個女人的淫欲，不減於潘金蓮。西門慶原訂六月初頭迎娶她的，因為楊戩的被參案受到連累，沒有心情娶小老婆了。可是李瓶兒「盼不見西門慶來，每日茶飯頓減，精神恍惚，到晚夕孤眠枕上，展轉躊躇，」夢魘連連，漸漸形容黃瘦，飲食不進，臥床不起。於是，為李瓶兒看病的蔣竹山，便乘虛而入。‘

蔣竹山之所以能招贅於李瓶兒，固由於乘虛，憑著他那幾句現實的說詞，尤具力量。他說：「此人專在縣中，包攬說事，舉放私債，挑販人口。家中不算丫頭，大小五六個老婆，著緊打倘棍兒，稍不中意，就會媒人領出賣了。他就是打老婆的班頭，坑婦女的領袖。娘子早時對我說，不然進到他家，如飛蛾投火一般，坑你上不上下不下，那時悔之晚矣。」又說：「況近日他親家那邊，為事紆連在家，躲避不出。房子蓋的半落不合的多丟下了。東京門下文書，坐落府縣拿人。到明日他蓋房子，多是入官抄沒的數兒。娘子沒來由嫁他則甚？」就這樣她才招入了蔣竹山。不想兩個月以後，才發現蔣竹山不是她需求的那種男人，無法與西門慶比了。所以經過西門慶的一番設計，把蔣竹山折騰死了，李瓶兒寧願挨上一頓鞭子，還是甘願嫁給西門慶。說她是一位追求淫欲的女人，算得過分嗎？

我們看他對花子虛的那份冷漠與放縱，以及攆出蔣竹山的那種惡毒相，都與她嫁到西門家之後的表現，是儼然兩人。何以呢？是西門慶有錢嗎？她的財富超過西門慶。是西門慶有勢嗎？那時的西門慶只是一個地頭蛇。她如能運用上他太監叔叔的老關係，西門慶又奈她何？算不定西門慶還要巴結他花家呢？這固然要怪他們花家弟兄太沒有才能，而李瓶兒的甘願罄其所有去嫁西門慶，自是為了得到那一分淫欲的享受了。

人類的任何一種享受，都需要有健康的身體去承應。好吃好酒，如果沒有健康的腸胃去承受也不會有胃口去吃去喝。風月上的事，那就更得有個好身體，否則，也無從去獲得圓滿的享受。李瓶兒就是如此。他嫁到西門家之後，在健康方面，便無法與潘金蓮匹敵。

在她未嫁西門的日子，即已自知健康不佳。她曾說：「奴為他這等在外胡行，不聽人說，奴也氣了一身病痛在這裏。」明說是丈夫在外胡行氣的，實際上，自是在另一方面折騰出來的。像什麼內庭秘戲，什麼緬甸鈴，不都是西門慶從李瓶兒那裏得來的嗎！那些，都是老太監的東西，怎的到了李瓶兒手上，這還用得問嗎！李瓶兒害了一身的婦人病，在未嫁西門之前，即已種下了根。所以他嫁了西門家之後，由於一身的婦人病，無論是多麼的貪享淫欲，卻也沒有健康的身體，去與眾人爭寵。在我看來，這就是李瓶兒在西門家，處處讓著潘金蓮的原因。有時，西門慶要在她房中歇宿，她還藉詞往外推呢！這時的李瓶兒，一如吃倒了胃口的老饕，對於一往偏愛的食物，已是滿心想吃而口舌卻無享受之欲了。

但從李瓶兒來說，她是西門家的貴人。第一，她把花太監為花家刮掠來的那分財富全併入了他西門家。第二，她為西門家生了個兒子，使西門慶生子加官。雖說這兒子並未成人，卻給西門慶家的富貴福祿，推進到顛峰。等官哥一死，西門家的富貴福祿便逐漸下落了。

從李瓶兒的一生行狀來看，她之所以能獲得老公公的歡心，把他一生所刼有的財富寶物都給了她，自可想知她是多麼能遷就那老太監的所欲所求。而她又把她從那老太監處獲得的所有財富，再傾囊轉手拱送給西門慶，至死都沒說一句後悔或有所不甘的話，可以想知她自認她在西門慶身上所獲得的享受，已很滿足，臨死時，還央告西門慶不要把棺木買得太貴，她說：「你休要信著人，使那憨錢，將就使十來兩銀子，買副熟料材兒，把我埋在先頭大娘墳旁，只休把我燒化了，就是夫妻之情。早晚我就搶些漿水也方便些，你恁多人口，往後還要過日子哩！」因而這話使西門慶聽了，「如刀剜肝膽，劍剉身心相似。說道：『我的姐姐，你說的是那裏話，我西門慶就窮了，也不肯虧負了你。』」趕到死前的幾分鐘，李瓶兒還雙手抱著西門慶的脖子，嗚嗚咽咽，悲哭半日，哭不出聲來。說道：「我的哥哥，奴承望和你並頭相守，誰知奴家今日死去也。趁奴不閉眼，我和你說幾句話兒。你家事大，孤身無靠，又沒幫手，凡事斟酌，休要那一冲性兒。大娘等，你也少要虧了她的。她身上不方便，早晚替你生下個根絆兒，庶不散了你家事。你又居住個官，今後也少要往那裏去吃酒，早些兒來家，你家事要緊，比不的有奴在，還早晚勸你。奴若死了，誰肯只顧的苦口說你。」至死都不曾提過她帶去西門家的財富。就是招贅蔣竹山到家，也不曾想著要向西門要回她的那份財物。好像是她付出的那些財物，能獲得西門慶的那幾次垂青，已夠相等的代價似的。由此，足可想知李瓶兒這個女人的內心企求，是在那方面了。只可惜她命中無福，沒有健康的身體去多獲得一些她所企求的那份享受，是以她從來沒有怪過西門慶及其家中的任何人；連潘金蓮都算上。我想，李瓶兒如有一副健康的身體，她在西門家可能譜出的歷史，必是另一頁了。

李瓶兒在西門家的這份表現，被人認為是「愛」，是「癡」；實則，縱然是「愛」是「癡」，也是建設在淫欲上的。李瓶兒愛著西門慶的一些什麼？花子虛與蔣竹山就是兩個尖銳的對比說明。如果，西門慶在這方面也是花子虛與蔣竹山同類的貨色，李瓶兒會有這份愛與這份癡用在西門慶身上嗎？想來大概不會吧！我們看李瓶兒她在什麼時候想著要把手中的財物給與西門慶的？不是在那春風初度之後，即頓然有了這一決定的嗎？自不難想知李瓶兒的這一心理來源，是從何一地界泉出的了。

愛，應是一種毫無代價的犧牲。對於李瓶兒來說，她付與西門慶的一切犧牲，並不是無代價的，無條件的，只是她所需求的，與一般人所需求的不同而已。我們在前面說過，她所需求於西門慶的，只是西門慶能在淫欲上給予她一分滿足的享受就是了。認真說來，這還談不到是「愛」，只是「欲」。至於李瓶兒在西門慶身上的這份犧牲，是不是佛家說的「癡」。慚愧我沒有這門學問與禪悟，無法說出自己的意見了。然而我總是感於李瓶兒這個女人，追求性滿足的意念，有著專注的強烈。更有對此意氳於藝術心態的追求。對於這種美感的享受，又頗有沐於滄海之水觀乎巫山之雲的滿足。真正的賭徒為了要看那最後一張牌，往往罄其所有而不悔。那麼，一個真正的淫棍，也往往為了一個女人而亡國粉身；巴比倫之戰不是為了海倫嗎！說來，李瓶兒為了能獲得西門慶給與她的那份滿足，一經接觸之下，便下定了決心傾其所有付與，算得是追求此類滿足的女人中的豪客。我國俗諺素有「倒貼」之說，就是指的這類女人。若李瓶兒之與西門慶，真可以說是女人中倒貼男人的代表人物。試想，這類女人又何止是小說中人呢！

何況，這小說已經寫明，李瓶兒曾向西門慶說：「你是醫儂的藥！」

丫頭坯子龐春梅

春梅是西門家用十六兩銀子買來的丫頭，姓龐，家世等等，今均無從查考。她在西門家那幾年，以及後來又做了周守備的官夫人，卻也從來沒有聽到她提起過家世。她與潘金蓮主婢相處甚得，但也不曾說過家世。也許她自己都不知道，可能她被賣到西門家，都已轉過好幾手了。總之，凡是賣兒鬻女的人家，必為窮困所迫，不得已而為之。要不然就是罪犯人家或孤苦無依，才落得為人傭奴的地步。這些，似也不必去考證它了。

本來，春梅是月娘房裏的，潘金蓮娶進來，一時沒有人手，遂把春梅給了潘金蓮；還有一個用六兩銀子買來的秋菊。就這樣，春梅與秋菊與潘金蓮配成了春夏秋三季，因而西門家的潘五房，比其他任何一房都要宣鬧。何況，這三朵剪枝下的花兒，還有瓶兒承養著他們呢!（潘金蓮與李瓶兒住在緊鄰。這是否是《金瓶梅傳》的作者，有意的安排，本文無暇討論它了）。

春梅在西門家的月娘房裏，為時多久，今已年代湮遠，也查不出了。但自從到了潘金蓮房下，則主婢相得益彰。雖說她在西門家的身分，只是個使喚的丫頭，但基於她伺候的主子在西門家逞強好勝，她為了能取得主子的歡心，無不在在以主子的馬首是瞻，故凡潘金蓮有所杯葛的人，在她則除主婦外，不分高低，都一視同仁而又不分青紅皂白的站在潘金蓮的一邊去助紂為虐。主子在行為上有了漏洞，也總是由她從中去作填補的工作。從主子對奴婢的立場來看，龐春梅誠然是一位忠貞可嘉的人物。

雖說春梅只是一個丫頭，實際上她也等於西門慶的小老婆，所不同的只是她沒有帶鬏髻，沒有設單房而已。在她被派給潘金蓮不久、潘氏與琴童私通，被西門慶發現，打了琴童三十大棍，還撏去了兩鬢，趕了出去。潘金蓮知道事態的嚴重，光憑自己的嘴頭子，是辯白不了的。更知道也不是挨上一個耳刮子，被抽上幾馬鞭子，就可以化而為無的事。這光景，必須先著第三人出來從中為之疏解才成。這時際，除了春梅，還有誰能為她從中為她疏解呢？所以她說：「天麼！天麼！可不寃殺了我罷了。自從你不在家半個來月，奴白日裏只和孟三姐做一處做針指，到晚夕早關了房門就睡了。沒勾當不敢出這角門邊兒來。你不信，只問春梅便了。有甚和鹽和醋，他有個不知道的。」因叫春梅來，「姐姐你過來，親對你爹說」，於是，有了春梅這一座橋，在西門慶心理上，認定便從疑猜上減輕了。當西門慶叫過春梅，摟在懷中，問她有沒有這檔子醜事？春梅撒嬌撒癡，坐在西門慶懷裏，說道：「這個，爹你好沒的說，和娘成日唇不離腮，娘肯與那奴才。這個，都是人氣不憤！俺娘兒們作出這種事來？爹！你也要個主張。好把醜名兒頂在頭上，傳出外邊去好聽！」就這幾句話，把西門慶說得不言語，丟下了馬鞭子。趕後來，潘金蓮與陳經濟有了勾搭，竟被春梅撞見，潘金蓮為了要堵春梅的嘴，居然慫恿春梅與經濟也照樣春風一番。春梅竟也心甘情願的遵從了主子的吩咐。她之所以如此順從，正是她所具有的奴婢的心性使然。不過話再說回來，那天，春梅如果不答應，這主婢之間就有了疑忌了，就有了嫌隙了，就不能相處了。潘金蓮的為人，豈不是正需要一位像春梅這樣性格的陪襯人物嗎？

若說潘金蓮是西門家的女中強人——恃寵爭鋒，但如無春梅這個幫手，潘金蓮這團火苗也燃不旺。像孫雪娥挨打那碼子事，要不是春梅在中間挑挑撮撮，潘金蓮也尋不到話碴去激怒西門慶。那天早晨，西門慶要吃荷花餅銀絲鮓湯，飯後要往廟中為金蓮買珠子，使春梅到廚下說去；那春梅只顧不動身。於是，潘金蓮有了話喳了，說是春梅之所以不去廚房說去，是因為孫雪娥在背後說他們的閒話。「說我縱容他，教你收了，俏成一幫兒哄漢子。百般指豬罵狗，欺負俺娘兒們。」西門慶遂改叫秋菊去廚下說。孫雪娥廚灶上的鍋來不及，秋菊只得在那裏等。當然孫雪娥也有些妒嫉，故意挨蹭。西門慶性急，再使春梅後邊瞧瞧。春梅如果是個有器度的女孩，見了孫雪娥說上幾句委婉話，也就沒有事了。可是春梅則是使性子走到廚下，一看秋菊還站在那裏等著，便罵道：「賤餳奴！娘要卸你那腿哩。說你怎的就不去了哩！爹緊等著吃了餅，要往廟上去。急的爹在前邊暴跳，叫我採（ㄗㄧㄡ）了你去哩。」就這樣兩人吵起來。她扭著秋菊到了前邊，把孫雪娥的一番氣話，全學著說出了。「我去時，還在廚房裏雌著，等她慢條絲理兒旋和麵兒，我自不是。說了一句爹在前面等著，娘說你怎的就不去了。使我來叫你來了。倒被小院兒裏的，千奴才萬奴才，罵了我恁一頓。說爹馬回子拜節來到的就是。只相那個調唆了爹一般，預備下粥兒不吃，平白新生發起要餅要湯，只顧在廚房裏罵人，不肯做哩。」這番話，還用得著潘金蓮再加油嗎？孫雪娥已注定要挨上一頓了。

我們如去把春梅的話，對證一下孫雪娥的話，便會發現略有出入。春梅把孫雪娥的那幾句鍋子是鐵打的，要慢慢的來等言語，全略去了。這樣，才加重了孫雪娥的罪名，愈發激怒了西門慶。再說，也正因為孫雪娥在西門的六房妻妾中，是最不受寵的一個，所以她才敢對她如此。趕到西門慶死後，孫雪娥被來旺拐盜出來，又被檢舉竊盜，押入官府、西門家不肯領回，發交官媒辦賣。這時的春梅已是周守備的第三房妾，聽到這個消息，便把孫雪娥買得家去，要她上灶燒火作飯。她要報復在西門家與她時常頂嘴的仇恨。當孫雪娥來見春梅，春梅還在錦帳之中，纔起床。雪娥一看是春梅，不免低身進見，進來之後，倒身下拜，磕了四個頭。這春梅把眼瞪一瞪，喚將當值的家人媳婦上來，說：「與我把這賤人撮了去鬏髻，剝了上蓋衣裳，打入廚下，與我燒火做飯。」這孫雪娥在周守備家被折磨了一些日子之後，又被賣入娼門。春梅竟是如此的對待一個落了魄的人，這裏就會使我們覺得她作人未免太過分了些。

說也奇怪，她竟專意欺凌弱者。想當年在西門家的時候，只要潘金蓮把邪火發作到秋菊身上，一次次都是她作幫兇，不惟從來沒有為秋菊說過情，兼且循著潘金蓮的嘴去罵，拿著潘金蓮的手去打，沒有任何一次萌生過憐惜之情。潘金蓮在葡萄架下丟一隻鞋，也把不是派到秋菊頭上，要春梅押解著到花園去找，春梅就真個把秋菊當作犯人一樣，押著他在花園隨處翻尋。尋不到，也學著主子的口氣罵：「你媒人婆迷了路，沒的說了；王媽媽賣了磨，推不的了。」秋菊回嘴，他就一口稠唾沫吐了去。她又把她押回房。秋菊要求再去找一遍，春梅要潘金蓮休信她。樂意見到秋菊頂著石頭跪到院子裏的大太陽下。潘金蓮打了秋菊，春梅還罵著打得不夠，說：「娘惜情兒還打得你少，若是我，外邊叫個小廝，辣辣的打他二三十板，看這奴才怎麼樣的。」說來，這春梅的心豈不是比潘金蓮還狠。秋菊與他不同是奴才嗎？而她卻也有臉罵秋菊是奴才，自以為自己跟男主人睡過覺，便沒有了奴才身分了。他這種同類相殘而毫無憐惜的心性，想來能不令人心寒！

春梅在西門家仗著男女主子對他的寵幸，處處都在自高身價。有一次正值臘八，西門慶招來院子裏的樂師李銘來教幾個丫頭彈唱。等西門慶一出門，這幾個丫頭玉簫、蘭香、迎春都跑到大姐房裏去了，只餘下春梅一個，向李銘學彈琵琶，李銘有了酒意，春梅袖子寬，把手兜住了。李銘把她手拿起，略按重了些，被春梅怪叫起來，罵道：「好賊王八，你怎的捻我的手，調戲我。賊少死的王八，你還不知道我是誰哩。一日好酒好肉，越發養活的那王八靈聖兒出來了。平白捻了我的手來了。賊王八，你錯下了這個鍬撅了。你問聲兒去，我手裏你來弄鬼，等來家，等我說了，把你這賊王八，一條棒攆的離門離戶。沒你這王八，學不成唱了。愁本司三院，尋不出王八來，撅臭了你這王八了。」縱然那李銘的這一行為，有些越軌，頗有辱於大家婦女的清操，也值不得如此的喧聲鬧嚷！這樣的喧聲鬧嚷，大叫著說那教唱的李銘調戲了她，就能顯出自己的貞節了嗎？就能擡高了她丫頭的身分了嗎？亦徒見她自己的卑賤而已。如果是個高貴的仕女，在李銘的這種行為出現之後，頂多還以白眼拂袖而去，也就夠了。她這樣的大聲驚叫，千王八萬王八的罵個不停，只有故示貞貴的人才會這樣，何況，春梅主婢的行為，卑賤下流得連妓女都要高其一籌呢！趕後來，春梅雖然作了周守備的正位夫人，而周守備對待她又是如此的寵愛，她卻照樣的背夫養漢，累那身為統制的官人作活王八，連李銘還不如呢！

在春梅眼裏，凡是身分與她相等的女人，她都向低處看。如果這般女人在言談舉止上不尊敬她，她就要還以顏色了。譬如奶子如意兒，與韓嫂兒在李瓶兒那邊漿洗，從月娘那裏打點出的衣服汗衫小衣等，潘金蓮這邊的春梅，也在洗衣服槌裙子，沒有棒槌使，向如意兒借。如意兒正與迎春在槌衣，不與他。傳到潘金蓮耳朵裏，就慫恿春梅去要，不給就要春梅罵。春梅一冲性子，不由的激犯，一陣風走來李瓶兒那邊，說道：「那個是世人也怎的，要棒槌使使不與他，如今這屋裏又鑽出個當家人來了。」如意兒當然比不過春梅，便找個由頭吱唔吱唔，把棒槌給了春梅。但是，當吳月娘把他賣出門去，卻又毫無怨言，忍氣吞聲，故作堅強的走了。她的為人，就是這等攀高不扶低。想起她離開西門家的情形，一般人都讚美她的性情剛強，實則，她只是自知是丫頭是奴才，主子的決定當然不應違拗的了。她也知道，縱然違拗也沒有用，除了跪地懇求。這一點，春梅卻是比夏花兒等人要高上了一級了。

春梅離開西門家的那天，確是表現得夠堅強的。吳月娘對付春梅的刻薄，竟吩咐小玉看著，要春梅光人兒離開西門家，連隨身衣服都不准帶去。潘金蓮都忍不住哭了，春梅卻一點眼淚也沒有。甚且安慰潘金蓮說：「娘！妳哭怎的！奴去了，妳耐心兒過，休要思慮壞了。妳思慮病了，沒人知你痛熱的。等奴出去，不與衣裳也罷。自古道，好男不吃分時飯，好女不穿嫁時衣。」她跟定領她出去的薛嫂，頭也不回，揚長出門而去。趕後來潘金蓮死了，收尸安葬的是龐春梅。這且不提，當吳月娘誤入永福寺，遇到了已是守備寵妾的春梅，不惟沒有給當年趕她出門連隨身衣服也不准帶一件的月娘記仇，兼且仍以婢女的低下身分去拜見舊主人。春梅遊舊家池館的那一幕，雖然是「戴著滿頭珠翠，金鳳頭面釵梳，胡珠環子。身穿大紅通袖，四獸朝麒麟袍兒，翠藍十樣錦百花裙，玉叮璫禁步，束著金帶，腳下大紅繡花白綾高底鞋兒，坐著四人大轎，青緞銷錦轎衣。軍牢執籐棍喝道，大家伴當跟隨，擡著衣匣。後邊兩頂家人媳婦小轎，緊緊跟著大轎。」試看春梅享受到的這份排場。千戶娘子吳月娘的一生，又何嘗享受過？然而春梅一到了西門家，落下轎來，雖有兩邊的家人圍著，到了廳堂見了月娘敘禮時，春梅則是「插燭也似下拜。」尊稱月娘為「姥姥」！對於吳大妗子，也行如此的重禮。似乎已經忘了她已是守備官的夫人了。若說這是春梅的知禮，則毋寧說這是龐春梅生來的丫頭坯子吧。比起她對付孫雪娥的惡毒，卻是不可同日語了。何以？蓋在春梅心目中，吳月娘終究是西門家的女主人啊！

按說，春梅嫁給了周守備，應是西門家幾個有名姓的女人，最幸運的一個，後來又由侍妾扶正成「夫人」，然而，她卻不能安守婦道，居然半路上又把個老相好陳經濟，收容了來，以表親姐弟的身分，豢為面首。說來，這也是春梅難改故態的性格之一面。當她被趕出西門府第的那天，正是潘金蓮在西門家的生活，落入最低潮的日子，春梅就曾這樣勸過她：「娘！你老人家也少要憂心，仙姑人說，日日有天。是非來入耳，不聽自然無。古昔仙人，還有小人不足之處。休說你我，如今爹也沒有了，大娘他養出個墓生兒來，莫不也來路不明。她也難管我們暗地裏的事，你把心放開，料天塌了，還有撐天大漢哩！人生在世，且風流了一日是一日。」於是篩上一鍾酒遞與潘金蓮，說：「娘你且吃一杯，解解愁悶。」這些話，不就是春梅的人生觀嗎！周守備時常不在家，這就是春梅收容了陳經濟在家的心理因素與行為原則。

春梅在性格上，雖與潘金蓮不同，但在行為上，卻全是連一天也離不開男人的這類女人。陳經濟死了，他又見到家人李安是一條好漢，打算要李安抵陳經濟這個空缺。李安怕事，連夜打點行李，投奔青州府他叔叔李貴家去了。而春梅便把老家人周忠的次子周義，收入房幃，周義才十九歲。雖已寡居，且金哥業已六歲，已得蔭子之職，而春梅的淫欲，卻也未能因任何因素受阻，終因淫欲過度，「生出骨蒸痨病症」，逐日吃藥，減了飲食；消了精神，體瘦如柴，但仍貪淫不已。最後，竟繼西門慶的後塵。她死在面首周義的懷中。所以東吳弄珠客說「瓶兒以孽死，春梅以淫死。」

春梅雖然是個房裏丫頭，但卻是西門家的重要人物，潘金蓮沒有她，會變成一條沒有水的魚；西門慶沒有她，他的鐵臉反不過銀色來；西門府第沒有她，會減弱不少精采的好戲；《金瓶梅》沒有她，結尾就要另費周章了。

民國六十七年（1978）十月十三日《臺灣新聞報》第12版

難得的管家婆吳月娘

孟子對於他當代的公孫衍、張儀之輩的不配稱為大丈夫，曾以妾婦們的「以順為正」來諷喻他們。子輿先生認為女子之嫁到夫家，就得「必敬必戒，毋違夫子」，因為禮法的規定，「順」，就是女人家的作人原則。所謂「在家從父，出嫁從夫」的必順之道，更應作到的就是「毋違夫子！」那麼，若以此一標準來論述吳月娘，那他誠是一位可以獎勵的主婦。

在《金瓶梅》的婦女行列中，吳月娘確還算得一位不曾涉及淫行的女人。雖說，平安偷盜假當物，告到新陞巡檢吳典恩衙前，反被吳典恩順勢把平安的口供，逼著岱安與吳月娘有奸的說詞，此乃誣攀，在傳中業已寫得很明白了。在泰安碧霞宮的那一場風險，也幸好遇見了宋江，才解脫了殷天錫的強暴。就這樣，在婦女的貞操上說，吳月娘終算保有了一分清白。

論出身，吳月娘也是眾婦女中的貴族，她是清河左衛吳千戶的女兒。千戶之職，雖不算大，只是個小小的武官，但終究是宦門之女。其他的妾婦，都是些怎等出身呢？不是侍女，便是聲伎，李瓶兒也原是梁中書家的侍妾。那身為招宣夫人的林太太，看來也不是什麼好出身，從她那善於偷情的行徑來推想，自可如此猜了。這或許就是吳月娘在行為上還保有一分貞淑尊嚴的基因吧！

本來，妒，是女人特有的性行，可是吳月娘卻從不妒阻丈夫的尋花問柳，以及偏納姬妾，固然，當新的妾婦進門時，她也深表不愉，卻不敢去違背夫子的作為。李瓶兒進門那天，轎輿到達門口許久，她都沒有去接。但一經孟玉樓提醒，還是去了。這固然是怕西門慶的那分暴虐脾氣，又何嘗不是要討好丈夫來維護一己的主婦地位呢。

丈夫把小老婆一個又一個娶得家來，分庭而抗禮，這在夫婦生活的私己情趣上，自是恩澤廣被而未能獨霑，但在家庭中的品位上，她則是西門慶家的第一夫人。身居上房，尊同后位，頗副「關雎」的后妃之德。甚而丈夫的寵伎，也接之客禮，還認作義女呢！她處處幫助丈夫，蓋凡丈夫所喜愛的事，吳月娘都不違拗，也不敢違拗。譬如李瓶兒家的箱籠，從院牆的那邊偷運到她這邊來，一件件都搬進了上房，交由吳月娘保管。等到花子虛弟兄們爭產的官司結束，官府判定要拍賣花太監的產業，由花氏弟兄分享。安慶坊的一所宅院，估值七百兩賣與王皇親；南門外的一處莊田，估值六百五十十兩，賣與周守備；花子虛自住的宅第，估值五百四十兩，因為在西門慶家隔壁，沒有人敢買。在未估值之前，李瓶兒要西門慶買下這所宅第，可以並而為一。西門慶便把李瓶兒這一意見，回家與吳月娘商議。月娘道：「隨他當官估價賣多少？你不可承攬，要他這房子。恐怕他漢子一時生起疑心來怎了？」可是，當李瓶兒在夜晚打牆上把箱籠物件偷運過來的時候，吳月娘不惟沒有規勸丈夫，她且在牆頭上，加鋪上苫毡條，一樣樣打發過來。因為這樣收下了花家許多的細軟金銀寶物，鄰舍街坊俱不得知。買他隔壁花家的房子，便是公開的了。所以，她毫無異議的把從牆頭上運過來的大批財物——超過那宅第十倍以上又以上的財物，搬入自所深踞的上房，五百四十兩的宅院，反而規勸丈夫千萬不可買下，所怕的就是怕花子虛懷疑李瓶兒手上的體己私房，走私到他西門家去了。像這些地方，自難怪張竹坡說吳月娘是「奸險好人！」

張竹坡說：

> 《金瓶》寫月娘，人人謂西門氏，虧此一人內助，不知作者寫月娘之罪，純以隱筆，而人不知也。何則？良人者，妻之所仰望而終身者也。若其夫千金買妾為宗嗣計，而月娘百依百順，此誠關雎之雅，千古賢婦人也。若西門慶殺人之夫，刼人之妻，此真盜賊之行，其夫為盜賊之行[編按1]而其妻不涕泣以告之，乃依違其間，視為路人，休戚不相關，而且自以好好先生為賢，其為心尚可問哉！

張氏的這番話，固有理由，然而身為西門慶的妻妾，縱泣乎中庭而告之，就能糾正了西門慶的那種為人嗎？我想不能。我們如從此處去認知吳月娘，就不應多加深責矣。

不必把吳月娘的這分內助之「賢」，派到禮教上去，只要把她放在西門慶這樣的家庭中，她這位主婦如不是像她這樣的作人，便無法在這分家庭中生存了。試想，吳月娘要是照張竹坡那樣的想法去作西門慶的主婦，縱不被趕出去，也會像一些帝王之冷落皇后似的，把吳月娘打入冷宮。如今，吳月娘處身於六房姬妾，還有使女孌童以及倡伎與姘遇之寵的環境中，還能保持了他大婦的尊嚴，也不時分霑雨露，豈不正由於她的長於淑世乎哉！若因此斷之為「奸險」，那就未免太不公道了。

處身於西門慶這樣的家庭與這樣的丈夫，如無吳月娘這樣一位性格的女人，來作西門慶的主婦，那西門慶家的這一族男夫女婦，決難平平和和的過日子。雖有人讚美西門慶的善於馭婦，卻尤應頌揚吳月娘的善於治家。我們看西門這一家，丫頭小子不算，舍月娘而外，

編按1　原書載錄張竹坡的此段文字，有缺漏。今據廣文書局出版，明人張竹坡撰《皐鶴堂批評明代第一奇書金瓶梅讀法》增補「其夫為盜賊之行」及「不涕泣」的「涕」，兩處文字。

就有五房各有單房妾婦。李嬌兒是從妓院娶來的，仍經常與「娘」家的男男女女往還，不時協助丈夫去梳籠院中的雛妓。孫雪娥亦是房裏的丫頭，收房之後，名義上雖是姬妾之一，一年也難得一次實惠，她只是西門家的掌廚，因而牢騷滿腹。孟玉樓與李瓶兒都是帶著豐厚產業嫁過來的，他們在西門家的地位，自比一般人顯得優越了。加上潘金蓮的那分獨佔欲望，幾乎每天都祈求著漢子在他房裏歇。身邊的春梅又頤指氣使的以主子為馬首是瞻。同時，西門家的人來客往，商業上的金錢帳目，也無一沒有吳月娘的介入。丈夫死後，除了李嬌兒盜財歸院，其他諸婦，都是經過月娘的手處理了的。幾位忘恩負義的男僕，雖然使西門家在財富上，損失不貲，那儻來的財富也被人儻去，卻也是循環之理。但吳月娘一次又一次被男人們的陷害，她都能安全度過，還為西門家留下了一個子嗣，她最後活到七十歲，壽終正寢。說起來，誠是《金瓶梅》中人物的翹楚。

儘管潘金蓮的嘴頭子尖而且峭，但卻往往被吳月娘的反唇一句，便能使之杜口。像那天西門慶得知李瓶兒招贅了蔣竹山，滿肚子的氣，打馬回家，氣正無處出。他剛下馬走進儀門，這時的儀門內，正有吳月娘、孟玉樓、潘金蓮、西門大姐四人在跳馬索，一見西門慶來家，吳月娘等三人連忙向內庭退避。可是潘金蓮偏要獨自留下，扶著庭柱兜鞋。頗想獨享一次溫存，不想西門慶一肚子的火，罵她們這些淫婦是太閒了，平白在院子裏跳得什麼百索。趕上前去，踢了潘金蓮兩腳。於是吳月娘埋怨潘金蓮不該留著不走開，看他有酒了，還只顧在跟前笑成一塊，且提鞋摸腳的。教他蝗蟲螞蚱一例都罵成了「淫婦」。潘金蓮接過來道：「這一家子只我是好欺負的，一般三人在這裏，只踢我一個兒，那個偏受用著甚麼也怎的。」月娘就惱了，說道：「你頭裏何不教他連我也踢，不是你沒偏受用，誰偏受用恁的。賊不識高低的貨。我倒不言語，你只顧嘴頭子嗶哩礡拉的。」金蓮見月娘惱了，便轉把話兒來摭說道：「姐姐不是這等說。他不知那裏因著什麼由頭兒，只拿我煞氣，……千也要打個嗅死，萬也要打個嗅死。」月娘道：「誰教你只要嘲他來，他不打你，卻打狗不成。」像這一類表現他主婦尊位的言語，全在月娘的舉止間不溫不火而恰如其分的道出，罵起人來，可就不是潘金蓮的嘴頭子可以比得了的了。再如她當著潘金蓮、孟玉樓罵李瓶兒嫁蔣竹山，說：「如今的年程論的什麼使的使不的，漢子的孝服未滿，浪著嫁人的才一個兒？淫婦和漢子成日酒裏眠酒裏臥的人，她守你什麼的貞節。」於是潘金蓮與孟玉樓便都懷著慚愧歸房去了。

吳月娘雖然處身於這個一窩子的淫婦蕩男之西門家，而自己在貞德上，卻始終守身如玉，不惟從來沒有想在這方面來報復丈夫，甚而連「淫婦」的惡名，也不願沾染上。說她一句不賢，她都不能忍受。譬如前面引述的那一件事，月娘之所以要譏罵潘金蓮一番，就是為了西門慶把「淫婦」一詞，也包括上她了。這事過後，潘金蓮向西門慶訴苦，說是吳月娘跟她頂嘴，罵她是不識高低的貨。西門慶為了安慰潘金蓮幾句，遂說：「你由她，教那不賢良的淫婦說去，到明日休想我這裏理他。」這話傳到了月娘耳邊，便賭起氣。從此月娘不理丈夫，隨他往那房裏去，也不管他，來遲去早，也不問他。或是你進房取東取西，只教丫頭上前答應，也不理他，兩個都把心來冷淡了。玉樓想從中勸解一番，吳月娘仍舊為了這「不賢良的淫婦」一語深介胸懷。說：「……他背地對人，罵我不賢良的淫婦，我怎的不賢良的來。如今聳六七個在屋裏，纔知道我不賢良。……」她所斤斤計較的，就是不願擔當「不賢良的淫婦」一詞，其他，她都能忍受。所以她說：「一日不少我三餐飯，我只當沒漢子，守寡在這屋裏。」試想，西門家的那些個女人，除了月娘，還有誰計較「淫婦」不淫婦。「賢良」不賢良這些空頭的榮譽不榮譽。說來，這就是那個時代的主婦典型。

儘管吳月娘與西門慶為了一句「不賢良的淫婦」嘔氣，嘴裏說一百年一千年不理他。然而內心卻還希冀著夫主早早回心，齊理家事，更祈盼著早生一子，以為終身之計。所以吳月娘自與丈夫反目以來，每月吃齋三次，逢七拜斗焚香，雖在大雪天，也不停止。而且，她所祈求上蒼賜予的子息，是「不拘妾等六人之中」的任誰一人，只要能「早見嗣息，以為終身之計，」就是她每夜於星月之下，祝贊三光的「乃妾之素願也」了。

由於西門慶的姬妾多，外寵夥，自難要求到舉椀齊眉的閨房生活，但也不願經常與其他幾位妾婦們，攪和在一起去玩玩雙陸象棋，以及其他什麼消磨時光的玩樂，便只好把平常打發日子的事，放在禮佛宣卷上。要不然便是聽聽歌聽聽唱了。因而幾位尼庵中的姑子，則是月娘上房中的常客，還有一些專門在大家戶串門子求生的婆子。她化了不少小錢在這些三姑六婆身上，一來打發生活上的寂寥，二來也憑藉了佛道之說獲得了心靈上的自慰。這又何嘗不是當時那個時代的大戶人家的婦女們的一般守正生活呢？如果不是一個守正的婦人，那王招宣夫人的行徑，豈非吳月娘的對比也哉！

固然，西門慶死後，吳月娘對於春梅、金蓮、雪娥以及陳經濟的處置，看起來未免太狠了些。譬如她發現了潘金蓮與陳經濟的奸情之後，第一個被處置的就是春梅，理由是怪春梅與金蓮做牽頭，娘兒倆勾通起來養漢，所以先把她打發了。老實說，吳月娘派給春梅的這個罪名，一點也不冤枉。數年以來，一直都是主婢二人狼狽為奸，我說過，金蓮如無春梅，許多的釁兒也都挑不起來。這一點，在身為西門家主婦的吳月娘眼中，當然看得很清楚了。當他識破了金蓮與女婿的通奸行為，為了要防止以後，出賣春梅自是應有的一個舉措，想來並非過分。只是要春梅罄身兒出去，不准帶出衣裳，就未免出於平日對春梅主婢的意氣了。

至於潘金蓮與陳經濟，如能在春梅出去之後，不再來往，各守本分，我想吳月娘也不會再進一步去處置他們的。月娘曾向金蓮勸說過：「六姐，今後再休這般沒廉恥，你我如今是寡人，比不的有漢子，香噴噴在家裏，臭烘烘在外頭，盆兒罐兒都有耳朵，你有要沒緊和這小廝纏什麼？教奴才們背地裏說的磣死了。」可是潘金蓮那能一天沒漢子呢？終於不久之後，緊跟著潘金蓮與陳經濟也被打發了。再說，吳月娘打發潘金蓮與陳經濟等人，又何嘗不是為了保護他的清譽呢。雖說，西門慶在日的西門之家，早已骯髒不堪了，但家醜並未外揚，像丈母養女婿，丫頭偷小子，外人知道也不敢張揚。西門慶死後卻不同了，西門家的風吹草動，都會被外人視之為鐵馬金戈。這豈不就是一向自愛的吳月娘，要去採取的必然步驟嗎！想到這裏，我們就不應對吳月娘有所訾議了。

孫雪娥被來旺拐走，後來被官府當作盜拐富家財物的罪名，捉進官府。發落定案，通知西門家領回。吳月娘則認為孫雪娥業已出醜，平白領了來家作什麼，沒的玷辱了家門，與死的裝幌子。便打發了公人錢，回了知縣的話，不領了。這都是很明智的決定，吳月娘並沒有貪圖可以領回再賣幾兩銀子的便宜。真不愧是千戶之女。

不過，陳經濟到西門家時，帶來不少箱籠財物，都是吳月娘收存在上房中的。當兩家交惡，吳月娘並沒有提起陳經濟帶來的那分產業。在西門慶活著的時候，還說；「常言道，有兒靠兒，無兒靠婿。姐夫是何人？我家姐姐是何人？我若久後沒出，這分兒家當，都是你倆口兒的。」這時的西門家沒有後嗣，自可如此依託。如今，吳月娘已生下墓生兒，縱使西門慶在世，也未必這樣說呢。但吳月娘應該向陳經濟提上一句，雖然陳經濟有對不起西門家的行為，卻也應該橋歸橋路歸路。尤其，西門大姐吊死之後，吳月娘上狀為大姐伸冤，固乃月娘應有的責任。但當李縣長把已判定的絞刑，改為徒刑五年，運灰贖罪。吳月娘曾再三跪門哀告，希求仍判絞刑。這就未免太狠毒些了。後來，李知縣要陳經濟當庭寫了杜絕文書，從此不准再去騷擾吳氏，如果再犯，決然不饒。這才了結此一命案。那麼，吳月娘的希求陳經濟被判處死刑，當真是為了那分產業的事嗎！陳經濟在這一案情中，對於他當年帶進西門家的那分財物，未曾提及隻字。但陳經濟可沒有忘了他的這份財產。當他在西門家失去月娘的信任，不准他到內院中去，他曾牢騷過這件事，說：「……一紙狀子告到官，再不，東京城萬壽門進一本，說你家現收著我家許多金銀箱籠，都是楊戩應沒官的贓物，好不好把你這幾間房子都抄了。老婆當官賣，我不圖打魚，只圖混水耍子。……」卻又為何見了官不提了，想必也想到了自身的安全吧！

使吳月娘最難堪的一件事，莫過於她的誤入永福寺，再加上春梅遊舊家池館。像春梅的表現，與當年吳月娘要薛媽領出春梅的那份情景，前後比照，就顯得月娘的為人有欠厚道了。實則，在西門慶死後的那個家庭，吳月娘去泰安進香一些日子回來，潘金蓮主婢與陳經濟之間，便已熱絡得穢聞滿城，又怎能怪月娘這樣生氣，首先搶著把春梅處置了呢！至於春梅的能對月娘不念舊嫌，那是由於她的丫頭性格使然，我已在前文中論及了。

吳月娘雖然活了七十歲，西門家的那分家當她也為之保全了下來。也嫡出了一個承祧西門氏的子息。可是這子息竟出家歸佛了，最後只是玳安以義子之身，終老了她。說來，她雖得高壽而終，卻也未必是有福分的吧。這問題誠能令人悠思不已也！

民國六十七年（1978）十一月十七日《臺灣新聞報》第12版

背時一生的孫雪娥

似乎尋不出第二個西門家的女人，比孫雪娥的命運更悲慘，連秋菊的結局，都比她要好些。

孫雪娥的家世，也不可考。她原先也是個丫頭，是西門慶第一任妻子陳氏陪床的，凡是這類陪床的丫頭，自免不了是男主人適時解饞的點心。何況她「有姿色」，西門慶遂與她帶了鬏髻，排行第四。

按說，孫雪娥既是西門慶元配陳氏的陪床丫頭，應是一位最早到西門家的人，她之被西門慶佔有，縱不比卓丟兒早，總不會比李嬌兒與孟玉樓晚，而她卻被排為第四，想必由於她能在西門家，有獨擋一面的才能，到了潘金蓮過門時，才這樣安排她的名分的吧。孫雪娥獨擋一面的才能，是在灶上掌管著西門一家人的三餐飲食。這一點，要是沒有幾分手藝，西門慶那一家人等，是不容易張羅的。尤其西門慶，更是不好伺候。而她，卻始終是西門家灶上的班頭。雖有一次慢製了荷花餅與銀絲炸湯，挨了西門慶的一頓拳腳與棍棒，那是由於春梅的挑撥，在往常，雖有京城貴賓到來，延宴之設，卻也不曾有人挑剔。我想，她是憑的這一點，被戴上鬏髻的吧！

也許孫雪娥的臉蛋子生得不錯，可以稱之為「有姿色」，而她的身材則是矮小型，所謂「五短身材」。吳神仙的貴賤相人，對於她的評鑑，這樣說：

> 這位娘子體矮聲高，額尖鼻小，雖然出谷遷喬，但一生冷笑無情，作事機深內重。只是吃這四反的虧，後來必主凶亡」。所謂四反指的是「唇反無稜，耳反無輪，眼反無神，鼻反不正。」

換言之，孫雪娥的唇耳眼鼻都長的不好，試看，沒有稜角的反嘴唇，沒有輪的反耳朵，沒有神的眼睛，不中正的鼻子，而又體矮、額尖、鼻小，要說她的「有姿色」，可能指的是皮膚嫩吧？要不然，孫雪娥的面貌體態，可真是「姿色」不起來。

儘管孫雪娥在西門家，比起其他各房，數她最不得寵，而她卻不甘寂寞，或可說是不甘雌伏。連西門慶的閒事，她都敢去招惹。譬如西門慶淫上了來旺的媳婦，就是她告的密。當來旺派往杭州辦貨還家，下了頭口，就往後邊灶上，想先看到自己的媳婦，在堂屋門首遇見了孫雪娥，那雪娥一見到來旺，就滿面微笑說：「……幾時沒見，吃得黑暉了。」問起他的媳婦又怎的不在灶上？那孫雪娥就冷笑一聲說：「你的媳婦兒，是那時的媳婦兒了，好不大了。她每日只緊跟著她娘們夥兒裏，下棋撾子兒抹牌玩耍，她肯在灶上做活哩！」來旺一聽當然了解到孫雪娥的話中有因由了。於是交待了任務之後，便私自做了些人事，悄悄送了孫雪娥兩方綾汗巾，兩雙裝花膝褲，四匣杭州粉，二十個胭脂。這麼一來，孫雪娥便把她所知道的（還有親眼得見的）西門慶如何勾搭來旺的媳婦，玉簫怎的做牽頭，先東山子底下，再落後在潘金蓮屋裏做窩巢，一五一十全盤托與了來旺，像個情婦在男人耳邊告大老婆的枕頭狀似的。就這樣，她送掉了來旺媳婦的一條人命，來旺也因此引來一場官司，挨了板子，受了夾棍，又被押回徐州原籍列管。然而孫雪娥卻因此得到了一些利潤，那就是在她被西門慶冷落的枯寂生活上，曾經沾益了來旺的一分雨露之澤。可是，卻又緣於這分雨露之澤，首先，挨了西門慶一頓，經吳月娘再三解勸，才拘了她的頭面衣服，只教她伴著家人娼婦上灶，不許她見人。最後又給她安排了一個比在西門家還要悽慘的結局。說來，難道這真是所謂命運使然嗎？

我是一向不相信命運的。我認為一個人的一生成敗，決定於一個人的性格，譬如潘金蓮的能得寵於西門慶，在於她的從不正面阻止男人的拈花惹草，甚且去慫恿他，協助他，把妒火燒向其他的女人，決不因此向男人光火；吳月娘更是如此。但孫雪娥正恰恰相反，她總是跟任何人作正面的頂撞。譬如那年新年佳節，西門慶賀節不在家，吳月娘往吳大妗子家去了。孟玉樓潘金蓮等人在李瓶兒房裏下棋，贏了李瓶兒一個豬頭，由來旺媳婦煨燒好給大家吃。等吳月娘回來，知道了這件事，便提議每人輪流治一席酒兒，叫將郁大姐來，晚間耍耍，強如那等賭勝負，難為一個人。眾人接受了月娘的這份提議。月娘就又提議由明天初五日起，大家占日輪流。李瓶兒占了初五，玉樓占了初七，金蓮占了初八。問孫雪娥占那一天，孫雪娥便半日不言語。月娘道：「也罷，你們不要纏他了。教李大姐挨著罷。」像這種情形，照一般說，應該隨和著大家歡樂歡樂，大節間的。然而她卻不理會月娘的這分提議。等到初十輪到李瓶兒擺酒，使繡春往後也去請孫雪娥，一連去請了兩遍，嘴裏答應著來，只顧不來。於是孟玉樓說：「我就說她不來，李大姐只顧強去請她。可是她對著人說的：『你們有錢的，都吃十輪酒，沒的那俺們去赤腳絆驢蹄。』似她這等說俺們罷了，把大姐姐都當驢蹄了看成。」月娘道：「她是恁不是材料處窩行貨子，都不消理他了，又請他怎的。」孫雪娥就是這麼一個上不得臺面的人。

但在背地裏，她還是酸溜溜的。那天，玉簫在前面替西門慶與來旺媳婦把風，遇到孫雪娥從後面來，怕她撞到屋裏去，便一徑支她說：「前邊六娘請姑娘，怎的不往那裏吃酒？」那雪娥鼻子裏便冷笑道：「俺們是沒時運的人兒，漫地裏栽桑人不上，他行騎著快馬，也不上趕他，拿什麼伴著他吃十輪兒酒。自下窮的伴當兒，伴的沒褲兒。」[1]這些話，全是些自卑感的牢騷話。

也不見得孫雪娥在那些妾婦之中，就會窮得連一輪酒飯也輪不起，要是輪不起，吳月娘也不會那麼安排了。孫雪娥就是那麼彆扭，她只配作個丫頭，本不配戴鬏髻在妻妾的妯娌行裏，只配作個上灶的班頭。吳月娘既然安排了大家輪流著擺春酒，當然沒有打算把她摒之列外，又何必自不打攏。還說了些不三不四的話，認為吳月娘的安排是「漫地裏栽桑（喪）人」，明知她比不了他們，還要安排她也輪上一席。實際上，只是她感於平素在西門家雖名義上也是西門慶的小老婆之一，但事實上一年也難得輪到一回，自認自己只是西門家的上灶婦而已。所以她自認他自己是個「沒時運的人兒」，不願與大夥兒打攏。李瓶兒擺酒，著人請她，卻也嘴上說來而人不到。光是從這一點來看，亦足可預想到這人是將永難得到好時運的了。

為了來旺，孫雪娥挨了打，還被拘去了頭面衣服，換言之，就是褫除了她的妾室身分。只准她上灶，不准她出門見人。如照一般人，豈不羞死。而他，卻還能夠在來旺被遞解徐州之後，來旺媳婦尋死尋活的節骨眼兒，受了潘金蓮幾句挑撥，毫沒有由頭兒的，逕自跑到來旺媳婦房裏去作個解勸人兒，豈不是去自尋沒趣。因而招來了宋蕙蓮的一頓奚落：「我是奴才淫婦，你是奴才小婦。我養漢養主子，強如你養奴才。你倒背地裏偷漢；偷我的漢子，你還來倒自家翻騰。」雖然孫雪娥是一個巴掌打上了前，來旺媳婦又怎是好惹的。於

1　「慢地我桑人不上」，意為想隨時隨地派人上當謂之「栽桑人」；「不上」意為沒有能使人接受（上當）。實際上「栽桑人」就是「葬送人」的諧音。下說「他行騎著快馬」，意為他們有快馬騎，「他行」即「他們有能力」，意為他們是有快馬騎的人。所以說，「也不上趕他。」意為也犯不著去趕他們，即他們都是有錢人，我窮鬼何必跟他們比。於是，下面說：「拿什麼伴著他吃十輪酒。自下窮的絆當兒，絆的沒褲兒。」因為許多人不了解這句中原土語，往往把標點都打錯了。

是兩人火拚上了。這都說明了孫雪娥這個女人的莫名其妙，簡直是十三點的性格。這種性格便是一種悲劇的人物典型質素。

無論任何時候，孫雪娥說起話來，總要攜著幾分不滿。李瓶兒的孩子死了，送到墳地去了，怕李瓶兒到了墳地會過分的悲慟，遂留下吳銀兒與孫雪娥陪著李瓶兒在家。李瓶兒在家哭得呼天搶地，把頭都撞破了。吳銀兒在旁，一面拉住李瓶兒的手勸道：「娘！少哭了吧！哥哥已是抛閃了你去了，那裏再哭得活。你須自解自款，休要只顧煩惱了。」可是孫雪娥則說：「你又年少青春，愁到明日養不出來也怎的。」跟著就又說起使李瓶兒最不快的事了。「這裏牆有縫，壁有眼，俺們不好說的，他使心用心，反累己身。誰不知她氣不憤你養這孩子，若果是她害了，當當來世，教她一還一報，問她要命。不知你我也被她活埋了幾遭哩。只要漢子常守著她便好，到人屋裏睡一夜兒，她就氣生氣死。早時，前者，你們都知道，漢子等閒不到我後邊，到了一遭兒，你看背地亂都唧喳成一塊，對著他們姐兒們說我長道我短，那個紙包兒裏也看哩。俺們也不言語，每日洗著眼睛看著他，這個淫婦，到明日還不知怎麼死哩！」這那是人家葬埋兒子這天的母親，應該聽的勸慰詞呢！卻只有孫雪娥這種人，才會牢騷出這一大堆窩囊在自心中的閒話。她何嘗是勸慰別人，也只是尋個機會發發悶氣而已。好在李瓶兒知道她，也只答說「罷了。我也惹了一身病在這裏，不知在今日明日死，也和她也爭執不得了，隨他罷。」否則，豈不是火上加油，憤上加憤。像孫雪娥這樣的人，怎會不令人為之生厭呢！

孫雪娥這種令人討厭的性格，推究起來，當是種因於她這人的不該有了名分，她只配作一個灶上的班頭。正因為她有了名分，事實上又不能與其他幾位有同樣名分的妯娌，享受到相等的待遇，不止是男人很少到他房裏歇宿，男人在別個房裏飲宴作樂，還得她在廚房裏伺候著，要茶備茶，要飯備飯，在心理上自然大感不平了。然而她也自知自己在幾個同樣名分的女人中，她的出身是比較卑微的一個，不是說她這陪嫁的丫頭比院中的婊子以及再嫁婦更低賤，而是她本是西門家的丫頭，不像其他幾位，有的有色有俏，有的有帶來的嫁奩，她則兩樣一無所有，只靠著她頗能在灶上照管一家人各房各廳的飲食，這便自然而然的自感形污了。就像那次吳月娘掃雪烹茶與西門慶和好之後，大家備酒向吳月娘作賀，在敬酒的時候，大家都是行的手禮，只有孫雪娥則是跪在地上敬的。吳月娘竟也毫不謙讓的接受了她這分大禮，對別人卻都是推推謙謙的。所以孫雪娥在西門家的地位，雖有名分，而事實上還好不過春梅呢！正因為她的這分自卑感，遂益發造成了她的妒嫉，凡是別人好過她的地方，她都氣不憤。潘金蓮私通琴童，兩次向吳月娘告密都少不了她。而且是她聯合了李嬌兒第一次向月娘告密，月娘再不信，第二次再去告，而且攤牌似的說：「又不是俺葬送他，大娘不說，俺們對他爹說。若是饒了這個淫婦，自除了是饒了蝎子娘似的。」吳月娘仍舊不願把這醜事張揚出來，遂說：「他才來家，又是他好日子，你們不依我，只顧說去，等住回亂將起來，我不管你。」可是孫雪娥這兩人偏不聽月娘的勸阻，約的西門慶進入房中，告密了這件事。終於使潘金蓮挨了一頓，她才干休。這都是她平素不滿於一切的報復心理作祟出來的。可以說，自從潘金蓮進門，便是孫雪娥忌恨的對象，私僕她告密，只要潘金蓮與人合氣，她都不忘從中挑撥，而她，也是潘金蓮主婢們的折騰對象。但潘氏主婢的被賣出家門，都有關乎孫雪娥的唇舌之議。特別是潘金蓮的被領出西門家，卻全是孫雪娥的主意。當陳經濟發牢騷，要告西門家窩藏他陳家的沒官財物，吳月娘真是氣得發昏，又何嘗不怕那小子抖摟出來呢！於是孫雪娥便伺機進言：「娘也不消生氣，氣的你有些好歹，越發不好了。這小廝因賣了春梅，不得與潘家弄手腳，纔發出話來。如今一不做二不休，大姐已是嫁出女，如同賣出田一般，咱顧不的他這許多。常言養蝦蟆得水蠱兒病。只顧教那小廝在家裏做什麼。明日哄賺進後邊，老實打與他一頓，即時趕離門，教他家去。然後叫王媽媽子來，是是非，人去時是非者。把那淫婦教他領了去，變賣嫁人。如同臭屎臭尿，掠將出來，一天事都沒了。平空留著他在屋裏做什麼。到明日沒的把咱們也扯下水去了。」孫雪娥的這番話，遂提醒了吳月娘，把陳經濟誆來打了一頓趕了，把王婆子叫來，領去潘金蓮賣了。孫雪娥終算出了悶氣了。這或許就是孫雪娥一生之中，最感得意的時期吧。

然而孫雪娥終不爭氣，也許是命運的捉弄，偏偏又遇上老相好來旺兒回來了。如果，她能冠冕堂皇的向月娘說明，要求月娘准她離開西門家他嫁，推情度理，吳月娘也許會念在多年的情分上，給她一些陪嫁，任她跟著那曾有功於西門家的旺官兒過日子去。可是孫雪娥偏要暗地裏行事，偷偷盜盜的越牆踩瓦而去。大清早雖然渾過了巡警，渾出了城門，卻又偏偏落腳不實，盜又被盜，於是案外加案，牽著線頭兒縷尋，這一對歇腳在屈姥姥家的「鄭旺夫妻」，便被官府派來的差人，一條索子都拴了。送進官府一經審問，查出了這一對「夫妻」乃「通姦拐盜財物」的罪名。最後，西門家拒絕領回，孫雪娥遂被判為當官發賣，便又落到當年的仇人春梅手下，命運又陷入一條黑胡同裏了。

春梅買去孫雪娥，完全是意存報復。

要說春梅把孫雪娥買進府去，意存的報復只是為了當年她們在西門家的一些齟齬，則毋寧說是春梅曾一向妒嫉孫雪娥的本來與她同等，居然在西門家的名分比她高的這一點上。論姿色、論才情、論智慧，春梅那一樣不比孫雪娥強，然而孫雪餓卻有偏房的名分，可以戴鬏髻穿蓋裳兒，她則不能。她不也是被家主人收用過的女人嗎。所以，春梅買回孫雪娥之後，雖然孫雪娥倒身下拜，磕了四個頭，而春梅卻也毫無憐憫。「把眼瞪一瞪，喚將當值的家人媳婦上來，說：『與我把這賤人撮去了鬏髻，剝了上蓋衣裳，打入廚下，與我燒火做飯。』」我們看春梅對付孫雪餓，一開始便是「撮去了鬏髻，剝了上蓋衣裳。」顯然的，春梅是憤懣她的那種名分。把她在府上折磨了一陣之後，又把她發賣為娼。被一個山東人潘五買去帶到臨清碼頭，為她啟了個花名「玉兒」，每天送到酒樓上接客供唱。動輒打罵，每天只給兩碗飯吃。還得學彈學唱，不會就打。後來，雖然遇見了守備府的張勝，把她給包下來了。日子過得好一些，偏又遇上張勝犯了殺人罪，他把陳經濟殺了。正準備到統制府去解決春梅，又被巡捕李安把他給制服了。於是不問長短，五棍一換，一百棍打死。再差旗牌快手，往河下捉拿那坐地虎劉二。孫雪娥一見劉二被鎖了去，恐怕再來鎖她，遂走到房中自縊身死。孫雪娥的一生，就這樣結束了。

我們看，西門家的女人，連丫頭子都算上，還有誰比她一生的遭際更慘呢！

民國六十七年（1978）十二月十一日《臺灣新聞報》第12版

李嬌兒下了這一手

李嬌兒是妓院中的人物，在未嫁西門慶之前，已在風月場中打過不少年的滾了。按說，她的擇人而事，應是厭倦了生張熟李的日子吧，但如歷觀她在西門家的作為，似乎不是為了「從良」而嫁，乃另有居心。這一點，我們留在後面說。

李嬌兒既是清河縣麗春院的粉頭，其出身自也跟丫頭們一樣，多是窮苦人家的孩子，打小兒就賣入煙花巷了。縱還知道自己的親生爹娘，也談不上什麼感情的。不惟談不上感情，甚而還對親生爹娘有恨呢！戲劇中的「蘇三起解」，就有一恨恨的就是她親生爹娘心太狠，大不該將女兒賣入娼門。所以，在煙花巷中被養育大的這位李嬌兒，卻也只承認她麗春院中的媽媽子，卻未嘗聽到她提過爹娘。那麼，李嬌兒的真正家世，似也不必考了；就是她在麗春院的這一段，寫傳的人也不曾交代。她是怎樣下嫁西門慶的？萬曆傳也沒有說，只說她「乃院中唱的」又「生的肥膚豐腿，身體沉重，」只要「在人前多咳嗽一聲」，那麼就「上床賴（懶）追陪」了；雖是數名的名妓，「而風月不及金蓮也」[1]。試想，像這樣的一位胖姐兒，連多咳嗽一聲，

[1] 第九回：「第二個李嬌兒，乃院中唱的。生的肥膚豐腿，身體沉重，在人前多咳嗽一聲上床賴追陪，解數名妓者之稱，而風月不及金蓮也。」這句話，顯然有誤。是以其他本，都改為「……身體沉重，雖然數她名妓者之稱，而風……」都把「在人前多咳嗽一聲，上床賴追陪」刪去。我認為這是一句誇大形容李嬌兒的豐肥，肥得連多咳嗽一聲，對她都是一大負荷。「賴」字乃「懶」字的假借，所謂「上床懶追陪」，自是形容她不能在這方面與潘金蓮競爭。「解」字是「雖」的誤刻，「雖數名妓者之稱」，意為雖然有在數的名妓者的聲稱，在風月上可抵不上潘金蓮了。但是否另有他意？謹就正於識者。

對她都是一大負擔，西門慶愛上她的什麼呢？這樣的胖姐兒，在麗春院中又是怎樣出的名呢？對於李嬌兒的這一點問題，我卻百思不得其解。後來，一個自稱是嘉靖時代的人寫的「真傳」，便把西門慶之娶了李嬌兒的這一問題，寫成是娶的李嬌兒的金錢，不是娶的李嬌兒的人，想必這位「真傳」的作者，有他自秘的新史料吧！

這部「真傳」說李嬌兒的下嫁西門慶，是應伯爵的撮合，他說：「李家院子裏的李嬌兒，富有巨萬纏頭，現願擇人而事，若得哥有心，咱便從中撮合，豈不是人財兩得嗎。」西門慶不信有這等便宜事，到了院中一看，「見了李嬌兒，果然花容月貌，」李嬌兒對西門慶自頭至足，細細一瞧，見他「風流瀟灑，心中卻也十分羨慕。」經應伯爵從中三言兩語，便把這事說成了，李嬌兒的條件，「聘金只須二百兩，但要迎親結燭。」就這樣西門慶回到宅中，連夜把前妻陳氏所遺賸的衣飾，拼拼揍揍，又把月娘的金釧嫁衣，黑夜偷將出來，就託應伯爵幹辦此事，不上十日，便把李嬌兒娶到家來作了二房。這裏的傳述，無論真假，也只說明了李嬌兒的嫁到西門家來，也像孟玉樓與李瓶兒一樣，都是帶著家當來的。至於李嬌兒的這份豐腴之體，且又「額尖鼻小」，「肩聳聲泣」，居然成其名妓，獲有纏頭巨萬的說法，也都不必管它了。若以此說西門慶的娶她也是為了她的錢財，自亦難責傳者無因矣！

嫁到西門慶家的李嬌兒，雖不像孫雪娥那麼背時，尚未淪為灶間的僕婦，然而她卻也不是得寵的一位，因而她與孫雪娥不時結合在一起，與潘金蓮對立。不過她不像孫雪娥那樣沒心沒肺，凡事都正面去頂撞，她則頗能隨和，仍不時跟大家夥在一起吃吃喝喝，玩玩樂樂。但如抓到把柄，得了機會，那報復之心，是決不會消失的。譬如她之聯合了孫雪娥去檢舉潘金蓮私通小廝，是因為潘金蓮罵了煙火寨的人太貪金銀，她就懷恨在心。雖說罵的不是她，只是為了西門慶貪戀了李桂姐，住在院中多日不回家，派小廝玳安去接，不惟接不回來，還挨罵挨打。西門家的一幫女人們，當然不服氣了。於是一個個怨三憤四。月娘道：「你看不合理！不來便了，如何去罵小廝來？如何狐迷變心這等的。」孟玉樓道：「你踢將小廝便罷了，如何連俺們都罵將來。」潘金蓮道：「十個九個院中淫婦，和你有甚情實，常言說的好，船載的金銀，填不滿煙花寨。」就這麼一句話，使李嬌兒不快活了。

最微妙的是，當李嬌兒得知西門慶將要梳攏他家姪女兒李桂姐，不惟不生氣，反而非常高興，連忙拿了一錠大元寶，付與玳安拿與院中，打頭面，做衣裳，定桌席，吹彈歌舞，花攢錦簇，做三日飲的喜酒。她竟為自己的「姪女兒」被她的丈夫梳攏一事，當作天大的喜事辦，亦足徵李嬌兒的雖然下嫁了西門慶作了二房，但在她的心理上，以及立場上，卻還仍是院子中的一員。像她對於西門慶的梳攏她「姪女兒」桂姐這件事的高興情形，以及處理的情況，可以說都是站在一個妓院中的長輩姑娘的立場，要不然，縱使這個「姪女兒」非親，丈夫又到妓院中胡來上一個，又那有不生氣的道理。可見她人兒雖是西門家西門慶的第二個小老婆，心則仍是她那麗春院中的妓女班頭。從這一點看，亦足可想知李嬌兒的下嫁西門慶，目的是為了什麼了。

如果，那位自稱是嘉靖間人寫的「真傳」上，對於李嬌兒下嫁西門慶的史實是對的，則堪證李嬌兒的下嫁西門慶也是倒貼者之一。她與孟玉樓與李瓶兒一樣，都是帶著財富嫁過來的。這裏，可不必考證李嬌兒曾否帶著那麼一筆——巨萬的纏頭之資，來到西門家，但自從李嬌兒到了西門家之後，西門家與她麗春院的交往，可以說是越發的密切，也越發的頻繁了。凡是西門家的一切歌舞應酬，全是麗春院中的姐妹與哥兒們當差，有一度，麗春院的歌唱教師李銘，也是西門家的歌唱教師，但卻不久便被春梅罵跑了。看起來，李嬌兒的下嫁西門慶，其目的或許不是為了要作西門慶的小老婆，祇不過想利用西門慶的地頭之勢，為她家麗春院多招攬些生意而已。所以我認為李嬌兒下嫁西門家的「從良」之舉，是「別有居心」，應該是沒有錯的。等到西門慶得了官，麗春院對於西門家的攀結，是更加熱火了，李桂姐居然去拜吳月娘為義母。在這以前，李桂姐不是拋下了西門慶，又另結了蠻子，一位杭州販稠緞的丁二官人，惹得西門慶大鬧麗春院，指揮平安、玳安、畫童、琴童四個小廝，把李家門窗戶壁床帳都打碎了哩。連應伯爵、謝希大、祝日念等好友都勸拉不住。西門慶只是口口聲聲只要揪出蠻囚和粉頭來，一條繩子墩鎖在門房內。因為這時的西門慶只是個地頭蛇，尚無官位在身，所以李桂姐與老虔婆還不怎等害怕，還敢出面應付。等到西門慶有了官職，麗春院的這一夥妓婦娼男，就又兩樣了。他們要依賴西門慶的地勢官權來庇護他們，不得不攀結著西門慶，事事依順著，再不敢有所違拗。

像西門慶這樣的人物，在未得官之前，他的交往應酬，離不開花天酒地，麗春院這樣的地方，自然是他們經常落腳的所在，三教九流的人物，都會靠著西門慶的媒介或佑護，照顧到麗春院。得官之後，西門慶的交往天地更大了，階層也更高了，狀元、大巡、內相、御史，以及官員們路經寶地，都是西門家應接不暇的人物。這些人物到了清河，醇酒美人，歌舞戲文，都少不了麗春院的俳優粉頭。這是生意的照顧。一旦遇到了什麼風鳴草動，西門慶更是她們這種生意人家的二郎神。能包庇的還是包庇，就像對付王三官似的，只把幾個搗子，運用了他提刑所的職權，派節級抓了，麗春院的李桂姐與秦玉芝，都放過了。儘管李桂姐又在另接他客，反正妓女的營生就是如此，西門慶也都予以曲諒。像這種地方，還不都是他西門家與麗春院的層層關係，不得不有所有顧慮嗎！

其實，李桂姐與王三官的勾當，早就有了。那時，李桂姐拜認吳月娘為義母不久，還不時到西門家走動。突然這年正月少來了，便與王招宣家的這位紈袴子弟三官兒有了首尾。這位王三官先梳攏了二條菴齊家的小丫頭子齊香兒，再之後又到李桂姐家行走。這王三官不祇是招宣府中的哥兒，而且是東京六黃太尉的姪女婿，家裏既有錢，媳婦手裏更有嫁妝。正因為他把媳婦子的頭面都偷出當了，氣得他娘子上吊尋死。因而怒惱了老公公，遂將幾位引搭王三官的幫閒，都一個個寫出了名字，送與當朝朱太尉。朱太尉批行東平府，著落清河縣拿人。於是，孫寡嘴、祝麻子、小張閒等人，都在李桂姐家捉得去了，李桂姐當天在隔壁朱毛頭家躲了一夜，第二天，便乘一頂小轎藏到西門家。西門慶便掩護了李桂姐，等待事情過了，才放了李桂姐回去。這不就是麗春院樂與西門慶攀親的好處嗎。當然，麗春院的粉頭，自也任由西門慶予取予求了。

等到西門慶一死，葬禮尚未舉行，麗春院的老虔婆李三媽便有所準備。那日李家虔婆，聽見西門慶死了，鋪謀定計，備了一張祭桌，使了李桂卿、李桂姐，坐轎子來上紙弔問，由李嬌兒與孟玉樓在上房管待的時候，來弔喪的李家桂卿桂姐，便悄悄對李嬌兒說：「人已是死了。你我院中人，守不的這樣貞節。自古千里長棚，沒有個不散的筵席，教你手裏有東西，悄悄教李銘稍了家去防後。你還恁傻，常言道揚州雖好，不是久戀之家，不拘多少時，也少不的離他家。」就這樣，這李家院子中的粉頭龜頭等人，便假借著弔喪與幫辦喪事的機會，在西門家上下其手。吳二舅又與李嬌兒素有首尾，有時發現了，也裝作沒看見。只瞞著吳月娘一人。吳月娘除了守喪，還在月子中，潘金蓮只顧與陳經濟暗中偷情，因而越發的方便了李嬌兒盜取西門家的財物，交給李銘轉運家去。等到財物盜運的差不多了，李三媽便著李桂姐等人唆使她如何離開西門家的辦法。

在出殯的那天，李桂卿、桂姐便又悄悄地告訴李嬌兒：「媽說你沒膽量，你手中沒甚細軟東西，不消只顧在他家了。你又沒兒女，守甚麼！教你一場亂嚷，登開了吧！」於是又告訴她應伯爵已為她尋到了人家，張二官府要化五百兩銀子娶去做二房娘子，當家理紀，在那裏還可圖個出身。在這裏將到老死，也不存麼！說：「你我院中人，棄舊迎新為本，趨炎附勢為強，不可錯過了時光。」李嬌兒便照著這番吩附，過了五七之後，便藉著潘金蓮等人背後的幾句閒話，拆穿了她的偷盜行徑，以及暗中與吳二舅的勾搭，嚷的吳月娘知道了，把吳二舅罵了一頓，趕去鋪子做買賣，再不許進後邊來。又吩附門上的平安，不許李銘再進大門。李嬌兒因此惱羞成怒，因風吹火，正愁尋不著由頭兒裏，遂借故大嚷大鬧，拍著西門慶靈床子，哭哭啼啼，叫叫嚎嚎，到了半夜三更，還上吊尋死。吳月娘只得把李家虔婆找得來，打發他歸院。這正好是李三媽所安排的圈套了。

說起李家虔婆來，可是夠狠的了。雖然吳月娘要打發李嬌兒歸院，老虔婆還躭心吳月娘會留下她的衣服頭面，閒言閒語就出來了。「我家人在你這裏作小，優低缸受氣，好容易開交了吧！須得幾十兩遮羞錢。」結果，對價了半天，吳月娘只得把她房中的衣服首飾，廂籠床帳家活，全部給了她，打發出門。臨走時，李嬌兒還要把身邊的兩個丫頭元宵與綉春帶走。吳月娘是死也不肯。說：「你倒好買良為娼。」這句話才慌了鴇子不敢開言，變得笑吟吟的臉兒，拜辭了月娘，一頂轎兒擡得家去了。

儘管，李嬌兒嫁到西門家的這幾年，表面上看起來，並沒有什麼作為，雖與孫雪娥聯合過一次，去檢舉潘金蓮的偷小廝，卻是跟在孫雪娥身後的。如論在男人身邊的寵幸，也比孫雪餓好不了多少。嘴頭子也不碎，為人也無特癖，在西門家的日子，過得挺隨和的。可是，只要我們一看西門家的歌童藝伎十之九都來自她家的麗春院，就不得不想著這筆可觀的生意經，可能都是李嬌兒在西門家的關係吧！特別是當我們看到西門慶梳攏了李桂姐時，她的那的那分高興勁，以及西門慶死後她是如何接受了李三媽的錦囊之計，第一個離開了西門家，而且是滿載而歸；除了自己帶去的纏頭，還相搭著李銘盜運了不少西門家的財物。就可以想知李嬌兒在西門家的眾婦裏面，稱得上是一位胸有城府的人兒了。推究起來，又何嘗不是那麗春院中老虔婆的老謀深算，以及對手下粉頭的訓練有素呢！

李嬌兒歸院之後，李三媽又以五百兩銀子把她賣給了張二官府的張三官，雖然寫傳的人沒有替她再有所交代，而我們也可以想像得到，這女人總不會吃虧的。縱使自己年老色衰——她本就不美，她麗春院有的是年少色娟的姪女兒，謀一個來作替身，男人家還有不樂意的嗎。即使老了無靠了，手頭還有盜來的財物過營生。西門家的兩個丫頭雖然沒有帶得出來，化錢再買上一個兩個她也有此能力。那時的女孩不值錢，春梅也不過十六兩銀子，還抵不上嫖客丟一次盤子錢呢！由此想來，或可想知她的結局比吳月娘還要好吧！

最後，我要附帶提到的一點，是「李嬌兒」這個名字，如以諧音來想，他簡直就是麗春院搭向西門家的一座橋樑。我們看西門家與妓院的結合，夠多麼的密切。再看，只是與西門家有所往還的那般人，無論官也好，民也好，又有誰能勝過妓家多少？動輒「淫婦」不離嘴的人，不是別人，是潘金蓮。西門家的那一窩男男女女，他們成天價的所作所為，認真說來，還比不上麗春院呢！所以我認為「李嬌兒」者，乃「離橋兒」也。西門慶一死，這座橋兒便離去了。李嬌兒離開西門家之後，西門家便緊跟著一個跟著一個散了。可想像西門家這種豪門，是離不開妓院這座橋樑的啊！

民國六十九年（1980）三月十五日《臺灣新聞報》第12版

孟玉樓處世有道

排次起來，孟玉樓是西門慶的第三房，也是一個所謂「二婚頭老婆」，他原嫁的那位，是姓楊的布商，去販布，死在外邊，守寡了一年多了。身邊沒有子女，只有一個小叔子。手下卻還有一分好財產，有心再嫁。賣翠花的薛嫂，便為孟玉樓去說合西門慶。

孟玉樓之下嫁西門慶，表面上雖是媒人的安排，先關節了楊家守寡姑子，實際上，卻也是孟玉樓的心甘情願。當楊家的舅父張四出面反對這件事的時候，告訴孟玉樓那西門慶積年把持官府，刁徒潑皮，而且家裏還有正頭娘子，另外還有三、四個偏房，以及沒上頭的丫頭，他家人歹口多，嫁過去，只有惹氣。不如尚推官的兒子尚舉人。孟玉樓的回答說：「自古船多不礙路，若他家有大娘子，我情願讓她做姐姐，奴做妹子。雖然房裏人多，漢子歡喜，那時，難道你阻他；漢子若不歡喜，難道你去扯他。不怕一百人單推著，休說他富貴人家，那家沒四、五個。著緊街上吃食的，攜男抱女，也拿扯著三、四個妻小。你老人家太多慮了。奴過去，自有個道理。不妨事。」張四又說：「我聞得此人，單管挑販人口，慣打婦熬妻。稍不中意，就令媒人賣了，你願意受他的氣嗎？」玉樓則說：「四舅，你老人家差矣。男子漢雖厲害，不打那勤謹省事之妻。我在他家把得家定，裏言不出，外言不入，他敢怎的。為女婦人家，好吃懶做，嘴大舌長，招是惹非，不打他打狗不成。」

於是張四又提出了另一個問題：「不是，我打聽他家裏還有一個十四歲未出嫁的閨女，誠恐去到他家，三窩兩塊，把人口多惹氣，怎了！」孟玉樓就又回說道：「四舅說那裏話。奴到他家，大是大，小是小，凡事從上流看，待得孩兒們好，不怕男子漢不歡喜。不怕女兒們不孝順，休說一個，便是十個也不妨事。」張四又說：「我見此人有些行止欠端，在外眠花臥柳，又裏虛外實，少人家債負，只怕坑陷了你。」玉樓又回說：「四舅你老人家又差矣！他就外邊胡行亂走，奴婦人家只管得三層門內，管不得兼行三層門外的事。莫不成日跟他走不成。常言道，世上錢財倘來物，那是長貧久富家。緊著起來，朝廷爺一時沒錢使，還向太僕寺借馬價銀子支來使，休說買賣的人家，誰肯把錢放在家裏，各人裙帶上衣食。老人家到不消這樣費心。」從孟玉樓的這番話，就可以蠡知孟玉樓這人是多麼的會應付場面。這裏，除了說明孟玉樓的甘願嫁給西門慶，更向讀者交待了嫁到西門家的孟玉樓，是一位有口舌而又有心機的處事能手。

孟玉樓比潘金蓮先到西門家，這時，西門家不算月娘已另有了兩個。等潘金蓮娶過來，排了一個次第，玉樓被列為第三。如論年齡，她則是西門慶六個名次的大小老婆中，年紀最大的一個，比西門慶還要大上兩歲。而且，在六個女人中，也只有她長的是細挑身材。傳上說：

> 生的貌若梨花，腰如楊柳，長挑身材，瓜子臉兒，稀稀多幾點微麻。自是天然俏麗。惟裙下雙彎金蓮，無大小之分。

雖然沒有潘金蓮那分「風流」，相貌卻算得是出眾的。如果，想在男人身上爭寵，西門家的六房，怕只有孟玉樓才是潘金蓮的對手。李瓶兒在某方面雖有過人的風月，但健康不佳，早已心餘力絀了。可是孟玉樓的處世之道，是不競不爭，力求自安，因而她在西門家，既不去要寵，也不去爭風，雖有利口也不傷人。縱說是非也不存挑撥。遇有雙方相爭，她總是處於排解的地位。表面上，她站在潘金蓮的一方，實際上她絕不是像李嬌兒與孫雪娥那樣的聯合在一條戰線上。採取作戰的行為。推究起來，她之與潘氏接近，那是因為她了解潘金蓮的性格。為了能在西門家安居無故，不得不符合著潘金蓮一些。說來，這都是孟玉樓的自處之道。她的處世原則，是不開罪於任何人，不僅乎此，而且遇有事故，出來調和事態的人物，也總是她。潘金蓮私僕，挨了馬鞭子，她能伺機會在西門慶不在家的時候，瞞著李嬌兒與孫雪娥偷偷兒探望挨打的潘金蓮。規勸著說：「六姐你休要煩惱，莫不漢子就不聽俺說句話兒。若明日他不進我房裏來便罷，但到我房裏來，等我慢慢勸他。」休說她做不做得到，在潘金蓮剛挨過打的心情之下，在她來說上這幾句話，已足夠安慰的了。

事實上，孟玉樓不只是光說表面上的話，她確也果真的照著說的作了。晚上，西門慶到玉樓房中，玉樓因說道：「你休枉了六姐心，六姐並無此事。都是前日與李嬌兒、孫雪娥有言語，平白把我的小廝扎罰子。你不問青紅皂白，就把她屈了。你休怪六姐，卻不難為六姐了。我就替她罰個大誓，若果有此事，大姐姐有個不先說的。」這段話對於西門慶之於潘金蓮的這一私僕事態的排解，可是恰好著上力了。

娶李瓶兒的那天，轎子到了門口，半日沒人去接，孟玉樓就趕去勸吳月娘，說：「姐姐你是家主，如今她已是在門首，你不去迎接迎接兒，惹的他爹不怪；他爹在捲棚內坐著。轎子在門首這一日了，沒個人出去，怎麼好進來的。」真格的，如沒有孟玉樓的這一規勸，再涸下去，西門慶能不跳起腳來嗎！為了潘金蓮的幾句讕言，吳月娘竟落了一句「不賢良的淫婦」，因而兩人合氣起來，好久不講話了。提議要為兩人和好出面說話的是孟玉樓，等到掃雪烹茶，兩人自動和好，孟玉樓又把這消息，悄悄告訴了潘金蓮。雖然被潘金蓮諷言諷語的奚落了半日，可是孟玉樓則不是潘金蓮的看法。她說：「她不是假撇清，她有心也要和，只是不好說出來的……。」於是，她提議大家湊分子，為這兩人和好道賀。雖說，在湊分子的時候，李嬌兒與孫雪娥不大樂意拿出錢來，但孟玉樓還是央求到了，孫雪娥拿出一支三錢七分的銀簪子，李嬌兒拿了一塊四錢七分的碎銀子。還是一個個全湊出來了。這事要是落在別人頭上，可能就不會這樣順隨了。就像春梅向奶子如意兒借棒槌，不是吵了一架嗎。在孟玉樓向李嬌兒與孫雪娥湊銀子的時候，這兩人的那頓牢騷，她都能和約相容，結果，還是要來了銀子或首飾。可想他處事處人真是有一套的了。

在這天的筵席上，孟玉樓活躍得像花間的蜂蝶，她領引眾姊妹向西門慶、吳月娘行大禮，在言辭上的對答也是她，當吳月娘說：「你們也不和我說，誰知你們平白又費這個心。」玉樓笑道：「沒什麼！俺們胡亂置了杯水酒兒，大雪天與你老公婆兩個散悶而已。姐姐請坐，受俺們一禮兒。」月娘不肯，亦平還下禮去。玉樓就說：「姐姐不坐，我們也不起來。」相讓了半日，月娘纔受了半禮。看起來，她像是妓院中的班頭，在排著隊兒迎接新豪客似的。儘管潘金蓮好勝，卻也服服貼貼的甘願站在孟玉樓的後陣，她的嘴巴頭子是那麼的厲害，卻也不曾跟孟玉樓爭競過或頂撞過。李瓶兒養孩子，孟玉樓見接生婆進門，便要求潘金蓮一起往屋裏看看去，潘金蓮不願去，發牢騷說李瓶兒的孩子應在八月生，不應在六月生，如出生在六月，就不是他們西門家的種子了。孟玉樓可沒有附和潘金蓮，她說：「我也只說他是六月裏孩子。」認為李瓶兒應在六月生產，不認為六月生就不是他們西門慶的犢兒了。然而潘金蓮並沒有生氣，只回了一句：「連你也韶刀了……。」等到潘金蓮的牢騷，發作到了罵街的地步：「一個是大老婆，一個是小老婆，明日兩個對養，十分養不出來，零碎出來也罷……。仰著合著，沒的狗咬尿泡虛喜歡！」孟玉樓則說了一句「五姐是什麼話。」表示了她不能附和的意見。「以後見她說話出來，有些不防頭腦，只低著頭弄裙子，並不作聲應答他。」當潘金蓮看到孫雪娥慌慌張張一步一跌跑向李瓶兒房裏去。她就教孟玉樓「你看，獻殷勤的小奴才……」，孟玉樓就裝作不聽見了。她如加以附和，就會擴大是非？

不過，在背後說說閒話，論論閒事，孟玉樓也不例外，並不是一位世故到圓滑得玻璃珠似的人物。所以當她與潘金蓮在一起納鞋，談到了鞋樣，引發了丟鞋被小鐵棍兒撿去，向陳經濟換耍圈兒玩，惹來一頓毒打，來昭媳婦背後的侮罵，孟玉樓也照樣學給潘金蓮聽，把來昭媳婦怎樣罵潘金蓮的話，也全抖了出來。甚而把西門大姐如何說落潘金蓮的話，也抖了出來。她說：「……原來罵的王八羔子，是陳姐夫。早是只李嬌兒在旁邊坐著，大姐在跟前，若聽見時，又是一場兒。」金蓮問大姐姐沒說什麼？她就一五一十的托出來。說：「你還說哩！大姐姐好不說你哩。」

說如今這一家子亂世為王，九條狐狸精出世了，把昏君禍的貶子休妻。想看去了的來旺兒小廝，好好的從南邊來了，東一帳西一帳，說他老婆養著主子，又說他怎的拿刀弄杖，成日做賊哩，養漢哩，生生兒禍弄的，打發他出去了。把個媳婦又逼臨的吊死了。如今為一隻鞋子，又這等的驚天動地反亂。你的鞋好好穿在腳上，怎的叫小廝拾了。想必吃醉了，在那花園裏和漢子，不知怎的餳成一塊，纔掉了鞋，如今沒的遮羞，拿小廝頂缸……」可巧這頓閒話，竟沒惹起後果，潘金蓮既沒有要去找來昭媳婦理論，更沒有要找大姐理論，居然把話頭一轉，轉到來旺一人身上去，對於來昭媳婦與大姐都不提了。這因為潘金蓮心理懷有鬼胎，這隻鞋的問題，牽涉到她與陳經濟的首首尾尾，事態才平息了下來，來旺被遞解了，來旺媳婦吊死了，業已飽餐了勝利之果。孟玉樓在這個節骨眼兒，由於提到鞋使她聯想到的問題，便抓住了機會，道出了來昭媳婦與大姐對她的不滿，這又何嘗不是孟玉樓用以降服潘金蓮的手段呢！她向潘金蓮學出來的這番話，也正說明著她告訴潘金蓮她了解她那隻鞋的遺失內情。潘金蓮當然不敢再自掏自己的那個糞坑了。

當來興兒把來旺兒要「白刀子進去，紅刀子出來」的話，說給潘金蓮與孟玉樓聽，又聽潘金蓮說了一些來旺媳婦在山子洞的醜事，孟玉樓就向金蓮說：「這庄事咱對他爹說好，不對他爹說好。大姐姐又不管，倘忽那廝真個安心，咱們不言語，他爹又不知道，一時遭了他手怎的。正是有心算無心不備怎提備。六姐你還該說說。正是為驢扭棍傷了紫荊樹。」經孟玉樓這一說，潘金蓮才被惹起了怒火，說：「我若饒了這奴才，除非是他就合下我來。」這樣，結果被趕了一個，死了一個。說起來，表面上都是潘金蓮的為爭寵所形成，實際上，孟玉樓的這幾句話，才是咬上來旺夫婦倆的毒牙呢！

在西門家的上上下下，她都處得很好，與潘金蓮是正好相對的人物。背地裏沒有人說她的閒話。卜龜兒卦的時候，那婆子說道：「你為人溫柔和氣，好個性兒。你惱那個，人也不知；你喜歡那個，人也不知。顯不出來，一生，上人見喜下欽敬，為夫主寵愛，只一件，你饒與人。為了美，多不得人心，命中，一生替人頂缸受氣，小人駁雜，饒（人）吃了，還不道你是。你心地好了去了，雖有小人也拱不動你。」雖有部分說法，應不到玉樓頭上，但大多都是玉樓性格的寫照。

從大體上看起來，春梅是潘金蓮的幫兇，若從小地方去著眼，我們就會發現孟玉樓給予潘金蓮的影響力最大。在西門家，有能力去和諧潘金蓮的人，只有孟玉樓，對於潘金蓮，玉樓的話，雖非言聽計從，金科玉律，卻也是和乳的水，雖然是一大堆惹氣的話，也能受得下。有一次，潘金蓮嫌隙給她的皮襖顏色不好，說是黃狗皮似的，又是典當來的，不願意要，害吳月娘著起惱來。吳大妗子也不高興。孟玉樓就從吳大妗子手上把那件皮襖拿過來，與金蓮戲道：「我兒你過來，你穿上這黃狗皮，娘與你試試看，好不好？」又戲說：「好個不認業的，大家有這一件皮襖，穿在身上念佛。」於是替他穿在身上，見寬寬大大，潘金蓮才不言語。像這種情形，只有孟玉樓才能使潘金蓮服服貼貼。

西門慶死後，第一個離開的是李嬌兒，跟著賣了春梅，趕出了陳經濟，又打發了金蓮，直到雪娥官賣之後，下一位就是孟玉樓。李嬌兒是吵著鬧著要走的，春梅與金蓮是交媒婆領出賣的，雪娥先是被拐走，然後由官媒出賣，只有孟玉樓離開西門家，是冠冕堂皇的「明媒正娶」，而且是男女雙方的情意相合。在孟玉樓的想法是：「況男子漢已死，奴身邊又無所出，雖故大娘子有孩兒，到明日長大了，各肉兒各疼。歸他娘去了，閃得我樹倒無蔭，竹藍兒打水。」所以當她在郊外上墳見到那位李衙內之後，便有了這個想法了。後來有官媒來提親，吳月娘去問她，口中雖還說「休聽人胡說，奴並沒此話。」卻不覺已把臉羞紅了。結果，她原由薛嫂兒說媒來的，又由薛嫂兒說媒出去。這時，孟玉樓已三十七歲了。西門家像嫁女兒似的嫁了孟玉樓，擇吉，下茶，迎娶，彼此和和氣氣的，他坐上了迎親的彩轎，離開了西門家。

嫁到李家之後，雖遇上了大丫頭玉簪兒的爭寵，幾次無理取鬧，玉樓都忍下來了。最後，還是玉簪兒叫媒人來領了出去。跟著，又來了個窮兇極惡想憑著一根簪子，去敲詐孟玉樓的陳經濟，結果，反把陳經濟當作強樑給捉將起來了。

陳經濟憑恃著手上的一根金頭蓮瓣銀簪兒，上面還刻有「玉樓」的名字，他硬是誣說當年在西門家，曾與他有私情，這根簪子就是訂情之物。而且，還要把他存放在西門家的箱籠財寶，也攀連到孟玉樓頭上，說那都是當年楊戩家應該沒官的財物，如今都被孟玉樓聯合了吳月娘瓜分了。陳經濟居然用如此惡毒的手段，去強孟玉樓就範。孟玉樓一看苗頭不對，怕是陳經濟當時在他李家嚷將起來，被家下人知道，多不好看。只得看風轉舵，馬上擺出好臉來，虛與委蛇，約會下陳經濟當晚在府牆後等著，她把打好包的金銀細軟，打牆上繫過去，要陳經濟接應。她再扮作陳經濟要她扮成的門子模樣，跟他一同上船遠走高飛。陳經濟卻沒有想到，自家設的圈套，反被孟玉樓用來套在他自己脖子上。到時候，一聲梆子響，四、五條漢子在黑影中閃出，大叫有賊，連跟隨陳安都被捉進官去了。此後便應了吳神仙的相贊：「這位娘子三停平等，一生衣祿無虧。六府豐隆，晚歲榮華定取。平生少疾，皆因月索光輝。到老無災，大抵年官潤秀。」她的後半生，比吳月娘還好。

從孟玉樓舌戰張四舅到陳經濟被陷嚴州府，這短短幾年，我們已能詳確的認知了這位善於處世的女豪強了。

民國六十九年（1980）四月二十一日《臺灣新聞報》第12版

潘金蓮之死

「潘金蓮以姦死」——東吳弄珠客。在《金瓶梅》這部百回長篇鉅構中，觸及死亡的情節，數來竟達十處還多。一是武大郎之死，二是花子虛之死，三是蔣竹山之死，四是宋惠蓮之死（還饒上父親宋仁一條老命），五是官哥之死（還饒上一頭貓兒），六是李瓶兒之死，七是西門慶之死，八是潘金蓮之死，九是西門大姐之死，十是陳經濟之死，十一是龐春梅之死，以及孫雪娥之死，周義之死。雖寫有這麼多人之死，卻只有潘金蓮死得最為淒慘。

雖說，周義是四十大棍打死的，陳經濟也是挨刀被殺的；作者卻沒有寫他們死時的慘狀。祇有潘金蓮之死，卻是用細筆濃墨描繪出來的。固然，潘金蓮在《水滸傳》中，就是這樣死的，竟未能像《金瓶梅》寫潘金蓮之死，給予讀者留下的追思與回想多。

潘金蓮之死，寫在第八十七回。西門慶已經死了一年了。她就死在她當年毒死武大的家中，被武二按在武大的靈牌前，當祭品如豬羊，活活宰殺了的。

當潘金蓮被逼得無路可逭，只得照實從頭至尾，一五一十的說了一遍。這武松聽了：

> 一面就靈前一手揪著婦人，一手澆奠了酒，把紙錢點著。說道：「哥哥，你陰魂不遠，今日武二與你報仇雪恨！」那婦人見勢頭不好，纔待大叫，被武松向爐內撾了一把香灰，塞在她口中，就叫不出來了。然後劈腦揪翻在地，那婦人掙扎，把䯼髻簪環都滾落了。武松恐怕她掙扎，先用油靴只顧踢她肋

> 肢，再用兩隻腳踏住她兩隻肐膊。便道：「淫婦，自說你伶俐，不知你心怎麼生著？我試看一看。」一面用手攤開她胸脯，說時遲，那時快，把刀子在婦人白馥馥心窩內，只一剜，剜了個血窟嚨；那鮮血就邈出來。那婦人就星眸半閃，兩隻腳只顧登踏。武松口噙著刀子，雙手去豁開他胸脯，撲扢的一聲，把心肝五臟生扯下來。血瀝瀝供養在靈前。後再一刀，割下頭來；血流滿地？……

武松走時，還拎起她的心肝五臟，用刀插在樓後房簷下。

試看潘金蓮死得多麼悽慘！還有一首詩悼他呢！

> 堪悼金蓮誠可憐，衣服脫去跪靈前；誰知武二持刀殺，只道西門綁腿頑。
>
> 往事堪嗟一場夢，今身不值半文錢；世間一命還一命，報應分明在眼前。

如果從小說所寫的情實，來推演潘金蓮之死，說來，潘金蓮應能躲開武松這場血難的。本來，武二大赦回來，尋問仇人西門慶已經死了，餘下的便只有潘金蓮與王婆子二人。這時，又湊巧潘金蓮因為女婿的姦情暴露，被趕到王婆家待價而沽。（當然，這是小說家為武二製造的一個報仇機會。）武松的報仇方法，自然照價付錢，買了這婦人回去。

當王婆見到武松尋上門來，說明來意（要娶嫂子回家，照顧姪女兒。）王婆就沒有馬上答應，只答說「等我慢慢和她說。」可是，潘金蓮在簾內聽見武松說要娶她回去，又見武松在外出落得長大，身材也胖了。比昔時又會說話。於是老毛病又犯了，心下暗道：「這段姻緣，還落在他家手裏。」就等不得王婆叫，便自動出來，應允了婚事。

我想，這時的潘金蓮，在簾後見到了武松那一表人材，她心裏只想到漢子，忘了當年武松向她拍桌子的情景，忘了她毒殺親夫的罪案，忘了去想想武松此來，說出要娶她家去照顧迎兒，合乎情理嗎？（她忘了迎兒多大了。）當吳月娘聽了王婆說：「兔兒沿山跑，還來歸舊窩」，又被他小叔娶了去啦，便暗中跌腳。因為吳月娘想到了「仇人見仇人，分外眼睛明。」（認為武二這一手玩得精明），遂向孟玉樓說：「往後死在他小叔手裏罷了。」

這潘金蓮竟想不到這裏。當真，這是「當事者昏，旁觀者明？」還是潘金蓮是個大笨人；太笨了呢？

潘金蓮委實是個大笨人。因為她的心被她的慾性濃液糊塗糊了。她的一雙明媚的眼睛，只去照映男女之間的風情，她的一雙聰明的耳朵，只去聆聽男女之問的俏語，她的一顆靈慧的心，卻是一個妒瘤，成天流淌慾性的濃液。而她自己，卻又一夜少了男人也成不的。東吳弄珠客說：「潘金蓮以姦死。」她之死於武二刀下，還不是由於一個「姦」字嗎？

這女人在未嫁到西門家前，原是王招宣府中的家伎，名義上雖然是唱唱彈彈，跳跳蹦蹦，實際上等於家主人的妃嬪孄嬙。不僅此也，若是家主人接待的賓客，愛上了她，她還得擔當侑酒陪宿之任。後來，王招宣死了，她被賣給張大戶作妾，卻又不容於大婦，遂不要分文送給了住房的武大為妻。暗中，卻仍舊是張大戶的妾婦。張大戶死了，卻又不知跟多少浮浪子弟有首尾（小說沒有明寫）。在紫石街住不下去了，纔搬到縣前街王婆家隔壁居住。

住在王婆家隔壁，認識了西門慶，做了一件毒死親夫的事。

嫁了西門慶這個惡霸，卻也擋不了她偷漢子。姦小廝（琴童），偷女婿，連挨了鞭子也不怕。看到兩個長得標緻的歌童，她就泛起了淫心。已被趕出了西門家，當作牲畜似的被喊價叫賣了，等於是被拴在王婆家，還有興致與王婆的兒子王潮上床呢！

可見得潘金蓮這個女人，是多麼的需要男人；她的生活欲望，就是不能缺少男人睡在身邊。她也不懂得什麼叫情，什麼叫愛。至於什麼貞呀節呀的，似乎她想也不曾想過？與男人通姦這件事，幾是她生命間的生活情趣。於是，「姦」這個字，便成了致命於潘金蓮之無形的匕首。

過去，曾有人為了潘金蓮之死於武松刀下，大感不平。認為像潘金蓮這樣貌美心慧的女人，嫁給了一位三寸丁枯樹皮又醜又窮又沒有出息的男人，真格是一朵鮮花插在牛糞上，太令人為之歎息了。她愛上小叔，小叔又不睬她，反而受了一場羞辱。所以當她再遇上西門慶時，便一心相許了。可是，也不該謀殺親夫呀！因戀奸而謀殺親夫，古今中外，都是犯法的。

不要說《金瓶梅》，光是《水滸傳》的這一部分，潘金蓮的行徑也沒有被同情的餘地。換言之，如果沒有謀殺親夫這檔子事，僅僅由於她與西門慶通姦，便觸怒了武二，殺了這個嫂子，尚堪同情。潘金蓮因與人通姦而謀殺了親夫（是謀殺，不是誤殺），武二伸冤無門，一怒殺了奸夫奸婦，照理說，潘金蓮是死有應得。有何值得同情之處？

再說武松之堅拒潘金蓮挑逗，反給嫂嫂一番正顏正語的訓斥，這也是人類社會的正常行為。就拿這件事來說，古今中外也不應去責備武松絕情吧？

到了《金瓶梅》，對於潘金蓮之死於武二刀下的因果過程，處理得更清楚了。她謀殺了親夫之後，雖在法外逍遙了數年，結果，還是死於一個「姦」字。如從《金瓶梅》看，潘金蓮之死，更無被人同情的餘地。值得感歎之處、只是令人感於她太笨了。若是稍稍運用一些些聰明，都可能躲掉這刀下之災的呢！

近年來，大陸方而出現了一齣「荒誕潘金蓮」的戲。是一位川劇作家魏明倫的作品，演出後引發了一場不小的爭論。這一齣川劇潘金蓮，採用的是嶄新手法與嶄新的觀點，以川劇的形態，寫出來的一篇論文，劇中人物除了西門慶、潘金蓮、武大、武松與王婆五位之外，還加上《水滸傳》的作者施耐庵，其他如唐朝的武則天、撮合鶯鶯小姐出房投懷的紅娘、《紅樓夢》因愛而鬱死的林黛玉以及作者曹雪芹，都請了出來。甚至托爾斯泰塑造出的愛情悲劇人物安娜卡列妮娜，也上場了。由一位離婚了五次的女記者與共黨法律的女法官來引發潘金蓮之死的悲劇論斷。當然，劇情的論點頗多比較文學的手法，其中有一點，說到潘金蓮之不能與她所愛的人物武二結合，乃因為她們之間的關鍵，在於她與武松都處身在兩個傳統禮教的框框裏面。所以，雖把紅娘請出來，也莫可奈何！[1]

此一問題，我們放在今天這個二十世紀來說好了。

潘金蓮與武松相識時，是武松的嫂嫂。嫂叔之間可以在法律上——甚至於人情上，來相愛來結合嗎？今之文明國家，似無此一法律。暗地裏通姦，更是法所不許，情所不可。再說，小說家塑造出的武松，縱然沒有這一層叔嫂關係，他也不可能去娶潘金蓮這個女人的。這是我的看法。這一點，請大家仔細想想好了。

林黛玉之死，固有一半是賈家長輩的責任，也有一半該由她自己的性格負責。安娜卡列妮娜之死，卻有大部分歸罪於那個虛而不實的貴族社會。

人欲乃原始時代的洪流，必須注之九河而入之海洋。武則天憑一代女皇之尊而任意選納她的如意君，又何嘗能滿足了她的慾求？可

1　劇本曾刊於香港《九十年代》這本刊物上。

見人類社會之需要禮法，乃通義也。

潘金蓮之死，無論《水滸傳》也好，《金瓶梅》也好，都可以說是「死有餘辜」，找尋不出可以同情她的理由。

我只感歎於她死得太慘！因為他太笨了。

民國七十七年（1988）三月二十一日《中央日報》第14版

武大郎的悲劇

如從《水滸傳》問世開始算起，武大郎（名植）該有四百五十歲以上的年紀了。儘管他的確是個值得同情的悲劇角色，可是在數百年的歲月中，他卻一直是人們嘲笑與譏諷的對象。直到今天，似乎還沒有人同情過他。

武大生來矮小，被人稱作「三寸丁」又因家境貧苦，營養不良，肉枯皮皺，再得一個「穀樹皮」的綽號；後人還把他與夜貓子（貓頭鷹）放在一起作比，說：「武大玩夜貓子——什麼人玩什麼鳥兒」；另外，更因為他老婆潘金蓮偷人，竟把他當作「活王八」的代表。

平心而論，武大可真的是個好人，他心地善良，安分守己。雖沒有學得什麼特殊技能，但每天挑著擔子，早出晚歸的沿街叫賣炊餅（火燒），卻也維持了一家人的衣食。他矮，他醜，既怪不得他，也怪不了生育他的父母，他弟弟武松，就生得魁梧，又一表人才，加上一身拳棒本領，真可謂人中龍鳳。武二卻也因這身本領，才會失手傷人，因而逃離家鄉。

話說回來，就算武松不離開家鄉，他那毛躁的性格，也無助於這個安分守己而一無所長的哥哥。

推究起來，武大郎陷入悲劇淵藪的肇因，自是由於他娶了一個他不該娶的潘金蓮。（在《水滸傳》中，武大祇娶有妻子潘金蓮，移民到《金瓶梅》之後，遂又多了個前房丟下的女兒迎兒。）若去細詢底因，武大之所以會娶潘金蓮這個不安於室的騷婆娘，乃是一件情非得已的事。

武大本是陽穀縣人（據《金瓶梅》情節說），於武二離家之後，遇上了荒旱，在家鄉活不下去，便帶著妻女到清河縣紫石街，賃屋住了下來，仍舊賣炊餅為生。不幸老婆死了，只餘下十二歲的迎兒，父女二人相依為命。可是生意不好，折了本錢，房租也付不出了，沒法子，便搬到大街某坊財主張大戶的一間臨街房屋居住。這「張宅家人見他本分，常看顧他、照顧他炊餅。閒時在他鋪中坐，武大無不奉承，因此張宅家下人，個個都喜歡，在大戶面前一力與他說方便，因此大戶連房錢也不要。」

從這一段描寫看，武大之所以被張大戶家僕人輩喜歡，正因為他能卑以侍尊。換言之，他知道自己是個小人物，應屈就於人。他這性格，竟為他招來了致命的悲劇。那就是他接受了張大戶贈與他的禮物——一位名叫潘金蓮的妻子。

潘金蓮是裁縫之女，由於家境貧寒，九歲時就賣給王招宣府學習歌伎的才能。十五歲時王招宣死了，被張大戶以三十兩銀子買去作妾。卻又不容於大婦，張大戶便把潘金蓮白送給武大；事實上仍是張大戶的小妾，只瞞著大婦而已。

這種情形，想來武大不是不知道。在當初，可能只是幫助張大戶以答謝關顧之情。於是就這樣當了數年有名無實的丈夫。直到張大戶被女色折騰死去，這武大真的成了潘金蓮的漢子。而那間不要付房租的房子，也住不下去了，不是張家人攆他，而是潘金蓮招蜂引蝶來的浮浪子弟，成天在門口彈胡博詞兒，搞吵得他們住不下去了。一來是武大自己受不了，二來也影響了張大戶一家老老少少的安寧！只得另尋住處，到縣前大街買了一幢小房住居下來。

這房屋座落在王婆子茶局隔壁。

武大搬到王婆家隔壁，自也免不了浮浪子弟來調鬧，小說家已把他省略了，單刀直入便寫出潘金蓮挑簾失手，竿打西門慶巾帽的情節。於是，武大步上悲劇的序幕就揭開了。

不錯，像潘金蓮這麼一位面貌嬌美而情性妖冶的女人，那裏希望武大這麼一位又矮又醜的男人作配偶？何況當初嫁給武大，既不是媒妁之言，也不是父母之命，只是張大戶為了掩遮大婦的妒眼妒口，特意安排的一齣戲，這一點，潘金蓮當然知道。所以張大戶死了，她雖由虛名而落實，真正做了武大之妻，當然不是心所甘情所願的。遇到了西門慶這麼一位有錢有貌又頎長的風流漢子，那裏還用得王婆子的「十大挨光計」喲！當西門慶故意掉落筷子，裝作撿拾並趁機捏弄她的小腳時，她的反應不是驚詫與悽惶，而是「歌歌歌」一串銀鈴似的笑聲，說：「官人休要囉唣；你甘心，奴亦有意。你真個（想）勾搭我？」西門慶便雙膝跪了下來。（老實說，西門慶的這一「跪」，也看高潘金蓮了）

所有悲劇的發生，都不是直接的，必有間接的因素。形成武大悲劇的間接因素，說來只有兩樁。一是武大那個習得一身好武藝的兄弟武松，由於生成一副不受欺凌的金剛性情，一旦知道了嫂子背著他哥哥偷漢子，那裏容得！二是王婆忽略了鄆哥這個小猴兒，不但沒好好安撫他，反而還打了他。鄆哥為了報復，遂向武大告密。

武大這人，縱使生得再醜再矮，他總是個男人。吳月娘說得是：「男人身上有狗毛。」這話是說：男人要是翻起臉來，縱不咬人也會對著你狂吠幾聲的。當武大聽了鄆哥道出他老婆在王婆家偷漢子，立刻想起他老婆常說在王媽媽家作壽衣，以及不時吃酒，連臉都吃紅了的情景，那鄆哥說的怎會錯？再加上鄆哥這小猴子還要幫助他去捉姦，再窩囊的男子漢，也不會就此把頭縮回去的吧！這時候的武大，卻不曾想到去捉姦應有的萬全準備，以及自己是不是那西門慶的對手？只是一時火起，就猛上去了。結果，姦未嘗捉得，反被姦夫傷了。

西門慶一腳踢中了武大心窩，當時他就躺下了。王婆更調唆潘金蓮利用武大服藥的機會，加入了砒霜，把武大給害了。

武大這一悲劇產生，主要的關鍵在武松身上。換言之，武大若是沒有像武松這麼一位體力強、性情剛的弟弟，王婆、西門慶、潘金蓮這幫子人！決不會趕著把這矮子除了，留著他不惟生不了事，起不了波，甚而對姦夫淫婦繼續通姦的情事，也不發生妨礙，大不了花上幾文骯髒錢，把武大郎按在潘金蓮頭上的「漢子」名號卸除，也就結了。武大縱然不甘願也反對不了。再說，像武大郎這樣長相又是如此善良的小人物，也不會熱愛潘金蓮的嬌美面貌而不放手的，想來這武大郎也未必是一位在風月上強過西門慶的人物吧！問題就是他們想到武二由京中公幹回來怎麼辦？潘金蓮聽到武二走時說過：「……嫂嫂休要這般不識羞恥，為此等的勾當。倘有些風吹草動，我武二眼裏認的是嫂嫂，拳頭卻不認的是嫂嫂。……」如今，此事已被武大知道，武二回來，那能容得？當然，為了安全，只有除去武大是一條活路。為了此事，王婆、西門慶、潘金蓮三人曾商量過，為了做長頭夫妻，只有殺人滅口。這麼一來，武大就死定了。

武大捉姦未成，反而被姦夫一腳踢傷。卻也想到了他們怕他會把此事告訴武松，這樣就會對他不利。當潘金蓮假意向他認錯，說要討得一劑好藥醫治他，說：「我問得一處有好藥，我要去贖來醫你。只怕你疑忌，不敢去取。」武大不知是計，還說：「你救得我活，無事了，一筆都勾，並不記懷。武二來家，亦不提起。你快去贖藥來救我則個。」卻不曾想到自己是個禍事的活口，若是想到了這一層，他堅決拒絕服藥，也許還能逃過這一悲劇的刼難呢！不過，武二為武大關鍵到的悲劇因子太濃了，武大的口唾是沖不淡的喲！

此一悲劇之果，我們不妨再站在另一角度來作推論。如果潘金蓮不同意王婆提出的這一陰謀，不願意落個謀害親夫的罪名，此一姦情的演變會如何呢？會不會像張大戶那樣，武大只是作個縮頭的活烏龜？

我想，若是沒有武二，不會有其枝節，有了武二，可不成了。這時的武松，已是景陽岡的打虎英雄，名滿鄉里，且已做了都頭，怎會目視之而不見，耳聽之而不聞的任令人們在身後閒言閒語的搗脊樑筋？武松是絕難忍受下去的。這一點，是西門慶等人想得到的。縱使潘金蓮不同意，也是辦不到的。如果潘金蓮堅持不同意這樣下狠心毒死親夫。我若是作者，也會在筆下把潘金蓮送上死路的。否則，便無法繼續塑造西門慶這個流氓的為人。

認真說起來，武大郎的悲劇，形成的底因並不能單純的按在潘金蓮身上，也不能怪罪武大有了這位剛烈的弟弟武二，似乎也不能厭惡社會上有西門慶這樣的流氓。（沒有那個無法的社會，怎會產生西門慶這樣的流氓？）老實說，當潘金蓮賣到王招宣府學習彈唱，就是人生的悲劇因子，有勢的王招宣死了，又賣給有錢的張大戶家作妾（一如市場上的牲畜）。既不容於大婦，又以金錢之力買通武大作名義上的丈夫。這武大卻又不能丟下這美女的包袱，竟自不量力的還想名副其實。豈非自尋死路乎哉！

民國七十七年（1988）五月二十三日《中央日報》

第四輯

專論

《金瓶梅》這五回

……未幾時而吳中懸之國門矣！然而書實少五十三回至五十七回，遍覓不得，有陋儒補以入刻。無論膚淺鄙俚，時作吳語，即前後血脈，亦絕不貫串，一見知其贋作矣。

——《萬曆野獲編》卷二十五〈金瓶梅〉

一　《金瓶梅》的刻本

今天，我們所能見到的《金瓶梅》刻本，祇有兩種，一是十卷本《新刻金瓶梅詞話》，一是廿卷本《新刻繡像批評金瓶梅》，又稱十卷本為「萬曆本」或「詞話本」，廿卷本為「崇禎本」。且已從明人的史料上肯定今見之《新刻金瓶梅詞話》就是《金瓶梅》一書的最早刻本；約刻於萬曆末天啟初。若無新資料再發現，則此一說法，應是確定的。至於「崇禎本」，由於其中有崇禎帝的避諱字（檢刻為簡），此本之刻本於崇禎，也是確定的。竹坡本《第一奇書》，則刻於康熙，乃清朝最早刻本，且淵源於廿卷本（崇禎本），亦早成定論。更不必列入本文例說矣！

按傳世之十卷本《金瓶梅詞話》，僅存三部又殘卷二十三回[1]，一藏我故宮博物院，二藏東瀛日本：一在日光山輪王寺慈眼堂，一在德

1　此一殘本，乃《普陀落山志》一書之襯紙，在重新裝釘時發現。經一一整理計存二十三回。

第十一回　全
第十二回　全
第十三回　存第一頁
第十五回　存第九頁
第四十回　存第一頁
第四十一回　存第十一頁
第四十二回　存第四頁至第七頁又第九頁至第十二頁
第四十三回　全
第四十四回　存第一頁至第八頁（欠第九頁）
第四十五回　全
第四十六回　存第一頁至第十七頁（欠第十八頁）
第四十七回　存第一頁至第十頁正（欠第十頁反）
第八十四回　存第一頁至第九頁（欠第十頁）
第八十五回　全
第八十六回　存第一頁至第十四頁（欠第十五頁）
第八十七回　存第一頁至第十頁（欠第十一頁）
第八十八回　存第一頁至第十一頁（欠第十二頁）
第八十九回　存第一頁至第十一頁（欠第十二、三頁）
第九十回　存第一頁至第六頁又第十頁至第十二頁
第九十一回　全
第九十二回　全
第九十三回　存第一頁至第十三頁（欠第十四頁）
第九十四回　存第一頁至第十一頁（欠第十二、十三頁）

全回者計十一、十二、四十三、四十五、八十五、九十一、九十二共七回。僅欠半頁至兩頁者計四十四、四十六、四十七、八十四、八十六、八十七、八十八、八十九、九十三、九十四共十回。

僅存一頁者計十三、十五、四十、四十一共四回，存數頁者計四十二、九十共兩回。合共二十三回之殘卷，現藏日本京都大學圖書館。筆者於一九八一年七月間，曾在京都大學閱見此一殘卷，從版尾墨紋勘之，堪證此一殘卷與日本大安株式會社影印之慈眼堂本同版。烏居久靖曾於一九五五年作〈京都大學藏金瓶梅殘本〉一文，刊於該年四月《中國語學》第37期。

山毛利氏棲息堂。雖棲息堂本之第五回末葉異版，結尾有部分文字不同，然其他則全是同版。存於京都大學之殘卷，也是同版。早經中日學人勘證之矣。可以說，傳世之十卷本《新刻金瓶梅詞話》，實際上僅有一種。至於廿卷本，存世者尚有多少部？今還無有一份確切的統計資料，總在十部以上。但有一點是可以確定的，那就是廿卷本之存世，最少十部以上，但從行款論，卻祇有兩種，一是十行二十二字本，一是十一行二十八字本。前者每一回都是獨立起頁，合五回為一單元，二、三、四、五等回，都不獨立起頁而接連下去，頁碼也是五回一個單元。至於眉批的行款，十行二十二字本是四字一行，十一行二十八字本是三字一行。還有一種十行二十二字本的眉批，則是二字一行。這樣看來，廿卷本則有了三種不同的刻本。此一問題，黃霖先生曾寫〈關於上海圖書館藏兩種新刻繡像批評金瓶梅〉一文，專論及此[2]。總之《金瓶梅》的十卷與二十卷本兩種，都刻於明末，十卷本祇刻一種，廿卷本則刻三種以上。簡言之，《金瓶梅》刻本，祇有十卷本與廿卷本兩種。

二　兩種《金瓶梅》刻本之五十三回至五十七回的「陋儒補以入刻」問題

《金瓶梅》的刻本，雖有十卷本與廿卷本兩種，但如從內容來說，這兩種刻本的故事情節，僅有小異而實則大同。如從大體觀之，它也同《水滸傳》一樣，乃繁本簡本之別，十卷本乃繁本，廿卷本則簡本也。然而在兩者的繁簡之間，卻隱藏了不少微妙的問題，有待我

2　黃霖：〈關於上海圖書館藏兩種新刻繡像批評金瓶梅〉，大塚秀高編：《中國古典小說研究動態》第2號（1988年10月）。

們去探照發掘。此一問題，我已簡要的寫了一本《金瓶梅原貌探索》[3]，又寫了一本《金瓶梅的幽隱探照》[4]，提出了一些問題，以及我的研判。關於這些問題，需要更進一步去探討的，我認為還是沈德符《萬曆野獲編》中的「陋儒補以入刻」的五十三回至五十七回這五回的問題。雖然，我早就與美國的韓南先生討論這五回的問題[5]，又寫了一篇〈論沈德符說「有陋儒補以入刻」的《金瓶梅》五回〉[6]，總感於言有未盡。近年來，又讀到了王利器先生大作〈金瓶梅詞話新證〉[7]以及鄭慶山先生作《金瓶梅論稿》[8]，都談到了此一問題。遂深切的感於有為大眾正面提出這兩種刻本，來作上下相互對照研讀的工作，則此五回的是是非非，當能昭然於眾目，烙印於眾心。這樣，等於翻開放在牌九桌上的牌，紅幾點，黑幾點，一清二楚，輸家贏家，還用得著費辭辯解嗎？

此一問題，美國韓南先生，早於距今二十餘年的一九六〇年間，就論述到了[9]。韓南先生首先提出了《金瓶梅》的十卷本與廿卷本，可能底本是兩個源頭[10]。對於這五回的情節之「即前後血脈亦絕不貫串」的問題，作了全部回目的串聯析論。也說到了這五回祇有五

---

3 拙作：《金瓶梅原貌探索》。

4 拙作：《金瓶梅的幽隱探照》。

5 韓南先生的博士論文〈金瓶梅的版本及其他〉（THE TEXT OF THE CHIN PIG MEI）作於一九六〇年間。民國六十年間丁貞婉教授譯出刊於《國立編譯館館刊》第4卷第2期，筆者作〈論金瓶梅的版本及其他〉一文，刊於同期。

6 拙作：〈論沈德符說「有陋儒補以入刻」的《金瓶梅》的五回〉，《金瓶梅審探》。

7 王利器：〈金瓶梅詞話新證〉，收入杜維末、劉輝編：《金瓶梅研究集》（濟南市：齊魯書社，1988年）。

8 鄭慶山：《金瓶梅論稿》（沈陽市：遼寧人民出版社，1987年）。

9 韓南先生作，丁貞婉譯：〈金瓶梅的版本及其他〉

10 見韓南〈金瓶梅的版本及其他〉一文之第二節。說：「這證明乙系並非源之於甲系本」並作註二十八。

十三、四兩回：「用字措詞可謂全不相同，但部分內容甚至故事之細節有類似處。」而且，也說到了「除去第一回（前半回）第五十三、四，與第五十五回之外的其他各回，大體說來，《金瓶梅》的這一部分，各版本的差異是很統一的。」遺憾的是，韓南先生忽略了他的此一兩種刻本的校勘工作，既已發現了全部《金瓶梅》的百回篇幅，除了第一回、第五十三、四回與第五十五回之外，其他各回的「這一部分」（情節），「各版本的差異是統一的。」這些，便足以否定了沈德符的「有陋儒補以入刻」的五回說法不確。而且，他也發現到「第五三、四兩回」的藝術成分，「則以甲系（十卷本）為上乘。」卻又何不據以論斷「陋儒補以入刻」的刻本，縱係事實，這事實也按不到十卷本頭上去呢？

不錯，韓南先生認為「十卷本也未必是原作，廿卷本也非淵源於十卷本」（只能說部分如此，但大部分還是淵源於十卷本）。但廿卷本刻於十卷本之後，卻有證據可以肯定。如第三十九回的「鈞」字誤為「釣」字，第五十七回的「東京」誤為「西京」。都是足以證明廿卷本源於十卷本刻本的鐵證。這樣看來，沈德符文中的「有陋儒補以入刻」的話，縱係事實，也祇能按到廿卷本的頭上，按不到十卷本頭上去。除非，我們還能尋得另一部可以承擔此一問題的刻本。

可是事實上，沈德符《萬曆野獲編》的這句「有陋儒補以入刻」的這五回，十卷本與廿卷本，都不能印證。勉強說來，也祇有廿卷本的第五十三、四兩回而已。

那麼，若是情形，我們還能依據沈德符《萬曆野獲編》的這句話為準則，來研判《金瓶梅》的問題嗎？

三　淘瀘沈說「有陋儒補以入刻」的這五回

儘管沈德符《萬曆野獲編》的這句話，「有陋儒補以入刻」的這五回，既不能按到十卷本頭上，也不能按在廿卷本頭上，但廿卷本的這五回，事實上確是有些問題，最低限度，可以確定第五十三、四兩回是重寫過的。他如第五十六回，廿卷本也有些刪改上的問題。說來，沈德符的這句話，並非空穴來風，而是言出有因。這一問題，就需要我們來說一說了。

按第五十三、四兩回，在《金瓶梅》百回情節中，也和第一回是樣的，它與十卷本的其他九十七回，是顯然不同的兩回。其他的九十七回，雖然回目不同，證詩不同，夾在情節中的詞曲，有的刪了，但開頭與結尾，以及其問的文辭，卻還十九都是相同的。只有第一回與第五十三、四兩回，是徹底重寫過的，仔細對照讀來，卻又不得不相信「有陋儒補以入刻」的這句話。問題是：這問題出在崇禎刻的廿卷本身上，卻又祇是兩回，不是五回。想來，應去探索的問題，不是更多了嗎！

我們先談這兩回的重寫問題。

（一）第五十三回之兩種版本的筆墨比較

自十卷本《金瓶梅詞話》於民國二十一年被發現至今，已五十餘年。雖然，鄭振鐸先生曾將之與廿卷本作過校勘工作，卻祇作了三十餘回[11]。是以這兩回的兩種版本的異同問題，最早談到的，還是美國

11　校勘本曾首刊於民國二十四年五月出版之《世界文庫》第一輯（上海生活書店印行），也只陸續作到三十四回為止。

的韓南先生。前面我們已經說到了。

廿卷本的第五十三回，在《金瓶梅》的百回篇幅中，它的不同之處，在回目上看，雖無第一回明顯，但如去翻檢一下篇幅，卻比第一回的差異，還要突出。它比十卷本的字數，要少五千餘字。按十卷本的第五十三回，篇幅十八頁欠八行，（每頁五百二十八字每半頁十一行每行二十四字）。除去空行，實有九千零六十二字。廿卷本則是六頁欠三行（每頁六百一十六字，每半頁十一行每行二十八字），計三千六百二十四字。除去空行，實有三千五百二十四字。少於十卷本五千五百三十八字。在百回篇幅中，兩相差距最大的，就是這一回。

何以兩者的篇幅差距如此之大呢？

按十卷本的這一回回目是：「吳月娘承歡求子息，李瓶兒酬愿保兒童」。一下筆便接上一回（五十二回）的情節，寫吳月娘等人在花園遊玩，官哥被大黑貓唬著了，抱回房去，哭個不停。吳月娘回房睡了一覺醒來，已經更次，還惦記著官哥的受驚。不但遣小玉去問，跟著又自己去看望。還憐惜著說：「我又不得養，我家的人種，便是這點點兒。……」用來烘托吳月娘的母愛心腸，來引發「求子息」的第一個層次。跟著再寫吳月娘由李瓶兒房裏回來，路上聽到照壁後潘金蓮向孟玉樓挖苦他沒有杰氣，自己沒得養，竟去李瓶兒那裏「呵卵脬」（巴結之意）。氣得吳月娘回房就睡，連午飯也不吃了。於是，關上房門，偷偷兒取出薛姑子泡製的妊子藥來觀賞，並暗自祝禱上蒼，能在明天壬子日服了，便得種子，不使她作無祀的鬼。這種寫法，一如楔子的逑剖吳月娘求子息的迫切心情。給這一上半回目的「求子息」，再完成了第二個情節層次。在這裏卻又插入了承接上一回的情節發展，寫西門慶到劉太監莊上，應黃、安二主事邀宴。為吳月娘的「承歡求子息」墊上一個承轉的時空。寫西門慶到劉太監莊上之後，又回頭再續寫潘金蓮與陳經濟昨日在雪洞裏不曾得手（續上回的情節)。他們又利用了今天西門慶不在家的機會，在黃昏過後，二人到了捲棚後面，終於初次達到目的。下面，還寫吳月娘為了明天纔是壬子日，今天西門慶到房裏陪小心（先寫西門慶看到吳月娘生氣不快活），還特意推他出去，要他明天來。又為吳月娘的「求子息」，安排了一個轉折層次。說來，斯乃高明小說家穿插情節，極其精細的筆墨。尤其寫陳、潘偷情得手的一段色情描寫，最為入實於生活。可以說有了這麼一段真實的寫實之藝，方能顯出這小說不是流水帳。下面又寫到西門慶住宿在潘氏房中的情節，再寫吳月娘在壬子日服用妊子藥的情景，真格是更加精到了。

關於這上半回目「吳月娘承歡求子息」，寫到吳月娘服了妊子藥，西門慶曾到房中，吳月娘卻面向床裏睡去，叫她幾聲也不答理。在此處又插寫了應怕爵得了中人錢，要請弟兄們到郊外飲宴，引發下一回的上半回目「應伯爵郊園會諸友」的情節，我在《金瓶梅劄記》中曾比喻《金瓶梅》的情節演進筆法，一如搓草繩，一邊搓一面續，斯一例也。像這情節的下面，把西門慶打從黃、安二主事宴會歸來，還致禮物答謝。二主事收到謝禮後，又寫謝帖作答。不但連致送下人的力錢都照應到了，連挑盤人也照顧到了。這一回的上半回目，到此始行結束。篇幅達九頁有半，計五千零一十六字，除去空行，實有四千八百四十七字。那麼，廿卷本的這一回上半回目，情節是怎樣寫的呢？

廿卷本的第五十三回，上半回目是「潘金蓮驚散幽歡」，下半回目纔是「吳月娘拜求子息」。光是從回目看，兩者之間便已有了出入。

按廿卷本的這一回，一下筆就寫西門慶赴黃、安二主事之席。寫了十九行（五百二十餘字）弱，便轉入陳經濟與潘金蓮勾搭的情節。使用文字也是十九行稍弱（五百二十餘字），便寫西門慶回家來了。先到月娘房中，月娘要他明日來，推說「今日我身子不好。」西門慶遂到潘金蓮房中。下面便寫到吳月娘服用妊子藥的情節。（衹寫了約七行篇幅，不到二百字。）下寫應伯爵來。黃、安二主事來拜。作別去後，應伯爵也推事家去了。西門慶吃了飯，又坐轎答拜黃、安二主事去。（「又寫了兩個紅禮貼，分付玳安備辦兩副下程，趕到他家面送。」）這晚西門慶來家，便進入月娘房中，完成了「壬子日」妊子事。第二天起來，還寫「月娘備有羊羔美酒，雞子腰子補腎之物，與他吃了，打發進衙門去。」再下面，又寫到接王姑子來商量，做些好事，說是李瓶兒身子不好，要酬心願。又寫應伯爵、常時節來了。應伯爵為李三、黃四借銀，請西門慶到「門外花園裏玩耍一日，少盡兄弟孝順之心。」西門慶答應了，二人辭去。下面便寫王姑子到來，商訂於「來日黃道吉日」起經，為李瓶兒酬願。就這樣，這一回就結束了。全面的情節安排穿插，可以說是亂蔴一團，既看不出上下回目的情節分野，也看不出他的回目所寫「潘金蓮驚散幽歡，吳月娘拜求子息」的突出筆墨在何處?細究起來，可真的是「陋儒補以入刻」者也。

再按十卷本的這一回下半回目：「李瓶兒酬願保兒童」，寫得是多麼現實而精采啊！

當壬子日西門慶在吳月娘房中睡了一夜，第二天晚起，潘金蓮便向孟玉樓笑道：「姐姐前日教我看幾時是壬子日？莫不是揀昨日與漢子睡的！」還寫了這麼一個小小情節，再進入「酬願保兒童」，進入這下半回目時，仍不忘絲連著上半回目的事，「卻說吳月娘自從聽見金蓮背地講他愛官哥，兩日不到官哥房裏去看。只見李瓶兒走進房來，告訴道：『孩子日夜啼哭，只管打冷戰不住，卻怎麼處？』月娘道：『你做一個擺佈，與他弄好了便好。把些香願也許許，或是許了賽神，一定減可些。』……」就這樣，下半回目的情節開始了。

先請施灼龜，再請錢痰火，又找劉婆子，一再的折騰了半日。一次次的現實描寫，一樁樁一件件的家庭瑣屑事故，層次井條的排列下來，高山流水似的流瀉下來。經營得自自然然，幾無斧鑿痕跡。看不出「有陋儒補以入刻……即前後血脈亦絕不貫串，一見知其贋作矣」的弊病。相反的，這些情事，卻未發生在廿卷本裏面。

譬如廿卷本的這一回，開頭寫的黃、安二主事宴請西門慶，只是借劉太監的郊外莊子，並非劉太監作東道主。是以十卷本寫的這一飲燕之會，並無劉太監在內。廿卷本卻把劉太監也寫進來了。雖然這裏寫著說：

> 「那劉太監是地主，也同來相迎。」可是當西門慶下了馬，劉太監一手挽了西門慶笑道：「咱三個等候的好半日了，老丈卻纔到來。」西門慶答道：「蒙兩位老先生見召，本該早來，實（因）家下有些小事，反勞老公公久等。望乞恕罪。」三個大打恭進儀門來。

試看這番話，寫得多麼不合情理。第一，明明是黃、安二主事作東。西門慶也說了「蒙兩位先生見召。」這話對著劉太監說，怎麼可以？第二，後面又寫「三個大打恭進儀門來。」這時的賓主，如加上劉太監，一共是四個人，不是三個人了。

尤其，陳經濟與潘金蓮偷情的這一段，廿卷本所寫，雖情節與十卷本同，但如據實推敲起來，兩個本子的寫實筆墨，可就不能相提併論了。十卷本寫得仔細，廿卷本寫得草率。這還猶在其次。問題在於兩者間的現實人生體驗。譬如說兩者間這一部分的性行為描寫，我想凡是有性行為經驗的男女，都能論斷這一段的性行為描寫，與這一對狗男女在他們這種情況下的性行為實況，是不合事實的。他們在這種情形之下，那裏還能「併了半個時辰」方始聽到人聲逃開。我這裏不便多說，請一對兩種版本上的這一段文字，就清清楚楚了。

十卷本寫西門慶到劉太監莊上赴黃、安二主事之宴，回家後致送禮物答謝。二主事收到謝禮後，又寫謝帖作答。連下人的力錢，挑盤的一份，都照顧到了。廿卷本則寫西門慶回家的第二天，不僅寫謝帖答謝黃、安二主事，又致送禮物，這黃、安二主事又親來拜謝。西門慶吃了飯，又坐轎到黃、安二主事家再去答拜。還寫紅禮帖，又備辦了兩副下程。試問，這是什麼禮數啊？

十卷本的吳月娘服用妊子藥物，現實而細致的寫了近五百字，描寫吳月娘服藥的情景與心情。生動如真。廿卷本不過二百字之譜。吳月娘設計壬子日留西門慶到他房裏來，情節周折而剖析心理也精闢鮮明。這些筆墨，在廿卷本是看不到的。特別是下半回目的「酬願保兒童」，廿卷本的回目改了，情節上雖還有這麼一件事，卻變成了為李瓶兒的身子不好來酬愿，不是十卷本寫的為了官哥。又是施灼龜，又是錢痰火，又是劉婆子，鬧鬧嚷嚷的各類不同的法事，鋪張不少筆墨，廿卷本是請來王姑子，印造幾千卷經文而已。何況，印造《陀羅經》的事，第五十七回的後半回目，就是「薛姑子勸捨陀羅經」，這裏，卻提前按在王姑子頭上了。

再說，我們也無法從這一整回的情節中，尋出它的主幹故事來，只是一些東拉西扯的拼湊。不像十卷本的這一回，把上下回目的分野，極為清楚的涇渭分明。而且，穿插進來的事故，不惟真實得令人讀來如身在其中，一切恰似所見所聞，尤其趣味盎然。廿卷本的這些雜湊，如何能比呢？它之所以比十卷本少了五千多字，原因在此。

若是看來，沈德符（《萬曆野獲編》）的這句「有陋儒補以入刻」的話，應是指的廿卷本，不是十卷本。

（二）第五十四回之兩種刻本的筆墨比較

論到第五十四回的篇幅，也是十卷本多。一十四頁又五行，計七千五百一十二字，除去空行，實計七千二百八十二字。廿卷本八頁又一行，計四千九百四十八字，除去空行，實計四千六百七十八字。少於十卷本二千六百零四字。

按回目，十卷本是「應伯爵郊園會諸友，任醫官豪家看病症」。二十一十卷本是「應伯爵隔花戲金釧，任醫官垂帳診瓶兒」。那麼，內容所寫如何呢？

章回小說的情節發展，特點在「後事如何？且聽下回分解。」換言之，下一回的情節，一定是銜接著上一回的結尾的，十卷本的上一回，結尾是應伯爵與西門慶商量，明日到郊外劉太監莊上與弟兄們相聚的事。所以五十四回一開始，便寫西門慶在金蓮房內起身，便分付琴童、玳安送豬蹄羊肉到應二爹家去。為了大家一起走，說定大家在應伯爵家會合。於是西門慶遲來，先到的人，在應家為了等候西門慶，遂在應家消磨時間。這一段下棋的情節，寫得真是風趣橫生。這盤棋，由常時節與白來創對弈，還賭東道呢！常時節賭的是一把白竹金扇，白來創賭的是一幅絨繡汗巾。正下著棋，謝希大、吳典恩到了，還加入了猜輸贏的東道。寫二人下棋悔子，爭得面色紅紫，青筋綻起，真是寫得傳神。（遺憾的是到了論輸贏時，竟把二人的東道物弄顛倒了。原是常時節的扇子白來創的絨繡汗巾，常時節贏了，贏去的應是汗巾，卻錯成扇子了。）後來，這常時節贏來的扇子，被韓金釧要去了。常時節又不好意思不給，還附加了這麼一筆。像這一大段在應伯爵家等西門慶，幾個弟兄下棋賭東道玩樂的情節。這些，廿卷本一字也沒有寫。

廿卷本的這一回，一下筆便續寫上一回結尾的王姑子起經。起經完了，即進入郊遊的情節。由於他們是直接到郊外會合，像十卷本中寫的在應伯爵家下棋賭東道的事，便沒有了。

雖然，廿卷本的「應伯爵隔花戲金釧」，乃是十卷本寫在這一回上半回目「應伯爵郊園會諸友」中的一件小小情節。但廿卷本中的這一大段郊園遊樂，與十卷本所寫，大不同了。我在作兩本對照校勘時，業已指出。如西門慶一到了這座花園，就「贊歎不已」，說：「好景致。」進入園內，還要人「先陪我去瞧瞧景致。」恰像西門慶是外地來的人，從來沒有到過這地方似的。可是，西門慶是清河縣的土著，自幼生長在清河，這花園就在清河城郊外二十里。西門慶怎能沒有到過？別說是清河，就是臨近各縣這種好景致的去處，像西門慶這樣的人物，也不可能沒有到過。

再說酒令。西門慶提出的酒令嵌字是風、花、雪、月四字。說不出罰酒一杯，還得講十個笑話，不使人笑不止。西門慶的起令是「雲淡風輕近午天」，第三輪到應伯爵，說了一句：「洩露春光有幾分」。西門慶則說應伯爵說別字，應罰酒。應伯爵則辯說：「我不信有兩個雪字，連受罰了兩杯。」讀來委實令人不解。第一，應伯爵的說辭，只是未能說出雪字，並未說出兩個雪字。第二，「洩露春光有幾分」這七個字，只是未道出雪字，並無別字，這樣前言不搭後語的文句，不知是否另有含義。

他如在玩樂中應伯爵說的幾個笑話，尤其令人不解。

第一個笑話是「江心賊」。說是有一秀才上京，泊船在揚子江上。到晚叫艙公泊別處罷，這裏有賊。艙公道：「怎的便見有賊？」秀才道：「兀那碑上寫的不是江心賊。」艙公笑道：「莫不是江心賦？怎便識差了。」秀才道：「賦（富）便賦（富），有些賊形。」還寫被常時節指出罵了他們的老大了。還寫著伯爵聽了，「滿面不安」。接著應伯爵又說了第二個笑話。說是孔子為獲麟而哭，學生怕老師哭壞了身子，遂牽來一條牯牛，滿身掛了銅錢，哄說這是麟又出現了。孔子一見說，這分明是有錢的牛，怎的做得麟。這廿卷本還寫著說：「說罷，慌忙掩著口跪下道：『小人該死了，實是無心。』」像應伯爵一連兩次說笑話，都是罵有錢人的。想來，這種寫法，未免太不懂得小說，也太不了解應伯爵了。按應伯爵是一位最能討得西門慶歡心的人物。應伯爵之所以能討得老大歡心，正因為應伯爵能言善道。在第三十五回，賁四在酒令上說了一個笑話，說是縣官審問一件通姦的官司，問起行房的情形，答說頭朝東腳也朝東。縣官則說那裏有「撅」著行房（刑房）的道理。旁邊一個人，走來跪下，說道：「告稟，若缺刑房，待小的補了吧！」當時曾被應伯爵當場指摘賁四說錯了話，說：「賁四哥你便宜不失當家。你大官府又不老，別的還可說，你怎麼？一個刑房你也補他的。」害得賁四諕得臉通紅了，說道：「二叔，什麼話！小人出於無心。」後來，賁四還送了三兩銀子打點應伯爵。試想，應伯爵這天作東道主，請老大郊遊會飲作主人，怎會一連說出兩個罵有錢人的笑話來。小說乃塑造人物的藝術，從這一點來看，也足以說明補寫廿卷本這一回的作者，可真是不懂小說呢？那麼，《萬曆野獲編》說的「即前後血脈亦絕不貫串」的話，此處殆亦明證。若是情形，或是「陋儒補以入刻」的吧！

十卷本的這一回，上半回目的「應伯爵郊園會諸友」，全回過半的篇幅，寫的都是「應伯爵郊園會諸友」的情節，但這廿卷本這一回的上半回目，所謂「應伯爵隔花戲金釧」，頭頭尾尾也不過三百字的篇幅，怎能列為半回的回目？這件事，在十卷本中，原就是點綴應伯爵下流性格的一件小小插曲，列不上回目的。廿卷本在這裏寫到「眾人歡笑不在話下」，又把筆尖一轉，回到西門慶的家中，再插寫陳經濟「探聽西門慶出門，便百般打扮的俊俏，一心要和潘金蓮弄鬼，又不敢造次，只在雪洞裏張望，還想婦人到後園來。等了半日不見來，耐心不過，就一直逕奔到金蓮房裏來。」關於陳經濟與潘金蓮的幽歡，在第五十二回未得手，寫到第五十三回已得手了。廿卷本的第五十三回也寫到了。雖說這種事的吸引力最大，寫陳經濟跟著又想再得到下一次，也是一種必然的心理。但說陳經濟「又不敢造次」，則非陳經濟其人。《金瓶梅》中的陳經濟，是一個色膽包天的男人。在他丈人的氣勢日在中天的日子，都敢伺機去偷小丈母的肉身，還說什麼「不敢造次」？下面不是又寫「等了半日不見來，耐心不過，就一直奔到金蓮房裏來」嗎？像這種地方的寫法，可以說也是前言不搭後語，如論小說藝術，委實無從與十卷本的這一回相提並論。雖然，這一回寫吳月娘曾要陳經濟到王姑子庵中代西門慶作起經的禮拜，陳經濟推故不去。目的就是想利用西門慶出門的機會，再與潘金蓮勾搭。這裏的插寫，固是開頭一筆的呼應。實則，西門慶經常不在家，二人胡調的機會多得很，他們卻是儘量運用自然相聚的機會偷情。第五十三回之所以寫得那麼急猴猴，正因為第五十二回寫他正要得手，卻被李瓶兒等人突然走來打散了。所以第五十三回寫得二人都急猴猴。他們終於在第五十三回的情節中得了手。雖未盡興，卻已巫山雲雨過了。是以十卷本的這一回，沒有再寫陳經濟又急於到後園再等下一次。

關於這一回下半回目「任醫官垂帳診瓶兒」。固與十卷本同，但情節轉折，卻大不如十卷本自然。十卷本的這一情節的引發，這樣寫的，西門慶在郊外園中正與弟兄們興高采烈的玩樂著，書童急急趕來，向西門慶耳畔報告，說是六娘不好的緊。西門慶遂匆匆告辭眾人，趕回家中看望，馬上請醫生為李瓶兒看病。「任醫官豪家看病症」的下半回目，便是這樣自自然然寫進來的。廿卷本的此一情節這樣寫的：「西門慶和應伯爵、常時節三人，吃得酩酊方纔起身。伯爵再三留不住，忙跪著告（罪）道：『莫不哥還怪我那句話嗎？可知道留不住哩！』西門慶道：『怪狗才，誰記著你話來。』伯爵便取個大甌兒，滿滿斟了一甌遞上來。西門慶接過吃了，……便謝伯爵起身。與了金釧一兩銀子，叫玳安又賞了三錢銀子，分付有酒也著人叫你。說畢上轎便行。」回到家便進李瓶兒房中歇了。到了「次日」，李瓶兒方始「和西門慶說：『自從養了孩子，身上只是不淨。早晨看鏡子，兀那臉皮都黃了，飲食也不想，走動卻似閃肭了腿的一般，倘或有些山高水底，丟下孩子叫誰管？』這時，西門慶纔想到請醫官來看病。

廿卷本的這一回下半回目「任醫官垂帳診瓶兒」，便是這樣硬榜榜寫進來的，更可訾的是，李瓶兒的病症，不在西門慶到他房中住宿的夜晚說將出來，到了「次日」纔說，也未免不合情理，還有這一句：「倘或有些山高水底，丟下孩子誰看管？」既不像李瓶兒的口吻，也不像李瓶兒的性格，這種不通情理，不懂塑造人物性格的拙劣筆墨，可真格是「陋儒補以入刻」者也。

再說「任醫官看病」的情節。

十卷本的這一情節，寫西門慶從郊園告辭了應伯爵等人，匆匆趕回家中，一看李瓶兒痛得厲害，便趕緊叫迎春喚書童寫帖去請任醫官來。待會兒任醫官騎馬來了。於是便詳詳細細寫任太醫診視李瓶兒病症情形。當我們讀了這大段任太醫述說李瓶兒脈象及病況等情，真的如同聽到醫生細說病情闡明醫理的專家口脗。難怪西門慶說：「真正仙人了。」同時，連官哥的動靜，都一一插寫進來。筆墨極其精密，連書童去請太醫的情景，都不忘在此寫上一筆。說：「那老子一路揉眼出來，上了馬還打盹不住。我只愁突了下來。」觀察人生的現實生活，真是精密。真可以說是寫實之筆，十分周到。

當診病完了，書童掌燈送太醫，玳安隨拿一兩銀子趕去拿藥。連藥金收受，取藥等細碎情景，也都一一寫了進來。把藥拿得家來，藥袋怎樣？如何煎藥？如何服用？也都詳盡寫了進來。奶子照顧官哥別哭吵，李瓶兒服藥睡了一夜，醒來覺得藥見了效。無不是細針細線繡製成的。尤其上下回目的情節轉折，涇渭分明。絕不像補寫的筆墨。同樣的此一情節，到了廿卷本，寫得可就疏漏多了。

二十卷本寫任醫官為李瓶兒診病，不但診病的望聞問切與述說病人病情的病理說辭大不相同，連這任醫官的性格，也塑造得大不相同。十卷本的任醫官，溫文儒雅，謙遜恭謹，診資不是當時給，著玳安隨去拿藥帶去的。還以禮盒裝盛呈上。任太醫不收，說：「我們是相知朋友，不敢受你老爺的禮。」書童道（書童掌燈送任太醫回去的）：「定求收了，纔好領藥。不然，我們藥也不好拿去，恐怕回家去，一定又要送來。空走腳步，不如作速收了，候得藥去便好。」玳安道：「無錢課不靈。定求收了。」太醫只得收了。廿卷本的任太醫，不但脈理病情，說得不如十卷本的任太醫有學問，說話的語氣，也不大像個儒醫。而且還說他在王吏部家，為王吏部夫人診病，王吏部致送診金的情形，說：

> 前日王吏部的夫人也有此病症，看來卻與夫人相似，學生診了脈，問了病源，看了氣色，心下就明白得緊。到家查了古方，參以己見，把那熱者涼之，虛者補之。停停當當，不消三四劑藥兒，登時好了。吏部公感小弟得緊，不論尺頭銀兩，加禮送來。那夫人又有梯己謝意。吏部公又送學生一個匾兒，鑼鼓喧天送到家下，匾上寫著「儒醫神術」四個大字。近日也有幾個朋友來看，說道：「寫的是什麼顏體，一個個飛得起的。」說學生幼年，曾讀幾行書，因為家事消乏，就去學那岐黃之術。真正那『儒醫』兩字，一發道的著哩。

看來，廿卷本的這位任太醫未免太江湖了吧！

最後，西門慶又說了一個吃藥的笑話：「學生也不是吃白藥的。

近日有個笑話講得好。有一人說道人家貓兒，若是犯了癩的病，把烏藥買來喂他吃了就好了。旁邊有一人問，若是狗兒有病，還吃甚麼藥？那人應聲道，吃白藥。吃白藥可知道？白藥是狗吃的哩。」西門慶的這笑話，不惟庸俗乏趣，似也銜接不上這位任醫官說的那番不適時不適地卻也不適調的話。若說這是「陋儒補以入刻」，值得相信。

（三）第五十五回之兩種刻本的筆墨比較

十卷本的這一回，一開頭的情節，與上一回的結尾，有重疊之病。按第五十四回的結尾，寫任醫官為李瓶兒看病，業已診斷完畢，且已取來藥熬妥吃了。睡了一夜，第二天起來西門慶問李瓶兒：「昨夜覺得好些兒麼？」李瓶兒道：「可要作怪，吃了藥，不知怎的睡的熟了。今早心腹裏，都覺不十分怪痛了。學了（此二字有誤）昨的下半晚，真要痛死人也。」西門慶笑道：「謝天謝地。如今再煎他二鐘吃了，就全好了。」迎春就煎起第二鐘來吃了，西門慶一個驚魂，落向爪哇國去了。到了這第五十五回，一開頭居然寫：

> 卻說這任醫官看了脈息，依舊到廳上坐下，西門慶便開言道：「不知道病症，看得何如，沒的甚事麼？」任醫官道：「夫人的這病，原是產後不慎調理，因此得來。目下惡路不淨，面帶黃色，飲食也沒些要緊，走動便覺煩勞。依學生愚見，還該謹慎保重。大凡婦人產後，小兒痘後，最難調理，略有些差池，便種了病根。如今夫人兩手脈息虛而不實，按之散大，卻又軟不能自固。這病症都只為火炎，肝腑土虛命旺，虛血妄行。若今番不治，他後邊一發了不的了。」說畢，西門慶道：「如今該用甚藥纔好？」任醫官道：『只是用些清火止

血的藥。黄柏知母為君，其餘只是地黄黄岑之類，再加減些吃下看住，就好了。」西門慶聽了，就叫書童封了一兩銀子，送任醫官做藥本任醫官作謝去了。不一時送將藥來，李瓶兒屋裏煎服。不在話下。

從這一段筆墨看，顯然與上一回（五十四）的結尾重了。說得更清楚一些，這情形是由於兩個不同的作者，分回改寫造成的。付梓時也未經過主編者的統一。若再深入推想，這情形可能是由於打從兩個不同的抄本拼湊成的，這一第五十五回與第五十四回的底本，非從一處得來。換言之，這十卷本也是打從許多人的抄本拼湊而來，它與上一回——第五十四回，不是同一抄本的編帙。拿來與廿卷本的這第五十五回一對，就會明白它與廿卷本的這一回，乃同一抄本來源。因為它們的文辭，完全一樣。

按廿卷本第五十四回的結尾，確是寫的任醫官看完了病，說了些閒話，打了些哈哈，「大家打恭到廳上去了。」那麼，十卷本的第五十五回，底本與廿卷本同，非其原有十卷本的體系，斯乃一大明證。

再按這第五十五回的篇幅，廿卷本也少於十卷本。十卷本的篇幅是十五頁欠五行，計七千八百字，除去空行，實有七千四百一十六字。廿卷本十頁有九行，計六千四百一十二字，除去空行，實有六千二百九十六字。短少一千一百一十四字。因為廿卷本刪去了十卷本陳經濟與潘金蓮互懷相思的一段，約三百來字。（從第八頁正面第十行的「便心上亂亂的」刪起，刪到第九頁正面第五行「慌忙驚散不題。」第二處又從第十頁反面第九行「卻為何今日閃的小的們，」刪起，刪到第十一頁正面第八行「那歌童又說道」二百來字。第三處又從第十一頁反面第三行「你到那邊快活」刪起，刪到第八行「只得插燭也似磕了幾個頭」一百來字。第四處則從第十三頁反面第五行「只見那伯爵諸人」刪起，刪到結尾約千字上下的字數。包括所有歌詞全刪了。）共刪去約一千五百字上下。但為了聯綴，又補寫了一些文辭，所以只短少一千一百餘字。都是零零星星修纂進去的。

雖說，這一回的情節文辭，大多與十卷本差異不大，但仍有部分改寫過了。如李三、黃四借銀，便是其一。

按李三、黃四借銀，在全書所佔篇幅甚長，自第三十八回開始，到第九十七回還不忘交代了這二人的結局。我曾為此在拙作《金瓶梅原貌探索》寫了一個專題〈李三、黃四、應伯爵〉[12]，來討論此一情節。在十卷本中，共有三十八、四十、四十二、四十三、四十五、四十六、五十一、五十二、五十三、五十六、六十、六十七、六十八、七十八、七十九、八十、九十七等十七回。在這五回（五十三至五十七）中，寫此借銀事者，有五十三、五十六兩回。都是銜接上兩回的情節。第五十一回，西門慶見到應伯爵時，曾催問李三、黃四的銀子幾時關？（意為幾時從官府領下來？）應伯爵答說「不出這個月就關出來了。」遂又向西門慶代李三、黃四續借五百兩，說：「如今東平府，又派下兩萬香來了。還要問你挪五百兩銀子，接濟他這一時之急。如今，關出的銀子，一分也不動，都擡過這裏來。」於是西門慶應允了。應允等徐家銀子討來借與他。到了第五十二回，應伯爵又來催問。西門慶點頭，吩咐他們後日後晌來取。所以到了第五十三回，應伯爵就帶著李三、黃四來了。讓李三、黃四等在隔壁人家。終於在這一回完成了李三、黃四再借銀五百兩的事。第五十四、五兩回沒有再寫借銀事。可是廿卷本不同，不惟第五十一回、第五十二回、第五十三回寫了李三、黃四借銀的情節，第五十五回，也寫了這一情

12　拙作：〈李三、黃四、應伯爵〉，《金瓶梅原貌探索》，頁323-351。

節。比十卷本多了一次。

廿卷本第五十一回的此一借銀情節，與十卷本同。第五十二回也大致相同。第五十三回就不同了。十卷本的第五十三回，已把從徐家討來的二百五十兩銀子，又從家中再湊了二百五十兩，付與了李三、黃四。廿卷本的第五十三回，則未借給他們。這樣寫的：

> 應伯爵道：「前日謝子純在這裏吃酒，我說的黃四、李三的那事，哥應付了他罷。」西門慶道：「我那裏有銀子？」應伯爵道：「哥前日已是許下了，如何又變了卦？哥不要瞞我，等地財主說個無銀出來。隨分湊些與他罷。」西門慶不答應。他只顧呆了臉看常時節。……

因而到了這第五十五回，應伯爵又來。因說；「今日早晨李三、黃四走來，說他這完香銀子急得緊，再三央求我來求哥。好歹哥看我面，接濟他這一步兒罷！」西門慶道：「既是這般急，我也只得依你了。你叫他明日來兌了去吧。」……次日，西門慶衙中回來，伯爵已同李三、黃四坐在廳上等。見西門慶回來，慌忙過來見了。西門慶進去換了衣服，就問月娘取出徐家討來的二百五十兩銀子，又添兌了二百五十兩，叫陳經儕拿了同到廳上，持與李三、黃四。因說道：「我沒銀子，因應二哥再三來說，只得湊與你。我卻是就要的。」李三道：「蒙老爹接濟，怎敢遲延，如今關出這批銀子，一分也不敢動，就都送了來，于是兌收明白，千恩萬謝去了。」把再湊五百兩的情節，寫在這第五十五回。至於此一筆墨，情節上有無漏洞？後面再論。

再說廿卷本這一回的結尾，與十卷本不同。那是由於它刪去了歌童的歌唱文辭，並改寫了結尾的原因。前面已說到了。這一點，與這五回之外的其他各回類同，也不必在此處討論它了。

（四）第五十六回之兩種刻本的筆墨比較

十卷本的這一回，開頭寫了八句證詩，又寫了三行解說這八句詩的說解。說：「這八句單說人生在世，榮華富貴不能常守。有朝無常到來，恁他推金積玉，出落空手歸陰。因此西門慶仗義疏財，救人貧難，人人都是贊歎他的。」看來真是令人不解。我在《金瓶梅箚記》上。曾論到這些話與證詩。我說：

> 看來無論詩也罷文也罷，都比況的不倫不類。第一，這首詩「斗積黃金侈素封，遽遽莊蝶夢魂中。曾聞郿塢光難駐，不道銅山運可窮。此日分贏推鮑子，當年沈水笑龐公。悠悠末路誰知己，惟有夫君尚古風。」既比況不到西門慶頭上，也比況不到《金瓶梅》頭上。第二，西門慶是一位「仗義疏財，救人貧難，人人都是贊歎他的」人物嗎？那麼，何以會有這麼一段不相干的描寫呢？真的是沈德符說的「陋儒補以入刻」的嗎？則此一「陋儒」也未免其陋也，極矣！

> 我又說：固然，這一回寫的是「西門慶周濟常時節」，卻也談不上是「仗義疏財」，他只是照顧了這位幫會中的弟兄而已。想來，我們可不難基此去推想《金瓶梅》的故事，可能其中有一位「仗義疏財，救人貧難，人人都是贊歎他的」人物，不是西門慶。笑笑生們改寫時，把這情節，改寫到西門慶頭上了。

今天，再來校勘這五回，在兩刻比對之下，益可證明十卷本《金瓶梅詞話》亦改寫本也。如以篇幅論，十卷本共十一頁欠四行，計五千七百一十二字，除去空行，實有五千五百五十四字。廿卷本七頁欠二行，計四千二百五十六字，除去空行，實有四千零四十字。短少一千五百一十四字。

這一回的兩種刻本，除了回目略有不同，十卷本是「西門慶捐金助朋友，常時節得錢傲妻兒」，最大的不同處，是廿卷本刪去了十卷本中的〈別頭巾文〉。把十卷本下半回目之「應伯爵舉薦水秀才」改為「常時節得錢傲妻兒」，想必就是這一原因。

按十卷本的舉薦水秀才情節，從第七頁反面寫起，約有近二千字的篇幅，廿卷本的此一情節，僅有一千二百餘字的篇幅，光是這一部分，就少了七百餘字。關於舉薦水秀才，由應伯爵口述出的詩文，僅保留了一闋〈黃鶯兒〉，有關〈別頭巾文〉與詩，全部刪了。雖然刪去了〈別頭巾文〉等文字，後半段所寫的情節，仍舊是「應伯爵舉薦水秀才」，至於「常時節得錢傲妻兒」，仍是上半回目的故事。廿卷本以上半回目的故事，寫成上下回目，作為第五十六回的全部情節，事實上是不對的。在這一回的故事中，明明後半是應伯爵舉薦水秀才的情節，焉可僅以上半回目的故事來取代？若從此一問題來作推想，那麼，刪去了〈別頭巾文〉乃出於廿卷本的改寫者或出版者的故意。換言之，此乃廿卷本蓄意要刪除這篇〈別頭巾文〉，因而連回目也改了，改得要人連聯想都不存在了。

何以廿卷本要如此改呢？

想來，這委實是一個問題？這一問題，自不是為了文辭上的累贅方始這樣改的。顯然是有所掩飾什麼？有所隱瞞什麼？廿卷本之失去了「欣欣子序」文，以及第一回的改寫，在我看來，它們都具有同一因素。可以說，廿卷本的出版者，已有意把十卷本殘餘的政治諷喻與作者是誰的暗示，予以全部清除。此一〈別頭巾文〉之被刪，或因為《開卷一笑》已暴露了作者是「一衲道人」屠隆吧！

這一回的廿卷本，之不同於十卷本者，尚有三幾處文辭的刪節。如十卷本第一頁反面第十行「……來到一個酒店內」之下的「只見小小茅簷兒，」到「到潔淨可坐」共六十字；第二頁反面第一行「藏春塢遊玩」之下的「原來西門慶後園一列，伴著西門慶尋花問柳」這一段共二百三十四字；第五頁正面第二行的八句七律；第九頁反面第二行「也到做的有趣」之下，「哥卻看不出來第一句」到「後來一發好的緊了」等八十五字；再者「因此說有時」下面的「羨如椽」到「落筆起雲烟」等三十六字；還有這頁正面第六行「三世之交」下面「小弟兩三歲時節」到「後來大家長大了」等三十八字，也刪去了。尤其應伯爵講解〈黄鶯兒〉那闋詞，十卷本是從第一句講起的，廿卷本則從第五句講起，以及那一段「羨如椽。他說自家一筆如椽。做人家往來的書疏，筆兒落下去，其煙滿紙。因此說滿筆起雲煙。」全刪去了。這樣一刪，連文義也不通了。

還有第三頁反面，有幾行：（原書排次）

> 笑起來伯爵道這兩日杭州貨船怎地還不見到不知他買賣
> 貨物何如前日哥許下李三黄四的銀子哥許他待門外徐四
> 銀到手湊放與他罷西門慶道貨船不知在那里擔閣著書也
> 沒稍封寄來好生放不下李三黄四的我也只得依你了應伯
> 爵挨到身邊坐下乘問便說常二哥那一日在哥席上求的事

這裏寫的李三、黄四借銀，顯然的與第五十三回重複了。我們光看這五行文辭，也能看出李三、黄四借銀的幾句話，是從別處錯簡進來的。我們如把李三、黄四借銀的幾句話刪了，文辭也正好相聯。基乎此，我們或者可以推想十卷本付梓時，也是一部東湊西拼成的稿本。匆匆付梓，並未經過出版者好整以暇的仔細而認真整理。遂產生了不少這類錯簡的情事。廿卷本卻是整理過的，像這一部分，便改寫過了。這樣改寫的：

> 伯爵道：「這兩日杭州貨船怎的還不見到？不知買賣貨物何如？這幾人不知李三、黃四的銀子，曾在府裏頭關了送來與哥麼？」西門慶道：「貨船不知在那裏擔擱著，書也沒稍封來，好生放（心）不下。李三、黃四的又說在出月纔關。」應伯爵挨到身邊……

從這裏，我們可以了解到廿卷本在這五回中寫了李三、黃四借銀（五十三、五十五、五十六），而且改了十卷本在第五十三回已完成了再借銀五百兩的情節，如叫他們後日來，到了第五十五回也沒有答應，在這五十六回卻說：「李三、黃四的，我也只得依你了。」但卻沒有再寫李三、黃四是怎樣把銀子取去的。這一部分，十卷本的第五十三回，寫得非常清楚，第五十四回的上半回目「應伯爵郊園會諸友」，就是從李三、黃四借到了這筆錢，應伯爵得到了中人錢，方始決定請客的。正因為廿卷本的改寫者，沒有看到十卷本的第五十三、四兩回，不知道李三、黃四在第五十三回是怎樣把銀子取去的？卻看到了第五十六回寫的西門慶應允「李三、黃四的，我也只得依你了。」遂再依據了十卷本第五十一、二回的情節，略加增潤，便這樣把李三、黃四的借銀改定了。所以廿卷本的李三、黃四再借五百兩銀子的情節，欠缺了十卷本第五十三回寫得那麼生動詳盡。

從上述情節來看，也就足以證明廿卷本在付梓時，欠缺第五十三、四兩回，連相連的第五十五、六等回，也隨著改纂了。因為，除了上述的刪改部分，其他，兩刻的文辭，大體上是相同的。

（五）第五十七回之兩種刻本的筆墨比較

看來，第五十七回的兩種刻本，前後文辭是大致相同的，廿卷本只是刪節了一些累贅文辭而已。這情形，與其他各回（除第一回與第五十三、四、五、六等回）的刪節情形一樣。按這一回的篇幅，十卷本是十三頁欠二行，計六千八百一十六字，除去空行，實有六千五百零六字。廿卷本是九頁欠六行，計五千三百七十字，除去空行實有五千二百七十字。少於十卷本一千二百三十字。

十卷本的回目是「道長老募修永福寺，薛姑子勸捨陀羅經」，廿卷本改為「開緣簿千金喜捨，戲雕欄一笑回頭」。但開頭到結尾的情節與文辭，則是一樣的，只是廿卷本刪節了一些文辭而已。至於證詩更換了，也與其他各回一樣，大多更換過了。

刪節的情形，比對起來，是這樣的。譬如十卷本的開頭，闡述、永福寺的建寺淵源，寫了一大段開山祖萬迴的故事，計達三十六行缺七字，共計八百五十七字，廿卷本的這一段，則為二十六行又四字，計七百三十二字，刪去一百二十五字。看來，這種刪節的情形，與其他這五回（包括第一回）以外的各回，並無特殊之處。認真說來，卻只有廿卷本改的下半回目「戲雕欄一笑回頭」與十卷本大不相同的這點，需要比勘討論。

按十卷本的這一下半回目「薛姑子勸捨陀羅經」，從西門慶捐了五百兩銀子給永福寺的道長老，轉到廳上，情節便進入了「勸捨陀羅經」。可以說從第九頁正面寫到「西門慶別了應伯爵，轉到內院，」但正式開始了。共寫了約二千字有餘，廿卷本也祇刪了三幾百字，如佛說「三禪天」及「佛家以五百里為由旬」等佛家說詞二百五十六字，還有嘲諷尼姑的「當年行徑是窠兒」一段。其他大都與十卷本文辭同。那麼，「戲雕欄一笑回頭」的情節在那裏呢？

按十卷本寫完了施捨《陀羅經》，薛姑子只要九兩銀子，「正說的熱鬧，只見那陳經濟要與西門慶說話，跟尋了好一回不見。問那玳安，說月娘房裏，走到捲棚底下。剛剛湊巧，遇著了那潘金蓮，凭闌獨笑，猛然擡頭，見了經濟，就是貓兒見了魚鮮飯，一心要啖他下去了。不覺的把一天愁悶，多改做春風和氣，兩個乘著沒有人來，執手相偎，做剁嘴砸舌頭，兩個肉麻好生兒頑了一回兒。又像老鼠見了貓來，左顧右盼提防著，又沒個方便，一溜煙自出去了。」屬於廿卷本的下半回目「戲雕欄一笑回頭」的情節，只有這麼幾句，其他全是「喜捨陀羅經」的情節。廿卷本也沒有在此一情節上再作鋪張，只在文理上清順了一番而已。試看：

> 正說的熱鬧，只見陳經濟要與西門慶說話，尋到捲棚底下，剛剛湊巧遇著了潘金蓮憑闌獨惱。猛擡頭見了經濟，就是貓兒見了魚鮮飯一般，不覺把一天愁悶都改做春風和氣。兩個見沒有人來，就執手相偎，剁嘴砸舌頭，兩下肉麻頑了一回。又恐怕西門慶出來撞見，連算帳的事情也不提了。一雙眼又像老鼠防貓，左顧右盼，要做事又沒個方便。只得一溜烟出去了。

雖然改寫過的文義比十卷本通順也入乎情理得多。終究太少了，不夠列入回目的資格。似應以喜捨《陀羅經》為回目。何以廿卷本要這麼改呢？正因為廿卷本已把印《陀羅經》的事，寫在第五十三回的結尾了。說來，此一不合回目之處，錯誤的基因，仍在「補以入刻」的第五十三、四兩回頭上。

另外，還有「東京」誤為「西京」的一處，十卷本在第八頁反面第五行第十六字，「我前日因往東京」的「東」字誤為「西」字。廿卷本也照誤了。在第十三頁正面第十一行第七字，也刻為「西」京。基是情事，更足以證明廿卷本是依據十卷本來的。當然，也有部分來自另一傳抄路線。前面也例說到了。

四　「有陋儒補以入刻」的問題

多年以來，我就認為沈德符（《萬曆野獲編》）說的「有陋儒補以入刻」的第五十三回至五十七回，是一句頗有問題的話[13]。實則，《萬曆野獲編》論及《金瓶梅》的那些話，十九都是問題。我已論過不少次了。在近作《金瓶梅的幽隱探照》中，對此問題，又有一個看法，那就是沈德符的這番話，頗多暗示成分。今天，當我詳盡的比勘了這兩種刻本的這五回，越發的認為沈德符的這番話，暗示成分甚重。這番話，不但暗示了《金瓶梅》的問世與演變過程，兼且暗示了傳抄、付刻，以及改寫與成書的年代。當然，連作者也暗示進來了。

從這五回的兩種刻本的比對，來看事實，可以證明沈德符說的這五回是「陋儒補以入刻」的話，並非無因，惜乎此一問題，不在十卷本《新刻金瓶梅詞話》）身上，卻在廿卷本身上。多年來，凡是從事此一問題研究者，總在十卷本的這五回中繞圈子，看來，似乎是精力浪費了。

我們看這五回，十卷本只有第五十五回的任醫官看病，與第五十四回的結尾重了，「血脈」不貫連了。還有第五十六回的李三、黃四借銀，也有重複之處。其他，無不情節周密文辭細膩。刻描人物之言談舉止與心理情緒，也生動鮮活而有情有致。絕無補寫跡象。廿卷本可就不同了，任誰在兩刻相互比對之下，都能發現第五十三、四兩回是重寫過的，而且不是改寫。第五十五、六兩回，則是改寫過的。第五十七回則與其他九十四回（第一回也除外）一樣，祇是刪節了十卷本的部分文辭與情節而成的簡本而已。這五回，全不符合《萬曆野

13　拙作：〈論明代的金瓶梅史料〉，《金瓶梅探原》，已經論到。由於筆者當時手中無崇禎刻之廿卷本，未能作比勘工作。

獲編》的話，說是「第五十三回至五十七回」都是「陋儒補以入刻」的。縱以廿卷本來說，也印證不上。

不過，《萬曆野獲編》的這番話，卻暗示了不少問題的答案。

（一）「未幾時而吳中懸之國門矣」的《金瓶梅》是十卷本還是二十卷本

二十多年來，凡是論到第五十三到五十七這五回的「有陋儒補以入刻」的問題，悉以十卷本《金瓶梅詞話》為基準，除了韓南先生曾以之與廿卷本併論過，他尚少見。那麼，如依據《萬曆野獲編》的話來作判斷，這部「未幾時而吳中懸之國門矣」的《金瓶梅》，應是廿卷本而非十卷本。

第一，沈德符說他手上的《金瓶梅》稿本，是向袁中道（小脩）抄來的（又三年，小脩上公車，已攜有其書，因與借抄挈歸。）

第二，謝肇淛《小草齋文集》說他手上的《金瓶梅》稿，是廿卷本。打從袁宏道（中郎）與丘志充（諸城）兩處錄來（於袁中郎得其十三，於丘諸城得其十五，稍微釐正而闕所未備，以俟他日。）

這兩人的話，不是可以據之認定沈德符手上的《金瓶梅》稿本是廿卷本嗎？

今見之兩種刻本，從版本學觀之，十卷本《新刻金瓶梅詞話》乃《金瓶梅》一書的最早刻本。最早不能早於萬曆四十五年（1617），最遲不能遲於天啟三年[14]。因為它沒有避諱字。而且，字體也不能晚於崇禎。

14　按明朝刻書之有避諱字，政令頒於天啟元年。一般刻本之避天啟帝由校諱，多在天啟三年以後。《金瓶梅詞話》無避諱字。既未避天啟，也未避萬曆，更未避泰昌。

這樣看來，《野獲編》中說的「未幾時而吳中懸之國門矣」的《金瓶梅》，應是十卷本《金瓶梅詞話》無疑了吧？可是，《金瓶梅詞話》的第五十三至五十七等五回，並無「陋儒補以入刻」的情事可尋。相反的，《野獲編》的這番話，竟可以在廿卷本的情節與文辭中見及。這就怪了！

劉輝先生認為今見之十卷本《新刻金瓶梅詞話》並非第一次刻本；梅節先生認為今見之廿卷本《新刻繡像批評金瓶梅》刻於十卷本之前。劉輝依據的是「新刻」二字，梅節依據的是「欣欣子」之未被明代人引用。全未能聯想到《野獲編》這番話。若以我提出的這一問題，來增其立論之據，豈不是更有力嗎！

對於此一問題，我的判斷有異於劉、梅兩位先生。我認為這些問題的「矛盾」形成，正是沈德符《萬曆野獲編》的暗示，他特意在語言上形成「矛盾」，如他於萬曆三十七年（1609）向袁小脩抄得《金瓶梅》全稿，以及「未幾時而吳中懸之國門」與「有陋儒補以入刻」的話，形成的一連串「矛盾」，便暗示了《金瓶梅》某些問題的答案。

譬如「欣欣子」的序文，何以未能在明代的文人筆下出現？便在《萬曆野獲編》的這些「矛盾」語言中，暗示了答案。

（二）何以明朝文人論《金瓶梅》不曾說到「欣欣子」與「蘭陵笑笑生」

說來，明朝文人論及《金瓶梅》，竟無任何一人說到「欣欣子」與「蘭陵笑笑生」？委實是一大問題。因為「欣欣子」的序文，刊在十卷本《新刻金瓶梅詞話》的簡端。而且，此一刻本乃公認是《金瓶梅》的最早刻本。此一刻本，最遲也應刻在萬曆末或天啟初。明朝談論《金瓶梅》的文人，生存到天啟或崇禎末者，數來不下十之九。如袁小脩、謝肇淛卒於天啟三、四年間，屠本畯、李日華、沈德符、薛岡、馮夢龍悉已生存到崇禎年間；馮夢龍且卒於朱明易姓之後。

他們何以沒有說到「欣欣子」與「蘭陵笑笑生」？想來委實是一大問題？需要尋求答案。

這裏，我們來從《萬曆野獲編》的一些話，進行瞭解。

（1）又三年，小脩上公車，已携有其書。因與借抄挈歸。

沈德符這句話中的「又三年」，指的是萬曆三十七年（1609），明年有春闈，袁小脩在京依附其二兄中郎讀書，準備明年春入闈應試。沈德符向袁氏兄弟借抄《金瓶梅》，應在這年秋冬間。這時，沈德符是太學生。

惜乎沈德符《萬曆野獲編》的這句話，與袁小脩萬曆四十二年（1614）八月的日記《遊居柿錄》有了牴觸。小脩在這則日記上說他還是「從中郎真州」時（萬曆二十五、六年間），「見此書之半」。這一點，我們先不管它，我們只確定沈德符手上的《金瓶梅》，是打從袁氏兄弟處抄來的；抄來的時間是萬曆三十七年（秋冬間）。

（2）吳友馮猶龍見之驚喜，慫恿書坊以重價購刻。

馬仲良時榷吳關，亦勸予應梓人之求，可以療飢。……未幾時而吳中懸之國門矣！

雖然，這句話如從上下文的語意順之，時間應不出於翌年（萬曆三十八年）。好在「馬仲良時榷吳關」之「時」，史書上有明確的記錄，「時」在萬曆四十一年（1613）至翌年一年間。（按馬仲良抵吳之日是當年五月。那麼，我們可以據之肯定沈德符抄得《金瓶梅》的四年後，稿還藏在手中。兼且肯定了《金瓶梅》是一部當時的「書坊」

願出「重價購刻」的書，「應梓人之求可以療飢」的書。

這些話，業已說明了「此等書必遂有人板行，一刻則家傳戶到。」所以，沈德符雖未將手中的稿本出售而「固篋之」。卻也「未幾時而吳中懸之國門矣」！

試想，沈德符的這些話，豈不是《金瓶梅》之久久未有刻本，必有阻礙它付刻的原因嗎？從沈德符在袁中郎《觴政》一文中，獲知有《金瓶梅》一書，到吳友馮夢龍慫恿書坊重價購刻之年，此書之傳抄世間，亦為時八載矣！更不必再向前推。儘管下面還有一句「未幾時而吳中懸之國門矣！」終究不能符合「此等書必遂有人板行」的話。如從傳抄問世之年（萬曆二十四年，1596）算起，抵萬曆四十一年已足足十七年了。

《金瓶梅》一書，傳抄了足足十七年之久，竟無刻本行世，焉能符合沈德符的這句「此等書必遂有人板行」的說詞？《金瓶梅》一書之遲遲未有刻本問世，自不是由於其中寫了淫穢之辭的原因。應是有關乎政治諷喻吧！（因為明朝的穢淫文字圖畫，不干公禁。）

今見之十卷本《金瓶梅詞話》，不還殘餘著有關政治諷喻的辭義嗎？

如按沈德符說「馬仲良時榷吳關，亦勸予應梓人之求，可以療飢」的時間，來看東吳弄珠客序於萬曆丁巳（1617）季冬的《金瓶梅詞話》，相距已去四年。若說這部《金瓶梅詞話》就是沈德符說的「未幾時而吳中懸之國門矣」的那一部，似乎令人感於相距時間遠一些。然而我們卻也沒有證據，來說這部《金瓶梅詞話》是第二次刻本。雖然，劉輝先生以「新刻」二字為據，認為今見之《新刻金瓶梅詞話》乃刻於萬曆四十七年的二次刻本，當有一部刻於萬曆四十五年的「初刻」。而我則認為此一說法，仍難符契沈氏的「未幾時而吳中懸之國門矣」的時間因素。何況，此一問題還牽涉到沈氏於萬曆三十七年向袁氏兄弟抄來「全稿」的矛盾事實呢？

如今，我們所以從沈德符的這幾句話中，獲得這些個暗示。

一、《金瓶梅》的梓行，與馮夢龍有密切關係。「馮夢龍見之驚喜，慫恿書坊以重價購刻」的「書坊」，似乎暗示的就是馮夢龍自己。這時的馮夢龍有「墨憨齋」，已在經營出版業了。

二、「此等書必遂有人板行，一刻則家傳戶到，」暗示了《金瓶梅》之久未有人梓行，其受阻原因，並非已刻出之刻本內容。

三、「未幾時而吳中懸之國門矣」的這部《金瓶梅》，其出版時間在萬曆四十五年（1617）之後。那麼，《金瓶梅詞話》是初刻本，在這些語言中，不是已有答案了嗎？

可是，「然原書實少五十三回至五十七回，遍覓不得，有陋儒補以入刻」的說詞，卻又枝生出問題來了。

（3）然原書實少五十三回至五十七回，遍覓不得，有陋儒補以入刻。

沈德符看到的這部《金瓶梅》初刻本，就是他向袁氏兄弟抄來的那一部，也缺五十三回至五十七回，印出來的刻本，缺少的這五回是「陋儒補以入刻」的。而且經他看過，認為其中內容是「膚淺鄙俚，時作吳語，即前後血脈，亦絕不貫串，一見知其贋作矣！」可以說，這些話說得斬釘截鐵。但與今見之大家公認初刻本十卷本《金瓶梅詞話》比對，如所論各語，十九都不能印證。相反的，與後刻於崇禎的廿卷本《新刻繡像批評金瓶梅》，尚有符節之處。這麼以來，枝節橫生了。

從所說「有陋儒補以入刻」的這五回來看，則廿卷本堪符斯說。廿卷本刻於崇禎，其中有崇禎避諱字可證。沈德符最早看到的《金瓶梅》會是廿卷本？相去所說「未幾時而吳中懸之國門矣」的時間，未免太遠了；有十五、六年之久。

然而，另一位與沈德符同時代的人薛岡（千仞），看到的刻本，也是崇禎刻。因為他說到的簡端序文，是東吳弄珠客的序，不是欣欣子的序。崇禎刻的廿卷本，簡端（第一篇）序文是東吳弄珠客序，刻於萬曆或泰昌、天啟間的十卷本，簡端則是欣欣子的序。

再說，所有論及《金瓶梅》的明代人，卻又祇有沈德符與薛岡二人說到刻本，其他人等竟無任何人說他見到刻本。是以無人談到欣欣子以及蘭陵笑笑生。

奇怪！刻於萬曆或天啟初的十卷本，那裏去了呢？

今天，我們見到的十卷本《金瓶梅詞話》，還有三部又殘卷二十三回。這十卷本刻於廿卷本之前，也是版本學家不能否認的行款字體與版式。何況，還有東吳弄珠客署明的作序年代（萬曆丁巳季冬）。說十卷本刻於廿卷本之後，是萬不可能的事。

那麼，沈德符（《萬曆野獲編》）說的「有陋儒補以入刻」的這五回，怎的會是刻於崇禎的廿卷本呢？

難道，在現有的廿卷本之前，還有一部早於十卷本的廿卷本為底本的刻本嗎？

按存世的廿卷本，今知者有兩種行款，一是十行二十二字本，一是十一行二十八字本。依據日本版本學家鳥居久靖之〈金瓶梅版本考〉與近日上海復旦大學黃霖作〈關於上海圖書館藏兩種新刻繡像批評《金瓶梅》〉一文[15]，考證廿卷本的刻本，在行款上雖有眉評之「三字一行」、「四字一行」或「二字一行」的迴異，但大體上，字體與行款之別，仍為兩種。今者，筆者祇見過日本天理圖書館及日本內閣

[15] 黃霖：〈關於上海圖書館藏兩種新刻繡像批評金瓶梅〉，《中國古典小說研究動態》第2號。（1988年10月）。

文庫兩種藏本。其他等處所藏，吾悉未寓目。不知其中是否同於日本的這兩種，全有崇禎帝的避諱字。如有一部無崇禎帝避諱字，這一部便可能是早於十卷本的廿卷本刻本了。

這一點，敬盼所有從事《金瓶梅》研究的朋友，特別注意及之。

若以筆者今見的廿卷本內容來說，譬如第三十九回中的「鈞語」誤刻為「鈞語」，第五十七回中的「東京」誤刻為「西京」，還有其他文辭上的刪節與修纂，在在都足以證明廿卷本刻於十卷本之後，而且，在付梓前，曾據十卷本為底本，進行修纂的工作。這一點，是可以肯定的，除非我們又發現了另一部早於十卷本的二十卷刻本，或另一部早於萬曆丁巳序的十卷本。（其上應無欣欣子序文）否則，沈德符《萬曆野獲編》的這幾句話，可真是難以周圓的了。

此一問題，我們再回頭說好了。

在萬曆那個朝代，淫書春畫，公開銷售。在市肆閒，售賣淫器事物的店鋪，隨處可見[16]。「此等書必遂有人板行」，本是一句實話。可是《金瓶梅》這部書，自萬曆二十四年（1596）傳抄問世，竟蹭蹬蹉跎了二十年有奇，方有刻本行世。直到崇禎間廿卷本梓行，它方始符合了「一刻則家傳戶到」的說詞。數年之間，刻本便有了數種。基是情事推繹，自可蠡知它之遲遲無人板行，非由於它的淫穢問題，乃政治諷喻問題也。

若基是問題推想，沈德符《萬曆野獲編》的這些話，不是暗示了《金瓶梅》的成書坎坷，以及「陋儒補以入刻」等情事嗎？

更清楚的一點，這些話指的是廿卷本，卻又故意以「未幾時」三字，暗示廿卷本以前，還有一部十卷本，否則，焉能以「未幾時而吳

16　崇禎間人（佚名）作《如夢錄》，在〈街市紀〉第六章中，記開封市有淫店七家。淫書如《弁而釵》、《癡婆子傳》、《宜春香質》等等，悉為萬曆間刻本。

中懸之國門矣」的話，按到廿卷本（崇禎刻本）頭上？這時，沈德符當然知道十卷本《金瓶梅詞話》已經毀了板了，印出的書也必然 焚了，在字面上，把十卷本隱而不論，卻在字裏行間的語意上，暗示了二十卷本以前還有十卷本呢。

五　無論膚淺鄙俚，時作吳語，即前後血脈，亦絕不貫串，一見知贋作矣！

我要再說一遍，沈德符《萬曆野獲編》論《金瓶梅》第五十三回至五十七回的「時作吳語」與「前後血脈」不貫的話，真格是害人耗費了不少的無謂精力。而且，人人都以十卷本《金瓶梅詞話》為準則。如今，我已把這兩種刻本，分上下欄攤在這裏，且一段段註說。俗謂：「不怕不識貨，只要貨比貨。」我們對照一比，紅幾點，黑幾點，就一目了然了。別被蒙起眼，在磨道上轉圈子吧！

按說，「膚淺鄙俚」四字，是一句難尋對象的話；尤其對小說來說。譬如說「膚淺」一辭，像第五十六回的〈黃鶯兒〉一詞，那是一篇用來嘲笑水秀才學養不佳的長短句，所謂「書寄應哥前，別來思不待言。滿門兒托賴都康健。舍字在邊，傍立著官。有時一定求方便，羨如椽，往來言疏，落筆起雲煙。」再加上應伯爵的一番詮釋，越發的令人好笑。但一比應伯爵下面再唸出的〈別頭巾文〉詩與文，便一掃〈黃鶯兒〉的膚淺，變為深蘊。如以小說藝術說，斯乃小說家塑造應伯爵其人性格的手法，他能隨時口誦出如此長的一詩一文，又能詮釋了那闋〈黃鶯兒〉的可哂之處，也足見下層社會上，誠有不少這類才人。西門慶之喜歡應伯爵，就在這地方了。算不得膚淺吧？廿卷本的這一回，刪去了〈別頭巾〉的一詩一文。

對於人物的塑造，性格不統一。如前論廿卷本第五十四回寫到

「應伯爵郊園會諸友」（廿卷本改為「應伯爵隔花戲金釧」）時，西門慶的酒令與應伯爵的兩個笑話，算得上是膚淺，但這是廿卷本，不是十卷本。十卷本的第五十四回，無論上半回目「應伯爵郊園會諸友」或下半回目「任醫官豪家看病症」，無不筆筆周到，情節自然，而活潑生動。若以優劣別之，廿卷本的第五十三、四回，遜色多矣！

想來，沈德符指摘的「膚淺」二字，應是指的廿卷本非十卷本。意在使之與「未幾時」的時間不符，而有所暗示也。

至於「俚白」，那就更難分野了。

小說，原屬於「街談巷議」的市諢生活語言之類的文學，語言「俚白」，應是小說的特色，焉能指為缺點？若以「俚白」論之，則《金瓶梅》中的語言，特別是人物對話。無不十九堪以「俚白」喻之。委實弄不清沈德符說的「俚白」一詞，究何所指？

西門慶這幫子人，本就是下流社會上的混混兒，他們的語言，原屬於市諢之最俗俚又最穢褻者。後來，西門慶雖混跡於官場，巴結到一身五品袍帶，在官場上居然斯文起來。然仍難掩其下流行徑與市諢穢語。如第五十二回（十二頁反面）寫西門慶與李桂姐在藏春塢山子洞苟合，應伯爵闖進去看到，便大叫一聲，說：「快取水來，潑潑兩個攮心的，摟到一答里了。」還有第六十七回（二十頁反面）寫應伯爵的丫頭春花生了個兒子，向西門慶借錢。西門慶借了錢不收借據，開玩笑說：「傻孩兒，誰和你一般計較，左右我是你老爺老娘家（即外公外婆家）。不然，你但有事就來纏我。這孩子也不是你的孩子，自是咱兩個分養的。實和你說過了。滿月，把春花兒那奴才叫了來，且答應我些時兒，只當利錢，不算發了眼。」像這些下流話，算得「俚白」了吧？卻又是小說家應該運用的現實生活語言。怎能視之為缺點？

捨乎此，我不知還有那些，算得是「俚白」。西方小說中，也多的是「SLANG」啊！

關於「時作吳語」的問題，已有不少語言學家參加了討論。此一問題，可以說已獲結論，業已有人統計出來，全書百回，隨處都有吳語，非僅限於這五回[17]。筆者一開始進入了《金瓶梅》的研究範圍，就注意到沈氏的此說有問題。在《金瓶梅探原》中已說到了[18]。在我認為這是一句暗示《金瓶梅》有吳人參予改纂的話，不能當作問題去從事研究的。

至於「前後血脈，亦絕不貫串」的情事，十卷本只有兩處，一是第五十五回的開頭，把任醫官看症的情節，重寫了，與五十四回的結尾，接不上了，重了。另一處是第五十六回的李三、黃四借銀，也重了一筆。這兩處問題，我在前面也說到了。再說，像這類情節重疊，血脈不貫的問題，在這五回之外還有。如第二十五回寫揚州鹽商王四峰，被安撫使送監在獄中，許銀二千兩央西門慶對蔡太師說人情釋放。西門慶派了來保進京，到了第二十七回來保回來，見了西門慶，「具言到東京先見稟事的管家，下了書，然後引見太師老爺看了揭帖，把禮收進去，交付明白。老爺分付不日寫書，馬上差人下與山東巡撫侯爺，把山東滄州鹽客王霽雲等一十二名寄監者，盡行釋放。」竟把第二十五回寫的「揚州鹽商王四峰」寫成「滄州鹽商王霽雲」了。還有第二十七回又重寫了來保與吳主管晉京的事。

按第二十五回開頭，已寫：「西門慶就把生辰擔並細軟、銀兩、馱垛、書信，交付與來保和吳主管，五月二十八日起身，往東京去了，不在話下」這第二十七回的開頭，寫來保已從東京回來，可是，寫完了宋仁的案子，卻又寫了「西門慶剛了畢宋惠蓮之事，就打點三

---

17 參閱張惠英作：〈金瓶梅用的山東話嗎？〉，刊《中國語文》第4期（1984年）。

18 拙作：《金瓶梅探原》。

百兩金銀交賴銀率領許多銀匠，在家中捲棚內，打造蔡太師上壽的四陽捧壽的銀人……一日打包端就，著來保與吳主管，五月二十八日離清河縣，上東京去了，不在話下。」

又重寫了一次。其他類似之處，還有呢？若是情形，我認為是「集體改寫時，分回各寫各的，無人總纂其成。寫好了，就匆匆付梓，梓成也未校正。」要不呢，就是「傳抄時原稿錯簡了，抄者便胡亂拼湊」[19]。像五十三至五十七這五回的「血脈不貫」情形，得非一貫之誤？安能強將這五回的「血脈不貫」派到「陋儒」頭上去。

所以我認為沈德符《萬曆野獲編》的這番話，暗示的成分多於事實。如斷為句句是實，則必陷之泥淖也。

六　沈德符《萬曆野獲編》的暗示

我認為沈德符《萬曆野獲編》的話，句句都是暗示，在拙作《金瓶梅的幽隱探照》一書中，業已說到不少了。在此，我再一一指示，供作賢智參考。

1 袁中郎《觴政》配《水滸傳》為外典，予恨未得見。

暗示《金瓶梅》的故事，已借用《水滸傳》中的西門慶與潘金蓮為主幹矣！

（初期傳抄本，似乎不是西門慶的主角，是賈廉。此－問題有第十七、十八兩回可證。）

2 丙午，遇中郎京邸，問：「曾有全帙否？」曰：「第睹數卷，

19　參閱拙作：《金瓶梅劄記》，頁122。

甚奇快。今惟麻城劉延白承禧家有全本，蓋從其妻家徐文貞錄得者。」

暗示《金瓶梅》的全帙，只有兩家，一是麻城劉家（劉守有、劉延禧父子），一是太倉王家（王世貞、王世懋兄弟），此兩家都是鄞人屠隆的恩人。

3 又三年，小脩上公車，已携有其書，因與借抄挈歸。

暗示後期抄本已成書，袁氏兄弟已有其書。

4 吳友馮猶龍見之驚喜，慫恿書坊以重價購刻；馬仲良時榷吳關，亦勸予應梓人求，可以之療飢。予曰：「此等書必遂有人板行，但一刻則家傳戶到，壞人心術，他日閻羅究結始禍，何辭置對？吾豈以刀錐博泥犂哉！」仲良大以為然，遂固篋之。

暗示《金瓶梅》在萬曆四十一、二年間，尚無刻本行世，以及馮夢龍的熱衷此書。並暗示馮夢龍與此願以「重價購刻」的「書坊」，乃馮夢龍本人。這時的馮夢龍已以「墨憨齋」梓行《山歌》等書矣！

馬仲良（之駿）時榷「吳關」，乃萬曆四十一、二年事。有《蘇州府志》及馬氏家刻本《妙遠堂集》可證。

5 未幾時，而吳中懸之國門矣。

以「未幾時」的時間因素，導引證者生疑，來從廿卷本聯想到廿卷本之前，還有一部《金瓶梅》刻本。

沈德符寫此文時，廿卷本已梓行，十卷本已燬板。按沈之此文應作於崇禎間。

> 6 然原書實少五十三回至五十七回，遍覓不得，有陋儒補以入刻，無論膚淺鄙俚，時作吳語，即前後血脈，亦絕不貫串，一見知其贋作矣。

經過比對校勘，已證明沈德符說的「五十三回至五十七回」是「陋儒補以入刻」的話，可印證在廿卷本身上，按不到十卷本頭上去。例如第五十三、四兩回，是徹頭徹尾重寫過的。第五十五、六兩回，也有改寫不銜的痕跡。前面已詳細說到了。若是情形，自在暗示廿卷本以前還有一部十卷本刻本。

> 7 聞此為嘉靖間大名士手筆，指斥時事，如蔡京父子則指分宜，林靈素則指陶仲文，朱勔則指陸炳，其他各有所屬云。

今見之兩種刻本，無論十卷本或廿卷本，都沒有這段話中的情節。雖蔡京父子差可與嚴嵩父子比擬，朱勔則與陸炳比擬不上。尤其是林靈素，在小說中並未上場進入故事情節。更談不上與陶仲文有所比擬。

又說：「其他各有所屬。」祇有去穿鑿附會了。

像這些，似在暗示初期傳抄本的《金瓶梅》稿，或許有這些比況。像欣欣子序中的文辭：「如離別之機將興，憔悴之容所不能免也。折梅逢驛使，尺素寄魚書，所不能無也。患難迫切之中，顛沛流離之頃，所不能脫也。」這序述中的情節，全不在今之《金瓶梅》兩種刻本中。也足以證明初期傳抄本的故事情節，業已改過，不是今見之十卷本與廿卷本矣！

至於「嘉靖間大名士手筆」，正如吳晗先生說：「嘉靖間大名士，是一句空洞的話」[20]。不值得耗費精神去考索的。

> 8 中郎又云：「尚有名《玉嬌李》者，亦出此名士手，與前書各設報應因果。武大後世化為淫夫，上蒸下報；潘金蓮亦作河間婦，終以極刑；西門慶則一騃憨男子，坐視妻妾外遇，以見輪迴不爽。」中郎亦耳剽，未之見也。

直到今天，我仍不敢相信有《玉嬌李》（麗）其書。似在暗示初期傳抄本的內容，乃「指斥時事」的政治小說也。否則，「亦出此名士手筆」之《玉嬌李》，怎會是「暗寓」著「貴溪分宜相構」的時事？

> 9 去年抵輦下，從邱工部六區（志充）得寓目焉，僅首卷耳，而穢黷百端，背倫滅理，幾不忍卒讀。其帝則稱完顏大定，而貴溪、分宜相構亦暗寓焉。至嘉靖辛丑庶常諸公，則直書姓名，尤可駭怪！因棄置不復再展。然筆鋒恣橫酣暢，似尤勝《金瓶梅》。

何以要說這部續《金瓶梅》《玉嬌李》的內容，暗寓了貴溪與分宜（夏言與嚴嵩）相構，又把嘉靖庶常諸公，還「直書姓名」？自是暗示原始抄本《金瓶梅》，實為一部政治小說。非今見之十卷本與廿卷本也。

> 10 邱旋出守去，此書不知落何所。

這是一句統領全章文義的暗示語。

乍看，這句話不痛不癢，只不過說丘志充出京到外地做官去了，不知他這部書〈玉嬌李〉帶往何處去了。若一旦知道丘志充的離

20　見吳晗：〈金瓶梅的著作時代及其社會背景〉，第三節。

京出守後的生活歷程，這十二個字的內蘊，可不是這麼簡單了。

按丘志充字六區，山東諸城人。萬曆三十一年（1603）舉人，三十八年會士（未參加殿試），四十一年（1613）進士。在工部任職到郎中，於四十七年（1619）升任河南汝寧知府，四十八年離京出守。沈說「丘旋出守去」的時間，便在此時。

後來，丘又升任磁州兵備副使，再調河南按察司副使，四川監軍副使。又升為布政使，已是從二品矣！

天啟七年（1627）丘志充行賄謀京堂事。事洩，為廠衛逮下獄，罪及死。崇禎五年（1632）棄市。[21]

只要我們瞭解了丘志充離京出守後的升降，以及罪死棄市，當可洞然「此書不知落何所」的文語何義矣！尤其句中的「落」字，文義極其顯然。如果沈德符作此文時，不是已知丘諸城犯罪棄市，或罪及死刑，怎會用「落」字[22]字來判斷「此書」的結果。試想，如不是已知藏書人遇了刼難，怎會說「此書不知落何所」？

顯然的，這是一句「時間」的暗示，暗示沈德符寫作這篇論《金瓶梅》短文的時間，在崇禎五年丘志充棄市之後。再一對證他說的「原書實少五十三回至五十七回」的問題，發生在廿卷本（崇禎刻）身上，自可確定沈德符《萬曆野獲編》的這番話，寫在崇禎五年之後。那麼，《萬曆野獲編》的這篇文章，從頭到尾論及《金瓶梅》的有關問題，豈不是應該重新詮釋了嗎！

所以我認為「丘旋出守去，此書不知落何所」？是一句統領全章

21　參閱馬泰來：〈諸城丘家與金瓶梅〉，《中華文史論叢》（上海市：上海古籍出版社，1984年），第三輯。附錄在拙作：《小說金瓶梅》。

22　「落」字在此有「流失」之意。所謂「不知落何所？」只有像丘志充這樣，因犯罪棄市，他的藏書，纔會有流失「不知落何所」的情形與此一感歎語氣！文義至明也。

文義的暗示語。

七　何以會失去欣欣子的答案

正因為沈德符（《萬曆野獲編》）指出的這五回，問題在廿卷本（崇禎刻）身上，與那句「未幾時而吳中懸之國門矣」的時間，產生了極端矛盾的衝突。遂使我們不得不想到在此「矛盾」衝突因素中，隱藏了在廿卷本之前，還有一種刻本。此一問題的推想，不是已經發生過了嗎？鄭振鐸、吳晗等人推想在十卷本《金瓶梅詞話》之前，還有一種刻本嗎？

從所有明朝人論及《金瓶梅》者，竟無人談到欣欣子或蘭陵笑笑生的這一點來說，即足以證明刻有欣欣子序的《金瓶梅詞話》，在明朝並未流行。再從廿卷本的梓行，其中內容，無論故事情節以及文辭，十之九都是援由十卷本改纂而來，它只是十卷本的簡本。可是，偏偏的有三回是徹頭徹尾重寫過的。第一回的重寫，當是為了刪去有關劉邦寵戚夫人擬廢嫡立庶的政治諷喻，但第五十三、四兩回的重寫，則顯然是沈德符說的「遍尋不得」而臨時補寫進去的。這一點，可以肯定是這樣的。

何以「遍尋不得」？我們推想的情理，可能不外以下兩點。

一、十卷本的板已經毀了。

二、十卷本的書，缺了這兩回，已遍尋不得。（再梓者手中的十卷本有殘缺）

那麼，祇有補以入刻了。至於欣欣子的序，自是基於「隱藏」而捨棄了它。

廿卷本是基於十卷本改寫一過的簡本。應是大家不能否認的事實。那些參予廿卷本的改寫者與出版者，總不至於連欣欣子的序文，也沒有見到吧？

今見之十卷本《金瓶梅詞話》，尚有三部完書，全有欣欣子序在簡端。似不會那麼乞巧，改寫十卷本為廿卷本的人，據有的那部十卷本，正缺少了欣欣子序。

再說十卷本的梓出時間，最大的下限，也不會晚於天啟三年（1623），生存到崇禎年間的屠本畯、李日華、沈德符、薛岡等人，怎能沒有見到十卷本。何以未說到欣欣子與蘭陵笑笑生？一句話就決定了，非未見也，隱不言也。

何以會失去欣欣子的答案，不就在這裏嗎？就在沈德符《萬曆野獲編》的這番話裏。

後記

當我進行《金瓶梅》一書研究時，就開始注意沈德符《萬曆野獲編》的這段話，在第一本《金瓶梅探原》中就一再說到。祇是那時我涉獵到的有關冊籍太少，對於《金瓶梅》一書的相關問題，也未能深入了解。自亦未能寫出更深入的探討。

比年以來，大陸方面掀起了研讀《金瓶梅》的熱潮，幾乎是風起而雲湧，潮泛之勝，有如黃河之水天上來。由於人多目明；引出了不少的問題，也激發了不少的問題，遂導引著我在他們引發的問題裏面，尋到了不少新的鑛苗。因而貫通了我的問題脈絡，絞出了腦汁，一篇又一篇的論述，打從筆尖流洩出了。

說起來，本文提出的問題，在我腦海中已波騰了近二十年了。數年前，當我寫〈論沈德符說有陋儒補以入刻的金瓶梅五回〉，就應該作比勘的工作。可是那時我手頭無有廿卷本，只有一部「在茲堂」刻的《第一奇書》，如何能作為底本來作比勘？一九八一年我到日本訪書，在天理圖書館停留了一些日子。因為他們七月十六日要歇夏，未能久留，只印了第五十三至第五十七等五回歸來。卻又沒有見到內閣文庫藏的那一種，知其行款不同（天理是十行二十二字，內閣則是十一行二十八字），內容差異多少？不敢鑫說。所以祇寫了〈論沈德符說有陋儒補以入刻的金瓶梅五回〉一文。年來，內閣文庫的藏本，我見到了，同時，又從劉輝的大文中，瞭解到北京的藏本——如「首都」、「北圖」二處的藏本。於是，我便在《金瓶梅的幽隱探照》一書出版後，馬上進行此一比勘工作。

此一工作，由十一月一日開始，未嘗一日間斷的進行了約兩個月。不惟完成了這五回（又加上五十二與五十八兩回）的比勘工作，兼且寫出了〈金瓶梅這五回〉的研判踰三萬言。我把十卷本與廿卷本的第五十二回到第五十八回的七回原刻，採用明人上下欄的方式，作上下對照，並一段段一節節的加上詮釋，回後還附寫一簡短的「比勘蠡說」，務期讀者能徹底的認知「有陋儒補以入刻」的問題，究竟是十卷本還是廿卷本？過去，所有的《金瓶梅》研究者，只要一涉及此一問題，就把目光集中在十卷本身上。想來，真是過於盲從了啊！

雖然，「陋儒補以入刻」的這五回，所謂「前後血脈亦絕不貫串」等情事，廿卷本的這五回，雖不完全符合，總還有些相符之處。比十卷本要符合多了。但沈德符《萬曆野獲編》的這番話，倒令我發現了它的隱藏與暗示問題。激發我進入推繹，遂寫出了這一篇踰三萬言的論述〈金瓶梅這五回〉，不但糾正了近些年來大家一味誤解沈德符《萬曆野獲編》的這番話，所產生的盲從之誤，兼且提出了明朝人論《金瓶梅》者，何以無人說到欣欣子與蘭陵笑笑生的問題關鍵，以及欣欣子何以失踪於明代的答案。這些，都是大家不曾想到過的。

沈德符《萬曆野獲編》說的「有陋儒補以入刻」的這五回，應是廿卷本不是十卷本，乃是一件鐵的事實，誰也無法否認。我把它們分作上下欄，比對著攤開來，則有如攤開在牌九桌上的牌九，紅幾點，黑幾點，一目了然，數也不用數的呢！

至於我的研究與判斷，自也是從這些問題中邏輯出來的。我個人並不奢求什麼？目的只在為當今天下所有的研究《金瓶梅》者，再提一件正確的研究資料而已。

我曾接受「天一出版社」朱傳譽兄的約定，為「天一」編一套《金瓶梅研究資料》，原訂為上、中、下三集，上集〈序跋、論評、插圖〉業已印出，中集「評點滙評」（明清兩代），下集「戲曲、雜論」（明清兩代）。想不到這中、下集的預定內容，大陸方面已印行了四種是類資料滙編，大多資料都收集進去了。為了不甘牛後，遂把我的此一校勘，作為下集，以成其全。蓋亦有所表明，我的〈金瓶梅這五回〉一文，成書目的只是企圖為普天下之《金瓶梅》研究者，提供意念、提供資料就是了。

其實，我的十餘種有關《金瓶梅》著作，全是為人提供意念，為人準備的資料，我早已發現有不少人採用了我提出的意念與資料，卻忽略了註明，頗表憾然！

餘語

一

這本書，除了第三輯人物芻議的前八篇，乃十年前所寫，其餘者，全是近三年間寫的。前兩輯的各篇，且大多用作資料，融於《金瓶梅的幽隱探照》這本書中。再說，關於其中涉及的版本、成書、作者等問題，幾乎在我每一本書中都說到了。如果有人研究我對《金瓶梅》的審探過程，準能從我的此一審探體系上，脈絡出根枝之本，與萌芽之始。

雖說，我這二十年來的研究，自信為《金瓶梅》一書的淵源，如傳抄、付刻、版本、作者，曾提出了不少應去探索答案的問題，以及一些值得去研判的資料，譬如本書「代序」提出的「十大問題」，還有〈金瓶梅這五回〉，附帶的〈金瓶梅第五十二回至五十八回之比勘與解說〉[1]，甚至可以說，我已出版的十餘種有關《金瓶梅》的論述，都是為所有「金學」研究者，指出研究的正確方向與提出問題的研究資料而已。

我曾一再的提醒「金學」研究者，不要被《萬曆野獲編》的話再矇渾下去了。像袁中道、謝肇淛都在萬曆四十二年前後說，他們尚未見到全本，沈德符又如何能於萬曆三十七年向袁中道抄得全本？沈德符說「未幾時而吳中懸之國門矣」的那部缺五十三回至五十七回的《金瓶梅》，是十卷本？還是廿卷本？所說「有陋儒補以入刻」的問

1 拙作：《金瓶梅研究資料彙編》，下編。

題？為啥不去比對比對存世的十卷本與二十卷？大家竟然泥在十卷本的這五回中磨磨兒。就單以十卷本來說，「這五回」符合沈德符《萬曆野獲編》的那些話嗎？

想來，委實令我不解。

二

在《金瓶梅詞話》第五十六回，有一篇〈別頭巾文〉，此文刻於《開卷一笑》則署名「一衲道人」，乃屠隆的筆名，已有證據肯定無誤[2]。若是確的證據，此文縱非屠隆所作，乃後人偽託，則亦堪證《金瓶梅詞話》之成書，在屠隆故後，或在屠隆晚年。按屠隆卒於萬曆三十三年八月二十五日。廿卷本之刻於崇禎，又有辟諱字可證；廿卷本之有所源於十卷本之處，也有證據可證；尤其廿卷本是十卷本的刪減簡本。更是眾所共識。試問，「金學」世界的「成書嘉靖」說，至今猶甚囂塵上。而且，例文立說，在在悉以《金瓶梅詞話》為準譜。也令我千思萬想也想不通。

再說，考證立說，首要考量歷史基礎與社會因素，像《金瓶梅詞話》這樣的書，若無政治因子的阻礙，在嘉靖、隆慶、萬曆這三朝的淫靡社會間，似不可能僅在文士手中傳抄著，居然傳抄了二十年有奇，方有刻本。光是有文字紀錄可證的這一部分，徵諸當時的社會與史冊，已經是個問題了，還能再上推於嘉靖中葉去嗎？

從考證上說，沒有歷史上的文字紀錄，依據什麼證據來立說？沒有歷史上的文字紀錄，所立之說，則空言矣；書中有嘉靖朝的人與事，後人都能寫入。

---

2 見本書第一輯抄本、刻本二文。

固然，《金瓶梅詞話》有不少語言是說書人的語氣，祇此一點，何足以肯定此書是說話人的底本？直到今天，我們還沒有發現嘉靖到萬曆三朝，有說書人說唱《金瓶梅》的文字紀錄。沒有這一歷史上的文字紀錄，便不能肯定《金瓶梅》是說書人的話本。

胡士瑩已在《小說話本叢考》一書，說到明代的擬說本，盛行於晚明。《金瓶梅詞話》乃擬話本也。

三

由於欣欣子的序言，題到《金瓶梅》是「蘭陵笑笑生」作。於是，《金瓶梅》是山東人的作品，便據此肯定。我首先提出了相反意見，一是認為「蘭陵」故城，非山東一地有，江南武進也有「南蘭陵」之稱。但也可能借自蘭陵令荀卿的性惡說，以「蘭陵」代名荀子。此說雖未定案，然而《金瓶梅》的故事，乃明以山東清河（北清河非山東所轄屬河北）臨清為地理背景，於是至今仍有人認定《金瓶梅》必是山東人作的推論與研究。不是已有「金學」研究者完成了一部書，說《金瓶梅》的「清河」，是以「臨清」為藍本的書嗎？（未見其書，只見此間報上新聞，是以不評書名。）

前些時，報導說在臨清發現了三塊石碑，是嶧縣人賈三近的手筆，筆跡與《花營錦陣》中的（幅署名「笑笑生」，的「魚游春水」題字，極為相同。遂認定賈三近就是笑笑生。

這麼以來，賈三近作《金瓶梅》的懸案，便確定了。

此案，今又無有了下文。

按《花營錦陣》中的二十四幅圖的題辭，乍看雖是二十四個名字，字體是真草隸篆全有，但如細觀筆法筆意以及筆順，實乃一人所書。其中有「煙波釣叟」一個名字，在萬曆丙午（三十四年）紀振倫序刻《楊家府世代忠勇通俗演義》一書上，就有「煙波釣叟參訂」字樣。如能查出「煙波釣叟」就是賈三近的雅綽之一，那麼，賈三近作《金瓶梅》的成分，可就大了。

還望張遠芬據此繼續考索。

四

從《金瓶梅》枝蔓出的《玉嬌麗》（李），懸疑待決的問題，雖不比《金瓶梅》複雜，卻比《金瓶梅》的問題難。因為書已無存，在題及此書的資料上，除了沈德符說他見過這部書，其他的人，都是耳聞。藏書人丘志充（六區）又因罪於崇禎五年棄市。因而「此書不知落何所？」偏偏的，一部刻於清初順治年間的《續金瓶梅》，又是山東諸城人丁耀亢所作。因之《金瓶梅》與山東人的關係，更拉近了些。

近來，一件涉及《金瓶梅》的新資料，卻又發現於山東諸城。是一件董其昌寫給諸城耆宿丁惟寧的信。其中說到：「公之奇書，楚人櫝中物，鄭人豈識之哉！……屬予固篋，懍從命，無敢違也。」若以函是真，對《金瓶梅》之成書問題的探討，又多了一份研究的資料。同時，此函的下款署名，是「弄珠客思白」，則序《金瓶梅》的「東吳弄珠客」，是董其昌，不是馮夢龍矣！寫作的時間是萬曆三十四年春。

按丁惟寧嘉靖四十四年進士，曾官至兵備副使。最少長於董其昌二十歲以上。萬曆十五年即辭官歸隱。函中且有句云：「京師睽闊，斗轉數匝。郵筒相間，共觴夢永。痛何以堪！」若是親切語句，一如王維之與裴迪，白居易之與元稹。是以上海復旦大學之章培恆、黃霖二教授，初步研判說，以款式鑑之，似為贋作。我也引上語覆函附之。

《紅樓夢》、《水滸傳》，都有假資料，今又輪到《金瓶梅》矣！

五

最後，我要附帶一題的是，本書中的「人物芻論」乃計畫中的「《金瓶梅》人物論」，但祇刊出了八篇，便停止了。竟一擱十年有奇，今後如再繼續寫下去，勢難水乳交融，遂輯之於此。將來再寫，當再重新開始，一氣成之。我的此一研究，今仍日進未輟。如《西廂記》之與屠隆，又在蔣星煜先生著作中獲得啟迪。在蔡敦勇先生《金瓶梅戲曲品探》一書中，獲得引領。自信將有新開展。還乞各方相知賜教，匡我不逮！